KB163285

을유세계문학전집 · 94

걸리버 여행기

을 유 세 계 문 학 전 집 · 94

걸리버 여행기

GULLIVER'S TRAVELS

조너선 스위프트 지음 · 이혜수 옮김

을유문화사

옮긴이 이혜수

연세대학교 영문과와 서울대학교 대학원 영문과에서 공부하고 미국 뉴욕대(NYU)에서 18세기 영소설 연구로 박사 학위를 받았다. 현재 건국대학교 영문과에서 영소설을 가르치며 연구하고 있다. 스위프트 관련 논문으로 「신고전주의와 그 불만: 스위프트의 『걸리버 여행기』와 「숙녀의 화장방」을 중심으로」, 「근대적 (반)주체로서의 걸리버: 『걸리버 여행기』의 식민주의적 맥락을 중심으로」 등이 있으며, 대니얼 디포와 조너선 스위프트, 초기 여성 소설가, 소설의 역사와 이론, 페미니즘 등에 관심을 가지고 있다.

을유세계문학전집 94
걸리버 여행기

발행일·2018년 7월 30일 초판 1쇄 | 2022년 11월 25일 초판 3쇄
지은이·조너선 스위프트 | 옮긴이·이혜수
펴낸이·정무영, 정상준 | 펴낸곳·(주)을유문화사
창립일·1945년 12월 1일 | 주소·서울시 마포구 서교동 469-48
전화·02-733-8153 | FAX·02-732-9154 | 홈페이지·www.eulyoo.co.kr
ISBN 978-89-324-0476-9 04840 978-89-324-0330-4(세트)

차례

걸리버 씨가 사촌 심슨에게 보내는 편지*

요청이 들어온다면, 내가 형의 질기고 빈번한 독촉으로 매우 엉성하고 부정확한 내 여행 이야기를 출판하게 되었다는 것을 언제든 공식적으로 인정해 주기를 바랍니다. 형은 옥스퍼드나 케임브리지대학의 젊은이 몇 명을 고용해 내 여행기를 정돈하고 문체를 고치게 하라고도 조언했지요. 마치 사촌 댐피어*가 내 충고로 『세계 일주 항해』라는 책을 낼 때 그랬던 것처럼 말이지요. 하지만 그렇다고 형에게 내 여행 이야기 중 어떤 것을 생략하거나 심지어 끼워 넣는 데 동의할 권리까지 준 기억은 없습니다. 그러니 이 자리에서 여행기에 첨가된 어떤 이야기든 내가 쓰지 않았음을 분명히 해야겠어요. 특히 돌아가신 앤 여왕 폐하에 대한 극히 경건하고도 영광스러운 기억에 관한 문단은 전혀 아니지요. 비록 어떤 인간보다 앤 여왕님을 경외하고 존경했지만 말입니다.

하지만 형이나 형 밑의 가필자가 고려해야 했던 건, 내가 우리 주인님 '후이늠'* 앞에서 인간이란 동물을 칭찬하는 것을 원하지 않았으며 또 그건 적절한 일도 아니었다는 겁니다. 게다가 사실 자체도 완전히 틀렸어요. 내가 앤 여왕님이 다스렸던 기간 중 얼마간 영국에 있었기에 알고 있지만, 여왕께서는 총리대신을 통해 나라를 다스렸습니다. 심지어 두 명의 총리대신이 있었지요. 첫 번째 총리대신은 고돌핀 경이었고, 두 번째는 옥스포드 경이었습니다. 그러니 형은 나로 하여금 '그것이 아닌 것을 말하도록'* 한 거예요. 마찬가지로 라가도 학술원* 이야기도 그렇고, 내가 후이늠 주인님과 나눈 대화 부분에서 형이 몇몇 중요한 상황들을 없애거나 줄이거나 바꿔 놔서, 이건 거의 내 책이라 하기 어렵네요.

전에 내가 편지로 이와 같은 내용을 넌지시 얘기했을 때, 형은 윗분들을 분노케 할까 두려웠다고 대답했지요. 권력자들이 출판물을 예의주시하고 있으며 따라서 "빗대어 하는 말"(형이 표현한 대로)처럼 보이는 것들을 모두 해석해 낼 뿐 아니라 처벌하려 든다고 말이에요. 하지만 형, 내가 수십 년 전 약 2만8천 킬로미터나 떨어진 곳에서 또 다른 통치자 아래 했던 말이 현재 우리 무리를 다스린다고 알려진 '야후'*에게 도대체 무슨 소용이 있겠어요? 무엇보다 그때는 내가 야후 밑에서 불행한 날들을 살아갈 거라고는 생각해 보지도 않았을 때였잖아요. 이 야후들이, 마치 자신들이 이성적 존재이고 후이늠이 짐승인 것처럼 후이늠이 끄는 마차를 타고 가는 걸 보다니 내가 불평할 만한 이유가 충분하지 않나요? 정말이지 그토록 끔찍하고 혐오스러운 광경을 피하는 것이야말로 내가 이곳으로 은둔하게 된 주요 동기였으니까요.

이 정도면 형과 형에 대한 내 신뢰에 관해 충분히 말한 것 같아요.

다음에는 내가 얼마나 판단력이 부족했는지 한탄해야겠습니다. 형과 다른 사람들의 애원과 거짓 추론에 넘어가 나 자신은 다른 생각이었음에도 이 여행기를 출판하게 되었으니까요. 형은 책의 출판이 공익에 이바지할 거라고 주장했지만, 야후는 이론으로든 구체적 예로든 나아질 가능성이 아예 없는 종(種)임을 내가 얼마나 자주 형에게 말했는지 떠올려 줘요. 결국 그렇다는 게 증명됐잖아요. 이 작은 영국 섬만이라도 모든 해악과 부패가 근절되기를 기대했었는데, 보세요, 그러기는커녕 내 책은 6개월이 넘는 경고 기간이 지났는데도 내가 아는 한 의도했던 그 어떤 효과도 내지 못했답니다.

형에게 다음과 같은 일이 생기면 내게 편지로 알려 달라고 한 적이 있었지요. 정당과 분파가 사라지고 판사들이 박식하고 올곧게 되며 변호사들이 약간의 상식이라도 지닌 채 정직하고 겸손해지고, 또 스미스필드 거리*에는 산더미 같은 법률 책들이 불타오르며 귀족 자제의 교육 내용이 완전히 바뀌고 의사들은 추방되며 암컷 야후들이 도덕과 정절, 진실, 분별력으로 가득해지는 일이 생긴다면 말입니다. 그리고 고위 대신들의 궁정과 접견실이 완전히 뿌리 뽑혀 없어지고 총명과 재능과 지식이 보상받으며, 산문이든 운문이든 언론을 망치는 사람들이 그들의 종이

만을 먹고 살고 잉크로 목을 축이도록 선고받는다면 말입니다. 형의 주장대로 나는 위와 같은 일들과 이 외에도 수천 가지 개혁이 일어나리라 믿었거든요. 실제로 이는 내 책이 전달하는 교훈에 의해 쉽게 추론할 수 있는 것이기도 했고요. 말이야 바른 말이지 일곱 달이면 야후들이 저지르기 쉬운 온갖 악과 어리석음을 고치기에 충분한 시간이잖아요. 만일 야후의 본성이 도덕이나 지혜를 향해 조금이라도 끌릴 가능성이 있다면 말입니다. 하지만 여태껏 형의 어떤 편지에도 나의 기대에 부응하는 내용은 없었어요. 오히려 그 반대로 형이 매주 보내 주는 우편물은 중상모략과 스캔들, 비방서, 회고록 그리고 속편으로 가득합니다. 이들은 내가 높으신 관료대신들을 비방하고, 인간성(그들은 여전히 호기롭게도 이렇게 표현하니까요)을 폄하하며, 여성을 모욕한다면서 나를 비난하네요. 그런데 이런 글들을 쓴 작가들 사이에서도 의견이 엇갈려서 어떤 이들은 내가 내 여행기 작가라는 것을 인정하지 않으려고 하고, 다른 이들은 나도 생판 모르는 책들의 저자가 나라고 합니다.

마찬가지로 나는 형의 출판 담당자가 부주의하게도 시간을 혼동해 수차례에 걸쳐 내 항해 날짜와 귀향 날짜를 잘못 표기했다는 걸 알았습니다. 제대로 된 연도나 제대로 된 월, 혹은 날짜도 아니었고요. 또 내 책이 출판된 이후 원본 원고가 모두 파기되었다고 하던데, 나도 사본을 가지고 있지 않아요. 하지만 수정 사항 몇 가지를 형에게 보냈으니까 혹시라도 책의 재판이 나오거든 형이 끼워 넣든지 해요. 하지만 반드시 그래야 되는 건 아니고, 대신 이 문제를 현명하고 성실한 독자들이 알아서 판단하도록 내버려 두려고 합니다.

또 듣기로는 우리의 바다 야후 중 몇몇이 내 항해 용어를 두고 많은 부분에서 적합하지 않다거나 지금은 쓰이지 않는 용어라며 트집을 잡는다고 하던데요. 그런데 그게 나도 어쩔 수 없어요. 젊었을 때 떠났던 초기 항해에서 나는 가장 나이 많은 선원에게 배웠고, 따라서 그들처럼 말하게 되었거든요. 그런데 나중에 보니 바다 야후도 육지 야후처럼 최신식 용어를 좇는 경향이 있네요. 그러니 그들의 언어는 해마다 바뀝니다. 어느 정도냐면 고향으로 돌아올 때마다 육지 야후의 옛말이 완전히 바뀌어서 새로운 말을 거의 이해할 수가 없었어요. 런던에 사는 어떤 야후가 호기심에서 나를 방문했을 때, 나는 서로가 알아들을 수 있는 방식으로 각자의 의견을 전달할 수 없다는 걸 알게 되었습니다.

만일 야후의 비난이 어떤 식으로든 내게 영향을 준다면, 그건 몇몇 야후들이 뻔뻔스럽게도 내 여행기를 순전히 내 머릿속에서 나온 허구로 생각하고, 심지어 후이늠과 야후가 유토피아의 주민들과 마찬가지로 존재하지 않는다는 암시를 한다는 건데, 이는 정말 개탄스럽네요.

사실 고백하자면 이제껏 어떤 야후도 '릴리퍼트'와 '브롭딩그락'(이 단어는 철자를 이렇게 써야 맞는 거고, '브롭딩낵'은 잘못된 거예요) 또 '라퓨타'에 대해, 그들의 존재나 내가 그들에 대해 말했던 것에 감히 왈가왈부하는 걸 본 적은 없습니다. 왜냐하면 진실은 독자들에게 즉각적으로 확신되기 때문이지요.* 그렇다고 후이늠이나 야후에 대한 내 이야기가 앞서 이야기보다 덜 그럴듯하다고 말할 수는 없어요. 이 도시만 하더라도 수천만의 야후가 있고, 이들이 후이늠국의 형제 짐승들과 다른 점은 오로지 지껄일 줄 안다는 것과 벌거벗고 있지 않다는 것뿐이니까요. 나는 이들을 그들의 교화를 위해서 썼지 그들의 인정을 받기 위해 쓴 것이 아닙니다. 인류가 한 목소리로 나를 칭찬한다고 해도 내게는 우리 마구간에서 기르는 타락한 후이늠 두 마리의 울음소리보다 못하니까요. 이 말들이 아무리 퇴화했다 하더라도 나는 이들 덕분에 어떤 악에도 물들지 않은 미덕을 발전시켜 나가고 있습니다.

불쌍한 야후들은 감히 내가 내 진실을 옹호해야만 할 정도로 타락한 상태라고 생각하는 걸까요? 내 비록 야후이지만, 후이늠국에 잘 알려져 있듯이 뛰어난 우리 주인님의 가르침과 본보기에 의해 2년 안에 (정말 굉장히 힘들었다고 고백하지만) 내 모든 종족, 특히 유럽인의 영혼에 깊숙이 박혀 있는 거짓말하기, 책임 전가하기, 사기 치기, 둘러대기 같은 지긋지긋한 버릇들을 없앨 수 있었습니다.

이 성가신 상황에 대해 불평할 것들이 더 있지만, 더는 나 자신이나 형을 괴롭히지 않으려고 해요. 솔직히 고백하자면, 마지막 항해에서 돌아온 후 내 안에 있는 어떤 타락한 야후의 본성이 형의 종족 중 몇 몇, 특히 피할 수 없었던 가족들과 대화함으로써 되살아났습니다. 그렇지 않았더라면 이 나라에서 야후를 교화시키는 일처럼 터무니없는 계획은 시도조차 하지 않았을 텐데 말이에요. 하지만 이제 나는 그런 모든 공상적인 계획과 영원히 안녕입니다.

1727년 4월 2일

발행인이 독자에게

이 여행기의 저자인 레뮤엘 걸리버는 나의 오래되고 가까운 친구입니다. 어머니 쪽으로 친척이기도 하고요. 3년 전쯤 걸리버는 호기심 많은 사람들이 레드리프에 있는 그의 집에 떼를 지어 찾아오는 일에 점차 진력이 나서 고향인 노팅엄셔 뉴어크 가까이에 집이 딸린 자그마한 땅을 샀습니다. 현재 그는 그곳으로 물러나 이웃 주민들과 사이좋게 잘 살고 있습니다.

걸리버는 자신의 아버지가 살았던 노팅엄셔에서 태어났지만 나는 그의 가족이 옥스퍼드주 출신이라는 얘기를 그에게서 들은 적이 있습니다. 그 지방에 있는 밴버리의 교회 묘지에서 걸리버 집안의 무덤과 비석들을 직접 확인했으니 그의 말은 사실이었습니다.

레드리프를 떠나기 전 걸리버는 이 책 원고를 내 손에 맡기면서 내가 생각하는 대로 원고를 처분해 달라고 했습니다. 나는 원고를 세 번 정독해 읽었습니다. 여행기의 문체는 매우 명료하고 단순했습니다. 유일한 단점이라면 여행가들이 보통 그러듯 작가가 상황 설명을 좀 많이 한다는 것입니다. 작품에는 전체적으로 진실의 기운이 배어 있습니다. 사실 작가는 정직한 것으로 너무 유명해, 누군가 어떤 것이 확실하다고 말할 때 "마치 걸리버 씨가 말한 것처럼 진실하다"라고 말하는 것이 이웃들 사이에서 일종의 속담이 되었을 정도입니다.

작가의 허락을 받고 이 원고를 읽어 달라고 요청했던 몇몇 훌륭한 분들의 조언에 따라 이제 감히 이 책을 세상에 내보냅니다. 적어도 당분간이라도 이 글이 우리 젊은 귀족에게 정치나 정당에 관한 흔한 잡문보다는 더 나은 오락거리가 되기를 바라면서 말입니다.

만일 내가 여러 항해에 걸쳐 바람과 조류뿐 아니라 천문 편차와 방위에 대한 수많은 구절을 과감히 쳐내지 않았더라면, 또 폭풍에 휩싸인 배의 관리에 대해 선원들의 문체로 자세히 묘사한 부분이나, 마찬가지로 경도와 위도에 대한 설명들을 삭제하지 않았더라면, 이 책은 지금보다 적어도 두 배는 길어졌을 것입니다. 걸리버가 이 부분에 불만이 좀 있을 거라 걱정이 되기도 합니다만, 나는 이 책을 일반 독자의 능력에 가능한 한 맞추기로 결심했습니다.

내가 항해 지식이 부족해 몇 가지 실수를 저질렀다면, 그 책임은 오로지 내게 있을 것입니다. 그러니 만일 누구라도 작가의 손에서 나온 그대로의 상태로 작품 전체를 읽기 원한다면, 나는 기꺼이 그를 만족시키겠습니다.

독자들은 이 책의 첫 장부터 작가에 대한 구체적인 소개에 만족할 것입니다.

리처드 심슨

1부
릴리퍼트로의 항해

Plate.I Part.I Page.I.
Hogs I
SUMATRA
P Mintaon
I Good Fortune
I Nassow
SUNDA
Sillabar
Straits of Sunda
Blefuscu
Lilliput.
Discovered, A.D. 1699.
Dimens Land.

1장

지은이가 그와 그의 가족에 대해 이야기한다. 또 처음 여행하게 된 계기를 설명한다. 항해 도중 난파된 후 그는 필사적으로 헤엄친다. 릴리퍼트 나라의 해안에 무사히 도착한다. 이후 포로가 되어 그 나라로 호송된다.

아버지는 노팅엄셔에 땅을 조금 가지고 계셨고, 나는 다섯 형제 중 셋째였다. 내가 열네 살이 되었을 때 그는 나를 케임브리지대학의 에마뉘엘 칼리지에 보냈다. 그곳에서 3년 동안 머물며 공부에 전념했다. 하지만 적은 재산에 비해 공부하는 데 너무 많은 돈이 들어갔기에(비록 내 용돈은 적었지만) 나는 런던의 이름난 의사인 제임스 베이츠 선생님의 제자로 들어가게 되었다. 나는 그와 4년 동안 함께했다. 아버지는 이따금씩 약간의 돈을 보내 주셨는데, 나는 이것을 여행하는 사람에게 유용한 항해술과 수학을 배우는 데 썼다. 언젠가 여행이 내 운명이 되리라 늘 믿어 왔기 때문이다. 베이츠 선생님을 떠난 후 나는 아버지에게 돌아갔다. 이후 아버지와 존 삼촌 그리고 다른 친척들의 도움으로 40파운드를 장만했고, 레이든대학*에 다닐 수 있는 돈 30파운드를 1년 단위로 약속받았다. 그곳에서 나는 2년 7개월간 의술을 공부했다. 의술이 긴 항해에 유용하다는 것을 알았기 때문이다.

레이든에서 돌아온 지 얼마 지나지 않아 나는 훌륭한 베이츠 선생님의 추천으로 에이브라함 파넬 선장이 지휘하는 스왈로호의 선상 의사가 되었다. 나는 그와 함께 3년 반을 보내며 르방지방*과 다른 몇몇 지역들을 한두 차례씩 항해했다. 항해를 마치고 돌아왔을 때는 런던에 정착하기로 결심했는데, 베이츠 선생님 역시 적극적으로 찬성했다. 그는 내게 돌볼 환자를 여러 명 추천해 주기도 했다. 나는 올드 주리에 작은 집을 마련했으며, 결혼하라는 주위의 충고에 따라 뉴게이트가의 양말 제조업자인 에드먼드 버튼의 둘째 딸, 메리 버튼과 결혼했다. 지참금으로는 4백 파운드를 받았다.

그런데 2년 후 존경하는 베이츠 선생님이 돌아가시고 나자 나는 아는 사람이 얼마 없었던 탓에 운영하던 사업이 점점 기울기 시작했다. 양심의 가책을 느껴 수많은 동료업자 사이에서 버젓이 행해지는 나쁜 관행들을 따라하지 못했기 때문이다. 결국 아내 그리고 몇몇 지인들과 상의 끝에 다시 바다로 나가기로 결정했다. 나는 배 두 척의 선상 의사로 연달아 일했으며, 6년 동안 동인도제도와 서인도제도를 몇 번씩 항해했다. 덕분에 재산을 좀 불리기도 했다. 배에는 늘 많은 책들이 구비되어 있었기에 한가한 시간에는 고금의 위대한 작가들의 책을 읽으며 보냈다. 또 해안에 머물 때에는 그곳 사람들의 생활 방식과 기질을 관찰하거나 그곳의 언어를 배우며 시간을 보냈다. 나는 기억력이 좋아 수월하게 언어를 배웠다.

그러다가 마지막 여행이 그다지 좋지 않게 끝나는 바람에 바다가 지겨워졌다. 이제는 아내와 다른 가족들과 함께 집에 머물기로 했다. 우리는 올드 주리에서 페터 레인으로 이사했고, 거기에서 다시 와핑으로 집을 옮겼다. 그곳에 정착한 이후 선원들을 상대로 일을 하기도 했지만, 수익이라고 할 만한 것은 없었다. 그렇게 일이 잘되기를 기다리며 3년을 보내고 난 후, 나는 남대양으로 항해를 떠나는 앤틸롭호를 지휘하는 윌리엄 프리차드 선장의 유리한 제안을 받아들였다. 그리하여 우리는 1699년 5월 4일 브리스틀을 떠났고, 항해의 시작은 매우 순조로웠다.

바다에서 우리가 했던 모험들에 대한 자세한 설명으로 독자들을 괴롭히는 것은 여러 가지 이유로 적절하지 않을 것이다. 단지 다음 사실을 이야기하는 것만으로도 충분하지 않을까 한다.

우리는 동인도로 가는 길에 심한 폭풍을 만나 반 디맨 랜드* 북서쪽으로 휩쓸렸다. 관측한 바로 우리는 남위 30도 2분의 위치에 있었다. 선원들 중 열두 명이 무리한 노동과 질 나쁜 음식으로 죽었고, 나머지 선원들도 몸이 매우 약해진 상태였다. 그러던 중 그 지역의 여름이 시작되는 11월 5일, 안개가 심한 날 선원들은 배에서 백 미터 정도 떨어진 거리에 있는 암초를 발견했다. 하지만 바람이 너무 센 나머지 곧장 그리로 휩쓸렸고, 암초와 부딪힌 배는 산산조각이 났다. 나를 포함한 여섯 명의 선원은 그 즉시 배에서 구명보트를 내려, 가까스로 배와 암초로부터 탈출할 수 있었다. 우리는 어림잡아 약 16킬로미터 정도 노를 저어 갔고, 그러다 더 이상 노를 저을 수 없는 지경에 이르렀다. 이미 배에 있을 때부터 힘든 노동으로 지쳐 있었기 때문이었다. 우리는 그저 파도의 흐름에 보트를 맡기고 둥둥 떠다녔다. 그러나 약 삼십 분 후 보트는 갑작스럽게 덮친 북풍에 완전히 뒤집혀 버렸다. 보트에 탔던 동료들이 어떻게 됐는지, 암초 위로 피했던 사람들이나 배에 남았던 사람들이 어떻게 됐는지 나는 알 수 없다. 하지만 모두 죽었으리라 생각한다.

나로 말하자면, 운명이 이끄는 대로 헤엄쳤고, 바람과 물결에 의해 앞으로 밀려 나갔다. 나는 여러 번 다리를 내려 보았지만 바닥이 느껴지지 않았다. 하지만 완전히 기진맥진해 더 이상 버틸 수 없게 되었을 때 발이 바닥에 닿는 게 느껴졌다. 그때쯤에는 폭풍우도 많이 가라앉아 있었다. 해안에 닿을 때까지 바닥 경사가 워낙 완만하여 나는 1.6킬로미터쯤 걸어 갔다. 그때가 저녁 8시 정도 되었던 것 같다. 이후 해안으로부터 0.8킬로미터 정도 더 걸어갔지만, 집이나 사람의 흔적은 찾아볼 수 없었다. 심신이 너무 약해진 상태여서인지 적어도 아무것도 보지 못했다. 너무 지쳐 있는 데다 날씨는 덥고, 배를 떠나면서 마셨던 반병 정도의 브랜디 때문인지 졸음이 쏟아지기 시작했다. 나는 매우 짧고 부드러운 풀로 이루어진 풀밭에 누워 내가 기억하는 한 내 삶에서 가장 깊고 곤한 잠을 잤다.

따져 보니 아홉 시간 넘게 잔 것 같은데, 잠에서 깨었을 때는 이미 한낮이었다. 나는 일어나려고 했지만 몸을 움직일 수가 없었다. 등을 대고 누워 있는 상태에서 팔다리가 양쪽으로 땅바닥에 단단하게 결박되어 있었기 때문이다. 게다가 길고 두꺼운 내 머리카락 역시 같은 방식으로 땅바닥에 묶여 있었다. 마찬가지로 여러 개의 가는 끈이 내 겨드랑이부터 허벅지까지 가로지르고 있다는 게 느껴졌다. 나는 단지 위쪽만 볼 수 있었다. 해는 점점 뜨거워지기 시작했고, 빛이 눈을 찔렀다. 주위에서 웅성거리는 소리가 들렸지만, 내가 처한 자세로는 하늘 말고는 아무것도 볼 수 없었다.

조금 뒤 어떤 생물체가 내 왼쪽 다리 위에서 움직이는 것이 느껴졌다. 그것은 내 가슴 위로 조심스럽게 올라오더니 거의 내 턱 밑까지 다다랐다. 최대한 눈을 아래로 내리깔아 보니 그것은 활과 화살을 두 손에 들고 화살 통을 등에 두른, 키가 15센티미터도 넘지 않는 인간이었다. 또 그러는 사이 (내 추측으로) 적어도 40명 이상의 같은 종류의 인간들이 그를 뒤따라오고 있었다. 내가 너무 놀라 큰 소리로 고함을 지르자 그들은 모두 겁에 질려 달아났다. 나중에 들은 바로는 그들 중 몇몇은 내 옆구리에서 땅바닥으로 뛰어내리는 바람에 다쳤다고도 했다. 하지만 그들은 곧 다시 돌아왔다. 그리고 그중 하나가 내 얼굴을 자세히 볼 수 있을 만큼 가까이 오더니, 놀랍다는 표시로 손과 눈을 들어 올리면서 날카롭지만 분명한 목소리로 "헤키나 데굴"이라고 외쳤다.

다른 이들도 똑같은 말을 여러 번 반복했지만, 당시 나는 그게 무슨 의미인지 몰랐다.

독자들도 짐작하다시피 그러는 동안에도 나는 줄곧 매우 불편한 상태로 누워 있어야 했다. 나는 풀려나기 위해 발버둥 쳤고, 마침내 운 좋게 몇 개의 끈들을 끊어 냈으며, 내 왼쪽 팔을 묶어 놨던 말뚝들을 비틀어 빼낼 수 있었다. 왼쪽 팔을 머리 위로 들어 올리자 그들이 나를 결박했던 방식을 알 수 있었다. 동시에 머리카락을 묶고 있던 왼쪽 끈을 세게 잡아당기자 지독히 아팠지만 좀 느슨하게 할 수 있었다. 그렇게 나는 비로소 머리를 약 5센티미터 정도 양옆으로 움직일 수 있게 되었다.

하지만 작은 사람들은 내가 그들을 잡으려 하자 다시 달아나 버렸다. 그러고는 매우 날카로운 억양의 커다란 함성 소리가 났고, 소리가 멈추자 그중 한 명이 큰 소리로 "톨고 포낙"이라고 외치는 게 들렸다. 그 즉시 나는 내 왼손에 수백 개의 화살이 쏟아지는 것을 느꼈다. 이는 마치 백 개의 바늘이 한꺼번에 찌르는 것처럼 따가웠다. 게다가 그들은 우리 유럽인들이 대포를 쏘듯이 또 다른 화살들을 공중으로 쏘아 댔다. 그중 상당수가 내 몸에 떨어졌지만(직접 느끼진 못했다), 얼굴 쪽으로 떨어지는 화살들은 즉시 왼손으로 막았다.

이런 화살 공세가 끝나자 나는 슬프고 고통스러워 저절로 신음 소리를 내뱉었다. 그러면서 다시 풀려나기 위해 몸부림쳤고, 그들은 처음보다 더 큰 규모로 일제히 화살을 쏘아 댔다. 또 그중 몇 명은 내 옆구리를 창으로 찌르려고 했다. 하지만 다행히 가죽조끼를 입고 있었기에 창이 뚫고 들어 오지 못했다. 이제 나는 가만히 누워 있는 게 상책이라고 생각했다. 내 계획은 이대로 밤까지 누워 있다가 왼쪽 손을 마음대로 쓸 수 있으니 어렵지 않게 끈을 풀어 자유의 몸이 되는 거였다. 만일 이곳 주민들이 내가 봤던 이들과 같은 크기라면, 그들이 나를 대적하기 위해 최강의 군대를 이끌고 온다 하더라도 충분히 맞설 수 있을 거라고 생각했다.

하지만 운명은 내 생각대로 움직이지 않았다. 사람들은 내가 얌전해진 것을 확인하고는 더 이상 화살을 쏘지 않았다. 하지만 소음이 점점 커지는 것으로 보아 작은 사람들의 수가 늘어나고 있다는 것을 알 수 있었다. 내 오른쪽 귀로부터 4미터 떨어진 곳에서 마치 사람들이 무슨 일을 하는 것처럼 한 시간가량 뚝딱거리는 소리가 들려왔다. 말뚝과 끈이 허용하는 범위에서 머리를 그쪽으로 돌리자 땅으로부터 45센티미터 정도 올라온 곳에 연단이 세워져 있었다. 연단은 주민 네 명 정도가 서 있을 수 있는 크기였고, 두세 개의 사다리를 연결해 올라갈 수 있었다. 그곳에서 높은 신분으로 보이는 사람이 내게 무언가를 길게 얘기했지만, 나는 한마디도 알아들을 수가 없었다.

참, 이 고위 인사가 연설을 하기 전에 "랑그로 데훌 산"을 세 번 외쳤다고 말하는 걸 잊어버렸다(나중에 이 말과 앞서의 말 "헤키나 데굴"이 반복되었고 설명되어졌다). 그가 그렇게 외치자 즉시 50명가량의 주민들이 와서 내 왼쪽 머리를 결박했던 끈을 잘라 냈다. 덕분에 머리를 오른쪽으로 돌려 연설하려고 하는 사람의 모습과 동작을 볼 수 있었다. 그는 중년의 나이로 보였고, 그를 수행하는 다른 세 명보다 키가 더 컸다. 수행원 중 한 명은 그의 옷자락을 잡고 있었고, 내 가운뎃손가락보다 조금 더 큰 것 같았다. 다른 두 명은 그를 지지하기 위해 각각 양옆에 서 있었다. 그는 연설가 같은 말투로 여러 번 협박하거나 혹은 약속과, 연민, 호의의 말을 하는 것처럼 보였다. 이에 나는 짧게 몇 마디로 대답하면서도 최대한 공손한 태도를 취했다. 마치 태양을 증인으로 삼듯이 왼손과 두 눈을 태양을 향해 들어 올리면서 말이다.

나는 배를 떠난 후 열 몇 시간 동안 아무것도 먹지 못했기에 배가 고파 거의 굶어죽을 지경이었다. 더 이상 참지 못하고 (아마 예의범절의 엄격한 법도에는 어긋나겠지만) 손가락을 여러 번 입에 갖다 대면서 내가 음식을 원한다는 것을 알렸다. 그 '휘르고'(나중에 알게 된 바로 그들은 고위 인사를 이렇게 부른다)는 내 말을 아주 잘 알아들었다. 그는 무대에서 내려와 사다리 몇 개를 내 옆구리에 세우도록 명령했다. 그 위로 수백 명의 주민이 올라가서 고기로 가득한 바구니를 들고 내 입 쪽으로 걸어왔다. 이 음식은 왕이 내 의사를 전달받은 즉시 그의 명령으로 만들어져 보내진 것이었다. 바구니 안에 여러 종류의 고기가 있었지만 맛으로 구분하기는 어려웠다. 양고기의 어깨살, 다리살, 허리살 같은 것들이 있었고, 이들은 매우 잘 조리되었으나 종달새 날개보다도 더 작았다. 나는 두세 바구니를 한입에 먹어 치웠다. 또 소총 탄환 크기 정도 되는 빵 덩어리 세 개를 한 번에 삼켰다. 그들은 최대한 빨리 내게 먹을 것을 제공했으며, 내가 먹어 치우는 음식의 양과 식욕에 수천 번도 넘게 감탄하고 놀라워했다.

얼마 후 나는 마실 것이 필요하다는 신호를 보냈다. 그들은 내가 먹는 걸 보고 적은 양의 마실 것으로는 만족시킬 수 없다는 것을 깨닫고 매우 영리하게도 자신들이 가진 가장 큰 나무통을 기술적으로 위로 올린 다음 내 손 쪽으로 굴린 후 뚜껑을 따 주었다. 나는 그걸 한 번에 다 마셔 버렸다. 양이 반 리터 정도밖에 안 됐으니 어려울 것도 없었다. 음료에서 버건디 와인 맛이 났고 훨씬 더 맛있었다. 그들은 두 번째 통을 가져왔다. 나는 같은 방식으로 음료를 마신 후 더 마시고 싶다는 표시를 했지만, 더는 남아 있지 않았다. 내가 이렇게 놀라운 일을 행하자 그들은 기뻐 소리쳤고, 내 가슴 위에서 춤을 추면서 처음에 그랬던 것처럼 "헤키나 데굴"이라는 말을 여러 번 반복했다. 그들은 내게 두 개의 통을 밑으로 던지라는 신호를 보냈다. 하지만 그 전에 먼저 아래 있는 사람들에게 "보라흐 미볼라"라고 크게 외치면서 길을 비키라고 경고했다. 그러고는 통들이 공중으로 떨어지는 걸 보면서 모두 한 목소리로 "헤키나 데굴"이라고 소리쳤다.

고백컨대 그들이 내 몸 위에서 왔다 갔다 할 때 내가 잡을 수 있는 거리에 있던 처음 40, 50명을 땅바닥으로 내팽개치고 싶은 유혹을 강하게 느꼈었다. 하지만 앞서 느꼈던 통증에 대한 기억—이것이 그들이 내게 가할 수 있는 최악의 고통은 아닐 것이다—그리고 내가 그들에게 했던 명예로운 약속—나는 내 공손한 행동에 대해 그렇게 해석했다—은 이러한 상상들을 곧 몰아냈다. 게다가 이제 나는 엄청난 비용을 들여 나를 성대하게 대접해 준 사람들의 환대에 보답해야 하는 입장이라고 생각했다. 그럼에도 이 자그마한 인간들의 무모함을 생각해 볼 때, 사실 크게 놀라지 않을 수 없었다. 이들은 내가 한 손을 자유로이 쓸 수 있는데도 감히 내 몸 위로 올라와 걸어 다녔다. 그들의 눈에 틀림없이 엄청나 보일 내 존재를 직접 보고도 두려워하지 않은 채 말이다.

얼마 후 내가 더 이상 고기를 요구하지 않자 그들의 황제가 보낸 한 고위 인사가 내 눈앞에 나타났다. 그는 약 열두 명의 수행원과 함께 내 오른쪽 다리 위로 올라와 얼굴까지 다가왔다. 그리고 옥새가 찍힌 신임장을 꺼내 눈앞에 들이밀더니, 약 십 분간 어떠한 감정 표시도 없이 그러나 일종의 단호한 결의를 보이면서 말했다. 그는 자주 앞쪽을 가리켰는데, 나중에 알게 된 바로는 약 8백 미터 떨어진 수도가 있는 방향이었다. 내가 그리로 옮겨져야 한다고 황제폐하에 의해 의회에서 결정되었다는 것이다. 나는 몇 마디 대답했지만 아무 소용이 없었다.

나는 자유로워진 손을 다른 쪽 손과 (하지만 그와 그의 일행을 다치게 할까 두려워 그의 머리 위로) 머리와 몸통에 옮기면서 자유를 원한다는 의사를 표현했다. 그는 내 말을 충분히 이해한 것 같았다. 그러나 그건 안 된다는 표시로 고개를 흔들며 내가 포로로 호송되어야 한다는 손짓을 해 보였다. 하지만 또 다른 몸짓으로 내가 고기와 음료를 충분히 제공받을 것이며 매우 좋은 대우를 받게 될 것임을 이해시키려 했다. 이에 나는 다시 한번 결박을 풀어 버릴까 하는 생각을 했다. 하지만 얼굴과 손에 박히던 화살의 따끔함이 다시 느껴졌고—나는 손과 얼굴 모두 물집 투성이였고, 여전히 많은 화살이 몸에 박혀 있었다—적들의 숫자가 점점 늘어나는 것을 보면서 나는 그들이 원하는 대로 해도 좋다는 신호를 보냈다. 그러자 휘르고와 그의 일행은 매우 공손히 그리고 기분 좋은 표정으로 물러났다.

곧 사람들이 한 목소리로 "페플롬 셀런"이란 말을 크게 외치는 소리가 여러 번 반복해 들렸다. 또 많은 사람이 내 옆구리의 끈을 상당히 느슨하게 푸는 것이 느껴졌다. 덕분에 나는 오른쪽으로 몸을 돌려 시원하게 오줌을 눌 수 있었다. 내가 쏟은 엄청난 양의 오줌에 사람들은 입이 떡 벌어졌다. 이들은 내가 움직이는 모양을 보아 무엇을 할 건지를 짐작하고는 곧 오른쪽과 왼쪽으로 길을 열어 내게서 커다란 소리와 함께 힘차게 떨어지는 폭포수 같은 물줄기를 피했다. 그런데 이 일이 있기 전 그들은 내 얼굴과 두 손에 일종의 연고를 발라 주었는데, 향기가 매우 좋았고 몇 분 지나자 상처의 따끔거림이 모두 사라졌다. 게다가 그들이 준 영양가 높은 음식과 마실 것들로 원기가 회복되자 곧 졸음이 몰려왔다. 나중에 확인한 바로는 이때 여덟 시간가량을 잤던 것 같다. 이는 의사들이 황제의 명령으로 내가 마셨던 와인 통에 수면제를 섞었기 때문이다.

아마 내가 이곳에 도착한 뒤 자고 있는 채로 발견되자마자 황제는 그 소식을 급보로 일찌감치 전해 들었던 것 같다. 그는 각료회의를 열어 앞서 얘기했던 방식으로 나를 묶을 것을 결정했고(이는 내가 잠든 사이 진행됐다), 또 많은 고기와 마실 것을 내게 보내면서 나를 수도로 이동시킬 장치를 준비하도록 했다.

아마도 이러한 결정은 지나치게 대담하고 위험한 것이었다. 유럽의 다른 군주들이 비슷한 경우에 처한다면 어느 누구도 이를 따라하지 않으리라 자신한다. 하지만 내 생각에 이는 극히 너그러울 뿐 아니라 신중한 처사였다. 왜냐하면 만약 작은 사람들이 자신들의 창과 화살로 잠자는 나를 죽이려고 했다면, 나는 분명히 그 통증으로 잠에서 깨어나 나를 결박했던 끈을 끊고 분노하며 포악해졌을 테고, 그러면 그들은 더 이상 저항하지 못한 채 내게 어떤 자비도 기대할 수 없었을 테니 말이다.

이들은 최고의 훌륭한 수학자였다. 또 학문의 수호자로 널리 알려진 황제의 지원과 격려에 힘입어 역학 부분에서 완벽한 경지에 다다랐다. 이 군주는 나무나 무거운 것을 운반할 용도로 바퀴를 장착한 기구를 여러 개 소유하고 있었다. 그는 종종 대형 군함, 어떤 것은 길이가 270센티미터나 되는 군함을 재목이 있는 숲에서 만든 후 이를 앞서 얘기한 운반 기구에 실어 3백~4백 미터 떨어진 바다로 운반하게 한다. 나를 발견한 즉시 5백 명의 목수와 기술자는 자신들이 지닌 가장 큰 운반 기구를 준비하는 일에 착수했다. 이것은 땅에서 8센티미터 떨어져 있고 길이 210센티미터, 폭 130센티미터의 목재 수레이며 스물두 개의 바퀴로 움직였다.

내가 들었던 함성은 이 수레가 도착했을 때 났던 것이었다. 이

기구는 내가 이 땅에 도착하고 네 시간 정도 후 제작되기 시작했던 것으로 보인다. 수레는 내가 누워 있는 동안 나와 평행이 되도록 놓였다. 하지만 나를 들어 수레에 올려놓는 것이 큰 문제였다. 각각 30센티미터 높이의 막대기둥 80개가 이를 위해 세워졌고 일꾼들이 내 목과 양손, 몸통과 다리를 붕대로 묶고 짐 꾸리는 노끈 굵기의 튼튼한 밧줄들을 갈고리에 연결시켰다. 이어 최고로 힘이 센 자 9백 명이 동원돼 막대기둥에 고정된 많은 도르래로 밧줄을 끌어올렸다. 이런 식으로 세 시간도 안 돼 나는 수레에 실렸으며 단단하게 묶였다.

이 모든 것은 다 들은 이야기였다. 모든 작업이 진행되는 동안 나는 술에 섞인 수면제의 힘에 깊게 잠들어 있었기 때문이다. 키가 12센티미터 정도 되는 황제가 지닌 가장 큰 말 천5백 마리가 나를 수도로 끌고 갔다. 수도는 앞서 말한 대로 8백 미터 정도 떨어져 있었다.

여행이 시작된 지 약 네 시간 후 나는 매우 황당한 사건으로 인해 잠에서 깼다. 고장 난 수레를 고치기 위해 잠시 멈춘 동안 두세 명의 젊은이가 내가 어떻게 생겼는지를 보고 싶은 호기심에 수레 위로 올라와 매우 조심스레 내 얼굴 쪽으로 다가왔던 것이다. 경비대 장교였던 한 명이 날카로운 단검의 끝을 내 왼쪽 콧구멍에 꽤 깊숙이 집어넣었고, 그게 마치 지푸라기처럼 내 코를 간질이는 바람에 심하게 재채기를 했다. 그들은 들키지 않은 채 빠져 나갔고, 3주가 지나서야 나는 내가 그렇게 갑자기 깼던 이유를 알게 되었다. 우리는 그날 하루 종일 긴 행군을 했다. 밤에 쉴 때는 양쪽에 근위병 5백 명이, 반은 횃불을 들고 반은 활과 화살을 든 채 내가 조금이라도 움직이면 언제든 화살을 쏠 자세로 대기하고 있었다. 다음날 아침 동이 틀 무렵 우리는 행군을 재개했고, 정오경에 도시의 성문에서 2백 미터 떨어진 지점에 도착했다. 황제와 그의 신하 모두 우리를 맞이하러 나왔다. 하지만 황제의 경비대는 옥체가 위험할 수도 있기 때문에 폐하가 내 몸 위에 오르지 못하게 했다.

수레가 멈춘 곳에는 왕국에서 가장 큰 오래된 사원이 있었다. 이 사원은 몇 년 전에 일어난 불미스러운 살해 사건으로 오염되었기에 사람들은 이를 지극히 불경한 곳으로 여겼다. 따라서 그 이후 일상적인 용도로 사용되었으며, 모든 장식물과 가구도 다른 곳으로 치워진 상태였다. 바로 이 사원에서 내가 지내도록 결정되었다. 북쪽으로 나 있는 대문은 높이가 약 120센티미터, 폭이 60센티미터 정도였고, 나는 쉽게 이 문을 기어서 드나들 수 있었다. 문의 양옆으로는 바닥에서 15센티미터가 채 안 되는 곳에 작은 창문이 있었다. 그중 왼쪽 창문으로 왕의 대장장이들이 아흔한 개로 된 쇠사슬—유럽 귀부인의 시계에 걸려 있고, 크기도 그 정도 되는—을 가져와 내 왼쪽 다리에 묶은 후 서른여섯 개의 자물쇠로 잠가 버렸다.

이 사원의 반대편, 즉 이곳에서 6미터쯤 떨어진 큰길가의 맞은편에는 높이가 적어도 150센티미터 되는 망루가 있었다. 황제는 많은 궁정의 주요 신하와 함께 이곳에 올라와 나를 관찰할 기회를 가졌다. 물론 이는 들은 얘기로, 내가 그들을 직접 본 것은 아니다. 주민 10만 명 이상이 나를 보기 위해 도시로 나왔다고 추산되었다. 또 내 생각에 만 명이 넘는 작은 사람들이 경비대가 지키는데도 사다리를 타고 여러 번 내 몸 위로 올라왔다. 하지만 곧 사형죄를 걸고 이를 금지하는 포고령이 선포되었다. 일꾼들은 내가 스스로 쇠사슬을 끊는 게 불가능함을 알게 되자 나를 묶고 있던 밧줄을 모두 잘라 냈다. 이에 나는 내 평생 가장 우울한 기분으로 일어났다. 하지만 사람들은 내가 일어나 걷는 것을 보고 이루 말할 수 없이 놀라워하며 비명을 질러 댔다. 내 왼쪽 다리를 묶은 쇠사슬은 길이가 약 2미터였기에 반원을 그리며 앞뒤로 걸을 수 있었다. 다행히 이는 대문으로부터 10센티미터 떨어진 곳에 고정돼 있었으므로 나는 사원으로 기어들어가 몸을 쭉 뻗고 누울 수 있었다.

2장

릴리퍼트의 황제가 귀족 몇 명을 대동하고 결박된 상태의 지은이를 보러 온다. 황제의 외모와 옷이 묘사된다. 지은이에게 그들의 언어를 가르칠 학자들이 임명된다. 그는 온순한 성격으로 호의를 얻는다. 그의 주머니가 수색되고, 이후 그의 칼과 총이 압수된다.

이제 나는 두 발을 디디고 서서 주위를 둘러볼 수 있었다. 고백컨대 이보다 더 흥미로운 광경은 이전에 본 적이 없었다. 나라 전체가 마치 끝없이 이어진 정원처럼 보였으며, 대략 12미터 정도 되는 정방향 모양의 들판은 수많은 꽃밭 같았다. 이 들판은 0.13에이커 정도 넓이의 숲과 어우러져 있었다. 가장 높은 나무도 2미터가 넘지 않았다. 내 왼편으로 보이는 도시는 극장 안에 설치된, 도시를 그린 배경 그림 같았다.

나는 지난 몇 시간 동안 생리적 욕구를 해결하지 못해서 정말

급한 상태였다. 그도 그럴 것이 마지막으로 변을 본 지 거의 이틀이 지났기 때문이다. 급박함과 수치심 사이에서 나는 어쩔 줄 몰라 했다. 그나마 생각해 낼 수 있는 최고의 임시방편은 집으로 기어 들어가 해결하는 것이었다. 집에 들어가 문을 닫은 후 쇠사슬이 허용하는 한 끝까지 간 다음 그 불편한 것을 방출해 냈다. 그러나 내가 그토록 지저분한 죄를 저지른 것은 그때가 유일했다.

진실한 우리 독자들께서는 내가 처한 상황과 곤경을 너그럽고 공정하게 고려해 주시길 바라는 바이다. 이때부터 늘 나는 일어나자마자 사슬이 허용하는 한 최대로 멀리 떨어진 집밖에서 일을 처리하는 습관을 들였다. 또 매일 아침 사람들이 나오기 전, 적당한 조치가 취해졌다. 오로지 이 목적을 위해 고용된 하인 두 명이 그 냄새나는 것을 손수레로 내다 버렸다. 그런데 만일 세상 사람들에게 청결과 관련해 내 인격을 변호할 필요가 없었더라면, 언뜻 보기에 별로 중요하지 않은 이런 상황을 이렇게 길게 설명하지 않았을 것이다. 하지만 나를 비난하는 이들 몇몇이 이와 비슷한 상황들에 대해 문제를 제기했다는 얘기를 듣고 있다.

모험과도 같은 이 일이 끝나자 나는 집 밖으로 나와 신선한 공기를 마셨다. 그때 황제는 이미 망루에서 내려와 말을 타고 내 쪽으로 오고 있었다. 그러던 중 그는 큰일을 치를 뻔했다. 왕의 말은 비록 훈련이 매우 잘되었지만 마치 산이 자신 앞에서 움직이는 것처럼 보이는 광경에 전혀 익숙하지 않았기에 뒷발을 디딘 채 위로 치솟아 올랐기 때문이다. 그러나 황제는 노련한 기수였기에 앉은 자리에서 떨어지지 않았고, 하인들이 달려와 고삐를 잡은 사이 말에서 내릴 수 있었다. 말에서 내린 후 그는 감탄하며 나를 이리저리 보았다. 하지만 줄곧 쇠사슬이 닿지 않는 범위 너머에 머물렀다.

그는 미리 대기하고 있던 요리사와 주류 관리자에게 먹을 것과 마실 것을 내오도록 했다. 그들은 일종의 바퀴 달린 수레를 내 손에 잡힐 때까지 밀었고, 나는 그 수레를 집어 들어 음식을 남김없이 해치웠다. 수레 스무 대에는 고기가, 나머지 열 대에는 달콤한 술이 가득 담겨 있었다. 나는 고기 수레 하나를 두세 입에 먹어 치웠고, 도자기 병에 담긴 열 개 병으로 이루어진 수레 하나를 한 모금에 마셔 버렸다. 나머지 수레들도 마찬가지였다.

황비와 왕실의 어린 왕자, 공주들은 귀부인들의 수행을 받으면서 내게 어느 정도 거리를 둔 채 마차에 앉아 있었다. 하지만 황제의 말이 소란을 일으켰던 사건 때문에 마차에서 내린 후 왕에게 가까이 다가갔다. 황제의 외모를 묘사하자면 다음과 같다. 그는 궁정의 어떤 이들보다 내 손톱 넓이만큼 키가 더 크다. 이것만으로도 보는 이들에게 경외감을 심어 주기에 충분하다. 그의 생김새는 강하고 남자답다. 그는 오스트리아인의 입술과 구부러진 코를 가지고 있고, 얼굴은 올리브빛이며, 자세는 똑바르고 몸통과 사지는 균형이 잘 잡혀 있으며, 모든 움직임이 우아하고 위엄 있는 자세를 취하고 있다. 그의 나이는 스물여덟 살 9개월로 당시 한창 때를 지나고 있었다. 약 7년 동안을 타국을 상대로 승리를 구가하며 평화롭게 나라를 통치했다.

나는 그를 좀 더 잘 보기 위해 옆으로 누워 내 얼굴이 그의 얼굴과 평행이 되도록 했고, 그는 내게서 3미터 정도 떨어진 채 서 있었다. 이후로도 나는 그를 내 손바닥 위에 놓고 여러 번 보았으므로 앞의 묘사가 틀리지 않을 것이다. 그의 의복은 매우 평범하고 단순했으며, 아시아와 유럽 중간의 스타일을 따르고 있었다. 하지만 보석과 꼭대기 깃털로 장식된 황금관을 머리에 쓰고 있었다. 그는 혹시 내가 쇠사슬에서 풀려날 경우를 대비해 칼을 꺼내 손에 들고 있었다. 칼은 길이가 8센티미터 정도였고 칼자루와 칼집에는 다이아몬드가 화려하게 박혀 있었다. 그의 목소리는 날카로웠으며 매우 분명하고 또렷해서 내가 서 있을 때조차 정확히 들렸다. 귀부인과 귀족들은 모두 최고로 화려한 옷을 입고 있었다. 따라서 그들이 서 있는 곳은 금과 은으로 장식된 페티코트가 땅 위에 펼쳐진 것처럼 보였다.

황제는 내게 여러 번 말을 걸었고 나도 대답을 했지만, 사실 우리는 서로 한마디도 알아듣지 못했다. 그 자리에는 성직자와 변호사 몇몇이 있었고(그들의 옷으로 미루어 보건대), 그들도 내게 말을 걸어 보라는 명령을 받았다. 나는 내가 조금이라도 알고 있는 언어인 독일어, 네덜란드어, 라틴어, 프랑스어, 스페인어, 이탈리아어, 국제공용어 등으로 얘기해 봤지만 아무 소용없었다. 약 두 시간 후 황실 사람들은 물러났고, 강력한 경비대가 나와 함께 남았다. 이는 최대한 가까이 내 주위에 다가오기 위해 안달복달하는 대중의 무례함 혹은 악의를 막기 위한 것이었다.

어떤 이들은 내가 문 옆의 바닥에 앉아 있을 때 내게 대담하게 화살을 날렸고, 화살 중 하나가 내 왼쪽 눈을 아슬아슬하게 피해 가기도 했다. 이에 책임자인 대령은 여섯 명의 주동자를 체포하도록 명령했으며, 그 벌로 이들을 내 손아귀에 놔두는 것이 가장 적당하다고 생각했다. 이에 따라 그의 병사 몇이 창끝으로 그들을 밀어 내 손이 미치는 곳까지 밀어 넣었다. 나는 오른손으로 그들을 모조리 잡아 그중 다섯은 외투 호주머니에 넣었고, 여섯 번째는 손에 쥔 채 마치 산 채로 잡아먹을 듯한 표정을 지어 보였다. 그 불쌍한 녀석은 겁에 질려 소리를 질러 댔다. 대령과 부하 장교들은 그 모습에 매우 괴로워했고, 특히 내가 주머니칼을 꺼내는 것을 볼 때 불안해했다. 하지만 나는 곧 그들을 공포로부터 해방시켜 주었다. 이내 표정을 부드럽게 하면서 그를 묶었던 끈을 끊어 주었던 것이다. 그를 땅 위에 조심스럽게 내려놓자 그는 곧 도망쳐 버렸다. 나는 나머지 사람들도 주머니에서 하나하나 꺼내 같은 방식으로 풀어주었다. 병사들과 그 외 사람들 모두 나의 이러한 너그러움에 깊이 고마워했다. 이 일은 나중에 궁전에까지 알려져 내게 매우 유리하게 작용하게 되었다.

밤이 되면 나는 어렵게 집 안으로 들어가 땅바닥에 누워 잤으며, 이런 생활을 약 2주간 계속했다. 그동안 황제는 나를 위한 침대를 만들라고 명령했다. 보통 크기의 매트리스 6백 개를 수레에 실어 집 안으로 들인 후 침대로 조립했다. 그리고 매트리스 150개를 내게 어울리는 폭과 길이에 맞게 바느질로 꿰매서 침대가 되었고 이것을 다시 네 겹으로 겹쳐 올렸다. 하지만 침대는 부드러운 돌로 이루어진 딱딱한 마룻바닥과 그다지 다르지 않았다. 또 그들은 내게 시트, 담요 그리고 이불을 똑같은 계산법으로 만들어 주었다. 나처럼 오래 고생을 해 온 사람에게는 그럭저럭 쓸 만했다.

나에 관한 뉴스가 왕국에 퍼지자 엄청난 숫자의 돈 많고 게으르며 호기심 가득한 사람들이 나를 보기 위해 몰려왔다. 그런 탓에 마을이 거의 텅 비어 버렸다. 이때 만일 황제가 칙령과 국가 포고령을 발표하며 이러한 불편한 사태에 대비하지 않았더라면, 농사와 집안 살림이 크게 소홀해지는 일들이 잇따랐을 것이다. 그는 나를 한 번 본 사람들은 집으로 돌아가야 하며, 왕실의 허가 없이는 감히 내 집의 50미터 안쪽으로 들어 오는 일이 없도록 지시했다. 이를 통해 국무대신들이 걷어 들인 돈은 상당했다.

그사이 황제는 나를 어떻게 처리해야 할지를 논의하기 위해 각료회의를 자주 열었다. 나는 국가 기밀을 잘 아는 높은 신분의 한 친구를 통해 이 나라 조정이 나로 인해 많은 어려움에 처해 있다는 것을 나중에 들었다. 그들은 내가 쇠사슬을 끊고 도망칠까 봐 걱정했고, 또 내게 들어가는 음식비가 너무 커서 국가에 기근을 야기할 수 있다고 걱정했다. 때때로 나를 굶어 죽이거나, 적어도 나를 즉사시킬 수 있는 독화살을 얼굴과 양손에 쏠 것을 결의하기도 했다. 하지만 그토록 커다란 시체에서 나오는 악취는 수도에 전염병을 발생시킬 수 있으며 이것이 전 왕국에 걸쳐 퍼질 수도 있다는 데에 다시 생각이 미쳤다. 이러한 회의 과정 중에 군대의 장교 두 명이 각료회의실로 들어가 앞서 얘기했던 여섯 명의 범죄자들에게 내가 베푼 아량을 설명했다. 덕분에 황제와 전체 위원회의 머릿속에는 나에 대한 매우 호의적인 인상이 새겨졌으며 곧 황제의 명령이 반포되었다. 도시를 중심으로 9백 미터 안에 있는 모든 마을은 매일 아침 소 여섯 마리와 양 40마리 그리고 기타 음식을, 이에 비례한 양 만큼의 빵과 와인 그리고 다른 술들과 함께 내가 먹을 음식으로 바쳐야 했다. 황제는 이에 대한 정당한 지불을 재무성이 알아서 하도록 지시했다.

이곳의 군주는 주로 자신의 토지에서 나오는 수입으로 생활한다. 심각한 경우가 아니라면 좀처럼 백성들로부터 세금을 징수하지 않는 반면, 백성들은 전쟁 시 자신들의 비용으로 왕을 수행해야 한다. 내 집안일을 돕기 위해 6백 명의 하인으로 구성된 기관이 설립되었다. 이들에게는 숙식비가 제공되었으며, 집의 양쪽으로 이들을 위한 편리한 임시거처가 지어졌다. 마찬가지로 재단사 3백 명이 그 나라의 유행에 맞추어 내게 옷을 한 벌 지어주라는 지시를 받았다. 또 폐하의 훌륭한 학자 여섯 명이 그들의 언어를 내게 가르치기 위해 고용되었다. 마지막으로 황제와 귀족의 말들 그리고 경비대의 말들이 내 모습에 익숙해지도록 내가 보는 앞에서 훈련해야 한다는 명령이 떨어졌다. 이런 모든 명령은 적절히 시행되었다.

약 3주가 지나자 나는 그들의 언어를 배우는 데 큰 진척을 보였다. 그 기간 동안 황제는 나를 자주 방문하는 영광을 베풀어 주었으며 선생들이 나를 가르치는 걸 즐거이 도왔다. 우리는 이미 일종의 대화를 나누기 시작했다. 내가 배운 최초의 말은 그가 내게 자유를 주기를 원한다는 소망을 표현하는 것이었다. 나는 매일 무릎을 꿇고 이 말을 반복했다. 내가 이해한 바로, 그의 대답은 이는 시간이 걸리는 문제로 각료회의의 결정 없이는 고려될 수 없다는 것이었다. 또 내가 반드시 '루모스 켈민 페소 데스마 론 엠포소' 해야 한다, 즉 그와 그의 나라에 평화의 맹세를 해야 한다고 했다. 하지만 그는 나를 매우 친절하게 다룰 것이라고 말하면서, 내가 인내심과 분별 있는 행동으로 자신과 백성들에게 좋은 평판을 얻었으면 좋겠다고 조언했다.

그는 자신이 담당 장교들에게 나를 수색하라는 지시를 내리더라도 기분 나빠하지 않기를 바랐다. 내가 무기를 소지하고 있을 가능성이 있는데, 그것이 내 거대한 몸 크기에 맞는 것들이라면 분명히 위험할 것이라는 이유였다. 나는 전하 앞에서 옷을 완전히 벗고 주머니를 모두 꺼내 보이겠다면서 걱정하지 마시라고 했다. 이런 내용을 나는 말과 몸짓으로 전달했다. 그는 왕국의 법에 따라 두 명의 관리가 나를 수색할 것이라고 대답하면서, 내 동의와 도움 없이 이는 가능하지 않음을 알고 있다고 했다. 또 이 사람들을 내 손에 맡길 정도로 내 너그러움과 정의감을 높이 평가하고 있으므로, 압수된 어떤 물건이든 내가 이 나라를 떠날 때 돌려주거나 내가 정하는 비율에 따라 보상할 것이라고 했다. 나는 두 명의 관리를 내 손에 올려놓은 후 가장 먼저 외투 주머니 안으로 넣었고, 이후에는 다른 모든 주머니에도 넣어 주었다. 하지만 두 개의 시계 주머니와 수색하도록 놔둘 마음이 전혀 없던 비밀 주머니는 예외였다. 그곳에 나는 나 말고 다른 누구에게도 중요하지 않은 사소한 필수품 몇 개를 넣어 두었던 것이다.

시계주머니 중 하나에는 은으로 된 시계가, 다른 주머니에는 소량의 금이 담긴 지갑이 있었다. 이 두 신사는 펜과 잉크 그리고 종이를 가지고 다니면서 그들이 본 모든 것에 대한 정확한 목록을 작성했다. 일을 마친 후에는 이를 황제에게 전달할 수 있도록 자신들을 내려 달라고 했다. 나는 나중에 이 목록을 영어로 번역했는데, 단어 하나하나 살펴보면 다음과 같다.

우선, 우리는 엄격한 수색 끝에 이 거대한 '인간산'(나는 '퀸부스 플레스트린'을 그렇게 번역한다)의 외투 오른쪽 주머니에서 커다랗고 거친 천 조각 하나를 찾았는데, 이는 폐하의 대회의실 깔개 천으로 쓰기에 충분할 정도의 크기였다. 왼쪽 주머니에서는 은뚜껑이 달린 거대한 은상자를 보았는데, 우리 조사관들이 들어 올릴 수 없을 만큼 무거웠다. 이걸 열어 달라고 해 한 명이 그 안으로 들어가자 다리 절반이 일종의 먼지 같은 것에 빠져 버렸고, 먼지는 우리 얼굴까지 날아올라 우리 둘 다 몇 번이나 재채기를 했다. 그의 조끼 오른쪽 주머니에서는 하얗고 얇은 것들이 하나하나 포개져 엄청나게 큰 덩어리를 이룬 물건을 발견했다. 이는 세 사람을 합쳐 놓은 듯한 크기에 튼튼한 끈으로 묶여 있었으며 그 위에 까만 형상들이 있었다. 우리의 소견으로 이 까만 것은 글이라고 생각되는데, 글자 하나하나가 거의 우리 손바닥 반만 했다. 조끼 왼쪽 주머니에는 일종의 기구가 있었는데, 중심축에는 폐하 궁전 앞에 있는 방어벽과 비슷한 스무 개의 기다란 막대가 늘어져 있었다.

우리는 인간산이 이것으로 머리를 빗는다고 짐작한다. 우리는 그에게 소지품에 대해 캐물어 보지는 않았다. 그가 우리를 이해시킬 수 있도록 설명하는 것이 매우 어렵다는 것을 알았기 때문이다. 그의 중간 겉옷(나는 란푸로라는 단어를 그렇게 번역했는데 내 바지를 가리키는 말이었다)의 오른쪽 큰 주머니에서는 기둥보다 더 큰 튼튼한 나무 조각에 고정되어 있으며, 사람만 한 길이에 가운데가 텅 빈 쇠막대를 보았다. 막대 한쪽 면에는 이상한 형상을 지닌 거대한 쇳조각들이 튀어나와 있는데, 이것이 무엇인지는 모르겠다. 왼쪽 주머니에도 똑같은 종류의 기구가 있었다. 오른쪽의 좀 더 작은 주머니에는 다양한 크기의 동그랗고 납작한, 또 하얗고 붉은 색의 쇳조각들이 몇 개 있었다. 은으로 보이는 하얀 조각들은 너무 크고 무거워서 나와 내 동료가 들기는 어려웠다. 왼쪽 주머니에는 불규칙한 모양의 두 개의 검은 기둥이 있었다. 우리는 주머니의 바닥에 있었으므로 애쓰지 않고는 그 꼭대기에 닿기가 어려웠다. 그중 하나는 뚜껑이 있었고, 같은 종류의 재료로 이루어진 것 같았다. 하지만 다른 기둥의 꼭대기에는 우리 머리 두 배만 한 크기의 하얗고 둥근 물체가 보였다. 각각 기둥 안에는 거대한 강철판이 담겨 있었다. 우리는 그에게 이것을 보여 주도록 명령했는데, 위험한 기구인 것 같아 걱정이 됐기 때문이었다. 그는 케이스에서 이들을 꺼내면서 그의 나라에서는 이 중 하나로 수염을 깎고 다른 것으로는 고기를 자르는 데 쓴다고 말했다. 그의 옷에는 우리가 들어갈 수 없는 주머니가 두 개 있었다. 그는 이를 자신의 시계주머니라고 불렀다. 이는 그의 중간 겉옷의 위쪽에 길고 크게 갈라진 두 개의 틈이었지만 그의 배의 압력으로 꽉 눌려져 있었다. 오른쪽 시계주머니에는 바닥에 거대한 은 쇠사슬이 있는 놀랄 만한 종류의 기구에 매달려 있었다. 우리는 쇠사슬 끝에 있는 것을 끌어올리도록 지시했다. 그것은 반은 은으로, 반은 투명한 금속으로 이루어진 구형 물체처럼 보였다. 우리는 투명한 쪽에 이상한 형상들이 둥글게 돌아가며 그려져 있는 걸 보았다. 그걸 만질 수 있다고 생각했으나 우리 손가락이 투명한 물체에 막혀 들어가지 못한다는 것을 알았다. 그는 이 기구를 우리 귀에 갖다 대었는데 마치 물레방아 소리처럼 끊임없이 소리가 났다. 우리는 이것이 어떤 미지의 동물이거나 그가 숭배하는 신이라고 추측한다. 하지만 후자 쪽으로 더욱 기우는데, 왜냐면 (우리가 그를 제대로 이해한다면 말이다. 그의 표현은 매우 불완전했다) 그는 그것과 상의하지 않고는 거의 아무것도 할 수 없다고 주장했기 때문이다. 그는 그것을 자신의 신탁이라 부르면서, 자신이 살면서 하는 모든 일의 시간을 알려 준다고 말했다. 그는 또 왼쪽 시계주머니에서 어부의 그물만큼 커다란 그물을 꺼냈는데, 마치 지갑처럼 열고 닫을 수 있었으며 바로 그 용법으로 쓰이는 물건이었다. 우리는 그 안에서 커다랗고 노란 금속들을 몇 개 발견했는데, 이게 진짜 금이라면 엄청난 가치가 있을 듯하다.

우리는 폐하의 명령으로 이렇듯 그의 모든 주머니를 부지런히 수색한 후, 그의 허리둘레에 있는 거대한 동물의 가죽으로 된 허리띠를 보았다. 허리띠 왼쪽 편으로는 다섯 명을 합쳐 놓은 길이의 칼이 걸려 있었다. 오른쪽에는 두 칸으로 나누어진 주머니가 있었다. 각각의 칸은 폐하의 백성 세 명을 담을 만한 크기였다. 이 칸 중 하나에는 아주 무거운 금속으로 된 구형 물체들이 몇 개 있었는데, 크기는 우리 머리만 했고, 힘센 장정이나 들어 올릴 수 있을 듯했다. 다른 칸은 어떤 검은 가루 덩어리를 담고 있었다. 부피나 무게가 크지는 않았는데, 우리도 50개 이상을 손바닥 위에 올려놓을 수 있을 정도였다.

이것이 우리가 인간산의 몸을 수색하며 발견한 것들에 대한 정확한 목록이다. 그는 매우 공손히 또 폐하의 명령에 대한 적절한 존중을 담아 우리를 대우했다. 폐하의 상서로운 통치 팔십구 월 넷째 날에 서명하고 밀봉함.

클레프런 프레록, 말시 프레록

이 목록이 황제에게 보고되자 그는 내게 몇몇 물품을 제출하라고 지시했다. 그는 먼저 내 큰 칼을 요구했고, 나는 칼집을 포함해 칼 전부를 내놓았다. 이 일이 진행되는 동안 그는 자신을 수행하는 정예군대 3천 명이 어느 정도 거리를 두고 나를 둘러싼 채 활과 화살을 들고 여차하면 발사할 수 있게 준비하라고 지시했다. 하지만 내 시선은 완전히 폐하에게 고정되어 있었기 때문에 나는 이들을 인식하지 못했다. 그런 다음 그는 내가 칼을 뽑아 보기를 원했다. 칼은 비록 바닷물에 녹이 좀 슬었지만 여전히 광채가 났다. 그의 명령에 따라 칼을 뽑아 들지 순간 모든 병사가 공포와 놀라움에 휩싸여 고함을 질렀다. 태양이 내리쬐는 곳에서 내가 큰 칼을 손에 쥐고 이리저리 움직인 탓에 햇빛에 반사된 빛이 그들을 눈부시게 했기 때문이다.

폐하는 매우 용감한 군주답게 내 예상보다 덜 움츠러들었다. 그는 내게 칼을 도로 칼집에 넣은 후 내 쇠사슬의 끝으로부터 약 2미터 떨어진 곳에 최대한 조용히 내려놓을 것을 명령했다. 다음으로 그가 요구한 것은 가운데가 텅 빈 쇠막대 중 하나, 즉 내 휴대용 권총이었다. 그의 요구에 따라 권총을 꺼낸 후 나는 그것의 용도를 내가 할 수 있는 한 최선을 다해 설명했다. 우선 내 작은 주머니가 빡빡했기에 바닷물에 젖지 않았던 화약(모든 신중한 선원들은 화약이 물에 젖지 않도록 특별히 조심한다)을 총에 넣었다. 그러고는 먼저 황제에게 두려워하지 말라고 경고한 후 하늘을 향해 총을 쏘았다. 이에 사람들은 내 큰 칼을 보고 놀란 것보다 훨씬 더 놀라워했다. 수백 명이 마치 총에 맞아 죽은 것처럼 쓰러졌다. 심지어는 황제도 비록 땅 위에 버티고 서 있기는 했지만 얼마간 정신을 차리지 못했다.

나는 큰 칼과 같은 방식으로 휴대용 권총 두 자루를 반납했고, 이어 화약 주머니와 총알도 건넸다. 특히 화약은 불에 가까이 두어서는 안 된다고 강조했는데, 가장 작은 불꽃만으로도 불이 붙어 그의 황궁을 공중으로 날려 버릴 수 있기 때문이었다. 마찬가지로 나는 황제가 매우 궁금해하면서 보고 싶어 했던 시계도 제출했다. 이를 경비대원들 중 키가 가장 큰 병사 두 명이 어깨에

장대를 맨 채 가져가도록 명령했는데, 마치 영국의 짐꾼들이 맥주 통을 옮길 때와 같은 방식이었다. 황제는 시계가 계속해서 내는 소리와 분침의 움직임에 놀라워했다. 그러나 시계 분침은 쉽게 식별해 냈는데 그들의 시력은 우리보다 훨씬 더 예민하기 때문이다. 그는 시계에 관한 주변 학자들의 의견을 구했고, 내가 되풀이하지 않아도 독자들이 잘 상상할 수 있는 것처럼 그들의 견해는 다양하고도 접점을 찾기 어려운 것이었다. 물론 내가 그들의 말을 완전히 이해한 것은 아니지만 말이다. 다음으로 나는 은화와 동화, 대형 금화 아홉 개와 몇몇 소형 금화가 들어 있는 내 지갑을 넘겼다. 주머니칼과 면도기, 빗, 은빛 코담배갑, 손수건과 수첩도 제출했다. 내 큰 칼과 권총, 화약 주머니는 폐하의 마차에 실려 창고로 옮겨졌다. 하지만 나머지 물건들은 내게 반환되었다.

앞서 말했던 것처럼 내게는 그들에게 수색당하지 않은 사적인 주머니가 하나 있었다. 거기에는 안경(시력이 약해 가끔 이용한다), 휴대용 망원경, 기타 몇몇 자질구레한 편의용품들이 있었다. 이는 황제에게 별로 중요한 것이 아니기에 밝혀야 할 의무가 있는 것은 아니라고 생각했다. 또 그것들을 내놓는다면 잃어버리거나 망가지게 될까 봐 걱정되었다.

3장

지은이는 황제와 귀족, 귀부인들을 매우 특별한 방식으로 즐겁게 해 준다. 릴리퍼트 궁전의 오락들이 묘사된다. 지은이는 일정한 조건하에 자유를 얻는다.

나는 내 부드러운 성품과 착한 행동으로 그의 신하들 나아가 군대와 백성 전체의 환심을 샀기에 곧 자유를 얻을 수 있으리라는 희망을 품었다. 이러한 우호적인 분위기를 진작시키기 위해 나는 가능한 한 모든 방법을 동원했다. 그러자 원주민들은 점차 내가 위험을 가할 것이라는 걱정을 하지 않았다. 가끔씩 나는 누운 채로 대여섯 명이 내 손 위에서 춤추도록 내버려 두었다. 그러자 마침내 소년 소녀들은 겁 없이 다가와 내 머리카락 사이에서 숨바꼭질을 하기도 했다. 이제 나는 작은 사람들의 언어를 이해하고 말하는 데 상당한 진척을 보이게 됐다. 어느 날 황제는 그 나라에서 행해지는 놀이 몇 가지를 내게 보여 주겠다고 했다.

그 놀이들은 기술과 화려함 면에서 모두 내가 아는 어떤 나라의 것들보다 뛰어났다. 그중 줄타기 놀이보다 내게 더 재밌는 것은 없었다. 줄 타는 이들은 바닥에서 30센티미터 떨어진 곳에 60센티미터 길이의 가는 줄을 설치하고 그 위에서 공연을 했다. 독자들이 허락한다면 이에 대해 좀 더 자세히 설명하고 싶다.

이 놀이는 궁전에서 높은 관직이나 국왕의 총애를 받는 자리에 오르고자 하는 사람들만이 할 수 있다. 그들은 젊어서부터 이 기술을 훈련했으며, 그렇다고 후보 모두가 귀족 출신이거나 교양 교육을 받은 것은 아니다. 죽음이나 불미스러운 일로 (이런 일은 자주 일어난다) 공직 자리가 비면, 대여섯 명의 후보들이 줄타기 놀이를 통해 폐하와 그의 신하들을 즐겁게 할 수 있게 해 달라는 청원을 황제에게 넣는다. 그중에 줄에서 떨어지지 않고 가장 높이 뛰어오르는 사람이 그 자리를 얻게 된다. 또 주요 대신들은 자신들의 기술을 보여줌으로써 아직 능력을 잃지 않았음을 황제에게 확신시키라는 명령을 매우 자주 받는다. 재무대신 플림냅은 그 나라의 어떤 귀족들보다 팽팽한 줄 위에서 적어도 25밀리미터는 더 높이 뛴다고 알려져 있다. 나는 그가 영국에서 흔한 노끈 정도 굵기의 줄에 고정된 목판 위에서 한꺼번에 여러 번 공중제비 넘는 것을 본 적이 있다. 내 생각에 재무대신 다음으로는, 편들어서가 아니라, 사적 업무 담당 비서실장인 내 친구 렐드레살이 잘한다. 나머지 고위 관직자들은 거의 비슷비슷하다.

이런 놀이들은 자주 치명적인 사고를 동반하기도 하는데, 여기에 대한 많은 기록이 남아 있다. 나 역시 지원자 두세 명의 팔다리가 부러지는 것을 본 적이 있다. 그렇긴 해도 대신들이 자신의 숙련된 솜씨를 보이도록 명령받을 때의 위험은 더욱 크다. 왜냐면 그들은 과거의 자신 그리고 동료들을 뛰어넘기 위해 지나치게 애쓰기 때문이다. 그들 중 떨어진 적이 없는 사람은 거의 없으며, 그중 몇 명은 두세 번씩 떨어지기도 했다. 들은 바로는 내가 이곳에 오기 한두 해 전에 플림냅도 거의 목이 부러질 뻔했는데, 우연히 바닥에 놓여 있던 왕의 방석이 그가 떨어지는 힘을 흡수하지 않았더라면 틀림없이 그렇게 됐을 것이라고 했다.

이와 비슷한 또 다른 놀이는 오로지 황제와 황후 그리고 총리대신 앞에서 특별한 경우에만 진행된다. 황제는 탁자 위에 15센티미터 길이의 고운 비단실 세 개를 놓는다. 하나는 파란색, 다른 것은 빨간색, 나머지는 초록색이며, 이 실들은 황제가 자신의 마음에 드는 사람들에게 특별한 징표로 주는 것으로 일종의 상이다. 이 의식은 폐하의 의전실에서 수행된다. 이곳에서 지원자들은 앞의 것과 매우 다른 기술을 해내야 한다. 구세계건 신세계건 그 어떤 나라에서도 나는 이 비슷한 것을 결코 본 적이 없다. 황제가 두 손으로 막대기 한쪽을 잡고 양끝을 바닥과 평행이 되게 하면, 지원자들이 한 명씩 앞으로 나와 막대기가 올라가거나 내려감에 따라 어떤 때는 막대기 위를 넘고 어떤 때는 막대기 아래에서 앞뒤로 몇 차례 기어서 지나간다. 가끔은 황제가 막대기의 한 끝을 잡고 총리대신이 다른 끝을 잡을 때도 있으며, 또 어떤 때는 총리대신 혼자 막대기를 들고 있기도 하다. 자기 역할을 가장 민첩하게 해내면서 '뛰어넘기'와 '기어 다니기'에서 가장 오래 버틴 사람은 상으로 파란색 비단실을 받는다. 빨간색은 그다음, 초록색은 3등에게 주어진다. 상을 받은 자는 모두 허리에 이 끈을 둘러맨다. 궁정에서 이러한 허리띠를 두르지 않은 고위 관직 인물은 거의 찾아볼 수 없다.

군대에 속한 말과 황실 마구간의 말들이 매일 내 앞에서 훈련했으며 이들은 더 이상 겁먹거나 뒤로 내빼지 않고 내 발 바로 앞까지 접근하곤 했다. 기마병들은 내가 손을 땅바닥에 대고 있을 때 이를 뛰어넘었다. 또 황제의 사냥병 중 한 명은 큰 말을 타고 내 발과 신발을 뛰어넘었는데, 이는 정말 엄청난 도약이었다. 어느 날 나는 운 좋게도 매우 특별한 방식으로 황제를 즐겁게 해줄 수 있었다. 나는 높이 60센티미터에 굵기는 보통 지팡이 정도 되는 막대기 몇 개를 내게 가져다주라는 지시를 내려 달라고 그에게 요청했다. 그러자 폐하는 목재 담당 책임자에게 해당 지시를 내리라고 명령했다. 다음 날 아침 여섯 명의 목재 담당자가 여덟 마리의 말이 각각 이끄는 수레 여섯 대와 함께 도착했다. 나는 막대기 아홉 개를 가지고 가로세로 75센티미터의 정사각형 모양으로 땅바닥에 단단히 고정시켰다. 또 네 개의 다른 막대기를 바닥과 평행되게 그리고 60센티미터 정도 높이로 앞선 막대기의 모서리 부분에 묶었다. 그러고는 세워진 아홉 개의 나무 막대기에 내 손수건을 북의 표면처럼 팽팽해질 때까지 펼쳐 묶었다. 바닥과 평행한 막대기 네 개는 손수건보다 12센티미터 더 높이 솟아 각각의 측면에 선반처럼 사용되었다.

모든 준비를 마치고 나는 황제에게 최고의 기마병 스물네 명을 이 정사각형 평원으로 보내 훈련시킬 것을 제안했다. 폐하는 이 제안을 승낙했고, 나는 무장한 기마병들을 훈련 담당 장교들과 함께 하나하나 손으로 들어 올렸다. 정렬을 마치자마자 그들은 두 편으로 나누어서 모의 전투를 수행하기 시작했다. 무딘 화살을 쏘고, 칼을 뽑고, 도망치고, 쫓고, 공격하고, 후퇴하면서 말이다. 그들은 내가 여태 본 훈련 중 최고의 군사훈련을 보여 줬다. 평행 막대기가 기마병과 그들의 말이 무대 밖으로 떨어지지 않도록 안전하게 보호했다. 황제는 매우 즐거워하며 이 오락을 며칠 동안 반복하라고 명령했다. 한번은 기꺼이 무대 위로 들어 올려진 채 호령을 하기도 했다. 심지어 황후를 어렵사리 설득해 내가 마차에 탄 그녀를 손 위에 올려놓은 채 무대에서 2미터 떨어진 곳에서 모의 훈련 광경을 전체적으로 볼 수 있게 했다. 다행히 이 오락에서 불미스러운 사건은 일어나지 않았다. 단지 어떤 대위의 사나운 말이 앞발을 내딛다가 손수건에 구멍을 냈고 발이 미끄러지면서 그 위에 탔던 기수와 함께 넘어진 일이 한 번 있었다. 하지만 내가 그 즉시 한 손으로는 구멍을 막으면서 다른 손으로 기마병들을 들어 올렸던 때처럼 내려놓아 그 둘을 구해 냈다. 떨어진 말은 왼쪽 어깨가 삐었지만 기수는 다치지 않았다. 나는 최선을 다해 손수건을 고쳤다. 하지만 손수건의 강도를 고려해 이런 위험한 일에는 더 이상 쓰지 않기로 했다.

내가 자유의 몸이 되기 2, 3일 전쯤, 그러니까 이러한 묘기들로 왕궁을 즐겁게 하고 있을 즈음 급보 하나가 폐하에게 도착했다. 그의 백성 몇 명이 내가 처음으로 그들에게 잡힌 곳 가까이를 말을 타고 지나가다가 땅 위에 놓인 커다란 검은 물체를 보았다고 한다. 그런데 그것이 매우 이상하게 생겼고, 그 가장자리가 폐하의 침실만큼 널리 퍼져 있으며, 가운데가 사람만 한 크기로 솟아 있다는 것이다. 그것은 그들이 처음 생각했던 것처럼 살아 있는 생물체는 아니었다. 풀밭에 놓인 채 움직이지 않았기 때문이다. 그들 중 몇 명은 물체의 둘레를 여러 번 맴돌아 보았다. 또 서로의 어깨를 밟고 올라간 물체의 꼭대기는 납작하고 평평했으며, 그 위에서 발을 굴러 본 결과 속이 비어 있다는 걸 알게 됐다.

그들의 판단으로 이는 인간산의 물건으로 보였다. 폐하께서 원하신다면 말 다섯 마리로 기꺼이 궁전으로 끌고 가겠다고 했다. 나는 즉시 그들이 하는 말을 이해했으며 매우 기뻤다. 배가 난파되고 처음 해안에 도착했을 때 나는 너무 정신이 없는 상태였다. 그렇기에 내 모자는 내가 육지에 당도하여 잠이 들었던 곳에 도착하기 전 이미 떨어져 나갔을 것이다. 비록 그 모자는 내가 노를 저을 때도 끈으로 머리에 고정되어 있었고, 헤엄치는 동안에도 내내 머리에 잘 달라붙어 있었지만 말이다. 내가 모르는 어떤 사건으로 모자 끈이 떨어져 나갔나 본데, 나는 모자를 바다에서 잃어버렸다고만 생각했었다. 나는 황제폐하께 모자의 용도와 특징을 설명하면서 즉시 가져오라는 명령을 내려 달라고 청했다. 다음 날 짐마차꾼들이 그것을 가져왔지만 상태는 매우 좋지 않았다. 그들은 가장자리에서 35밀리미터 정도 떨어진 모자 챙 부분에 두 개의 구멍을 뚫었고 구멍에 두 개의 고리를 고정시켰다. 이 고리에 긴 끈을 달아 마차에 연결시켰고, 그렇게 내 모자는 8백 미터 이상 되는 거리를 질질 끌려왔다. 하지만 이 나라의 땅이 매우 부드럽고 평평했기에 내가 예상했던 만큼 손상되지는 않았다.

이러한 일이 있은 지 이틀 후, 황제는 수도 근방에 주둔해 있는 군대 일부에게 준비 태세를 갖추라고 명령하고는 아주 독특한 방식으로 즐길거리를 생각해 냈다. 그는 내가 불편을 느끼지 않는 한도에서 최대한 두 다리를 벌린 채 거인처럼 서 있도록 했다. 그러고는 그의 장군(나이가 지긋하고 경험 많은 지도자이자 내 중요한 후견인)에게 병력을 밀집 대형으로 집합시켜 내 다리 밑으로 행진할 것을 명령했다. 나란히 선 보병 스물네 명과 기병 열여섯 명이 북을 울리고, 깃발을 휘날리고, 창을 앞으로 내밀며 전진했다. 전체는 보병 3천 명과 기병 1천 명으로 이루어졌다. 폐하는 사형죄를 내걸고 모든 병사가 행진 중 내 몸에 대해 엄격한 예의를 지켜야 한다는 명령을 내렸다. 그렇다고 젊은 장교들이 내 밑을 지나갈 때 눈을 들어 올리는 것을 막을 수는 없었지만 말이다. 사실을 고백하자면, 내 바지는 당시 상태가 너무 안 좋았었기에 그들에게 웃음과 경탄할 기회를 줄 수 있었다.

나는 자유를 얻기 위해 수많은 진정서와 청원서를 제출했다. 마침내 폐하는 내각에서 이 문제를 언급하기 시작했으며 나중에는 전체 의회에 상정했다. 이에 대해 스키레슈 볼골람을 제외하고는 별 이견이 없었는데, 그는 특별한 이유도 없이 기꺼이 내

지독한 적이 된 자였다. 하지만 모든 의원이 그의 의견에 반해 이 일을 진행시켰고 황제에 의해 추인되었다. 반대했던 그 대신은 '갈베트' 즉 그 나라의 해군제독이였다. 그는 황제의 신임을 단단히 얻고 있었고 국사에 정통한 인물이었지만, 음침하고 뚱한 표정을 지니고 있었다. 하지만 그도 마침내 설득되었고 동의했다. 비록 내가 자유를 얻기 위해 맹세해야 하는 조건과 조항들을 자신이 작성해야 한다고 주장했지만 말이다.

스키레슈 볼골람이 두 명의 비서관 그리고 고위층 인사 몇 명과 함께 직접 이 조항들을 내게 가져왔다. 조항들이 낭독된 후 나는 이를 지키겠다는 맹세를 해야 했다. 처음에는 내 나라의 법, 다음에는 그들의 법에 의해 정해진 방식을 따랐다. 왼손으로 오른쪽 발을 잡고 오른손 중지를 머리 정수리에 놓으며 엄지손가락을 오른쪽 귀 끝에 대는 식으로 말이다. 그런데 독자들은 아마 어떤 조건으로 내가 자유를 되찾게 되었는지뿐 아니라, 그들의 독특한 표현 방식과 스타일에 대해서도 궁금할지 모르겠다. 그래서 전체 내용을 단어 하나하나 내가 할 수 있는 한 최선을 다해 번역했다. 여기에서 이를 내놓는다.

골바스토 모마렌 에블람 굴딜로 쉐핀 뮬리 율리 구이.

릴리퍼트의 강력한 황제이자 우주의 기쁨이시고 공포이시며, 5천 블러스트럭(약 20킬로미터의 둘레)에 달하는 영토가 지구 끝까지 펼쳐져 있는 왕 중의 왕이시여. 그는 어떤 사람의 아들보다 장신이고, 그의 발은 중심을 딛고 서 있으며, 그의 머리는 태양에 맞닿아 있다. 그의 고갯짓에 이 땅의 모든 왕들이 무릎을 벌벌 떤다. 봄처럼 유쾌하고 여름처럼 편안하며 가을처럼 결실을 맺고 겨울처럼 두려운 분이시여. 가장 숭고하신 우리 폐하께서 최근 우리 거룩한 왕국에 도착한 인간산에게 다음과 같은 조건들을 제안하니 인간산은 엄숙한 맹세에 따라 이를 시행해야 할 것이다.

첫째, 인간산은 우리나라 국새가 찍힌 허가증 없이는 우리의 영토를 떠날 수 없다.

둘째, 그는 우리의 긴급 명령 없이 수도에 들어올 수 없다. 만일 그럴 경우 주민들에게는 두 시간의 경고가 주어질 것이며, 또 주민들은 집 안에 머물러야 한다.

셋째, 위의 인간산은 우리의 주요 대로로만 걸어 다녀야 하며, 목초지나 밭을 걷거나 그 위에 눕지 아니한다.

넷째, 그가 위의 대로를 걸을 때 우리의 사랑하는 백성 중 그 누구의 몸이나 그들의 말, 혹은 마차를 밟지 않도록 최선을 다해 조심해야 한다. 또 위의 백성 중 어느 누구도 그 자신의 동의 없이는 그의 손으로 잡지 않는다.

다섯째, 다급한 소식으로 말미암아 특별히 빠른 전달이 필요할 경우, 인간산은 그의 주머니에 사자와 그의 말을 넣어 매달 한 번 엿새 걸리는 거리를 갈 것이며, (만일 필요하다면) 위의 사자를 다시 우리 황제폐하께 안전하게 데려다주어야 한다.

여섯째, 그는 우리의 적 블레푸스쿠섬에 대항하는 우리의 아군이 될 것이며, 현재 우리를 침공하기 위해 준비 중인 그들의 함대를 무찌르기 위해 최선을 다할 것이다.

일곱째, 위의 인간산은 남는 시간에 우리 일꾼들을 도와 주요 공원의 벽이나 다른 왕실 건물의 벽돌을 쌓아 올리는 일을 도울 것이다.

여덟째, 위의 인간산은 두 달 안에 그의 걸음으로 해안의 둘레를 잰 후 우리 영토의 넓이를 정확히 측정해 보고해야 할 것이다.

마지막으로 위의 모든 조건을 지키겠다는 엄숙한 맹세하에, 위의 인간산은 우리 국민 1,728명을 충분히 먹여 살릴 수 있는 양의 고기와 음료를 매일 제공받게 될 것이다. 또 황제의 옥체에 대한 자유로운 접근과 기타 여러 가지 호의가 주어질 것이다. 우리 폐하의 통치 91월 12일, 벨파보락에 있는 왕궁에서 쓰다.

나는 이 조항들에 대해 아주 기분 좋고 만족스럽게 맹세하고 서명했다. 그중 몇 조항은 내가 원했던 만큼 명예로운 것은 아니었지만 말이다. 그 조항들은 순전히 해군총독인 스키레슈 볼골람의 악의에서 비롯된 것이었다. 아무튼 이에 따라 내 쇠사슬은 즉시 풀어졌고 나는 완전히 자유의 몸이 되었다. 영광스럽게도 황제는 이 모든 의식에 몸소 참석해 주셨으며, 나는 폐하의 발아래 엎드려 감사를 표현했다. 하지만 그는 내게 일어나라고 명령하면서, 많은 축복의 말씀을 해 주었다. 오만하다는 비난을 피하기 위해 이를 여기서 반복하지는 않겠다. 그는 내가 유용한 신하로 판명되길, 또 당신이 이미 내게 베풀었거나 혹은 앞으로 베풀 모든 호의에 보답하는 신하가 되길 바란다고 덧붙였다.

독자들은 아마 내 자유를 회복하기 위한 마지막 조항에서 황제가 내게 1,728명의 릴리퍼트인들을 먹여 살릴 만한 양의 음식과 음료를 허락한다고 한 부분을 재미있게 보았을 것이다. 이 일이 있는 후 얼마 뒤 나는 궁정의 친구에게 어떻게 이렇게 구체적인 숫자를 정하게 됐냐고 물어보았다. 그는 폐하의 수학자들이 사분면으로 내 키를 쟀고, 내 키와 그들의 키가 12 대 1의 비율인 것을 알아냈다고 말했다. 그들은 그들 몸과의 유사성으로 미루어 볼 때 내 몸이 적어도 그들보다 1,728배 크며, 따라서 그 숫자만큼의 릴리퍼트인들을 먹여 살릴 수 있는 양의 음식이 필요하다는 결론을 내린 것이다. 이를 통해 독자들도 이 위대한 왕의 신중하고 정확한 경제학뿐 아니라 이 사람들이 얼마나 재주가 뛰어난지를 알 수 있을 것이다.

4장

릴리퍼트의 수도 밀덴도가 황제의 궁전과 함께 묘사된다. 릴리퍼트 제국의 현안에 대한 지은이와 비서실장과의 대화. 전쟁에서 황제를 돕겠다는 지은이의 제안.

자유를 획득한 뒤 내가 제일 먼저 요구한 것은 수도인 밀덴도를 볼 수 있는 허가증을 얻는 것이었다. 황제는 내게 쉽게 허가증을 내주었지만, 특별히 주민들이나 그들의 집에 해를 입혀서는 안 된다는 주의를 주었다. 사람들은 칙령으로 도시를 방문하려는 내 계획을 통고받았다. 도시를 둘러싼 성벽은 높이가 75센티미터이며 폭은 적어도 26센티미터를 넘었기에 마차와 말들은 그 주위를 매우 안전하게 지나다닐 수 있다. 또 여기서 3미터 떨어진 곳에 견고한 탑이 양옆에 서 있다.

나는 서쪽 대문을 넘어 두 개의 대로를 매우 조심스럽게 따라 갔다. 짧은 조끼만 입고 있었는데, 내 외투 자락이 집들의 지붕이나 처마를 손상할까 두려웠기 때문이다. 모든 사람은 집에 머물러야 하며 그렇지 않으면 위험하다는 엄한 명령이 내려졌음에도 거리에는 여전히 몇몇 사람들이 남아 있었으며 나는 이들을 밟을까 봐 무서워 최대한 조심히 걸어 나갔다. 집의 다락 창문과 꼭대기들은 구경꾼들로 가득 찼으며 나는 모든 여행을 통틀어 그렇게 많은 사람이 모여 있는 곳을 본 적이 없다고 생각했다. 도시는 정확히 정사각형 모양이었으며, 각각의 성벽은 길이가 하나에 150미터씩이다. 도시를 가로지르며 네 구역으로 나누는 두 개의 대로는 폭이 150센티미터이다. 들어갈 수는 없고 단지 지나가면서 볼 수 있었던 골목길과 오솔길은 폭이 30~45센티미터 정도 되었다. 이 도시는 인구 50만 명을 수용할 수 있다. 집들은 3층에서 5층 사이이다. 상점과 시장은 잘 구비되어 있다.

황제의 궁전은 두 대로가 만나는 도시 한가운데 있다. 궁전은 높이 60센티미터의 성벽에 둘러싸여 있으며, 바깥 건물들로부터 6미터 떨어져 있다. 나는 이 성벽을 넘어가도 된다는 폐하의 허락을 얻었다. 성벽과 궁전 사이는 매우 넓었으므로 나는 궁전을 모든 방향에서 잘 볼 수 있었다. 바깥쪽의 뜰은 평방 12미터의 정사각형 모양이며, 두 개의 또 다른 뜰을 포함하고 있었다. 가장 안쪽에는 왕실의 처소가 있다. 나는 그곳이 매우 보고 싶었지만 그건 극히 어려운 일이었다. 한 뜰에서 다른 뜰로 통하는 대문의 높이가 겨우 45센티미터에 폭이 18센티미터였기 때문이다. 바깥뜰의 건물들은 높이가 적어도 150센티미터는 되었다.

비록 성벽이 잘라 낸 돌들로 튼튼히 지어졌고 두께가 10센티미터나 되었지만, 내가 건물들에 조금이나마 손상을 입히지 않은 채 넘어 다니는 것은 불가능했다.

한편 황제는 내가 그의 화려한 궁전을 볼 수 있기를 매우 원했다. 그러나 사흘이 지난 후에야 가능했기에 그 시간 동안 나는 도시로부터 백 미터 정도 떨어진 곳에 있는 왕립 공원에서 큰 나무들을 내 칼로 자르면서 보냈다. 그러고는 자른 나무들로 각각 높이 90센티미터에 내 몸무게를 감당할 만큼 튼튼한 의자 두 개를 만들었다. 사람들은 두 번째로 내 방문에 대한 통지를 받았고, 나는 다시 두 개의 의자를 양손에 들고 도시를 거쳐 왕궁으로 갔다. 바깥뜰에 도착한 후 나는 의자 하나에 서서 다른 의자를 손으로 들었다. 이것을 지붕 위로 들어 올려 첫 번째 뜰과 두 번째 뜰 사이 폭이 240센티미터 되는 공간에 조심스럽게 내려놓았다. 그러고는 한 의자에서 다른 의자로 옮겨 가면서 매우 편리하게 건물들 위를 건너갔다. 내 뒤에 남겨지는 먼젓번 의자를 갈고리 달린 막대로 들어 올리면서 말이다.

이렇게 머리를 써서 나는 왕궁 가장 안쪽까지 갈 수 있었다. 또 옆으로 누워서 얼굴을 가운데 층의 창문 쪽으로 돌렸는데, 창문들은 내가 볼 수 있도록 열려 있었고, 거기서 나는 상상할 수 있는 가장 화려한 방들을 보았다. 먼저 황후와 어린 왕자들이 그들의 처소에서 시종들과 함께 있는 모습이 보였다. 황후폐하는 나를 향해 우아한 미소를 기꺼이 지어 주셨으며 내가 입맞출 수 있도록 창문 밖으로 손을 내밀어 주기도 했다.

그런데 나는 독자들에게 이런 종류의 이야기를 더 이상 늘어놓지 않으려고 한다. 왜냐면 이 이야기는 이 책보다 좀 더 훌륭한 책, 이제 거의 출간 준비가 된 내 다른 책에 쓰려고 아껴 두었기 때문이다. 이 책에는 이 제국에 대한 전반적인 설명이 들어 있다. 처음 제국이 세워졌을 때부터 긴 목록을 이루는 왕들의 통치 기간을 특별히 그들의 전쟁, 정치, 법, 지식 그리고 종교를 중심으로 다루었다. 또 그들의 식물과 동물, 독특한 관습과 양식들, 기타 매우 흥미롭고 유용한 다른 것들도 포함되어 있다. 지금 이 책에서 내 의도는 단지 내가 이 제국에 9개월간 머물면서 이곳 사람들에게 혹은 나 자신에게 일어났던 일과 사건을 이야기하는 것이다.

내가 자유를 얻은 지 2주일 정도 된 어느 날 아침, 사적 업무 담당 비서실장(그들은 그를 이렇게 불렀다)인 렐드레살이 하인 한 명을 데리고 집에 왔다. 그는 마부에게 멀찌감치 떨어져 기다리라고 하면서, 내게 한 시간 정도만 시간을 내 달라고 했고 나는 흔쾌히 응했다. 그의 높은 지위와 개인적인 매력뿐 아니라 내 청원이 궁전에서 진행되는 동안 그가 내게 베푼 여러 도움을 고려한다면 이는 당연한 일이었다. 나는 그가 좀 더 편하게 내 귀에 대고 얘기할 수 있도록 눕겠다고 했다. 하지만 그는 내가 그를 손에 올려놓은 채 대화하기를 원했다.

그는 우선 내가 자유를 얻은 것에 축하 인사를 했다. 잘된 일이 아닐 수 없지만, 만일 궁전 내 상황이 지금과 같지 않았더라면 아마 그렇게 빨리 자유를 얻지 못했었을 거라고 덧붙였다. 그는 다음과 같이 이어서 말했다.

비록 외국인에게는 우리가 매우 번창하고 있는 것처럼 보일지 모르지만, 우리는 현재 두 가지의 커다란 악, 즉 국내적으로 심한 당쟁, 국외적으로 매우 강력한 적의 침략 위험에 시달리고 있다. 전자에 대해 얘기하자면, 당신은 이 나라에 지난 70개월 동안 구두의 높은 굽과 낮은 굽으로 서로를 구별하는 트라멕산과 슬라멕산이란 이름의 두 개의 경쟁 정당*이 있다는 것을 이해해야 한다.

사실 높은 굽이 우리의 오래된 전통과 가장 잘 맞는다고 보통 생각한다. 그런데도 폐하는 정부의 내각과 왕이 임명할 수 있는 모든 자리에 오로지 낮은 굽 당만을 쓰기로 결정해 버렸다. 당신이 보다시피 말이다. 특히 황제폐하의 구두 굽 높이는 궁전의 어떤 누구보다 적어도 일 '드러'는 더 낮다(드러는 약 1.8밀리미터이다). 이 두 정당의 반목은 매우 심해서 같이 먹거나 마시지 않고 이야기조차 하지 않으려고 한다. 우리는 트라멕산 혹은 높은 굽 당원이 숫자로는 우리보다 많다고 계산한다. 하지만 현재 권력은 우리 편이다. 반면에 우리는 폐하의 뒤를 이을 왕위 계승자께서 높은 굽 쪽의 성향을 지닌 것에 대해 걱정하고 있다. 적어도 그의 한쪽 굽이 다른 쪽 굽보다 높다는 것은 분명한데, 그렇기에 절뚝거리며 걷는 것이다.

자, 이런 내적 혼란 가운데 우리는 블레푸스쿠섬의 공격 위협을 받고 있다. 이 나라는 우리 폐하의 나라만큼이나 크고 강력한 또 다른 위대한 우주의 제국이다. 당신이 이 세상에 당신만큼 거대한 인간들이 사는 왕국 혹은 국가가 있다고 호언장담하는 것을 듣기는 했지만, 거기에 대해 우리 철학자들은 커다란 의구심을 가지고 있다. 오히려 그들은 당신이 달이나 다른 별에서 떨어졌다고 추측한다. 왜냐면 당신 크기만 한 사람들이 백 명만 있어도 폐하 영토의 과일과 가축들은 모두 금방 파괴될 것이 확실하기 때문이다. 게다가 6천 개월 동안 이어진 우리 역사에는 릴리퍼트와 블레푸스쿠라는 두 위대한 제국 외의 다른 어떤 지역에 대한 언급도 없다.

지금부터 얘기하려는 것처럼 두 열강은 지난 36개월 동안 아주 끈덕지게 전쟁을 벌여 오고 있다. 전쟁은 다음과 같은 계기로 시작되었다. 모든 사람이 인정하듯이 애초에 달걀을 먹기 전 깨트리는 방식은 넓적한 부분을 깨뜨리는 것이었다. 그런데 지금 폐하의 할아버지가 소년이었을 때 달걀을 먹기 위해 오래된 방식대로 깨트리다가 손가락 하나를 베이게 됐다. 그러자 그의 아버지가 되는 황제는 칙령을 내려 모든 백성들이 달걀을 뾰족한 쪽으로 깨트려야 한다는 명령을 내렸고 그렇지 않을 경우 벌을 받을 것이라 공포했다. 사람들은 이 법에 굉장히 분노했고, 역사서에 따르면 이 때문에 여섯 번의 반란이 일어났다. 반란 중에 어떤 황제는 목숨을 잃었고 다른 황제는 왕위를 빼앗겼다. 이러한 시민들의 동요는 블레푸스쿠의 군주들에 의해 지속적으로 책동되었으며, 망명자들은 반란이 진압되었을 때 늘 이 제국을 피난처로 삼았다. 다 합치면 만 1천 명의 사람들이 뾰족한 쪽으로 달걀을 까는 것에 따르느니 차라리 죽음을 택한 것으로 집계된다.

이 논쟁에 대한 주요 저서들이 수백 권 출판되었다. 하지만 넓적파*의 책들은 오랫동안 금지되었고, 그쪽 정당 사람들은 법률상 관직을 가질 수 없었다. 이렇게 힘든 시기를 보내는 동안, 블레푸스쿠의 황제들은 자주 사신들을 보내 우리를 훈계하려 들었다. 그들은 우리가 브런드러컬 (이는 그들의 알코란*이다) 54장에 나오는 우리의 위대한 선지자 러스트록의 근본 교리를 위반하면서 종교 내 분파를 만든다고 비난했다. 그러나 이는 텍스트에 대한 억지 해석으로 생각된다. 거기에 쓰여 있는 것은 다음과 같기 때문이다. "진정한 믿음을 지닌 모든 사람은 편리한 쪽으로 그들의 달걀을 깨트릴 것이다." 내 미천한 생각으로 어느 쪽이 편리한 쪽인지는 각자의 양심에 맡기거나 적어도 치안재판관에게 결정할 권한을 주어야 할 것 같다.

현재 넓적파 망명자들은 블레푸스쿠 황실의 두터운 신임을 받고 있다. 또 국내에서도 이들을 사적으로 도와주거나 격려하는 세력이 컸기에 지난 36개월 동안 두 제국 간에는 피비린내 나는 전쟁들이 승패를 달리하며 지속되어 왔다. 그사이 우리는 40대의 주요 군함을 잃었고 그보다 훨씬 더 많은 수의 소형 배, 그리고 3만 명의 훌륭한 선원과 병사를 잃었다. 적들은 우리보다 좀 더 많은 피해를 받았다고 여겨진다. 하지만 그들은 현재 수많은 함대를 갖추고 있으며, 우리를 공격할 채비가 막 끝난 상태이다. 황제폐하께서는 당신의 용기와 힘에 커다란 신뢰를 보내시면서, 내게 이러한 국가적 상황을 당신에게 털어놓으라고 명령하셨다.

나는 비서실장에게 내게 주어진 소박한 의무를 잘 알고 있음을 황제에게 전해 달라고 했다. 또 외국인인 내가 국내 정당 문제에 개입하는 것은 적당하지 않다고 생각하지만, 침략자들로부터 그의 옥체와 나라를 지키는 데에는 목숨을 걸 준비가 되었음을 전해 달라고도 했다.

5장

지은이가 특별한 전략으로 블레푸스쿠의 침략을 막는다. 명예로운 고위 작위가 그에게 수여된다. 블레푸스쿠의 사신들이 도착해 화평을 청한다. 황후의 침실에 우연히 불이 난다. 지은이가 왕궁의 나머지 부분을 구하는 데 기여한다.

블레푸스쿠 제국은 릴리퍼트의 북북동쪽에 위치한 섬나라이며, 겨우 730미터밖에 되지 않는 해협을 사이에 두고 릴리퍼트와 떨어져 있다. 나는 아직 이 섬을 보지 못했지만, 그들의 침략 계획에 대해 전해 들은 후 그쪽 해안으로 가는 것을 삼갔다. 그들이 나에 대한 정보를 아직 입수하지 못한 상태에서 적의 군함에 발각되길 원하지 않았기 때문이었다. 두 나라 간의 모든 교역은 전쟁 기간 동안 목숨을 걸고 엄격히 금지되었다. 또 황제의 명으로 모든 배에 출국금지 조치가 내려졌다. 나는 폐하께 적의 모든 함대를 포획하겠다는 내 계획을 말씀드렸다. 우리 정찰대가 알려 준 바에 의하면, 적의 함대는 순항이 불기만 하면 출격할 준비를 갖추고 항구에 정박해 있었다. 나는 해협의 깊이를 측정한 경험이 있는 노련한 선원들과 상의했다. 그들은 만조 시 바다 중간 부분의 깊이가 70글럼글럽이라고 했는데, 유럽의 수치로 이는 180센티미터 정도이다. 나머지 부분은 기껏해야 50글럼글럽이었다. 나는 블레푸스쿠를 향해 북동쪽 해안으로 걸어갔다. 거기서 언덕 뒤에 엎드린 채 작은 휴대용 망원경을 꺼내 약 50대의 군함과 수많은 수송선으로 이루어진 적의 함대가 정박해 있는 것을 보았다. 그러고는 집으로 돌아와 많은 양의 튼튼한 밧줄과 철막대를 가져오도록 지시했다(이에 대한 허가증이 내게 있었다). 밧줄은 짐을 싸는 노끈 정도의 굵기였고, 막대는 그 길이와 크기가 뜨개바늘 정도였다. 나는 밧줄을 좀 더 강하게 만들기 위해 세 겹으로 꼬았고, 같은 이유로 철막대 세 개를 한꺼번에 꼬아 그 끝을 갈고리 모양으로 만들었다. 이렇게 만들어진 50개의 갈고리를 같은 수의 밧줄과 연결한 후, 북동쪽 해안으로 돌아가서 외투와 구두, 양말을 벗고 가죽조끼만 입은 채 만조가 되기 약 삼십 분 전에 바다로 걸어 들어갔다.

나는 최대한 서둘러 해협을 건넜다. 바다 중간부터 바닥에 발이 닿을 때까지 약 27미터가량은 헤엄쳐 갔으며, 삼십 분도 안 돼 적의 함대에 도착했다. 적들은 나를 보자 너무 놀라 배 밖으로 뛰어내려 해안으로 헤엄쳐 갔다. 그렇게 도망친 사람들이 3만 명이 넘었다. 나는 내 도구들을 꺼내 각 군함의 뱃머리 있는 구멍에 갈고리를 걸고는 모든 밧줄을 한곳으로 모아 묶었다. 이 일에 몰두하는 동안 적들은 내게 수천 개의 화살을 쏘았고, 수많은 화살이 손과 얼굴에 박혔다. 매우 따가웠을 뿐 아니라 작업하는 데 큰 장애가 되었다.

제일 걱정이 됐던 것은 눈이었는데, 만일 그때 묘책을 생각해 내지 못했더라면 나는 틀림없이 눈을 잃었을 것이다. 내 비밀 주머니, 전에 언급했듯이 황제의 수색대를 피했던 그 주머니에는 여러 사소한 필수품들 가운데 안경이 들어 있었다. 나는 이 안경을 꺼내 할 수 있는 한 단단히 코에 고정시켰다. 이렇게 무장한 후 나는 적들의 화살 세례에도 내 일을 담대히 수행해 나갔다. 수많은 화살이 안경에 와 부딪쳤지만, 약간 방해가 되는 것 외에 별다른 영향을 주지 않았다.

모든 갈고리를 각 군함에 고정시킨 후, 이제 나는 손으로 밧줄의 매듭을 쥐고 당기기 시작했다. 하지만 배들은 전혀 움직이지 않았는데 모두 닻으로 단단히 고정되어 있었기 때문이었다. 그건 아직 내 계획 중 가장 어려운 부분이 남아 있다는 얘기였다. 나는 갈고리를 배에 고정시킨 상태로 밧줄을 내버려 둔 채, 내 칼로 닻에 이어진 배의 밧줄들을 단호히 잘라 냈다. 얼굴과 두 손에 2백 개 이상의 화살을 맞으면서 말이다. 이후 내 갈고리와 연결되었던 밧줄들의 매듭지어진 끝머리를 잡았고, 내 뒤로 적의 대형 군함 50척을 손쉽게 끌고 왔다.

블레푸스쿠인들은 내가 무엇을 하려고 하는지 전혀 상상할 수 없었기에 처음에는 놀라고 혼란스러워했다. 그들은 내가 닻의 줄을 자르는 것을 보고는 내 목적이 단지 배들을 바다 위로 흩트리거나 각각의 배가 서로 싸우게 하려는 것이라고 생각했었다. 하지만 함대 전체가 질서정연하게 움직이는 것을 보고, 또 내가 그 끝을 잡아당기는 것을 보고 비탄과 절망의 비명을 질러 댔는데, 이를 묘사하거나 상상하는 것은 거의 불가능하다. 나는 위험에서 벗어나자 잠시 멈춰 손과 얼굴에 박힌 화살들을 빼냈고, 처음 릴리퍼트에 도착했을 때 얻은, 앞서 얘기했던 연고를 약간 발랐다. 다음에 안경을 벗었고, 약 한 시간가량 밀물이 되기를 기다렸다가 배들을 끌고 해협의 가운데를 건너 무사히 릴리퍼트 왕실 항구에 도착했다.

황제와 그의 모든 신하는 해안가에 서서 이 위대한 모험의 결과를 기다리고 있었다. 그들은 배들이 커다란 반달 모양을 만들면서 앞으로 나오는 것을 보았지만, 가슴까지 물에 잠겨 있던 나를 볼 수는 없었다. 내가 해협의 중간 부분으로 나아갔을 때는 더 애를 태웠는데 내 목 아래까지 물에 잠겨 있었기 때문이었다. 황제는 내가 익사했으며, 적의 함대가 공격적 태세로 다가오고 있다고 결론지었다. 하지만 그의 그러한 공포심은 곧 누그러졌다. 내가 한 걸음씩 나아갈수록 해협은 점점 얕아졌고, 이내 내가 목소리가 들릴 정도로 가까이 다가왔기 때문이다. 나는 함대를 묶은 밧줄 끝을 잡은 채 커다란 목소리로 "릴리퍼트의 가장 막강한 황제여 영원하시라!"라고 외쳤다. 이 위대한 왕은 내가 도착하자 최대한의 모든 찬사로 나를 맞이했으며, 그 자리에서 '나르다크', 즉 그 나라에서 가장 높고 명예로운 작위를 내게 수여했다.

황제폐하는 또 다른 기회에 내가 적의 나머지 배들도 모두 자신의 항구로 가져오기를 원했다. 왕의 야심이란 이렇듯 끝이 없는 것이어서 그는 블레푸스쿠 제국 전체를 자기 나라의 한 주(州)로 축소시킨 후 부총독을 통해 다스리는 정도가 돼야 만족하는 듯싶었다. 달걀을 넓은 쪽으로 까자고 주장하다 추방당한 자들을 전멸시키고, 모든 사람에게 달걀을 뾰족한 쪽으로 까도록 강요하면서 말이다. 이런 방식으로 그는 전 세계의 유일한 군주로 남으려는 것 같았다. 하지만 나는 정의의 문제뿐 아니라 정책의 원칙로부터 이끌어 낸 여러 논의를 통해 황제가 이러한 의도에서 벗어나게끔 하려고 애썼다. 나는 자유롭고 용감한 한 민족을 노예로 만드는 데 그 어떤 도구도 절대 되지 않겠다는 것을 분명히 밝혔다. 이 문제가 각료회의에서 논의되었을 때, 내각의 현명한 이들은 모두 나와 같은 의견이었다.

이러한 나의 대담하고 공개적인 선언은 황제폐하의 계획이나 정치적 의도와는 완전히 반대되었고, 따라서 그는 결코 나를 용서할 수 없었다. 그는 각료회의에서 이 점에 대해 매우 교묘한 방식으로 언급했고, 내가 듣기로는 몇몇 현명한 이들은 적어도 그들의 침묵을 통해 나와 같은 의견임을 드러냈다. 하지만 나머지 내 비밀스런 적들은 나를 비꼬며 비판하는 말들을 억누르지 못했다. 이때부터 폐하 그리고 내게 악의적인 대신 패거리들의 술책이 시작되었다. 이는 두 달이 안 돼 불거져 나왔으며 나는 완전히 파멸될 뻔했다. 왕에 대한 최고의 공헌이 그의 욕심을 만족시키는 것에 대한 거부와 함께 저울에 놓일 때는 그렇게 아무

짝에도 쓸모없어지는 것이다.

이러한 공훈을 세우고 약 3주 후, 블레푸스쿠에서 장중한 사절단이 도착해 평화조약을 겸손히 제안했다. 이 제안은 곧 우리 황제에게 매우 유리한 조건으로 받아들여졌다. 이에 대한 얘기로 독자들을 귀찮게 하지는 않으려 한다. 모두 여섯 명의 대사가 5백 명의 일행과 함께 왔으며, 그들의 입장은 그들 왕의 위엄과 그들에게 맡겨진 일의 중요성에 걸맞게 매우 화려했다. 이 평화조약 체결에서 나는 그때 내가 지녔던 신뢰, 적어도 궁전 내에서 지녔던 것으로 여겨졌던 신뢰를 바탕으로 그들에게 중요한 도움을 주었다. 조약이 체결되자 그들은 내가 얼마만큼이나 그들에게 도움을 줬는지를 은밀히 전해 듣고는 정식으로 나를 방문했다. 그들은 먼저 내 용기와 관대함을 찬사하는 것으로 얘기를 시작했다. 또 그들 황제의 이름으로 나를 그들의 나라에 초대했으며, 자신들이 익히 듣고 놀랐던 내 엄청난 힘의 증거를 보여줬으면 하고 바랐다. 나는 기꺼이 그들의 요구에 응했지만, 이에 대한 자세한 얘기로 독자들을 괴롭히지는 않겠다.

나는 한동안 블레푸스쿠의 고위관료들을 즐겁게 해 주었고 그들은 매우 만족하고 놀라워했다. 나는 그들의 황제가 지닌 덕의 명성이 세상에 널리 알려졌기에 그분께 내 변변찮은 존경심을 전해 주는 영광을 베풀어 달라고 부탁했다. 또 조국으로 돌아가기 전에 황제의 옥체를 알현하겠다고 결심했다. 따라서 이후 우리 릴리퍼트 황제를 뵙게 되었을 때 나는 블레푸스쿠의 왕을 알현해도 좋다는 허락을 내려줄 것을 간청했다. 황제는 이를 수락해 주었지만, 내가 느끼기에 매우 차가운 태도였다. 하지만 어떤 이가 귓속말로 얘기해 주기 전까지는 그 이유를 짐작할 수 없었다. 플림냅과 볼고람이 내가 블레푸스쿠의 대사들과 나눴던 대화를 반란의 징표로 제시했다는 것이었다. 하지만 맹세코 나는 이러한 혐의에서 완전히 자유로웠다. 이때가 내가 처음으로 왕실과 대신들을 안 좋게 생각하기 시작한 때였다.

블레푸스쿠 사신들과는 통역을 통해 이야기했다는 것을 말해 두어야겠다. 두 제국의 언어는 유럽의 나라들처럼 서로 달랐으며, 이들은 자국 언어의 역사성과 아름다움, 활력에 자부심이 대단했기에 이웃나라의 언어에 대한 경멸감을 공공연히 표출했다. 하지만 그들의 함대를 포획함으로써 유리한 지점에 서게 된 우리 황제는 그들에게 신임장 제출을 비롯해 모든 대화를 릴리퍼트어로 하도록 했다. 사실 두 나라는 무역거래와 상업교류가 발달했고, 서로 간에 망명자들을 지속적으로 받아들이고 있었다. 또 전 세계를 둘러보고 인간과 인간의 관습을 이해함으로써 교양을 완성할 목적으로 자국의 젊은 귀족들과 부유한 신사들을 이웃 나라에 보내는 관행이 있었다. 그렇기에 높은 지위의 사람이나 상인 혹은 바닷가에 거주하는 뱃사람치고 두 나라의 언어로 대화가 안 되는 사람은 거의 없었다. 나는 몇 주 후 블레푸스쿠 황제를 알현하러 갔을 때 이를 알게 되었다. 이 방문은 내게 악의를 품은 릴리퍼트 내 적들로 인해 커다란 불행의 한복판에서 일어나긴 했지만, 결국 내게는 매우 행복한 모험이 되었다. 이에 대해서는 적당한 기회에 얘기하겠다.

독자들은 내가 자유를 되찾기 위한 조항에 서명했을 때 그 내용이 너무 굴욕적이었으며 그렇게 필사적인 상황이 아니었다면 결코 동의하지 않았을 조항들이 몇몇 있었음을 기억할지 모르겠다. 하지만 이제 나는 이 나라에서 가장 높은 지위인 나르다크가 되었기에 그러한 임무들은 내 품위에 못 미치는 것으로 보였다. 또 황제는 (그에 대해 공정하게 얘기하자면) 한 번도 그런 걸 내게 강요한 적이 없었다. 하지만 얼마 가지 않아 내 생각에—적어도 그때는 그렇게 생각했다—폐하께 매우 중요한 공헌을 할 기회를 갖게 되었다. 어느 날 한밤중에 나는 수백 명의 사람이 문 앞에서 외치는 소리에 놀라 갑자기 잠에서 깨어났으며 순간 공포감이 몰려왔다. "벌글룸"이란 말이 계속 들리더니, 황제 처소의 하인들이 사람들을 헤치고 다가와 내게 즉시 왕궁으로 와 달라고 간청했다. 소설을 읽다가 잠든 시녀의 부주의로 황후폐하의 처소에 불이 났다는 것이었다. 나는 즉시 일어났고, 내 앞으로 길을 비키라는 명령이 내려졌다. 다행히 달이 밝았던 밤이었기에 아무도 밟지 않고 궁전에 무사히 도착할 수 있었다.

그들은 이미 궁전 벽에 사다리를 기대어 놓은 채 양동이 물을 부지런히 뿌리고 있었다. 하지만 물은 멀리 떨어진 곳에 있었다. 작은 사람들은 크기가 커다란 골무 정도 되는 양동이에 물을 받아 최대한 빨리 내게 날라다 주었다. 하지만 불길이 너무 세서 양동이 물은 별로 소용이 없었다. 내 외투를 가져왔다면 쉽게 불을 껐을 수도 있었을 텐데 불행히도 급히 오는 바람에 나는 외투를 놓고 가죽조끼 바람으로 와 버렸다. 상황은 아주 절망적이고 심각했다. 만일 내가 평소와 달리 정신을 차리고 침착하게 어떤 묘책을 순간 생각해 내지 않았더라면 이 근사한 왕궁은 영락없이 불에 타 땅으로 내려앉았을 것이다. 전날 저녁 나는 '글리미그림'이라 불리는(블레푸스쿠인들은 '플루넥'이라 부른다. 하지만 우리 것이 더 맛있다고 평가된다) 맛도 좋고 이뇨 기능이 매우 강한 와인을 실컷 마셨다. 게다가 천만다행이도 아직 소변을 보지 않은 상태였다. 불길에 가까이 다가가 불을 끄려고 힘들게 노력할수록 내 몸에 열이 발생하면서 마신 와인이 소변으로 작동했다. 나는 이를 엄청난 양으로 내보냈고 적절한 장소에 매우 잘 조준했으므로 불은 삼 분 이내에 완전히 연소되었다. 또 쌓아 올리는 데 수 세기가 걸렸던 남아 있는 궁전의 고귀한 건물들은 파괴되지 않고 보존되었다.

동이 트자, 나는 황제의 치하를 기다리지 않고 집으로 돌아왔다. 왜냐면 비록 내가 매우 탁월한 공헌을 한 건 맞지만, 폐하께서 내가 그 일을 행한 방식에 진노하실지 아닐지 가늠할 수가 없었기 때문이다. 그도 그럴 것이 릴리퍼트의 기본법에 따르면 어떤 사람이든 지위고하를 막론하고 왕궁 경내에서 소변을 보는 것은 중죄에 해당되었다. 하지만 나는 폐하가 보낸 전언에 다소 안심했는데, 그는 내 죄를 공식적으로 사해 주라는 지시를 대법원에 내릴 것이라 했다. 그러나 결국 나는 면죄받지 못했다. 황후가 내 행위를 끔찍이 혐오하며 왕궁 내 가장 후미진 곳으로 이사 갔다는 것과 절대 그 건물을 수리해서 사용하지 않겠다고 굳게 결심했다는 것을 사적인 경로로 들었다. 황후는 자신의 총신들 앞에서 공공연히 나에 게 복수하겠노라 다짐했다는 것이다.

6장

릴리퍼트인들의 지식, 법, 관습에 대한 설명. 그들이 자녀를 교육시키는 방식. 지은이가 그 나라에서 사는 방법. 한 귀부인에 대한 그의 옹호.

나는 이 제국에 대한 이야기를 구체적인 논문으로 남기려고 하지만, 그전에 이 나라에 대한 전반적인 묘사를 통해 호기심 많은 독자들의 궁금증을 풀어 주고 싶다. 이곳 원주민의 키는 보통 15센티미터보다 조금 작고, 다른 모든 나무나 식물, 동물도 똑같은 비율이 적용된다. 예를 들어, 가장 큰 말과 황소의 키는 10센티미터에서 13센티미터 사이였으며, 양은 4센티미터 정도다. 거위는 참새 크기 정도 되며, 그렇게 몇몇 단계를 거쳐 작아지면서 가장 작은 것에 도달하는데, 이것들은 내 눈에는 거의 보이지 않았다. 하지만 자연은 릴리퍼트인들의 눈을 그들이 보아야 하는 모든 사물을 볼 수 있도록 적응시켰다.

그들은 아주 정확하게 보지만 멀리 보지는 못한다. 가까이 있는 사물을 보는 그들의 시각은 정확하다. 예를 들자면, 나는 어떤 요리사가 파리보다 작은 종달새의 털을 뽑는다거나 혹은 어린 소녀가 보이지 않는 비단실과 바늘로 바느질을 하는 것을 흥미롭게 본 적이 있다. 이곳에서 가장 큰 나무의 높이는 약 2미터 정도이다. 왕실 공원에 있는 나무들 중 어떤 것들은 내가 주먹을 쥐고 팔을 펴야 겨우 꼭대기에 닿을 수 있었다. 다른 채소들도 똑같은 비율로 되어 있다. 하지만 여기에 대해서는 독자의 상상력에 맡기겠다.

그들의 학문에 대해 지금으로서는 아주 간단히 언급하려고 한다. 모든 분야에서 수 세기 동안 발전해 왔다는 것 정도만 말하겠다. 하지만 그들이 글을 쓰는 방식은 매우 특이하다. 유럽인들처럼 왼쪽에서 오른쪽으로 쓰는 것도 아니고, 아랍인들처럼 오른쪽에서 왼쪽으로도 아니며, 중국인들처럼 위에서 아래로도 아니고, 캐스캐기안인들처럼 아래에서 위로도 아니었다. 그건 마치 영국의 귀부인처럼 종이 한구석에서 다른 구석으로 비스듬히 써 내려가는 방식이었다.

작은 사람들은 죽은 자의 머리를 아래를 향해 똑바로 묻는다. 그들은 죽은 자가 만1천 년 후에는 모두 부활할 것이라고 믿으며, 그때 지구(그들은 지구가 평평하다고 생각한다)는 위아래가 거꾸로 뒤집힐 것이기에 이러한 방식을 통해 부활할 때 두 발로 설 준비를 할 수 있다는 것이다. 지식인들은 이러한 이론이 말도 안 된다고 고백하지만, 일반인들이 이를 여전히 믿고 있어 이러한 관습이 지속되고 있다.

이 제국에는 몇 가지 매우 독특한 법과 관습이 있다. 만일 이런 법과 관습이 내 사랑하는 조국의 관습과 완전히 반대되지 않았다면 이를 정당화하고 지지했을 것이다. 지금으로서는 단지 그 법과 관습이 우리나라에서도 시행되기를 바란다고만 말하겠다. 가장 먼저 말할 것은 밀고자에 관한 것이다. 이곳에서 국가에 반한 모든 범죄는 최고 수준의 엄벌로 처벌된다. 하지만 고발당한 사람이 재판 과정에서 자신의 무죄를 입증하면 고발인은 즉시 불명예스러운 죽음에 처해진다. 또한 무죄가 입증된 피고발인은 잃어버린 시간과 겪어야 했던 위험, 투옥 기간 중의 고초와 변호하는 데 든 모든 비용의 네 배를 고발인의 재산이나 토지로 보상받는다. 혹시 필요한 재원이 부족할 경우 황제가 충분히 지원해 준다. 황제는 또한 이런 경우 황제의 지지가 담긴 공식적인 표지를 내려준다. 그리고 그의 무고함에 대한 포고령이 도시 전체에 선포된다.

그들은 사기죄를 절도죄보다 더 큰 범죄로 여기며 따라서 이를 거의 예외 없이 사형으로 벌한다. 그들은 주의와 경계심, 아주 평범한 이해력만 있으면 도둑으로부터 재산을 지킬 수 있지만, 정직은 그보다 한 수 위인 교활함을 방어할 수 없다고 주장한다. 어차피 끝없이 사고파는 행위와 신용에 기반한 거래는 존재하기 마련이다. 그런데 만일 사기 행위가 허용되거나 이를 벌하는 법이 존재하지 않는다면 정직한 거래자는 늘 당할 수밖에 없으며 악한들이 활개를 친다는 것이다.

한번은 큰 액수의 돈을 받아 오라는 주인의 명령을 어기고 이를 훔쳐 달아났던 범죄자의 사건에 휘말린 적이 있었다. 어쩌다 보니 그의 죄를 경감시켜 주기 위해 그건 단지 신뢰를 저버린 일이었을 뿐이라고 황제폐하께 청하면서 말이다. 황제는 내가 변호를 한답시고 죄 중에서도 최악의 죄를 감싸는 것이 끔찍하다고 했다. 나라가 다르면 관습도 다르다는 평범한 대답 외에는 할 말이 없었으나, 고백하자면 진심으로 부끄러웠다.

우리는 대개 보상과 벌이 모든 정부 운영의 두 가지 기본 축이라고 생각한다. 하지만 나는 릴리퍼트를 제외한 어떤 나라에서도 이러한 기본이 시행되는 것을 보지 못했다. 만일 어떤 사람이 73개월 동안 법을 엄격히 지켰다는 충분한 증거를 가져오면 그가 누구든 신분과 삶의 조건에 따라 일정한 특권을 요구할 권리를 지닌다. 또 이런 경우 정부에서 마련한 기금으로 돈도 주어진다. 마찬가지로 그는 자신의 이름에 덧붙여지는 '스닐폴' 즉 '법을 잘 지키는 이'라는 칭호를 얻게 되는데, 다만 후손에게 세습되는 것은 아니다. 내가 우리의 법은 보상에 관해서는 어떠한 언급도 없으며, 오직 벌에 의해서만 법이 시행된다고 말했을 때 그들은 이것이 우리 정책의 결정적인 결함이라고 비판했다. 바로 그렇기에 릴리퍼트 법정에서 정의의 여신의 이미지는 신중함을 강조하기 위해 앞쪽에 두 개, 뒤쪽에 두 개 그리고 양옆으로 하나씩 여섯 개의 눈을 가지고 있다. 그녀는 오른손에 열린 금주머니를 들고 있고 왼손에는 칼집에 든 칼을 들고 있는데, 이는 그녀가 벌보다는 보상에 더욱 무게를 둔다는 것을 보여 준다.

그들은 공직자를 채용할 때 능력보다는 훌륭한 도덕성을 지닌 사람을 더욱 선호한다. 정부는 국민에게 꼭 필요한 기구이므로 보통의 이해력을 지닌 사람이라면 모든 역할을 다 해낼 수 있다고 믿기 때문이다. 신은 공적인 일을 처리하는 기구를 절대로 한 세기에 세 명 날까 말까 한 극소수의 뛰어난 천재들만 이해하는 신비로운 것으로 만들었을 리가 없다. 대신 그들은 모든 사람이 자신의 힘 안에 진실, 정의, 절제 등을 지니고 있다고 생각한다. 이러한 미덕을 경험과 선한 의도의 도움을 받아 실행한다면 전문성이 요구되는 일 외에는 그 어떤 사람이라도 나라를 위해 봉사할 수 있을 거라는 것이다. 하지만 그들 생각에 윤리성의 결핍은 돋보이는 재주로는 결코 보완되지 않는다. 그렇기에 공직을 결코 그런 재주가 있는 사람들의 위험한 손아귀에 쥐어 주지 않는다. 적어도 선한 성정의 사람이 무지로 저지른 실수들은 기질적으로 타락하기 쉬우며 또 자신의 타락을 조정하고 부풀리고 변호하는 데 뛰어난 사람의 행위처럼 공공의 복지에 치명적이지 않기 때문이다.

마찬가지로 누구든 신의 섭리를 믿지 않는다면 그는 어떠한 공직도 맡을 수 없다. 왕은 자신이 신의 섭리를 대행한다고 공언한다. 그렇기에 왕이 그의 행위의 근거가 되는 권위를 부정하는 사람들을 임명하는 것보다 더 우스운 일은 없다고 릴리퍼트 사람들은 생각한다.

내가 이러한 법과 앞으로 나올 법에 대해 말할 때는 오로지 이 나라의 원래 제도를 이야기하는 것이며, 인간의 타락한 본성으로 인해 지금 이 나라 사람들이 빠져 있는 몹시 추악한 부정부패를 말하는 것이 아님을 밝혀 둔다. 높은 줄 위에서 춤을 잘 춘다고 고위관직을 얻어 낸다거나, 막대 위를 뛰어넘고 그 아래로 기어가는 재주를 부려서 왕의 총애와 탁월함의 표지를 얻는 악명 높은 관행은 현 황제의 조부에 의해 처음 도입되었으며, 정당과 파벌이 점차적으로 늘어남에 따라 현재와 같은 정점에 이르렀다는 것을 독자들도 알아주기 바란다.

이 나라에서 배은망덕은 사형에 처해지는 중죄이며, 몇몇 다른 나라들도 마찬가지였다는 사실이 문헌에 나와 있다. 그들의 논리에 따르면, 은혜를 베푼 사람에게 제대로 보답하지 않는 사람은 그것이 누구든지 아무런 혜택을 받지 못한 나머지 사람들에게도 공공의 적임에 틀림없다는 것이다. 그렇기에 그런 사람은 이 세상을 살아갈 가치가 없다고 여긴다.

부모와 자식의 의무에 관한 그들의 개념은 우리의 생각과 크게 다르다. 수컷과 암컷의 결합은 인류를 번성시키고 지속하기 위한 자연의 위대한 법칙이므로, 남자와 여자 역시 다른 동물들처럼 욕정에 의해 추동되어 결합한다고 릴리퍼트 사람들은 믿는다. 자식에 대한 부모의 애정 또한 자연의 원칙에서 비롯된 것이라고 본다. 이러한 이유로 그들은 자식이 아버지에게 그를 잉태케 해 준 것에 대해, 또 어머니에게 그를 세상에 나오게 해 준 것에 대해 어떤 의무감을 가져야 한다는 것을 절대 인정하지 않으려 한다.

사실 이는 인간 삶의 고통을 생각해 볼 때 그 자체로 이익이 아닐뿐더러 부모가 의도한 것도 아니다. 사랑의 결합이 이루어질 당시 그들의 생각은 다른 것에 빠져 있었기 때문이다. 그들은 앞서와 비슷한 논리로 부모란 자식의 교육을 맡기에 가장 부적합하다고 생각한다. 따라서 모든 마을에는 공공 유치원이 있고, 농사꾼이나 노동자를 제외한 모든 부모는 아이가 20개월이 되면—이때가 되면 아이들은 기본적인 예절을 배울 수 있다고 여겨지므로—그곳에 자신의 아들과 딸을 보내 양육되고 교육받게 해야 한다. 이 학교는 신분과 성별 차이에 따라 몇 가지 종류로 나뉜다. 또 이 학교 교사들은 아이들이 부모의 지위 그리고 각자의 적성과 능력에 어울리는 삶에 맞게 대응할 수 있도록 도와주는 데 능숙하다.

먼저 남자 보육학교를 언급한 뒤, 그다음에 여자 보육학교에 대해 얘기하겠다.

귀족 출신이나 저명한 집안의 남자아이를 위한 학교에는 근엄하고 학식이 높은 교사와 보조교사가 상주한다. 아이들의 옷과 음식은 소박하고 단순하다. 그들은 명예, 정의, 용기, 겸손, 관용, 종교, 애국심의 원칙 아래 길러진다. 그들은 먹고 자는 매우 짧은 시간과 육체적 훈련으로 구성되는 두 시간의 놀이시간을 제외하고는 늘 어떤 일을 하도록 일정이 짜여 있다. 네 살이 될 때까지는 남자 하인들이 옷을 입혀 주지만, 이후에는 아무리 신분이 높더라도 스스로 옷을 입어야 한다. 우리로 치면 50세 정도 된 여자 하인들은 가장 천한 일을 도맡는다. 이곳 아이들은 결코 하인과 대화해서는 안 되며, 작고 큰 무리를 지어 놀되 항상 교사 한 명 혹은 보조교사 한 명이 동행해야 한다. 이런 식으로 이들은 어릴 때부터 우리 아이들이 노출되는 어리석음과 악으로부터 나쁜 영향을 받는 것을 피한다.

부모는 아이들을 오로지 1년에 두 번만 만나도록 허락되며, 방문 시간은 한 시간을 넘지 말아야 한다. 이들은 자신의 아이를 만날 때나 헤어질 때 입을 맞출 수 있지만, 속삭인다거나 닭살 돋는 애정표현을 한다거나 혹은 장난감이나 간식 등의 선물을 가져다주는 행위 등은 항상 옆에 함께 있는 교사에게 제지된다.

각 가정은 아이의 교육과 놀이를 위해 일정한 수업료를 내며, 만일 학비 지불이 제대로 안 될 경우 황제의 관리들이 직접 징수한다.

평범한 신사나 상인, 장사꾼, 수공업자의 아이를 위한 보육학교도 상황에 맞추어 똑같은 방식으로 운영된다. 앞으로 장사를 할 계획이 있는 아이들만 일곱 살이 되면 견습생이 되어 나간다. 반면 지위가 높은 이들의 자제들은 열다섯 살이 될 때까지(우리로 치면 스물한 살) 계속 교육받는다. 하지만 학교에 있는 마지막 3년 동안 제약은 점차 약해진다.

여자 보육학교에 있는 높은 신분의 여자아이들은 남자아이들과 거의 똑같은 교육을 받는다. 다만 다섯 살이 되어 혼자 옷을 입을 때까지 정숙한 여자 하인이 옷을 입히며, 이는 늘 교사나 보조교사의 입회 아래 이루어진다. 가끔 교사들이 무서운 이야기나 바보 같은 이야기를 하며 우리 하녀들이 흔히 저지르는 어리석은 행동으로 소녀들을 즐겁게 하는 일이 있다. 하지만 이런 일이 발견될 경우 그들은 공개적으로 시내 전역을 돌며 세 번에 걸쳐 매질을 당하고, 감옥에 1년간 갇혀 있어야 하며, 또 그 나라에서 가장 황량한 지역으로 평생 추방된다. 그래서 그곳의 젊은 여성은 남자들만큼이나 겁쟁이 혹은 바보가 되는 것을 매우 수치스러워한다. 또 품위 없고 청결치 못한 모든 사적인 장식물을 경멸한다.

나는 그들의 교육이 성별이 다르다고 해서 달라지는 것을 본 적이 없다. 단지 여자의 경우 신체 훈련이 아주 엄격하지는 않다는 것, 가정생활과 관련한 몇 가지 규칙들이 주어지고, 상대적으로 학업 범위가 비교적 좁다는 점은 예외다. 그들의 격언 중 하나가 신분이 높은 사람들에게 아내는 자고로 합리적이고 기분 좋은 동반자여야 한다는 것인데, 아내가 늘 젊을 수는 없기 때문이다. 그들 나이로 여자아이가 열두 살 결혼 적령기가 되면, 부모나 보호자는 교사에게 감사 표시를 충분히 하면서 그들을 집으로 데려간다. 이때 젊은 여성과 친구들은 눈물로 작별인사를 한다.

좀 더 지위가 낮은 집안의 여자아이들을 위한 보육학교에서 아이들은 그들의 성별과 지위 등급에 맞는 모든 종류의 일을 배운다. 견습생이 되려는 아이들은 일곱 살에 내보내고 나머지는 열한 살까지 이곳에 남는다.

보육학교에 아이들을 보내는 중산층 가정은 아주 적은 액수의 연간 수업료 외에 매달 수입의 작은 부분을 아이들 몫으로 학교에 보내야 한다. 모든 부모의 지출은 법으로 정해져 있다. 자신들의 애육에 충실한 결과로 아이들을 세상에 내보내고는 이들의 생계를 공공에 부담 지우는 것보다 더 부당한 것은 없다고 릴리퍼트 사람들은 생각하기 때문이다. 신분이 높은 사람들의 경우 그들의 신분에 맞게 아이들을 위해 쓸 일정한 액수를 충당하도록 보증금을 낸다. 이러한 기금은 늘 알뜰히 그리고 아주 엄격하고 공정하게 관리된다.

농사꾼과 노동자들은 아이들을 집에서 키운다. 이들이 하는 일은 단지 농사짓고 땅을 가꾸는 일이기에 아이들 교육이 사회 전체로 볼 때 그다지 중요하지 않기 때문이다. 하지만 이들이 늙고 병들면 병원에서 치료받을 수 있다. 구걸은 이 나라에서는 알려지지 않은 직업이기 때문이다.

이쯤에서 내 집안 살림, 즉 내가 이곳에 9개월하고 열사흘을 머무는 동안 어떤 식으로 살았는지 풀어놓는 것으로 호기심 많은 독자들을 즐겁게 해드리는 것도 좋을 듯하다. 나는 본디 머리가 기계 쪽으로 잘 돌아가는 편이고, 그만큼 다음 물건들이 필요했기에 우선 왕실 공원에 있는 가장 큰 나무들을 활용하여 사용하기 편한 탁자와 의자를 만들었다. 또 여자 재봉사 2백 명이 고용되어 내 셔츠와 침대보, 탁자보를 만들어 주었다. 이것은 모두 그들이 구할 수 있는 가장 튼튼하고 거친 천으로 되어 있었지만, 그들은 이 천을 다시 여러 겹으로 덧대야만 했다. 가장 두꺼운 천이라도 한랭사 천보다 몇 배나 더 얇았기 때문이다.

작은 사람들이 가져온 린넨 천은 대개 가로 8센티미터, 길이 90센티미터가 한 폭을 이루고 있다. 그들이 내 치수를 재는 방식은 내가 땅에 누워 있으면 재봉사 중 한 명이 내 목에 서고 다른 한 명이 내 다리 중간에 선 채 튼튼한 밧줄을 늘려 양쪽 끝에서 붙잡아 당긴 후, 세 번째 재봉사가 25밀리미터 길이의 줄자로 밧줄 길이를 재는 식이었다. 이후 그들은 내 오른쪽 엄지손가락 둘레를 재더니 다른 곳은 잴 필요가 없다고 했다. 수학적 계산에 따르면, 엄지손가락의 두 배가 손목을 한 번 두른 값이고, 이와 같은 식으로 목과 허리 치수가 나온다. 또 내가 옷본으로 쓰라고 그들 앞에 펼쳐 놓은 내 낡은 셔츠의 도움으로 그들은 내 치수에 딱 맞는 옷을 만들어 낼 수 있었다. 남자 재봉사 3백 명이 고용되어 같은 방식으로 내 겉옷을 만들었다.

그들은 내 치수를 재기 위해 새로운 방법을 고안해 냈다. 내가 무릎을 꿇자 그들은 땅에서부터 내 목까지 사다리를 올렸다. 이 사다리 위로 한 명이 올라가서 내 셔츠 깃에서 바닥까지 추선을 내렸는데, 이게 딱 내 외투의 길이였다. 하지만 내 허리와 팔 치수는 스스로 쟀다. 옷이 집 안에서 완성되었을 때(가장 큰 릴리퍼트인들도 내 옷을 들어 올릴 수 없었기 때문이다) 이는 마치 영국의 귀부인들이 만든 알록달록한 옷처럼 보였다. 비록 내 옷은 모두 같은 색으로 만들어졌지만 말이다.

나는 음식을 준비해 주는 3백 명의 요리사를 두었다. 이들은 내 집 주위에 작고 편리한 임시거처를 마련해 거기서 가족과 함께 살았으며 한 번 먹을 때마다 두 가지 음식을 마련했다. 나는 시종 스무 명을 손으로 올려 식탁에 놓았고, 백여 명은 바닥에 남아 어떤 이는 고기를 들고 어떤 이는 와인이나 다른 음료통을 어깨에 둘러맨 채 대기했다. 내가 지시하면 위에 있는 시종들이 끈을 이용해 매우 영리한 방식으로 음식을 위로 들어 올렸는데, 마치 유럽에서 양동이로 우물물을 긷는 식이었다. 그들의 고기 요리 한 접시가 나의 한입 정도였고, 그들의 술 한 통이 내겐 딱 한 모금이었다. 그들의 양고기는 우리 것보다 못하지만 그들의 소고기는 훌륭했다. 한번은 세 번에 나눠 먹어야 하는 아주 큰 등심 부위를 먹은 적도 있었다. 하지만 이는 매우 드문 일이다. 하인들은 내가 뼈를 통째로 먹어 치우는 것을 보고 놀랐는데, 이는 마치 우리나라에서 종달새 다리 고기를 뼈째 먹는 걸 보고 놀라는 것과 비슷하다. 나는 그들의 거위와 칠면조를 한입에 먹어 치웠는데, 이는 영국 칠면조보다 훨씬 더 맛이 좋았다. 이보다 더 작은 새고기는 칼끝으로 20~30마리씩을 찍어 먹을 수 있었다.

어느 날 황제폐하는 내가 사는 방식을 듣고는 왕후와 왕실의 어린 왕자와 공주와 함께 나와 식사하는 기쁨(그는 이렇게 말했다)을 가지길 원했다. 그렇게 함께 식사하게 된 그들을 나는 왕실 마차 통째로 내 탁자 위에 놓으며 나와 마주 보게 했다. 그들 주위에는 호위 경비병들이 있었다. 재무대신 플림냅 역시 그의 흰색 지팡이를 짚고 참석했다. 그는 종종 찌푸린 얼굴로 나를 쳐다보았지만 모르는 척했다. 대신 내 소중한 나라의 명예를 위해 또 왕실 사람들을 놀라게 하기 위해 평소보다 더 많이 먹었다.

나는 폐하가 나를 방문했던 그때 플림냅이 폐하께 나를 음해할 기회를 가지게 되었다고 개인적으로 믿는다. 타고나길 침울한 성격인 그는 겉으로는 내게 매우 친절하게 대했지만 실은 나의 숨겨진 적이었다. 그는 황제에게 그의 재정이 현재 바닥이 난 상태임을 설명했다. 돈의 액면가가 현저히 낮아졌고, 재무증권은 9퍼센트 아래로는 유통되지 않으며, 또 나를 유지하는 데 황제의 돈 150만 스프럭(금속 조각 크기만 한 최대가의 금화) 이상이 나간다는 것이었다. 결론적으로 그는 가능한 한 빠르고 좋은 기회에 나를 추방하는 것이 좋겠다고 황제에게 말했다.

여기서 나는 나 때문에 억울하게 고생했던 어떤 훌륭한 귀부인의 평판에 대한 변호를 해야 할 것 같다. 재무대신 플림냅은 사악한 혀를 놀리는 이들의 악의적인 음해로 아내를 질투하는 망상을 갖게 되었다. 그의 아내가 내 몸을 매우 좋아한다는 말을 들었던 것이다. 한동안 그녀가 내 처소에 은밀히 찾아왔었다는 스캔들이 궁전에 나돌았다. 나는 이 소문이 어떤 근거도 없는 최악의 형편없는 거짓임을 엄숙히 선언한다. 플림냅 부인은 자유와 우정이 담긴 지극히 순수한 표현들로 나를 대우해 줬을 뿐이었다. 그녀가 내 집에 자주 온 것은 사실이지만 늘 공개적으로 왔으며 대개 그녀의 여동생과 어린 딸 그리고 친한 지인 세 명과 함께 마차를 타고 왔다. 이는 왕궁의 다른 많은 귀부인에게도 흔히 있었던 일이었다.

게다가 하인들이 문 앞에서 선 마차를 보고 그 안에 누가 있는지를 몰랐던 경우가 있었는지를, 언제라도 그들에게 물어봐 주기 바란다. 하인 한 명이 누가 왔다고 내게 알려 주면 나는 곧장 문으로 가서 인사를 하고 매우 조심히 마차와 두 마리 말을(만일 여섯 마리 말이 있을 경우 기수는 늘 네 마리의 마구를 끌러 놨다) 손으로 들어 올려 탁자 위에 놓았다. 탁자의 가장자리에는 혹시 있을 사고를 방지하기 위해 높이 12센티미터의 이동용 난간이 설치돼 있었다. 또한 나는 종종 사람이 꽉 찬 마차 네 대를 탁자 위에 올려놓고는 의자에 앉은 채 얼굴을 그쪽으로 향하게 했었다. 이때 내가 한 무리의 사람들과 얘기를 하면, 다른 마부들은 탁자 주위로 마차를 서서히 몰곤 했다. 이런 식으로 나는 많은 오후 시간을 그들과 대화하면서 즐겁게 보냈다.

나는 재무대신과 그의 두 밀고자(그들의 이름을 밝히려 하며, 그들이 알아서 이 일을 처리할 것이다) 클러스트릴과 드런로에게 다음 사실을 증명해 보일 것을 요청한다. 전에 얘기했던 것처럼 황제폐하의 급한 명령으로 비서실장 렐드레살이 내게 보내진 것 외에, 또 다른 사람이 익명으로 나를 찾아왔다는 사실 말이다. 만일 이 문제가 내 평판은 말할 것도 없고 한 훌륭한 귀부인의 평판에 깊이 관련된 문제가 아니었다면, 이 사안에 대해 이렇게 길게 얘기하지는 않았을 것이다. 비록 나는 나르다크의 지위였고 재무대신은 아니었지만 말이다. 온 세상이 다 알듯이 재무대신은 나보다 한 단계 아래 신분인 단지 클럼글럼이며, 이는 영국에서 후작과 공작의 차이다. 물론 나는 그의 역할에 수반되는 권리가 내 지위를 앞섰다는 것을 인정한다.

여기서 언급하기에 적절하지 않은 사건을 계기로 나는 뒤늦게 이러한 잘못된 정보들을 알게 되었다. 하지만 재무대신은 이 거짓 정보로 한동안 자신의 아내를 험상궂은 표정으로 바라보았으며 나에게는 더 심한 태도를 보였다. 비록 그는 아내를 오해했었음을 마침내 깨닫고 아내와 화해했지만, 나는 그의 신임을 완전히 잃어버렸다. 그도 나에 대한 황제의 믿음 역시 급속도로 사그라들고 있음을 깨달았다. 황제는 이 총신의 말에 크게 좌우되었던 것이다.

7장

지은이는 그를 반역죄로 고발하려는 음모에 대해 알게 되며 블레푸스쿠로 피신한다. 지은이가 그곳에서 받은 환대.

내가 이 나라를 떠나게 된 경위를 이야기하기 전에 먼저 독자들에게 두 달 동안 나를 적으로 몰기 위한 사적인 모의에 대해 알려 주는 것이 적절할 듯하다.

나는 미천한 신분 탓에 궁정에 들어갈 자격이 되지 않았으므로 이제까지 평생 궁정 생활을 알지 못했다. 사실 위대한 왕과 대신들의 성향이 어떠한지 어느 정도 듣거나 읽어 왔지만, 유럽과는 매우 다른 원칙으로 다스려지는 이런 먼 나라에서 그러한 성향이 낳은 끔찍한 결과를 마주하게 될 거라고는 전혀 예상하지 못했다.

블레푸스쿠의 황제를 알현할 준비를 하고 있을 즈음, 궁전 내 꽤 주요한 위치에 있는 어떤 사람이(그가 황제폐하의 노여움을 심하게 샀을 때 내가 그에게 큰 도움이 됐던 적이 한 번 있었다) 한밤중에 매우 은밀히 가려진 마차를 타고 집으로 와 이름도 알리지 않은 채 안으로 들어갈 것을 원했다. 마부들을 내보내고, 나는 그가 타고 있는 마차 통째로 내 외투 주머니에 넣었다. 나는 믿을 만한 하인에게 몸이 안 좋아 자러 갔다고 말하라고 시키고는 집 문을 잠그고 평소 하던 대로 탁자 위에 마차를 올려놓은 채 그 옆에 앉았다. 인사가 끝난 후, 근심으로 가득한 그의 표정을 보고 그 이유를 물었다. 그러자 그는 내 명예 그리고 내 목숨이 달린 중요한 문제를 얘기하려고 하니 인내심을 가지고 들어 달라고 했다. 그의 이야기는 다음과 같은 취지였다. 나는 그가 떠나자마자 곧바로 대화 내용을 적어 놓았다.

최근에 당신 문제를 논하기 위해 몇 차례 각료회의가 극히 비밀스럽게 소집되었다는 얘기를 당신도 곧 듣게 될 겁니다. 폐하께서 완전히 결심을 굳히신 지는 이제 겨우 이틀이 되었군요.

당신이 이곳에 도착한 이후로 내내 스키레슈 볼골람(갈베트 즉 해군제독)이 당신의 치명적 적이었음은 당신도 매우 잘 알고 있을 겁니다. 애초에 이유가 뭐였는지 나는 잘 모릅니다. 하지만 그의 증오는 당신이 블레푸스쿠에 맞서 엄청나게 성공을 거두었고 따라서 총독으로서의 그의 명예가 빛이 바랜 이후 더욱 커졌습니다. 이 제독은 자신의 아내 때문에 당신에게 적의를 품은 것으로 알려진 재무대신 플림냅과 의기투합한 상태이며 림톡 장군, 시종장 랄콘 그리고 대법관 발머프와 결탁해 대역죄와 사형에 처해지는 다른 중죄들을 들어 당신을 탄핵하는 조항들을 마련했습니다.

이러한 서두를 듣자 나는 참을 수가 없어서—나 자신의 위업과 무결함을 잘 알고 있기에—중간에 끼어들려고 했다. 하지만 그는 내게 조용히 해 달라고 간청하면서 다음과 같이 계속 이야기를 이어 나갔다.

나는 당신이 내게 베풀어 준 호의에 대한 감사 표시로, 전체 진행 과정에 대한 정보와 탄핵 조항문을 입수했으며, 이제 당신을 돕고자 내 목숨을 겁니다.

퀸부스 플레스트린(인간산)에 대한 탄핵 조항들

1항

칼린 데파 플룬 황제폐하의 통치 기간에 제정된 법령에 의하면 황궁 경내에 소변을 본 자는 누구든지 대역죄의 벌을 받도록 되어 있다. 그러나 상기 퀸부스 플레스트린은 황제폐하의 가장 소중한 황후의 거처에 난 불을 끈다는 구실하에 상기 법을 공개적으로 어겼다. 그는 자신의 소변으로 상기 왕궁의 경내에 위치한 황후 처소의 불을 악의적이고 불충스럽게 또 극악무도하게 진화했다. 이는 이러한 경우에 대비한 법령 혹은 의무 등등을 위반한 것이다.

2항

상기 퀸부스 플레스트린은 블레푸스쿠의 함대를 왕실의 항구로 끌고 왔으며, 이후 황제폐하로부터 상기 블레푸스쿠 제국의 다른 배들도 모두 포획해 그 제국을 릴리퍼트의 부총독이 다스리는 지방으로 축소하라는 명령을 받았다. 또 달걀을 넓은 쪽으로 깠던 추방자뿐 아니라 이러한 이단적 믿음을 당장 포기하지 않으려는 제국 내의 사람들도 마찬가지로 파멸시키거나 죽이라는 명령을 받았다. 상기 플레스트린은 가장 상서롭고 평화적인 황제폐하에 도전하는 불충한 반역자가 되어, 양심에 어긋난다거나 무고한 국민의 자유와 생명을 파괴한다는 구실로 상기 임무를 이행하지 않을 수 있기를 탄원하였다.

3항

블레푸스쿠 왕궁으로부터 사절단이 폐하의 궁전에 도착해 평화조약을 간청했을 때 상기 플레스트린은 불충한 반역자가 되어 상기 대사들을 도와주고 부추기고 위로해 주고 즐겁게 해 주었다. 그들이 최근까지 황제폐하의 공공연한 적이었으며, 폐하에 맞서 공공연히 전쟁을 벌였던 군주의 신하임을 알았으면서도 말이다.

4항

상기 퀸부스 플레스트린이 현재 블레푸스쿠 왕궁과 제국으로 항해할 준비를 하는 것은 충실한 신하의 의무에 반하는 것이며, 이에 대해서는 황제폐하로부터 단지 구두 허가를 받았을 뿐이다. 그는 상기 허가를 핑계로 거짓되고 불충하게 상기 항해를 하려고 하며 그것으로 최근까지 적이었으며 앞서 언급한 대로 황제폐하와 공공연히 전쟁을 벌였던 블레푸스쿠의 황제를 돕고 위로해 주고 부추기려고 하고 있다.

다른 조항들도 있지만 가장 주요한 내용만 요약하여 읽어드렸습니다.

이 탄핵을 두고 진행된 여러 차례의 토론에서 폐하께서는 당신에게 커다란 관용의 표시를 여러 번 보이셨다는 걸 말씀드려야겠습니다. 당신이 자신을 위해 보인 노력을 자주 강조하시고 당신의 죄를 경감시키려고 애쓰셨습니다. 재무대신과 해군제독은 밤중에 당신 집에 불을 질러 당신이 가장 고통스럽고 굴욕적인 죽음을 맞이해야 한다고 주장했습니다. 이때 한 장군이 당신의 얼굴과 두 손에 화살을 쏠, 독화살로 무장한 2만 명의 병사들을 대동하고요. 또 당신 하인들을 매수하여 당신의 셔츠와 침대보에 독극물을 뿌리라는 은밀한 명령을 내릴 겁니다. 이 독극물로 당신은 자신의 살을 뜯어낼 정도의 극심한 고통 속에서 죽어 갈 것이라 했습니다. 장군도 같은 의견이었고요. 이렇게 오랜 시간 동안 다수가 당신에게 적대적이었습니다. 하지만 폐하께서는 가능하다면 당신의 목숨을 살려 주기로 결심하셨고 마침내 재무대신을 설득했습니다.

이때 늘 당신의 진정한 친구임을 입증해 왔던 사적 업무 담당 비서실장 렐드레살에게 황제가 의견을 말해 보라는 명령을 내렸고, 그는 황제의 말에 따랐습니다. 당신이 그를 좋게 생각하는 것이 옳았음이 여기에서 판명됐지요. 그는 당신의 죄가 크다는 것을 인정했지만, 또 모든 군주의 가장 칭송받는 덕이자 황제폐하께서 극히 정당히 찬양받으시는 미덕인 자비를 당신에게 베풀 여지가 있다고 했습니다.

그가 말하기를, 당신과 자신과의 우정은 세상에 널리 알려졌기에 훌륭한 내각이 자신을 편파적이라고 여길지라도, 받은 명령에 복종해 자신의 생각을 솔직하게 토로하겠다고 했습니다. 만일 폐하께서 당신의 공을 고려하시고 또 폐하 자신의 자비로운 성정에 따른다면, 당신의 목숨은 살려 두고 단지 두 눈을 멀게 하라는 명령을 내리는 것이 가능하다고 했습니다. 그의 소견으로는 이러한 조처를 통해 정의감이 어느 정도 만족될 것이고, 세상은 모두 황제의 자애심과 황제의 신하 되는 영광을 지닌 사람들의 공정하고 관대한 진행 방식에 환호할 겁니다. 당신이 눈을 상실한다 하더라도 이는 당신의 육체적 힘에 아무런 방해도 되지 않을 것이며, 따라서 당신은 여전히 폐하에게 유용할 할 것이라고요. 그는 눈이 먼다는 것은 위험을 감춰 주므로 용기를 더해 주며, 당신이 눈에 가졌던 두려움이야말로 적의 함대를 끌고 오는 데 가장 큰 장애물이었다고 말했습니다. 당신은 대신들의 눈으로 보아도 아무 문제없는데, 최고의 군주들도 이보다 더 낫지 않기 때문입니다.

이러한 제안은 전체 내각의 심한 반대에 부딪쳤습니다. 볼골람 해군제독은 성질을 못 이기고 분노에 차 일어나면서 어떻게 비서실장이 감히 반역자의 목숨을 살리자는 의견을 내놓는지 모르겠다고 했습니다. 그가 말하길, 당신이 세운 공은 모든 정치적 상황들을 고려해 볼 때 당신의 죄를 더욱 가중시키는 것들이다, 당신이 황후의 거처에 오줌을 눔으로써 불을 끌 수 있었던 것처럼(그는 공포에 떨면서 얘기했습니다) 아마 다음에는 똑같은 방식으로 홍수를 일으켜 궁전 전체를 물에 잠기게 할 수 있다, 또 당신이 적의 함대를 가져올 수 있게 한 바로 그 힘이 당신에게 불만이 생기는 순간 함대를 도로 가져다 놓게 할 수도 있다고 했습니다. 그는 당신이 마음속으로는 달걀을 넓은 쪽으로 까는 파라고 믿을 충분한 이유가 있다고도 했습니다. 반란은 행동을 통해 겉으로 드러나기 전 마음에서 이미 시작되므로 당신을 반역자로 고발하는 것이며 고로 당신은 사형에 처해져야 한다고 말입니다.

재무대신 역시 같은 의견이었습니다. 그는 당신을 먹여 살리는 비용으로 왕실 국고가 얼마나 어려워졌는지를 보여 주면서 곧 더 이상 버티지 못할 거라고 했습니다. 당신의 눈을 빼 버리자는 비서실장의 제안은 악에 대한 처방과는 거리가 멀며 오히려 이러한 문제를 악화시킬 수 있다는 겁니다. 가금류의 눈을 멀게 하는 흔한 관습에서 보건대, 눈이 안 보이면 더 빨리 먹고 더 빨리 살이 찌는 것이 분명하다, 신성하신 전하와 당신의 재판관이 되는 의회는 양심에 비추어 당신이 유죄임을 확신한다,

이것이 엄격한 법 조항에 의해 요구되는 형식상의 증거 없이도 당신을 사형에 처해야 하는 충분한 논거라는 것이었습니다.

하지만 사형은 불가하다는 결심이 확고하셨던 폐하께서는 대신들이 당신 눈을 없애는 것이 너무 가벼운 벌이라 생각하므로 뭔가 다른 형벌을 이후에 추가하자고 너그러이 말씀하셨습니다. 그러자 당신 친구인 비서실장이 폐하께서 당신을 유지하는 데 쓰는 엄청난 비용과 관련한 재무대신의 반대에 대해 답하겠다며, 자신의 얘기를 들어줄 것을 겸손히 청했습니다.

그가 말하기를, 황제의 수입 재정을 오롯이 관장하는 재무대신께서는 당신의 체격을 점차 줄여 나가는 방식으로 이와 같은 문제에 대한 방안을 쉽게 마련할 수 있다, 음식이 충분히 주어지지 않는다면 당신은 점점 약해지고 무기력해질 것이며 식욕을 잃고 결국 몇 달 안에 말라죽게 될 것이다, 당신 몸이 절반 이상 줄어들게 되면 당신의 시체에서 나는 악취 또한 그렇게 위험하지 않을 것이다, 당신이 죽자마자 2~3일 동안 폐하의 신하 5천~6천 명이 당신의 살을 뼈로부터 발라낼 것이며, 감염을 막기 위해 짐수레로 옮긴 후 먼 곳에 묻을 거다, 또 당신 몸의 뼈대는 경이로운 기념품으로 후손에게 남겨질 것이라고 했습니다.

결국 비서실장의 커다란 우정 덕분에 모든 일은 타협에 이르게 되었습니다. 당신을 서서히 굶어 죽이는 계획은 철저히 비밀로 유지하라는 명령이 내려졌습니다. 하지만 당신의 눈을 빼 버리라는 판결은 책에 기록되었어요. 이를 반대하는 자는 볼골람 제독 말고는 아무도 없었는데, 그는 황후의 사람으로서 당신의 죽음을 원하는 황후폐하의 뜻을 이루기 위해서입니다. 황후는 당신이 자신의 거처에 난 불을 진화했던 악명 높고 불법적인 방법 때문에 당신에게 커다란 악의를 품고 계시지요.

사흘 후에 당신 친구인 비서실장이 이 집으로 와서 당신 앞에서 탄핵 조항들을 읽을 겁니다. 그렇게 폐하와 의회의 크나큰 관대함과 호의를 드러낼 겁니다. 이로써 당신은 단지 두 눈을 잃는 형벌을 받을 것이고 폐하께서는 당신이 이 처벌에 대해 감사히 또 겸손히 따를 것임을 의심하지 않고 계십니다. 당신이 바닥에 누워 있는 동안 뾰족한 화살들을 당신 눈동자에 쏠 것이며, 이후 수술이 잘 진행되는지를 보기 위해 폐하의 의사 스무 명이 참관할 것입니다.

당신이 어떤 조치를 취할지는 당신의 판단에 맡기겠습니다. 또 의심을 피하기 위해 나는 이곳에 왔던 은밀한 방식으로 빨리 돌아가야 할 것 같습니다.

그는 돌아갔고, 나는 마음에 요동치는 여러 의문과 당혹감 아래 혼자 남았다.

법원이 왕의 분노나 총신의 악의를 충족시키기 위해 어떤 잔인한 집행을 판결한 후, 황제가 늘 전체 내각을 상대로 연설을 하는 것이 이 군주와 그의 내각에 의해 도입된 관습 중 하나였다(이는 이전의 관습과 매우 다르다고 들었다). 황제는 이 연설에서 온 세상에 알려지고 칭송되는 그의 커다란 자비심과 부드러움을 보여 주었다. 또 이 연설은 즉시 인쇄되어 왕국 전역에 걸쳐 배포되었다. 황제폐하의 자비에 대한 이러한 찬사보다 더 백성들을 공포에 떨게 하는 것은 없었다. 그러한 찬사가 더 많이 확산되고 강조될수록, 형벌은 더 비인간적이었고 고통 받는 자들은 더 죄가 없음이 드러났기 때문이다.

하지만 고백컨대, 나는 태생으로나 교육으로나 궁정인이 되려고 한 적이 결코 없었기에 이러한 사태를 제대로 판단할 수 없었고, 이러한 판결이 관대하다거나 호의적이라고 생각되지도 않았다. 아니 반대로 너그럽기보다는 가혹하다고 (아마도 틀리게) 여겨졌다. 가끔은 재판을 받아 볼까도 생각했다. 비록 몇몇 조항에 명시된 사실을 부정할 수 없었지만, 어느 정도 정상참작의 여지가 있으리라 희망했기 때문이다. 하지만 살면서 읽어 온 많은 국가 재판 관련 책에서 재판이 대개 판사가 적당하다고 생각하는 방향으로 끝나는 것을 봐 왔기에, 이렇듯 중대한 위기 상황에서 그런 막강한 적들을 상대로 그들의 위험한 결정에 의지할 용기가 감히 나지 않았다.

한번은 저항해야 되겠다는 생각으로 강하게 쏠리기도 했다. 내가 자유로운 상태인 이상, 제국의 모든 힘을 합친다 한들 나를 이길 수 없었다. 돌을 던져 수도를 쉽사리 산산조각 낼 수도 있었다. 하지만 나는 곧 황제에게 했던 맹세와 그로부터 받은 호의들, 또 그가 내게 수여한 나르다크라는 높은 지위를 기억하고는 섬찟 놀라 이러한 계획을 집어치웠다. 나는 폐하의 가혹한 처사로 과거 모든 의무가 면제된다고 생각할 정도로 빠르게 궁궐 신하 식의 감사를 배우지 못했던 것이다.

마침내 나는 결심을 굳혔다. 그 결심에 대해 비난받을 수도 있고 그 비난이 당연한 것일 수도 있다. 내가 두 눈을 보존하고 결과적으로 자유를 지킨 것은 순전히 나 자신의 엄청난 경솔함과 경험 부족 때문임을 고백한다. 만일 내가 나중에 다른 궁전에서 보게 되듯이, 왕과 대신들의 속성 그리고 그들이 나보다 죄가 덜한 죄인들을 다루는 방식을 당시에 알았더라면, 그러한 관대한 벌에 아주 빠르고 자발적으로 복종했을 것이기 때문이다. 하지만 나는 젊었기에 마음이 급해졌고 또 블레푸스쿠 황제를 알현해도 된다는 황제폐하의 허가를 이미 받아 두었기에, 이를 기회로 사흘이 지나기 전 내 친구 비서실장에게 편지를 보내 그날 아침 블레푸스쿠로 출발함을 알렸다.

그러고는 답신을 기다리지 않고 우리 함대가 놓여 있는 섬으로 갔다. 거기서 커다란 군함 하나를 잡아 밧줄을 뱃머리에 묶고 닻을 올린 후, 옷을 다 벗어 그 옷들을 (겨드랑이에 끼고 간 이불까지 함께) 배에 올려놓았다. 그걸 내 뒤로 끌면서 걷거나 헤엄쳐 나가며 블레푸스쿠의 왕실 항구에 도착했다. 그곳 사람들은 오래전부터 내가 오기를 기다리고 있었다. 또 그들은 나라와 이름이 같은 블레푸스쿠라는 수도로 나를 안내해 줄 두 명의 안내인을 내주었다. 나는 그들을 내 손 안에 둔 채 성문에서 2백 미터 떨어진 곳까지 왔다. 그들에게 부탁해 내가 도착한 것을 비서에게 전달하고 그곳에서 폐하의 명령을 기다리고 있음을 알려 달라고 했다. 삼십 분쯤 있다가 황제가 그의 가족 그리고 궁전의 고위 관료들과 함께 나를 맞이하기 위해 오고 있다는 답이 왔다.

나는 백 미터 정도 앞으로 나아갔다. 황제와 일행이 말에서 내렸고, 황후와 귀부인들은 마차에서 내렸다. 두려워하거나 걱정하는 기색은 그들에게서 찾아볼 수 없었다. 나는 황제와 황후의 손에 키스하기 위해 땅에 엎드렸다. 폐하께 약속드린 대로, 우리 군주 릴리퍼트 황제의 허가를 받고 이곳에 왔다고 말하면서 위대한 군주를 뵙게 되어 영광이며 또 나의 군주에 대한 내 의무에 어긋나지 않는 범위 내에서 그에게 도움을 주고 싶다고 했다. 이때 나는 릴리퍼트에서 겪은 수모에 대한 이야기는 한마디도 하지 않았다. 아직까지 정식으로 통고받은 것은 아니었기에 그러한 계획을 전혀 모르는 것으로 할 수 있었기 때문이다. 또 내가 황제의 세력권으로부터 벗어나 있는 한 그가 그 비밀을 공표할 것이라고는 합리적으로 생각할 수 없었다. 하지만 내가 잘못 생각하고 있었음이 곧 드러났다.

나는 블레푸스쿠 궁전에서 받은 대접, 그토록 훌륭한 왕의 관대함에 걸맞은 구체적인 접대 이야기로 독자들을 괴롭히지 않으려고 한다. 또한 집과 침대가 없어서 땅바닥에 누운 채 가져온 이불로 둘둘 싸매고 자야 했던 어려움에 대해서도 이야기하지 않겠다.

8장

지은이는 운 좋게 블레푸스쿠를 떠날 방도를 찾는다. 여러 고생 끝에 그는 안전하게 조국으로 돌아간다.

이곳에 도착한 지 사흘 후, 나는 호기심으로 섬의 북동 해안 쪽으로 걷다가 약 2킬로미터 떨어진 바다에서 보트처럼 보이는 것이 뒤집혀 있는 것을 발견했다. 신발과 양말을 벗고 2백~3백 미터를 휘적휘적 걸어가 조수의 힘으로 그 물체가 점점 더 가까이 오는 것을 보았다. 얼마 후 그 물체가 폭풍우 때문에 어떤 배에서 떠밀려 온 것으로 생각되는 진짜 보트임을 명백히 알게 됐다. 나는 즉시 도시로 돌아가 황제에게 함대 손실 후 남아 있는 가장 큰 배 스무 척과 부사령관의 지휘하에 선원 3천 명을 빌려줄 것을 청했다. 함대가 오는 동안 나는 지름길을 따라 보트를 처음 발견했던 해안으로 돌아갔다. 거기서 보니 바닷물이 보트를 해안 쪽으로 더 가까이 밀어낸 상태였다.

모든 선원은 내가 미리 충분히 튼튼하게 꼬아 만든 굵은 밧줄을 가지고 있었다. 배가 도착했을 때 나는 옷을 벗고 물속을 걸어 보트에서 백 미터쯤 떨어진 곳까지 갔고, 거기서부터 배에 도달하기까지는 어쩔 수 없이 헤엄을 쳤다. 선원들이 밧줄 끝을 던졌고, 나는 이를 보트 앞부분에 있는 구멍에 묶고, 다른 쪽 끝은 군함에 고정시켰다. 하지만 이런 노력이 아무 소용없었음을 곧 알게 됐다. 물의 깊이가 내 키를 넘어서 제대로 작업할 수 없었기 때문이다.

이런 상황에서 나는 보트 뒤쪽으로 가 한쪽 팔로 최대한 배를 힘껏 밀었다. 조수의 도움으로 배가 어느 정도 앞으로 나아가자 겨우 턱을 물 밖에 내밀고 땅에 발을 디딜 수 있었다. 나는 2~3분 정도 쉰 후에 보트를 한 번 더 밀었고, 그런 식으로 계속 바닷물이 내 겨드랑이보다 높지 않은 곳에 올 때까지 반복했다. 가장 힘든 일은 끝났다. 이제 배에 실려 있는 다른 밧줄들을 꺼내 먼저 보트에 묶은 다음 함께 데려온 아홉 척의 배에도 묶었다. 순풍이 불었기에 선원들이 보트를 끌고 내가 밀면서 마침내 우리는 해안에서 40미터 정도 떨어진 곳에 도착했다. 그곳에서 조수가 빠져나갈 때까지 기다리는 동안 보트의 습기를 말렸다. 또 선원 2천 명의 도움을 받아 밧줄과 장치를 이용해 간신히 보트를 뒤집어 보니 보트가 크게 손상되지 않았음을 알게 됐다.

나는 열흘이나 걸려 만든 노를 이용해 보트를 블레푸스쿠의 왕실 항구로 가져가는 과정에서 겪었던 어려움에 대한 이야기로 독자들을 괴롭히지는 않으려 한다. 내가 항구에 도착했을 때 그곳에 모여 있던 엄청난 수의 사람은 불가사의할 정도로 커다란 배를 보고 완전히 경악했다. 나는 황제께 내 행운의 여신이 이 보트를 내 앞에 떨어뜨려 주었으며, 나는 이 보트를 타고 고향으로 돌아갈 수 있다고 말했다. 또 보트를 수리하는 데 필요한 재료를 얻기 위한 황제의 명령과 블레푸스쿠를 떠나도 좋다는 허락을 간청했다. 이에 대해 그는 친절한 충고를 몇 마디 한 후 기꺼이 허락했다.

일이 진행되는 동안 나는 우리 황제가 블레푸스쿠 왕궁으로 나와 관련해 아무런 소식도 보내지 않는 것을 매우 의아하게 생각했다. 그러나 나중에 은밀히 들은 바에 의하면, 황제폐하는 내가 그의 의도를 알고 있다고는 전혀 상상하지 못한 채, 단지 궁전에 널리 알려진 대로 그가 내렸던 허락에 따라 약속을 수행하기 위해 블레푸스쿠에 갔다고 믿었다. 의식이 끝나면 며칠 안으로 돌아올 것이라고 말이다. 하지만 내가 오래 자리를 비우자 결국 그도 불안해했다. 재무대신 그리고 그 패거리와 상의한 황제는 나에 대한 탄핵서와 함께 고위 관료를 급파했다.

이 특사는 블레푸스쿠 왕에게 릴리퍼트 황제의 커다란 자비심과 내 눈을 멀게 하는 것 이상의 벌을 내리지 않는 관대함에 대해 설명하라는 지시를 받았다. 내가 재판을 피해 도망쳤으며, 두 시간 내에 돌아오지 않으면 내 나르다크 지위를 박탈하고 반역자로 선포될 것이라고도 말이다. 덧붙여 특사는 양국 간의 평화와 우호 관계를 유지하기 위해 나를 반역자로 처벌할 수 있도록 블레푸스쿠 국왕이 내 손발을 묶어 릴리퍼트로 되돌려 보내라는 명령을 내릴 것으로 기대한다고도 전했다.

블레푸스쿠 황제는 사흘에 걸쳐 대신들과 협의한 후, 정중한 거절과 변명이 담긴 답변을 릴리퍼트 왕국으로 되돌려 보냈다. 그가 말하길, 나를 결박시키는 건 릴리퍼트의 왕도 알겠지만 불가능하다, 비록 내가 그의 함대를 빼앗아 갔지만 평화조약 체결에서 내가 했던 많은 선한 역할에 대해 자신이 큰 빚을 지고 있다, 하지만 양국의 왕은 곧 안심할 일이다, 내가 바다로 떠날 수 있는 거대한 배를 해안가에서 발견했기 때문이다, 그는 내 협조와 지시에 따라 이 배를 수리하라는 명령을 이미 내렸다, 그는 몇 주 내에 양국 모두 이 참을 수 없는 골칫거리를 떼어 낼 수 있으리라 희망한다고 말했다.

특사는 이러한 답변을 들고 릴리퍼트로 돌아갔으며, 블레푸스쿠 군주는 나중에 이 모든 내용을 내게 얘기해 줬다. 동시에 (매우 엄격한 비밀로) 내가 이곳에 남아 그를 돕는다면 그가 특별히 보호해 주겠다는 제안도 했다. 그러나 나는 그의 진심을 믿기는 했지만, 할 수만 있다면 결코 더 이상 군주나 대신을 믿지 않으리라 결심했던 터였다. 따라서 그의 호의에 깊은 감사의 표시를 하면서도 이를 사양하게 해 달라고 겸손히 청했다. 또 좋든 나쁘든 운명적으로 배가 수중에 들어왔으니, 위대한 두 군주 사이에서 다툼의 원인이 되기보다는 대양을 건너는 모험을 하기로 결심했다고 말했다. 이때 황제가 불쾌해하는 기색은 찾아볼 수 없었다. 우연한 기회에 사실 그가 내 결정을 듣고 매우 기뻐했으며 그의 대신들도 그러했다는 것을 알게 되었다.

이러한 상황으로 말미암아 나는 의도했던 것보다 다소 일찍 출발을 서두르게 되었다. 왕실 역시 내가 돌아가기를 고대했기에 기꺼이 도와주었다. 일꾼 5백 명이 고용되어 내 지시에 따라 보트에 달 두 개의 돛을 만들었다. 돛은 그 나라에서 가장 튼튼한 천 열세 겹을 겹친 후 누벼 만들었다. 또한 나는 그 나라에서 가장 굵고 튼튼한 끈을 열 겹, 스무 겹, 서른 겹으로 꼬아 여러 개의 줄과 밧줄을 만들었다. 해안가를 오랫동안 뒤진 끝에 우연히 찾은 커다란 돌덩어리는 닻으로 쓰였다. 또 소 3백 마리의 기름은 보트에 기름칠을 하거나 이외에도 여러 용도로 사용했다. 노와 돛대로 쓰기 위해 이곳에서 가장 큰 나무를 베는 일은 믿을 수 없을 만큼 힘든 일이었다. 대신 나무를 베어 가져오면 왕실 선공들이 그것을 부드럽게 다듬는 것을 도와주었다.

한 달 정도 지나자 모든 것이 준비되었다. 떠나도 된다는 폐하의 명령을 받은 나는 작별 인사를 고하기 위해 사람을 보냈다. 황제와 그의 가족이 친히 왕궁에서 나왔다. 그의 손에 입맞춤하기 위해 나는 얼굴을 땅에 댄 채 엎드렸으며, 그는 매우 친절하게 그의 손을 내밀어 주었다. 황후와 왕자들도 마찬가지였다. 폐하는 각각 2백 스프럭이 든 동전주머니 50개를 그의 전신이 나온 초상화와 함께 나에게 건넸다. 초상화를 조심스럽게 받아 든 나는 그림이 손상되는 걸 방지하기 위해 즉시 한쪽 장갑 안에 집어넣었다. 출항 전 작별 의식이 너무 많았기 때문에 지금 그 얘기를 하는 건 독자들을 괴롭히는 일이 될 것 같다.

나는 백 마리 분량의 소고기와 3백 마리 분량의 양고기, 이에 비례하는 양의 빵과 음료 그리고 요리사 4백 명이 준비해 준 그만큼의 양념된 고기를 보트에 실었다. 또 살아 있는 암소 여섯 마리와 수소 두 마리를 그 수만큼의 암양, 숫양과 함께 데려왔다. 이들을 내 나라로 데려가 번식시키려는 의도였다. 배에는 이들을 먹이기 위한 건초 한 더미와 옥수수 한 자루도 실었다. 그곳 원주민도 열두 명 정도 데려오고 싶었지만, 이는 황제가 결코 허락하지 않을 일이었다. 폐하는 내 주머니를 샅샅이 수색했을 뿐 아니라, 비록 자신의 백성이 동의하고 원한다고 하더라도 그 누구도 데려가지 않겠다는 데에 내 명예를 걸도록 했다.

이렇듯 내가 할 수 있는 한 모든 준비를 마친 후, 1701년 9월 24일 아침 6시에 돛을 올렸다. 북쪽으로 22킬로미터 정도 간 지점에서는 바람이 남동쪽에서 불어오고 있었다. 저녁 6시 경이 되었을 때 나는 북서쪽으로 2.2킬로미터 정도 떨어진 곳에 작은 섬 하나가 있는 것을 발견했다. 나는 그곳을 향해 나아갔고, 아무도 없는 듯한 섬 안에서 바람을 피할 수 있는 쪽에 닻을 내렸다. 그러고는 요기를 좀 하고 쉬었다.

푹 자고 일어났더니 내 짐작에 적어도 여섯 시간은 지난 것 같았다. 기상 후 두 시간 정도 지나자 날이 밝아 오고 있었기 때문이다. 밤사이 날씨는 맑았다. 해가 뜨기 전 아침을 먹었다. 그리고 닻을 올렸고, 바람이 순조로웠기에 어제와 똑같은 방향으로 나아갔는데, 이때 휴대용 나침반이 도움이 됐다. 내 목적은 가능하면 반디맨 랜드 북동쪽에 틀림없이 존재하는 섬들 중 하나에 도착하는 것이었다. 하지만 그날은 하루 종일 아무 섬도 발견하지 못했다.

그러나 다음 날 오후 3시쯤, 내 계산으로 블레푸스쿠에서 115킬로미터 떨어진 지점에서 남동쪽으로 가고 있는 배 한 척을 발견했다. 나는 동쪽으로 가고 있는 중이었다. 그 배를 향해 큰 소리로 소리쳤지만, 아무 대답이 없었다. 하지만 바람이 잦아졌기에 보트가 배에 따라붙을 수 있을 것 같았다. 나는 보트의 돛을 모두 올렸고, 삼십 분 정도 지나자 그 배가 나를 발견했으며, 곧 깃발을 펼치고 대포를 쏘았다. 내가 사랑하는 조국과 내가 남기고 떠났던 소중한 맹세들을 한 번 더 볼 수 있다는 기대하지 않았던 희망에 얼마나 기뻤는지 표현하기란 쉽지 않다.

그 배는 돛을 느슨하게 했고, 나는 9월 26일 저녁 5시에서 6시 사이에 그 배를 따라잡았다. 또 배에 달린 영국 국기를 보고 가슴이 뛰었다. 암소와 양들을 외투 주머니에 넣은 나는 작은 식량 짐을 가지고 배에 올랐다. 그 배는 영국 상선으로 일본에서 출발해 북해와 남해*를 거쳐 돌아가는 중이었다. 배의 선장은 뎁트포드의 존 비델 씨였는데 매우 예의 바른 사람이었고 훌륭한 선원이었다. 우리는 당시 남위 30도 선상에 있었고, 배에는 약 50명의 남자들이 타고 있었다. 여기서 나는 옛 전우인 피터 윌리엄즈라는 사람을 만났는데 그는 나에 대해 선장에게 잘 말해 주었다.

이 점잖은 선장은 내게 친절하게 대해 주었다. 그리고 내가 마지막으로 있던 곳이 어디이며 또 어느 곳으로 가는지 알려 주기를 바랐다. 나는 조심스럽게 말했지만, 그럼에도 그는 내가 헛소리를 하고 있으며 여러 위험을 겪어 머리가 이상해졌다고 생각했다. 그래서 나는 주머니에서 릴리퍼트에서 데려온 검은 소와 양을 꺼내 보여 주었고, 이를 본 그는 무척 놀라며 결국 내 진실 어린 이야기에 완전히 확신을 가졌다. 이후 나는 그에게 블레푸스쿠 황제가 준 금화를 황제의 초상화와 그 나라의 몇몇 다른 진품들과 함께 보여 주었다. 또 그에게 각각 2백 스프럭이 담긴 동전 지갑 두 개를 주었으며, 영국에 도착하면 릴리퍼트의 새끼를 밴 릴리퍼트의 소 한 마리와 양 한 마리를 선물로 주겠다고 약속했다.

돌아가는 내내 항해는 매우 순조로웠으며, 이에 대한 자세한 이야기로 독자를 괴롭히지는 않겠다. 우리는 1702년 4월 13일 다운즈 항에 도착했다. 그사이 내게 일어났던 유일한 나쁜 일은 배에 있던 쥐들이 내 양 중 한 마리를 가져가 버린 것이었다. 나는 살이 깨끗이 발라진 채로 남겨진 양의 뼈들을 어떤 구멍에서 발견했다. 하지만 나머지 가축들은 무사히 육지로 데려와서 그리니치에 있는 잔디에서 풀을 뜯어먹도록 했다.

내 걱정과 달리 그들은 거기에 있는 고운 풀을 먹으며 매우 흡족해했다. 만일 선장이 그의 과자 중 제일 좋은 것을 내게 주지 않았었더라면 아마도 나는 그렇게 긴 항해에서 가축들을 보존하지 못했을 것이다. 나는 이 과자를 비벼 가루로 만든 후 물에 섞은 것을 그들에게 늘 주었다.

영국에 머문 짧은 시간 동안 가축들을 많은 고위 인사들과 여러 사람들에게 구경시켜 주는 것으로 상당한 이익을 남겼다. 그러다 두 번째 항해를 시작하기 전 6백 파운드에 이들을 팔아 버렸다. 마지막으로 항해를 마치고 돌아온 후, 나는 그 가축들이 상당히 불어났음을 알게 됐는데, 특히 양들이 그러했다. 릴리퍼트 양들의 부드러운 양털이 양모 산업에 크게 이익이 되기를 바란다.

나는 아내 그리고 가족과 함께 고작 두 달을 머물렀다. 낯선 나라를 여행하고 싶은 채워지지 않는 내 욕망이 더 이상 영국에 머무르지 못하게 했기 때문이다. 나는 아내에게 천5백 파운드를 주었고, 레드리프에 좋은 집을 마련해 줬다. 나머지 재산은 내 운을 개선해 볼 요량으로 반은 현금으로 반은 물건으로 바꾸어 내가 가지고 갔다. 삼촌 존은 내게 에핑에 가까운 곳에 땅을 남기셨는데 여기서 1년에 30파운드 정도 나왔다. 또 페터 레인에 있는 블랙 불 여관에서 장기 임대료로 그만큼의 수익이 나왔다. 다시 말해 내 가족이 무일푼이 되어 교구에 맡겨질 위험은 전혀 없었다.

공립중학교에 다니는 내 아들이자 삼촌의 이름을 딴 조니는 공부를 잘했다. 내 딸 베티(현재 결혼해 잘 살고 있고 아이들이 있다)는 당시 바느질을 배우고 있었다. 나는 아내와 아들, 딸과 눈물의 작별 인사를 했다. 그리고 리버풀의 존 니콜라스 선장이 지휘하고 수라트*로 향하는 3백 톤급 상선 어드벤처 호에 올랐다. 이 항해에 대한 이야기는 여행기의 2부에서 다루겠다.

2부

브롭딩낵으로의 항해

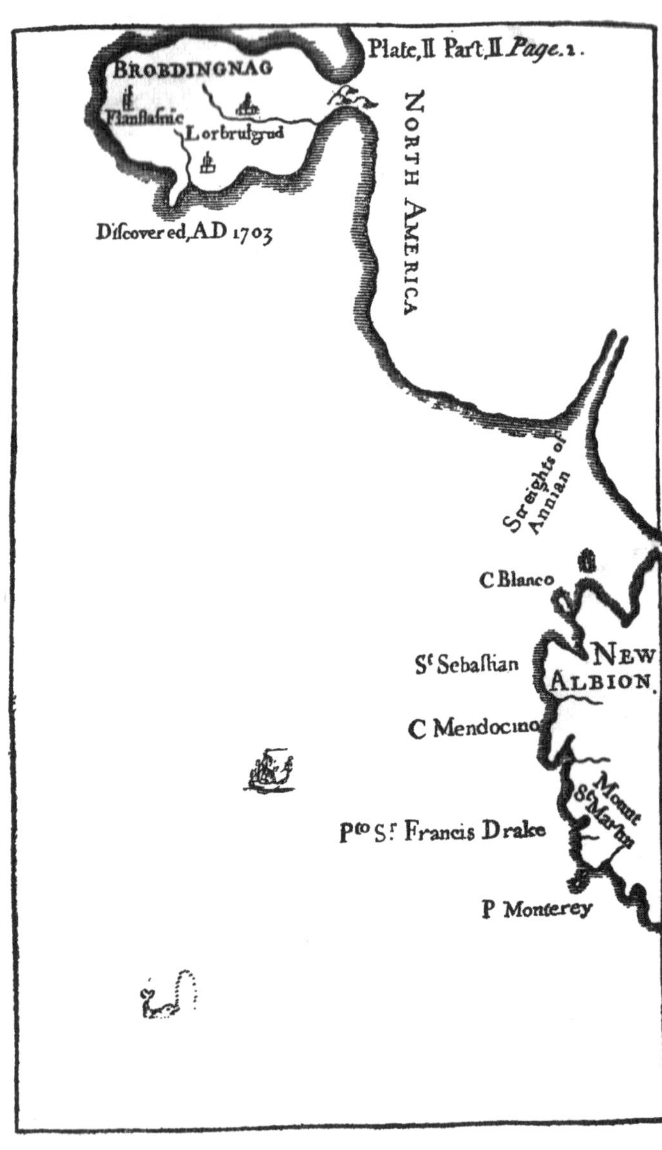
Plate,II Part,II Page.2.
BROBDINGNAG
Flanflasnic
Lorbrulgrud
Discover ed,AD 1703
NORTH AMERICA
Streights of Annian
C Blanco
St Sebastian
NEW ALBION
C Mendocino
Mount St Martin
Pto Sr Francis Drake
P Monterey

1장

커다란 폭풍우가 묘사된다. 물을 얻기 위해 대형 보트를 내려 육지로 향한다. 지은이는 그 나라를 살펴보기 위해 그 보트를 타고 동행한다. 해안에 남겨진 그는 원주민에 붙잡혀 한 농부의 집에 가게 된다. 그가 받은 대접과 그곳에서 일어난 몇몇 사건들. 그곳 주민들에 대한 묘사.

천성적으로 또 운명적으로 활동이 많고 움직이는 삶을 살아왔던 나는 돌아온 지 두 달 후 다시 조국을 떠났다. 1702년 6월 20일, 나는 콘월 출신의 존 니콜라스 선장이 지휘하는 수라트행 어드벤처 호를 다운즈 항에서 탔다. 희망봉에 도착할 때까지 순풍이 이어졌고, 신선한 물을 얻기 위해 그곳에 정박했다. 하지만 배에 물이 새는 걸 발견하고는 배에서 짐을 내려 그곳에서 겨울을 났다. 선장이 말라리아에 걸려 3월 말까지 희망봉을 떠날 수 없었기 때문이다. 그 후 우리는 다시 돛을 올렸고 마다가스카르 해협을 지날 때까지 순조로운 항해를 했나.

그러나 4월 19일, 마다가스카르섬의 북쪽이자 남위 5도쯤 되는 곳에 이르렀을 때, 바람이 평소보다 훨씬 거칠게 서쪽 방향으로 불기 시작했다. 보통 그 근처의 바람은 12월 초에서 5월 초까지 북쪽과 서쪽 사이에서 꾸준하고 일정하게 부는 걸로 관측되지만 말이다. 그러한 바람이 20일간 계속되었고, 그사이 우리는 몰루카 제도* 동쪽으로 조금 밀려갔다.

5월 2일 선장이 관측한 바로는 이곳은 적도에서 북쪽으로 3도 떨어진 곳이었다. 이 즈음에는 바람이 완전히 멈춰 고요해졌으며 나는 적지 않게 기뻤다. 하지만 이 지역 바다에서 항해 경험이 많은 선장은 우리 모두에게 또 다른 폭풍에 대비하라고 명령했다. 그리고 다음날 그가 말한 일이 발생했다. 남대양 몬순이라 불리는 남풍이 불기 시작했던 것이다.

바람이 강해지기 전에 우리는 사면 돛을 접고 앞의 돛을 펼 준비를 했다.* 하지만 날씨가 나빠졌기에 대포가 고정되어 있는지 살핀 후 뒤의 돛을 펼쳤다. 배가 어느 정도 바람을 벗어났지만, 우리는 그 자리에서 견디거나 돛을 모두 펼쳐 놓고 움직이기보다는 항해를 계속하는 게 더 낫겠다고 생각했다. 우리는 앞의 돛을 다시 올렸고, 밧줄을 뒤쪽으로 끌어 올렸다. 배의 키는 바람이 부는 방향으로 두었다. 배는 잘 버텼다. 우리는 앞 돛을 내리는 밧줄을 단단히 묶었지만 결국 돛은 찢어졌다. 우리는 활대를 끌어내려서 돛을 배 안으로 넣고 거기에 묶여 있던 모든 것을 끌러냈다. 아주 사나운 폭풍우였고, 파도는 이상하고 위험하게 부서지곤 했다. 우리는 키의 조종 장치에 부착된 짧은 밧줄을 끌러 조타수를 도왔다. 또 중간 돛대를 내리지 않고 그냥 두었는데, 그래야 배가 바다에서 잘 미끄러져 나갔기 때문이었다. 우리는 중간 돛대가 높이 있으면 배가 더 안정되고 바다에서 더 잘 움직이는 것을 알았다. 아마 배의 운신의 폭이 더 크기 때문인 것 같았다. 폭풍우가 그치자 우리는 앞 돛과 주 돛을 올렸고 배를 멈춰 세웠다. 그런 다음 뒤의 돛과 주 돛 그리고 앞쪽 위의 돛을 올렸다. 우리 항로는 동북동이었지만 바람은 남서쪽으로 불고 있었다. 우리는 우현의 밧줄을 갑판 위로 끌어올렸으며, 바람이 불어오는 쪽의 밧줄을 풀어놓았다. 우리는 바람 맞은편 쪽 배의 밧줄을 짧게 했고, 바람이 불어오는 쪽의 돛을 펼쳤으며, 그들을 다시 꽉 잡아당겨서 묶었다. 뒤 돛대의 밧줄을 바람이 부는 쪽으로 당겼고, 배는 돛을 활짝 펼치고는 바람이 불어오는 쪽을 향해 나아갔다.

폭풍이 몰아치는 동안 강한 서남서풍 바람이 불었기에 우리는 내 계산으로 2,750킬로미터 정도 동쪽으로 휩쓸려 내려갔고, 이제는 가장 나이 든 선원조차 우리가 도대체 지구의 어느 쯤에 있는지를 가늠하지 못했다. 식량은 버틸 만큼 충분히 있었고 배는 견고했으며 선원들도 모두 건강했다. 하지만 마실 물이 없다는 사실이 몹시 괴로웠다. 우리는 북쪽으로 방향을 바꾸기보다는 여태까지의 항로를 고수하는 게 최선이라 생각했다. 북쪽으로 나아갔다면 타타르*의 북서쪽을 넘어 얼어붙은 바다*로 갈 뻔했다.

1703년 6월 16일, 중간 돛대 위에 있던 한 소년이 육지를 발견했다. 17일에는 남쪽 방향으로 커다란 섬 혹은 육지를(어느 쪽인지 몰랐기에) 볼 수 있었다. 그 땅의 남쪽으로는 조그만 지협이 바다 쪽으로 나와 있었고 백 톤급 배가 들어가기에는 얕고 작은 만이 있었다. 우리는 이 작은 만에서 5킬로미터 떨어진 곳에 닻을 내렸고, 선장은 열여 명의 무장한 선원을 물을 찾으면 담아 올 용기와 함께 대형 보트에 내려보냈다. 나는 선장에게 그들과 함께 갈 수 있게 해 달라고 부탁했다. 그쪽 나라도 구경할 겸 가능하다면 탐색도 해 보고 싶었기 때문이었다.

육지에 도착해서 보니 어떤 강물이나 샘물 혹은 사람의 흔적도 보이지 않았다. 선원들은 신선한 물을 찾기 위해 해안가 여기저기로 흩어졌다. 나는 반대편 쪽으로 1.6킬로미터 정도 혼자 걸으면서 여기는 온통 바위투성이에 황폐한 곳이라는 것을 확인했다. 그러다 호기심을 만족시킬 어떤 것도 보이지 않았기에 피곤해진 나는 작은 만을 향해 천천히 돌아갔다. 그런데 바다가 눈앞에 펼쳐졌을 때, 우리 선원들이 이미 보트에 타고는 배를 향해 목숨 걸고 노를 젓는 모습이 보였다. 그들을 향해 소리쳐 부르려고 했지만, 소용없는 일이었다.

그때 어떤 거대한 존재가 그들을 쫓아 빠르게 바다 안으로 걸어 들어가는 것을 목격했다. 그는 바닷물이 무릎 위로 올라올 정도로 깊이 나가지는 않았지만, 넓은 보폭으로 걷고 있었다. 하지만 우리 선원이 탄 보트는 이미 그를 2.5킬로미터 정도 앞서 있었고, 근처 바다에는 뾰족하고 날카로운 바위들이 많았으므로 그 괴물은 보트를 따라잡지 못했다. 사실 이 얘기는 나중에 들은 거다. 나는 감히 그곳에 남아 이 모험이 어떻게 될지 보지 못한 채 처음 왔던 길로 최대한 빠르게 도망쳐서 이 나라를 조망할 수 있는 가파른 언덕 위로 올라갔기 때문이다.

이 나라는 농업이 꽤 발달한 곳 같았다. 하지만 처음에 나를 놀라게 했던 건 그곳 풀의 길이였다. 건초로 쓰려고 땅에 모아 둔 듯한 풀의 길이가 약 6미터 정도 되었던 것이다.

나는 큰길로 들어섰다. 아니, 나는 그 길이 큰길이라 생각하였으나, 그곳 주민들에게는 단지 보리밭 사이로 난 이랑이었다. 나는 길을 따라 한참 걸었고, 길 위에서 볼만한 건 특별히 없었다. 수확 철이 다 되어, 밀이 적어도 12미터 높이로 자라 있었다. 나는 한 시간가량 걸어 밭의 끝으로 갔다. 밭은 적어도 36미터 높이의 울타리와 높이를 가늠할 수도 없이 솟아 있는 나무로 둘러싸여 있었다. 밭의 끝에는 다른 밭으로 넘어갈 수 있는 네 칸의 나무 계단이 있었는데, 꼭대기에는 넘어야 되는 돌이 놓여 있었다. 그런데 이 나무 계단을 넘어가는 것이 나로서는 불가능했다. 계단 하나의 높이가 180센티미터인 데다 꼭대기 돌은 6미터가 넘었기 때문이었다. 울타리 사이에서 빈틈을 찾으려고 애쓰던 중 나는 바다에서 우리 보트를 쫓아가고 있던 사람과 같은 크기의 사람이 옆 밭에서 나무 계단 쪽으로 다가오는 것을 보았다. 그의 키는 흔히 보는 첨탑 정도였고, 내 짐작으로 아마 한 걸음에 약 9미터씩 내디뎠다.

너무나 놀라고 무서웠던 나는 그 자리에서 도망쳐 밀밭에 몸을 숨겼다. 그곳에서 그가 나무 계단 꼭대기로 올라가 오른쪽 밭을 돌아보더니 확성기보다 몇 배 더 큰 목소리로 누군가를 부르는 소리를 들었다. 그 소리는 하늘 높은 곳에서 들렸기에 처음에는 틀림없이 천둥소리라고 생각했다. 그가 부르자 그와 똑같이 생긴 일곱 명의 괴물이 추수용 낫을 각각 손에 들고 왔다. 그 낫의 크기는 우리의 낫 여섯 개를 합친 정도의 크기였다. 이 사람들은 첫 번째 사람만큼 잘 차려입지 못한 걸로 봐서 그의 하인이나 일꾼 정도 되어 보였다. 그들을 부른 사람이 몇 마디 하자 그들은 이내 내가 있는 밭쪽으로 오더니 밀을 거두어들이기 시작했다.

나는 될 수 있는 한 그들로부터 멀리 떨어져 있으려 했지만, 몸을 움직이는 것이 매우 힘들었다. 밀의 줄기들 사이가 30센티미터도 채 안 되게 떨어져 있어서 그 사이로 몸을 밀어 넣는 것이 거의 불가능했기 때문이었다. 하지만 어찌어찌 앞으로 나아갔고, 비바람에 쓰러진 밀이 있는 부분에 이르렀다. 그런데 여기서는 한 발짝도 더 나아갈 수 없었다. 우선 밀의 줄기들이 온통 엉켜서 그 사이를 뚫고 갈 수 없었고, 또 바닥에 떨어진 이삭 꺼끄러기가 너무 거칠고 뾰족해서 옷을 통과해 살까지 파고들었기 때문이었다. 동시에 내 뒤쪽으로 백 미터도 떨어지지 않은 곳에서 추수꾼들의 소리가 들려오고 있었다.

고된 노동으로 기력이 사뭇 꺾인 나는 슬픔과 절망으로 완전히 넋이 나가 두 이랑 사이에 누운 채 이대로 삶을 끝낼 수 있기를 진심으로 바랐다. 아무도 돌보지 않는 내 아내와 아비 없는 자식들이 불쌍하다는 생각이 들었다. 친구들과 친척들의 충고에도 불구하고 두 번째 항해를 떠난 나 자신의 어리석음과 고집을 한탄하기도 했다. 이런 끔찍한 마음의 동요 한가운데서 나는 릴리퍼트를 떠올리지 않을 수가 없었다. 그곳 주민들은 나를 그들 세상에 나타난 불가사의한 존재로 여겼다. 거기서 나는 한 손으로 제국의 함대를 끌고 올 수 있었고, 제국의 연감에 영원히 기록될 여러 업적을 이루어 낼 수 있었다. 그들의 후손들은 수백만 명이 이런 사실을 증언한다 해도 거의 믿지 않겠지만 말이다.

나는 마치 릴리퍼트 사람 하나가 우리 세상 가운데 있는 것처럼, 내가 이 나라에서 하찮게 여겨지는 게 얼마나 모욕적일지를 생각해 보았다. 하지만 이는 내게 닥친 불행 중 가장 작은 것이라고도 생각했다. 인간도 덩치가 클수록 그에 비례해 더욱 야만적이고 사나워지듯이, 나를 포획하게 될 첫 번째 거대한 야만인의 입에 먹이로 들어가는 것 외에 내가 무엇을 기대할 수 있단 말인가? 비교에 의해서가 아니라면 어떤 것도 크고 작음이 없다는 철학자들의 말은 의심할 여지없이 맞는 말이다. 운명의 여신은 릴리퍼트 사람들이 우리보다 작은 만큼 그들보다 작은 사람들이 사는 나라를 발견케 하고는 즐거워했을 것이다. 심지어 이 거대한 종족조차 아직 우리가 발견하지 못한 세계의 먼 곳에서 자신보다 그만큼 더 큰 이들을 만날지 누가 알겠는가?

비록 두렵고 혼란스러웠지만 나는 이러한 사색을 멈출 수 없었다. 그때 추수꾼 중 한 명이 내가 누워 있는 이랑에서 10미터 이내로 다가왔다. 이제 나는 그가 내딛는 다음 발걸음에 깔려 죽거나, 그의 추수용 낫에 두 동강이 날 것이라 생각했다. 그렇기에 그가 다시 움직이려 하자 공포심에 사로잡힌 만큼 큰 목소리로 소리를 질러 댔다. 그랬더니 거대한 존재는 걸음을 멈추고 잠시 발아래를 둘러보더니 마침내 땅에 있는 나를 발견했다. 그는 한동안 뭔가를 생각하면서 작고 위험한 동물을 잡으려 애쓰는 사람이 물리거나 상처 입지 않으려는 조심스러운 태도를 취했다. 나 역시 영국에서 족제비를 잡으려 할 때 가끔 그랬는데 말이다.

마침내 그는 용기를 내 엄지와 집게로 내 등 가운데를 집어 올리더니, 내 생김새를 좀 더 정확히 보기 위해 그의 눈에서 3미터 떨어진 곳까지 나를 들어 올렸다. 나는 그가 왜 그런 행동을 하는지 짐작할 수 있었다. 다행히 아직 정신이 또렷한 상태였기에 그가 나를 땅에서 약 2미터 떨어진 공중에서 붙잡고 있는 한 절대로 발버둥치지 않겠다고 결심했다. 비록 그는 내가 손가락 사이로 빠져 나갈까 봐 내 옆구리를 심하게 죄고 있었지만 말이다. 지금 내가 감히 할 수 일은 눈을 들어 태양을 바라보면서, 애원하는 자세로 두 손을 모으고 현재 내가 처한 상황에 어울리는 말 몇 마디를 겸손하고 침울한 어조로 뱉는 것이었다. 우리가 작고 징그러운 동물을 없애려고 할 때 보통 그러듯, 그가 나를 땅바닥에 내동댕이칠까 봐 매 순간 두려웠다.

하지만 천만다행으로 그는 내 목소리와 몸짓에 즐거워하는 것처럼 보였고, 나를 놀라운 존재로 여기기 시작했다. 비록 뜻을 알아듣는 것은 아니지만, 내가 분절음을 발음하는 것에 몹시 놀라워하면서 말이다. 그사이 나는 고통을 참을 수가 없어 신음 소리와 함께 눈물을 흘리며 고개를 내 옆구리 쪽으로 돌렸다. 그러면서 그가 엄지와 검지로 나를 꽉 잡은 것이 얼마나 지독히 아픈지 그에게 적극적으로 알렸다. 그는 내 의도를 이해한다는 듯이 자신 상의의 접은 깃을 올리더니 그 안에 나를 조심스레 넣고는 그의 주인에게 즉시 달려가기 시작했다. 그의 주인은 건장한 농부이자 내가 밭에서 처음 봤던 바로 그 사람이었다.

농부는 하인이 나에 대해 설명하는 것을 듣고 (그들의 이야기로 미루어 보건대) 지팡이 크기의 작은 지푸라기를 하나 가져와 그걸로 내 상의 깃을 들어 올렸다. 그는 내 상의 깃을 내가 천성적으로 가지고 태어난 일종의 피부 같은 것으로 생각하는 것 같았다. 그는 내 얼굴을 좀 더 잘 보기 위해 입김을 불어 내 머리칼을 옆으로 젖혔다. 또 주위의 일꾼들을 불러 나와 비슷한 작은 생물체를 밭에서 본 적이 있는지 물었다(나중에 알았지만 말이다). 그러고는 나를 네 발 짐승처럼 손발이 땅에 닿도록 조심스럽게 내려놨다. 하지만 나는 곧바로 일어서 앞뒤로 천천히 걸으면서 사람들에게 내가 도망칠 의도가 전혀 없음을 알렸다.

그들은 모두 내 동작을 더 잘 보기 위해 내 주위에 둥글게 앉았다. 나는 모자를 벗고 농부를 향해 깊이 고개 숙여 인사했다. 무릎을 꿇고, 두 손과 두 눈을 들어 올린 후 최대한 큰 목소리로 말했다. 또 주머니에서 금화가 든 지갑을 꺼내 그에게 겸손히 바쳤다. 그는 지갑을 손바닥으로 받은 후, 무엇인지 보기 위해 지갑을 눈 가까이 갖다 댔다. 그러더니 (소매에서 꺼낸) 핀 끝으로 이리저리 굴려 보더니 뭔지 잘 모르겠다는 표정을 지었다. 나는 지갑을 든 그의 손을 땅에 내려 달라는 몸짓을 했다. 그의 손에 오른 나는 지갑을 열어 그 안의 모든 금화를 그의 손바닥에 쏟아 부었다. 거기에는 20~30개의 동전 외에도 스페인 금화 여섯 개가 들어 있었다. 그는 작은 손가락 끝에 침을 발라 가장 큰 금화부터 하나씩 들어 올려 보았으나 그게 무엇인지 전혀 모르는 것 같았다. 그는 내게 금화를 지갑에 넣고 다시 주머니에 넣으라는 신호를 보냈다. 나는 그에게 몇 번 더 받아 달라고 청했지만, 결국 그의 말대로 하는 편이 최선이라고 생각했다.

이제 그 농부는 내가 이성적인 생물체라는 것을 확신했다. 종종 내게 말을 건네는 그의 목소리는 마치 물레방앗간 소리처럼 내 귀를 찢는 것 같았다. 하지만 그의 말은 분명히 분절음이었다. 나는 여러 가지 언어와 최대한 큰 목소리로 대답했다. 그도 이따금 2미터 정도까지 내게 가까이 다가와 귀를 갖다 댔다. 하지만 우리는 서로의 말을 전혀 이해하지 못했기 때문에 노력은 모두 허사였다. 그러자 그는 하인들을 일자리로 돌려보내고는, 주머니에서 손수건을 꺼내 두 겹으로 접은 후 손 위에 펼쳐 놓은 다음 손바닥을 위로 향하게끔 손을 땅바닥에 납작하게 내려놨다. 그러면서 내게 그 위로 올라오라는 몸짓을 했는데, 손수건 두께가 30센티미터를 넘지 않았기에 쉽게 오를 수 있었다. 나는 그에게 복종하는 것이 내가 할 일이라고 생각했다. 떨어지지 않도록 조심하면서 손수건 위에 등을 대고 누었고, 그는 좀 더 안전을 기하기 위해 손수건의 나머지 부분으로 내 머리까지 감쌌다. 이런 식으로 그는 나를 그의 집까지 데려갔다. 집에 도착해 그가 아내를 불러 나를 보여 주었더니 그녀는 영국 여자들이 두

꺼비나 거미를 볼 때 그러하듯이 소리를 꽥 지르며 도망쳤다. 하지만 부인은 내 행동을 얼마간 지켜보면서 내가 얼마나 남편을 잘 따르는지를 보더니, 곧 상황을 받아들이고 점점 친절하게 나를 대했다.

오후 12시쯤 되자 하인이 점심을 가져왔다. 점심은 직경이 7미터나 되는 접시에 담긴 (농부의 평범한 조건에 어울리는) 큼직한 고기 한 덩어리였다. 농부와 그의 아내, 세 명의 아이들과 나이 든 할머니가 함께 식사를 했다. 모두 자리에 앉자 농부는 나를 자신과 거리를 두고 식탁 위에 두었다. 식탁은 바닥으로부터 9미터 높이였다. 나는 무서워 덜덜 떨었고, 떨어질까 봐 두려워 식탁 가장자리에서 최대한 멀리 떨어진 곳에 있었다. 농부의 아내는 고기를 다지고 빵을 부스러트린 후 쟁반에 담아 내 앞에 놓았다. 나는 허리를 깊게 숙여 인사한 다음 내 칼과 포크를 꺼내 먹기 시작했다. 이런 내 모습은 그들에게 큰 기쁨을 주었다.

안주인은 하녀에게 7리터 정도 들어가는 작은 컵을 가져오게 한 후 마실 것을 따랐다. 나는 두 손으로 컵을 어렵사리 쥐고는 지극히 공손한 태도로 주인마님의 건강을 빌며 마셨다. 건배사는 최대한 큰 목소리와 영어로 표현했다. 이에 사람들은 크게 웃었는데, 그 소리에 내 귀가 거의 멀 정도였다. 음료는 약간 사과주스 맛이 났으며 나쁘지 않았다. 얼마 후 주인은 내게 자기 쟁반 쪽으로 오라는 손짓을 했다. 하지만 나는 그동안 내내 공황 상태에 있었던 까닭에 식탁 위를 걸어가는 동안 어쩌다 보니 빵 부스러기에 걸려 넘어졌고—이에 대해 너그러운 독자들께서는 쉽게 있을 수 있는 일이리고 이해해 주리라 생각한나—앞으로 완전히 고꾸라져 얼굴이 바닥에 부딪혔지만 다치지는 않았다.

나는 넘어진 즉시 일어났고, 이 착한 사람들이 크게 걱정하는 것을 보고 모자를 꺼내(예의상 팔 아래쪽에 끼고 있었는데) 머리 위로 흔들며 만세 삼창을 하면서 다친 데가 없다는 것을 보여 주었다. 하지만 내가 나의 주인님(앞으로 나는 그를 이렇게 부를 것이다)을 향해 나아갈 때, 그의 옆에 앉았던 열 살 정도 된 장난꾸러기 막내아들이 내 다리를 잡아 하늘 높이 들어 올렸다. 나는 사지를 부들부들 떨었다. 하지만 아버지는 아들로부터 도로 나를 잡아채면서 동시에 유럽의 기병대를 쓰러뜨릴 것처럼 아들의 왼쪽 귀를 휘갈기더니 식탁에서 물러나라고 명령했다. 하지만 나는 그 소년이 내게 악의를 품을까 봐 두려웠고, 우리 아이들 역시 얼마나 참새나 토끼, 새끼 고양이 혹은 강아지에게 본능적으로 짓궂은가를 기억하면서 무릎을 꿇고 아이를 가리키며 그가 용서받기를 바라는 내 뜻을 최선을 다해 주인님께 전했다. 아버지는 이를 받아들였고, 아이는 다시 자리에 앉았다. 이에 나는 그에게로 가 그의 손에 키스했고, 주인님은 아들의 손을 잡고 그 손으로 나를 부드럽게 쓰다듬게 했다.

점심 먹는 도중 우리 주인마님이 제일 예뻐하는 고양이가 마님의 무릎으로 뛰어올라 왔다. 스타킹 짜는 베틀 열 몇 대가 움직이는 소리가 뒤에서 들려 고개를 돌렸던 나는 이 소리가 고양이의 가르릉 소리라는 것을 알았다. 마님이 고양이에게 밥을 주고 쓰다듬는 사이 고양이 머리와 앞발을 보며 계산해 보니 그

고양이는 황소보다 세 배는 더 큰 것 같았다. 이 동물의 표정이 너무 사나워서 나는 그만 완전히 겁에 질렸다. 고양이는 식탁 가장자리에서 15미터 이상 떨어진 곳에 있었고 갑자기 뛰쳐나가 나를 발톱으로 낚아챌까 봐 마님이 꼭 붙잡고 있었는데도 그랬다.

다행히 위험한 일은 일어나지 않았다. 주인님이 나를 녀석으로부터 3미터도 안 되는 곳에 두었을 때도 이 고양이는 내게 아무런 관심을 표하지 않았다. 게다가 항상 들어 왔던 말이자 여행 중 경험으로 확인했던 것처럼, 사나운 동물을 만났을 때 도망치거나 무서움을 드러내는 것이야말로 그 동물에게 먹히거나 공격당하는 확실한 방법이다. 따라서 나는 비록 위험한 위기 상황이기는 했지만 어떠한 두려움도 드러내지 않기로 마음먹었다. 내가 고양이 머리 바로 앞에서 대여섯 번 대담하게 걸어 다니고 50센티미터 가까이 근처에 다가가자 고양이는 오히려 나를 더 무서워하는 것처럼 뒤로 물러났다. 그 외에도 농부의 집이라면 흔히 있는 방 안에 들어온 서너 마리 개에 대해서도 별로 걱정하지 않았다. 그중 한 마리는 크기가 코끼리 네 마리만 한 마스티프 종이였고, 다른 하나는 마스티프보다 키는 더 크지만 덩치는 그리 크지 않은 그레이하운드 종이었다.

식사가 거의 끝나 갈 무렵 유모가 한 살짜리 아기를 안고 들어왔다. 아기는 나를 보자마자 런던 다리부터 첼시까지 들릴 정도의 큰 소리로 악을 쓰며 울기 시작했다. 이는 아기들이 으레 그러듯이 나를 장난감으로 가지기 위한 의지였다. 엄마는 순전히 아이의 떼를 받아 주기 위해 나를 들어 올려 아이 쪽에 두었고, 아이는 즉시 내 허리를 잡고 머리를 자기 입 안에 넣었다. 하지만 내가 고래고래 소리를 질러 대자 아이는 놀라 나를 떨어뜨렸다. 만약 주인마님이 앞치마를 내 아래쪽에 받치지 않았더라면 나는 분명히 목이 부러졌을 거다.

유모는 딸랑이를 이용해 아기를 달랬다. 딸랑이는 커다란 돌 여러 개가 들어 있는 빈 통이었으며 끈으로 아이 허리에 묶여 있었다. 하지만 아이는 계속해서 울어 댔고, 유모는 하는 수 없이 최후의 수단으로 아이에게 젖을 물렸다. 고백하자면 그녀의 무시무시한 가슴만큼 내게 혐오스러운 것은 없었다. 궁금해하는 독자들에게 그것의 크기, 모양, 색깔이 어떤 건지 알려 주기 위해 어떻게 비교해 얘기해야 될지 모르겠다. 유모의 가슴은 180센티미터 정도 돌출해 있었고, 그 둘레는 5미터는 족히 넘어 보였다. 젖꼭지는 내 머리 반만 했고, 젖꼭지와 젖통의 색깔은 점과 뾰루지, 주근깨로 얼룩덜룩해 이보다 더 역겨운 것도 없었다.

유모는 젖을 주기 위해 좀 더 편한 자세를 취했고 나는 식탁에서 있었기에 그녀를 가까이에서 볼 수 있었던 거다. 여기서 나는 우리 영국 귀부인의 하얀 살결을 떠올려 보았다. 그들이 우리에게 아름다워 보이는 것은 단지 우리와 크기가 같기 때문은 아닌가 하고 말이다. 또 돋보기로 잘 보이지도 않는 그들의 결점을 들여다보는 실험을 해 보니, 가장 부드럽고 하얀 살결조차 거칠고 울퉁불퉁하며 칙칙한 색깔로 되어 있지 않은가.

릴리퍼트에 있었을 때 그 작은 사람들의 피부색이 내게는 세상에서 가장 아름다워 보였던 것을 기억한다. 이 주제에 대해 내 가까운 친구이자 학식이 높았던 그곳 주민과 이야기해 본 적이 있었다. 그는 땅바닥에서 나를 올려다봤을 때 내 얼굴이 훨씬 더 깨끗하고 매끄러워 보였다고 했다. 내가 그를 손으로 들어 올려 내 얼굴 쪽으로 가까이 가져온 상태에서 봤을 때보다 말이다. 그는 나를 가까이서 봤을 때 처음에는 정말 충격적이었다고 고백했다. 내 피부에 커다란 구멍들이 보였고, 수염을 깎고 남은 털은 멧돼지 털보다 열 배는 더 빳빳해 보였으며, 여러 색깔로 이루어진 내 얼굴빛은 불쾌했다고 말이다. 하지만 나는 대부분의 우리나라 남자들처럼 얼굴이 하야니 깨끗하고, 또 여행을 많이 다녔음에도 조금밖에 타지 않았다는 변명을 해야겠다.

반대로 그는 황제의 궁전에 있는 귀부인들에 대해 얘기하면서 어떤 부인은 주근깨가 있고 어떤 이는 입이 너무 넓으며 또 다른 이는 코가 너무 크다고 말하곤 했지만, 나는 전혀 구분하지 못했다. 이러한 생각은 너무 명백해서 하나 마나 한 소리인지도 모르겠다. 그래도 이 얘기를 하는 것은 혹시라도 독자들이 이 거대한 존재가 실제로 기형이라고 여기지 않았으면 하는 마음에서다. 정말로 그들은 잘생긴 종족이었다. 특히 비록 농부이기는 했지만 주인님의 생김새는 내가 18미터 아래에서 봤을 때 매우 균형이 잘 잡혀 있는 것처럼 보였다.

식사가 끝나자 주인님은 밖에 있는 그의 일꾼들에게 갔다. 그의 목소리와 몸짓으로 판단컨대, 아내에게 나를 잘 돌봐 주라고 신신당부하는 것 같았다. 너무 피곤해 자고 싶었던 나의 마음을 알아챈 주인마님은 나를 그녀 침대에 올려놓은 후 깨끗하고 하얀, 그렇지만 군함의 커다란 주 돛보다 더 크고 더 거친 손수건으로 덮어 주었다.

두 시간 정도 자는 동안 집에서 아내, 아이들과 함께 있는 꿈을 꾸었다. 깨어난 후 내가 어떤 커다란 방에 혼자 있다는 걸 깨닫게 되자 이 꿈은 나를 더욱 슬프게 했다. 나는 폭이 60~90미터 정도에 높이가 60미터나 되는 방 안에서 마찬가지로 폭이 20미터나 되는 침대에 혼자 누워 있었다. 주인마님은 밖에서 집안일을 하고 있었고, 문은 잠긴 상태였다. 침대는 바닥에서 8미터나 떨어져 있었다. 나는 급한 용무 때문에 내려가야 했지만 도저히 부를 수가 없었다. 또 그랬다 한들 내 목소리로는 내가 있는 방에서 가족들이 있는 부엌까지 들리지도 않았을 것이었다.

그러는 와중에 쥐 두 마리가 커튼 밑에서 기어 나오더니 침대 위로 올라와 냄새를 맡으며 이리저리 뛰어다녔다. 그중 한 놈이 내 얼굴 앞으로 바싹 다가왔고, 나는 겁에 질려 벌떡 일어나 단검을 꺼내 방어태세를 취했다. 이 끔찍한 동물은 대담하게도 나를 양쪽에서 공격했다. 그중 한 놈은 앞발을 내 상의 깃에 대기도 했다. 하지만 다행히 놈에게 해를 입기 전 놈의 배를 갈라놓았다. 놈은 내 발아래로 쓰러졌고, 다른 놈은 동료의 운명을 보고 도망치려고 했다. 하지만 그놈이 도망칠 때 나는 그의 등에 꽤 큰 상처를 냈으며, 결국 피를 뚝뚝 흘리는 채로 도망쳤다.

위업을 달성한 나는 천천히 침대 위에서 왔다 갔다 하면서 숨을 고르며 기운을 회복했다. 쥐들은 크기가 커다란 마스티프 종만 했지만, 훨씬 더 날렵하고 사나워서 만일 내가 자기 전에 단도가 있는 허리띠를 끌러 놓았다면 여지없이 갈기갈기 찢겨 잡아 먹혔을 뻔했다. 죽은 쥐의 꼬리 길이를 재 보니 2미터 정도였다. 여전히 피를 흘리며 누워 있는 시체가 역겨워 침대에서 끌어내지 못하고 있는데, 녀석이 아직 숨이 붙어 있는 것을 보고 목을 세게 그어 완전히 보내 버렸다.

곧 주인마님이 방에 들어왔고 내가 온통 피투성이가 된 걸 보자 달려와 손으로 나를 들어 올렸다. 나는 죽은 쥐를 가리키면서 웃어 보이고 다치지 않았다는 몸짓을 해 보였다. 마님은 말할 수 없이 기뻐했고, 하녀를 불러 죽은 쥐를 부지깽이로 집어 창밖으로 내던지게 했다. 그러고는 식탁 위에 나를 놓았다. 거기서 나는 피가 잔뜩 묻은 칼을 마님에게 보여 주고 이를 상의 깃에 닦은 후 칼집에 도로 집어넣었다. 이제 나는 다른 사람이 도저히 대신해 줄 수 없는 그 일이 너무 급했고, 따라서 마님께 바닥으로 내려가길 원한다는 것을 알리려 노력했다. 그러자 마님은 나를 아래로 내려놓았다. 나는 수줍음 때문에 문을 가리키면서 고개를 여러 차례 숙이는 정도로 내 뜻을 알렸다. 그 착한 여인은 마침내 내가 무엇을 하려는지 어렵사리 알아차렸다. 그녀는 다시 나를 손에 올려놓고 정원으로 걸어 나가 그곳에서 나를 내려놓았다. 나는 한쪽 구석으로 2백 미터 정도 걸어가면서 마님에게 이쪽으로 보거나 따라오지 말라는 신호를 보낸 후, 갈색 잎사귀 두 장 사이에 몸을 숨겨 급한 용무를 해결했다.

친애하는 독자 여러분께서는 내가 이런 일과 이 비슷한 일을 구체적으로 얘기하는 것을 이해해 주기 바란다. 비록 비굴하고 저속한 이들에게 하찮은 일들로 보일지 모르지만, 철학자에게는 그의 사상과 상상력을 넓혀 주고 또 사적, 공적 삶을 이롭게 하는 데 적용할 수 있도록 확실히 도와주는 것들이다. 이것이야말로 내가 이 이야기를 비롯해 여행에서 일어났던 이야기를 세상에 내놓는 유일한 목적이다. 이 글에서 나는 문체를 꾸미거나 학식 면에서 잘난 척하지 않고 무엇보다 진실만을 추구하기 때문이다.

하지만 이번 여행의 모든 장면은 강한 인상을 남겼고 또 기억에 깊이 박혀 있으므로, 이를 종이 위에 쏟아 낼 때 중요한 상황은 하나도 생략하지 않았다. 하지만 꼼꼼히 재검토하면서 초고에 있었던 몇몇 덜 중요한 구절들은 지워 버렸다. 너무 지루하고 사소하다고 비난받을까 봐 두려워 그렇게 했는데, 여행가들이 자주 받는 이러한 비판들이 아주 근거 없는 것은 아니다.

2장

농부의 딸에 대한 묘사. 지은이는 처음에는 읍내 도시로, 이후에는 수도로 옮겨진다. 그의 여행에 관한 구체적인 사실들.

주인마님에게는 아홉 살 난 딸이 한 명 있었다. 그녀는 나이보다 성숙했고, 바느질에 매우 능숙하며, 인형 옷 입히기도 선수였다. 엄마와 딸은 내가 밤을 보낼 수 있도록 인형 요람을 마련해 주었다. 요람은 쥐의 공격에 대비해 캐비닛의 작은 서랍 안에 놓았고, 그 서랍은 다시 벽에 달린 선반 위에 두었다. 이 요람이 내가 여기 사람들과 지내는 동안 나의 침대였으며, 내가 그들의 언어를 배우고 필요한 걸 요구할 수 있게 되면서 침대는 점점 더 편리해졌다. 이 어린 소녀는 솜씨가 좋아서 내가 한두 번 옷을 벗는 걸 본 후에는 내게 옷을 입히거나 내 옷을 벗길 수 있었다. 비록 그녀가 나 스스로 입고 벗도록 허락한 후에는 결코 그녀에게 그런 수고를 끼치지 않았지만 말이다.

그녀는 내게 셔츠 일곱 벌을 만들어 주었고, 부대자루보다 더 거칠긴 했지만 그녀가 구할 수 있는 최대한 부드러운 천으로 속옷도 만들어 주었다. 그리고 줄곧 이 옷들을 손수 빨아 주었다. 그녀는 내게 언어를 가르쳐 주는 선생님이기도 했다. 내가 어떤 물건을 가리키면 그녀는 그것의 이름을 자신의 언어로 말해 줬고, 며칠이 지나자 나는 원하는 것을 모두 요구할 수 있었다. 심성이 매우 착한 그녀의 키는 12미터보다 조금 작았는데, 나이치고는 작은 편이었다.

그녀는 내게 '그릴드릭'이라는 이름을 붙여 주었다. 가족들과 나중에는 나라 전체가 그 이름으로 나를 불렀다. 그 단어는 라틴어로는 '나눈쿨루스', 이탈리어로는 '호문셀레티노', 그리고 영어로는 '인형'을 의미한다. 주로 그녀 덕분에 나는 이 나라에서 목숨을 부지할 수 있었다. 내가 거기 머무는 동안 우리는 한 번도 떨어진 적이 없으며, 나는 그녀를 '글룸달클리치', 즉 작은 유모라고 불렀다. 그녀가 나를 얼마나 잘 보살펴 주고 호의를 베풀었는지를 언급하지 않는다면 나는 배은망덕의 죄를 저지르는 셈이 될 것이다. 그녀의 보살핌과 애정을 합당하게 갚을 수 있는 힘이 내게 있기를 진심으로 바란다. 하지만 내가 그녀에게 불명예를 가져다준, 무고하지만 불행한 도구는 아니었는지 두렵기도 하다.

이제 주인님이 밭에서 이상한 동물, 크기는 '스플랙넉'만 하고 모든 면에서 사람과 똑같이 생긴 동물을 발견했다는 소식이 동네에 알려지면서 사람들 사이에 회자되기 시작했다. 이 동물은 인간의 모든 행동을 똑같이 따라하고, 자기 언어로 말하는 것처럼 보이며, 이미 자기네들 말을 몇 가지 습득했고, 두 다리로 서서 다니며, 온순하고 길들여져 있으며, 부르면 오고, 시키는 건 뭐든지 하며, 세상에서 가장 섬세한 팔다리와 세 살짜리 귀족의 여아보다 더 고운 피부를 가졌다는 것이었다.

주인님의 친한 친구이자 가까이 사는 어떤 농부는 이 이야기의 사실 여부를 따지기 위해 일부러 집에 찾아왔다. 나는 즉시 공연을 위해 탁자 위에 놓여졌다. 그곳에서 명령받은 대로 걷고, 단검을 꺼냈다 다시 집어넣었으며, 손님에게 경의를 표했고, 그들의 언어로 어떻게 지내시냐고 물으며 환영한다고 말했다. 내 작은 유모가 가르쳐 준 대로 말이다. 나이가 많고 눈이 침침한 이 농부는 나를 더 잘 보기 위해 안경을 썼는데, 나는 그 모습에 크게 웃지 않을 수 없었다. 그의 두 눈이 꼭 두 개의 창문을 통해 방 안에 비치는 보름달 같았기 때문이었다. 내가 킥킥거리는 이유를 알게 되자 가족들은 나와 함께 웃기 시작했고, 그 늙은이는 바보처럼 당황하며 화를 냈다.

그는 지독한 구두쇠로 알려져 있었다. 또 나로선 불행이지만 그 명칭에 합당한 인품을 지녔는데, 이웃 읍내 장날에 나를 볼거리로 내세우라는 저주할 만한 충고를 주인님에게 했던 것이다. 옆 마을은 우리 집에서 약 35킬로미터 떨어져 있으며 말을 타고 삼십 분 정도 걸리는 곳에 있었다. 주인님과 그의 친구가 오래도록 속삭이며 가끔 나를 가리키는 것을 보면서 뭔가 나쁜 꿍꿍이기 진행되고 있다는 것을 짐작하기는 했다. 사실 무슨 일이 일어날지 두려워 그들 얘기를 엿들으면서 무슨 얘기인지 조금 알아듣는 것도 같았다.

그러나 다음날 아침 내 작은 유모 글룸달클리치가 엄마에게 교묘히 빼낸 사건의 전모를 내게 전달해 주었다. 이 가여운 소녀는 나를 가슴 위에 올려놓고는 수치심과 슬픔에 울음을 터뜨렸다. 그녀는 거칠고 속된 마을 사람들이 내게 끼칠지 모르는 해를 두려워했다. 그들은 나를 꽉 쥐어 죽게 할 수도 있고, 손으로 나를 잡아 내 팔다리를 부러뜨릴 수도 있었다. 그녀는 내가 얼마나 천성적으로 얌전하고, 명예에 관해 예민하며, 저잣거리의 볼거리가 되어 천박한 사람들에게 돈 때문에 노출되는 것을 치욕으로 여길지 이미 알고 있었다. 그녀는 비록 아빠 엄마가 그릴드릭이 자기 것이라고 약속했지만, 마치 작년에 그녀에게 새끼 양을 주는 척해 놓고 살이 통통하게 오르자 푸줏간에 팔아넘겼던 것처럼 이번에도 그러려고 한다는 것을 알게 됐다고 말했다.

나는 유모만큼은 걱정하지 않았다고 단언할 수 있다. 내게는 어떤 경우에도 놓지 않았던 강한 희망, 언젠가 다시 자유를 회복하리라는 희망이 있었다. 괴물이 되어 여기저기 끌려 다니는 치욕은 스스로를 이 나라의 완전한 이방인으로 여겼으므로, 만약 다시 영국으로 돌아간다 하더라도 이러한 불행이 결코 나를 비난하는 구실이 될 수 없다고 생각했다. 설사 대영제국의 군주가 지금 내 위치에 있다 하더라도 틀림없이 똑같은 고통을 겪었을 것이기 때문이다.

주인님은 친구의 충고에 따라 다음 번 장날에 나를 상자에 넣어 이웃 읍내 마을로 데려갔으며, 막내딸인 내 유모를 뒷자리에 앉혀 같이 데려갔다. 그 상자는 내가 드나들 수 있는 작은 문과 공기가 통하는 몇 개의 송곳 구멍을 빼고는 사방이 밀폐되어 있었다. 소녀는 신경 써서 그곳에 내가 누울 수 있도록 인형 침대의 누비이불을 놓아 주었다. 하지만 겨우 삼십 분밖에 걸리지 않은 이 여행에서 나는 심하게 흔들려 몹시 불안했다. 말은 매 걸음 12미터 정도를 아주 빨리 내디뎠으며 그 움직임은 마치 거대한 폭풍 속에서 위아래로 자주 오르내리는 배와 같았다.

우리 여행은 런던에서 세인트 올번스까지의 거리보다 더 먼 거리였다. 주인님은 자주 이용하던 여관에 내려서 여관주인과 잠시 얘기를 나눴으며, 몇 가지 필요한 준비를 했다. 그리고 '그룰트러드', 즉 호객꾼을 고용해 마을을 돌면서, 크기는 스플랙넉(길이는 약 15센티미터이며, 매우 섬세하게 생긴 그 나라 동물)보다 크지 않고, 몸의 생김새가 인간과 꼭 닮았으며, 말을 몇 마디 할 줄 알고, 수백 가지 기이한 재주를 부리는 이상한 동물을 푸른 독수리 간판의 여관에서 볼 수 있다는 것을 알리도록 했다.

나는 90제곱미터 정도 되는, 여관에서 가장 큰 방의 탁자 위에 올려졌다. 작은 유모는 탁자 옆 낮은 의자에 서서 나를 돌보며 내가 해야 할 일을 지시했다. 주인님은 혼잡을 피하기 위해 한 번에 오로지 30명만 나를 볼 수 있도록 했다. 소녀가 명령하는 대로 나는 탁자 위를 걸어 다녔고, 그녀는 내가 아는 범위 안에서 그 나라 말로 질문했으며, 이에 가능한 한 가장 큰 목소리로 대답했다. 그렇게 관중들을 향해 몇 번이니 몸을 돌려 겸손히 인사하면서 환영한다고 말했다. 또 전에 배웠던 몇몇 다른 말들을 했다. 나는 글룸달클리치가 컵으로 주었던 골무에 술을 담아 들고 그들의 건강을 기원하며 마셨다. 또 단검을 꺼내 영국 펜싱 선수가 하듯이 휘둘렀다. 유모는 지푸라기를 잘라 주었는데, 어렸을 때 펜싱을 배웠던지라 그걸 창으로 썼다. 그날 나는 열두 차례에 걸쳐 볼거리로 관중 앞에 나섰으며, 그 수만큼 바보 같은 짓을 똑같이 반복해야 했다. 공연이 끝날 즈음에는 피곤과 분노로 반쯤 죽는 줄 알았다.

나를 보았던 사람들이 정말 대단하다고 입에서 입으로 전했기 때문에 사람들은 문을 부수고라도 쳐들어올 기세였다. 주인님은 자신의 이익에 해가 되지 않도록 유모 외에는 누구도 나를 만지지 못하게 했다. 또 위험을 피하기 위해 관중석을 탁자에서 멀찌감치 떨어뜨려 놓아 나를 사람들의 손이 닿지 않는 곳에 두었다.

하지만 개구쟁이 꼬마 소년 하나가 개암나무 열매를 내 머리를 향해 던졌고, 다행히 아슬아슬하게 비껴갔다. 만약 비껴가지 않았더라면 소년이 매우 세게 던졌기 때문에 틀림없이 머리가 날아갔을 것이었다. 개암나무 열매의 크기가 거의 작은 호박만 했던 것이다. 그 작은 난봉꾼은 흠씬 두들겨 맞은 채 방 밖으로 쫓겨났고 그게 조금 위로가 되기는 했다.

주인님은 다음 번 장날에 다시 나를 보여 주겠다고 공식적으로 발표했으며, 그사이 내게 좀 더 편리한 운송수단을 마련해 주었다. 그로서는 그럴 이유가 충분했다. 처음 한 여행과 총 여덟 시간 동안 관중들 앞에서 공연을 한 후에 나는 완전히 지쳐 두 발로 서 있지도 못하고 말 한마디 하기 어려웠기 때문이다. 나는 적어도 사흘이 지나고 나서야 기운을 회복하기 시작했다. 하지만 집에서도 전혀 쉴 수가 없었다. 수백 킬로미터나 떨어진 곳에 사는 이웃신사들이 모두 내 명성을 듣고는 나를 보기 위해 주인님 집으로 직접 찾아왔기 때문이었다. 그들의 아내와 아이들까지 합치면 족히 서른 명은 되었는데(그 나라는 인구가 매우 많다), 주인님은 집에서 나를 보여 줄 때마다 비록 한 가족일지라도 방 하나의 가격을 요구했다. 그렇게 얼마간 나는 비록 읍내로 데려가지지 않는다 해도 일주일 내내(그들의 안식일 수요일을 빼고) 거의 쉴 수가 없었다.

주인님은 나를 통해 벌어들이는 돈이 어느 정도인지를 깨닫고는 왕국 대부분의 주요 도시에 나를 데려가기로 결심했다. 따라서 그는 장거리 여행에 필요한 모든 것을 준비하고, 집안일을 정리했으며, 아내에게 작별을 고했다. 내가 이곳에 도착한 지 약 두 달 후인 1703년 8월 17일, 우리는 수도를 향해 출발했다. 수도는 제국의 한가운데 위치해 있었으며 집에서 약 4천8백 킬로미터나 떨어져 있었다. 주인님은 그의 딸 글룸달클리치를 뒤에 앉게 했다. 그녀는 내가 들어 있는 네모 상자를 자신의 허리에 끈으로 묶은 뒤 무릎에 올려놓고 다녔다. 그녀는 구할 수 있는 가장 부드러운 천으로 상자의 모든 면을 덧대었으며 바닥에도 누비 천을 깔아 주었다. 거기에 그녀의 인형 침대를 놓았고, 린넨과 다른 필요한 것들을 내게 구해 줬으며, 모든 것을 최대한 편하게 만들어 줬다. 짐을 들고 우리를 쫓아오는 집의 시동 외에 다른 일행은 없었다.

주인님의 계획은 수도로 가는 길에 있는 모든 마을에서 나를 무대에 세우는 것이었다. 또 큰길에서 80~160킬로미터 정도 떨어져 있다 하더라도, 공연을 할 것으로 기대되는 높은 분의 집이나 마을이 있다면 그곳에 들르는 것이었다. 우리는 하루에 225~257킬로미터를 넘지 않도록 천천히 갔다. 글룸달클리치가 나를 위해 일부러 말이 빨리 걸어서 피곤하다고 불평했기 때문이었다. 그녀는 내가 원할 때면 자주 나를 상자에서 꺼내 공기를 쐬게 해 주고 경치를 구경시켜 주었다. 하지만 그때마다 늘 나를 끈으로 꼭 붙들어 매고 있었다. 우리는 나일강이나 갠지즈강보다 훨씬 더 넓고 깊은 대여섯 개의 강을 건넜다. 그곳에는 런던교가 있는 템즈강처럼 작은 시냇물은 거의 없었다. 그렇게 여행한 지 10주가 되었고 그사이 나는 많은 마을과 가정 외에도 열여덟 개의 큰 도시에서 볼거리로 소개되었다.

10월 26일, 우리는 그들 말로 '로브럴그러드,' 즉 우주의 자랑이라 불리는 수도에 도착했다. 주인님은 왕궁에서 멀리 않은 도시 중심지의 숙소에 머물면서 내 생김새와 재주가 묘사된 예의 그 벽보를 내걸었다. 그는 넓이가 90미터에서 120미터 정도 되는 커다란 방을 빌렸다. 그 방에 지름이 18미터 되는 탁자를 마련해 두었고 그곳에서 나는 재주를 보여야 했다.

또 내가 떨어지지 않도록 탁자의 가장자리에서 1미터 떨어진 곳에 1미터 높이의 울타리가 쳐졌다. 나는 하루에 열 번씩 공연했고, 사람들은 모두 감탄하며 만족해했다. 이제 나는 그 나라 말을 꽤 잘할 수 있었고 사람들이 내게 하는 말을 모두 완벽히 이해했다. 게다가 그들의 글자를 배워 여기저기 적혀 있는 문장도 어찌어찌 설명할 수 있었다. 이는 집에 있었던 때나 혹은 여행 중 쉬는 시간에 글룸달클리치가 가르쳐 준 덕분이었다. 그녀는 주머니에 '상송의 지도'*만 한 크기의 작은 책을 가지고 다녔는데, 그것은 그들의 종교를 간단히 설명해 놓은 어린 소녀들을 위한 평범한 교리서였다. 그녀는 그 책으로 글자를 가르쳐 주었고 단어들을 해석해 주었다.

3장

지은이가 왕실의 부름을 받는다. 왕비는 주인 농부에게서 산 그를 왕에게 준다. 그는 왕의 훌륭한 학자들과 토론한다. 지은이를 위한 왕궁 내 거처가 마련된다. 그는 왕비의 큰 총애를 받는다. 그는 조국의 명예를 옹호한다. 그와 왕비의 난쟁이 간의 다툼.

매일 나는 힘들게 일해야 했고, 그렇게 몇 주 지나자 건강에 눈에 띄는 변화가 생겼다. 주인님은 내 덕에 돈을 벌면 벌수록 돈 욕심이 더욱 커져 갔다. 나는 입맛을 잃어 거의 뼈만 남은 상태가 되었다. 이를 본 농부는 내가 곧 죽을 것이라 생각하고 내게서 가능한 한 많은 수익을 쥐어 짜내기로 결심했다.

그러는 와중에 '슬라드럴', 즉 왕실 의전관이 왕궁에서 찾아와 왕비님과 다른 귀부인의 오락을 위해 즉시 나를 왕궁으로 데려올 것을 주인님에게 명령했다. 귀부인 중 몇 명이 전에 나를 본 적이 있었으며 나의 수려한 외모와 행동 그리고 사리분별을 하는 이상한 일에 대해 왕비에게 보고했던 것이다. 왕비와 그를 수행하는 사람들은 나의 태도와 행실에 더할 나위 없이 즐거워했다. 나는 무릎을 꿇고 황후의 발에 키스할 수 있는 영광을 청했다. 하지만 이 우아한 왕비는 내게 그녀의 작은 손가락을 내밀었고 (내가 탁자 위에 놓인 후에) 나는 두 팔로 그 손가락을 껴안은 채 무한한 존경을 담아 그 손가락 끝을 내 입에 갖다 댔다. 그녀는 내 나라와 여행에 관한 몇몇 일반적인 질문들을 했고, 이에 대해 나는 또박또박 그리고 될 수 있는 한 말수를 적게 하며 대답했다.

그녀는 내게 왕궁에서 살 수 있겠느냐고 물었다. 나는 탁자 쪽으로 고개를 숙이고는, 저는 주인님의 노예일 뿐이지만 만일 제 마음대로 할 수 있다면 왕비폐하를 모시는데 목숨을 바치고 싶다고 겸손히 대답했다. 그러자 왕비는 가격을 잘 쳐주면 나를 팔겠느냐고 주인님께 물었다. 그는 내가 한 달 이상 살 수 없을 거라고 걱정하던 차였으므로 나와 헤어질 준비가 충분히 되어 있었다. 그는 금화 천 냥을 요구했고, 이는 그 자리에서 지급되었다. 각각의 금화는 그 크기가 포르투갈 금화 8백 개를 합쳐 놓은 듯했다. 하지만 이 나라와 유럽 사이에 존재하는 모든 것의 비율을 고려할 때, 또 이 나라에서 금의 가격이 높다는 것을 생각해 볼 때, 이는 영국의 천 기니만큼 큰 액수는 아니었다.

얼마 후 나는 왕비에게 이제 제가 왕비폐하의 가장 미천한 존재이자 신하로서 청할 것이 있는데, 항상 저를 지극한 정성과 친절로 돌봐 왔고 이를 너무나 잘 해냈던 글룸달클리치가 왕비폐

히를 모시도록 허락해 주시고 또 계속해서 저의 유모이자 선생으로 남게 해 주십사 하고 청했다. 여왕폐하는 내 청을 들어주었고, 자신의 딸이 궁전에 있기를 원했던 농부의 동의도 쉽게 얻어냈다. 그 가여운 소녀는 기쁨을 숨기지 못했다. 나의 전 주인님은 물러나면서 내게 작별인사를 했고 나를 좋은 주인에게 넘기게 됐다고 말했다. 나는 한마디 대답도 하지 않았으며 단지 가볍게 고개만 숙여 인사했다.

왕비는 내가 냉담한 것을 알아챘고, 농부가 방에서 나갔을 때 그 이유를 물었다. 나는 용기를 내어 대답했다. 나는 전 주인에게 그가 우연히 밭에서 발견한 불쌍하고 악의 없는 존재의 머리를 내동댕이치지 않은 것 외에 어떤 다른 빚도 진 바 없다, 그 빚도 그가 왕국의 반을 돌아다니면서 나를 무대에 세워 얻은 수익 그리고 지금 나를 팔면서 챙긴 돈으로 충분히 보상되었다, 그를 만난 후 내 삶은 나보다 열 배는 강한 동물도 죽일 수 있을 만큼 고된 것이었다, 매일 매 시간 군중들에게 오락을 제공하는 끝도 없는 중노동으로 내 건강은 많이 상해 버렸다, 만일 주인님이 내가 얼마 못 갈 거라고 생각하지 않았더라면 왕비폐하는 아마 그렇게 싼 가격으로 나를 살 수 없었을 것이다, 하지만 이제 나는 너무나 훌륭하시고 선하신 황후, 자연에 광채를 더하시고, 세상의 사랑을 모두 받으시며, 신하들의 기쁨이자 영원한 불사조인 왕비폐하의 보호 아래 혹사당할 모든 두려움으로부터 벗어났기에 전 주인의 염려는 근거 없는 것이었기를 바란다, 이미 나는 존엄하신 왕비폐하의 영향으로 기운이 다시 살아나는 것을 느끼기 때문이다.

이는 내가 했던 이야기를 정리한 것으로, 많이 서툴고 더듬거리는 말투로 전달되었다. 내 말의 후반부는 오롯이 그곳 사람들의 독특한 스타일로 구성되었으며, 그중 몇 구절은 궁전으로 가는 도중 글룸달클리치에게 배운 것이었다.

여왕은 내가 하는 말의 부족함을 감안하면서도 이렇게 작은 동물에게 이토록 많은 위트와 분별력이 있음을 보고 놀라워했다. 그녀는 나를 손 위에 올려놓은 후 당시 내각으로 물러나 있던 왕에게 데리고 갔다. 폐하는 매우 진중하고 또 근엄한 표정의 군주였다. 처음에 그는 내 모습을 잘 보지 않더니 차가운 태도로 왕비는 도대체 언제부터 스플랙넉을 좋아하게 됐느냐고 물었다. 내가 왕비폐하의 오른손 위에서 가슴을 대고 누워 있던 터라 아마 나를 동물로 여겼던 것 같다. 하지만 위트와 유머 감각이 뛰어난 왕비는 책상 위에 내가 두 발로 설 수 있도록 조심스럽게 내려놓았다. 그리고 전하에게 내 얘기를 하도록 명령했으며, 이에 나는 아주 짧게 자기소개를 했다. 각료회의실 문 앞에서 기다리던 글룸달클리치는 내가 그녀 시야에서 벗어나는 걸 못 견뎌했기에 안으로 들여보내졌으며, 내가 그녀 아버지의 집에 도착한 이후 일어났던 모든 일을 확인시켜 주었다.

비록 왕은 그 나라의 어떤 이보다 지식이 깊고 철학과 특히 수학을 공부했으나, 내 모습을 자세히 관찰하고 또 똑바로 서서 걷는 것을 보고는, 나를 어떤 천재 장인이 고안해 낸 시계(그 나라에서 완벽한 수준에 도달한)라고 생각했다. 그러나 내가 적절하고 합리적으로 말하는 모습을 보고는 놀라움을 감추지 못했다. 그는 내가 그의 왕국에 오게 된 과정에 대한 설명에 전혀 만족해하지 않았다. 대신 글룸달클리치와 그녀 아버지 사이에서 꾸며낸 이야기이며 나를 좀 더 높은 가격에 팔기 위해 내게 가르친 말이라고 생각했다. 이런 상태에서 그는 몇몇 다른 질문을 더 던졌고 여전히 내가 이성적으로 대답하는 것을 보았다. 이 대답은 이국적인 억양과 그 나라 말에 대한 불완전한 지식, 혹은 왕궁의 예의바른 스타일에 맞지 않는, 농가에서 배운 몇몇 촌스러운 표현 외에는 다른 어떤 흠도 찾을 수 없는 것이었다.

폐하는 (그 나라 관습에 따라) 매주 궁정을 방문하는 세 명의 대학자들을 불렀다. 이 신사들은 한동안 내 모습을 매우 세심하게 살펴본 후 제각기 다른 의견을 피력했다. 그들은 내가 정상적인 자연의 법칙에 따라서는 만들어질 수 없는 생물이라는 데 모두 동의했다. 나는 몸의 구조상 민첩함으로나 나무타기로나 땅굴파기로나 내 생명을 보존할 능력이 없기 때문이다. 그들은 내 이를 매우 자세히 관찰한 뒤 내가 육식동물인 것을 확인했다. 하지만 네 발 동물 대부분은 나보다 더 우수하다. 가령 들쥐는 다른 동물들과 마찬가지로 아주 빠르다. 그렇기에 내가 달팽이나 다른 벌레를 먹고 사는 게 아니라면—그들은 깊이 있는 많은 논의를 통해 내가 그렇지 않다는 것을 제시했다—어떻게 목숨을 부지하는지 알 수 없다고 말했다.

그중 한 명은 내가 태아 혹은 생기다 만 태아라고 생각하는 것 같았다. 하지만 이 의견은 내 사지가 완벽하고 완성된 것임을 확인한 다른 두 사람에게 반박당했다. 확대경으로 확실히 보이는 내 수염 자국에서 분명히 드러나듯 내가 수십 년간 살아왔다는 것이다. 또 그들은 나를 난쟁이로 인정하려 하지도 않았다. 내가 너무 작아 비교 대상조차 될 수 없었던 건데, 왕비의 총아이자 왕국에서 가장 작다고 알려진 난쟁이의 키조차 약 9미터였던 것이다.

여러 차례에 걸친 논쟁 끝에 그들은 만장일치로 내가 말 그대로 '자연의 변종'*으로 해석되는 '렐플룸 스칼카스'일 뿐이라고 결론 내렸다. 이는 유럽 근대 학문의 구미에 딱 맞는 결정이다. 근대 학자들*은 아리스토텔레스의 추종자들이 자신들의 무식을 감추는 데 사용한 불가사의한 이유라는 오래된 얼버무리기가 떳떳하지 않다고 생각했다. 대신 모든 난관에 대한 이러한 훌륭한 해결책을 찾아내 인류 지식의 무한한 진보에 기여했던 것이다.

이러한 단호한 결론이 내려지자 나도 한마디 할 수 있기를 간청했다. 국왕폐하를 설득하려 애쓰며 나는 우선 내가 나 정도 되는 크기의 남녀 수백만 명이 살고 있는 나라에서 왔음을 분명히 말했다. 그곳의 동물, 나무, 집의 크기는 모두 내 크기와 비례하고 따라서 그곳에서 내가 나 자신을 보호하고 양식을 얻을 수 있는 것은 이곳에서 전하의 백성들이 그러한 것과 같다, 이것으로 저 신사들의 주장에 대한 충분한 답이 된다고 말이다.

그러자 학자들은 경멸의 미소를 지으면서 농부가 나를 아주 잘 가르쳤다고 말했다. 훨씬 더 나은 이해력을 지닌 왕은 학자들을 내보낸 후 다행히 아직 마을을 빠져나가지 못한 농부를 불러

들였다. 먼저 비밀리에 그를 조사했고, 곧이어 딸과 함께 대면시키면서 폐하는 우리가 말한 것이 사실일 수도 있겠다고 생각하기 시작했다. 그는 왕비를 시켜 나를 특별히 잘 돌보라는 명령을 내리도록 했다. 또 글룸달클리치가 나를 돌보는 일을 계속해야 한다고 생각했는데, 우리가 서로 많은 애정을 가지고 있음을 보았던 것이다.

글룸달클리치를 위해 궁전 내 편리한 숙소가 마련되었고, 그녀의 교육을 담당할 일종의 가정교사와 그녀의 옷을 담당하는 하녀 그리고 잡다한 일을 돕는 하인 두 명이 배정되었다. 하지만 나를 돌보는 것은 순전히 그녀만의 몫이었다. 왕비는 그녀의 옷장 담당 목수에게 내가 침실로 쓸 만한 상자를 글룸달클리치와 내가 정한 모델에 맞게 만들도록 명령했다. 목수는 매우 뛰어난 장인이었다. 그는 내 지시에 따라 3주 후에 길이 5미터, 높이 4미터로 이루어진 나무 방을 만들어 주었다. 위아래로 움직이는 창문과 현관문 그리고 두 개의 붙박이 옷장이 놓이자 마치 런던에 있는 침실 같았다. 천장을 이루는 나무판자는 두 개의 경첩으로 들어 올리고 내릴 수 있게 되어 있었으며, 이곳으로 왕비폐하의 천 담당이 완성한 침대를 들여놓을 수 있었다.

글룸달클리치는 매일 이 침대를 꺼내 환기시키고 손수 이불 정리를 한 후 밤에는 방에 내려놓고 위에 있는 지붕을 잠갔다. 작고 진기한 것들을 잘 만드는 것으로 유명한 섬세한 장인은 상아와 다르지 않은 재료로 등받이와 받침대가 있는 의자 두 개와 물건을 넣을 수 있는 서랍 달린 탁자 두 개를 만들어 주었다. 그 방은 네 면의 벽과 바닥, 천장까지 모두 천으로 덮여 있었는데, 이는 나를 운반하는 사람들의 부주의나, 또 내가 마차에 있을 때 흔들리는 것을 방지하기 위한 것이었다. 나는 생쥐가 방에 들어오는 것을 막을 수 있게 문에 달 자물쇠를 원했다. 대장장이는 수차례의 시도 끝에 그 나라에서 가장 작은 자물쇠를 만들었다. 사실 나는 영국의 한 신사 집 현관에서 이것보다 좀 더 큰 자물쇠를 본 적이 있을 뿐이었다. 그 열쇠는 일단 내 주머니에 보관했는데 글룸달클리치가 잃어버릴까 봐 염려되어서였다.

또 여왕은 내게 옷을 만들어 주기 위해 최대한 얇은 비단을 구해 오라고 지시했다. 이 비단의 두께는 영국의 담요 정도였으며 내게는 너무 무거워 적응할 때까지 시간이 꽤 걸렸다. 이렇게 만들어진 옷들은 그 나라의 유행을 따랐는데, 어느 정도 페르시아나 중국 패션과 비슷했다. 한마디로 꽤 수수하고 단정한 옷이었다.

왕비는 나와 함께 있는 것을 매우 좋아해서 내가 없으면 식사를 하지 못했다. 왕비폐하의 식탁 위, 그녀의 왼쪽 팔꿈치 바로 옆에 내가 쓸 탁자와 앉을 의자가 놓였다. 글룸달클리치는 내가 앉은 식탁에서 가까운 바닥에 의자를 놓고 거기 올라서서 나를 도와주고 돌봐 주었다. 나는 완벽한 은 식기와 은쟁반 세트, 그 외 다른 필요한 것들을 가지고 있었는데, 왕비의 식기와 비교한다면 런던의 장난감 가게 인형의 집에 있는 가구만 한 크기였다. 내 작은 유모는 이들을 은상자에 넣어 그녀의 주머니에 보관했으며, 식사 시 내가 필요할 때 꺼내 주었다. 또 항상 그녀가 내 그릇을 닦았다.

왕비는 두 공주 이외에는 아무와도 함께 식사하지 않았다. 큰 공주는 열여섯 살이었고, 작은 공주는 당시 열세 살 한 달이었다. 접시에 고기 조각을 왕비가 놓아 주면 나는 그것을 칼로 잘라 먹곤 했는데, 그녀는 내가 극히 작은 것들을 먹는 걸 보고 즐거워했다. 그도 그럴 것이 왕비는 영국 농부 열두 명이 한 끼 식사로 먹을 분량을 한입에 먹었으며 (실제로는 위가 작았는데도), 이 광경을 본 나는 얼마 동안 심한 역겨움을 느꼈다. 그녀는 종달새의 날개를 뼈까지 통째로 이 사이에 넣어 씹어 먹곤 했는데, 날개의 크기가 완전히 자란 거위 날개의 아홉 배만 했다. 또 12펜스짜리 빵 덩어리 두 개만 한 크기의 빵 조각을 입속에 넣었으며, 커다란 통에 담긴 물을 황금 컵에 따라 한 모금에 마셔 버렸다.

그녀의 나이프는 칼자루에 똑바로 부착된 낫의 두 배만 했다. 왕비의 숟가락, 포크 그리고 다른 식기들도 모두 같은 비율이었다. 글룸달클리치가 호기심에서 나를 데리고 궁전의 식탁을 보러 간 적이 있었다. 거기에서 열 개 혹은 열두 개의 거대한 나이프와 포크가 한꺼번에 들어 올려졌는데, 내 평생 그렇게 끔찍한 광경은 처음이라고 생각했다.

매주 수요일마다 (전에 얘기했듯이 이날이 그들의 안식일이다) 왕과 왕비, 왕실의 남녀 자제들이 모여 왕의 처소에서 식사하는 것이 이 나라 관습이다. 이제 나는 국왕폐하의 총아가 되었으므로 전하의 왼손 옆이자 소금통 앞쪽에 나를 위한 작은 의자와 탁자가 놓여졌다. 왕은 나와 대화하는 것을 즐거워했다. 그는 내게 유럽의 풍습, 종교, 법, 정부 그리고 지식에 관해 물었고, 나는 최선을 다해 설명했다. 그는 매우 이해력이 좋았고 정확히 판단했으며 내가 말한 모든 것에 아주 현명한 성찰과 의견을 개진했다.

하지만 고백하자면, 우리의 무역, 바다와 육지에서의 전쟁, 종교 분파와 정당을 이야기할 때 조국을 지나치게 사랑하는 마음에 좀 지나치게 떠벌리며 얘기한 적이 있었다. 그러자 왕은 그가 받은 편파적인 교육의 영향이 너무 컸던 탓인지 그만 참지 못하고 나를 오른손에 올려놓은 채 왼손으로 부드럽게 등을 쓰다듬었다. 그리곤 한바탕 웃은 뒤 내가 휘그당인지 아니면 토리당인지를 묻는 것이었다. 그는 왕실 군함의 주 돛대만큼 큰 하얀 지팡이를 들고 그의 뒤에 서 있던 국무총리를 돌아보면서 말했다. 나처럼 작디작은 벌레가 흉내 낼 수 있는 인간의 위엄이란 얼마나 하잘것없는 것인가라고. 이어 왕은 말했다. 하지만 내가 감히 판단하건대, 이러한 존재들도 모두 각각의 신분과 명예를 지닐 테고, 자신들이 집과 도시라고 부르는 작은 둥우리와 굴을 만들어 낼 것이다. 그들도 드레스와 마차로 잘났다고 뽐내겠지. 그들도 사랑하고, 그들도 다투고, 그들도 논쟁하고, 그들도 사기 치고, 그들도 배신하겠지.

이런 식으로 그는 계속 이야기를 이어 나갔고, 그러는 동안 내 얼굴빛은 여러 차례 오르락내리락했다. 고귀한 내 나라, 기술과 무기의 안주인이자 프랑스의 재앙이며 유럽의 중재자이자 미덕, 경건, 명예, 진실의 본산이고, 또 전 세계의 자랑이자 부러움의 대상인 내 나라가 업신여김을 당하는 데 분노했던 것이다.

하지만 내가 모욕을 당했다고 해서 화를 낼 수 있는 상황은 아니기에 좀 너 깊이 생각해 보자 정말 모욕을 당했던 건지 의심스러워졌다. 나는 수개월 동안 이곳 사람들과 만나고 대화하는데 익숙해졌고, 또 보이는 모든 것이 이와 비례해 거대하다는 것을 목격했기에 그들의 덩치와 면면들에 처음 가졌던 공포는 이미 많이 사라진 상태였다. 따라서 만일 그때 화려한 생일 옷을 입은 영국의 귀족과 귀부인이 왕실의 궁정풍으로 뽐내며 걷고 고개 숙여 인사하며 시끌벅적 떠드는 등의 역할을 하는 것을 내가 봤다면, 솔직히 말해 왕과 그의 고위관직 신하들이 나를 비웃듯이 그들을 비웃고 싶은 강한 유혹을 받았을 것이다. 사실 나는 왕비가 나를 그녀 손 위에 올려놓은 채 거울을 보고 우리의 모습이 정면으로 눈앞에 펼쳐졌을 때, 나 자신의 모습에 웃지 않을 수 없었다. 둘의 모습이 비교되어 더 우스운 꼴이 없었던 것이다. 그렇게 나는 나 자신이 원래의 내 크기보다 훨씬 더 작아졌다고 진심으로 상상하기 시작했다.

여왕의 난쟁이만큼 나를 화나게 하고 또 기분 나쁘게 한 것도 없었다. 그는 그 나라 역사상 가장 작은 존재였다가(나는 그가 9미터도 채 되지 않았다고 정말 생각한다) 자기보다 훨씬 열등한 존재를 보고는 기고만장해졌다. 왕비 대기실의 탁자에 서서 내가 궁정의 귀족이나 귀부인과 얘기하는 동안 그가 나를 지나칠 때면 그는 늘 으스대며 걷거나 커 보이는 척하곤 했다. 또 나의 왜소함에 언제나 한두 마디 따끔한 말을 내뱉곤 했다. 그래서 나는 그를 '형씨'라고 부르며 붙어보자고 도전하거나, 궁중 시중들 사이에 도는 흔한 재담을 던지며 받아칠 수밖에 없었다.

어느 날 식사 시간에 이 심술궂은 작은 놈이 내가 던진 말에 심통이 나 왕비폐하의 의자에서 몸을 일으키더니 무심히 자리에 앉아 있던 내 허리를 잡고는 크림수프가 든 커다란 은그릇에 떨어뜨리고 재빨리 도망쳤다. 머리를 아래로 처박힌 나는 수영을 못했었더라면 정말 위험했을 터였다. 그 순간 글룸달클리치는 내게서 멀리 떨어져 있었고, 왕비는 너무 놀라 나를 도와줄 정신이 없었다. 나의 작은 유모는 곧바로 달려와 나를 꺼내 줬지만 내가 이미 1리터 이상의 크림수프를 삼킨 후였다. 나는 침대에 누워야 했다. 그래도 완전히 못쓰게 된 옷 한 벌을 잃은 것 외에 다른 피해는 없었다.

난쟁이는 흠씬 매를 맞았으며, 또한 그가 나를 내던졌던 크림수프 한 그릇을 다 마셔야 했다. 이후 그는 잃어버린 왕비의 총애를 되찾지 못했다. 이 일이 있은 후 곧바로 왕비는 그를 높은 신분의 귀부인에게 줘 버렸으며, 그를 더 이상 보지 않게 된 나는 매우 만족했다. 그도 그럴 것이 그토록 악의에 찬 개구쟁이가 나를 얼마나 더 괴롭힐 것인지 알 수 없었기 때문이다.

그는 전에도 내게 비열한 짓을 한 적이 있었다. 왕비는 이를 보고 웃었으나 동시에 정말 기분 나빠하기도 했다. 만일 내가 나서서 잘 중재하지 않았더라면 왕비는 즉시 그를 팔아 버렸을 것이다. 왕비가 고기의 골수를 뼈에서 빼낸 후 그 뼈를 이전처럼 접시에 세워 두었던 적이 있었다. 난쟁이는 기회를 엿보더니, 글룸달클리치가 찬장으로 간 사이 그녀가 식사 시간에 나를 돌보기 위해 이용하는 의자 위로 올라갔다. 그러고는 두 손으로 나를 잡고 내 다리를 꽉 쥐더니, 그 골수 뼈 사이에 나를 허리까지 끼워 넣었다. 거기서 나는 한동안 옴짝달싹 못했고, 매우 우스운 꼴이 되어 버렸다. 이런 상태로 내가 일 분만 더 있었더라면 어떻게 되었을지 아무도 모를 일이었다. 도와 달라고 소리치는 것은 내 격보다 떨어진다고 생각했기 때문이다. 하지만 왕족들은 좀처럼 고기를 뜨거울 때 먹지 않기에 데이지는 않았고, 그저 양말과 바지가 한심한 꼴이 되었다. 내가 그의 용서를 구했기 때문에 난쟁이는 흠씬 매를 맞는 것 외에 다른 벌은 받지 않았다.

나는 왕비에게 겁이 많다며 자주 놀림을 받았다. 왕비는 우리나라 사람들이 나처럼 다 겁쟁이냐고 묻곤 했다. 사건의 발단은 이렇다. 왕국은 여름에 파리로 들끓는데, 던스터블의 종달새만큼이나 커다란 이 불쾌한 벌레들은 내가 밥 먹는 동안 계속 내 귓가에서 윙윙거리면서 쉴 틈을 주지 않았다. 또 파리들는 가끔 내 음식 위에 올라앉아 역겨운 배설물이나 알을 남겼는데 내게는 그게 너무 잘 보였다. 비록 작은 물체를 보는 데 나처럼 예민하지 않은 그 나라 주민의 시력으로는 잘 보이지 않겠지만 말이다. 파리들은 가끔 내 코나 이마에 붙어 나를 정통으로 쏘면서 매우 역겨운 냄새를 풍기기도 했다.

나는 우리 과학자들이 말하는 바 파리들이 천장에서 두 발로 걸어 다닐 수 있도록 해 주는 끈적끈적한 물질을 쉽게 알아볼 수 있었다. 이 밉살스러운 동물들로부터 스스로를 보호하기 위해 난리법석을 떨었고, 그것들이 내 얼굴에 앉을 때마다 화들짝 놀라지 않을 수 없었다. 또 마치 짓궂은 소년들이 그러듯이, 이 곤충을 손으로 한가득 잡아 내 코 아래에 갑자기 풀어놓는 것이 난쟁이의 일상적인 행위였다. 나를 놀라게 하고 왕비를 재밌게 하려고 일부러 그러는 거였다. 이에 대한 해결책은 날아다니는 파리들을 단검으로 베어 조각내는 것이었다. 이러한 내 솜씨에 사람들은 감탄했다.

어느 날 아침 글룸달클리치는 날씨가 좋아 내가 공기를 쐬도록 평소처럼 상자를 창틀 위에 두었다. (마치 우리가 영국에서 새장을 두듯이 창밖에 있는 못에 내 상자를 걸도록 나는 감히 내버려 두지는 못했다). 그런데 방 창문을 올리고 식탁에 앉아 아침 식사로 달콤한 케이크 한 조각을 먹고 있을 때, 스무 마리가 넘는 벌이 달콤한 냄새에 이끌려 방 안으로 날아들어 와 그 수만큼의 백파이프 소리보다 더 큰 소리로 윙윙 댔다. 어떤 벌은 케이크를 잡아 한 조각씩 옮겼다. 나는 벌이 머리와 얼굴 주위를 날면서 시끄러운 소리로 정신을 빼 놓는 바람에 침에 쏘일까 봐 두려웠다. 하지만 용기를 내어 자리에서 일어나 단검을 꺼내 날아다니는 벌을 공격했다. 벌 네 마리를 죽였지만 나머지는 도망쳤고, 그 즉시 창문을 닫았다. 이 벌들은 크기가 꿩만 했다. 바늘처럼 날카로운 그들의 침을 꺼내 길이를 재 보니 4센티미터 정도였다. 나는 그것들을 모두 정성껏 보존했고 이후 유럽의 여러 지역에서 다른 진귀한 것들과 함께 볼거리로 전시했다. 영국으로 돌아왔을 때 세 개는 그레샴대학에 기증했고, 나머지 한 개는 개인용으로 보관했다.

4장

그 나라가 묘사된다. 근대 지도의 수정에 대한 제안. 왕의 궁전과 수도에 대한 설명. 지은이가 여행하는 방식. 중앙사원이 묘사된다.

이제 나는 독자들에게 이 나라에 대한 짧은 묘사를 해 주려고 한다. 이 묘사는 내가 이 나라를 돌아다닌 만큼, 즉 수도 로브럴그러드를 중심으로 3,220킬로미터가 넘지 않는 범위 안에서 이루어질 것이다. 내가 늘 수행하던 왕비는 왕의 행차에 동행할 때 그 범위를 넘지 않았으며 폐하가 국경을 둘러보고 돌아올 때까지 그 안에서 기다렸기 때문이다. 현재 왕이 지배하는 영토의 총면적은 길이가 약 9,650킬로미터, 폭은 4천8백~8천 킬로미터 정도였다. 이로부터 나는 유럽의 지리학자들이 일본과 캘리포니아 사이에 바다 외에는 아무것도 없다고 상정하는 것이 매우 잘못되었다는 결론을 내리지 않을 수 없다. 나는 타타르라는 커다란 대륙과 균형을 이루는 땅이 틀림없이 존재하며, 따라서 이 거대한 지역을 아메리카의 북서쪽 옆에 연결함으로써 기존의 지도와 차트를 수정해야 된다고 늘 생각해 왔다. 그 작업에 도움을 줄 준비도 되어 있다.

이 왕국은 반도이며, 꼭대기의 화산 때문에 통행이 거의 불가능한 49킬로미터 높이의 산맥이 북동쪽을 막고 거기에서 국경이 끝난다. 가장 학식이 높은 사람들도 그 산 너머에 어떤 사람들이 사는지 혹은 사람들이 살고 있는지 전혀 알지 못한다. 나머지 삼 면은 바다로 둘러싸여 있다. 왕국 전체에 걸쳐 항구는 하나도 없는데, 강물이 흘러들어 오는 바닷가는 뾰족한 바위들로 가득 차 있고, 바다는 대체로 너무 험해 가장 작은 보트로조차 감히 드나들 수가 없다. 따라서 이 사람들은 세계의 다른 지역들과 어떤 교류도 하지 않는다. 하지만 커다란 강에는 배가 많으며 좋은 생선들이 가득하다. 이곳 사람들은 바다에서 물고기를 잡지 않는데, 바닷물고기들의 크기가 유럽 물고기들과 똑같아 잡을 가치가 없기 때문이다. 이렇게 거대한 크기의 식물과 동물을 생산하는 자연이란 순전히 이 대륙에 한정되어 있음이 명백하다. 여기에 대해서는 철학자들이 알아서 결정할 것이다.

그들은 바위에 부딪쳐 죽은 고래를 가끔 가져오기도 하며, 사람들은 이를 신나게 먹는다. 이 고래는 너무 커서 성인 남자가 어깨에 메고 가기도 힘든데, 가끔 진상품으로 광주리에 담겨 로브럴그러드로 옮겨진다. 나는 진귀한 것이라며 그중 하나가 왕의 식탁에 요리되어 올라온 것을 본 적이 있었다. 그러나 왕은 그것을 좋아하는 것 같지 않았다. 생각해 보니 왕은 그 크기에 혐오감을 느꼈던 것 같다. 비록 나는 그것보다 더 큰 것을 그린랜드에서 보기도 했지만 말이다.

이 나라에는 많은 사람이 살고 있다. 모두 51개의 도시*와 약 백 개의 성으로 둘러싸인 읍과 마을이 있다. 궁금한 독자들을 위해 로브럴그러드를 묘사하는 것이 좋을 것 같다. 이 도시는 가운데를 통과해 흐르는 강의 양쪽으로 거의 똑같이 나뉘어져 있다. 도시에는 8만이 넘는 가구가 있다. 길이는 3글롱글렁이고(이는 87킬로미터 정도이다), 폭은 2와 2분의 1글롱글렁 정도이다. 내가 왕의 명령으로 만들어진 왕실 지도에서 이를 직접 측정하였는데, 이 지도는 그 크기가 30미터가 넘었으며 나를 위해 일부러 땅바닥에 놓여졌다. 나는 맨발로 여러 번 왔다 갔다 하며 지름과 원주를 재었고 비례로 계산해 매우 정확하게 측정하였다.

궁전은 일반적인 대 건축물이 아니며, 11킬로미터에 걸쳐 빙 둘러싸인 일련의 건물들이다. 중심에 있는 방들은 높이가 보통 73미터이며 길이와 폭도 이와 비례한다. 글룸달클리치와 내게는 마차 하나가 주어졌고, 그녀의 가정교사는 그 마차로 자주 그녀를 데리고 읍내 구경을 가거나 상점들을 방문했다. 나도 늘 상자에 담긴 채 그들과 동행했다. 비록 길을 지날 때 내가 집과 사람을 좀 더 편하게 볼 수 있도록 내가 원할 때는 소녀가 나를 상자에서 꺼내 그녀 손에 놓는 경우가 많았지만 말이다. 우리 마차의 넓이는 웨스트민스터의 광장만 했지만 높이는 그렇게 높지 않았다. 하지만 정확한 건 잘 모르겠다.

어느 날 가정교사가 마부에게 가게 앞에 멈춰 서라고 했다. 그때 거지들이 기회를 보다가 마차 옆으로 몰려들었고, 거기서 나는 유럽인이 본 것 중 가장 끔찍한 광경을 보았다. 거기 있던 한 여자의 가슴에 암 종양이 있었는데, 그 종양이 괴물같이 엄청난 크기로 부어올라 구멍들로 가득했으며, 그 구멍 중 두세 개는 그 안으로 내가 쑤욱 들어간 후 내 몸 전체를 감쌀 수 있을 정도였던 것이다. 양모 뭉치 다섯 개보다 더 큰 사마귀가 목에 달린 사람도 있었고, 다른 어떤 이는 9미터 높이의 의족을 달고 있었다.

하지만 그중 가장 끔찍한 장면은 그들 옷에 기어 다니는 이였다. 나는 맨눈으로도 현미경으로 유럽의 이를 보는 것보다 더 자세하게 이 해충의 팔다리와 돼지처럼 처박힌 주둥이를 똑똑히 보았다. 이런 것들은 평생 처음 보는 것들이었다. 내게 적당한 도구(불행히도 이를 배에 두고 내렸는데)가 있었다면 호기심으로 이 중 하나를 해부했을 것이다. 사실 그 광경이 너무 혐오스러워 속이 완전히 뒤집어지긴 했지만 말이다.

왕비님은 평소 나를 운반하던 커다란 상자 외에 내가 좀 더 편한 여행을 할 수 있도록 가로세로 4미터 정도 되는 작은 상자를 만들도록 지시했다. 기존 상자는 글룸달클리치의 무릎에는 좀 너무 크고 마차 내에서도 거추장스러웠기 때문이었다. 작은 상자는 내 지시에 따라 앞서 언급한 목공 장인이 만들었다.

이 여행용 방은 정사각형 모양으로 세 개의 벽마다 한가운데 창문이 있고 각 창문은 긴 여행 중 발생할 수 있는 사고를 방지하기 위해 창밖에 철사로 덧댄 격자가 있었다. 창문이 없는 네 번째 면에는 튼튼한 꺾쇠가 두 개 있었는데, 나를 운반하는 사람이 내가 말 위에 있고 싶을 때 이 꺾쇠를 가죽 벨트와 연결해 자신의 허리둘레에 버클로 고정시킬 수 있었다. 글룸달클리치가 몸이 안 좋을 때, 이는 내가 신뢰할 수 있는 진중하고 믿을 만한 하인의 몫이었다. 왕과 왕비의 행차에 동행할 때나 정원을 구경하고 싶을 때나 혹은 궁중의 훌륭한 귀부인이나 대신을 방문할 때 말이다.

나는 곧 고위 인사들 사이에 알려지고 유명해지기 시작했는데, 이건 나의 어떤 가치보다는 그들의 왕이 나를 총애하기 때문이었다. 여행 중 마차가 지겨워질 때면, 말에 탄 하인이 내 상자를 벨트에 매고 그의 앞에 있는 쿠션에 놓곤 했다. 그곳에서 나는 내 방의 세 창문을 통해 그 나라를 모두 내다볼 수 있었다. 내 작은 방에는 야외용 침대와 천장에 매달린 해먹, 그리고 말이나 마차의 요동으로 넘어지는 것을 막기 위해 바닥에 나사못으로 고정한 두 개의 의자와 하나의 탁자가 있었다. 가끔 흔들림이 아주 심했지만, 바다 여행을 오래해서인지 나는 크게 불편하지 않았다.

읍내를 구경하고 싶을 때마다 나는 늘 이 여행용 상자로 다녔다. 글룸달클리치는 그 나라 방식에 따라 만들어진 일종의 덮개 없는 의자 가마에 앉아 내 방을 그녀 무릎 위에 올려놓았다. 가마는 네 명이 들고 왕비의 제복을 입은 시중 두 명이 따라다녔다. 나에 대한 소문을 들었던 백성들은 호기심으로 가마 주위에 몰려들었고, 착한 소녀는 가마꾼들을 멈추게 하고 나를 꺼내 그녀 손에 올려놓아 사람들이 좀 더 잘 볼 수 있도록 해 주었다.

나는 그 나라의 최고 사원, 특히 왕국에서 가장 높다고 알려진 사원의 첨탑이 보고 싶었다. 어느 날 글룸달클리치는 나를 그곳에 데려갔다. 하지만 솔직히 나는 매우 실망한 채 돌아왔다. 왜냐면 탑의 높이가 땅바닥부터 가장 높은 꼭대기까지 9백 미터를 넘지 않았는데, 이는 이 사람들과 우리 유럽인들의 크기 차이를 고려해 볼 때 대단한 것이 아니며, 비율상 솔즈베리 첨탑에도 (내가 옳게 기억한다면) 못 미치는 높이기 때문이다. 그러나 내가 큰 은혜를 입었다고 평생 인정해야 할 이 나라를 비난하고 싶지는 않다. 이 유명한 탑이 높이는 좀 부족하지만 그 아름다움과 견고함에서 충분히 보상된다는 것을 고려해야 하기 때문이다.

벽은 두께가 거의 30미터이고, 12미터 길이의 정사각형 모양으로 깎은 돌로 지어졌으며, 실물보다 더 크게 조각된 신과 황제의 대리석 조각상이 벽감에 놓여 벽들을 장식했다. 조각상에서 떨어져 잡석 더미에 눈에 띄지 않게 놓여 있는 작은 손가락 하나를 재 봤더니 그 길이가 정확히 123센티미터였다. 글룸달클리치는 이것을 손수건에 싸서 호주머니에 넣은 채 집에 가져와 다른 장신구들 사이에 두었다. 소녀는 그 나이 또래 아이들이 보통 그렇듯이 장신구를 매우 좋아했다.

왕의 부엌은 천장이 아치형 모양이고 높이가 180미터 정도 되는 매우 훌륭한 건물이다. 거기에 있는 대형 오븐은 세인트폴 성당의 둥근 지붕보다 열 발짝 정도 작은데, 영국에 돌아온 후 내가 일부러 성당 지붕의 크기를 재 보았기에 잘 안다. 하지만 부엌의 난로나 어마어마하게 큰 냄비와 주전자들, 쇠꼬챙이에 달린 고기 덩어리와 다른 많은 것에 대해 묘사한다면, 아마 아무도 내 말을 믿지 않을 것이다.

적어도 깐깐한 비평가라면, 여행가들이 종종 그렇다고 의심되듯이 내가 좀 과장했다고 생각하기 쉬울 것이다. 이러한 비난을 피하기 위해 내가 또 다른 극단에 지나치게 매몰되었던 것은 아닌지 걱정이다. 혹시라도 이 논문이 브롭딩낵(이 왕국의 이름이다)의 언어로 번역되어 그곳에 전해지기라도 한다면, 그 나라의 왕과 백성들은 내가 사실을 왜곡하거나 축소함으로써 그들에게 해를 끼쳤다고 불평할 것이다.

국왕은 그의 마구간에서 6백 마리 이상의 말을 기르지 않으며, 이 말의 크기는 보통 16~18미터 정도 되었다. 하지만 국경일에 외부로 행차할 때는 5백 명의 민병 기병대의 호위를 받는다. 사실 전투대형으로 서 있는 그의 군대를 보기까지는 이것이 내 평생 가장 멋진 광경이라 생각했었다. 그의 군대에 대해서는 다른 기회에 말하겠다.

5장

지은이에게 일어난 몇 가지 모험들. 한 죄수의 처형. 지은이가 그의 항해술을 뽐낸다.

만일 내가 조그맣기 때문에 발생했던 여러 우스꽝스럽고 곤란한 사건들이 아니었다면, 나는 그 나라에서 충분히 행복하게 살았을 것이다. 이제 그중 몇 가지를 용기 내어 이야기해 보려고 한다.

글룸달클리치는 종종 나를 작은 방에 넣어 궁전의 정원으로 데려갔으며, 가끔은 나를 상자에서 꺼내 그녀 손 안에 올려놓거나 내가 걸을 수 있도록 땅에 내려놓곤 했다. 난쟁이가 왕비를 떠나기 전 어느 날, 그가 정원으로 우리를 따라온 일이 있었다. 유모가 나를 땅에 내려놓았고, 그와 나는 어떤 난쟁이 사과나무 근처 가까이에 있게 되었다. 나는 우리말처럼 그들 말에도 존재하는 그와 난쟁이 나무 사이의 유치한 인유를 통해 내 재치를 보어 주었다. 그러자 그 악의에 찬 놈은 기회를 엿보더니 내가 난쟁이 사과나무 밑을 걷고 있을 때 내 머리 바로 위에서 나무를 흔들었고, 사과 한 알이 거의 브리스틀 술통만큼 큰 열댓 개의 사과가 내 귀 바로 옆으로 떨어지게 했다. 그중 한 알이 내가 허리를 숙였을 때 등을 강타해 나는 넘어진 채로 땅바닥에 얼굴을 처박기도 했다. 하지만 그 외에 다친 곳은 없었다. 내가 먼저 시비를 걸어 생긴 일이었으므로 난쟁이는 내 청에 따라 사면되었다.

또 다른 날, 글룸달클리치는 내가 기분 전환을 할 수 있도록 부드러운 풀밭에 나를 내려놓고는 가정교사와 함께 좀 멀리 떨어진 곳으로 가 버렸다. 그런데 그때 갑자기 우박이 몹시 심하게 쏟아졌고, 나는 그 즉시 우박에 맞아 땅으로 쓰러졌다. 마치 테니스공이 연타하듯이 돌 같은 우박이 내 온몸 위로 심하게 내리쳐 댔다. 하지만 나는 일단 네 발로 기어 레몬 박리향 나무 아래 바람을 피할 수 있는 쪽으로 얼굴을 바닥에 대고는 납작하게 누워 피신했다. 그럼에도 이로 인해 머리끝부터 발끝까지 심하게 멍이 들어 열흘 간 꼼짝을 할 수 없었다. 이것은 전혀 놀라운 일이 아니다. 그 나라의 우박은 모든 현상에 똑같은 비율을 적용하는 자연 덕분에 유럽의 우박보다 거의 천8백 배는 크기 때문이다. 이 수치는 내가 궁금해 직접 잰 것이므로 내 경험에 의거해 확실하게 말할 수 있다.

하지만 더욱 위험한 사건이 같은 정원에서 발생했다. 이는 유모가 나를 안전한 장소에 두었다고 믿고—나는 혼자 생각을 좀 하기 위해 그녀에게 자주 이런 부탁을 한다—들고 다니는 번거

로움을 피하기 위해 내 상자를 집에 둔 채로 가정교사와 또 그녀가 아는 몇몇 귀부인들과 함께 정원의 다른 곳으로 가 버렸을 때 일어난 일이었다.

그녀가 내 곁을 떠나 소리쳐도 들리지 않는 곳에 있었을 때, 수석 정원사 한 명이 소유한 하얗고 작은 스파니엘 개가 우연히 정원에 들어와 마침 내가 있는 곳 근처에서 어슬렁거렸다. 그 개는 냄새를 맡더니, 곧장 내게로 달려와 나를 입에 물고는 주인에게 달려가 꼬리를 흔들면서 조심스럽게 나를 땅에 내려놓았다. 다행히 그 개는 훈련이 잘돼 있어서 그의 이빨에 물려 매달려 있었는데도 다치지도 않았고 심지어 옷도 찢어지지 않았었다.

하지만 내게 매우 친절했던 가엾은 정원사는 크게 놀랐다. 그는 두 손으로 나를 부드럽게 감싸 안고는 괜찮으냐고 물었다. 하지만 너무 무섭고 숨이 찼던 나는 한마디도 할 수 없었다. 몇 분 후 나는 정신을 차렸고 그는 나를 나의 작은 유모에게 무사히 데려다줬다. 그때 그녀는 나를 두고 갔던 곳으로 돌아온 참이었으며, 내가 보이지도 않고 불러도 대답이 없자 매우 괴로워하고 있었다. 그녀는 자초지종을 듣고 정원사를 심하게 나무랐다. 하지만 소녀가 왕비의 노여움을 두려워했기 때문에 이 사건은 궁전에도 알리지 않고 조용히 무마되었다. 사실 나로서도 그런 이야기가 돌아다니는 게 내 평판에 좋지 않다고 생각했다.

이 사건으로 글룸달클리치는 앞으로 결코 나를 그녀의 시선이 닿지 않는 바깥에 두지 않겠다고 단호히 결심하게 됐다. 나는 그녀가 이렇게 결심할까 봐 오랫동안 걱정해 왔기에 혼자 남겨졌을 때 일어났던 몇몇 작고 불행한 모험들에 대해 그녀에게 숨겨왔던 터였다.

한번은 솔개가 정원 위를 맴돌다가 나를 덮친 적이 있었다. 이때 만일 내가 내 단검을 결연히 꺼내 들고 빽빽한 나무 담장 아래로 달려가지 않았더라면, 솔개는 틀림없이 나를 그의 발톱 사이로 낚아챘을 것이다.

또 한번은 두더지가 파 놓은 흙 두둑 위쪽으로 걸어가다가 그 동물이 흙을 파 올리던 구멍에 떨어져 목까지 잠긴 적도 있었다. 나는 옷이 더러워진 이유를 대기 위해 별로 기억할 가치가 없는 거짓말을 꾸며 댔다. 마찬가지로 혼자 걸으면서 그리운 영국을 생각하다가 달팽이 껍질에 걸려 넘어져 오른쪽 정강이가 부러지기도 했다.

내가 혼자 산책할 때 작은 새들이 나를 전혀 두려워하지 않는 걸 보고 좋아했는지 아니면 모욕감을 느꼈는지 잘 모르겠다. 새들은 마치 주위에 아무도 없다는 듯 무심하고 편안한 상태로 내게서 1미터도 안 떨어진 곳에서 벌레와 다른 먹을 것을 찾아 뛰어다니곤 했었다. 글룸달클리치가 아침 식사로 방금 줬던 빵 한 조각을 개똥지빠귀가 아무렇지 않은 듯 내 손에서 부리로 낚아채 갔던 게 기억난다. 내가 이 새들을 잡으려 할라치면, 그들은 과감히 뒤돌아 내게 맞섰으며 내 손가락을 쪼려 했다. 그래서 내가 물러나면 그들은 전처럼 무심하게 벌레나 달팽이를 사냥하기 위해 뛰어다니곤 했다.

어느 날 나는 묵직한 곤봉을 가져와 방울새를 향해 온 힘을 다해 던져 운 좋게 맞혔다. 나는 그 새를 쓰러뜨렸고, 두 손으로 그의 목을 잡아 의기양양하게 유모에게 달려갔다. 하지만 잠시 기절했었던 그 새는 정신이 들자 날개로 내 머리 양쪽과 몸을 수없이 후려쳤다. 비록 팔을 뻗은 상태로 그를 붙잡고 있었고 그의 발톱으로부터 충분히 떨어져 있었음에도 나는 그를 놓아줄까를 스무 번이나 생각했다. 하지만 곧 하인 중 하나가 새의 모가지를 비틀어 주었기에 안도했으며, 다음 날 왕비님의 명령으로 이 새를 식사로 대령했다. 이 방울새는 내가 기억하는 한 영국의 백조보다 약간 큰 것 같았다.

왕비의 시녀들은 글룸달클리치를 그들의 처소로 자주 초대하였으며 보고 만지는 즐거움을 위해 나를 데려오기를 바랐다. 그들은 수시로 나를 머리끝부터 발끝까지 홀딱 벗겨서는 그들의 가슴에 눕혀 놓곤 했다. 사실을 말하자면, 그들의 살에서 매우 역한 냄새가 나 무척 역겨웠다. 이런 얘기를 하는 이유는 내가 존중해 마지않는 이 뛰어난 숙녀들을 깎아내리기 위해서가 결코 아니다. 다만 내 감각이 내가 작은 정도에 비례해 더욱 예민해졌던 것이다. 이곳의 훌륭한 사람들이 그들의 연인에게 혹은 서로에게 불쾌하지 않은 것은 영국의 훌륭한 사람들이 그러한 것과 마찬가지였다. 결국 나는 그들의 자연스러운 냄새가 향수를 쓸 때보다 훨씬 더 견딜 만하다는 걸 알았다.

나는 그들의 향수 냄새에 바로 정신을 잃기도 했다. 내가 릴리퍼트에 있었을 때 가까운 친구 한 명이, 운동을 심하게 한 후 내 몸에서 나는 지독한 냄새에 대해 어느 더운 날 허심탄회하게 불평했던 것을 잊을 수가 없다. 물론 내가 다른 남자들에 비해 특별히 심한 것은 아니지만, 아마 그의 후각이 나에 비해 예민했을 것이며 이는 내 후각 기능이 이곳 사람들에 비해 예민한 것과 마찬가지였을 것이다. 그렇지만 나는 내 주인인 왕비님과 내 유모인 글룸달클리치에 대해 정당히 평가하지 않을 수가 없다. 그들의 몸에서는 영국의 어떤 귀부인 못지않게 향기로운 냄새가 났다.

내 유모가 시녀들을 만나기 위해 나를 데려갔을 때 가장 불쾌했던 것은 그들이 마치 내가 아무런 가치도 없는 존재인 것처럼 어떤 격식도 차리지 않고 나를 다루는 것을 볼 때였다. 가령 그들은 내가 화장대 위에서 그들의 맨몸을 바로 볼 수 있는데도 옷을 홀딱 벗은 채 속옷을 입곤 했다. 장담하건대 이 광경은 결코 내게 유혹적인 장면이 아니었으며, 두려움과 역겨움 외의 어떤 감정도 불러일으키지 않았다. 가까이서 보니 그들의 피부는 무척 거칠고 울퉁불퉁하고 울긋불긋했으며, 여기저기 쟁반만한 점이 나 있었고, 심지어 짐 묶는 끈보다 두꺼운 털이 나 있었다. 그들 신체의 나머지 부분은 더 이상 말할 것도 없고 말이다. 또 내가 옆에 있을 때도 그들이 마신 것을 방출하는 데 거리낌이 없었는데, 천 리터 이상 들어가는 용기로 적어도 큰 통 두 개의 분량을 방출했다.

왕비의 시녀 중 가장 예쁘고 밝고 장난기 많은 열여섯 정도의 소녀는 때때로 나를 그녀의 젖꼭지 위에 걸터앉게 했었다. 그 외에도 여러 다른 장난을 쳤는데, 이에 대해 더 이상 자세히 얘기하지 않아도 독자들이 양해해 주시리라 생각한다. 어쨌든 나는 너무 불쾌해 글룸달클리치에게 이 젊은 여성들을 더 이상 보지 않을 수 있도록 무슨 핑계거리를 내 달라고 애원했었다.

어느 날 유모 가정교사의 조카인 젊은 신사가 와서 같이 유모와 이모에게 사형 집행을 보러 가자고 졸라 댔다. 처형식은 그 신사의 가까운 지인 중 한 명을 죽인 남자에 대한 것이었다. 글룸달클리치는 천성적으로 마음이 약해 보러 가고 싶어 하지 않았지만 결국 같이 가기로 설득되었다. 나로 말하자면 그런 종류의 광경은 질색이었지만, 특별한 것을 보고 싶은 호기심이 나를 유혹했다.

죄수는 사형 집행을 위해 세워진 단두대 위 의자에 묶여 있었고, 그의 머리는 길이 12미터짜리 칼에 의해 단번에 잘려 나갔다. 그의 정맥과 동맥은 하늘 높이 엄청난 피를 내뿜었으며, 솟구치는 피는 베르사이유 궁전의 분수와도 상대가 되지 않았다. 단두대 바닥에 떨어진 머리는 크게 튕겨져 나와, 비록 내가 현장에서 천6백 미터나 떨어져 있었지만 크게 놀라지 않을 수 없었다.

내가 항해에 대해 얘기하는 것을 자주 듣고 또 내가 우울할 때 어떻게든 기분 전환을 해 주려던 왕비는 내가 돛이나 노를 다루는 법을 아는지 또 노 젓는 운동이 내 건강에 좋겠는지를 물었다. 나는 돛과 노에 대해 잘 알고 있다고 대답했다. 비록 내 원래 임무는 선상의로 일하는 것이었지만 상황이 위급할 때는 평범한 선원처럼 작업해야 했기 때문이다. 그러나 나는 이것이 어떻게 그 나라에서 가능한지 알 수 없었다. 그곳의 가장 작은 나룻

배조차 영국의 일급 군함에 비금갔고, 내가 조정할 수 있는 배는 그들 강에 떠 있을 수가 없기 때문이었다. 하지만 왕비는 내가 배를 고안하기만 한다면 그녀의 목수가 그대로 만들 것이고 또 내가 항해할 수 있는 장소를 제공해 주겠다고 말했다. 그 친구는 뛰어난 장인으로서 내 지시에 따라 열흘 만에 놀이용 배를 완성했다. 여덟 명의 유럽인을 충분히 태울 수 있는 모든 선구를 갖춘 배였다.

배가 완성되었을 때 왕비는 너무 기뻐 그걸 들고 왕에게 달려갔다. 왕은 시험 삼아 물이 가득 찬 물통에 나를 태운 배를 띄우라고 지시했으나 거기는 너무 좁아 노를 저을 수 없었다. 하지만 왕비는 이미 다른 계획을 세우고 있었다. 그녀는 목수에게 길이 90미터, 폭 15미터, 깊이 240센티미터의 나무로 된 홈통을 만들도록 지시했다. 누수를 막기 위해 역청이 꼼꼼히 발라진 이 수조는 왕궁 바깥쪽 방의 옆 벽을 따라 바닥에 놓였다. 물이 썩기 시작하면 빼낼 수 있도록 바닥에 꼭지가 있었고, 두 명의 하인이 삼십 분 만에 물을 가득 채울 수 있었다.

이곳에서 나는 내 기술과 민첩함을 보고 만족해하는 왕비와 귀부인들뿐 아니라 나 자신의 즐거움을 위해 자주 노를 저었다. 가끔씩은 돛을 달아 올리기도 했는데, 귀부인들이 부채로 바람을 만들어 줬기에 단지 배의 방향만 잡으면 됐다. 귀부인들이 지치면 시동 몇 명이 숨을 불어 내 배를 앞으로 나아가게 했고, 나는 내가 원하는 대로 배를 좌우로 움직이면서 내 항해 기술을 보여 줬다. 이것이 끝나면 글룸달클리치는 항상 내 보트를 그녀의 방으로 가져가 못에 걸어 말려 주었다.

이렇게 뱃놀이를 하다 하마터면 사고를 당해 목숨을 잃을 뻔한 적도 있었다. 하인 중 하나가 내 보트를 수조에 띄었을 때 글룸달클리치와 함께 왔던 가정교사가 괜히 나서서 나를 들어 올려 보트에 놓으려 했다. 하지만 나는 그녀 손가락 사이로 미끄러졌고 12미터 아래에 있는 바닥으로 거의 틀림없이 떨어질 뻔했다. 정말 운 좋게 그 착한 부인의 가슴 장식에 꽂혀 있던 코르크핀이 내 셔츠와 바지 허리띠 사이에 걸려 내가 중간에 멈추지 않았더라면 말이다. 나는 글룸달클리치가 나를 구하러 달려올 때까지 허공에 허리가 매달린 채로 있었다.

한번은 사흘에 한 번씩 신선한 물로 내 수조를 채우는 일을 담당하는 하인 하나가 부주의하게도 (알고 그런 것은 아니었다) 엄청 큰 개구리가 양동이에서 빠져나가도록 내버려 둔 적이 있었다. 그 개구리는 내가 보트에 탈 때까지 숨어 쉴 곳을 찾던 중 보트를 발견하고는 그 위로 올라왔고 그 바람에 보트가 한쪽으로 기울어져 나는 배가 뒤집히지 않도록 온 힘을 다해 균형을 맞춰야 했다.

개구리는 보트에 오르자 단숨에 보트의 반이 되는 길이를 뛰어넘더니 내 머리 위로, 뒤로, 앞으로 뛰면서 내 얼굴과 옷을 역겨운 오물로 덕지덕지 칠해 댔다. 개구리의 몸통은 몹시 거대했고 상상할 수 있는 동물들 가운데 가장 흉측했다. 그러나 나는 글룸달클리치에게 녀석을 혼자 해치울 수 있도록 내버려 달라고 부탁했다. 나는 배의 노 한 짝으로 개구리를 한참 내려쳤고,

마침내 놈은 배에서 뛰쳐나가지 않을 수 없었다.

하지만 내가 이 왕국에서 겪었던 가장 위험한 일은 부엌의 하인 중 한 명이 기르는 원숭이 때문에 일어난 것이었다. 글룸달클리치는 볼일 때문인지 놀러 간 건지 나가면서 나를 그녀의 방에 놓고는 문을 잠갔다. 날씨가 따뜻했기에 널찍하고 편해서 내가 주로 머무는 내 큰 상자의 문과 창문뿐 아니라 그녀 방의 창문도 열려 있었다. 나는 탁자에 앉아 조용히 생각에 잠겨 있었는데, 무언가가 글룸달클리치의 방 창문으로 뛰어 들어와 이쪽에서 저쪽으로 뛰어다니는 소리가 들렸다. 매우 놀랐지만 자리에서 움직이지 않으면서 용기를 내어 밖을 보았더니, 이 장난꾸러기 동물이 위아래로 뛰어다니며 놀고 있었고 마침내 내가 있는 상자까지 왔다. 녀석은 호기심과 즐거움으로 상자의 문과 모든 창문을 들여다보고 있는 듯했다. 나는 내 방 혹은 상자의 제일 끝 구석으로 뒷걸음쳤지만 원숭이는 상자의 모든 면을 다 들여다보면서 나를 두려움에 떨게 했다. 나는 정신이 하나도 없어서 침대 밑에 숨을 생각도 못했다.

얼마간 내 상자를 엿보고, 웃고, 중얼거리던 녀석은 마침내 나를 발견했다. 그러고는 마치 고양이가 쥐를 가지고 놀 때처럼 발 하나를 문으로 집어넣더니, 내가 녀석을 피하기 위해 이리저리 옮겨 다녔는데도 불구하고 끝내 내 상의 깃(그 나라의 비단으로 만들어져 매우 두껍고 빳빳했던)을 잡고는 나를 밖으로 끌어냈다. 나를 오른 앞발로 들어 올린 원숭이는 유모가 아이에게 젖을 물리는 자세로 나를 안았다. 나는 유럽에서 이 동물이 새끼에게 이같은 동작을 하는 걸 본 적이 있었다. 내가 발버둥치자 녀석은 더욱 세게 나를 안았고, 나는 가만히 있는 편이 현명하겠다고 생각했다. 그가 내 얼굴을 다른 쪽 발로 매우 부드럽게 자주 쓰다듬는 걸로 봐서 나를 자기 종족의 새끼로 여기고 있는 것이 확실했다.

이렇게 원숭이가 나를 가지고 노는 동안 누군가 방문을 여는 듯한 소리가 났고, 놀란 놈은 들어왔던 창문 밖으로 순식간에 뛰쳐나갔다. 한 발로 나를 안고 다른 세 발로 창틀과 홈통 위를 걸어가면서 옆 건물 지붕 위까지 올라갔다. 나는 그가 나를 데리고 나가는 순간 글룸달클리치가 내지르는 외마디 비명 소리를 들었다. 그 가여운 소녀는 거의 혼비백산했다. 궁전 안은 아주 난리가 났으며, 하인들은 사다리를 찾으러 달려 나갔다.

궁전에 있는 수백 명의 사람이 원숭이를 지켜보고 있었다. 그는 건물의 가장 높은 곳에 앉아 앞발 중 하나로 나를 아기처럼 안고는 다른 앞발로 그의 아래쪽 볼에 있는 주머니에서 쥐어짜낸 음식물을 내 입에 쑤셔 넣어 먹이려고 했다. 내가 먹지 않으려 하자 나를 다독거리면서 말이다. 아래에 있는 많은 군중들은 이 모습을 보고 웃지 않을 수 없었다. 나 역시 그들에게 뭐라 할 수는 없다고 생각하는데, 그 광경은 말할 것도 없이 나만 빼고 모든 사람에게 충분히 우스꽝스러운 것이었기 때문이다. 어떤 사람들은 원숭이를 내려오게 할 요량으로 돌을 던졌다. 하지만 이것은 엄격히 금지되었는데, 그렇지 않았더라면 아마 내 머리가 깨졌을 수도 있었다.

이제 몇몇 사람들이 사다리를 타고 그 위로 올라왔다. 이를 본 원숭이는 자신이 거의 포위되었음을 알고는 도망쳤다. 세 다리로는 재빨리 도망칠 수 없기에 나를 지붕 기와에 떨어뜨려 놓은 채 말이다. 나는 바람에 날려 떨어질까, 현기증으로 떨어질까, 아니면 지붕에서 처마로 굴러 떨어지진 않을까 걱정하면서 한동안 바닥에서 5백 미터 정도 떨어진 지붕에 앉아 있었다. 하지만 내 유모의 충직한 마부인 청년 한 명이 올라와서 나를 그의 바지 주머니에 넣고는 안전하게 데리고 내려왔다.

나는 원숭이가 내 목구멍으로 쑤셔 넣은 더러운 것들로 거의 숨이 막힐 지경이었다. 다행히 내 소중한 작은 유모가 작은 바늘로 내 입에서 그것들을 꺼냈다. 나는 구토를 했고 그러자 많이 편안해졌다. 그래도 몸의 기력이 약해진 데다 이 끔찍한 동물이 꽉 쥐었던 옆구리 부분에 심한 타박상을 입은 터라 나는 2주간 몸져누워 있어야만 했다. 왕과 왕비 그리고 궁전 안의 모든 사람이 매일 내 안부를 물었다. 왕비폐하는 내가 아팠을 때 몇 번 병문안을 오기도 했다. 원숭이는 죽임을 당했고, 궁전 주변에서 그런 동물을 절대 기를 수 없다는 명령이 내려졌다.

몸이 좀 나은 후 왕의 호의에 대한 감사의 뜻으로 내가 왕을 알현했을 때, 그는 이번 일로 나를 놀려대며 상당히 재밌어했다. 그는 내가 원숭이 앞발에 잡혀 있었을 때 무슨 생각을 했는지, 원숭이가 준 음식과 먹여 주는 방식은 좋았는지, 지붕에서의 신선한 공기가 입맛을 돋우었는지 아닌지를 물었다. 또한 만일 내가 내 나라에서 그러한 일을 당했더라면 어떻게 했을지를 알고 싶어 했다. 나는 폐하께 유럽에 있는 원숭이는 흥밋거리로 다른 나라에서 들여온 것들이며, 그 크기가 작아서 열댓 마리가 한꺼번에 공격한다고 해도 얼마든지 상대할 수 있다고 말했다.

내가 최근에 상대했던 괴물 같은 동물에 대해서 말하자면(사실 그것은 코끼리만큼 컸다), 만일 그가 내 방에 그의 앞발을 집어넣었을 때 내가 두려움을 누르고 단도를 쓸 생각을 할 수만 있었더라면 (이렇게 말하면서 나는 사나운 표정을 짓고 손으로 칼자루를 쳤다) 아마 그에게 큰 상처를 입힐 수 있었을 것이다, 그가 앞발을 넣었던 것보다 더 빨리 앞발을 내빼게 할 정도로 말이다. 나는 위의 이야기를 단호한 어조로 전달했는데, 이는 자신의 용기가 의심될까 봐 경계하는 사람의 어조였다. 하지만 내 얘기를 듣고 왕은 커다랗게 웃었을 뿐이며, 그의 주위 사람들 역시 존경하는 전하가 옆에 있는데도 웃음을 참지 못했다.

이 일로 나는 사람이 자신과 전혀 동등하지 않거나 비교가 불가한 사람들 사이에서 명예를 지키려고 노력하는 것이 얼마나 헛된 시도인가 곰곰이 생각하게 됐다. 하지만 영국에 돌아온 후 나는 나 자신의 행동을 빼박은 일들이 이곳에서 거듭되는 것을 봐 왔다. 한 작고 천한 시종, 출생과 생김새, 재치, 혹은 상식에 있어 극히 보잘것없는 시종이 마치 중요한 사람인 양 행세하면서 왕국의 고관대작들과 어깨를 나란히 하려고 하는 것이다.

나는 매일 왕궁에 우스꽝스러운 이야기들을 제공했다. 글룸달클리치는 나를 무척 사랑했지만 또 무척 짓궂어서 그녀가 생각하기에 왕비폐하가 즐거워할 만한 실수를 내가 저지를 때면 늘 그녀에게 고했다. 한번은 소녀가 몸이 안 좋아서 가정교사가 그녀에게 바람을 쐬게 해 주려고 읍에서 한 시간 정도 거리에 있는 곳으로 나간 적이 있었다. 그들은 들판의 작은 길 근처에 마차를 세운 후 내렸다. 글룸달클리치가 내 여행용 방을 내려 주어 나는 방에서 나와 산책을 했다. 길에는 쇠똥이 있었고 나는 쇠똥을 뛰어넘으며 내 활약상을 보여 주어야 했다. 그러나 열심히 뛰었지만 불행히도 점프가 너무 짧아서 무릎까지 오는 쇠똥의 한가운데 떨어지게 됐다. 나는 가까스로 쇠똥 사이를 빠져나왔고, 마부 한 명이 그의 손수건으로 나를 최대한 깨끗하게 닦아 줬다. 오물로 범벅된 나를 유모는 집으로 돌아올 때까지 방에만 머물게 했다. 집에 돌아오고 나서 왕비는 곧 무슨 일이 있어났는지 알게 됐고, 마부는 이를 궁전 곳곳에 퍼뜨렸다. 그렇게 며칠 동안 왕궁은 나의 일화 덕분에 실컷 즐거워했다.

6장

왕과 왕비를 즐겁게 해 주기 위한 지은이의 몇몇 고안물. 그가 음악에서 재주를 보여 준다. 왕은 지은이에게 유럽 국가들에 대해 묻고 지은이는 이에 대해 이야기한다. 이에 대한 왕의 언급.

나는 일주일에 한두 번씩 왕의 아침 접견식에 참석하곤 했다. 또 그가 이발하고 있는 것을 종종 보았는데, 처음에는 정말 쳐다보기조차 무서웠다. 왜냐면 면도날이 보통의 낫보다 거의 두 배는 길었기 때문이었다. 폐하께서는 그 나라 관습에 따라 일주일에 단 두 번만 면도했다. 나는 한번은 이발사에게 면도를 하고 난 비눗물을 좀 달라고 한 다음 거기에서 40~50개의 튼튼하고 굵고 짧은 수염을 꺼냈다. 다음에는 좋은 목재 조각을 가져다 그것을 빗의 틀처럼 깎은 뒤, 글룸달클리치로부터 얻을 수 있는 가장 작은 바늘로 거기에 구멍을 일정한 간격으로 몇 개 내었다.

그런 다음 수염을 내 칼로 뾰족하거나 경사지게 만들어 매우 교묘하게 틀에 고정시킴으로써 꽤 괜찮은 빗을 만들었다. 내 빗이 이가 많이 빠져서 거의 못쓰게 되었으므로 이 빗은 시의적절한 대체물이었다. 또 이러한 것을 내게 만들어 줄 정도로 섬세하고 꼼꼼한 장인은 내가 알기로는 이 나라에 없었다.

이 일이 있은 후 나는 재미있는 일을 찾게 되었고, 여가 시간의 대부분을 소일을 하며 보냈다. 나는 왕비의 시녀에게 빗에 남아 있는 왕비폐하의 머리카락을 충분히 갖다 달라고 했다. 이후 나를 위해 여러 사소한 일들을 해 주는 친구이자 옷장을 만들어 주었던 목수와 상의한 후, 내 방에 있는 의자보다 크지 않은 의자 틀 두 개를 만들어 달라고 했다. 그러고는 의자의 등받이와 앉는 면으로 계획했던 부분의 둘레에 섬세한 송곳으로 작은 구멍들을 뚫은 후, 영국의 등의자 방식으로 이 구멍들을 가장 튼튼한 머리카락으로 얽어맸다. 다 만들고 나서는 이것을 왕비폐하께 선물로 드렸다.

왕비폐하는 이를 장롱에 보관했다가 진기한 물건이라며 사람들 앞에 보여 주곤 했으며 사실 그것을 본 사람들은 모두 다 놀라워했다. 왕비는 내게 이렇게 만들어진 의자 하나에 앉아 보라고 했지만 나는 이를 완강히 거절했다. 수천 번 죽는다 하더라도 왕비폐하의 머리를 한때 장식했던 귀한 머리카락 위에 내 몸의 불경한 부분을 둘 수는 없다고 항의하면서 말이다. 마찬가지로 나는 이 머리카락으로(나는 늘 수공에에 재능이 있었다) 길이 150센티미터의 깔끔하고 작은 지갑을 만들어 그 위에 왕비폐하의 이름을 금실로 수놓은 뒤 왕비의 허락을 얻어 글룸달클리치에게 주었다. 사실 이 지갑은 커다란 동전의 무게를 감당할 수 있을 만큼 튼튼하지 못했으며 사용하기보다는 보여 주기 위한 용도로 만들어졌다. 따라서 그녀는 소녀들이 좋아하는 몇몇 작은 장난감 외에 그 안에 아무것도 넣지 않았다.

음악을 좋아하는 왕은 궁전에서 자주 음악회를 열었다. 이따금 나도 데리고 가졌으며 음악을 들을 수 있도록 탁자 위에 내 상자가 놓여졌다. 하지만 소리가 너무 커서 곡조를 분간하기조차 어려웠다. 단언컨대 왕실 군대의 모든 북과 트럼펫이 당신 귀에 대고 한꺼번에 소리를 낸다 해도 이에 비할 수 없을 것이다. 나는 내 상자를 연주자들이 있는 곳으로부터 최대한 멀리 떨어진 곳에 두게 하고, 상자의 모든 문과 창문을 닫은 채 또 창문 커튼을 내린 상태에서 음악을 들었다. 그러고 나서야 그들의 음악이 거슬리지 않았다.

나는 어렸을 때 하프시코드를 잠깐 배운 적이 있었다. 그런데 글룸달클리치도 그 비슷한 것을 방에 두고 있었고, 그녀를 가르치기 위해 선생님이 일주일에 두 번 방문했다. 나는 그것을 하프시코드라고 불렀는데, 그 악기와 상당히 비슷하게 생겼고 똑같은 방식으로 연주되었기 때문이다.

어느 날 이 악기로 영국 음악을 연주해서 왕과 왕비를 즐겁게 해드려야겠다는 기발한 생각이 떠올랐다. 하지만 이는 지극히 어려운 일이었다. 이 하프시코드는 길이가 18미터에 각 건반은 넓이가 거의 30센티미터나 돼서 내가 팔을 쫙 펼친다 해도 다섯 건반 이상 닿을 수 없었으며, 또 건반을 누르기 위해서는 주먹으로 상당히 아프게 때려야 했기 때문이다. 이는 너무 힘든 노동이었고 소용도 없었다. 해서 내가 생각해 낸 방법은 이것이었다.

나는 한쪽 끝이 다른 쪽 끝보다 두꺼운 보통 곤봉 크기만 한 두 개의 둥근 막대를 준비했다. 그런 다음 두꺼운 쪽을 생쥐 가죽으로 감싸서 그것으로 건반을 두드리자 건반에 상처를 내지도 않고, 음을 망치지도 않았다. 하프시코드 앞쪽에 그리고 건반으로부터 120센티미터 정도 아래에 긴 의자가 설치됐고 나는 그 의자 위에 올라갔다. 나는 가능한 한 빠르게 이리저리 하프시코드 위를 달리면서 두 막대로 건반을 두드렸다. 또 지그를 연주하는 데 성공하면서 국왕폐하와 왕비폐하 모두를 크게 만족시켰다. 하지만 연주는 내가 해 봤던 어떤 운동보다 격렬한 운동이었다. 건반 열여섯 개 이상은 칠 수 없었고, 다른 예술가들처럼 저음과 고음을 함께 연주할 수 없었지만 말이다. 이는 내 연주의 큰 약점이었다.

앞에서 언급한 대로 국왕은 훌륭한 이해력을 지닌 군주였다. 그는 시시때때로 나를 상자 채로 데려온 후 그 상자를 자신의 방 탁자에 두라고 지시했다. 그러고는 내게 상자에서 의자 하나를 꺼내 왕과 3미터 정도 떨어진 탁자 부근에 앉으라고 명령했다. 그러면 내가 그의 얼굴을 거의 정면으로 볼 수 있었다. 이런 상태로 나는 그와 여러 번에 걸쳐 대화를 나눴다.

어느 날 나는 그가 유럽과 세계의 다른 곳들에 대해 내보인 경멸은 그가 소유한 훌륭한 정신과 어울리는 것 같지 않다고 감히 말씀 올렸다. 즉 이성은 몸의 크기에 비례하지 않으며, 반대로 우리나라에서는 키가 가장 큰 사람이 보통 분별력이 제일 없다. 다른 동물들 중에서도 벌과 개미가 그들보다 큰 다른 동물들보다 더 부지런하고 기술과 지혜 면에서도 낫다고 알려져 있다. 또 비록 그가 나를 하잘것없는 존재로 여길지라도 나는 살아남아 언젠가는 폐하께 커다란 도움이 되기를 희망한다, 등등.

왕은 내 얘기를 주의 깊게 듣더니 전보다는 나에 대해 더 낫게 생각하기 시작했다. 그는 영국 정부에 관해 정확히 얘기해 주기를 원했다. 군주란 대개 자기 나라의 관습을 좋아하지만 (그는 내가 전에 얘기한 것으로 미루어 다른 군주들에 대해서 이렇게 추측했다) 본받을 가치가 있는 것이라면 그는 기쁘게 들을 것이라고 했다.

친애하는 독자들이여, 이때 내가 얼마나 데모스테네스나 키케로*의 언변을 원했는지 한번 상상해 보기를 바란다. 얼마나 내가 이들의 웅변조로 그리운 조국에 대한 찬사를 내 나라의 장점과 축복에 걸맞은 방식으로 해낼 수 있기를 바랐는지 말이다.

우선 나는 폐하께 우리나라는 두 개의 섬으로 이루어져 있고, 이는 다시 한 국왕 아래 세 개의 강력한 왕국과 아메리카에 있는 대규모 농장의 식민지로 구성되어 있다고 이야기를 시작했다. 나는 우리 땅의 비옥함과 기후의 특징에 대해 오래 설명했다. 그 다음에는 영국 국회의 구성에 대해 포괄적으로 설명했다. 우선 가장 오래되고 많은 재산을 지녔으며 귀족 핏줄을 잇는 이들로 구성된, 상원의원이라 불리는 훌륭한 의회에 대해 이야기했다.

나는 그들의 문무 교육을 위한 각별한 관심을 묘사했다. 이 교육은 그들을 왕과 왕국에 충언할 수 있는 신하의 자질을 갖추게 하고, 법률을 제정하며, 어떠한 항소도 불가능한 최고 법정의 구성원이 되게 하고, 또 그들의 용기, 예의, 충성으로 왕과 나라를 지킬 준비가 늘 되어 있는 전사로 만들기 위한 것이다. 이들이야말로 국가의 꽃이자 보루이며, 자신들의 덕에 대한 보답으로 명예를 얻게 된 훌륭한 선조들의 부끄러움 없는 후계자이고, 결코 선조의 덕으로부터 퇴보한 적이 없다고 알려진 후손들이다.

이들과 함께 주교의 호칭을 지닌 몇몇 종교인들이 의회를 구성한다. 이들의 고유한 일은 종교를 수호하고 종교에 대해 가르치는 이들을 돌보는 것이다. 왕과 그의 현명한 신하들은 이들을 온 나라를 뒤져 찾아내며, 삶의 거룩함과 학식의 깊이로 마땅히 주목받는 성직자들 중에서 추려진다. 이들은 진정으로 성직자와 백성의 정신적인 아버지이다.

국회의 또 다른 부분은 하원의원이라 불리는 의회로 구성된다. 이들은 국민들이 직접 그리고 자유롭게 선출하는 신사들로서, 그들의 출중한 능력과 조국에 대한 애정은 나라 전체의 지혜를 대표한다고 여겨진다. 이렇게 상원과 하원 두 집단이 유럽에서 가장 위엄 있는 국회를 이룬다. 왕과 더불어 이들에게 모든 입법 활동이 맡겨진다.

이어서 나는 재판 법정으로 주제를 옮겨 갔다. 이곳에서는 존경할 만한 현자이자 법에 대한 해석자인 재판관들이 주관하여 악을 벌하고 무고함을 보호할 뿐 아니라 국민의 권리와 재산에 대한 분쟁 조정을 담당한다. 또 나는 우리 재무대신의 신중한 경영과 우리 해군과 육군의 용맹함과 위업에 대해 언급했다. 나는 우리의 종교 분파나 정치적 정당에 각각 몇백만 명이 속해 있는가를 계산하는 방식으로 우리 국민의 인구수를 계산했다. 또 우리의 운동경기나 여가활동 등 우리나라에 영광을 더할 수 있는 어떤 사안도 빼먹지 않았다. 그리고 이 모든 얘기를 영국에서 지난 백 년간 일어났던 사건들에 대한 간단한 역사적 설명으로 끝마쳤다.

이 대화는 다섯 차례에 걸친 만남으로도 끝나지 않았으며 각 대화는 수 시간 동안 지속됐다. 왕은 매우 집중해 이 모든 이야기를 들었고, 내게 질문들도 많이 했지만, 내 말을 자주 받아 적기도 했다.

내가 이 긴 이야기를 마침내 끝마친 여섯 번째 대화에서 폐하는 이전에 적은 것들을 보면서 각각의 항목에 대해 여러 가지 의구심과 질문 그리고 반대 의견 등을 제기했다. 그는 우리 젊은 귀족의 몸과 마음을 수련하기 위해 어떤 방법이 쓰이는지, 인생에서 무언가를 배우는 청년 시절을 그들은 보통 무슨 일을 하면서 보내는지 물었다. 한 귀족 가문이 멸망하게 되면 의회를 충원하기 위해 어떤 방식을 택하는지, 새로운 귀족으로 탄생하게 될 사람들에게는 어떤 자질이 필요한지 말이다. 또 귀부인이나 수상에게 건네지는 돈이나 왕의 기분에 따라 혹은 공익에 반하되 정당을 강화하는 음모 등이 그들이 출세하는 데 어떤 계기가 되지는 않는지, 이 귀족들이 자신들의 동료-신하의 재산에 대한 판결을 최종적으로 내리기 위해 법에 대해 얼마만큼 알고 있으며 그러한 지식을 어떻게 얻는지, 그들이 탐욕과 편견 혹은 욕구로부터 늘 자유롭기에 뇌물이나 어떤 다른 간악한 견해가 그들 사이에 존재할 수 없는 게 사실인지 아닌지를 물었다.

또 내가 얘기했던 고위 성직자들이 종교에 대한 그들의 지식이나 그들 삶의 성스러움 때문에 늘 높은 자리에 오르는 게 사실인지 아닌지, 일반 성직자였을 때 시대에 야합한 적은 없었는지, 혹은 귀족의 노예 같고 창녀 같았던 목사들이 국회에 입성한 후에도 그들의 의견을 비굴하게 계속해서 따른 적은 없었는지를 물었다.

그런 후 그는 내가 하원의원이라 부르는 사람들을 뽑는 데 어떤 방법이 사용되는지 알고 싶어 했다. 돈 많은 외지인이 천박한 유권자들로 하여금 자신들의 영주나 지역의 명망 높은 신사 대신 자신을 뽑도록 영향력을 행사하지는 않는지, 사람들이 국회에 그토록 열렬히 들어가고 싶어 하는 이유는 도대체 무엇인지 물었다. 때때로 가산을 탕진할 정도로 큰 고충과 손해를 입을 수 있고 어떤 봉급이나 연금도 없다면서 말이다. 이는 지나치게 고양된 덕이자 공적인 정신으로 보였으므로 폐하는 이것이 완전히 진정성 있는 것인지 의심스러워했다. 또 이렇게 열정적인 인사들이 선출되기 위해, 지불했던 비용과 수고를 되찾기 위해 타락한 정부와 결탁한 나약하고 사악한 군주의 계획에 공공선을 희생시키는 것은 아닌지 알고 싶어 했다. 그는 질문을 계속 늘려 갔고, 이 항목의 모든 부분에 대해 나에게 자세하게 물었다. 또 그는 수많은 질문과 반대 의견을 제시했지만, 이를 여기서 되풀이 하는 것은 현명하거나 걸맞지 않다고 생각한다.

폐하는 사법부에 대한 내 설명 중 몇 가지에 대해 더 알기를 원했다. 이에 대해서 나는 자신 있게 대답할 수 있었다. 비록 많은 비용을 들여 승소하기는 했지만, 이전에 대법원에서 진행되었던 장기 소송으로 거의 파산한 경험이 있기 때문이다. 그는 옳고 그름을 결정하는 데 보통 어느 정도의 시간과 비용이 드는지 물었다. 또 변호사들이 명백히 부당하고 억울하며 억압적인 사안들을 정당하게 변론할 수 있는지, 종교나 정치에서의 파벌이 정의의 저울을 기울이는 것이 목격된 적이 있는지, 변론하는 연사들이 형평성에 대한 전반적인 지식이 있는지 아니면 단지 지역적, 민족적, 혹은 다른 국지적 관습만을 알고 있는지, 변호사나 재판관들이 법을 제정하는 데 참여해 자기 마음대로 해석하거나 주석을 달 자유가 있는지, 이들이 똑같은 명분에 대해 시류에 따라 찬성하기도 하고 반대하기도 하며 정반대의 의견을 증명하기 위해 똑같은 선례를 인용한 적은 없는지를 말이다. 또 그는 이들이 돈이 많은 집단인지 가난한 집단인지를 물었으며, 변론이나 의견 개진을 하고 금전적 보상을 받는지 아닌지를 물었다. 특히 이들이 하원의원으로 국회에 입성한 적은 없는지를 물었다.

다음 그는 우리 영국의 재정 관리에 대해 따져 물었다. 그는 내 말을 들으면서 내 기억이 틀렸다는 생각이 들었다고 했다. 왜냐면 내가 우리의 세금이 연간 약 5백~6백 만 파운드라고 계산한 반면, 지출은 때때로 세금의 두 배 이상이었다는 거다. 이에 대한 그의 메모는 매우 구체적이었다. 그는 우리의 관행을 배워 이를 참고해 유용하게 쓸 수 있기를 희망하기에 자신이 계산에서 틀릴 리가 없다고 말했다. 하지만 만일 내가 얘기한 것이 사실이라면, 어떻게 한 왕국이 일개 개인처럼 재정이 파탄날 수 있는지 모르겠다고 했다. 그는 누가 우리의 채권자인지, 또 어디에서 빚을 갚을 돈이 나는지를 물었다.

그는 그토록 돈이 많이 들고 범위가 넓은 전쟁에 대한 얘기를 듣고 매우 의아하게 여겼다. 확실히 우리가 호전적인 민족이거나, 아주 나쁜 이웃들 사이에서 살고 있는 게 틀림없으며, 우리 장군들은 분명히 왕보다도 돈이 많다는 것이다. 그는 무역이나 협정 때문이 아니라면 혹은 군함으로 해안을 지키는 일이 아니라면 나라 밖으로 우리가 나갈 일이 뭐가 있는지를 물었다. 무엇보다 그는 평화로운 시기에도 자유로운 국민들 가운데 상비 주둔 용병이 있다는 얘기를 듣고 놀라워했다. 만일 우리가 우리의 동의하에 또 우리 대표에 의해 다스려진다면 누구를 두려워할 것이며, 누구를 상대로 싸우려고 하는지를 도저히 상상할 수 없다면서 말이다. 그는 자신의 집은 집주인과 그의 자식들이 지키는 것이 더 낫지 않은지 내 의견을 듣고자 했다. 길거리에서 돈을 조금 주고 마구잡이로 뽑아 온 대 여섯 명의 깡패들, 주인과 가족의 목을 벰으로써 수백 배의 돈을 더 벌 수 있는 깡패들에게 맡기기보다 말이다.

왕은 종교와 정치의 여러 분파에 기반해 우리 국민의 총수를 계산하는 내 이상한 산수법(그는 이렇게 부르기를 좋아했다)을 듣고 크게 웃었다. 공중에 해로운 견해를 지닌다고 해서 왜 그 사람들이 자신의 견해를 바꾸어야 하는지, 혹은 왜 그 견해를 감추도록 강요해선 안 되는지 모르겠다는 것이다. 어떤 정부든지 첫 번째를 요구하는 것이 독재인 것처럼 두 번째를 강요하지 못하는 것은 나약함이다. 어떤 사람이 자신의 방에 독약을 두는 것은 얼마든지 허용할 수 있으나, 건강식품으로 파는 것은 안 되기 때문이다.

그는 우리 귀족과 신사들의 오락 가운데서 특히 내가 도박을 언급한 것에 주목했다. 그는 보통 몇 살 때 이 오락에 빠지게 되며 언제 내려놓는지를 알고 싶어 했다. 도박이 얼마만큼 그들의 시간을 차지하는지, 또 그들의 재산에 영향을 미칠 만큼 큰 판으로 벌어지는 건 아닌지를 말이다. 비열하고 사악한 이들이 도박 기술로 큰 부를 쌓지는 않는지, 그들이 때때로 젊은 귀족들을 장악할 뿐 아니라 부도덕한 무리들과 어울리게 하는 건 아닌지, 그렇게 그들을 정신적으로 피폐하게 하며, 손해를 만회하기 위해 다른 이들에게 이 파렴치한 기술을 가르치고 행하도록 강요하는 건 아닌지를 알고 싶어 했다.

그는 지난 세기 영국에서 일어난 역사적 이야기를 듣고 놀라워했다. 이는 오로지 음모, 반역, 살인, 대학살, 혁명, 추방을 모아 놓은 것이며, 탐욕, 분열, 위선, 배신, 잔인, 분노, 광기, 증오, 시기, 욕정, 악의 그리고 야망이 낳을 수 있는 최악의 결과라고 항변했다.

폐하는 또 다른 대화에서 내가 얘기했던 것들을 모두 정리하면서, 자신의 질문과 거기에 대한 내 대답을 비교했다. 그러더니 나를 그의 손에 올려놓고 부드럽게 쓰다듬으면서 이렇게 말했다. 그 말을, 또 그가 그 말을 하던 태도를 나는 결코 잊지 못할 것이다.

내 작은 친구 그릴드릭이여, 자네는 자네 나라에 대해 놀랄 만한 최고의 찬사를 늘어놓았네. 자네는 무지와 나태 그리고 악덕이야말로 입법자로서의 자질 중 필수 요소임을 명확히 증명했네. 법을 왜곡하고 교란하고 회피하는 데 관심과 능력이 있는 사람들이 법을 가장 잘 설명하고 해석하고 적용한다는 것을 말이야. 애초에는 꽤 괜찮았을 사회제도들이 자네 나라에 있었음을 알겠네만, 그중 반은 사라지고 나머지 반은 타락하여 완전히 와해되고 없어졌군. 자네 말을 다 들어 봐도 자네 나라에서는 지위를 얻기 위해서 어떤 훌륭함도 필요한 것 같지가 않네. 사람들이 자신의 덕으로 귀족이 된다거나, 성직자가 그들의 신심이나 지식으로 승진한다거나, 군인이 자신의 품행이나 용맹으로, 재판관의 경우 정직함으로, 상원의원은 조국에 대한 사랑으로, 또 귀족은 자신의 지혜로 말미암아 출세하는 것이 아님은 말할 것도 없고. (왕은 이어 말했다) 자네는 인생 대부분을 여행을 하며 보냈지. 그러니 자네 나라의 많은 악들로부터 피해 있었을 수도 있겠네. 내 그리 소망하네. 하지만 자네의 얘기를 종합해 보건대, 또 내가 자네로부터 어렵게 이끌어 낸 답변들로 미루어 보건대 말이야. 자네 나라 사람들 대부분은 자연이 땅 위를 기어 다니도록 허락한 작고 흉측한 벌레 중 가장 악독한 종이라고 결론지을 수밖에 없다네.

7장

지은이의 조국 사랑. 그는 왕에게 큰 이익이 되는 제안을 하지만 거절당한다. 정치에 대한 왕의 커다란 무지. 그 나라의 매우 불완전하고 제한된 학문. 그 나라의 법, 군대, 정당.

진실을 지극히 사랑하지 않았더라면 내 이야기 중 이 부분을 숨겼을 것이다. 화를 내봤자 조롱거리가 될 것이기에 내가 사랑하는 소중한 조국이 그런 부당한 대우를 받는 동안 나는 그저 인내심으로 버텨야만 했다. 아마 독자들도 그렇겠지만, 나 역시 상황이 이렇게 된 것에 진심으로 속상하다. 하지만 왕은 모든 사안을 궁금해했고, 내게 이것저것 캐묻는 왕에게 최선을 다해 대답하지 않는 것은 그에게 입은 감사에 대한 올바른 태도가 아니었다. 그럼에도 스스로 변호를 하자면 이렇게 말할 수 있겠다. 내가 그의 질문 중 많은 것을 교묘히 피했고, 모든 것을 엄격한 진실로 말하기보다는 훨씬 더 호의적으로 얘기했다고 말이다. 홀리카나센시스의 디오니시우스*가 역사가에게 마땅히 권했듯이, 나는 늘 내 나라에 대한 칭찬받을 만한 편애를 지녀 왔다. 나는 내 정치적 어머니의 약함과 결함을 숨기고 모국의 덕과 아름다움을 가장 유리한 지점에 놓으려 했다. 이것이 왕과 나눴던 많은 대화에서 내가 기울였던 신실한 노력이었다. 불행히도 성공하지는 못했지만 말이다.

그러나 세상에서 완전히 격리된 채 다른 나라에 팽배한 문화와 관습을 접해 보지 못한 왕에 대한 이해가 있어야 할 것이다. 지식의 부족은 편견과 사고의 편협성을 낳기 마련이다. 우리와 유럽의 다른 문명국가들은 이와 완전히 거리가 멀지만 말이다. 사실 이렇게 멀리 떨어진 곳의 왕이 지닌 덕과 악에 관한 개념이 모든 인류의 기준이 되기는 어려울 것이다.

앞서 말한 것을 입증하고 나아가 이러한 제한된 교육의 불행한 결과를 보여 주기 위해 이제 좀처럼 믿기 힘든 내용을 이야기하려고 한다. 조금이라도 더 폐하의 마음에 들기 위해 나는 3백~4백 년 전쯤 발견된 발명품, 즉 화약을 만드는 법에 대해 얘기했다. 아무리 작은 불꽃이라도 이 화약 더미에 떨어지면 천둥보다 더 큰 소음과 요동을 동반하며 산처럼 커다란 것도 순식간에 모조리 태워 완전히 허공에 날려 버릴 수 있다고 말이다.

이 화약의 적당량을 빈 놋쇠관이나 철관 크기에 맞춰 쑤셔 넣으면 철이나 납으로 만들어진 포환들을 엄청난 파괴력과 속도로 날려 보낼 수 있다. 그 어떤 것도 그 파괴력을 감당할 수 없다. 이렇게 발사된 가장 큰 포환은 군대의 모든 병사를 단번에 죽일 수 있다. 뿐만 아니라 최강 요새를 와르르 무너뜨리며, 병사 천 명이 탄 배를 모두 바다 밑으로 침몰시킬 수 있다. 만일 쇠사슬로 연결된다면 돛과 삭구를 잘라 낼 것이며, 수백 명을 동시에 두 동강 내고, 그들 앞에 있는 모든 것을 황폐화시킬 것이다.

우리는 종종 이 화약 가루를 속이 빈 대형 포환 안에 넣은 후 기계를 이용해 우리가 공격해야 하는 도시를 향해 쏜다. 이 포환은 보도를 완전히 부수고, 집들을 산산조각 낸다. 그 조각이 사방으로 튕겨 나가면서 가까이 있던 이들의 뇌를 박살 내 버린다. 나는 그 재료들을 아주 잘 아는데, 값이 싸고 흔하다. 제조법을 잘 아는 내가 폐하 왕국에 있는 모든 다른 것의 크기와 비례한 포신을 만들도록 폐하의 기술자들을 지휘할 수 있다. 가장 큰 포신이라도 길이가 30미터를 넘을 필요는 없으며, 적당한 양의 화약과 총알이 장전된 포신 20~30개면 그의 영토 중 가장 강한 도시의 성벽도 몇 시간 만에 무너뜨릴 수 있다. 혹은 폐하의 절대적 명령에 거역이라도 한다면 도시 전체를 쓸어버릴 수 있다. 나는 이러한 이야기를 그동안 받았던 수많은 왕실의 총애와 보호에 대한 감사와 답례의 표시로 폐하께 겸허히 제안했다.

왕은 무시무시한 무기에 대한 설명과 또 내가 했던 제안에 끔찍한 충격을 받았다. 그는 나처럼 무력하고 하릴없이 기어 다니는 벌레(이것이 그의 표현이었다)가 어떻게 그런 비인간적인 생각을 할 수 있는지 크게 놀랐다. 그것도 그 파괴적인 기계의 흔한 결과로 내가 설명했던 유혈과 비장함의 장면에 전혀 미동치 않으면서 말이다. 왕은 틀림없이 인류의 적인 어떤 악의 정령이 그 파괴적인 기계의 최초 고안자였을 거라고 말했다. 그리고 기술에서든 자연에서든 새로운 발견만큼 그를 기쁘게 하는 것도 없지만, 그러한 비밀에 내밀히 관여하느니 차라리 자신의 영토의 반을 잃는 것이 낫겠다고 주장했다. 내게 목숨이 아까우면 더 이상 이에 대해 언급하지 말라고 명령하면서 말이다.

편협한 원칙과 근시안적 시각의 이상한 효과라니! 이 왕은 경배와 사랑 그리고 존경을 받을 만한 모든 자질을 갖추고, 강력한 재능과 훌륭한 지혜, 심오한 지식을 지녔으며, 통치에 대한 감탄할 만한 자질로 백성에게 거의 추앙되는 왕이었다. 하지만 우리 유럽에서는 전혀 상상할 수 없는 까다롭고 불필요한 양심 때문에 자신을 백성의 목숨과 자유, 재산을 통제할 수 있는 절대적인 군주로 만들어 줄 수 있는 기회를 놓쳐 버렸던 것이다. 내가 이 얘기를 하는 것으로 이 훌륭한 왕이 쌓은 수많은 덕을 깎아내리려는 의도는 추호도 없다. 비록 이 때문에 그의 인격에 대한 영국 독자들의 평판이 매우 낮아질 거라는 걸 알고 있지만 말이다. 그러나 나는 그들 사이에서 발견되는 이러한 결점이 그들의 무지에서 비롯되었다고 생각한다.

그들은 아직 유럽의 훨씬 더 명민한 재사들이 이뤄 냈던 것처럼 정치를 정치공학*으로 환원시키지 못했다. 내가 기억하기로는 어느 날 왕과의 대화에서 나는 우리에게는 통치 기술에 대한 수천 권의 책이 있다고 어쩌다 말하게 됐고, 그러자 왕은 (내 의도와는 완전히 반대로) 우리의 이해력을 몹시 깔보게 되었다. 그는 군주나 각료에게 보이는 모든 비밀과 교활함, 음모를 혐오하고 경멸한다고 공언했다. 적이나 경쟁 국가가 걸린 사안이 아니라면 국가의 비밀이란 말로 내가 무엇을 의미하는지 모르겠다고 말이다. 그는 통치 지식을 아주 협소한 범위로 한정시켰다. 즉 통치란 상식과 이성, 정의와 관용, 민사와 형사 소송의 빠른 결정, 그 외 생각해 볼 가치도 없는 몇몇 명백한 것들에 관한 것이었다. 그는 한 알의 곡식 이삭이나 한 포기의 풀잎이 자라던 땅뙈기에서 두 알의 이삭 혹은 두 잎의 풀잎을 만들어 낼 수 있는 그 누구든지 인류를 이롭게 하는 것이며, 정치인들을 모두 합친 것보다 더욱 자신의 나라에 본질적인 기여를 하는 것이라고 말했다.

이곳 사람들의 지식은 매우 보잘것없다. 그들의 지식은 단지 도덕, 역사, 문학, 수학으로만 이루어져 있다. 물론 이 분야에서는 뛰어나다. 그런데 이 중 수학은 농업과 기계 기술의 향상처럼 순전히 삶을 유용하게 하는 데에만 적용되기에 우리 사이에서는 그다지 존중되지 않을 것이다. 내가 아무리 노력해도 개념, 실체, 추상, 초월 같은 개념을 그들의 머릿속에 조금도 주입시킬 수 없었다.

그 나라의 어떤 법률 조항도 스물두 개로 이루어진 그들 글자 수를 넘어서는 안 된다. 대부분은 그렇게까지 늘어나지도 않는다. 모든 법률 조항은 가장 평이하고도 단순한 용어로 표현되며, 사람들은 이를 한 가지 이상으로 해석하면서 변덕을 부리지 않는다. 또 어떤 법이든 주석을 다는 것은 중한 죄이다. 민사 소송 판결이건 범죄 소송 절차이건 선례 판결은 거의 없으며, 두 가지 모두 특별한 기술을 자랑할 처지는 아니다.

그들은 중국인처럼 까마득한 옛날부터 인쇄 기술을 가지고 있었다. 하지만 그들의 도서관은 별로 크지 않은데, 가장 크다고 알려진 국왕 도서관의 장서가 천 권을 넘지 않는다. 국왕 도서관은 길이가 360미터 정도 되는 복도에 놓여 있었는데, 여기에서 나는 읽고 싶은 책을 자유롭게 빌릴 수 있었다. 왕비의 목수는 글룸달클리치의 방 하나에 높이 7.5미터 정도 되는 사다리를 만들어 줬으며, 사다리의 가로대는 길이가 15미터였다. 이것은 일종의 이동식 계단이었고, 제일 아래의 가로대가 방의 벽으로부터 3미터 떨어져 놓여 있었다.

먼저 나는 읽고 싶은 책을 벽에 기대어 놓게 했다. 그런 후 우선 사다리의 맨 위 가로대에 올라가 얼굴을 책 쪽으로 한 후 페이지의 윗부분에서 시작해 행의 길이에 따라 약 여덟 내지 열 걸음을 오른쪽과 왼쪽으로 걷다 보면 눈높이보다 낮은 행에 닿았다. 그러면 점점 아래로 내려오면서 결국 바닥에 닿게 되었다. 이후 다시 올라가서 같은 방식으로 다른 페이지를 시작했고 그렇게 책장을 넘겼다. 나는 두 손으로 책장을 거뜬히 넘길 수 있었다. 책장이 마분지처럼 두껍고 빳빳했으며 가장 큰 2절판이라 하더라도 길이가 5~6미터를 넘지 않았기 때문이다.

그들의 문체는 명확하고, 남성적이고, 부드럽고 결코 화려하지 않다. 불필요한 단어를 부풀리거나 다양한 표현을 사용하는 것을 삼가는 것이다. 나는 그들의 책을 많이 읽었는데 특히 역사와 윤리 분야를 정독했다. 윤리책 중에서도 특히 한 오래된 소책자가 흥미로웠다. 이 책은 글룸달클리치의 침실에 늘 놓여 있었으며, 근엄한 노부인이자 도덕과 신앙에 관한 글에 관심이 있는 그녀 가정교사의 것이었다. 그 책은 인류의 약점을 다루고 있으며 여성과 천민들을 제외하고는 그다지 평판이 좋지 않았다. 하지만 나는 그 나라의 작가가 그러한 주제를 어떻게 풀어냈는지가 궁금했다.

이 작가는 유럽의 윤리학자가 일반적으로 다루는 주제를 모두 점검했다. 인간이 그 본성상 얼마나 왜소하고 초라하며 무력한 동물인지, 궂은 날씨와 사나운 야수로부터 자신을 지켜 내는 것이 이렇게 불가능한 것인지, 또 인간이 어떻게 그들보다 힘이 강한 존재에게 밀리고, 속도가 빠른 존재에게 밀리며, 예지력에서는 제3의 존재에게, 근면성에서는 제4의 존재에게 밀리는지를 보여 줬다. 또 그는 세상이 타락해 가는 지금 같은 시대에 자연도 타락했으며 이제는 과거에 비해 단지 왜소하고 발육이 부진한 생명들을 생산할 수밖에 없다고 덧붙였다.

그는 인간이라는 종이 원래는 훨씬 더 컸을 뿐 아니라 과거에는 거인이 존재했었음에 틀림없다고 생각하는 것이 매우 합리적이라고 말했다. 이는 전통과 역사를 통해 주장될 뿐 아니라, 왕국의 각지에서 우연히 발굴된 거대한 뼈와 두개골—오늘날 흔히 볼 수 있는 왜소화된 인류를 훨씬 뛰어넘는—로 확인되었다는 것이다. 그는 바로 그 자연의 절대적인 법칙에 따라 애초에 우리가 훨씬 크고 강건하게 만들어졌을 것이라고 주장했다. 집에서 떨어지는 타일이나 소년이 던진 돌, 혹은 작은 시냇물에 빠지는 등의 작은 사고들로 쉽게 죽지 않았을 것이라고 말이다.

이러한 추론으로부터 작가는 삶의 행위에 유용하게 적용되시만 여기서 반복할 필요는 없는 몇몇 도덕적 교훈을 끌어냈다. 나로 말하자면, 우리가 자연과 벌이는 여러 싸움으로부터 도덕적 교훈을 이끌어 내거나, 무엇보다 불만과 불평을 끄집어내는 이 재능이 얼마나 보편적으로 퍼져 있는지 생각해 보지 않을 수 없었다. 또 면밀히 조사해 본 바로는 이러한 싸움이 그들 사이에서도 그렇듯이 우리에게도 빈약한 근거인 채로 제시되고 있다고 믿는다.

그들의 군대에 관해 말하자면, 그들은 17만6천 명의 보병과 3만2천 명의 기병으로 이루어진 왕의 군대를 자랑한다. 만일 도시의 상인들과 시골의 농부들로 이루어졌으며, 귀족이나 지역 신사가 보수나 대가 없이 총사령관을 맡는 집단을 군대라고 부를 수 있다면 말이다. 사실 그들은 훈련이 완벽히 돼 있고 규율이 잘 잡혀 있지만 이것이 큰 장점으로 생각되지는 않았다. 모든 농부가 자신의 지주의 명령을 받고, 베니스처럼 모든 시민이 투표로 선출된 도시의 유력 인사들 영향력 아래 있으니 어떻게 그렇지 않을 수가 있겠는가?

나는 도시 근처에 있는 32제곱킬로미터의 넓은 들판에서 로브럴그러드 민병대가 훈련을 위해 도열해 있는 것을 여러 번 본 적이 있다. 그들은 다 합해 2만5천 명의 보병과 6천 명의 기병을 넘지 않았다. 하지만 그들이 차지하고 선 땅의 넓이를 고려해 볼 때 내가 그들의 정확한 숫자를 세는 건 불가능했다. 커다란 군마에 탄 기사의 높이는 27미터나 되었다. 나는 모든 기병이 명령이 떨어지자 동시에 칼을 빼들고 공중에 휘두르는 것을 보았다. 그렇게 장대하고 놀라우며 경이로운 장면을 상상하는 것은 거의 불가능하다. 마치 만여 개의 번갯불이 하늘의 모든 곳에서 동시에 내려치는 것 같았다.

나는 다른 나라의 접근이 불가능한 영토를 지닌 이 왕이 어떻게 군대 개념을 가지게 됐는지 혹은 어떻게 국민들에게 군사 훈련을 시킬 생각을 했는지가 궁금했다. 하지만 곧 대화를 통해 그리고 그들의 역사책을 통해 알게 되었다. 수 세기 동안 그들 역시 인류 전체가 피할 수 없는 바로 그 병에 시달려 왔었다. 바로 귀족은 권력을, 백성은 자유를, 또 왕은 절대적 지배를 놓고 늘 힘겨루기를 했던 것이다. 이러한 힘겨루기는 보통 왕국의 법에 의해 무마되지만, 가끔 세 축 중 두 측에 의해 교란되었으며, 이로 인해 한두 번의 내란을 야기하기도 했다. 그중 마지막 내란이 현재 국왕의 조부에 의해 왕과 백성의 협정을 이루어 내면서 무사히 종식되었다. 이후 공동 합의에 따라 민병대가 정착되었으며 엄격한 의무를 수행해 왔다.

8장

왕과 왕비가 국경 지역으로 행차한다. 지은이는 왕과 왕비를 수행한다. 그가 이 나라를 떠나는 방식이 매우 구체적으로 묘사된다. 그는 영국으로 돌아온다.

나는 언젠가는 자유를 되찾아야 한다는 강한 충동을 늘 가지고 있었다. 비록 어떤 방법을 통해서일지 짐작하거나, 성공하리라는 작은 희망을 간직하고 어떤 계획을 구상하는 것은 불가능했지만 말이다. 내가 타고 왔던 배는 이곳 해안으로 흘러들어 온 최초의 배였다. 왕은 언제고 또 다른 배가 나타난다면 해안으로 끌고 와 거기 탔던 선원과 승객 모두를 짐수레에 태워 로브럴그러드로 데려올 것을 엄격히 지시했다.

그는 나와 같은 크기의 여자를 찾아 그녀로부터 내 자손을 번식시킬 수 있도록 하는 일에 몹시 열중했다. 하지만 나는 길들여진 카나리아 새처럼 새장에서 길러지다 곧 전국의 높은 분에게

호사품으로 팔려 나갈 후손을 남기는 치욕을 겪느니 차라리 죽는 게 나았을 것이라고 생각한다. 내가 매우 좋은 대접을 받았던 건 사실이다. 높으신 왕과 왕비의 총아였고, 궁전 전체의 기쁨이었으니까 말이다. 하지만 그건 인간의 존엄과 어울리지 않았다. 나는 고향에 남기고 온 가족들에 대한 맹세를 결코 잊을 수 없었다. 동등한 조건하에서 대화를 나눌 수 있는 사람들 사이에 있고 싶었고, 개구리나 강아지 새끼처럼 밟혀 죽을까 봐 두려워하지 않으면서 거리와 들판을 걸어 다니고 싶었다. 그런데 나의 구원은 예상보다 더 일찍, 그리고 전혀 평범하지 않은 방식으로 찾아왔다. 이제 나는 이와 관련한 모든 이야기와 상황을 충실히 얘기하려고 한다.

이제 나는 이 나라에 머문 지 2년이 되었으며, 3년 차가 시작되려던 차에 글룸달클리치와 함께 국왕 내외가 왕국의 남쪽 해안가로 행차하는 데 동행했다. 늘 그렇듯이 나는 이미 묘사한 적이 있는 매우 편리한 내 여행 상자에 실려 운반되었다. 나는 해먹을 천장 네 모서리에 비단 끈으로 고정시켜 달 것을 지시했다. 이는 내가 원할 경우 하인이 나를 앞에 둔 채 말을 타고 갈 때 그 충격을 줄이기 위한 것이었다. 길 위에 있는 동안 나는 자주 이 해먹에서 자곤 했다. 또 목수에게 해먹의 가운데 부분을 좀 비낀 위치의 지붕에 30센티미터의 구멍을 내도록 지시했다. 이것으로 더운 날 자는 동안에도 공기가 통하도록 했다. 나는 패인 홈에 따라 앞뒤로 움직이는 널빤지로 이 구멍을 원하는 대로 닫을 수 있었다.

여행이 끝나 갈 즈음 왕은 해안에서 29킬로미터 정도 떨어진 곳에 위치한 도시 플란플라스닉과 가까운 궁전에서 며칠 보내는 게 좋겠다고 생각했다. 글룸달클리치와 나는 몹시 지쳐 있었다. 나는 가벼운 감기에 걸렸지만 이 불쌍한 소녀는 너무 아파 자기 방에 갇혀 있어야 했다. 나는 바다를 보기를 갈망했다. 만일 그럴 수만 있다면 바다는 내가 탈출할 수 있는 유일한 장소였기 때문이다. 나는 실제보다 더 많이 아픈 척하면서, 내가 좋아하고 또 가끔 나를 돌봐 줬던 시종 한 명과 함께 신선한 바닷바람을 쐴 수 있도록 허락해 주기를 원했다. 이에 대해 글룸달클리치가 얼마나 마지못해 동의해 줬는지를 결코 잊지 못할 거다. 마치 앞으로 일어날 일을 예감이라도 하는 듯 눈물을 왈칵 터트리면서 나를 잘 돌봐 주라고 시종에게 철저히 당부하던 것도.

소년은 나를 상자에 넣고 약 삼십 분 정도 궁전으로부터 바위가 모여 있는 해안가로 걸어갔다. 나는 몸이 좋지 않았기에 해먹에서 낮잠을 자고 싶다고 시종에게 말했다. 나는 방으로 들어갔고, 소년은 추위를 막기 위해 창문을 닫았다. 나는 곧 잠들었다. 내가 짐작할 수 있는 것은 내가 잠든 동안 그 시종이 아무 위험도 없을 거라 생각하고는 새의 알을 찾으러 바위 사이로 갔을 거라는 거다. 이전에 그가 이리저리 새알을 찾으러 다니면서 바위틈에서 한두 개 꺼내는 것을 창문을 통해 본 적이 있기 때문이다.

그건 그렇고, 나는 운반하기 편리하도록 내 상자 꼭대기에 고정시켰던 고리가 세차게 당겨지는 바람에 갑자기 깨어났다. 내 상자가 하늘 높이 올라간 채 엄청난 속도로 돌진하는 게 느껴졌다. 처음에는 부딪치는 충격으로 해먹에서 굴러 떨어질 뻔했지만, 이후에는 상자의 움직임이 꽤 편안했다. 나는 할 수 있는 한 목소리를 높여 몇 번이고 크게 소리쳤지만 모두 소용없었다. 창밖을 내다 봐도 구름과 하늘 외에는 아무것도 보이지 않았다. 머리 바로 위에서는 날개가 부딪치는 것 같은 소리가 들렸고, 점차 나는 내가 처한 비참한 상황을 인지하기 시작했다. 어떤 독수리가 그의 부리로 내 상자의 고리를 물고 있었다. 내 상자를 바위에 떨어뜨려 산산조각 낸 후 마치 등껍질 안에 있는 거북이처럼 나를 꺼내 먹겠다는 의도로 말이다. 이 새는 똑똑한 데다 냄새를 잘 맡아서 멀리 떨어져 있는 사냥감을 잘 발견할 수 있었다. 5센티미터 두께의 널빤지 안에 있는 나보다 더 잘 숨어 있다 하더라도 말이다.

얼마 안 가 나는 퍼드덕거리는 날갯짓이 점차 매우 빨라지는 것을 감지했고, 내 박스는 바람 부는 날 간판처럼 위아래로 흔들렸다. 내 생각에 독수리가(부리로 내 박스의 고리를 물고 있던 게 독수리였다고 확신한다) 몇 차례 무언가에 부딪치고 격돌하는 소리가 들렸고, 바로 그때 갑자기 일 분 넘게 내 몸이 수직으로 떨어지는 게 느껴졌다. 그런데 떨어지는 속도가 믿을 수 없을 만큼 빨라서 나는 거의 숨이 멈출 지경이었다. 나의 추락은 나이아가라 폭포보다 내 귀에 더 크게 들렸던 엄청나게 큰 철썩 소리와 함께 멈췄다. 이후 잠시 모든 게 깜깜해졌으나 곧 내 상자가 수면으로 올라가면서 창문 위쪽으로 빛을 볼 수 있었다. 이제 나는 내가 바다에 떨어진 상태라는 걸 알게 되었다. 상자는 내 몸

무게와 그 안의 물건들, 또 튼튼하게 만들 목적으로 상자의 네 모서리 위아래에 부착한 넓은 철판의 무게로 160센티미터 정도 가라앉은 채 물에 떠 있었다.

그때도, 지금도, 생각하는 것은 아마 내 상자를 물고 날아가던 독수리가 다른 두세 마리 독수리에게 쫓기면서 먹이를 차지하려던 놈들에 대항해 자신을 보호하기 위해 나를 떨어뜨려야 했던 게 아닐까 하는 거다. 상자 바닥에 부착된 철판(이 철판들은 무척 튼튼했다) 덕분에 떨어질 때 균형이 유지되었고 덕분에 바다 표면에 부딪혀서 부서지지 않을 수 있었다. 상자의 모든 접합 부분은 잘 연결되어 있었고 문은 경첩으로 단단히 고정되어 위아래로 여닫았기에 방은 잘 밀폐되어 있어 물이 거의 들어 오지 않았다. 가장 먼저 나는 어렵사리 해먹에서 벗어나 전에 말했던 지붕의 널빤지를 열어 공기를 통하게 했다. 공기가 부족해 숨이 막힐 지경이었기 때문이다.

그때 나는 얼마나 여러 번 내 소중한 글룸달클리치와 함께였기를 바랐던가! 한 시간 만에 이렇게 멀리 떨어지다니. 진심으로 말하지만 불행의 한복판에서도 나는 불쌍한 나의 유모를 걱정하지 않을 수 없었다. 나를 잃은 그녀의 슬픔, 여왕의 분노, 또 그녀에게 주어졌던 행운의 몰락을 말이다. 이 위기의 순간에 내가 겪었던 어려움과 고통을 경험해 본 여행가들은 아마 많지 않을 거다. 매 순간 상자가 부서져 산산조각 나지 않을까, 혹은 심한 폭풍이나 휘몰아치는 파도에 뒤집히지는 않을까 걱정이 됐다. 유리창 하나라도 깨진다면 당장 죽음이었다. 여행 중 사고에 대비해 상자 바깥에 설치한 튼튼한 철망 외에는 창문을 보호할 수 있는 게 전혀 없었다.

비록 심각하지는 않지만 몇 군데 갈라진 틈 사이로 물이 들어오는 게 보였으며, 이를 막기 위해 최대한 노력했다. 상자의 지붕은 들어 올릴 수가 없었다. 그게 가능했다면 지붕을 올리고 그 위에 앉았을 텐데, 거기서는 적어도 이 감옥 같은 곳에 갇혀 죽는 일은 없을 테니까 말이었다. 아니, 설사 하루 이틀 이 위험에서 벗어난다 하더라도 춥고 굶주린 채 비참한 죽음을 맞는 것 외에 무엇을 바랄 수 있단 말인가! 나는 이러한 상황에 네 시간 가량 처해 있었으며 매 순간 이것이 내 마지막일 것이라고 생각했고 또 그러기를 바랐다.

창이 없는 상자의 바깥 쪽에 두 개의 튼튼한 꺾쇠가 부착되어 있고, 나를 말 앞에 태우고 다녔던 하인이 이 꺾쇠를 그의 허리띠에 연결해 허리에 걸치고 다녔음을 이미 얘기한 바 있다. 이렇듯 절박한 상황에 놓여 있던 차에 꺾쇠가 있는 쪽에서 어떤 삐걱거리는 소리가 나는 것 같았고, 곧이어 나는 내 상자가 바다를 따라 어딘가로 끌려가고 있다고 상상하기 시작했다. 왜냐면 가끔씩 누가 끌어당기는 것 같았고, 그러다 파도가 창문 위쪽까지 덮을 때면 주변이 거의 깜깜해지곤 했기 때문이다. 나는 이제 이곳에서 벗어날 수 있을지도 모른다는 희미한 안도의 희망을 가지기 시작했다. 어떻게 그런 일이 가능할지는 상상할 수 없었지만 말이다. 나는 상자 바닥에 고정되어 있던 의자 하나의 나사를 푼 후, 조금 전 열었던 지붕의 널빤지 창문 바로 아래에 다시 가까스로 고정시켰다. 그 의지에 올라가서 필 수 있는 한 입을 시붕 구멍에 가까이 한 채 큰 목소리로 또 내가 아는 모든 언어로 도움을 청했다. 그리고 늘 가지고 다니던 손수건을 막대기에 묶은 후 구멍 위로 내밀고는 허공을 향해 몇 차례 흔들었다. 근처에 보트나 배가 지나다닐 경우, 어떤 불행한 인간이 이 상자 안에 갇혀 있다는 걸 그 선원들이 추측할 수 있도록 말이다.

모든 짓을 다 해 봐도 별 효과가 없었지만, 내 상자가 어디론가 움직이고 있다는 것은 분명히 알 수 있었다. 한 시간 쯤 넘었을까, 창문이 없고 꺽쇠가 달린 상자 쪽이 딱딱한 무엇에 부딪혔다. 나는 그게 바위라고 생각했고, 전보다 더 심하게 흔들린다고 느꼈다. 이어 상자 겉면에 굵은 밧줄 같은 것이 놓이고 고리를 통과하면서 내는 삐걱거리는 소리가 분명하게 들렸다. 나는 내가 아까 있던 곳보다 적어도 90센티미터 이상 지속적으로 올라가고 있다는 걸 알았다. 나는 다시 손수건과 막대를 위로 올린 채 목이 거의 쉴 정도로 살려 달라고 외쳤다. 이에 대한 답변으로 커다랗게 외치는 소리가 세 차례 반복되는 게 들렸다.

이 소리는 직접 느껴 본 사람 말고는 결코 알 수 없는 어떤 기쁨의 황홀경을 내게 선사했다. 곧 내 머리 위로 쿵쿵거리는 소리가 들렸고, 어떤 사람이 구멍을 통해 "거기 아래 누구 있으면 대답하시오"라며 영어로 외치는 큰 목소리가 들렸다. 나는 내가 영국인이며, 몹쓸 불행에 의해 어떤 이도 겪어 본 적이 없는 최악의 재난을 겪었다고 대답했다. 또 내가 있는 지하 감옥에서 나를 구원해 달라고 애원하고 간청했다. 그 목소리는 내가 안전하다고 대답했다. 내 상자는 그들의 배에 묶였고 곧 목수가 와서 나를 꺼낼 만큼 큰 구멍을 뚫을 것이기 때문이라는 거다. 나는 그럴 필요 없으며 괜히 시간만 잡아먹을 거라고 대답했다. 선원 중 한 명이 손가락을 고리에 걸어 상자를 바다에서 꺼낸 후 배에 올려놓으면, 그렇게 선장의 선실에 놓기만 하면 된다고 말이다. 내가 이렇듯 터무니없는 소리를 하는 걸 듣고 어떤 선원들은 내가 미쳤다고 생각했고 또 어떤 선원들은 웃어 버렸다. 현재 내가 나와 같은 크기와 힘을 지닌 사람들 사이에 있다는 것은 사실 내 머리에는 전혀 떠오르지 않았던 것이다. 목수가 와서 몇 분 만에 평방 1.2미터 정도 되는 통로를 뚫었다. 작은 사다리가 내려졌고, 나는 그곳에 올라가 기력이 다해진 상태로 상자에서 배로 옮겨졌다.

선원들은 모두 엄청나게 놀랐으며 내게 수천 가지 질문을 해댔지만, 나는 전혀 대답하고 싶지 않았다. 나 역시 그렇게 많은 난쟁이를 보면서 혼란스러웠다. 내 눈은 이미 뒤에 두고 온 거대한 것들에 너무 익숙해져 있었기에, 나는 그들을 난쟁이로 여겼던 것이다. 하지만 정직하고 훌륭한 슈롭셔 출신의 토마스 윌콕스 선장은 내가 거의 실신 직전인 것을 보고 나를 그의 선실에 데려갔다. 거기서 내가 진정할 수 있도록 약한 술을 주고, 자신의 침대에 눕도록 했다. 또 좀 쉬라고 말했는데, 사실 나는 휴식이 몹시 필요한 상태였다.

잠들기 전 나는 선장에게 상자에는 버리기에 아까운 값비싼 몇몇 가구들, 쓸 만한 해먹, 멋진 야외용 침대, 의자 두 개, 탁자

한 개, 그리고 옷장이 있다고 말했다. 또 상사의 모든 면에는 비단과 면직물이 걸려 있다고, 아니 비단과 면직물이 누벼진 상태로 덮여 있다고 말했다. 혹시 그가 선원을 시켜 내 상자를 그의 선실로 가져오게 한다면 그 앞에서 상자를 열어 내 물건을 보여 주겠다고 말이다. 선장은 이렇게 앞뒤 안 맞는 얘기를 듣고는 내가 실성해서 헛소리를 한다고 결론 내렸다. 하지만 (아마 나를 진정시키기 위해) 그는 내가 원하는 대로 지시하겠다고 약속했고, 갑판으로 나가 선원 몇 명을 내 상자로 내려보냈다.

또 (나중에 알게 된 바로는) 거기에 있는 내 모든 물건을 들어내고, 벽의 천들을 떼어 냈다. 하지만 의자, 옷장, 침대는 바닥에 나사로 고정되어 있었는데, 이를 잘 모르는 선원들이 억지로 뜯어내느라 크게 손상됐다. 또 널빤지 몇 개를 떼어 내 배에 사용하기도 했다. 선원들은 해야 할 일들을 끝내고 폐허가 된 상자를 바다로 가라앉혔는데, 바닥과 측면에 난 많은 구멍들 때문에 빠르게 가라앉았다. 사실 나는 그들이 상자를 부수는 과정을 보지 않아 다행이라 여겼다. 왜냐면 그런 광경은 내 기억을 생생하게 건드려 잊고 싶은 지난 일들을 떠올리게 했을 게 분명하기 때문이다.

나는 몇 시간 잤지만, 두고 온 곳과 이제는 벗어난 위험에 대한 꿈으로 끊임없이 시달렸다. 하지만 잠에서 깼을 때는 훨씬 나아졌다. 일어나니 밤 8시 정도 되었고, 선장은 내가 너무 오랫동안 먹은 게 없었을 것이라고 생각해 즉시 저녁 식사를 차리라고 했다. 그는 매우 친절하게 나를 대해 주었다. 또 내가 더 이상 정신 나간 것처럼 보이거나 앞뒤가 안 맞는 얘기를 하지 않는다는 것을 알게 됐다.

둘만 남게 되자 그는 내 여행에 대한 이야기, 또 어떤 경위로 끔찍한 나무 상자 안에 갇혀 바다 위를 떠다니게 됐는지 얘기해 줬으면 했다. 그는 정오경 자신이 망원경으로 주위를 살피고 있을 때 멀리 떨어져 있는 무언가를 보았고, 그게 배의 돛이라고 생각해 그쪽으로 가려고 했었다고 했다. 그의 경로에서 그다지 멀지 않은 위치에 있었고, 다 떨어져 가는 비스킷을 살 수 있지 않을까 생각했기 때문이다. 가까이에서 상자를 본 그는 자신이 잘못 생각했음을 알게 됐고, 실체가 뭔지를 알기 위해 대형 보트를 보냈으며, 그의 선원들은 겁에 질린 채 돌아와 맹세컨대 물에 떠다니는 집을 보았다고 말했다. 그는 그들의 어리석음을 비웃었고, 자신이 직접 보트를 타고 나가면서 선원들에게 튼튼한 밧줄을 챙기라고 지시했다. 바람이 잔잔했기에 그는 상자 주위를 여러 번 돌면서 창문과 창문을 보호하는 쇠로 된 격자를 보았다. 또 창문이 없고 널빤지로 이루어진 면에 두 개의 꺽쇠가 있는 걸 발견했다. 따라서 그는 선원들에게 그쪽 면으로 노를 젓도록 명령했고, 밧줄을 꺽쇠 중 하나에 묶어 대형 상자(그는 그렇게 불렀다)를 배 쪽으로 견인하도록 했다. 상자가 배에 가까이 오자 또 다른 밧줄을 바깥 쪽 고리에 고정시킨 후, 도르래로 올리라는 지시를 내렸다. 그러나 모든 선원이 동원되었음에도 상자를 1미터 이상 끌어 올릴 수 없었다.

그는 구멍 위로 솟은 막대기에 묶인 내 손수건을 보고 어떤 불행한 사람들이 저 구멍에 갇혀 있는 것이 틀림없다는 결론을 내렸다고 말했다. 나는 내가 처음 발견되었을 때 혹시 하늘을 나는 어떤 거대한 새를 보지 못했냐고 물었다. 그는 내가 자는 동안 선원들과 이 문제에 대해 얘기했었는데, 그중 한 명이 독수리 세 마리가 북쪽을 향해 날아가는 것을 목격했다고 말했지만 보통 크기보다 훨씬 더 크지는 않았다고 대답했다. 내 생각에 이는 독수리가 너무 높이 떠 있어서 그런 게 틀림없지만, 선장은 내가 왜 그런 질문을 하는지 모르겠다고 했다.

이 이야기를 듣고 나는 선장에게 우리가 육지에서 얼마나 떨어져 있냐고 물었다. 그는 자신의 계산으로 적어도 5백 킬로미터는 떨어져 있다고 했다. 나는 그의 말의 반은 틀렸다고 주장했는데, 왜냐면 내가 있었던 나라로부터 떠난 지 두 시간도 안 돼 바다로 떨어졌기 때문이었다. 그러자 그는 다시 내 머리가 이상해졌다고 생각하기 시작했다. 그는 이런 생각을 비치면서 내게 그가 제공한 선실에서 잠을 잘 것을 권했다. 나는 그의 환대와 그가 줄곧 곁에 있어 준 덕분에 다시 기운을 차리게 됐으며, 평소와 다름없이 정신이 맑은 상태라고 말했다. 그러자 그는 진지한 얼굴로 내가 어떤 끔찍한 범죄를 저지른 죄책감으로 괴로운 것은 아닌지를 솔직히 묻고 싶다고 했다. 다른 나라 범죄자들이 식량도 없이 물이 새는 배에 실려 바다로 보내지는 것처럼, 내가 그 범죄로 왕의 명령에 따라 대형 상자에 갇히는 벌을 받게 된 것은 아닌지 말이다. 그는 비록 그런 나쁜 사람을 자신의 배에 들인 것은 유감일지라도 우리가 도착하는 첫 번째 항구에 나를 안전히 내려주겠다고 약속했다. 덧붙여 이러한 그의 의심은 내가 처음에 선원들에게 했던 터무니없는 말들과 이후 내 대형 상자와 관련해 그에게 했던 얘기들뿐 아니라, 저녁을 먹는 동안 내가 보였던 이상한 표정과 행동으로 심해졌다고 말했다.

나는 그에게 부디 인내심을 가지고 내 이야기를 들어줄 것을 간청했으며, 영국을 마지막으로 떠난 때부터 그가 나를 발견한 순간까지의 일을 충실하게 얘기했다. 진실은 합리적 정신의 소유자들에게 결국 가 닿게 마련이다. 마찬가지로 이 정직하고 훌륭한 신사는 그의 지식과 분별력으로 곧 내 진실함과 정직함을 확신하게 되었다. 하지만 나는 내 이야기를 더욱 확실히 증명하기 위해, 수중에 열쇠를 가지고 있던 내 옷장을 가져오게 할 것을 간청했다(그는 앞서 선원들이 내 옷장을 어떻게 처리했는지를 내게 알려 줬다). 나는 그 앞에서 옷장을 열어 내가 그토록 이상한 방식으로 벗어났던 나라에서 수집한 희귀품 모음을 보여주었다.

거기에는 내가 왕의 짧고 굵은 수염으로 만든 빗, 그리고 같은 재료를 왕비 엄지손톱을 빗의 틀로 삼아 연결해 만든 빗도 있었다. 또 길이가 30~50센티 정도 되는 바늘과 핀도 있었다. 목수의 압정 같은 벌침 네 개, 여왕 머리에서 나온 머리카락들, 또 어느 날 왕비가 자상하게 내게 선물했던 금반지도 있었는데, 그녀는 금반지를 자신의 새끼손가락에서 빼더니 훈장처럼 내 머리 위에 올려놓았었다.

내게 친절을 베푼 선장에게 보답으로 반지를 주고 싶었지만, 그는 한사코 사양했다. 나는 그에게 내가 직접 왕비 시녀의 발가락에서 잘라 냈던 티눈을 보여 주었다. 그것은 켄트 지방의 사과만 한 크기였고 매우 딱딱했다. 영국에 돌아왔을 때 나는 그 속을 파내 컵으로 만든 후 거기에 은세공을 했다. 마지막으로 나는 내가 당시에 입고 있었던, 쥐가죽으로 만들어진 바지를 봐 달라고 했다.

결국 나는 그에게 어떤 하인의 치아 하나만 주었다. 그가 매우 흥미로워하며 치아를 살피는 것을 보고 이것을 좋아한다는 걸 알게 됐으며 그는 별 가치 없는 것인데도 매우 고마워하면서 받았다. 그것은 어떤 미숙한 의사가 충치로 시달리던 글룸달클리치의 하인의 입에서 실수로 뽑아낸 것이었고, 그의 다른 모든 이빨만큼 멀쩡한 것이었다. 나는 그것을 깨끗이 닦아서 옷장에 넣어 두었었다. 길이는 약 30센티미터였고 지름은 10센티미터가량 되었다.

선장은 내가 그에게 해 준 솔직한 이야기에 만족하면서 유럽으로 돌아가면 책으로 만들어 발표해 세상에 도움을 주기 바란다고 말했다. 내 대답은 우리에게는 이미 여행기가 너무 많이 쌓였다는 것이었다. 그중 특별하지 않은 책은 없다. 또 나는 어떤 저자의 경우 진실보다는 자신의 허영심이나 이익 혹은 무지한 독자들의 재미를 앞세우는 게 아닌가 의심된다. 내 이야기는 평범한 사건들 외에 별것 없다. 이상한 식물, 나무, 새 그리고 다른 동물에 대한 화려한 묘사나 작가들이 늘어놓는 원시인들의 야만적 관습이나 우상숭배 얘기가 없으니 말이다. 하지만 나는 그의 좋은 의견에 감사를 표하며 잘 생각해 보겠다고 약속했다.

그는 한 가지 매우 궁금한 점이 있다고 했다. 내가 지나치게 큰 목소리로 말하는 점에 관한 것인데, 혹시 그 나라의 왕이나 왕비가 귀가 멀었던 것은 아니냐고 물었다. 나는 2년 넘게 큰 소리로 말하는 데 익숙해져서 그런 거라고 했다. 사실 나도 그와 선원들의 목소리에 그만큼 놀랐었는데, 모두 속삭이는 듯 말하는데도 충분히 잘 들렸기 때문이다. 하지만 내가 그 나라에서 말하는 것은 마치 길거리에서 탑의 꼭대기에서 내려다보고 있는 사람에게 말하는 것과 같은 일이었다. 단 내가 탁자 위에 들어 올려지거나 어떤 사람의 손 안에 있을 때는 예외였지만 말이다.

마찬가지로 나는 또 다른 것을 경험했다고 그에게 말했다. 내가 처음 배에 올랐을 때 선원들이 나를 빙 둘러싸고 서 있었는데, 그때 그들이 내가 이제껏 보았던 가장 왜소하고 하찮은 존재들로 보였다는 점이었다. 사실 그 나라에 있는 동안 그토록 거대한 사물에 눈이 익숙해진 뒤로는 거울 보는 걸 잘 견딜 수가 없었다. 그들과 비교되면서 나 자신을 지독히 경멸하였기 때문이다. 선장은 내가 저녁 먹을 때 모든 것을 놀라움으로 바라보는 것을 보았다고 했다. 또 내가 자주 웃음을 참지 못하는 걸 보았는데, 그걸 어떻게 받아들여야 할지 몰라 단지 내 머리에 이상이 생겨 그런 걸로 생각했다고 말했다. 나는 다 사실이라고 대답했다. 3펜스 은화 크기의 그릇이나 한 입도 안 되는 돼지고기 다리, 땅콩보다 작은 컵 등을 보면서 어떻게 참을 수 있었겠느냐고 말하면서, 같은 방식으로 나머지 가정용품과 음식들을 계속 묘사해 나갔다.

왕비를 모실 때 그녀는 내게 필요한 모든 작은 것이 잘 갖춰지도록 지시했지만, 내 의식은 주위에 보이는 것들에 완전히 사로잡혀 마치 사람들이 자기 결점을 마주할 때처럼 나 자신의 왜소함에 움찔했던 것이다. 선장은 내 농담은 잘 이해해 줬고, 내 눈이 내 배보다 더 크다고 의심된다는 등 오래된 영국의 속담을 가져와 즐겁게 대꾸했다. 비록 내가 하루 종일 굶은 상태였지만, 식욕이 그리 좋지 않은 것을 보았기 때문이다. 또 계속해서 명랑한 말투로 내 상자가 독수리 부리에 물려 있는 장면 혹은 이후에 상자가 그 높은 곳에서 바다로 떨어지는 것을 볼 수 있다면 백 파운드라도 기꺼이 냈을 것이라고 호언했다. 이 광경에 대한 묘사는 후세에 남길 가치가 있는, 너무 놀라운 광경이었을 터이니 말이다. 또 그는 파에톤*과의 비교가 너무 명백해서 비교하지 않을 수 없다고 말했는데, 나로서는 그 비유가 별로 마음에 들지 않았다.

이 선장은 통킹*에 머물렀다가 영국으로 돌아가는 길에 북동쪽으로 밀려 나가 위도 44도, 경도 143도의 지점으로 오게 되었다. 하지만 내가 승선한지 이틀 후 우리는 무역풍을 만났으며, 오랫동안 남쪽으로 항해했다. 뉴 홀랜드* 연안을 따라가며 서남서쪽으로, 이후 남남서쪽으로 항해를 이어 가 마침내 희망봉을 돌았다. 항해는 매우 순조로웠지만 이에 대한 기록으로 독자들을 괴롭힐 생각은 없다.

선장은 한두 군데의 항구에 들렀고 식량과 신선한 물을 얻기 위해 대형 보트를 내려보냈다. 하지만 나는 결코 배 밖으로 나가지 않았으며, 마침내 1706년 6월 3일, 내가 탈출한 지 약 9개월 만에 우리는 다운즈 지방에 도착했다. 나는 배삯을 지불하겠다는 보증으로 물건들을 남겨 놓겠다고 했지만, 선장은 한 푼도 받지 않겠다고 우겼다. 우리는 서로 매우 정중하게 헤어졌고, 나는 레드리프에 있는 나의 집을 방문하겠다는 그의 약속을 받아 냈다. 그런 후 나는 선장에게 빌린 5실링으로 말을 사고 안내인을 고용했다.

길을 걷는 동안 집과 나무, 가축과 사람의 작은 모습을 보면서 릴리퍼트에 있었을 때가 생각났다. 그때는 만나는 모든 행인을 혹시 밟지는 않을까 노심초사했고, 내 무심함으로 한두 명의 머리가 깨질 수도 있어 자주 큰 소리로 길 양쪽으로 비키라고 외쳤었다.

여기저기 물어서 찾아온 집에 들어서자 하인 하나가 문을 열어 주었고 나는 문으로 들어가면서 (마치 문 아래 거위처럼) 머리를 부딪칠까 봐 몸을 숙였다. 아내는 뛰어 나와 나를 껴안았다. 그러나 나는 그녀의 무릎보다 더 낮게 몸을 굽혔는데 그렇지 않으면 아내가 내 입술에 닿지 못할 거라고 생각해서였다. 딸이 내 축복을 빌며 무릎을 꿇었을 때도 이 아이가 일어나기 전까지 볼 수가 없었다. 고개와 눈을 18미터 이상 똑바로 올려다보며 서 있는 것에 너무 오랫동안 익숙했던 것이다.

오히려 나는 한 손으로 딸의 허리를 잡아 들어 올리려고 했다. 또 나는 하인이나 집에 온 친구 한두 명에 대해 마치 그들이 난장이고 내가 거인인 양 내려 보았다. 뿐만 아니라 아내에게 그녀가 너무 여위었고 그녀 딸은 더 여위었으니 너무 검소하게 지냈

었나 보다고 말했다. 한마디로 내가 너무 말도 안 되게 행동했기 때문에 그들은 모두 선장이 나를 처음 보았을 때와 같은 생각을 했으며, 내가 제정신이 아니라고 단정했다. 이걸 말하는 이유는 습관과 편견의 힘이 얼마나 큰지를 보여 주기 위해서다.

얼마 가지 않아 나와 내 가족 그리고 친구들은 서로를 제대로 이해하게 되었다. 아내는 내게 두 번 다시 항해를 해서는 안 된다고 했다. 하지만 내 불길한 운명이 그렇게 되도록 결정했고, 아내는 나를 막을 힘이 없었음을 독자들은 이후에 알게 될 것이다. 이제 나는 내 불행한 여행의 두 번째 이야기를 마쳐야 하겠다.

3부
라퓨타, 발니바비, 럭낵, 글럽덥드립
그리고 일본으로의 항해

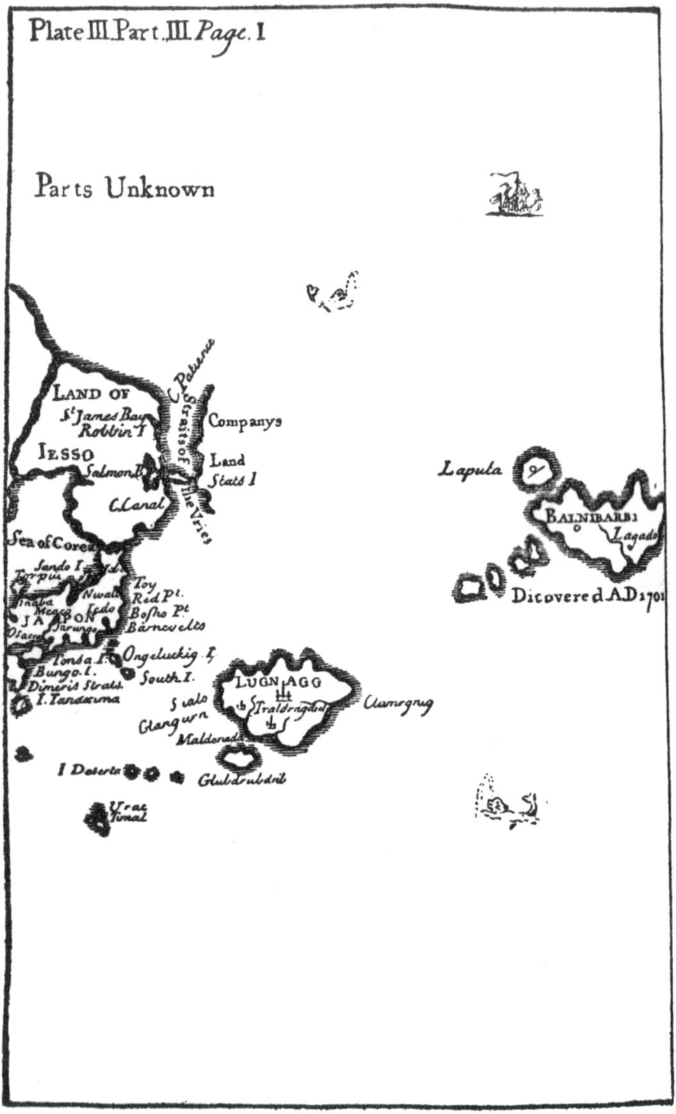

Plate III. Part. III. Page. 1

Parts Unknown

LAND OF
St James Bay
Robbin I
IESSO
Salmon R
C. Canal
C. Patience
Straits of the Vries
Companys
Land
Stats I
Sea of Corea
Sando I
JAPON
Meaco
Osaca
Jedo
Toy
Red Pt.
Bosho Pt
Barnevelts
Tonsa I.
Bungo I.
Dimeris Strats
I. Tandasima
Ongeluckig I.
South I.
LUGNAGG
Traldragdubh
Clumegnig
Glanguen
Maldonada
I Deserte
Glubdrubdrib
Laputa
BALNIBARBI
Lagado
Dicovered A.D. 1701

1장

지은이가 세 번째 항해를 떠난다. 해적에게 잡힌다. 한 네덜란드인의 악의. 지은이가 어떤 섬에 도착한다. 라퓨타에 받아들여진다.

집에 머문 지 열흘 정도 지났을 때, 호프웰 호라는 3백 톤급의 견고한 배를 지휘하는 콘월 출신 윌리엄 로빈슨 선장이 우리 집을 방문했다. 일전에 나는 르방으로 가는 항해에서 그가 선장으로 있었던 또 다른 배의 의사로 있었으며, 그 배 4분의 1의 지분을 지니기도 했었다. 그는 늘 나를 하위 부관이기보다는 형제처럼 대했다. 내가 긴 항해에서 돌아왔다는 소식을 듣고 순전히 우정 때문에 찾아온 것이었다. 오랜만에 만났지만 특별한 얘기라곤 없었다. 하지만 그는 이후에도 자주 나를 방문하면서 건강해 보여 기쁘다고 했고, 이제 아예 정착한 것인지를 물었다. 그러다 두 달 후쯤 마침내 동인도로 가는 항해를 계획하고 있다면서 약간의 변명과 함께 그 배의 선상의가 되어 달라고 솔직히 부탁해 왔다. 두 명의 항해사 외에도 내 밑에 또 다른 선상의를 둘 것이며 봉급은 기존의 두 배로 주겠다고 하면서 말이다. 또 항해에 대한 내 지식이 적어도 그의 지식에 비견할 만한 것임을 경험적으로 알고 있기에 내가 배의 지휘권을 공유하는 것과 다름없도록 내 조언을 따르겠다는 걸 약속하겠다고 했다.

그가 다른 많은 호의적인 제안을 한 데다 매우 정직한 사람임을 알고 있었기에 그의 제안을 거절할 수가 없었다. 또 항해를 하면서 겪었던 과거의 불운에도 불구하고 세계를 둘러보고 싶다는 내 갈증은 여전히 맹렬했다. 유일하게 남은 어려움은 아내를 설득하는 것이었는데, 결국 자식들에게 돌아올 미래의 이익을 예측한 후 아내의 동의를 얻어 냈다.

우리는 1706년 8월 5일 항해를 시작해 1707년 4월 11일에 성조지 요새*에 도착했다. 그곳에서 3주를 머물렀는데, 아픈 선원들이 많아 재충전을 하기 위해서였다. 이후 통킹으로 갔으며, 선장은 얼마 동안 그곳에 머물기로 결정했다. 그가 구입하려고 했던 물건들이 아직 준비되지 않았기 때문이다. 게다가 몇 달 안에 해결될 거라고 기대할 수도 없는 상황이었다. 따라서 부담해야 하는 비용을 조금이라도 충당하기 위해, 그는 통킹 사람들이 인근 섬들과 교역할 때 쓰는 외돛대 범선을 구입한 후 여기에 여러 종류의 물건들을 실었다. 그리고 그 지역 사람 세 명을 포함해 모두 열네 명을 배에 태운 채, 나를 그 배의 선장으로 임명하면서 교역의 전권을 위임했다. 자신이 통킹에 남아 일처리를 하는 동안 말이다.

그렇게 항해를 시작한 지 사흘도 되지 않아 커다란 폭풍을 만났다. 우리는 닷새 동안 북북동쪽으로 쓸렸다가 다시 동쪽으로 밀려갔다. 이후로는 날씨가 좋았지만 여전히 서쪽에서부터 꽤 강한 돌풍이 불고 있었다. 항해 열흘째 되던 날 우리는 해적선 두 척에게 쫓겼는데, 결국 따라잡히고 말았다. 우리 배는 물건이 너무 많아 매우 느렸던 데다 방어할 수 있는 상황도 아니었기 때문이다.

두 해적선이 배의 앞머리를 맹렬히 들이밀고 쳐들어 왔고, 해적들은 순식간에 우리 배에 난입했다. 하지만 그들은 우리가 모두 얼굴을 바닥에 댄 채 납작 엎드려 있는 것을 보고(내가 그렇게 하라고 지시했다) 우리를 튼튼한 밧줄로 묶은 후, 감시하는 보초를 한 명 세우고 배를 수색했다.

나는 그들 중 네덜란드인이 한 명 있는 것을 보았으며, 그는 해적선 선장은 아니었지만 상당히 권위 있어 보였다. 그는 생김새로 우리가 영국인이라는 것을 알아보고, 자기 나라 말로 우리에게 뭐라고 지껄이면서 우리 모두를 한데 묶어 바다로 던져 버리겠다고 선언했다. 네덜란드어를 꽤 할 줄 알았던 나는 그에게 우리 모두 기독교인이고 신교도이며 굳건한 동맹관계에 있는 이웃 나라임을 고려해 부디 선장께서 우리를 선처해 주시길 사정했다. 그러자 그는 불같이 화를 냈고 계속 협박했으며, 그의 동료들에게 일본어 비슷한 언어로 가끔 기독교인라는 단어를 쓰면서 격렬하게 말했다.

두 척의 해적선 중 큰 배는 짧은 네덜란드어를 매우 서툴게 구사하는 일본인 선장이 지휘했다. 그는 내게 다가와 몇 가지를 물었고, 내가 매우 겸손하게 대답하자 우리가 죽지 않을 것이라고 말했다. 나는 선장에게 깊이 머리 숙여 인사한 후, 조금 전 네덜란드인을 향해 형제 기독교인보다 이교도에게서 더 큰 자비를 보게 돼 유감이라고 말했다. 하지만 나는 곧 이런 바보 같은 말을 한 것을 후회했다. 비록 그 사악한 악당이 아무리 애를 써도 두 선장에게 나를 바다에 던지도록 유도할 수는 없었지만 (그들은 나를 죽이지 않겠다고 약속했기에 이러한 설득에 넘어갈 수 없었다), 모든 인간적인 측면에서 죽음보다 더한 처벌을 내게 내리게 하는 데까지는 성공했기 때문이다.

내 부하들은 정확히 둘로 나뉘어져 각각의 해적선에 보내졌고, 내 배에는 새로운 사람들이 배치됐다. 나로 말하자면 나흘치의 식량과 함께 노와 돛이 있는 작은 카누에 태워 바다에 내보내는 걸로 결정됐다. 아까 말했던 일본 선장은 친절하게도 자신의 몫을 떼어 내 식량을 두 배로 만들어 주었으며, 아무도 나를 수색하지 못하게 했다. 나는 카누에 올랐고, 그사이 그 네덜란드인은 갑판에 서서 자기 나라 말로 할 수 있는 모든 욕과 무례한 언사로 나를 뒤덮었다.

해적과 맞닥뜨리기 한 시간 전에 관측을 통해 우리가 위도 46도, 경도 183도의 위치에 있다는 걸 확인했었다. 해적들에게서 어느 정도 멀어졌을 때, 나는 휴대용 망원경으로 남동쪽으로 나 있는 몇 개의 섬을 발견했다. 돛을 올렸고 순풍이었으며 가장 가까운 섬에 가려는 내 의도는 약 세 시간 이후 어찌어찌 달성되었다.

섬은 온통 바위투성이였으나 새알이 많았다. 배를 채우기 위해 부싯돌로 불을 일으켜 잡풀과 마른 해초에 불을 붙인 후 새알들을 구워 먹었다. 가져온 식량을 아끼기 위해 저녁은 따로 먹지 않았다. 밤이 되었고 은신처 같은 바위 밑에 잡초를 깔고 곤히 잠들었다.

다음날은 다른 섬으로, 거기에서 또 세 번째 섬으로, 네 번째 섬으로, 때로는 돛을 달고 때로는 노를 저어 갔다. 하지만 내가 겪은 고통에 대한 자세한 이야기로 독자들을 지루하게 하고 싶지는 않다. 닷새째 되던 날, 이전 섬들의 남남동쪽에 놓여 있으며 시야에서 맨 끝에 보이는 섬에 도착했다고 말하는 것으로 족할 것이다.

이 섬은 생각했던 것보다 훨씬 멀리 떨어져 있어서 도착하는데 다섯 시간이나 걸렸다. 섬을 거의 한 바퀴 돈 후에야 정박하기 편한 곳을 찾았는데, 내 카누 넓이의 세 배 정도 되는 크기의 작은 강어귀였다. 섬은 온통 바위로 둘러싸여 있었으며 단지 잔디 덩어리와 향기로운 풀이 조금 섞여 있었다. 나는 얼마 남지 않은 식량을 꺼내 요기한 후 그곳에 있는 많은 동굴 중 하나에 나머지 식량을 보관했다. 또 바위 위에서 많은 알을 모았고, 다음 날 불을 붙여 알을 잘 굽기 위해 마른 해초와 마른 풀도 많이 모았다(나는 부싯돌, 철, 성냥 그리고 돋보기를 수중에 지니고 있었다). 밤에는 식량을 보관한 동굴에 내내 머물렀다. 연료로 쓰려고 했던 마른 풀과 해초가 침대가 되어 주었다.

나는 거의 잠을 자지 못했다. 마음의 불안이 피곤함보다 컸기 때문이다. 이렇게 외딴 곳에서 생명을 부지하는 게 얼마나 불가능한 일인지 또 내 최후가 얼마나 비참할 수밖에 없는지 생각했다. 낙담한 나머지 완전히 녹초가 되어 일어날 기운도 없었지만, 겨우 기운을 내 동굴 밖으로 나왔더니 이미 날이 샌 후였다. 바위 사이를 걷는 동안 하늘은 티 없이 맑고 태양은 너무 뜨거워 고개를 돌려야만 했다.

그때 갑자기 사방이 어두컴컴해졌다. 이는 구름이 몰려와 어두워지는 것과는 다른 느낌이었다. 뒤돌아보니 나와 해 사이에 거대하고 불투명한 물체가 앞으로 움직이면서 섬을 향해 다가오는 것이 보였다. 그것은 약 3킬로미터 정도 높이로 공중에 떠 있었고, 6~7분간 해를 가렸다. 하지만 내가 느끼기에 산그늘 아래에 서 있을 때보다 더 공기가 차가워지거나 하늘이 어두워지는 것 같지는 않았다.

그것은 내가 있는 쪽으로 점점 더 다가왔고, 바닥이 평평하고 매끈하며 바다에서 반사된 빛으로 매우 밝게 빛나는 단단한 물체처럼 보였다. 나는 해안으로부터 180미터 정도 떨어진 언덕에 서서 이 거대한 물체가 천6백 미터도 채 안 되는 거리에서 나와 거의 평행한 상태를 이룰 때까지 내려오는 걸 보았다. 휴대용 망원경으로 보았더니 많은 사람이 경사져 보이는 그 물체의 옆면을 오르내리는 게 선명히 보였다. 하지만 이 사람들이 무얼 하고 있는지는 알 수 없었다.

이를 보자 생명에 대한 자연스러운 애착 때문인지 어떤 기쁨의 내면적 동요가 일어났다. 이 이상한 일이 어떤 식으로든 내가 처한 이 황량한 장소와 상황으로부터 나를 구원해 줄 수 있겠다는 희망을 품기 시작한 것이었다. 하지만 이와 동시에 하늘에 떠 있는 섬을 보고, 또 그 안에 사는 사람들이 그 섬을 원하는 대로 올리거나 내리거나 혹은 앞으로 나아가게 할 수 있는(혹은 그렇게 보이는) 것을 보고 내가 얼마나 놀랐는지 독자들은 거의 상상할 수 없을 거다.

하지만 당시에는 이러한 현상에 대해 철학적으로 생각할 만한 상태가 아니었으므로 나는 차라리 이 섬이 어떤 방향으로 움직일지를 관찰하기로 했다. 섬이 한동안 움직이지 않는 것처럼 보였기 때문이다. 하지만 얼마 지나지 않아 그것은 점점 더 가까이 다가왔고 덕분에 섬의 측면을 볼 수 있었다.

섬의 측면은 일정한 간격을 둔 여러 층의 회랑과 계단으로 둘러싸여 있었고 위아래로 오르내릴 수 있게 되어 있었다. 가장 아래 회랑에서 어떤 사람들은 긴 낚싯대로 물고기를 잡고 있었고 다른 사람들은 이를 구경하고 있었다. 나는 섬을 향해 모자(내 중절모는 이미 낡았으므로)와 손수건을 흔들었다. 그리고 그 물체가 점점 가까이 오자 있는 힘을 다해 죽어라고 소리쳤다. 그러고는 자세히 보니 나를 볼 수 있는 위치에 사람들이 많이 모여들고 있는 게 보였다. 비록 그들은 어떤 대답도 하지 않았지만, 그들이 나를 가리키거나 서로를 가리키는 모습을 통해 나를 발견했다는 사실을 확실히 알 수 있었다. 하지만 네다섯 명이 급하게 계단을 뛰어올라 가 섬의 꼭대기에 이르더니 사라져 버렸다. 나는 그 이유를 우연히 그러나 정확히 추측했는데, 이들은 윗사람의 지시를 받기 위해 위로 올라간 것이었다.

사람들 수가 불어났다. 삼십 분도 되지 않아 섬은 위아래로 움직이면서 가장 낮은 층이 내가 서 있는 언덕에서 백 미터도 안 되는 곳에 평행 상태로 놓였다. 이때 나는 그들을 향해 애타게 간구하는 태도를 취하면서 또 가장 겸손한 어조로 말을 건넸으나 대답은 돌아오지 않았다. 입은 옷으로 미루어 보건대, 내 맞은편 위쪽의 가장자리 가까이 서 있는 사람들은 지위가 높은 이들 같았다. 그들은 자주 나를 쳐다보면서 서로 진지하게 토론했다. 마침내 그중 한 명이 분명하고 공손하며 부드러운 말씨로 나를 불렀고, 그 소리는 이태리어와 비슷했다. 여기에 나도 이태리어로 대답하며 적어도 억양에서라도 그의 귀에 좋게 들리리라는 희망을 가졌다. 비록 우리는 서로를 이해하지 못했지만 내가 말하고자 하는 바는 쉽게 전달되었다. 그들도 내가 처한 고통을 보았기 때문이다.

그들은 나에게 바위에서 내려와 해안 쪽으로 가라는 신호를 보냈고 나는 그 말에 따랐다. 날아다니는 섬은 그 가장자리가 바로 내 머리 위에 올 정도의 적당한 높이에서 멈추었다. 가장 낮은 층으로부터 끝에 의자가 부착되어 있는 쇠사슬이 내려왔고 내가 거기에 앉자 도르래 장치로 들어 올려졌다.

2장

라퓨타인들의 기질과 성향이 묘사된다. 그들의 학문에 대한 설명. 왕과 왕궁에 대한 설명. 지은이가 그곳에서 받은 대접. 공포와 불안에 떠는 그곳 주민들. 그곳 여성에 대한 설명.

내가 내리자 많은 사람이 나를 둘러쌌다. 그들 중 나와 가장 가까운 곳에 서 있는 사람들이 신분이 좀 더 높은 사람들처럼 보였다. 그들 모두 놀랍다는 온갖 표현으로 요란을 떨었고, 나 역시 그들 못지않게 놀랐다. 몸의 형태나 옷 그리고 얼굴 생김새에서 그토록 괴상한 종족은 그때까지 본 적이 없었기 때문이다. 그들의 머리는 모두 오른쪽이나 왼쪽으로 기울어져 있고, 한쪽 눈은 안쪽으로 다른 쪽 눈은 하늘을 향해 있었다. 겉옷은 태양, 달, 별의 문양과 바이올린, 플룻, 하프, 트럼펫, 기타, 하프시코드 그리고 우리 유럽인에게는 알려지지 않은 다른 많은 악기로 뒤섞인 채 장식되어 있었다.

나는 여기저기서 하인 복장을 한 많은 사람이 짧은 막대기 끝에 팽팽한 바람주머니를 도리깨처럼 매고는 이를 손에 들고 다니는 것을 보았다. 각각의 주머니에는 (나중에 알게 된 일이지만) 말린 콩이나 작은 조약돌이 소량 들어 있었다. 그들은 이 바람주머니로 가끔씩 옆에 서 있는 사람들의 입과 귀를 쳤는데, 당시에는 이런 행동이 무슨 의미였는지 잘 몰랐다. 이들의 마음은 심각한 사색에 사로잡혀 있어서 말하고 듣는 감각기관이 어떤 외부적인 자극을 받아 깨어나지 않으면 말을 할 수도, 다른 사람의 말에 주의를 기울일 수도 없는 것처럼 보였다.

이런 이유로 경제적 능력이 되는 사람들은 하인들 중에서 '치기꾼'(원어로는 '클리메놀')을 늘 두고, 치기꾼 없이는 결코 밖에 나가거나 누군가를 방문하지 않는다. 치기꾼들이 하는 일은 두세 명이 모여 있을 때 말하려는 사람의 입과 그가 말을 건네는 사람 혹은 사람들의 귀를 바람주머니로 가볍게 때리는 것이다. 마찬가지로 치기꾼은 주인이 길을 걸을 때도 부지런히 따라다니면서 필요할 때마다 그의 두 눈을 부드럽게 치는 일을 한다. 왜냐면 주인은 항상 생각에 잠겨 있기에 절벽에서 떨어지거나, 기둥에 머리를 부딪치거나, 혹은 거리에서 다른 사람들과 맞부딪치거나, 하수구에 빠질 위험이 매우 크기 때문이다.

독자들에게 이러한 정보를 알려 줄 필요가 반드시 있다. 이러한 사전 정보가 없다면 독자 역시 그들이 나를 계단에서 섬의 꼭대기로 데려가 다시 왕궁으로 이끄는 동안, 그들의 행동을 이해하지 못해 당황했던 나와 비슷한 처지가 될 것이기 때문이다. 그들은 올라가는 동안에도 여러 번 자신들이 뭘 하고 있는지를 잊어버렸고, 치기꾼에 의해 기억이 돌아오기 전까지 나를 혼자 남겨두었다. 그들은 내 이국적인 옷과 생김새를 보고도 전혀 관심이 없어 보였고 평민들이 외치는 소리에도 아무런 관심을 두지 않았다. 평민들은 생각과 마음에서 이들보다는 좀 더 자유로웠다.

우리는 마침내 왕궁에 들어가 대전으로 나아갔고, 나는 옥좌에 앉은 왕이 최고 지위의 대신들에게 둘러싸여 있는 것을 보았다. 옥좌 앞에는 지구본과 천체본 그리고 온갖 종류의 수학 도구로 가득한 커다란 탁자가 있었다. 왕은 우리가 궁전의 모든 사람이 모여 있는 장소의 한가운데를 지나가며 크게 시끄러운 소리를 냈음에도 우리가 온 것을 전혀 알아보지 못했다. 당시 왕은 어떤 문제에 깊이 골몰해 있었고, 우리는 그가 그 문제를 풀 때까지 적어도 한 시간은 기다렸다. 왕의 양옆에는 어린 시동들이 손에 바람주머니를 들고 서 있었다. 왕이 좀 여유가 있다고 생각되면 한 명은 그의 입을, 다른 한 명은 그의 오른쪽 귀를 부드럽게 쳤다. 그러자 그는 갑자기 깨어난 사람처럼 놀랐고, 나와 내 일행을 바라보면서 우리의 방문에 대해 들었던 것을 기억해 냈다. 그가 몇 마디 하자 바람주머니를 든 젊은이가 즉시 내 옆으로 와서 내 오른쪽 귀를 가볍게 쳤다. 하지만 나는 그런 도구가 필요 없다는 신호를 최선을 다해 나타냈다. 나중에 안 일이지만, 이로 인해 왕과 궁정의 모든 사람들은 내 지적 능력에 대해 매우 안 좋은 인상을 가지게 되었다.

내 짐작으로 왕은 내게 몇 가지 질문을 했고 나는 내가 아는 모든 언어로 그에게 대답했다. 서로의 말을 이해하지 못한다는 것이 확인되자, 나는 왕의 명령에 의해 궁전 안의 어떤 처소로 안내되었고(이 왕은 이전의 어떤 왕보다도 이방인에 대한 환대에 뛰어났다), 그곳에서 두 명의 하인이 내 시중을 들었다. 나는 왕과 매우 가까이 있던 걸로 기억하는 고위 대신 네 명과 함께 저녁 식사를 하는 영광을 누렸다. 우리는 세 가지 음식으로 이루어진 코스 요리를 두 차례 먹었다. 첫 번째 코스는 이등변 삼각형 모양으로 자른 양 어깨 고기, 마름모꼴의 소고기, 그리고 원형 모양의 푸딩으로 이루어졌다. 두 번째 코스는 바이올린 모양으로 묶인 오리 고기, 플룻과 오보에를 닮은 소시지와 푸딩 그리고 하프 모양의 송아지 가슴살이었다. 하인들은 빵을 원추형, 원통형, 평행사변형 그리고 몇몇 다른 수학적 도형 모양으로 잘랐다.

저녁을 먹는 동안 용기를 내어 몇몇 물건의 이름이 그들 말로 무엇인지를 물어보았다. 치기꾼의 도움으로 내 말을 알아들은 귀족들은 내가 그들과 대화할 수 있게 되면 그들의 놀라운 능력에 내가 더욱 감탄하리라 기대하면서 기꺼이 내 질문에 대답해 주었다. 나는 곧 빵이나 마실 것 혹은 내가 원하는 다른 것들을 요구할 수 있게 됐다.

저녁 식사 후 일행이 물러나자 어떤 사람이 왕의 명령으로 치기꾼을 대동하고 나를 찾아왔다. 그는 펜과 잉크, 종이 그리고 서너 권의 책을 가져왔으며, 여러 동작을 통해 자신이 그 나라의 언어를 가르치기 위해 내게 왔음을 표현했다. 우리는 네 시간씩 함께 공부했다. 그동안 나는 많은 단어를 세로줄로 써 내려갔고 그 옆에는 그 뜻을 썼다. 마찬가지로 몇 개의 간단한 문장을 배우기 위한 수단을 강구했다. 선생님이 하인 한 명에게 뭔가를 가져와라, 돌아서라, 고개 숙여 인사해라, 앉아라, 서라, 걸어라 등을 명령하면, 나는 그 문장을 받아썼다. 그는 책에서 해, 달, 별, 황도, 열대 지방, 북극 지방의 그림을 보여 줬고, 다양한 평면도형 및 입체도형의 명칭을 가르쳐 주었다. 그는 모든 악기의 이름을 알려 주고 설명했으며 각각의 악기를 연주할 때 쓰이는 일반적인 기술 용어들도 알려 주었다. 그가 돌아간 후 나는 모든 단어와 뜻을 알파벳 순서로 정렬했다. 그렇게 며칠이 지나자 나는 꽤 좋은 기억력 덕분에 그들 언어에 대한 어떤 통찰력을 지니게 되었다.

내가 날아다니는 섬 혹은 떠다니는 섬으로 번역하는 단어의 원래 명칭은 '라퓨타'로, 나로서는 아무리 해도 그 말의 진정한 기원을 알 수 없었다. '랍'은 폐기된 옛날 단어로 '높음'을, '운터'는 통치자를 의미하는데, 사람들 말로는 말의 타락에 의해 이 단어들의 합성어인 '라푼터'로부터 '라퓨타'가 파생되었다는 것이다. 하지만 내 생각에 이러한 파생 과정은 다소 억지스러워 인정하기 어렵다. 나는 그곳 지식인들에게 나의 추측을 과감히 제시한 적이 있었다. '라퓨타'는 말하자면 '랍 아우티드'인데, '랍'은 정확히 바다 위에서 춤추는 태양빛을, '아우티드'는 측면을 의미한다는 것이다. 그렇지만 이 문제에 대해서는 내 생각을 주장하기보다 현명한 독자들의 생각에 맡기려고 한다.

나를 보살피라는 명령을 왕에게 받은 이들은 내 옷차림새가 형편없는 걸 보고 다음 날 아침 재단사에게 내 치수를 잰 뒤 양복 한 벌을 만들라고 지시했다. 이 재단사는 유럽의 재단사와 다른 방식으로 일했다. 먼저 그는 사분원으로 내 키를 쟀고, 다음에 자와 컴퍼스로 내 몸의 치수를 재고 윤곽을 포착했다. 그는 이 모든 걸 종이에 적었다. 엿새 후에 내 옷이 왔는데, 계산상의 착오로 모양이 비뚤어지면서 아주 못쓰게 된 상태였다. 그나마 위로가 되는 것은 그동안 그런 일을 자주 봐 왔기에 별로 신경 쓰이지 않았다는 거였다.

제대로 된 옷도 없고 몸이 좋지 않아 집에 들어앉아 있었던 덕분에 나는 많은 단어를 익힐 수 있었다. 그래서 나중에 왕궁에 갔을 때는 왕이 하는 말을 꽤 이해할 수 있었고, 그에게 어느 정도 대답을 하기도 했다. 폐하는 섬을 북동쪽으로 그리고 다시 동쪽으로 움직여서 육지 위에 있는 왕국의 수도 '라가도' 위에 수직으로 위치하도록 지시했다. 이는 약 430킬로미터 거리였고, 우리의 여행은 나흘 반 동안 지속됐다. 나는 섬이 공중에서 움직이면서 앞으로 나아가고 있다는 것을 전혀 느끼지 못했다.

이튿날 아침 11시쯤, 왕은 귀족과 궁정인 그리고 관리들과 함께 친히 모든 악기를 준비한 후 쉬지 않고 세 시간 동안 연주했다. 나는 그 소리가 너무 시끄러워 몹시 당황했고, 선생이 알려 주기 전까지는 그 의미도 도저히 알 수 없었다. 그가 말하길 이곳 섬사람들은 때가 되면 늘 연주되는 천체의 음악*을 들을 수 있도록 귀를 적응시켜 왔으며, 따라서 궁정 사람들은 자신이 가장 잘 연주하는 악기를 연주하면서 자신의 역할을 할 준비를 한다고 말했다.

수도인 라가도로 향하는 길에 폐하는 백성들의 청원을 듣기 위해 어떤 도시와 마을 위에 섬을 멈추라고 지시했다. 청원서를 받기 위해 섬 아래쪽에서 작은 추를 매단 몇 개의 밧줄을 내렸다. 이 밧줄에 백성들이 마치 연에 달린 실 끝에 학생들이 붙인 종잇조각처럼 청원서를 매달면 곧장 위로 올렸다. 우리는 가끔 아래에서 도르래로 끌어올린 술과 음식을 받기도 했다.

나의 수학 지식은 수학과 음악에 크게 의존하는 그들의 표현을 익히는 데 많은 도움이 되었다. 나는 음악에도 문외한은 아니었다. 그들의 사고는 늘 선과 도형에 관련되어 있었다. 예를 들어 그들이 한 여성이나 다른 어떤 동물의 아름다움을 찬미하고 싶다면 그들은 이를 마름모, 원, 평행사변형, 타원 그리고 다른 기하학적 용어들로 묘사한다. 혹은 음악에서 파생된 예술 용어로 묘사한다. 이에 대해서는 반복해서 말하지 않겠다. 나는 왕실의 부엌에서 온갖 종류의 수학적 도구와 음악적 도구를 목격했는데, 이들의 모양을 본떠 왕의 식탁에 올릴 고기 덩어리들을 잘랐다.

그들의 집은 매우 형편없이 지어져 있었다. 어떤 집의 벽도 제대로 된 각 하나 없이 사선으로 이루어져 있다. 이러한 결함은 그들이 실용적 기하학을 경멸하는 것에서 비롯되었다. 그들은 실용적 기하학을 천박하고 기계적인 것이라고 무시하며, 그들이 내리는 지시는 인부들의 지적 수준에 비해 너무 세련된 것이기에 실수가 끊임없이 발생할 수밖에 없다. 또 그들은 자나 연필, 디바이더 등을 이용한 종이 위에서 하는 작업에는 꽤 능숙하지만, 일상생활의 평범한 행동이나 행위는 미숙하고 서투르며 어색했다. 수학과 음악을 제외한 모든 다른 주제에서 그토록 느리고 당황스러운 개념을 지닌 사람들을 나는 이제껏 본 적이 없다. 그들은 매우 서툰 추론가이며, 어쩌다 올바른 의견을 지닐 때 말고는—이는 매우 드문 일이다—늘 반대에 열중한다. 그들은 상상, 공상, 발명을 전혀 알지 못하며 이러한 개념이 표현될 수 있는 어떤 용어도 그들의 언어에는 없다. 그들의 모든 사고와 정신의 범위가 앞서 언급한 두 과학에만 제한되어 있기 때문이다.

특히 천문학을 다루는 이들은 비록 부끄러운 마음에 공개적으로 인정하지는 못하지만 천벌과 관련한 점성학을 크게 신뢰한다. 하지만 내가 정말 놀랐고 또 이해할 수 없다고 생각했던 것은 뉴스와 정치에 대한 그들의 지나친 관심이었다. 내가 목격한 바로 그들은 늘 공적인 일에 대해 물었고, 국가적 사안을 논했으며, 사소한 당파적 견해 차이를 열정적으로 논쟁했다.

사실 나는 이 같은 성향을 유럽의 많은 수학자들에게서 보아왔다. 이 두 학문 사이에 어떤 유사점이 있는지는 모르겠지만 말이다. 하지만 그들은 가장 작은 원이 가장 큰 원과 똑같은 각도를 가지고 있기에, 세계를 규제하고 관리하는 것이 지구본을 다루고 돌리는 것보다 더 많은 능력을 필요로 하는 것은 아니라고 생각한다. 나는 그들의 이러한 특징이 흔히 볼 수 있는 인간의 취약한 본성에서 비롯된다고 생각한다. 가장 관심 없고, 공부로든 본성으로든 가장 맞지 않는 문제에 대해 더욱 궁금해 하고 강력한 의견을 갖는 본성 말이다.

이 사람들은 늘 불안해하면서 단 일 분도 마음의 평화를 즐기지 못한다. 이들이 지니는 마음의 동요는 다른 사람들에게라면 거의 영향을 미치지 못하는 원인에서 비롯된다. 그들의 걱정은 천체에서 발견되는, 그들이 두려워하는 몇 가지 변화들로부터 생겨난다. 예를 들어 보자. 지속적으로 태양이 접근해 온다면 지구는 흡수되거나 삼켜질 것이다. 또 태양의 표면이 점점 그 자체의 폭발물로 덮여 결국 세상에 빛을 보낼 수 없을 것이다. 지난번에 지구가 혜성의 꼬리와 부딪치는 걸 겨우 피했는데 그렇지 않았더라면 지구는 틀림없이 재로 변했을 것이다. 그들의 계산으로는 31년 후에 올 다음 번 혜성이 우리를 멸망시킬 텐데, 왜냐면 만일 혜성이 근일점*에서 태양에 어느 정도 접근하면 (그들의 계산으로는 충분히 그럴 가능성이 있다) 뜨겁고 붉게 달아오른 쇠보다 만 배는 더 강한 열을 지니게 돼 태양으로부터 떨어진 채 22만 킬로미터 정도를 불타는 꼬리처럼 움직일 것이기 때문이다. 만일 지구가 혜성의 주된 부분인 핵으로부터 16만 킬로미터가량 떨어진 채 지나간다 해도, 그 과정에서 반드시 불이 붙어 재로 변해 버릴 것이다. 태양은 어떤 영양분도 공급받지 않고 매일 빛을 보내기에 결국 완전히 고갈되고 파괴될 것이며, 이는 지구와 태양의 빛을 받는 모든 행성의 파괴를 수반할 것이다, 등등.

이런 비슷한 긴박한 위험에 대한 걱정으로 늘 긴장 상태인 그들은 침대에 누워 조용히 잘 수 없으며 어떤 일상적인 즐거움이나 삶의 재미를 누리지 못한다. 아는 사람을 아침에 만났을 때 그들이 처음 하는 질문은 태양의 건강에 관한 것이다. 태양이 지고 뜨는 것을 어떻게 보았는지 혹은 다가오는 혜성과의 충돌을 막을 수 있는 어떤 희망이 있는지 대화를 나눈다. 그들이 이러한 대화에 빠지기 쉬운 것은 소년들이 무시무시한 귀신이나 도깨

비 이야기를 들으면서 즐거워할 때 보이는 그런 기질 때문이다. 눈을 반짝이며 들어 놓고는 무서워서 잠자리에 들지도 못하는 귀신 얘기 말이다.

한편 이 섬의 여자들은 활기로 가득 차 있으며, 남편을 무시하고 이방인을 엄청나게 좋아한다. 이방인들의 대다수는 아래 대륙 사람들로 도시 문제나 사업 문제 혹은 개인적인 일로 라퓨타 궁전으로 올라오는 이들이다. 이들은 라퓨타인보다 지적 능력이 부족하기 때문에 상당히 무시당한다. 라퓨타의 귀부인들은 이들 중에서 애인을 고른다. 당황스러운 것은 그들이 너무 편하고 안전하게 이 일을 한다는 것이다. 왜냐면 남편들은 늘 사색에만 몰두해 있기에 그들에게 종이와 필기구를 주고 곁에 치기꾼을 두지 않는다면, 그의 아내과 애인은 그의 코앞에서도 진한 애정 행각을 할 수 있다.

아내와 딸들은 라퓨타 섬에 갇혀 있는 것을 몹시 불만스럽게 생각한다. 내 생각에 이 섬은 극히 풍요롭고 호화스럽게 생활할 뿐 아니라 원하는 것은 뭐든 다 할 수 있는, 세상에서 가장 달콤한 곳인데도 말이다. 그들은 세상을 보고 싶어 하고 대도시가 제공하는 즐거움을 누리고 싶어 한다. 하지만 이는 왕이 주는 특별 허가증 없이는 불가능한데, 이 허가증을 얻는 것은 쉽지 않다. 고위 대신들이 여러 번의 경험을 통해 아래로 내려갔던 아내를 돌아오도록 설득하는 것이 얼마나 힘든지를 깨달았기 때문이다.

거기에 있을 때 이런 얘기를 들은 적이 있다. 총리대신과 결혼해 아이를 여럿 둔 어떤 훌륭한 귀부인이 있었다. 그녀의 남편은 왕국에서 가장 부자이고 매우 멋진 용모를 지녔으며 아내를 끔찍하게 사랑하고 섬에서 가장 좋은 집에 살았다. 어느 날 그녀는 건강을 핑계로 라가도에 내려가더니 몇 달 후 자취를 감춰 버렸고, 이에 왕은 영장을 발부해 그녀를 찾아오라고 사람을 보냈다. 여자는 허름한 식당에서 누더기를 걸친 채로 발견되었다. 그녀는 자신을 매일 때리는 늙고 몸이 불구인 마부를 먹여 살리기 위해 자신의 옷을 저당 잡힌 상태였으며, 돌아가지 않으려 했다. 하지만 결국 그 마부로부터 억지로 끌어내려졌다. 라퓨타로 돌아온 후 비록 남편이 그녀를 나무라지 않고 매우 다정하게 맞이했지만, 다시 꾀를 내어 패물을 몽땅 싸들고 이전의 애인에게로 몰래 도망쳤으며, 이후 아무런 소식도 들을 수 없었다.

독자들은 이 이야기를 먼 나라 이야기가 아니라 유럽 혹은 영국의 이야기로 여길지도 모르겠다. 하지만 독자들이 염두에 둬야 할 것은 여인네의 변덕이라는 것은 한 장소나 나라에 국한된 것이 아니며, 우리가 흔히 상상할 수 있는 것보다 훨씬 더 획일적이라는 것이다.

한 달 정도 지나자 나는 그들의 말을 꽤 능숙하게 구사했다. 왕을 알현할 수 있는 영광이 주어졌을 때 그의 질문에 거의 다 대답할 수 있을 정도였다. 폐하는 내가 머물렀던 나라들의 법, 정부, 역사, 종교, 혹은 관습에 대해 어떠한 호기심도 보이지 않은 채 수학에 관련된 것들로 그의 질문을 한정했다. 또 나의 대답에 대해서는 양쪽 치기꾼에 의해 종종 일깨워졌음에도 주로 경멸과 무관심으로 받아들였다.

3장

근대 철학과 천문학에 의해 해결된 어떤 현상. 천문학에서 큰 발전을 이룬 라퓨타인들. 왕이 반란을 진압하는 방식.

나는 왕에게 섬의 진기한 것들을 볼 수 있도록 허락해 달라고 했고, 그는 기꺼이 허락해 주면서 내 개인교사가 동행할 것을 지시했다. 나는 기술이건 아니면 자연이건 어떤 원리로 섬이 이런 저런 방향으로 움직이는지 가장 알고 싶었다. 이제부터 이에 대한 철학적 설명을 독자에게 하려 한다.

날아다니는 섬 혹은 떠다니는 섬은 완벽한 원형으로, 지름은 약 7킬로미터 정도이며 면적은 40제곱킬로미터 정도 된다. 두께는 270미터이다. 아래에서 올려다보는 사람들에게 보이는 섬의 바닥 혹은 아래쪽 표면은 약 180미터의 두께로 솟아 있는 하나의 평평하고 고른 금강석 판이다. 그 위로 여러 가지 광물이 순서대로 놓여 있으며, 이 모든 것 위에 3~4미터 깊이의 비옥한 흙

이 덮여 있다. 가장자리로부터 중앙에 이르는 위쪽 표면의 경사 덕분에 섬에 내리는 모든 비와 이슬은 자연스럽게 흘러내리면서 작은 시내를 이뤄 가운데로 흐른다. 이 물은 네 개의 커다란 저수지에 모이며, 각각의 저수지는 둘레가 8백 미터 정도이고 중앙으로부터 180미터 떨어져 있다. 저수지 물은 오후 내내 햇빛을 받아 지속적으로 증발하면서 물이 넘쳐흐르는 것을 효과적으로 막는다. 게다가 섬을 구름과 수증기의 영역 위로 올리는 것은 왕의 권한이기에 그가 원한다면 언제든지 이슬과 비가 떨어지는 것을 막을 수 있다. 그곳 과학자들이 한 목소리로 말하기를 가장 높은 구름도 3천2백 미터 높이 이상으로 상승할 수 없으며 적어도 이 나라에서 그랬던 적은 없었다고 알려져 있다.

섬의 한가운데에는 지름이 45미터 정도 되는 틈새가 있는데, 이곳을 통해 천문학자들이 커다란 돔으로 내려가므로 '플랜도나 가놀레' 혹은 천문학자의 동굴이라 불린다. 이 돔은 금강석으로 된 위쪽 표면으로부터 백 미터 아래 위치해 있다. 이 동굴에는 스무 개의 램프가 계속해서 빛나고 있으며, 이 램프 빛이 금강석에 반사되어 모든 곳으로 강한 빛을 비춘다. 이곳에는 매우 다양한 종류의 6분의, 4분의, 망원경, 천체 관측의, 기타 천문 관측 기구들이 구비되어 있다.

하지만 섬의 운명이 달려 있는 가장 흥미로운 것은 엄청나게 큰 천연 자석으로 그 모양은 베틀의 북과 비슷하다. 길이는 6미터이고, 가장 두꺼운 부분의 두께는 적어도 3미터가 넘는다. 이 자석은 그 가운데를 통과하는 매우 강력한 금강석 축으로 지탱

하며, 그 축 한가운데 정확하게 놓여 있기에 아주 약한 힘만 가해도 회전시킬 수 있다. 이것은 또 금강석으로 된 속이 빈 원통에 둘러싸여 있다. 이 원통은 깊이와 두께가 각각 12미터이고 지름이 약 10미터이며, 각각 약 6미터 높이의 여덟 개의 금강석 다리에 의해 수평으로 받쳐져 있다. 원통의 오목한 면의 중심부에는 30센티미터 깊이의 홈이 파여 있으며, 그곳에 자석 축의 양쪽이 놓여 있어 경우에 따라 회전된다.

이 천연 자석은 어떤 힘으로도 그 자리에서 이동시킬 수 없다. 원통과 그 다리들이 섬의 바닥을 이루는 금강석 본체와 한 덩어리로 이어져 있기 때문이다.

이 천연 자석의 힘으로 섬은 올라가거나 내려갈 수 있고, 이곳에서 저곳으로 움직일 수 있다. 왕이 다스리는 영토로 내려가기 위해 자석의 한쪽 끝에는 끌어당기는 힘이, 다른 쪽에는 밀어내는 힘이 부여되어 있다. 끌어당기는 쪽을 땅으로 향하게 해 자석을 똑바로 세우면 섬은 내려가지만, 밀치는 쪽이 아래를 향하면 섬은 곧장 위로 올라간다. 자석의 위치가 비스듬하면 섬도 역시 비스듬하게 움직인다. 이 자석의 힘은 늘 그 방향과 평행하게 작용하기 때문이다.

이러한 사선형 움직임으로 섬은 왕이 다스리는 영토 내의 다양한 지역들로 이동한다. 섬이 나아가는 방식을 설명하기 위해 발니바비 영토를 가로지르는 AB 선이 있다고 해 보자. CD 선은 천연 자석을 대변하는데, D가 밀쳐내는 쪽이고 C가 끌어당기는 쪽이며, 섬은 C 위에 있다. 자석이 CD의 위치에 있고 밀쳐내는

Plate IIII. Part. III.
Page. 39
Laputa
D
F
H
E
G
C
BALNIBARBI
B
Lagado
A
Malonada

쪽이 아래라고 하면, 섬은 D 쪽을 향해 비스듬히 올라갈 것이다. 섬이 D에 도착했을 때, 끌어당기는 쪽이 E를 가리킬 때까지 자석 축을 중심으로 돌리면 섬은 E 쪽으로 비스듬히 향할 것이다. 여기서 다시 밀쳐내는 쪽을 아래로 해서 EF 지점에 설 때까지 자석 축을 중심으로 돌린다면 섬은 F를 향해 사선으로 올라갈 것이며, 거기서 끌어당기는 쪽을 G로 향하게 하면 섬은 G로 갈 것이고, 자석을 돌려 밀치는 쪽을 아래로 향해 직각으로 움직인다면 다시 G에서 H로 나아갈 것이다. 이렇게 경우에 따라 자석의 위치를 시시때때로 바꾸는 것으로 섬은 올라갔다 내려갔다 하면서 비스듬하게 나아간다. 또 상승과 하강을 반복하면서(사선의 각도는 크지 않다) 영토의 한곳으로부터 다른 곳으로 움직이는 것이다.

그런데 꼭 말해 두어야 할 것은 이 섬이 결코 아래에 있는 영토의 범위 밖으로 나아갈 수 없으며, 높이도 6천4백 미터 이상 올라갈 수 없다는 것이다. 이에 대해 (천연 자석에 대한 방대한 체계를 저술했던) 천문학자들은 다음과 같은 이유를 댄다. 자석의 힘은 6천4백 미터 거리를 넘지 못하며, 지구 한가운데 있거나 해안에서 약 28킬로미터 떨어진 바다에서 자석에 작용하는 광물은 지구 전체에 퍼져 있는 것이 아니라 왕이 다스리는 영토의 경계와 함께 끝난다는 것이다. 이렇게 유리한 상황의 이점 덕분에 왕이 자석의 영향권에 놓인 어떤 지역이든 복종토록 하는 것은 수월한 일이었다.

자석이 수평선과 평행이 될 때 섬은 정지한다. 이때 자석의 양

끝은 땅으로부터 똑같은 거리만큼 떨어져 있으며 한쪽 끝은 아래를 향하고 다른 쪽 끝은 위로 밀면서 똑같은 힘이 작용하기에 움직임이 전혀 없어진다.

이 천연 자석은 일군의 천문학자들의 보호 아래 놓여 있으며, 이들은 왕이 지시에 따라 시시때때로 자석의 위치를 바꾼다. 그들은 삶의 대부분을 천체를 관찰하는 데 보내며, 그들 망원경의 성능은 우리의 것보다 훨씬 뛰어나다. 비록 최대로 큰 망원경이 1미터를 넘지 않지만 30미터나 되는 우리의 망원경보다 훨씬 더 크게 확대할 수 있으며 더욱 선명히 별들을 보여 준다.

그렇기 때문에 그들은 유럽의 천문학자들보다 훨씬 더 많은 발견을 할 수 있었다. 그들은 항성 만 개에 대한 목록을 만들었지만 유럽의 가장 긴 항성 목록도 이 수의 3분의 1을 넘지 않는다. 마찬가지로 그들은 화성 주위를 도는 두 개의 소행성 혹은 위성을 발견했다. 그중 안쪽에 있는 위성은 화성의 중심으로부터 정확히 지름의 세 배 떨어져 있으며, 바깥쪽 위성은 다섯 배 떨어져 있다. 전자는 열 시간에 걸쳐 돌고, 후자는 스물한 시간 반 만에 돈다. 따라서 이들 공전 주기의 제곱은 화성 중심으로부터 이들까지 거리의 세제곱에 거의 비례한다. 이는 이들이 다른 천체들에게 영향을 미치는 바로 그 중력 법칙에 의해 지배받는다는 것을 명백히 보여 준다.

그들은 93개의 각기 다른 혜성을 관측했고, 그들의 주기를 매우 정확하게 밝혔다. 만일 이것이 사실이라면 (여기에 대해 그들은 자신 있게 확언한다) 그들의 관측 결과는 공포되어야 할 것이다. 그렇게 된다면 현재로서는 매우 불충분하고 불완전한 혜성에 대한 이론이 천문학의 다른 분야에서처럼 완벽한 수준에 다다를 것이다.

이곳의 왕은 내각이 그의 편에 서기만 한다면 전 우주에서 가장 절대적인 군주가 될 것이다. 하지만 대신들은 아래 대륙에 영지를 가지고 있고, 또 총신 자리를 유지하는 것이 매우 불확실한 일이라 생각하기에 그들의 영토를 노예화하는 것에 결코 동의하지 않았다.

만일 어떤 도시가 반란이나 폭동에 가담하거나 격렬한 당파 싸움에 빠지거나 통상적인 공물 납부를 거부할 경우, 왕에게는 이들을 복종시키는 두 가지 방법이 있다. 첫 번째 방법은 보다 온건한 것으로, 날아다니는 섬을 그 도시나 근처의 땅 위에 빙빙 돌게 하는 것이다. 이로써 왕은 그들로부터 햇빛과 비의 혜택을 빼앗아 결과적으로 주민들에게 기근과 질병을 가할 수 있다. 만일 그 죄가 크다면, 이와 동시에 커다란 돌들을 위에서 던진다. 주민들은 쏟아지는 돌을 피해 지하실이나 동굴로 기어들어 가는 것 외에 할 수 있는 것이 없으며, 그러는 사이 지붕은 부서져 산산조각 나게 된다.

그런데도 그들이 여전히 고집을 부리거나 반란을 일으키려 한다면 왕은 최후의 수단을 쓰게 된다. 그것은 섬을 그들의 머리 위로 곧장 떨어뜨림으로써 집과 사람 모두를 완전히 파괴하는 것이다. 하지만 이는 극단적인 방법으로, 왕이 이러한 방법을 선택하는 일은 여간해서는 없으며 사실 왕도 그러고 싶어 하지 않는다. 또 대신들도 왕에게 이러한 조치를 취할 것을 감히 권하지 못한다. 그럴 경우 아래에 있는 사람들이 그들을 혐오하는 것뿐 아니라 그들의 영지에 큰 손해가 될 것이기 때문이다. 섬은 모두 왕의 영토이다.

하지만 이 나라 왕들이 반드시 필요한 경우가 아니라면 그런 끔찍한 조처들을 줄곧 피해 왔던 데에는 사실 좀 더 중요한 이유가 있다. 만일 파괴하려는 도시에 커다란 바위가 있다거나—이는 대도시에서 일반적으로 볼 수 있는 현상인데, 아마 처음부터 대 파국을 막을 목적으로 그런 장소가 도시로 선택되었던 것 같다—혹은 높은 첨탑이나 돌기둥이 많다면, 갑작스러운 하강은 섬의 바닥이나 아래층 표면을 상하게 할 것이기 때문이다.

앞에서 얘기했던 것처럼 섬의 아래 표면은 180미터 두께의 하나의 금강석 판으로 되어 있다. 하지만 이 같은 경우 지나치게 큰 충격으로 갈라지거나 아래에서 올라오는 불길에 너무 가까이 감으로써 폭발할 수 있다. 마치 우리 굴뚝 내의 쇠와 돌이 자주 깨지듯이 말이다. 국민들은 이러한 것에 대해 잘 알고 있으며, 그들의 자유나 재산과 관련해 얼마만큼 자신들의 주장을 견지할 수 있는지 이해하고 있다.

또한 왕 역시 극도로 분노해 도시를 산산이 부숴 버리기로 굳게 결심했을 때라도, 섬이 매우 조심스럽게 내려가도록 지시한다. 이는 국민에 대한 자비심 때문인 것처럼 포장되지만 사실은 금강석 바닥이 망가질까 두려워서이다. 섬의 바닥이 망가질 경우 천연 자석이 더 이상 섬을 지탱할 수 없으며 섬 전체가 아래로 떨어질 것이라는 게 모든 철학자의 생각이기 때문이다.

[내가 이곳에 도착하기 3년 전쯤, 왕이 자신의 영토를 행차하고 있었을 때 적어도 현재 왕조의 운명이 끝장날 수도 있었던 특별한 사건이 일어났다.* 왕국에서 두 번째로 큰 도시인 린달리노*는 폐하께서 행차 시 가장 먼저 방문하는 곳이었다. 왕이 출발한 지 사흘째 되던 날, 극심한 탄압에 항의하던 주민들은 도시의 문을 닫고 총독을 가둔 후, 믿을 수 없을 만큼 빠른 속도와 엄청난 노동력으로 도시(정확히 정사각형 모양이다)의 네 귀퉁이에 커다란 탑 네 개를 하나씩 세웠다. 탑의 높이는 도시의 중앙에 곧게 서 있는 끝이 뾰족한 튼튼한 바위와 같았다. 그들은 각각 탑의 꼭대기와 바위 위에 천연 자석을 부착했다. 또 혹시 그들의 목적이 실패할 경우를 대비해 엄청난 양의 아주 잘 타는 연료를 준비했다. 만일 천연 자석 계획이 수포로 돌아갈 경우 이 연료로 날아다니는 섬의 금강석 바닥을 폭파시키려 했던 것이다.

여덟 달이 지나서야 왕은 린달리노 시민들이 반란을 일으켰다는 소식을 정확히 알게 되었다. 그러자 그는 섬을 도시 쪽으로 움직이도록 명령했다. 사람들은 한마음으로 단결했고, 식량을 비축해 놓았다. 도시의 한가운데는 커다란 강이 흐르고 있었다. 왕은 며칠 동안 그 위에 떠 있으면서 그들로부터 햇빛과 비를 빼앗았다. 그는 많은 줄을 내려보내라고 지시했지만, 한 사람도 청원서를 올려 보내지 않았으며 대신 매우 대담한 요구들, 즉 그들의 모든 불만 사항들에 대한 근본적 개선, 기소 중지, 총독 직접 선출, 기타 이와 비슷한 대담한 요구들을 했다. 그러자 왕은 섬에 거주하는 모든 주민에게 맨 아래 회랑에서 지상의 도시로 커다란 돌을 던지라고 명령했다. 하지만 시민들은 이러한 처분에 대비해 왔으며, 그들의 몸과 재산을 네 개의 탑과 다른 튼튼한 건물들 그리고 땅 아래 지하로 이동시켜 놨다.

이제 왕은 이 오만방자한 백성들을 없애기로 결심하고 섬을 탑과 바위 꼭대기로부터 40미터 거리에 이르는 곳까지 부드럽게 내려가도록 지시했다. 명령은 곧바로 시행됐다. 하지만 이 작업에 투입된 관리들은 하강 속도가 평소보다 훨씬 빠르다는 걸 발견했다. 또 천연 자석의 방향을 돌려도 섬을 제자리에 멈추게 하는 게 매우 어려우며 섬이 계속해서 밑으로 떨어지려고 한다는 것을 알았다. 그들은 왕에게 이 놀라운 일을 즉시 통보했고, 폐하께 섬을 위로 올려도 좋다는 허락을 해 줄 것을 요청했다. 이에 동의한 왕은 종합대책회의를 열었으며, 천연 자석 담당 관리들은 참석하라는 지시를 받았다. 그들 중 가장 나이 많은 전문가 한 명이 한 가지 실험을 해도 좋다는 허락을 얻어 냈다.

그는 백 미터 길이의 튼튼한 줄을 가져왔다. 그러고는 그들이 느꼈던 도시의 잡아당기는 힘을 벗어난 곳까지 섬이 올라왔을 때, 금강석 한 조각을 그 줄 끝에 묶은 후—그 조각에는 섬의 바닥 혹은 아래층 표면을 이루는 물질과 같은 성질을 지니는 복합철 광물이 있었다—이를 맨 아래 회랑에서 탑의 꼭대기 쪽으로 서서히 내려보냈다. 금강석이 4미터 내려갔을 때 전문가는 그것이 너무 강하게 아래로 끌려 내려가 도로 잡아당기는 것이 거의 불가능하다고 느꼈다. 따라서 그는 작은 금강석 조각들 몇 개를 아래로 던져 보았고, 모두 다 탑의 꼭대기에 의해 격렬히 끌어당겨지는 것을 목격했다. 똑같은 실험을 나머지 세 개의 탑과 바위에도 적용해 보았으나 마찬가지 결과가 나왔다.

이 사건은 왕의 기존 조치들을 완전히 흔들어 놨고, 그는 (다른 상황을 더 이상 고려하지 않은 채) 도시가 원하는 요구 조건을 들어줄 수밖에 없었다.

만일 섬이 다시 올라가지 못할 정도로 도시 가까이 내려왔다면, 시민들은 섬을 그곳에 영원히 고정시킨 채 왕과 그의 모든 신하들을 죽이고 정부를 완전히 갈아엎으려고 했었다는 얘기를 나는 한 고위 대신에게 인상 깊게 들었다.]

이 지역의 근간이 되는 법에 따르면 왕이나 그의 첫째, 둘째 아들은 절대 섬을 떠나도록 허락되지 않는다. 왕비 역시 가임기가 지나기 전에는 떠날 수 없다.

4장

지은이는 라퓨타를 떠나 발니바비로 이동한 후 수도 라가도에 도착한다. 수도와 근처 시골에 대한 묘사. 지은이는 한 고위 귀족에게 친절히 맞아진다. 그와 그 귀족이 나눈 대화.

내가 이 섬에서 나쁜 대우를 받았다고 할 수는 없지만, 너무 소홀히 다뤄지고 무시당한다는 느낌이 들었음을 고백해야겠다. 왕이고 백성이고 수학과 음악을 제외하고는 어떠한 분야의 지식에도 관심을 보이지 않았는데, 나는 이 두 분야에서 그들보다 훨씬 열등했기에 무시당했던 것이다.

한편 그 섬의 흥미로운 것들을 다 보고 나자 그곳을 간절히 떠나고 싶어졌는데, 거기 사람들에게 진심으로 질리기도 했다. 사실 그들은 앞의 두 학문 분야에서 뛰어났으며, 나는 이에 대해 잘 알고 있는 만큼 높이 평가했다. 하지만 동시에 그들은 너무 추상적이고 너무 사색에만 몰두했기에 내가 만난 사람들 중 가장 재미없는 사람들이었다. 이곳에 머무는 두 달 동안 나는 단지 여자와 상인, 치기꾼, 그리고 왕실의 시동하고만 이야기를 나누었고, 그 때문에 결국 매우 멸시받았다. 하지만 이들이야말로 내가 합리적인 대답을 얻을 수 있는 유일한 사람들이었다.

열심히 공부한 나는 그들의 언어를 꽤 익혔다. 하지만 별 대접도 받지 못하는 섬에 갇혀 있기가 지겨워져 기회가 되면 당장 떠나기로 결심했다.

궁전에는 단지 왕과 가까운 친척이라는 이유로만 존중받는 어떤 귀족이 있었다. 그는 그들 사이에서 대체로 지극히 무지하고 어리석은 사람으로 여겨졌다. 그는 왕을 위해 여러 뛰어난 일을 했고 선천적, 후천적 재능도 뛰어났으며 정직했고 명예도 있었다. 하지만 음악을 들을 줄 몰라서 사람들은 그가 종종 잘못된 곳에서 박자를 맞춘다고 비난했다. 또 그의 가정교사들은 그에게 제일 쉬운 수학 명제를 증명하도록 가르치는 데 아주 애를 많이 먹었다. 그는 내게 커다란 호의를 베풀어 주었고, 황송하게도 나를 자주 방문해 주었으며, 유럽의 정세나 내가 여행했던 여러 나라들의 법과 관습, 생활방식과 학문에 대해 알고 싶어 했다. 그는 내 이야기를 귀 기울여 들었고, 내가 말하는 모든 것에 대해 매우 현명한 의견을 내놓았다. 지위가 높았던 그는 그를 수행하는 두 명의 치기꾼을 두었지만, 왕궁에서나 격식을 차려야 하는 자리가 아니면 결코 쓰지 않았으며, 우리끼리 있을 때면 늘 물러나 있으라고 명령했다.

나는 이 훌륭한 귀족에게 폐하께 이야기해 내가 떠날 수 있는 허락을 대신 얻어 달라고 부탁했다. 그는 아쉽다고 말하면서도 내 부탁을 들어주었다. 사실 그는 내게 매우 유리한 제안을 여러 번 했었지만, 나는 여러 번 감사하다고 말하면서 이를 거절했다.

2월 16일에 나는 폐하와 그의 궁전을 떠났다. 왕은 내게 영국 돈으로 약 2백 파운드를 선물로 주었다. 왕의 친척인 나의 후견인 역시 더 좋은 선물과 수도 '라가도'에 사는 그의 친구에게 보내는 추천서를 써 주었다. 마침 당시 섬은 라가도에서 3킬로미터 정도 떨어진 산 위에 떠 있었다. 나는 전에 들어 올려 졌던 방식으로 맨 아래 회랑에 내려졌다.

지상의 영토는 날아다니는 섬의 왕에게 속해 있으며 보통 발니바비라는 이름으로 통한다. 또 아까 얘기했던 것처럼 이곳의 수도는 라가도라고 불린다. 나는 딱딱한 땅을 밟자 어떤 만족감 같은 것을 느꼈다. 나는 이곳 주민처럼 옷을 입은 상태였고, 또 그들과 대화할 수 있을 만큼 충분히 말을 배웠기에 아무런 걱정 없이 도시를 향해 걸어갔다. 곧 추천받은 사람의 집을 찾았고, 그에게 그의 친구인 섬의 귀족에게 받은 편지를 보여 주자 그는 나를 아주 친절히 맞아 주었다. 무노디*라는 이름의 이 훌륭한 귀족은 자신의 집 안에 내가 머무를 곳을 마련해 주었다. 나는 이곳에서 지내는 동안 이 처소에 계속 머물렀고 지극한 환대를 받았다.

도착한 다음날 아침, 그는 나를 마차에 태우고 런던의 반 정도 되는 크기의 도시를 구경시켜 주었다. 그런데 그곳 집들은 매우 이상하게 지어진 상태였고, 대부분 수리되어 있지 않았다. 거리의 사람들은 빠르게 걸었고, 시선을 고정시킨 채 거친 표정을 짓고 있었으며, 대체로 허름한 옷을 입고 있었다. 우리는 도시의 성문 중 하나를 지나고 거기서 5킬로미터 정도 떨어진 어떤 시골에 도착했다. 그곳의 노동자들은 여러 종류의 도구를 가지고 땅에서 일하고 있었지만, 무슨 일을 하고 있는지 짐작할 수가 없었다. 또 토양은 비옥해 보였지만 곡식이나 풀이 자랄 어떤 조짐도 보이지 않았다. 나는 도시와 시골에서 보이는 이런 이상한 모습에 놀라지 않을 수 없었다.

나는 용기를 내 안내자에게 설명을 부탁했다. 거리에서나 들판에서나 이렇게 많은 사람이 머리와 손과 얼굴을 바쁘게 움직이는데도 여기에서 무슨 결과가 나오는지 알 수 없으니 이게 어떻게 된 일인지 말이다. 결과는커녕, 이토록 엉망으로 경작된 땅과 잘못 설계된 황폐한 집들, 또 얼굴빛과 옷매무새가 이토록 비참하고 결핍에 가득 찬 사람들을 본 적이 없노라고 말했다.

무노디 경은 최고의 신분을 지녔으며, 지난 몇 년간 라가도의 총독이었지만 다른 대신들의 음모에 의해 능력이 부족하다는 이유로 쫓겨났다. 왕은 그에게 친절히 대해 주었지만, 다른 한편 선한 의도를 지녔으나 이해력이 낮기에 무시할 만한 사람이라고 생각했다.

내가 이 나라와 국민을 대놓고 비난했을 때, 무노디 경은 내가 어떤 판단을 내릴 만큼 이곳에 오래 있지는 않았다고 말하며 세계의 여러 나라들은 각기 다른 관습을 지니고 있다는 정도로만 이야기하고 그 이상으로 얘기를 진전시키려 하지 않았다. 다른 일반적인 화제에 관해서도 마찬가지였다. 그러나 집으로 돌아와서는 내게 건물이 얼마나 마음에 들었는지, 어떤 불합리한 점들을 목격했는지, 또 그의 하인들의 옷이나 표정 중 마음에 들지 않는 점은 없었는지를 물었다. 그는 안심한 상태에서 이러한 질문을 하는 것 같았는데, 그와 관련된 주변의 모든 것이 근사하고 정돈돼 있으며 세련되었기 때문이다. 나는 총독님은 현명함과 높은 신분 그리고 많은 재산을 지니고 있으시기에, 어리석음과 가난으로 말미암아 다른 사람들이 지니게 되는 결함과는 거리가 멀다고 대답했다. 그는 32킬로미터 정도 떨어진 그의 사유지가 있는 시골 별장에 가게 되면 이런 종류의 대화를 좀 더 여유 있게 나눌 수 있을 거라고 말했다. 나는 총독님께 그의 뜻에 온전히 따르겠다고 말씀드렸고, 다음날 아침 우리는 그곳으로 떠났다.

여행 도중 그는 내게 농부들이 땅을 다루는 데 사용하는 몇몇 방법을 관찰하도록 했다. 그 방법은 도저히 설명할 수 없는 것들이었다. 극소수의 몇 곳을 제외하고는 곡식의 이삭이나 풀 한 포기 찾아볼 수 없었다. 하지만 세 시간을 더 가니 풍경은 완전히 달라졌다. 우리는 매우 아름다운 시골에 들어섰다. 농부들의 집은 좁은 간격으로 단정히 세워져 있었고 들판은 포도밭, 옥수수밭, 풀밭을 포함해 잘 구획되어 있었다. 이보다 더 기분 좋은 광경은 없었던 걸로 기억한다.

총독은 내 얼굴이 밝아지는 것을 보았다. 그는 한숨을 쉬면서 여기부터 그의 사유지가 시작되고 그의 집에 도착할 때까지 계속될 거라고 말했다. 또 그는 사람들이 그가 일을 잘 처리하지 못하고 나라 전체에 나쁜 본보기가 된다며 사신을 비웃고 무시한다고 말했다. 비록 노인이나 고집쟁이 혹은 자신처럼 힘없는 얼마 안 되는 사람만이 그의 방식을 따르지만 말이다.

우리는 마침내 그의 시골 별장에 도착했다. 별장은 최고의 고대 건축 원칙에 따라 지어진 기품 있는 건물이었다. 분수와 정원, 산책로, 가로수길, 숲 모두 정확한 미적 판단과 취향에 따라 놓여 있었다. 나는 눈에 들어 오는 모든 것에 정당한 찬사를 보냈지만, 총독님은 저녁 먹을 때까지 내 말에 전혀 주의를 기울이지 않았다. 그는 저녁 식사 후 제삼자가 없을 때에야 매우 우울한 어조로 도시와 시골에 있는 그의 집을 모두 헐고 현대식으로 다시 지어야 할 거라고 내게 얘기해 줬다. 그의 농장을 모두 파헤치고, 다른 땅도 현대적 경작 용법에 맞게 바꾸어야 하며, 자신의 모든 소작농에게도 똑같은 지시를 내려야 한다고 말이다. 그렇지 않으면 그는 오만하고 특이하며 잘난 체하고 무식하고 변덕스럽다는 비난을 감수해야 하며, 아마 폐하의 노여움을 크게 사게 될 거라고 했다.

그가 내게 구체적으로 얘기해 주자 나를 사로잡았던 놀라움은 사라지거나 줄어들게 됐다. 이런 이야기는 궁전에서는 들어 본 적이 없었는데, 그곳 사람들은 사색에 너무 몰두해 있기에 지상에서 벌어지는 일에는 관심이 없었기 때문이다.

그가 한 이야기의 요지는 다음과 같았다. 약 40년 전쯤 일군의 사람들이 일로 간 건지 놀러 간 건지 알 수 없지만 라퓨타로 올라갔었다. 그들은 거기서 5개월간 머문 후 수박 겉핥기식의 수학 지식과 공중 지역에서 얻은 허황된 변덕스러움으로 가득해 돌아왔다. 이 사람들은 돌아와 지상의 모든 일 처리를 못마땅해 했고 인문학, 과학, 언어, 기술, 모두를 새로운 틀 위에 세우려는 계획에 착수했다.

그들은 이러한 목적을 위해 라가도에 '라가도 학술원'*을 세울 수 있는 왕실 특허권을 얻어냈다. 또 이러한 학술원이 나라의 모든 중요한 도시에 하나씩 있어야 한다는 분위기가 사람들 사이에서 강하게 퍼져 나갔다. 이 학술원 교수들은 농업과 건축의 새로운 규칙과 방법 그리고 무역과 제조업의 새로운 도구와 기구를 고안하는데, 이를 이용하기만 한다면 한 사람이 열 사람 몫의 일을 할 수 있다고 주장했다. 또 일주일 안에 영원히 수리할 필요 없는 내구성 강한 재료로 궁전을 지을 수 있다. 땅 위에 나는 모든 과일은 우리가 적당하다고 선택한 바로 그 계절에 무르익을 것이며, 수확량은 현재보다 백배는 늘어날 것이다.

이 외에도 셀 수 없이 많은 낙관적 계획들이 있었다. 그렇지만 이 프로젝트들 중 어떤 것도 아직 완벽히 실행된 것이 없었다. 그사이 나라는 비참할 정도로 황폐해지고, 집들은 폐허가 되었으며, 사람들은 먹을 음식이나 입을 옷이 없어졌다. 그런데도 그들은 이러한 상황에 낙담하는 대신 희망 반, 절망 반으로 추동되면서 50배는 더 맹렬히 자신들의 계획을 실행하는 데 전념했다.

무노디 자신은 사업가적인 정신을 가지고 있지 않았기에 이전에 살던 대로 사는 것에 만족했다. 조상이 지었던 집에서 살면서 별다른 혁신 없이 삶의 모든 부분에서 그들이 했던 대로 행하는 것이다. 지위가 높은 사람이나 신사 계급 중에 그와 같이 행했던 사람은 거의 없었다. 반대로 그 자신은 경멸과 악의에 찬 시선을 받으면서, 조국의 보편적 발전보다 자신의 안위와 게으름을 앞세우는 기술의 적이자 무지하고 자격 없는 공화국 시민으로 여겨지게 되었다는 것이다.

총독은 덧붙여 내가 학술원에 꼭 가 봐야 한다고 단호하게 말했다. 그곳에 대해 더 이상 구체적으로 얘기하면서 내가 그곳을 둘러보며 느낄 즐거움을 망치고 싶지 않다면서 말이다. 단지 그는 4킬로미터 정도 떨어진 산기슭에 있는, 폐허가 된 건물을 잘 봐 달라면서 내게 다음과 같은 얘기를 해 주었다. 그의 집에서 8백 미터 떨어진 곳에 매우 편리한 방앗간이 있었다. 이 방앗간은 큰 강에서 나오는 물줄기로 돌아갔으며 그의 가족뿐 아니라 많은 소작농이 쓰기에 충분했다. 그런데 약 7년 전 한 무리의 개발자들이 그를 찾아와 이 방앗간을 부수고 산기슭에 또 다른 방앗간을 짓자는 제안을 했다. 긴 산등성이에 물 저수지로 쓸 기다란 수로를 판 후 파이프와 기계를 써서 방앗간에 물을 대자는 것이었다. 산 위의 바람과 공기는 물을 휘저어 더 잘 움직이게 만들고, 또 경사를 내려오는 물은 평평하게 흐르는 강물의 절반만으로도 방아를 돌릴 수 있기 때문이다.

당시 그는 왕실과 관계가 좋지 않았고 또 많은 친구가 압력을 넣었기에 그 제안을 따랐다고 말했다. 2년 동안 백 명의 사람들이 동원된 후 그 일은 실패로 돌아갔고, 개발자들은 그곳을 떠나면서 잘못된 일의 책임을 온전히 그의 몫으로 남겼다. 그들은 이후에도 계속해서 그에게 악담을 퍼부었고, 다른 사람들에게도 똑같은 실험을 하게 하면서, 성공에 대한 똑같은 보장과 똑같은 실망을 안겨 주었다.

며칠 후 우리는 도시로 돌아왔다. 총독은 학술원에 퍼진 자신의 나쁜 평판을 고려해 나와 함께 가는 대신 친구 한 명에게 나를 추천하면서 그곳에 함께 가도록 했다. 그는 나를 프로젝트를 크게 신봉하는 사람이자 호기심이 강하고 쉽게 믿는 사람으로 소개했다. 사실 이는 어느 정도 진실이었는데, 나 역시 젊었을 때 일종의 개발자였기 때문이다.

5장

지은이는 라가도의 대 학술원을 구경하도록 허락받는다. 학술원이 자세히 묘사된다. 교수들이 연구하고 있는 기술.

학술원은 하나의 온전한 건물이 아니며, 길의 양쪽을 따라 죽 늘어서 있는 건물들로 이루어져 있다. 건물들이 황폐해졌을 때 이를 사들여 학술원으로 쓰게 된 것이었다.

나는 학술원장에게 매우 친절한 대접을 받았으며, 며칠 동안 여러 번 학술원에 갔다. 모든 연구실 안에는 한 명 이상의 연구원이 있었고, 나는 적어도 5백 개가 넘는 연구실을 방문했던 것 같다.

내가 처음으로 만났던 사람은 비쩍 마른 모습에 손과 얼굴은 거무스름하고, 머리와 수염은 길고 덥수룩한 데다 여러 군데에 불에 탄 자국이 있었다. 그의 겉옷과 셔츠, 피부색은 모두 같은 색이었다. 그는 8년 동안 오이에서 태양 광선을 추출해 내는 프로젝트에 몰두해 왔다. 이 광선은 밀봉된 유리병에 넣어져 으스스하고 험악한 여름날에 공기를 데울 목적으로 내보내질 것이었다. 그는 8년만 더 하면 합리적인 가격으로 총독의 정원에 햇빛을 제공할 수 있음을 의심하지 않는다고 말했다. 하지만 그는 자신에게 주어진 재료가 적다고 불평하면서—특히 그때는 오이가 매우 귀한 계절이었다—내게 재능에 대한 격려 차원에서 뭔가를 좀 달라고 간청했다. 나는 그에게 작은 선물을 주었다. 총독님은 학술원 사람들이 그들을 보러 오는 사람들 모두에게 구걸하는 관습을 알고 있었기에 내게 일부러 돈을 주었다.

나는 다른 방으로 갔지만 곧장 돌아 나오고 싶었다. 냄새가 지독해 거의 기절할 지경이었기 때문이다. 하지만 안내자는 나를 앞으로 밀면서 이들을 화나게 하지 말아 달라고 귓속말로 주의를 주었다. 그들이 크게 분노할 수 있기 때문이었다. 따라서 나는 감히 코를 막지도 못했다. 이 방의 연구원은 학술원에서 가장 나이가 많은 학자였다. 그의 얼굴과 수염은 옅은 누런색이었고, 손과 겉옷은 온통 오물로 범벅이었다. 내가 그에게 소개되자 그는 나를 꽉 껴안았다(이는 기쁘게 생략할 수 있었던 인사였다). 그가 학술원에 온 후 처음부터 그의 일은 인간의 배설물을 원래의 음식물로 바꾸는 작업이었다. 배설물을 각각의 부분으로 분리하고 담즙으로 생긴 색을 제거한 후 냄새를 발산시키고, 침을 걷어 내서 말이다. 그는 일주일에 한 번 사람의 오물로 가득한, 브리스틀 술통만 한 크기의 용기를 학술원에서 배급받았다.

나는 다른 연구실에서 얼음을 석회로 만든 후 다시 화약으로 만드는 작업을 보았다. 그곳의 연구원이 곧 출판할 예정인 불의 유순성에 대해 쓴 논문을 보여 주기도 했다.

어떤 천재 건축가는 지붕에서 시작해 기초까지 내려가며 집을 짓는 새로운 방법을 고안해 냈다. 그는 벌과 거미 같은 현명한 곤충들의 집짓는 행위를 들어 자신의 작업을 정당화했다.

학술원에는 선천적인 시각장애인도 있었는데, 그는 자신과 같은 조건의 견습생들을 몇 명 두었다. 그들이 하는 일은 화가들을 위해 색을 섞는 것이었으며, 스승은 그들에게 느낌과 냄새로 색을 구분하는 법을 가르쳤다. 불행히도 나는 그들이 이를 아직 완전히 익히지 못했을 때 만났고, 교수도 어찌된 건지 대체로 틀렸다. 하지만 이 예술 연구원은 많은 동료의 격려를 받았고 또 높이 평가받았다.

또 다른 연구실에서 만난 연구원에 대해 나는 매우 기뻤다. 그는 돼지를 이용해 땅을 가는 방법을 발견함으로써 쟁기와 가축, 노동 비용을 절약했다. 방법은 이러하다. 일 에이커의 땅에 동물이 아주 좋아하는 도토리, 건포도, 밤 그리고 기타 견과류와 채소류를 15센티미터씩 간격을 두고 20센티미터 깊이로 묻는다. 그런 다음 6백 마리가 넘는 돼지를 들판으로 몰고 나가면, 이들은 며칠 안으로 먹이를 찾아 온 땅을 다 뒤집어 놓으면서 씨뿌리기 적당하게 땅을 만들고 동시에 그들이 싼 똥으로 땅에 거름을 주게 된다. 그런데 사실 이 방법을 실험해 보았더니 비용과 수고가 너무 많이 드는 반면 수확은 거의 없었다. 하지만 이러한 창의적인 방법이 커다란 발전을 가져온다는 것에는 의심할 여지가 없다.

또 다른 방에 갔더니 기술자가 들고 나는 좁은 통로만 빼고는 벽과 천장이 모두 거미줄로 덮여 있었다. 내가 들어가려고 하자 그는 큰 소리로 자신의 거미줄을 건드리지 말라고 소리쳤다. 그는 세상이 그토록 오랜 세월 누에를 써 왔다는 사실에 대해 치명적인 실수라며 개탄했다. 거미는 실을 뽑아낼 뿐 아니라 천을 잣는 방법을 알고 있으며 그런 점에서 누에보다 훨씬 우월한데 말이다. 그는 한 발 더 나아가 거미를 이용해 비단을 염색하는 비용을 엄청 절약할 수 있는 안을 제시했다. 거미 먹이로 쓰이는 엄청난 수의 매우 아름답게 채색된 파리들을 그가 보여 주었을 때 나는 그의 제안을 온전히 납득하게 됐다. 그는 거미줄이 파리에게 빛깔을 얻을 것이라고 말했다. 자신은 모든 종류의 색깔을 구비하고 있으므로, 파리에게 맞는 고무와 기름, 기타 점착성 물질로 이루어진 음식물—이는 거미줄에 일정한 강도와 밀도를 주기 위해 필요하다—을 찾는 즉시 모든 이의 욕구를 만족시킬 수 있을 것이라 희망한다고 말했다.

어떤 천문학자는 시청 지붕 풍향계 위에 해시계를 놓는 일에 착수했는데, 이는 바람의 모든 방향에 일치하도록 지구와 태양의 연간 움직임과 일간 움직임을 조정함으로써 가능했다.

내가 배가 좀 아프다고 하소연하자 안내자는 나를 어떤 방으로 이끌었다. 거기에는 동일한 도구의 반대 작용을 이용해 복통을 고치는 것으로 유명한 훌륭한 의사가 있었다. 그는 가늘고 긴 상아 주둥이가 달린 커다란 풀무 한 쌍을 가지고 있었다. 그는 이것을 항문 안으로 20센티미터까지 넣은 후 바람을 빼내어 마치 말라비틀어진 방광처럼 내장을 홀쭉하게 만들 수 있다고 단언했다. 하지만 병이 더 고질적이고 급성일 때는 풀무에 바람을 잔뜩 넣은 채 주둥이를 항문으로 끼어 넣은 뒤, 환자의 몸에 바람을 불어넣었다. 이 일이 끝나면 엄지로 항문 구멍을 꾹 막은 상태로 풀무를 꺼내 다시 바람을 채워 넣었다.

이런 과정이 서너 번 반복되면 항문 안으로 들어갔던 바람이 그 안의 독소와 함께 빠져 나오면서(마치 펌프에 채워진 물처럼) 환자는 회복된다. 나는 그가 이 두 가지 실험을 개에게 시험해 보는 걸 목격했는데, 전자로부터 어떤 효과가 나오는지 알 수가 없었다. 후자를 실험한 후 개는 거의 터질 것 같더니 오물을 격렬히 내뿜었고 이는 나와 내 옆 사람들에게 매우 역겹게 느껴졌다. 개는 그 자리에서 죽었다. 우리는 똑같은 작업을 통해 개를 회복시키려 애쓰고 있는 의사를 놔둔 채 그 자리를 떠났다.

내가 방문한 다른 여러 연구실에서 목격했던 희한한 이야기로 독자들을 괴롭히고 싶지는 않다. 될 수 있으면 간결하게 얘기하기 위해 궁리중이다.

이제껏 나는 학술원의 한쪽 거리에 있는 방들만 보았고 다른 쪽 거리의 연구실은 사변적인 지식을 도모하는 사람들에게 할당되어 있었다. 이들에 관한 내용은 그들 사이에서 '세계적인 명수'로 불리는 어떤 유명한 이에 대해 언급한 뒤 얘기하겠다.

그는 자신이 지난 30년 동안 인간의 삶을 향상시키기 위해 늘

궁리해 왔다고 말했다. 그는 놀랍고 진기한 물건들로 가득한 커다란 방 두 개를 가지고 있었다. 그곳에는 50명의 사람들이 일하고 있었다. 어떤 사람들은 질산칼륨을 추출하여 수성 혹은 액상 분자를 여과시키는 방법으로 공기를 압축해 마른 고체로 만들고 있었다. 다른 이들은 대리석을 부드럽게 해 베개나 핀 쿠션으로 만들고 있었다. 또 다른 사람들은 말이 넘어지지 않도록 말발굽을 경화시키고 있었다. 예술가 자신은 두 가지 중요한 작업을 하느라 바빴다. 첫 번째는 왕겨를 땅에 뿌리는 것으로, 그는 왕겨에 진정한 생식의 힘이 포함되어 있다고 단언했다. 그는 몇몇 실험으로 이를 증명했지만, 나는 이 방면 지식이 없는지라 잘 이해하지 못했다. 다른 작업은 고무와 광물, 채소를 섞은 물질을 어린 양 두 마리의 털에 발라 털이 자라지 못하도록 하는 것이었다. 그는 적당한 시간 내에 털이 없는 양 품종을 전국적으로 번식시키기를 희망했다.

우리는 길을 건너 학술원의 다른 편으로 건너갔다. 그곳에는 이미 말했던 것처럼 사변적 지식을 담당하는 연구원들이 있었다.

처음 본 교수는 매우 큰 방에서 40명의 학생들에게 둘러싸여 있었다. 인사를 한 후 나는 방 폭과 길이의 대부분을 차지하는 어떤 '틀'을 열심히 들여다보고 있었다. 그는 이런 내 모습을 보더니 사변적 지식을 실질적이고 기계적인 작업으로 향상시키는 그의 프로젝트를 보면 내가 의아해할지도 모르겠다고 말했다. 하지만 세상은 곧 이것의 유용성을 감지하게 될 것이었다. 그는 이보다 더 고귀하고 고양된 생각이 이전에는 그 누구의 머리에서도 떠오른 적이 없었다면서 스스로를 대견해했다.

사람들은 모두 인문학적 지식을 습득하는 것이 대개 얼마나 고된 노동인지를 잘 알고 있다. 하지만 그가 고안한 장치 덕분에 아주 무식한 사람이라 하더라도 합리적인 가격에 또 약간의 육체적 노동을 통해서 철학, 문학, 정치, 법, 수학 그리고 신학에 관한 책을 쓸 수 있다는 거였다. 재능이 없거나 공부를 전혀 하지 않아도 상관없다.

이렇게 얘기한 그는 학생들이 주위에 일렬로 둘러 서 있는 틀 쪽으로 나를 데려갔다. 그것의 크기는 평방 6미터였으며 방 한 가운데에 놓여 있었다. 겉면은 주사위 정도 크기의 여러 개의 나뭇조각으로 이루어져 있는데, 어떤 조각들은 다른 것들보다 더 컸다. 이들은 모두 가느다란 철사 줄로 연결되어 있었다. 모든 네모난 나뭇조각들 위에는 종이가 붙어 있었고, 이 종이 위에는 그들 언어에 존재하는 모든 단어가 특별한 순서 없이 각각 법, 시제, 격 변화에 따라 쓰여 있었다. 교수는 이 장치를 작동시킬 테니 잘 보라고 말했다. 학생들은 각각 그의 지시에 따라 틀 가장자리 둘레에 고정된 쇠 손잡이 40개를 잡고 일제히 돌렸다. 그러자 단어들의 전체적인 조합이 완전히 바뀌었다. 이어 그는 서른여섯 명의 학생들에게 틀에 나타난 몇 줄의 단어들을 부드럽게 읽으라고 명령했다. 또 문장을 이룰 수 있는 서너 단어들이 나타나면 서기 역할을 하는 나머지 네 명의 소년에게 받아쓰게 했다. 이 작업은 서너 번 반복되었고, 네모난 나뭇조각이 위아래로 움직이도록 고안된 이 장치를 돌릴 때마다 단어들이 새로운

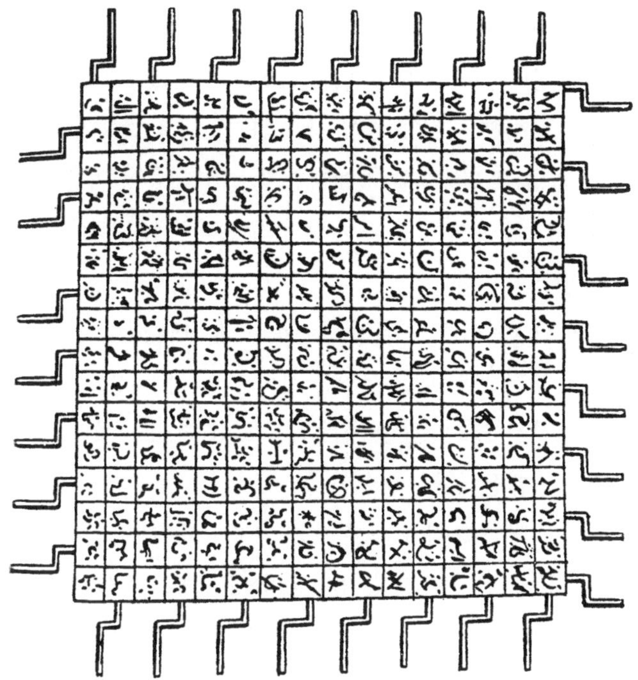

문장을 만드는 틀

위치로 자리를 바꾸어 나갔다.

어린 학생들은 하루에 여섯 시간 씩 이와 관련된 노동에 참여하였다. 교수는 이러한 작업의 결과를 모은 커다란 책 몇 권을 내게 보여 줬는데, 앞뒤가 안 맞는 문장뿐이었다. 교수는 이것들을 잘 꿰어 맞추려고 했으며, 이러한 풍부한 자료를 바탕으로 인문학 연구를 집대성한 후 세상에 내놓으려 했다. 그런데 만일 대중이 기금을 조성해 이런 틀 5백 개를 라가도에서 만들어 사용할 수 있게 해 주고 관리자들이 이러한 책들을 대중이 이용하도록 기증한다면 인문학 연구는 더욱 발전하고 또 신속하게 진행될 것이라는 거다.

그는 이 발명품이 그가 젊었을 때부터 해 왔던 생각을 모두 담고 있다고 주장했다. 모든 어휘를 이 틀에 쏟아 넣었으며, 책 속에 나타난 분사, 명사, 동사, 기타 품사 들 간의 대체적인 비율을 가장 정확히 계산했다는 것이다.

나는 이 저명한 분의 위대한 소통 장치에 대해 지극한 감사의 인사를 올렸다. 그리고 만일 내가 운 좋게 고향으로 돌아가게 된다면 그가 이 놀라운 기계를 발명한 유일한 사람이라는 것을 정당하게 천명하겠다고 약속했다. 나는 또 이 틀의 형태와 고안을 종이에 그릴 수 있도록 허락해 주기를 원했다. 앞에 첨부된 그림이 바로 그것이다. 나는 그에게 우리 유럽의 지식인들은 서로의 발명품을 훔치는 관습이 있으며, 이 때문에 그들이 얻는 최소한의 이익이 누구의 것인지에 대해 논쟁이 생긴다고 말했다. 하지만 나는 이 장치만큼은 그가 어떠한 경쟁자도 없이 모든 영광을 가질 수 있도록 신경을 쓰겠다고 했다.

다음으로 우리는 언어 학교에 갔다. 그곳에서는 세 명의 교수가 각자 나라의 언어를 어떻게 발전시킬 수 있는지 머리를 맞댄 채 토론하고 있었다.

첫 번째 프로젝트는 다음절 단어를 단음절 단어로 줄이고 동사와 분사를 생략함으로써 담화를 줄이는 것이었다. 사실 상상할 수 있는 모든 것은 오로지 명사뿐이기 때문이다.

다른 프로젝트는 모든 단어를 깡그리 없애 버리려는 계획이었다. 이 계획은 간결함뿐 아니라 건강 측면에서도 큰 이익이 된다는 점이 강조되었다. 왜냐면 단어를 말할 때 우리의 폐가 일정 정도 소모되어 줄어드는 것이 분명하며 이는 생명을 단축시키는 원인이 되기 때문이었다. 이에 따라 한 가지 방책이 제안되었다. 단어는 단지 사물의 이름이기에 모든 사람은 자신이 말하고자 하는 특정 용건을 표현하는 데 필요한 물건들을 가지고 다니는 것이 더 편리하다는 거였다. 이러한 고안은 만일 여자와 하층 계급 그리고 글을 모르는 이들이 힘을 합해 조상이 하던 대로 혀로 말할 자유를 허락하지 않으면 반란을 일으키겠다고 협박하지 않았더라면, 확실히 실행되어 백성들에게 큰 편리함과 건강함을 주었을 터였다. 이처럼 보통 사람들이란 과학과 영원히 화해할 수 없는 적이다.

하지만 박식하고 현명한 사람 중 많은 이가 물건으로 자신을 표현하는 이 새로운 계획을 지지하고 있다. 유일한 불편함이라면 아주 원대하고 다양한 일을 하는 사람일 경우 이에 비례하는 커다란 물건 보따리를 등에 지고 다녀야 한다는 것이다. 그가 튼튼한 하인 한두 명을 고용할 여유가 없다면 말이다. 나는 그러한 현인 중 두 명이 마치 우리의 행상인들처럼 자신의 짐의 무게에 눌려 쓰러지는 것을 종종 보았다. 그들은 거리에서 서로 만났을 때 짐을 내려놓고 가방을 열어 한 시간 동안 대화를 나눈다. 그러고는 도구들을 챙기고 서로 짐을 메는 것을 도와준 후 인사하고 떠난다.

하지만 간단한 대화라면 주머니나 겨드랑이 밑에 필요한 만큼의 물건을 가지고 다닐 수 있고, 집에서도 당황할 일이 없다. 따라서 이 대화 기술을 시행하는 사람들이 만나는 방에는 이런 종류의 인위적인 대화를 위해 필요한 모든 물건이 사용하기 편리하게 구비되어 있다.

이런 발명의 또 다른 이점은 이것이 모든 문명국가에서 통용되는 보편어로 쓰일 수 있다는 것이었다. 문명국가의 상품과 부엌 용품은 대개 똑같거나 비슷해서 사용법을 쉽게 이해할 수 있기 때문이다. 또 그렇게 되면 외교 대사관들이 자신이 전혀 모르는 언어를 쓰는 외국의 왕이나 총리대신도 상대할 수 있는 자격을 갖추게 될 것이다.

나는 수학 학교에도 가 보았다. 그곳의 교수는 유럽에서는 상상하기 어려운 방법으로 학생들을 가르쳤다. 그곳에는 수학의 명제와 증명이 두부(頭部) 팅크제로 된 잉크로 와플 위에 똑똑히 쓰여 있었다. 학생들은 이 와플을 빈속에 삼켜야 했고, 이어지는 사흘 동안 단지 빵과 물만 먹었다. 와플이 소화됨에 따라

팅크제가 뇌로 올라오면서 명제도 같이 올라오게 된다는 것이었다.

이 방법은 아직 확실히 성공한 적이 없었다. 이는 와플의 양이나 성분이 잘못되었기 때문이기도 하고 학생들의 비뚤어진 성미 때문이기도 했다. 이 약은 너무 역겹기 때문에 그들은 대개 몰래 도망쳐서 약이 작용하기 전에 토해 냈다. 또 처방전대로 그렇게 오래 빵과 물만 먹고 지내지도 못했다.

6장

학술원에 관한 이어지는 설명. 지은이가 몇 가지 개선책을 제안하자 기꺼이 받아들여진다.

정치 기획가 학교는 별반 재미가 없었다. 내 생각에 교수들은 완전히 정신이 나갔으며 그런 장면을 볼 때마다 나는 늘 우울해졌다. 이 불행한 사람들은 왕에게 여러 가지 계획을 제안하며 설득하고 있었다. 가령 총애하는 신하를 뽑을 때는 지혜와 능력 그리고 도덕을 기준으로 해야 하며, 대신들에게는 대중의 이익을 고려하도록 가르쳐야 하고, 훌륭한 공적이나 뛰어난 능력, 두드러지는 헌신에 대해 보상해 주어야 하며, 왕자들로 하여금 자신의 진정한 이익은 백성의 이익과 같은 기반에 있을 때 나옴을 알게 하고, 또 관리를 임명할 시 그 일을 할 자격이 있는 사람들을 뽑아야 한다는 등 그밖에도 다른 무척 터무니없고 불가능하며 어떤 사람도 이제껏 마음에 품어 본 적이 없는 공상들을 제안하고 있었다. 나는 허황되고 비이성적인 것들 중에 철학자들이 진리로 주장하지 않은 것은 없다는 옛말이 옳다는 것을 다시 확신하게 됐다.

하지만 그곳에 있는 모든 이가 이토록 허황되지는 않았음을 인정하면서 정치 학교를 좀 더 정당하게 평가하고자 한다. 그곳에 있던 매우 똑똑한 한 의사는 정부의 본질과 체계에 완전히 정통해 있는 것처럼 보였다. 이 훌륭한 인물은 다스리는 이들의 악덕과 허약함뿐 아니라 복종하는 이들의 방종으로 행정 기구들이 빠지기 쉬운 모든 병폐와 부정부패를 효과적으로 치유하는 데 자신의 의학 공부를 매우 유용하게 사용했다. 예를 들어, 모든 작가와 이론가는 우리의 육체와 정치체(政治體) 사이에 엄격하고 보편적인 유사성이 있다는 것에 동의한다. 그렇다면 이 두 가지의 건강함이 유지되고 질병이 치료되는 데 똑같은 처방이 필요하다는 것보다 더 분명한 사실이 있을 수 있겠는가? 잘 알려져 있듯이 상원의원이나 하원의원들은 종종 열에 들뜨게 하거나 우울감에 빠지게 하는 과다한 체액으로 시달린다. 이로 인해 이들에게는 많은 두통과 더 많은 심장병이 생기고, 심한 경련과 양손 특히 오른손 신경과 근육에 심각한 수축이 일어나며 울화증, 가스 팽창, 현기증, 정신착란증, 거기에 악취와 화농성 물질로 가득한 연주창 종양, 냄새나고 거품 많은 트림, 병적인 식욕과 소화불량, 이외에도 말할 필요가 없는 다른 많은 질병이 발생한다.

이에 대해 이 의사는 한 가지 제안을 했는데, 상원의회가 열릴 경우 의사 몇 명이 처음 사흘간 참석해 매일 논쟁이 끝날 무렵 모든 상원의원의 맥박을 재자는 것이었다. 의사들은 이들의 맥박을 신중히 고려하고 다양한 병의 성격과 치료 방법에 대해 상의한 뒤, 나흘째 되는 날 적절한 약들을 지닌 약사들을 대동한 채 상원의회로 돌아올 것이다. 그리고 상원의원들이 자리에 앉기 전에 진통제, 식욕촉진제, 관장제, 부식제, 수렴제, 완화제, 설사약, 두통약, 황달약, 가래제거제, 난청치료제를 각자에 맞게 처방한다. 이 약이 얼마나 작용하느냐에 따라 다음 모임에서 약 처방을 반복하거나 바꾸거나 생략할 것이다.

이 프로젝트는 대중에게 큰 비용을 요구하는 것이 아니며, 내 짧은 소견으로는 상원들이 입법에 참여하는 나라에서 일을 신속히 처리하는 데 큰 도움이 될 것 같았다. 만장일치를 이끌어내고, 논쟁을 줄이며, 몇몇 꾹 다문 입들을 열게 하고, 열려 있는 더 많은 입을 닫게 하며, 젊은이들이 성질부리는 걸 제어하고, 노인들의 맹목을 교정하며, 멍청한 이들을 일깨우고, 건방진 이들의 기를 죽이는 데 말이다.

자 다시 가 보자. 아까 그 의사는 왕의 총신들이 짧고 약한 기억력으로 고생한다는 전반적인 불평이 있자 다음과 같은 제안을 했다. 누구든 총리대신을 만나는 이는 대신의 망각을 방지하기 위해 자신의 용건을 지극히 짧게 그리고 가장 간단한 단어로 얘기한 후, 떠날 때는 대신의 코를 비틀거나 배를 걷어차거나 그의 곡식을 짓밟거나 양쪽 귀를 세 번 잡아당기거나 바지에 핀을 넣어 놓거나 그의 팔을 멍이 들도록 꼬집어야 한다. 자신의 볼일

이 끝나거나 혹은 완전히 거절될 때까지 접견일마다 이와 같은 일을 되풀이해야 한다는 것이었다.

마찬가지로 그는 모든 상원의원은 의회에서 자신의 의견을 전달하고 이를 방어하는 주장을 한 후에는 그 자신의 표를 완전히 반대로 던져야 한다고 지적했다. 그렇게 된다면 그 결과는 틀림없이 대중의 이익으로 귀착될 것이기 때문이다.

그는 또 한 나라의 정당들이 격렬하게 대립할 경우, 양당을 화해시키는 놀라운 방안을 제시했다. 방법은 이렇다. 각 정당에서 백 명의 지도자를 선별해 머리 크기가 비슷한 사람들을 한 쌍으로 묶은 후, 솜씨 좋은 외과의사 두 명이 그 쌍의 후두부를 동시에 똑같은 크기로 잘라 낸다. 다음에 이렇게 잘라진 후두부를 교환하는데, 각각을 반대당 의원의 머리에 이식하는 것이다. 이는 분명히 어떤 정교함이 요구되는 작업처럼 보인다. 하지만 의사는 이 수술이 무사히 시행될 경우 그 치료 효과는 틀림없다고 우리를 설득시켰다. 왜냐하면 그의 주장에 따르면, 두 개의 반쪽 뇌가 하나의 두개골 안에서 자기들끼리 토론하게 되면서 곧 상대방에 대한 제대로 된 이해에 도달할 것이기 때문이다. 또 그렇게 되면 오로지 이 세상을 감시하고 다스리기 위해 태어났다고 믿는 사람들의 머리에서 가능한 정도의 사상적 일관성과 중용이 생겨날 것이다. 또 그 의사는 각 당파의 지도자들 사이에 존재하는 뇌의 크기나 품질의 차이라는 것은 자신의 지식으로 미루어 볼 때 아주 사소한 것이라고 단호히 얘기했다.

나는 두 교수가 백성을 괴롭히지 않으면서 돈을 모으는 가장 편리하고 효과적인 방법에 대해 열띤 논쟁을 벌이는 것을 들은 적이 있었다. 첫 번째 교수는 가장 정의로운 방법이란 악과 어리석음에 세금을 무는 것이라고 주장했다. 이때 모든 사람에게 부과되는 세금의 액수는 그의 이웃들을 평가단으로 두고 매우 공정한 방식으로 매겨진다.

두 번째 교수는 완전히 반대되는 의견을 지녔다. 사람들이 스스로 가장 가치 있게 여기는 몸과 마음의 특징에 세금을 매겨야 한다는 것이었다. 세금 액수는 뛰어난 정도에 따라 정해질 것이며, 이에 대한 결정은 순전히 스스로의 마음에 맡겨져야 할 것이다. 최고로 높은 세금은 여성들에게 가장 인기가 많은 남자에게 매겨졌으며, 평가는 그들이 받은 호의의 횟수와 성격에 따라 정해진다. 이러한 평가의 결정에 대해 그들은 스스로에 대한 보증인이 될 수 있다. 위트, 용기 그리고 세련됨에는 똑같이 높은 세금이 매겨졌고, 앞서 말한 대로 모든 사람이 자신이 소유한 이런 덕목의 양에 스스로 맹세하는 방식으로 세금이 걷혔다. 하지만 명예, 정의, 지혜와 학식에는 세금을 매겨서는 안 된다. 왜냐면 이는 매우 특이한 종류의 자질이기에 아무도 자신의 이웃 중 이러한 덕목을 지녔다고 인정하거나 혹은 스스로 이런 자질을 지녔다고 평가하지 않을 것이기 때문이다.

여성들은 아름다운 외모나 옷 입는 기술에 따라 세금을 낼 것이 제안되었다. 이러한 분야에서 여성들은 남자들과 마찬가지로 스스로 판단하고 결정할 수 있는 똑같은 특권을 가지고 있다. 그러나 지조, 순결, 분별력과 착한 심성에는 세금을 매길 수 없었는데, 세금 징수 비용조차 나오지 않을 것이기 때문이었다.

상원의원을 왕의 이익에 지속적으로 복무시키기 위해서는 추첨으로 관직을 얻는 방식이 제안되었다. 이기든 지든 모든 이는 먼저 왕실 편에서 투표하겠다는 것을 맹세하고 서약한다. 진 사람들도 이후에 자신의 차례가 되면 빈 자리로 올라갈 수 있게 된다. 이런 식으로 희망과 기대가 계속 살아 있게 될 것이며, 아무도 깨진 약속에 불평하지 않은 채 대신 자신들의 실망을 전체 내각보다 더 넓고 강한 어깨를 지닌 운명의 탓으로 온전히 돌릴 것이다.

또 다른 교수는 정부에 대항하는 음모와 공모를 발견하는 방법에 대한 지침이 담긴 중요한 논문을 보여 주었다. 그는 의심되는 모든 이의 식단을 검토하라고 주요 정치인들에게 충고했다. 그들이 밥 먹는 시간은 언제이고 침대의 어느 쪽으로 눕는지, 어느 손으로 엉덩이를 닦는지를 검토해야 하며, 또 그들의 배설물을 꼼꼼히 들여다보면서 그것의 색깔, 냄새, 맛, 밀도, 거칠기, 혹은 소화 정도를 바탕으로 그들의 생각과 의도를 판단할 일이다. 인간은 화장실에 앉아 있을 때만큼 진지하고, 숙고하며, 집중할 때가 없기 때문이다. 그는 여러 실험을 통해 이 사실을 발견했다. 그가 단지 시험 삼아 왕을 죽일 수 있는 최선의 방법을 생각했었을 때 그의 배설물은 초록 빛깔을 띠었다. 하지만 그냥 반란을 일으키거나 수도를 불태울 생각을 했을 때에는 다른 색깔이었다.

그 책에는 이 모든 이야기가 매우 정확하게 쓰여 있었고 또 정치가에게 흥미롭고 유용한 많은 내용이 담겨 있었지만 내 생각에 아주 완벽하지는 않았다. 나는 무례를 무릅쓰고 괜찮으시다면 약간의 제안을 덧붙이고 싶다고 했다. 그는 내 제안을 작가들, 특히 투기꾼 종류의 작가에게서 흔히 보는 것보다 훨씬 더 순순히 받아들이면서, 더 많은 정보를 얻을 수 있다면 자신도 좋겠다고 말했다.

나는 그에게 다음과 같이 말했다. 내가 머물렀던 트리브니아 왕국*—원주민들은 이 나라를 랑그덴이라 부른다—에서는 국민 대부분이 발견자, 목격자, 밀고자, 고발인, 고소인, 증인, 맹세자로 이루어져 있으며, 그들에게는 자신을 추종하거나 그 아래 종속되어 있는 사람들이 있다. 이들은 모두 대신과 그의 부관에게 돈으로 매수되어 그들의 깃발 혹은 행동 강령 아래 모여 있다. 그 나라에서 음모란 대개 무게 있는 정치가로 자신의 명성을 높이길 원하는 이들이나 형편없는 행정부에 새로운 활력을 불어넣고자 하는 이들, 널리 퍼진 불만을 억누르거나 다른 데로 돌리려는 이들, 자신의 금고를 몰수재산으로 채우려는 이들, 또는 자신의 사적 이익에 따라 국채의 가격을 올리거나 내리려는 이들이 만든 작품이다.

그들은 먼저 기존의 용의자들 중 누가 음모를 책동한 것으로 고발될 것인지를 합의하고 결정한다. 그다음 그들의 편지와 서류를 모두 효과적으로 확보하며 이 문서의 소지자들을 체포한다. 이 서류는 단어, 음절, 글자의 모호한 의미를 해독하는 전문가들에게 전달된다. 예를 들어 그들은 뚜껑 달린 변기가 추밀원을 의미한다는 식의 해독을 할 수 있다. 거위 무리는 상원의원을, 절름거리는 개는 침입자를, 전염병은 상비군, 독수리는 대신, 통풍병은 고위성직자, 교수대는 국무대신, 요강은 귀족 위원회, 조리는 귀족 여성, 빗자루는 혁명, 쥐덫은 공직, 밑바닥 없는 구덩이는 재무부, 시궁창은 궁정, 어릿광대 모자는 총신, 부러진 갈대는 법정, 빈 술통은 장군, 고름이 나오는 종기는 행정부를 의미한다.

이 방법이 실패할 경우, 그들에게는 더욱 효과적인 다른 두 가지 방법이 남아 있다. 지식인들은 이를 자기네들끼리 아크로스틱* 혹은 애너그램*이라 부른다. 우선 그들은 모든 첫 글자를 정치적 의미를 가진 것으로 해독할 수 있다. 따라서 N은 음모를 의미할 것이다. B는 기병 연대, L은 함대를 의미한다. 두 번째로 어떤 의심스러운 문서에 있는 알파벳 글자들의 위치를 바꿈으로써 불만이 있는 측의 심오한 음모를 까발릴 수 있다. 예를 들면 내가 친구에게 보내는 편지에서 "우리 형 톰이 치질에 걸렸다"(Our Brother Tom just got the Piles)라고 말한다면, 이 기술에 능숙한 사람은 이 문장을 이루는 똑같은 글자들이 어떻게 다음과 같은 말로 분석될 수 있는지를 알아낼 것이다. "저항하라—음모가 감지된다—라투르 보냄*"(Resist—a Plot is brought home—The Tour). 이것이 애너그램의 방법이다.

교수는 내가 이런 이야기를 해 준 것에 대해 매우 감사했으며,

자신의 논문에 내 이름을 명예롭게 언급하겠다고 약속했다.

이 나라에는 더 이상 내 흥미를 끌 만한 것이 없었으므로 나는 영국 집으로 돌아가는 것에 대해 생각하기 시작했다.

7장

지은이가 라가도를 떠나 말도나다에 도착한다. 준비된 배가 없다. 그는 글럽덥드립으로 짧은 여행을 간다. 그가 총독에게 받은 대접.

내가 믿기로 이 왕국이 속한 대륙은 동쪽으로는 미지의 아메리카 쪽으로, 서쪽으로는 캘리포니아쪽으로 펼쳐져 있으며 북쪽으로는 라가도에서 240킬로미터 정도 떨어져 있는 태평양 쪽으로 뻗어 있었다. 라가도에는 좋은 항구가 있으며 이곳에서 '럭낵'이라는 큰 섬과 교류가 활발하다. 럭낵은 약 북위 29도, 경도 140도에 위치해 있으며, 일본의 남동쪽으로 480킬로미터 정도 떨어져 있다. 일본의 황제와 럭낵의 왕은 절대적인 동맹 관계를 맺고 있어 덕분에 한 섬에서 다른 섬으로 항해할 기회가 많다. 해서 나는 유럽으로 돌아가기 위해 이쪽으로 방향을 잡기로 정했다. 나는 두 마리의 노새와 길을 안내해 주고 작은 짐을 들어 줄 인내인을 고용했다. 그러고는 내게 많은 호의를 베풀어 주고 떠날 때 후한 선물까지 준 나의 귀족 후견인에게 작별 인사를 했다.

이 여행에서는 특별히 얘기할 만한 사건이나 모험이 없었다. 내가 말도나다 항구(그것이 이 항구의 이름이다)에 도착했을 때는 럭낵으로 가는 배가 없었고 한동안 있을 것 같지도 않았다. 이 도시의 크기는 포츠머스만 하다. 이곳에서 나는 곧 몇몇 사람들을 사귀었고 매우 친절한 대접을 받았다. 그중 신분이 높은 한 신사가 내게 럭낵으로 가는 배가 한 달 안에는 없을 테니 남서쪽으로 약 25킬로미터 떨어진 곳에 있는 작은 섬 '글럽덥드립'으로 여행을 가는 것도 나쁘지 않은 오락거리가 될 거라고 말해 주었다. 그는 친구와 함께 나와 동행해 주겠다면서 작고 편리한 돛단배가 마련되도록 도와주었다.

글럽덥드립이란 단어를 최대한 번역해 보자면 마술사 혹은 마법사의 섬이란 뜻이다. 섬의 크기는 영국 와이트섬의 3분의 1 정도이며 매우 비옥하다. 그곳은 마법사로 이루어진 부족의 족장이 다스린다. 이 부족은 오직 자기들끼리 결혼하며, 가장 연장자인 사람이 왕 혹은 총독이 된다. 그는 훌륭한 왕궁과 12제곱킬로미터 넓이의 정원을 가지고 있다. 이 정원은 반듯한 돌로 이루어진 높이 6미터 성벽에 둘러싸여 있으며 공원 내에는 가축, 곡식, 원예용으로 나눠진 작은 구획들이 몇몇 있다.

총독과 그의 식구들은 좀 흔치 않은 하인들의 시중을 받는다. 총독은 죽은 자를 불러내는 주술로 자신이 원하는 사자(死者)를 불러내 스물네 시간 동안 부릴 수 있는 능력을 가지고 있다. 하지만 이 경우 스물네 시간을 넘어서는 안 되며, 또 아주 특별한 경우가 아니라면 같은 사람을 세 달 안에 다시 불러낼 수 없다.

우리는 아침 11시경 그 섬에 도착했다. 나와 동행했던 신사 중 한 명이 총독에게 가서 그를 뵙는 영광을 위해 이곳에 온 한 이방인에게 알현을 허락해 주기를 원했다. 이는 즉시 받아들여졌고, 우리 셋은 두 줄로 서 있는 경비병 사이를 지나 왕궁 안으로 들어갔다. 경비병들은 매우 기괴한 옷으로 무장한 채였고 그들의 표정에는 도저히 표현할 수 없는 공포로 온몸을 오싹하게 하는 어떤 것이 있었다. 우리는 아까처럼 양옆에 늘어서 있는 똑같은 종류의 하인들 사이를 지나 방 몇 개를 거쳐 알현실로 들어갔다.

그곳에서 큰 절을 세 번하고 몇 가지 일반적인 질문을 받은 끝에 총독의 옥좌 제일 아래 계단 옆에 있는 등받이 없는 의자 세 개에 앉도록 허락되었다. 총독은 이 섬의 언어와는 다른 발니바비어를 알아들었다. 그는 내게 여행 이야기를 해 달라고 하면서 격식 없이 나를 대한다는 것을 보여 주기 위해 손가락을 까딱해 모든 하인들이 물러가도록 했다. 그가 손가락을 까딱하자 마치 우리가 갑자기 깨어날 때의 꿈속 장면처럼 그들은 너무나 놀랍게도 순식간에 사라졌다.

총독은 내가 한동안 정신을 못 차리는 걸 보고, 별다른 해가 없을 거라며 나를 안심시켰다. 또 종종 이미 같은 방식으로 대접받았던 두 동행인이 전혀 걱정하지 않는 것을 보고 나는 기운을 내이 그동안 내가 겪었던 여러 모험에 대해 총독에게 짧게 얘기했다. 하지만 가끔씩 머뭇거리거나, 유령 하인들을 보았던 쪽으로 자꾸 뒤돌아보곤 했다. 나는 총독과 함께 저녁을 먹는 영광을 누렸으며, 새로운 유령들이 음식을 준비해 주었고 식탁 시중을 들어주었다. 아침보다는 점차 무서움이 줄어들었다. 나는 그곳에서 해가 질 때까지 머물렀고, 왕궁에서 자고 가라는 각하의 초대를 거절하는 것에 대해 양해해 주시기를 겸손히 청했다. 나와 내 두 친구는 이 작은 섬의 수도인 인근 도시에 있는 한 가정집에 숙박했으며, 다음 날 아침 총독이 명령한 대로 문안을 드리기 위해 왕궁으로 다시 갔다.

우리는 이렇게 열흘 동안 이 섬에 머물렀으며, 하루의 대부분을 총독과 함께 보내고 밤에는 숙소로 왔다. 나는 곧 유령을 보는 것에 익숙해져서 서너 번째 보았을 때는 이들을 보고도 아무런 감정의 동요를 느끼지 않았다. 아니, 불안감은 여전히 남아 있었지만 호기심이 더 컸다. 왜냐면 총독께서 세상이 시작된 때부터 지금까지 존재했던 모든 사자들 중 원하는 어떤 사람이든 또 몇 명이든 불러내어 내가 묻고 싶은 질문에 그들이 대답하도록 명령하라고 지시했기 때문이다. 단지 내 질문이 그들이 살았던 시대로 한정되어야 한다는 조건이 있기는 했다. 한 가지 확실한 것은 그들이 내게 오로지 진실만을 말하리라는 것인데, 지하세계에서 거짓말은 아무 짝에도 쓸모없는 능력이기 때문이다.

나는 각하께 그렇게 커다란 호의를 베풀어 주신 데 대해 겸손히 감사의 말씀을 드렸다. 그때 우리는 정원이 잘 보이는 방에 있었다. 내가 가장 먼저 원했던 것은 화려하고 장대한 광경들을 보는 것이었기에 나는 아르벨라* 전투가 막 끝난 후 군대의 선두에 서 있는 알렉산더 대왕을 보길 원했다. 총독이 손가락을 까딱하자 알렉산더 대왕이 즉시 우리가 서 있는 창문 아래의 넓은 들판에 나타났다. 알렉산더 대왕은 방으로 불려 들여졌고, 그리스어 실력이 변변찮았던 나는 그의 말을 겨우 알아들을 수 있었다. 그는 자신이 독살된 것이 아니라 술을 너무 많이 마시는 바람에 열병에 걸려 죽었음을 명예를 걸고 장담했다.

다음으로 나는 한니발이 알프스산을 넘어가는 것을 보았다. 그는 내게 자신의 캠프에는 식초가 한 방울도 없었다*고 말해 주었다.

또 나는 시저와 폼페이 장군이 각 군대의 최전선에서 전쟁을 막 시작하려는 장면을 보았다. 시저가 그의 위대한 마지막 전투에서 승리하는 것도 보았다. 나는 어떤 큰 방에 로마의 상원들이, 그리고 다른 방에는 반대로 현대의 국회의원들이 나타나기를 원했다. 전자는 영웅들과 반신(半神)이 모인 것처럼 보였으며, 후자는 행상인, 소매치기, 노상강도와 깡패를 모아 놓은 것 같았다.

총독은 내 요청에 따라 시저와 브루투스가 우리를 향해 나오도록 신호를 보냈다. 나는 브루투스의 모습에 깊은 경외심을 느꼈고, 그의 얼굴을 이루는 선 하나하나에서 지상 최고의 덕과 용기, 강인한 정신, 조국에 대한 진실한 사랑, 인류에 대한 보편적 자애심을 곧바로 발견할 수 있었다. 또 시저와 브루투스가 서로 사이가 좋은 모습을 보고 즐거웠다. 시저는 자신이 삶에서 이루었던 최고의 업적도 브루투스가 자신의 목숨을 가져간 영광보다 한참 못함을 솔직하게 고백했다. 나는 브루투스와 많은 대화를 나누는 영광을 가졌다. 그는 그의 조상인 주니어스,* 소크라테스, 에파미논다스,* 케이토 2세,* 토마스 모어 경*과 자신이 영원히 함께 있다고 했다. 이 세상의 어떤 시대도 이 여섯 명의 영웅들에게 일곱 번째 영웅을 더할 수는 없으리라.

나는 내가 태어나기 전 존재했던 고대 세계를 모두 보고 싶은 도무지 채워지지 않는 욕망이 있었고, 이를 만족시키기 위해 엄청난 수의 영웅들을 불러내었다. 하지만 이런 이야기들을 독자들에게 쏟아 내는 것은 지루한 일일 것이다. 나는 주로 독재자와 찬탈자를 무너뜨린 이들이나 억압받고 상처받은 국민들에게 자유를 되돌려 준 이들을 눈으로 보는 것으로 만족했다. 하지만 마음 깊이 새겼던 그 만족감을 독자들에게도 적절히 즐거운 오락거리가 되는 방식으로 표현하는 것은 불가능하다.

8장

글럽덥드립에 대한 이어지는 설명. 고대사와 현대사가 수정된다.

나는 지성과 학식에서 가장 널리 알려졌던 고대인들을 만나기 위해 일부러 하루를 떼어 놓았다. 우선 호머와 아리스토텔레스가 그들을 비평한 모든 비평가의 앞에 나타나게 할 것을 제안했다. 그런데 비평가들이 너무 많아서 수백 명이 왕궁의 마당이나 별채에 있을 수밖에 없었다.

나는 이 두 명의 영웅을 첫눈에 알아보았다. 수많은 비평가들 사이에서도 두 사람을 알아볼 수 있을 뿐 아니라 각각 누가 누구인지도 구별할 수 있었다. 둘 중에서 호머는 키가 더 크고 더 잘생겼으며, 그의 나이치고 아주 꼿꼿이 걸었고, 그의 눈은 내가 본 눈 중 가장 생생하고 사물을 꿰뚫는 힘을 지닌 눈이었다.* 아리스토텔레스는 매우 구부정했고 지팡이를 짚고 있었다. 얼굴은 초췌했고 미리숱이 적고 가늘었으며, 목소리는 허공을 맴돌았다. 나는 곧 두 명 다 나머지 사람들을 전혀 모르며 이전에 보거나 들어 본 적도 없다는 걸을 알게 됐다. 어느 이름 없는 유령이 내게 속삭이기를, 이 비평가들은 지하세계에서 그들의 작가로부터 늘 가장 멀리 떨어져 있는데, 이는 수치심과 죄책감에서 비롯된 것으로 작가들의 의미를 후손에게 완전히 잘못 전달했기 때문이다. 나는 디디무스와 유스타티우스*를 호머에게 소개해 주었고, 그가 이들을 실제 가치보다 낫게 대우해 주도록 설득할 수 있었다. 시인의 정신을 꿰뚫어 보는 재능이 그들에게 부족하다는 것을 그가 곧 알았기 때문이다. 하지만 아리스토텔레스는 내가 스코투스*와 라무스*를 소개하면서 그들에 대해 설명하자 이를 참지 못했다. 그러면서 다른 비평가들도 그들처럼 엄청난 바보냐고 내게 물었다.

이에 따라 나는 나는 총독에게 데카르트*와 가센디*를 불러 달라고 했고 그들이 자신들의 이론 체계를 아리스토텔레스에게 설명하도록 했다. 이 위대한 철학자는 자연철학에서 범했던 자신의 오류를 솔직히 인정했다. 그도 다른 사람들처럼 많은 부분 추측에 의존해 진행할 수밖에 없었기 때문이다. 또 그는 에피큐러스의 이론을 가능한 자신의 입맛에 맞게 만들었던 가센디나 데카르트의 소용돌이설 역시 나중에는 반박되었다는 것을 알게 됐다.

아리스토텔레스는 현재의 지식인들이 열렬히 주장하는 만유인력의 법칙도 같은 운명을 맞게 될 것임을 예언했다. 자연에 대한 새로운 이론체계들은 단지 새로운 유행 같은 것으로 각 시대마다 달라지는 것이라면서 말이다. 수학적 원리에 의거해 이론을 증명하려는 사람들 역시 한때는 잘나가겠지만 시간이 지나 때가 되면 유행에 뒤떨어지게 될 것이라고도 했다.

나는 고대의 다른 여러 학자들과 대화하며 닷새를 보냈다. 또 초기 로마 황제들을 대부분 보았으며 총독에게 부탁해 엘라가발루스 황제*의 요리사들을 불러내 우리를 위해 만찬을 준비하도록 했다. 하지만 재료가 없었기에 그들은 제대로 솜씨를 발휘할 수 없었다. 아게실라우스 왕*의 노예 하나가 우리에게 스파르타 죽을 한 그릇 만들어 주었지만 나는 도저히 두 번째 숟가락을 뜰 수가 없었다.

나를 섬에 데려다준 두 명의 신사는 개인적인 일로 사흘 만에 돌아가야 했고, 그동안 나는 지난 2백~3백 년 동안 우리 영국과 유럽의 다른 나라에서 두각을 드러냈던 탁월한 근대의 사자(死者)들을 몇 명 만났다. 오래되고 명망 높은 가문에 대한 존경심을 늘 품고 있던 나는 10~20여 명의 왕을 그들의 조상과 함께 8~9세대에 걸쳐 순서대로 불러내 줄 것을 총독에게 부탁했다. 하지만 이에 대한 내 실망은 예상 밖에 너무나 컸다. 한 가문의 경우, 왕관을 쓴 긴 행렬 대신 내가 본 것은 사기꾼 두 명과 말쑥하게 차려입은 궁정인 세 명 그리고 이탈리아의 고위성직자 한 명이었다. 다른 가문에는 이발사, 수도원장, 추기경 두 명이 있었다.

왕실에 커다란 경외심을 가지고 있는 나로서는 이런 민감한 주제를 더 이상 길게 논의하고 싶지 않다. 하지만 백작이나 후작, 공작, 자작, 기타 귀족에 대해서는 그렇게 까다롭지 않았다. 그런 까닭에 가문들의 독특한 특징을 그들의 첫 대 조상에 이르기까지 추적할 수 있다는 것이 꽤 즐거운 일이었음을 고백해야겠다. 어떤 가문의 긴 턱이 어디서 왔는지, 두 번째 가문에서는 어찌하여 두 세대 동안 악한들이 가득했으며 왜 그다음 두 세대는 바보들로 넘쳐났는지, 왜 세 번째 가문은 머리가 돌게 됐고, 네 번째 가문은 사기꾼이 되었는지를 나는 명백히 알 수 있었다. 폴리도어 버질*이 한 위대한 가문에 대해서 말했던 "어떤 남자도 용감하지 않았고, 어떤 여자도 순결하지 않았다"가 도대체 어디에서 나왔는지 잘 알 수 있었다. 어떻게 잔인함, 거짓 그리고 비겁함이 어떤 가문의 문장(紋章)만큼이나 그 가문을 구별하는 특징이 되었는지, 누가 제일 먼저 한 귀족 가문에 매독을 들여와 후손들에게 타락한 종양의 형태로 물려주게 되었는지—가문의 혈통이 시동, 하인, 시종, 마부, 도박꾼, 사기꾼, 배우, 선장 그리고 소매치기에 의해 끊어진 것을 보니 이러한 것들이 하나도 놀랍지 않았다.

무엇보다 나는 현대 역사에 혐오감을 가지게 되었다. 지난 백 년 동안 왕궁에서 가장 위대한 명성을 지녔던 모든 사람을 엄밀히 검토하자 어떻게 세상이 창녀 같은 작가들 손에 호도됐었는지를 알게 되었기 때문이다. 이들은 전쟁의 가장 큰 공훈을 겁쟁이들에게 돌렸고, 가장 현명한 정책 조언을 바보들에게, 진실함을 아첨꾼에게, 로마의 미덕을 조국을 배신한 이에게, 신실함을 무신론자에게, 순결함을 남색자에게, 또 진실을 밀고자에게 부여했다. 얼마나 많은 무고하고 훌륭한 사람들이 재판관들의 타락과 당파적 악의를 이용하는 고위 대신들의 농락에 죽음 혹은 추방에 처하게 됐는지! 얼마나 많은 악한들이 신뢰, 권력, 위엄, 이익을 누리는 최고의 위치로 올라갔으며, 법정과 하원의회, 상원의회에서 결정된 의견과 사건 중 얼마나 많은 건이 포주, 매춘부, 뚜쟁이, 기생자, 익살꾼에게 도전받았는지! 나는 세상에서 일어난 위대한 일들과 혁신의 원천과 동기에 대해 제대로 알게 되고, 또 이러한 성공들이 보잘것없는 우연에 기인함을 알게 된 후, 인간의 지혜와 정직에 대해 지독히 낮게 평가하게 되었다.

또한 나는 일화 혹은 야사를 쓰는 사람들의 나쁜 짓거리와 무지를 알게 됐다. 이들은 수많은 왕을 독이 든 컵과 함께 무덤으로 보내며, 목격자도 없는 왕과 총리 간의 대화를 반복할 것이다. 사신과 국무대신의 사상과 책장의 문을 풀어헤칠 것이고, 늘 오해받는 영원한 불운을 가지게 될 것이다. 여기서 나는 세상을 놀라게 했던 여러 커다란 사건들의 진짜 원인을 알게 되었다. 어떻게 한 매춘부가 막후인물들을 조정하고, 그들이 다시 하원의회를, 하원의회가 다시 상원의회를 조종할 수 있는지 말이다.

어떤 장군은 그가 승리를 거둔 것은 순전히 비겁함과 나쁜 행동 덕분이었다고 내 앞에서 고백했다. 또 어떤 해군제독은 조국을 배신하고 자신의 함대를 넘기려 했었으나, 오히려 적이 잘못된 정보를 얻었던 덕분에 물리칠 수 있었다고 말했다. 세 명의 왕은 통치 기간 내내, 실수나 믿었던 대신의 배신이 아니었다면

한 번도 제대로 된 능력을 지닌 신하를 승진시켜 본 적이 없었다고 단언했다. 그들은 다시 살더라도 그런 일은 하지 않겠다면서 왕의 자리란 부정부패 없이는 지탱될 수 없음을 매우 합리적으로 보여 주었다. 덕성이 인간에게 불어넣는 긍정적이고 자신만만하며 길들여지지 않는 기질은 공적 업무에 영원한 방해물이 되기 때문이었다.

나는 많은 사람이 어떠한 방법으로 명예로운 지위와 어마어마한 재산을 획득했는지 구체적으로 물어보았다. 이러한 질문을 극히 최근으로 국한시켰지만, 그렇다고 현대인을 비난하려는 것은 아니다. 왜냐면 나는 외국인에게조차 불쾌감을 주고 싶지 않은 사람이기 때문이다(지금 내가 하는 얘기가 우리나라에 대한 것이 절대 아니라고 독자들에게 말할 필요가 없기 바란다). 나는 이 문제를 심각하게 생각할 수밖에 없는데 관련된 수많은 사람이 불려 나와 슬쩍만 살펴보아도 엄청나게 치욕적인 장면을 드러내 보였기 때문이다. 위증, 억압, 매수, 사기, 포주질 같은 병들은 오히려 그들이 했던 얘기 중 가장 눈감아 줄 만한 기술에 속했다. 이에 대해서는 합리적 선 안에서 어느 정도 고려해 줄 수 있었다.

하지만 어떤 이들은 그들의 명예와 부가 남색과 근친상간 덕분이며, 또 다른 이들은 아내와 딸을 창녀로 만든 덕분이라고 고백했다. 어떤 이들은 나라나 왕을 배신한 덕분에, 또 어떤 이들은 독살 덕분에, 혹은 더 많은 경우 무고한 이들을 죽이기 위해 정의를 유린한 덕분에 명예와 재산을 얻었다고 했다. 이러한 폭로로 높은 지위의 분들—우리 같은 아래 사람이 장엄한 위엄에 맞게 최고의 존중으로 예우해야 하는 분들—에게 자연스레 바치던 내 깊은 존경심이 좀 줄어들었다 하더라도 용서받을 수 있기를 바란다.

나는 군주와 국가에 바쳐진 위대한 헌신에 관한 이야기를 종종 접해 왔기에 당사자들을 만나고 싶었다. 하지만 그들의 이름은 기록에 남아 있지 않으며 단지 그들 중 몇 명이 가장 사악한 악한과 배신자로 역사에 남아 있다는 답변이 돌아왔다. 나머지 사람들도 들어 본 적이 없었다. 그들은 모두 우울해 보였고, 매우 남루한 옷을 입고 있었다. 그들 중 대부분은 자신이 가난과 수치 속에서 죽었다고 했으며, 나머지 이들은 단두대나 교수대에서 죽었다고 말했다.

그중 좀 이상한 경우로 보이는 사람이 한 명 있었다. 그의 옆에는 열여덟 살 정도 된 청년이 서 있었다. 그는 자신이 수십 년 동안 한 군함의 지휘관이었으며, 운 좋게도 악티움 해전에서 적의 전선을 뚫고 주요 함선 세 대를 바다에 가라앉혔으며, 네 번째 포획한 배로 인해 안소니가 도망갔고, 이어 승리했다고 말했다. 그의 옆에 서 있는 젊은이는 이 전쟁 중에 죽었던 그의 하나뿐인 아들이었다.

계속된 승리에 자신감을 얻어 전쟁이 끝나자 로마로 간 그는 마침 지휘관이 살해되어 새로운 지휘관이 필요했던 아주 큰 배를 맡을 수 있게 해 달라고 아우구스투스 황제에게 간청했다. 하지만 그 배는 그의 권리는 전혀 고려하지 않은 채 바다라고는 본 적도 없는 한 꼬마, 즉 황제의 첩 중 하나를 모시는 리베르티나의 아들에게 주어졌다. 자신의 배로 돌아왔을 때 그는 의무 방기의 죄목으로 고발되었고, 그의 배는 부총독인 푸블리콜라가 총애하는 한 시동에게 주어졌다. 그렇게 그는 로마로부터 멀리 떨어진 초라한 농장으로 물러나 그곳에서 삶을 끝냈다.

나는 이 이야기의 진실이 너무 알고 싶어서 그 전쟁에서 총독 역할을 했던 아그리파를 불러 주기를 원했다. 모습을 드러낸 그는 모든 이야기를 확인시켜 주었다. 하지만 그의 이야기는 오히려 그 사령관에게 훨씬 더 유리한 것이었다. 무척 겸손했던 그는 자신이 이룬 업적 중 많은 부분을 약화시키거나 감췄기 때문이다.

나는 제국 말기에 횡행했던 사치에 의해 추동된 부정부패가 그토록 강하고 또 빠르게 로마 제국에 번져 나갔던 것을 보고 놀랐다. 덕분에 비슷한 경우에 놓였던 다른 나라들을 보고 덜 놀랐지만 말이다. 이 나라에서는 온갖 종류의 악이 훨씬 더 오래 지배했으며, 최고사령관이 모든 약탈물과 모든 찬사를 독차지했다. 비록 둘 중 어떤 것도 가질 자격이 없었지만 말이다.

불려 나온 모든 사람이 자신이 세상에 살았던 때와 똑같은 모습으로 나타났기 때문에 나는 지난 수백 년 동안 인류가 얼마나 심하게 타락했는지를 목격하고 우울한 상념에 빠져들었다. 어떻게 매독이 여러 증상과 명칭 아래 영국인들의 얼굴선을 완전히 바꾸었으며, 혹은 몸의 크기를 줄이고, 신경을 약하게 하고, 힘줄과 근육을 늘어뜨리며, 창백한 안색을 가져오고, 또 살을 처지게 하고 살에서 악취가 나게 했는지를 보았던 것이다.

기분이 너무 저하된 나머지 나는 옛날 옛적의 영국 자작농들이 불려 나오기를 원했다. 검소한 습관과 음식, 복장으로 너무나 유명하며 정직한 거래와 진정한 자유의 정신, 그리고 용맹함과 조국에 대한 사랑으로 유명한 영국의 자작농들 말이다. 하지만 나는 죽은 자와 살아 있는 자를 비교한 후 울컥하지 않을 수 없었다. 이런 본래의 모든 순수한 덕목들이 그들 후손에게 돈 한 푼 때문에 더럽혀진 것을 생각하니 말이다. 이들은 투표권을 팔고 선거를 조작하면서 법정에서나 배울 법한 온갖 악과 타락을 습득해 버렸으니 말이다.

9장

지은이는 말도나다로 돌아간다. 배를 타고 럭낵 왕국으로 간다. 지은이가 감금된다. 그가 궁정으로 안내된다. 그가 받아들여지는 방식. 럭낵의 왕이 신하들에게 지니는 커다란 자비심.

출발 날짜가 되어 나는 글럽덥드립 총독 각하께 작별 인사를 드린 후, 두 명의 동승인과 함께 말도나다로 돌아왔다. 거기서 2주 동안 기다린 끝에 럭낵으로 가는 배가 준비되었다. 그 두 명의 신사와 다른 이들은 매우 친절하고 너그럽게도 내게 식량을 싸 주었고 배까지 올라와 배웅해 주었다. 여행은 한 달 정도 걸렸다. 커다란 폭풍우가 한 번 있었고, 우리는 무역풍을 타기 위해 3백 킬로미터 넘게 서쪽 방향으로 가야 했다.

1708년 4월 21일 우리는 럭낵의 남동쪽에 있는 해안도시 클루맥닉 강에 도착했다. 도시에서 5킬로미터 정도 떨어진 곳에 닻을 내렸고, 수로 안내원을 보내 달라는 신호를 보냈다. 삼십 분도 안 돼 두 명이 승선했고, 그들의 도움으로 매우 위험한 여울과 바위 사이를 지나며 넓은 유역에 도착했다. 그곳은 성벽으로부터 180미터 거리 안에 있었고 함대도 안전하게 들어올 수 있을 만한 곳이었다.

악의로 그런 건지 부주의로 그런 건지 우리 선원 몇 명이 내가 외국인이며 여행을 많이 한다는 사실을 안내원들에게 알려 주는 바람에 이 사실이 세관원에게 통보됐다. 그런 연유로 나는 내리자마자 철저한 조사를 받았다. 세관원은 내게 발니바비어로 말했는데, 활발한 교역 덕분에 이 언어는 이 도시에서, 특히 선원들과 세관에서 일하는 사람들 사이에서 통용되었다. 나는 몇몇 구체적인 사실을 그에게 짧게 설명했고, 가능한 그럴듯하고 일관되게 이야기했다.

하지만 내가 어느 나라에서 왔는지 감추고 네덜란드 사람인 척을 할 필요가 있겠다는 생각이 들었다. 나는 일본에 가려고 했고, 네덜란드인들은 그 왕국에 입국이 허가된 유일한 유럽인이었기 때문이다. 따라서 나는 발니바비 해안에 난파된 후 바위섬에 있다가 날아다니는 섬 라퓨타(그는 이에 대해 자주 들은 바 있다)에 가게 되었고 지금은 일본으로 가려고 애쓰는 중인데 그곳으로부터 우리나라로 돌아갈 방법을 찾을 수 있을지 모르기 때문이라고 세관원에게 말했다.

세관원은 왕실로부터 명령을 받을 때까지 구금된 상태로 있어야 한다고 했다. 자신이 당장 왕실에 글을 올릴 것이며, 아마 2주일 안에 답변을 받을 수 있을 거라고 했다. 나는 어떤 편리한 임시 거처로 옮겨졌는데 문 앞에는 보초가 서 있었다. 하지만 이곳에 있는 동안 커다란 정원을 마음대로 이용할 수 있었고, 왕이 내는 비용으로 지내면서 충분히 인간적인 대접을 받았다. 몇몇 사람들이 주로 호기심에 나를 방문하기도 했는데, 내가 그들이 들어 보지 못한 아주 먼 나라에서 왔다는 소문이 났기 때문이었다.

나는 같은 배를 타고 온 젊은이를 통역으로 고용했다. 그는 럭낵 출신이지만 말도나다에서 수십 년을 살았기에 두 나라 언어를 모두 완벽하게 구사했다. 그의 도움으로 나는 나를 방문하러 온 사람들과 대화할 수 있었지만, 이 대화는 오로지 그들이 질문하고 내가 대답하는 식으로만 진행되었다.

우리가 예상했던 때에 맞춰 왕실로부터 긴급 전보가 도착했다. 전보에는 나와 내 수행원들이 트랄드락덥 혹은 트릴드록드립으로(내 기억으로 이 두 가지로 발음된다) 떠날 수 있으며, 열 명의 기병이 안내하라는 허가증이 있었다. 내 수행원이라 해 봤자 통역을 맡아 달라고 설득했던 그 가여운 젊은이밖에 없었지만 말이다. 정중히 요청한 끝에 우리는 각각 노새를 타고 가기로 했다. 전령이 우리보다 반나절 정도 앞서 출발해 왕에게 우리가 가는 것을 알리고, 내가 언제 '폐하의 발판 앞에서 먼지를 핥는' 영광을 갖게 될지 그 날짜와 시간을 정해 주기를 바랐다. 이것은 궁중에서 쓰이는 말투이며 나는 이 말이 형식만이 아님을 곧 알게 되었다. 이틀 후 알현이 허락되었을 때, 배로 기면서 바닥을 핥으며 나아가라는 명령을 들었던 것이다.

물론 내가 이방인이었기에 바닥의 먼지가 불쾌하지 않도록 깨끗이 청소해 주는 배려가 있기는 했다. 하지만 이는 최고 지위의 사람들이 알현을 원할 때만 허락되는 특별한 은혜였다. 그러기는커녕 가끔 일부러 바닥을 먼지로 뒤덮는데 바로 알현을 허락받은 사람이 왕실의 강력한 적일 때다. 나는 어떤 훌륭한 귀족이 입 안에 먼지가 가득한 채 왕좌에서 적당히 떨어진 거리까지 기어가면서 한마디도 할 수 없었던 걸 본 적이 있었다. 그럴 수밖에 없는 것이, 알현을 허락받은 이가 폐하의 면전에서 입 안에 있는 것을 뱉거나 입을 닦는 것은 사형죄에 해당하기 때문이다.

사실 이 왕실에는 내가 온전히 인정하기 어려운 또 다른 관습이 있다. 만일 왕이 귀족 중 어떤 이를 관대한 방식으로 죽이기를 원한다면, 치명적인 성분으로 이루어진 어떤 갈색 가루를 바닥에 뿌리라는 명령을 내린다. 이를 핥으면 누구든 24시간 안에 틀림없이 죽는다. 하지만 왕의 폭넓은 관용과 백성에 대한 배려에 관해 정당하게 얘기하자면(이 점에서는 유럽의 군주들이 그를 본받을 것으로 기대된다) 그의 명예를 위해 다음과 같은 점이 꼭 언급돼야 한다. 그러한 처형이 있은 후 매번 바닥의 오염된 부분이 잘 씻겨 내려가도록 엄격한 지시가 내려지며, 만일 하인들이 이를 소홀히 할 경우 왕이 노여움을 초래하는 위험에 처해진다는 것이다.

나도 왕이 하인 하나를 채찍질하라고 지시하는 걸 직접 들은 적이 있었다. 처형 후 그 하인이 바닥을 씻어 내라는 지시를 할 차례였는데 악의적으로 이를 생략했기 때문이다. 이러한 부주의로 앞날이 창창했던 한 귀족 젊은이가 알현하러 왔다가, 비록 왕이 그를 죽일 마음이 당시에 없었는데도 독살되었던 것이다. 하지만 자애롭게도 이 선한 왕은 그 불쌍한 하인에게 더 이상 그러지 않겠다는 약속을 받고는 특별한 지시도 내리지 않은 채 채찍질을 감해 주었다.

여담에서 본론으로 돌아와야겠다. 나는 왕이 앉아 있는 자리에서 4미터 떨어진 곳으로 기어가서는, 무릎을 꿇은 채 공손히 몸을 일으킨 후 이마를 땅바닥에 일곱 번 박으면서 전날 그들이 내게 가르쳐 준 대로 다음과 같이 말했다. “익플링 글롭트롭 스쿳세룸 블리옵 믈라쉬날트 즈윈 트토드발크프흐 슬리옵하드 걸들럽 아쉬트.” 이는 그 나라 법에 의해 왕의 알현을 허락받은 사람들 모두가 말해야 하는 왕에 대한 찬사다. 영어로는 이렇게 번역된다. “하늘처럼 높은 전하께서는 태양보다 11개월 반 동안 더 오래 사시옵소서.” 이에 대해 왕이 대답했다. 나는 비록 그 뜻은 이해하지 못했지만, 지시받은 대로 다음과 같이 다시 대답했다. “플러프트 드린 얄레릭 드울둠 프라스트라드 멀플러쉬.” 이는 “내 혀는 내 친구의 입에 있다” 정도의 뜻이며, 다시 말해 내 통역을 데려올 수 있도록 허락해 달라는 것이었다. 그러자 아까 얘기했던 그 젊은이가 들어왔고, 나는 그의 도움으로 폐하께서 물으시는 많은 질문에 한 시간 넘게 대답했다. 나는 발니바비어로 말했고, 그 젊은이는 이를 럭낵어로 통역했다.

왕은 나와 함께 있는 걸 매우 즐거워하여 그의 ‘블리프말크렘’, 즉 시종장을 시켜 나와 내 통역이 머물 거처를 궁정 안에 마련하라고 했다. 또 매일 내 식사비를 충당할 수 있는 수당과 일상적으로 쓸 수 있는 커다란 금화 지갑도 함께 주었다.

나는 폐하께 완전히 복종한다는 의미로 이 나라에 석 달간 머물렀다. 그는 내게 호의를 베푸는 것을 매우 기뻐했고 내게 여러 가지 영광스러운 제안들을 했다. 하지만 나는 남은 날들을 아내 그리고 가족들과 함께 보내는 것이 더욱 현명하고 올바른 일이라 생각했다.

10장

칭찬받는 럭낵인들. 스트럴드브럭에 대한 구체적인 묘사. 이 주제에 대한 지은이와 몇몇 저명인사들 간의 대화.

럭낵인들은 정중하고 너그러운 민족이다. 비록 모든 동방국가에 독특하게 존재하는 어떤 교만함이 없지는 않지만, 이방인들 특히 왕실의 지원을 받는 이들에게 예의를 갖춰 대접한다. 나는 그곳에서 높은 교양을 지닌 사람들을 많이 알게 됐고, 늘 통역이 옆에 있었기에 이들과의 대화는 즐거운 편이었다.

이런 사람들과 즐겁게 시간을 보내던 어느 날, 한 지체 높은 분이 자기네 나라의 '스트럴드브럭, 즉 죽지 않는 사람'을 본 적이 있냐고 내게 물었다. 나는 없다고 대답했고, 그러한 명칭을 죽을 수밖에 없는 인간에게 붙이다니 무슨 의미인지 설명해 달라고 했다. 그는 매우 드물긴 하지만 가끔 어떤 집안에서 왼쪽 눈썹 바로 위 이마 부분에 빨갛고 둥근 점을 가진 아이가 태어나는데,

이 점은 그가 영원히 죽지 않는다는 확실한 징표라고 했다.

그가 묘사한 바에 의하면, 그 점은 은화 3펜스 정도의 크기로 시간이 갈수록 점점 커지며 색깔도 바뀐다. 열두 살에는 초록색으로 바뀌어 스물다섯 살까지 지속되다가 이후 짙은 푸른색으로 변하며, 마흔다섯에는 칠흑 같은 검정색으로 바뀌면서 영국의 1실링만큼 커지고 그 이후로는 더 이상 바뀌지 않는다. 그는 이러한 아이들의 탄생은 극히 드문 일이기에 전국에 걸쳐 남녀 합해 천1백 명이 넘지 않는 스트럴드브럭이 있는 걸로 생각된다고 말했다. 그의 추산으로 그중 약 50명이 수도에 있으며, 3년 전쯤 어린 여자아이가 수도 밖에서 태어났다. 이러한 출산은 어떤 집안에서만 특별히 일어나는 일이 아니라 단지 우연의 결과이며, 스트럴드브럭의 아이들 역시 다른 사람들과 마찬가지로 유한한 생명을 지닌다.

고백하건대, 이 이야기를 듣고 나는 말로 표현할 수 없는 기쁨으로 벅차올랐다. 내게 이 얘기를 해 준 사람은 마침 내가 잘하는 발니바비어를 할 수 있었고, 나는 다소 지나치게 과장된 표현으로 내 감정을 표출하지 않을 수 없었다. 나는 황홀에 빠진 듯 소리쳤다. 어린이가 영원히 살 수 있는 기회를 지니고 있는 행복한 나라여! 오래된 미덕을 구현한 본보기가 되는 많은 분들이 여전히 살아 있고, 지난 모든 세대들의 지혜를 아이들에게 기꺼이 가르쳐 줄 수 있는 스승을 지닌 행복한 민족이여! 그러나 그 무엇에도 비할 수 없이 가장 행복한 이들은 스트럴드브럭이로구나. 그대들은 인간 본성에 내재한 보편적 재앙에서 면제된 채 태어나, 죽음에 대한 끊임없는 걱정으로 야기되는 정신적 중압감과 우울함으로부터 자유롭고 해방된 마음을 지닌 자들이로다.

나는 한 번도 궁전에서 이런 훌륭한 사람을 본 적이 없었다는 데에 대한 놀라움을 내비쳤다. 이마의 검은 점은 눈에 띄는 표지이므로 쉽게 간과할 만한 것이 아닐 텐데 말이다. 또 극히 현명하신 국왕폐하께서 이렇듯 현명하고 능력 있는 대신들을 많이 데리고 있지 않으신 것은 말이 안 되는 일이었다. 물론 그런 존경받는 현인들의 덕은 타락하고 방종한 궁전의 법도에는 아마 너무 엄격하게 느껴졌을 것이다. 또 경험상 우리는 젊은이들이 윗사람의 신중한 명령을 받기에는 자기주장이 너무 강하고 변덕스러운 것을 종종 보기도 한다. 하지만 왕께서 친히 내게 알현을 허하셨으니 당장 기회가 되는 대로 이 문제에 대한 내 의견을 자유롭고 상세히, 통역의 도움을 받아 전달하기로 결심했다. 그가 내 충고를 받아들이든 아니든, 한 가지 점에서 내 결심은 확실하다. 폐하께서 내가 이 나라에 정착할 것을 시시때때로 권하시니 그 호의를 정말 감사한 마음으로 받아들여, 스트럴드브럭 같은 우월한 존재들이 허락한다면 그들과 함께 대화를 나누며 한평생을 보내고 싶다는 것이다.

내가 발니바비어로 그렇게 말하자 신사는 무지한 자들을 동정하는 듯한 미소를 지어 보이면서 기회가 되면 나를 스트럴드브럭에게 데려가 주겠다고 말했다. 또 내가 방금 한 말을 함께 있는 다른 사람들에게 럭낵어로 설명해도 되겠냐고 허락을 구했다. 그렇게 모인 그들은 한동안 자신들의 언어로 얘기했고, 이에 대해 나는 한마디도 알아들을 수 없었을 뿐 아니라, 그들의 표정만으로는 내 이야기가 그들에게 어떤 인상을 주었는지도 알 수 없었다. 잠시 후 아까 그 신사가 말하길, 그의 친구들과 내 친구(그는 자기 자신을 이렇게 표현했다)는 영원한 삶이 가져다주는 커다란 행복과 장점에 대한 내 현명한 언급에 정말 기쁘다고 했다. 그러면서 구체적으로 어떻게, 즉 만일 내가 스트럴드브럭으로 태어나는 운명을 타고났다면 어떠한 인생의 계획을 세웠을 것인지 알고 싶다고 말했다.

나는 그렇게 풍부하고 즐거운 주제를 이야기하는 것은 쉬운 일이라고 대답했다. 특히 나처럼 만일 내가 왕이나 장군 혹은 귀족이라면 무엇을 할까 하는 상상을 종종 즐겨하던 사람에게는 말이다. 바로 그런 상상을 하면서, 만일 내가 영원히 산다면 어떤 일을 하고 어떻게 시간을 보낼지 전체적인 체계를 이리저리 검토했던 적이 있었다.

만일 내가 운 좋게 스트럴드브럭으로 세상에 태어난다면, 삶과 죽음의 차이를 이해하면서 내가 지닌 행복을 알게 되자마자 모든 수단과 방법을 강구해 부를 얻으려 할 것이다. 검소하게 생활하고 관리를 잘하면서 부를 추구해 나간다면, 2백 년쯤 후에는 이 나라 최고의 부자가 되리라 합리적으로 기대할 수 있을 것이다. 두 번째로 나는 아주 어릴 때부터 인문학 공부에 매진하여 때가 되면 학식 면에서 모든 사람을 능가하게 될 것이다. 마지막으로 공적 영역에서 일어난 모든 중요한 사건을 자세히 기록할 것이며, 몇 세대에 걸친 군주와 국무대신의 인품을 공정하게 그리되, 모든 사안에 대해 내 자신의 의견을 집어넣을 것이다. 나는 또 관습이나 언어, 옷의 유행, 음식과 놀이에서의 여러 변화들을 정확히 적어 놓을 것이다. 이러한 모든 업적으로 나는 지식과 지혜의 살아 있는 보고가 될 것이며 틀림없이 나라의 예언자가 될 것이다.

예순이 넘은 후에는 결코 결혼하지 않고 베풀면서 살되 여전히 절약하며 지낼 것이다. 희망찬 젊은이들의 정신을 형성하고 이끄는 데서 즐거움을 찾되, 공적인 삶과 사적인 삶에서 덕의 유용성을 나 자신의 기억과 경험, 관찰—수많은 본보기에 의해 강화된—에 의거해 설득해 나갈 것이다.

하지만 나의 소중하고 변치 않는 친구들은 나처럼 영원히 사는 형제들일 것이다. 스트럴드브럭 중 나는 가장 나이 든 사람부터 내 동세대에 이르기까지 십여 명을 고를 것이다. 이들 중 재산이 부족한 사람이 있다면 내 장원 주변에 편리한 거처를 제공할 것이며, 그중 몇 명은 늘 식사 시간에 초대해 함께할 것이다. 당신 같은 보통 사람 중에서는 가장 훌륭한 사람들 몇 명과만 어울릴 것이다. 오랜 세월 단련된 덕분에 이들의 죽음도 특별히 아쉽지 않도록 무뎌질 것이며, 당신의 후손에 대해서도 마찬가지일 것이다. 마치 어떤 사람이 그의 정원에서 해마다 피는 패랭이꽃과 튤립으로 즐거워하면서 작년에 시든 꽃의 상실을 아쉬워하지 않는 것처럼 말이다.

이 스트럴드브럭과 나는 시간이 지나면서 서로가 관찰하고 기억하는 것을 소통할 것이다. 또 타락이 세상을 좀먹어 들어가는 과정을 단계별로 살펴보면서, 인류에게 지속적인 경고와 교훈을 줌으로써 모든 단계에 걸쳐 저항할 것이다. 여기에 본보기가 되는 우리 자신들의 막대한 영향력은 인간 본성의 지속적인 타락을 아마 막아 낼 수 있을 것이다. 이러한 타락은 모든 시대에 걸쳐 정당하게 한탄되어 왔지만 말이다.

이런 모든 것 위에 국가와 제국의 다양한 흥망성쇠를 보는 기쁨을 더해야 하리라. 땅과 하늘에서의 변화들. 고대 도시들은 폐허가 되고 평범한 마을은 왕의 보금자리가 된다. 널리 알려졌던 강들이 얕은 시냇물로 줄어들고, 어떤 해안에서는 대양의 물이 마르고 어떤 해안에서는 넘친다. 그리고 여태껏 알려지지 않았던 많은 나라의 발견. 야만이 최고의 문명국가를 뒤덮고, 가장 야만적이었던 나라가 문명국가가 된다. 이런 식으로 나는 경도, 영구 동력, 만병통치약이 발견되고 다른 많은 위대한 발명품이 완벽에 이르는 것을 볼 것이다.

우리가 예언했던 시기보다 더 오래 살면서 이를 확인할 수 있다면 얼마나 놀라운 천문학적 발견들을 할 수 있을 것인가. 해와 달 그리고 별들의 움직임의 변화와 더불어 혜성들이 나아가고 돌아오는 것을 관찰할 수 있다면 말이다.

이런 식으로 나는 영원한 삶과 지상의 행복을 향한 자연스러운 욕망과 관계된 다른 많은 주제에 대해 장황하게 늘어놓았다. 내 이야기가 끝나고 이전처럼 그 요지가 다른 사람들에게 통역되어 전해지자, 그들은 그 나라 말로 자기네들끼리 많은 이야기를 나눴으며, 가끔은 나를 비웃는 듯도 했다.

마침내 내 말을 통역했던 신사가 사람들이 내가 저지른 몇 가지 실수들을 바로잡아 달라고 말했다고 내게 전했다. 내가 실수를 한 이유는 인간 본성에 공통된 어리석음에서 비롯되었으므로 꼭 책임질 일은 아니긴 하지만 말이다. 그가 말하길, 이 스트럴드브럭이란 종족은 특별히 그들의 나라에만 존재하며 발니바비나 일본에는 그런 류의 사람들이 없다. 폐하의 명령으로 그 두 나라에 대사로 가는 영광을 누린 적이 있었는데, 그곳의 주민들은 모두 그런 사실이 가능하다는 것을 믿기 어려워했다. 또한 나 역시 처음에는 이 얘기에 크게 놀랐던 걸로 보아 내게도 이는 완전히 새롭고 믿기 어려운 일이었던 것 같다. 그는 아까 얘기한 두 나라에 머물면서 많은 대화를 나눴었는데, 이를 통해 오래 산다는 것이 전 인류의 보편적인 욕망이자 소망이라는 것을 알 수 있었다. 무덤에 발을 하나 들이민 사람이면 누구든 최대한 힘껏 다른 쪽 발을 빼려고 하는 것이다. 가장 늙은 노인조차 하루라도 더 살려는 희망을 여전히 잡고 있으며, 죽음이라는 것을 늘 본능적으로 회피하게 되는 최대의 악으로 본다. 단지 럭낵에서만 삶에 대한 욕구가 그리 크지 않은데, 이는 늘 그들 눈앞에 보이는 스트럴드브럭이란 존재 때문이다.

내가 고안해 낸 삶의 체계는 합리적이지도 않고 올바르지도 않다. 왜냐면 그 삶은 영원한 젊음과 건강 그리고 활력을 전제하는데, 아무리 허황된 꿈을 꾸는 사람이라도 그렇게까지 많이 바라는 바보는 없을 것이기 때문이다. 따라서 문제는 늘 성공적이고 건강한 최상의 젊음을 선택하느냐 마느냐 하는 것이 아니라,

오히려 늙으면서 발생하는 모든 일상적인 불리함에도 불구하고 어떻게 영원한 삶을 보낼 것인가 하는 것이다. 이렇게 가혹한 조건하에 불멸을 원하는 사람은 거의 없겠지만, 아까 얘기했던 발니바비와 일본 두 나라에서 보듯이 아무리 오래 산다 할지라도 사람들은 모두 죽음을 조금이라도 더 늦추기 원하는 것이다. 또 극심한 슬픔이나 고통을 겪는 경우가 아니라면 자발적으로 죽는 사람의 얘기는 거의 들어 본 적이 없다. 그는 내가 우리나라뿐 아니라 여행 다녔던 다른 나라에서 이와 똑같은 경향을 보지 않았는지를 물었다.

그는 이렇게 서론을 늘어놓은 후 그들 사이에 존재하는 스트럴드브럭에 대해 구체적으로 얘기하기 시작했다. 그들은 대개 서른 살까지는 보통 사람들처럼 행동하지만 이후 점차 우울해지고 의기소침해지며 이 우울 증세는 여든이 될 때까지 점점 더 심해진다. 그는 이런 사실을 그들의 직접적인 고백을 통해 알게 됐다. 한 세대에 태어난 스트럴드브럭은 두세 명을 넘지 않으며 이는 일반화하기에는 너무 적은 숫자였다. 이 나라에서 최고 고령으로 치는 여든 살이 되면 그들은 다른 노인들이 지니는 모든 우둔함과 병약함뿐 아니라 영원히 죽을 수 없다는 끔찍한 예측으로 인해 더 우둔해지고 더 병약해진다.

그들은 막무가내이고, 까다로우며, 탐욕스럽고, 무뚝뚝하며, 허영이 많고 수다스럽다. 뿐만 아니라 우정을 유지할 수도 없고 모든 본능적인 사랑의 감정은 죽어 있으며, 사랑이라 해 봤자 손주 세대 아래로는 내려가지 않는다. 시기심과 헛된 욕망은 그들이 가지고 있는 주된 감정이다. 그런데 그들의 시기심이 향하는 대상은 주로 젊은이의 사악함과 늙은이의 죽음인 듯하다. 그들은 전자에 대해 반추하면서 자신이 모든 쾌락의 가능성으로부터 차단되었음을 안다. 또 장례식을 볼 때면 다른 이들은 자신이 결코 다다를 수 없는 안식처로 갔다면서 슬퍼하고 한스러워 한다. 그들은 청년이었을 때와 중년의 나이에 보고 배운 것들 말고는 기억하지 못하며 그 기억조차 매우 불완전하다. 또 어떤 사실의 진실성이나 구체성에 대해서도 그들의 기억보다는 일반적인 전통에 기대는 게 더 안전하다. 이들 중 가장 덜 불행한 이는 노망이 들어 기억을 완전히 잃은 이들일 것이다. 그들은 대개 더 많은 동정과 도움을 받는데, 다른 스트럴드브럭에게 만연한 수많은 악한 성품이 덜하기 때문이다.

만일 어떤 스트럴드브럭이 자신의 종족과 결혼한다면 그 결혼은 둘 중 어린 쪽이 여든 살이 되자마자 왕국의 관례상 파기된다. 왜냐면 자신의 잘못도 없이 이 세상에서 영원히 살아야 하는 저주를 받은 이들이 아내라는 짐에 의해 그 불행을 배가해서는 안 된다는 것이 그 나라 법이 생각하는 합리적인 관대함이기 때문이다.

스트럴드브럭이 여든이 되면 곧 법적으로 죽은 것으로 간주된다. 상속인들이 즉시 그들의 재산을 승계하며, 소량의 재산이 그들의 부양을 위해 남겨진다. 가난한 이들은 공공 비용으로 생계를 유지한다. 스트럴드브럭은 여든이 넘으면 어떤 위탁 활동이나 이윤 추구 행위를 할 수 없다. 그들은 땅을 사거나 임대할 수 없으며, 민사 사건이나 형사 사건에서 증인이 될 수 없고, 땅의 경계선을 결정하는 문제에서도 마찬가지이다.

그들이 아흔이 되면 치아와 머리가 다 빠지게 된다. 그 나이가 되면 맛을 구분하지 못한 채 손에 집히는 것이라면 무엇이든 맛도 식욕도 못 느끼면서 먹고 마신다. 병에 걸리면 좋아지지도 나빠지지도 않은 채 계속 지속된다. 말할 때도 사물의 평범한 이름을 다 잊어버리며 사람 이름, 심지어 가장 가까운 친구나 친척의 이름도 기억하지 못한다. 같은 이유로 책을 읽는 기쁨을 누릴 수 없는데, 그들의 기억력으로는 문장의 처음부터 끝까지를 감당할 수 없기 때문이다. 이러한 결함 때문에 그들은 나이 들어 즐길 수 있는 유일한 오락조차 빼앗겨 버린다.

이 나라의 언어는 늘 변화무쌍하기에 한 세대의 스트럴드브럭은 다른 세대의 스트럴드브럭을 이해하지 못한다. 또 2백 살이 넘으면 이웃에 사는 보통 사람들과 어떤 대화도(몇 마디 일반적인 말 외에는) 할 수 없다. 이렇듯 그들은 자신의 나라에서 이방인처럼 살아야 하는 불리한 환경에 놓이게 된다.

이 정도가 내가 기억할 수 있는 한 스트럴드브럭에 대해 전해 들은 이야기였다. 이후 나는 내 친구들이 대여섯 명의 다양한 나이대의 스트럴드브럭을 여러 차례 데려와 보았는데, 가장 어린 이는 2백 살을 넘지 않았었다. 그들은 내가 대단한 여행가이며 전세계를 다녔다는 이야기를 듣고도 전혀 궁금해하지 않았고 따라서 질문도 없었다. 단지 그들에게 '슬럼스쿠다스크', 즉 기억의 증표를 주길 원했는데, 사실 이는 일종의 점잖은 구걸이다.

그들은 적은 액수이기는 하지만 공공비용으로 부양되기 때문에 법에서는 이를 엄격히 금지하고 있다.

그들은 모든 사람에게 멸시와 미움을 받는다. 스트럴드브럭이 태어나면 불길하다 여겨지며, 그들의 탄생은 매우 구체적으로 기록된다. 따라서 호적을 떼 보면 그들의 나이를 알 수 있어야 하지만, 이 기록은 천 년 이상 보관되지 못하며 시간이 지남에 따라 혹은 공적인 사건들에 의해 파손되었다. 그들의 나이를 알아보는 일상적인 방법은 그들이 기억하는 왕이나 위인을 물어보고 그들이 어느 시대에 속하는지를 보면 된다. 그들이 기억하는 마지막 왕은 예외 없이 그들이 여든이 되기 전에 왕위에 올랐기 때문이다.

그들의 모습은 내가 이제껏 본 것 중 가장 굴욕적인 광경이었다. 또 여성이 남성보다 더 끔찍했다. 추하게 늙어 버린 모습 외에도 그들에게는 말로는 도저히 설명할 수 없는, 나이에 비례해 부가되는 으스스함이 있었다. 나는 여섯 명 중에서 누가 가장 나이가 많은지 금방 알아봤다. 그들의 나이 차이는 한두 세기를 넘지 않았지만 말이다.

이런 일들을 보고 들은 후 영원한 삶에 대한 내 강렬한 욕구가 많이 줄어들었다는 것에 대해 독자들은 쉽게 믿을 수 있을 것이다. 이전에 품었던 장밋빛 공상이 진심으로 부끄러워졌다. 또 그러한 삶으로부터 벗어나기 위해서라면 어떤 폭군이 내리는 죽음이라도 기꺼이 맞이하겠다는 생각이 들었다. 왕은 나와 내 친구들 사이에 오고간 모든 일을 듣고는 매우 즐거워하면서 나를 놀렸다. 또 스트럴드브럭 두 명을 우리나라로 보내 죽음의 공포에 무장토록 하는 게 어떠냐고도 했다. 하지만 이는 왕국의 기본법으로 금지되어 있는 듯했다. 그렇지 않았더라면 나는 그들을 우리나라까지 데려가는 수고와 비용을 기꺼이 댔을 것이다.

나는 스트럴드브럭에 관한 이 왕국의 법률이 매우 강력한 근거에 기반하고 있으며, 다른 나라들도 비슷한 같은 상황에 처해 있다면 시행할 수밖에 없는 법이라는 것에 동의하지 않을 수 없었다. 그렇지 않다면, 탐욕은 노년에 필연적으로 따르는 것이기에, 이 죽지 않는 이들이 곧 나라 전체를 차지하고 시민 권력을 독점할 것이기 때문이었다. 게다가 그들은 그러한 권력을 관리할 능력이 없기에 이는 결국 나라의 몰락으로 이어질 수밖에 없을 것이다.

11장

지은이는 럭낵을 떠나 일본으로 간다. 거기서 네덜란드 배를 타고 암스테르담으로, 암스테르담에서 다시 영국으로 돌아간다.

나는 이 평범하지 않은 스트럴드브럭 이야기가 독자들에게 흥미로울 것이라고 생각했다. 적어도 나는 수중에 들어왔던 여행기에서 이와 같은 이야기를 읽어 본 기억이 없다. 만일 내가 속은 거라 하더라도, 여러 여행가들이 같은 나라의 같은 사항에 대해 쓸 때 똑같이 쓸 수밖에 없다고 변명해야 되겠다.* 그렇다고 그들이 자신보다 먼저 여행기를 썼던 사람들로부터 빌려 썼다거나 베꼈다는 비난을 받는 것은 부당하니까 말이다.

사실 이 왕국과 일본제국 간에는 늘 교류가 있었기에 일본 작가들이 스트럴드브럭에 대한 얘기를 했을 수도 있다. 그렇다 하더라도 내가 일본에 머문 기간은 너무 짧고 또 그 나라의 언어를 전혀 몰랐기에 이에 대해 알아볼 여건이 되지 않았다. 하지만 네덜란드인들이 이걸 읽는다면 이 문제에 관심을 가지고 내 단점을 충분히 보충해 줄 수 있기를 바란다.

폐하는 종종 내게 궁중에서 일해 달라고 요구했지만, 고향으로 돌아가려는 내 결심이 확고한 것을 알고는 떠나도 좋다고 허락해 주었다. 또 영광스럽게도 일본 황제에게 보내는 추천서를 손수 써 주었다. 마찬가지로 444개의 커다란 금화(이 나라는 짝수를 좋아한다)와 붉은 다이아몬드를 내게 선물해 줬는데, 영국에 돌아온 후 나는 이를 천1백 파운드에 팔았다.

1709년 5월 6일, 나는 폐하와 내 모든 친구에게 정중히 작별인사를 했다. 왕은 친절하게도 경비병에게 명령해 나를 섬의 남서쪽에 있는 왕실 항구 글란겐스탈드까지 안내하도록 해 줬다. 엿새 후 나는 일본으로 나를 데려다줄 수 있는 배를 찾았고, 열닷새 동안 항해를 하게 되었다. 우리는 일본 남동쪽에 위치한 자모쉬라 불리는 작은 항구도시에 도착했다.

이 도시는 길고 좁게 뻗어 있는 서쪽 부근에 있으며 이곳에서 북쪽으로 가다 보면 기다란 만이 나온다. 만의 서쪽에는 수도인 에도*가 있다. 나는 그곳에 내려서 럭낵의 왕이 일본의 황제에게 보내는 친서를 세관원들에게 보여 주었다. 그들은 내 손바닥만큼이나 넓은 왕의 옥새에 대해 이미 잘 알고 있었다. 옥새에는 '국왕이 절름발이 거지를 땅으로부터 들어 올리신다'라고 새겨져 있었다. 도시 관리들은 내가 가져온 친서에 대해 들은 후 나를 공적인 사신으로 맞았다. 그들은 내게 마차와 하인을 제공했고, 에도까지 가는 비용을 대 주었다. 그곳에서 나는 왕을 알현할 기회를 얻었고, 럭낵 왕의 친서를 전달했다. 이 친서는 대단한 격식을 갖추어 개봉되었고 통역관을 통해 황제에게 설명되었다. 통역관은 내가 요청하는 무엇이든 럭낵에 있는 그의 형제를 위해 들어주겠다는 황제의 뜻을 내게 전달했다.

이 통역관은 네덜란드인과의 교역을 위해 고용된 인물이었다. 그는 내 얼굴 생김새를 보더니 곧 내가 유럽인이라 짐작해 폐하의 명령을 네덜란드어로 반복해 얘기했으며 그 언어를 아주 잘 구사했다. 내가 (이전에 작정한 대로) 대답했다. 나는 네덜란드 상인인데 아주 멀리 떨어진 곳에 난파되어 그곳으로부터 육로와 수로를 거쳐 럭낵까지 온 후 일본으로 가는 배를 탔다, 우리나라 사람들이 종종 교역을 하러 이곳에 온다는 걸 알고 있으며 이들의 도움으로 유럽으로 돌아갈 기회를 얻기를 희망한다, 그러니 내가 무사히 나가사키로 안내될 수 있도록 왕명을 내려주시길 공손히 왕께 청한다. 덧붙여 내 후견인인 럭낵의 왕을 봐서라도 내 동포들에게 부과된, 십자가를 짓밟는 격식을 제발 면할 수 있게 해 달라고 애원했다. 나는 무역을 하려고 온 것이 아니라 단지 불운으로 그의 왕국에 떨어졌을 뿐이라고 말이다.

마지막 청원이 통역되어 황제에게 전달되었을 때 그는 다소 놀란 것처럼 보였다. 그러고는 내가 이 점을 양심에 걸려 한 최초의 네덜란드인이기에 내가 정말 네덜란드인이 맞는지 의아해졌으며 혹은 정말 기독교인인가 의심스럽다고 말했다. 하지만 내가 제시했던 이유들과 무엇보다 럭낵 왕을 만족시키기 위해 특별한 호의를 베풀어 내 유별난 기분을 따르도록 하겠다고 했다. 하지만 이 일은 기술적으로 처리되어야 하며, 관리들은 마치 그 격식을 잊었다는 듯이 나를 통과시키라는 명령을 받을 것이라고 했다. 그는 만일 우리나라 사람들이 이 비밀을 알게 될 경우 항해 도중 내 목을 딸 것이라고 단언했다. 나는 통역관을 통해 그토록 특별한 호의를 베풀어 주신 것에 대해 감사의 말을 전했다. 마침 당시 부대 몇이 나가사키로 행군하고 있었는데, 사령관은 나를 안전하게 그리로 데려가도록 지시했으며, 십자가 건에 대한 구체적인 지침도 함께 내렸다.

1709년 6월 9일, 매우 길고 힘든 항해 끝에 나는 나가사키에 도착했다. 이어 '암스테르담의 암보이나 호'라는 450톤급의 튼튼한 배에 속한 네덜란드 선원들과 함께하게 됐다. 나는 레이든 대학에서 학위를 받기 위해 네덜란드에서 오래 살았기에 네덜란드 말을 잘했다. 따라서 선원들은 곧 내가 마지막으로 떠나온 곳에 대해 알게 됐고 내 항해들과 삶의 여정에 관심을 가지며 이것저것 물었다. 나는 최대한 짧고 그럴듯한 이야기를 만들어 냈지만 중요한 부분은 얘기하지 않았다. 나는 네덜란드에 아는 사람이 많았기에 부모의 이름을 지어낼 수 있었으며, 겔델란트 지방의 평범한 사람인 척했다. 또 나를 네덜란드까지 데려다주는 대가로 선장(테어도러스 반그럴트라라는 사람이었다)에게 그가 원하는 만큼의 배 삯을 지불하려고 했다. 하지만 그는 내가 의사인 걸 알고는 의사 일을 통해 그를 돕기로 하는 조건으로 보통 비용의 반만 받았다.

배를 타기 전 나는 위에서 언급했던 의식을 수행했는지에 대한 질문을 선원들에게 자주 받았다. 나는 모든 구체적인 사항에서 황제와 궁정을 만족시켰다는 두루뭉술한 대답으로 이 질문을 피해 갔다. 하지만 어떤 못된 선실 시종 녀석이 한 관리에게 가서는 나를 가리키며 내가 여태 십자가를 짓밟지 않았다고 말했다. 그러나 나를 통과시키라는 지시를 받았던 다른 이가 그 악한 놈의 어깨를 대나무로 스무 대 내려친 후 나는 더 이상 이런 성가신 질문을 받지 않았다.

항해를 하는 동안 특별히 언급할 만한 일은 일어나지 않았다. 우리는 순풍을 타고 희망봉으로 갔으며 신선한 물을 얻기 위해 잠시 그곳에 머물렀을 뿐이었다. 4월 6일 무사히 암스테르담에 도착했다. 항해 중 단지 세 명이 병으로 죽었고 네 번째 선원이 기니 해안으로부터 멀지 않은 곳에서 앞 돛대에 올라갔다 떨어져 죽는 일 정도가 있었다. 나는 암스테르담에 내린 후 곧 그 도시에 속한 작은 배를 타고 영국으로 향했다.

1710년 4월 10일, 우리는 다운즈 항에 입항했다. 다음날 아침 나는 배에서 내려 도합 5년 6개월 만에 다시 한번 내 조국 땅을 밟게 되었다. 나는 곧장 레드리프로 갔으며, 같은 날 오후 2시에 그곳에 도착했다. 아내와 가족들은 모두 건강하게 잘 지내고 있었다.

4부
후이늠국으로의 항해

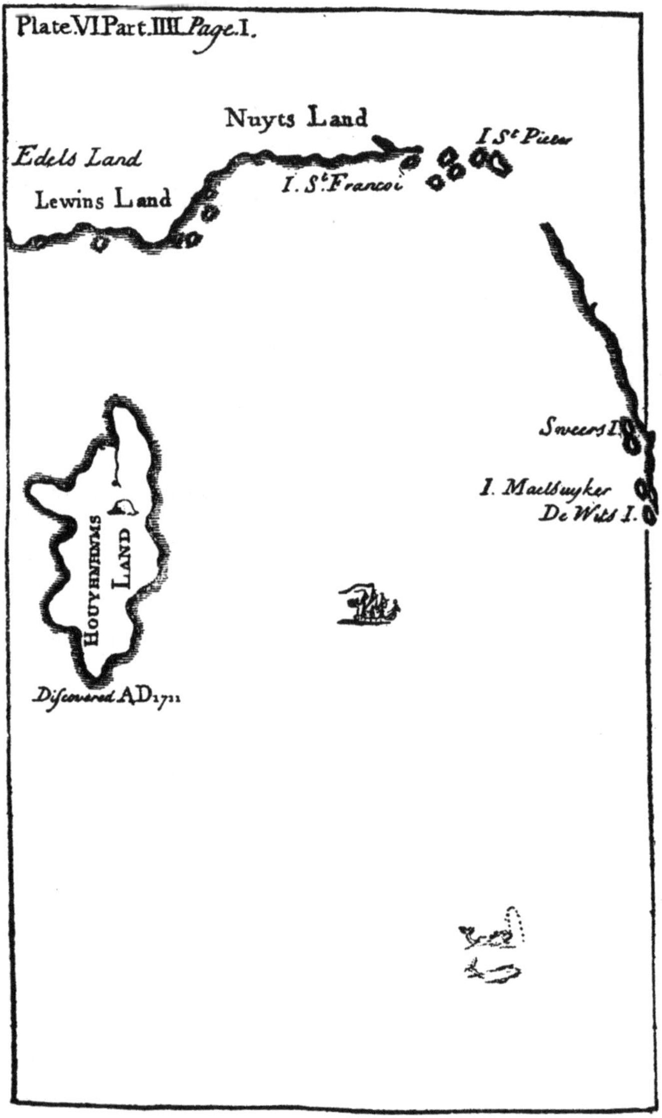

Plate.VI.Part.IIII.*Page*.I.

Nuyts Land

I. St Pieter

Edels Land

Lewins Land

I. St Francoi

Sweers I.

I. Maelbuyker

De Wits I.

HOUYHNHNMS LAND

Discovered A.D. 1711

1장

지은이가 배의 선장 자격으로 항해를 떠난다. 선원들이 그에 대항해 음모를 꾸미고, 선실에 오랫동안 감금했다가 미지의 해안가에 내려놓는다. 그는 나라 안쪽으로 들어간다. 이상한 동물 '야후'가 묘사된다. 지은이는 '후이늠' 둘을 만난다.

나는 약 5개월 동안 아내 그리고 아이들과 함께 집에 머물면서 매우 행복했다. 좋을 때를 알아보는 교훈을 배울 수 있었다면 계속 그렇게 행복했을 텐데. 하지만 나는 임신으로 배가 부른 가여운 아내를 떠나 튼튼한 350톤급 상선 어드벤처호의 선장이 돼 달라는 유리한 제안을 받아들였다. 이제는 항해술을 꽤 이해한 상태였고, 바다에서 의사 노릇하는 건 지겨웠지만 필요하다면 의사 역할도 할 수 있었기 때문이다. 대신 나는 로버트 퓨어포이라 불리는 실력 있는 젊은 의사를 배에 들였다.

우리는 1710년 9월 7일 포츠머스에서 떠났고 14일에는 테네리페*에서 브리스틀 출신 포콕 선장을 만났다. 그는 통나무를 베기 위해 캄페체 만*으로 가는 중이었다. 16일에 그는 폭풍으로 인해 우리와 헤어졌다. 나중에 영국에 돌아온 후 들어 보니 그의 배는 침몰했고 선실의 심부름꾼 외에는 아무도 그 배에서 탈출하지 못했다고 했다. 그는 정직한 인간이었고 훌륭한 선원이었다. 하지만 자신의 주장을 내세우는 데 너무 단정적이었고 다른 사람들 경우처럼 그것이 그가 파멸한 원인이 되었다. 만일 그가 내 충고를 따랐다면 지금쯤 나처럼 자신의 가족들과 함께 안전하게 집에서 잘 살고 있었을 텐데 말이다.

배의 선원 몇 명이 열대병으로 죽었고, 나는 바베이도스*와 리워드 제도*에서 선원을 새로 충원해야 했다. 그곳에는 나를 고용했던 상인들의 지시에 따라 가게 되었다. 하지만 곧 크게 후회했는데 이들 대부분이 해적 출신인 것을 나중에 알게 되었기 때문이다. 배에는 모두 50명의 선원이 있었으며, 나는 그들에게 앞으로 남미의 인디언들과 교역할 것이며 가능한 한 모든 발견을 할 것이라 했다. 그런데 내가 선발했던 이 악당들은 다른 선원들까지 물들여 함께 내 배를 빼앗고 나를 포획하려는 음모를 꾸몄다.

어느 날 아침 그들은 내가 머물던 선실로 몰려와 내 손발을 묶더니 움직이면 바다로 던져 버리겠다고 협박했다. 나는 포로로서 기꺼이 복종하겠다고 말했다. 그들은 내게 이를 맹세토록 한 후 묶은 줄을 풀어 주었지만, 침대에 내 다리 한쪽을 쇠사슬로 묶었다. 그리고는 장전된 총을 가진 보초병을 문 밖에 세워 두고 내가 달아나려고 하면 쏴 죽이라고 명령했다. 그들은 내게 먹을 것과 마실 것을 내려보냈고, 배를 차지했다. 그들의 목적은 해적으로 변신해 스페인인들을 약탈하는 것이었는데, 이는 선원을 더 많이 구해야 가능했다. 그들은 먼저 배의 물건을 판 후 마다가스카르*로 가서 선원을 모집하기로 했다. 선원들 중 몇 명이 내가 감금된 이후 죽었기 때문이다.

그들은 여러 주를 항해하며 인디언들과 거래했다. 하지만 나는 선실에 꼼짝없이 갇혀 있었기에 그들이 어떤 항로로 나아가는지 몰랐다. 그들이 시시때때로 협박했던 것처럼 죽는 것 말고는 아무런 기대가 없었던 것이다.

1711년 5월 9일 제임스 웰치라는 사람이 선실로 내려와 선장이 나를 해안가에 내려놓으라는 명령을 내렸다고 했다. 나는 그를 설득해 보려 했으나 소용없었다. 심지어 그는 새로운 선장이 누구인지조차 내게 말하려고 하지 않았다. 그들은 나를 대형 보트에 태우면서 새것이나 다름없는 제일 좋은 옷을 입도록 했고 작은 면 보따리를 가져가도록 내버려 두었다. 하지만 단검 외는 어떤 무기도 못 가져가게 했다. 그들이 주머니를 뒤지지 않은 덕분에 돈과 다른 기타 필수품을 가져갈 수 있었다. 5킬로미터 정도 노를 저어 나간 후 그들은 나를 어떤 해안가에 내려놓았다. 나는 여기가 어느 나라인지 알려 달라고 했지만 그들은 맹세코 자신들도 전혀 모른다고 했다. 선장(그들은 그를 그렇게 불렀다)이 선적물을 다 판 후 처음 발견하는 육지에 나를 버리라고 결정했다는 것이다. 그들은 밀물에 휩쓸릴까 봐 서둘러 배를 저어 나가면서 내게도 서두르라고 충고했다. 그렇게 그들은 떠났다.

이런 비참한 상황에서 나는 앞으로 걸어갔으며, 곧 육지에 발을 디딘 후 제방에 앉아 앞으로 어떻게 해야 할지를 생각했다. 다소 기운이 나자 처음 만나는 야만인에게 내 목숨을 맡기기로 결심하고 나라 안쪽으로 좀 더 들어갔다. 그들에게 팔찌나 유리 반지 같은 값싼 장신구들을 주어 내 목숨을 살 생각이었다. 이 물건들은 이런 상황을 대비해 선원들이 평소 항해할 때 가지고 다니는 것이고 나도 몇 개 가지고 있었다.

그 땅은 자연스럽게 자란 나무들이 길게 일렬로 늘어선 상태로 나뉘어져 있었다. 또 풀이 많았고 귀리 밭도 몇 있었다. 나는 느닷없이 공격을 당한다거나, 등 뒤 혹은 옆에서 날아드는 화살에 갑자기 맞을까 봐 두려워 매우 조심히 걸어갔다. 그러다 정돈된 길로 들어섰는데, 여기에는 사람이나 소 발자국도 이따금 있었지만 말발굽 자국이 대부분이었다.

마침내 나는 들판에서 동물 몇 마리를 보게 되었다. 그들은 모두 같은 종이었고 그중 한두 마리가 나무 위에 앉아 있었다. 이들의 모습은 매우 기이하고 흉악했다. 기이한 느낌이 든 나는 좀 더 잘 관찰해 보기 위해 덤불 뒤에 숨었다. 그들 중 몇몇이 내가 있는 쪽으로 다가왔기에 형체를 확실히 볼 수 있었다. 그들의 머리와 가슴은 곱슬머리나 직모인 두꺼운 털로 덮여 있었고, 얼굴에는 염소 같은 수염이 나 있었다. 등과 앞다리, 앞발에는 털이 길게 나 있었지만 몸의 다른 부분엔 털이 없어 누런 갈색 피부를 볼 수 있었다. 그들은 꼬리가 없었고 항문 부분을 제외한 엉덩이에도 털이 전혀 없었다. 아마 땅에 앉을 때 항문 부분을 보호하기 위해 자연스럽게 그곳에 털이 난 것 같았는데, 눕거나 종종 뒷발로 서는 것 외에 이런 앉는 자세를 주로 취했기 때문이다. 그들은 앞발과 뒷발에 난 끝이 뾰족하게 굽은 강하고 긴 발톱으로 키가 큰 나무를 다람쥐처럼 재빨리 올라갈 수 있었다. 또 엄청나게 빨리 뛰어 오르거나, 튀거나, 도약하곤 했다. 암컷은 수컷만큼 크지 않았다. 머리에 길게 늘어진 털이 있었고 몸의 다른 부분은 항문과 성기 부분을 제외하고는 온통 솜털로 덮여 있었다. 젖통은 앞발 사이에 처져 있었고, 걸을 때는 자주 땅에 닿는 듯했다. 수컷 암컷 모두 털 색깔은 갈색, 빨간색, 검은색, 황색으로 다양했다. 요컨대 나는 모든 여행을 통틀어 이렇게 불쾌한 동물, 혹은 본능적으로 강한 반감이 드는 동물을 본 적이 없었다.

나는 경멸과 혐오로 가득한 채 이 정도면 충분히 봤다는 생각에 일어나 다시 길을 나섰다. 이 길을 따라가다 보면 어떤 인디언의 집에 닿지 않을까 기대하면서 말이다. 하지만 얼마 가지 않아 아까 본 동물 중 하나가 내 길을 막아서면서 곧장 나를 향해 다가왔다. 이 끔찍한 괴물은 나를 보더니 얼굴을 찌푸리면서 생전 처음 보는 것을 본다는 듯이 나를 쳐다봤다. 그러고는 가까이 다가와 호기심으로 그런 건지 아니면 나를 해치려 그런 건지 앞발을 들어 올렸다. 그 순간 나는 단검을 빼들고 칼등 쪽을 휘둘러 녀석에게 충격을 가했다. 칼날로는 감히 치지 못했는데, 내가 자신들의 가축을 죽이거나 손상시켰다는 걸 주민들이 알게 되면 나를 해칠까 봐 두려웠기 때문이다. 그 짐승은 고통을 느끼자

뒤로 물러나 큰 소리로 울어댔고 그러자 적어도 약 40마리의 무리가 옆 들판에서 나와 나를 둘러싸더니 흉악한 표정으로 울부짖었다. 나는 나무 둥치로 달려가 거기에 등을 기대고 단도를 휘두르며 무리들을 쫓아냈다. 그러자 이 망할 종자 몇몇이 뒤에 있는 나뭇가지를 잡고 나무 위로 뛰어 올라 거기서 내 머리 위로 배설물을 쏟아 내기 시작했다. 나는 나무줄기에 바짝 달라붙어 어느 정도 잘 피하긴 했지만 사방팔방 내 주위에 떨어진 오물들에 거의 질식할 지경이었다.

그때 별안간 그들이 모두 전속력으로 도망치는 모습이 보였다. 이에 과감히 나무에서 내려온 나는 길을 걸으면서 무엇이 이들을 그렇게 두렵게 했는지 궁금해 했다. 그러던 중 왼쪽으로 눈을 돌리자 말 한 마리가 들판에서 유유히 걷고 있는 게 보였다. 이 말이 바로 나를 괴롭혔던 놈들이 보고는 즉각 도망쳤던 원인이었던 거다. 그 말은 내 옆으로 오더니 약간 놀라며 뒤로 물러났지만 곧 침착함을 되찾고는 놀랍다는 표시를 계속하면서 내 얼굴을 빤히 쳐다보았다. 그는 내 손과 발을 보면서 내 주위를 여러 번 돌았다. 내가 다시 길을 가려고 하자 정면으로 길을 막아섰다. 하지만 매우 부드러운 표정으로 나를 쳐다보았고 결코 어떤 폭력의 기미도 내보이지 않았다. 우리는 한동안 서로를 쳐다보며 서 있었다. 마침내 나는 용기를 내어 그를 쓰다듬을 요량으로 내 손을 그의 목에 가져갔다. 말 조련사가 새로운 말을 다룰 때 흔히 취하는 방식과 소리를 내면서 말이다. 하지만 이 동물은 내 정중함을 무시하는 듯 고개를 흔들고는 머리를 수그리면서 왼쪽 앞발을 올려 내 손을 조심히 치웠다. 그리고 서너 번 이히힝 울었는데 우리나라 말과는 매우 다른 억양이어서 어떤 자기만의 언어로 혼잣말을 하는 것 같다는 생각이 들었다.

내가 그와 서로를 관찰하고 있는 동안, 또 다른 말이 매우 조심스럽게 아까 말에게 다가왔다. 이 둘은 우선 서로를 오른쪽 발굽으로 부드럽게 쓰다듬고는 번갈아서 다른 음을 내며 울었는데, 이 소리가 거의 또박또박 말하는 것처럼 느껴졌다. 이들은 마치 중대사를 숙고하는 사람들처럼 나란히 걷거나 앞서거니 뒤서거니 하면서 서로 상의를 하는 듯 몇 걸음 걸어갔다. 내가 도망치지 않을까 감시하듯이 자주 내 쪽으로 눈을 돌리기는 했지만 말이다.

나는 한낱 짐승이 이러한 태도로 행동하는 것에 놀랐다. 또 만일 이 나라 사람들이 이에 비례하는 정도의 이성을 타고났다면 틀림없이 지상에서 가장 현명한 사람들일 거라고 혼자 결론 내렸다. 그렇게 생각하자 마음이 아주 편해졌고, 나는 두 말을 자기들끼리 실컷 얘기하도록 놔둔 채 집이나 마을을 발견하거나 원주민을 만날 때까지 계속 걷기로 결심했다. 하지만 얼룩 회색을 지닌 처음 말이 내가 슬그머니 떠나는 것을 보고 나를 쫓아오면서 뭔가를 표현하는 것 같은 어조의 울음소리를 냈고, 나는 그가 하는 얘기를 이해한 것 같은 착각이 들었다. 이에 뒤로 돌아 그에게 다가가 다음 말을 기다렸다. 나는 이 모험이 어떻게 끝날 것인지에 대해 고통스럽게 느껴지기 시작했지만 가능한 한 두려움을 감추려고 했다. 독자들은 내가 당시 상황을 별로 달가워하지 않았다는 것에 쉽게 수긍할 수 있을 것이다.

두 마리 말은 내게로 가까이 오더니 아주 진지하게 내 얼굴과 두 손을 보았다. 회색 말이 오른쪽 앞발굽으로 내 모자 주위를 문지르면서 흩트려 놓아 나는 모자를 벗어 정돈하면서 다시 고쳐 써야만 했다. 그러자 그와 그의 친구(적갈색이었다)는 크게 놀란 것처럼 보였다. 후자는 내 겉옷 자락을 만지면서 그것이 내 몸 주위로 축 늘어지는 것을 보았고, 이에 둘 다 다시 한번 놀랍다는 표시를 하며 쳐다보았다. 그는 내 손을 쓰다듬으면서 그 부드러움과 색깔에 경탄하는 듯했다. 그러나 내 손을 그의 발굽과 발목 사이로 너무 꽉 쥐었기에 나는 비명을 지르지 않을 수 없었다. 그러자 그 둘은 최대한 부드럽게 나를 쓰다듬었다. 그들은 내 구두와 스타킹을 보고 매우 혼란스러워했다. 이를 아주 여러 번 만지작거리면서 서로에게 히힝거리고 또 다양한 몸짓들을 해 보였는데, 이는 철학자가 새롭고 복잡한 현상을 해결하려고 할 때의 모습과 다르지 않았다.

종합해 보자면, 이 동물의 행동이 너무 질서정연하고 이성적이며 또 너무 똑똑하고 현명하기에 나는 결국 이들이 어떤 목적을 가지고 변신한 마법사일 수밖에 없다는 결론을 내렸다. 이들은 길 가다 낯선 사람을 보고 장난을 치기로 결심했거나 혹은 이렇게 먼 곳에 사는 사람들과 옷이나 생김새, 얼굴이 매우 다른 이를 보고 정말 놀랐을 수도 있을 거였다. 이렇게 합리적으로 추론이 되자 나는 과감히 다음과 같이 그들에게 말하기 시작했다.

신사분들, 당신들이 마법사라고 믿을 만한 이유가 충분한데요, 어떤 언어라도 이해할 수 있으실 테니 감히 말씀 올리겠습니다. 저는 제 불행으로 인해 당신들의 땅에 휩쓸려 온 불쌍하고 비참한 영국인이랍니다. 간곡히 부탁드립니다만, 마치 진짜 말이 되신 것처럼 두 분 중 한 분 등에 제가 타고 숨을 돌릴 수 있는 집이나 마을에 갈 수 있을런지요. 호의를 베풀어 주신다면 대신 제가 이 칼과 팔찌를 (주머니에서 이들을 꺼내면서) 선물로 드리겠습니다. 내가 이렇게 말하는 동안 두 말은 가만히 서서 주의 깊게 내 말을 듣는 것 같았고, 내 말이 끝나자 마치 심각한 대화를 하는 것처럼 서로를 향해 울음소리를 계속 내었다. 이때 나는 그들의 언어가 감정을 매우 잘 표현할 수 있으며, 단어들은 중국어보다도 더 쉽게 알파벳으로 전환될 수 있다는 것을 확실히 알게 됐다.

나는 이들이 여러 번 반복해 말하는 '야후'라는 단어를 종종 분간해 낼 수 있었다. 비록 그 뜻이 뭔지는 짐작할 수 없었지만, 나는 두 말이 대화에 빠져 있는 동안 이 단어를 소리 내어 연습했다. 그러다 그들이 대화를 멈추자 곧 최대한 말의 울음소리를 흉내 내면서 동시에 큰 소리로 과감히 '야후'를 발음해 보았다. 그러자 둘 다 눈에 띄게 놀라워했고, 회색 말은 마치 내게 제대로 된 발음을 알려 주려는 것처럼 그 단어를 두 번 반복했다. 나는 최대한 그를 따라하려고 했고, 완벽한 정도는 아니었지만 매번 눈에 띄게 발음이 향상되는 게 느껴졌다. 그러자 갈색 말은 두 번째 단어를 내게 시도해 보았는데 이 말은 첫 번째 것보다 훨씬 발음하기 어려웠다. 하지만 이를 영어 철자로 나타내자면 '후이늠' 정도가 될 것 같다. 나는 이전 단어만큼 이 단어를 발음하는 데 성공하지는 못했지만 두세 번 더 시도해 보자 훨씬 더 나아졌다. 이들은 내 능력에 놀라워하는 것 같았다.

두 친구는 짐작컨대 나와 관련된 얘기를 좀 더 나눈 듯했고, 곧 아까처럼 서로의 발굽을 쓰다듬으면서 인사를 하고 헤어졌다. 회색 말은 내게 앞서 걸으라는 신호를 보냈고 나는 더 나은 안내자를 찾기 전까지는 이를 따르는 게 낫겠다고 생각했다. 내가 속도를 늦출라치면 그는 "훈훈" 하고 소리치곤 했다. 나는 그 말의 의미를 짐작했고, 내가 너무 피곤해서 더 빨리 걸을 수 없다는 것을 최선을 다해 알렸다. 그러자 그는 내가 쉴 수 있도록 잠시 멈춰 서곤 했다.

2장

지은이가 후이늠의 집으로 안내된다. 후이늠 집에 대한 묘사. 지은이가 그곳에서 받은 대접. 후이늠의 음식. 먹을 음식이 없어 곤란에 빠졌던 지은이가 마침내 안도하게 된다. 이 나라에서 그가 먹고사는 방식.

우리는 5킬로미터쯤 걸어갔고, 욋가지를 엮어 만들었으며 땅 위에 단단히 고정되어 있는 기다란 목재 건물에 도착했다. 건물 지붕은 낮았고 지푸라기로 덮여 있었다. 나는 이제야 좀 안심이 되어 장신구들을 꺼냈다. 앞서 말한 대로 여행자들은 대개 아메리카나 다른 지역의 인디언 같은 야만인들에게 줄 선물로 이런 것들을 가지고 다닌다. 나 역시 이를 통해 이 집 사람들이 나를 친절하게 받아들여 주기를 바란 것이다.

말은 내게 먼저 들어가라는 표시를 했다. 들어가 보니 부드러운 진흙 마루와 한쪽 면에 길게 늘어진 선반과 여물통이 있는 커다란 방이 있었다. 그곳에는 늙은 말 세 마리와 암말 두 마리가 있었다. 음식을 먹고 있지는 않았고 그중 몇 마리는 엉덩이를 대고 앉아 있었다. 이를 보고 나는 정말 놀랐지만, 나머지 말들이 집안일 하는 걸 보고는 더욱 놀랐다. 집안일을 하는 말들은 그저 보통 짐승 같았다. 나는 야생 짐승을 이렇게 길들일 수 있는 사람들이라면 지혜 면에서도 전 세계 어떤 나라 사람보다도 뛰어날 거라는 처음의 생각을 굳혔다. 곧이어 회색 말이 나를 따라 들어왔고, 다른 말들이 혹시라도 나를 해할 수 있을 가능성을 차단했다. 그는 권위 있는 어조로 다른 말들에게 여러 차례 울음소리를 냈고, 다른 말들도 이에 대답했다.

이 방 너머에도 세 개의 방이 더 있었으며 집의 끝 부분까지 이어져 있었다. 그곳에 가기 위해서는 세 개의 문을 통과해야 하는데 이 문들은 전망 좋은 거리에서처럼 서로 마주 보고 있었다. 우리는 두 번째 방을 지나 세 번째 방으로 갔다. 회색 말은 먼저 들어가면서 내게 기다리라는 몸짓을 했다. 나는 기다리면서 이 집의 주인과 그의 부인을 위해 칼 두 자루와 가짜 진주로 만든 팔찌 세 개, 작은 거울과 구슬 목걸이 등의 선물을 준비했다. 회색 말이 서너 번 울었고, 이후 사람의 목소리가 나올 것을 기다렸지만 아까의 울음과 같은 종류이되 단지 조금 더 날카로운 말 울음 소리 외에 어떤 다른 소리도 들을 수 없었다.

들어 오라는 허락을 받기까지 이렇게 많은 의식을 치르는 걸 보니 이 집이 그들 사이에서는 굉장히 유명한 사람의 집인지도 모른다는 생각이 들기 시작했다. 그렇긴 해도 이렇게 지위가 높은 사람이 하인으로 오로지 말을 쓴다는 것은 좀처럼 이해되지 않았다. 나는 그동안 겪은 고통과 불행으로 내 머리가 이상하게 된 건 아닌지 두려웠지만, 기운을 내어 혼자 남은 방을 둘러보았다. 이 방은 좀 더 무난하긴 했지만 첫 번째 방과 비슷하게 꾸며져 있었다. 여러 번 눈을 비비고 보아도 여전히 똑같은 물건들이었다. 나는 모든 게 꿈이기를 바라면서 꿈에서 깨기 위해 팔과 옆구리를 꼬집어 봤다. 당시 나는 이 모든 형상들이 마법 외의 다른 어떤 것도 아닐 거라는 결론에 절대적으로 도달해 있었다. 하지만 이러한 사색을 계속할 시간이 없었다. 회색 말이 문으로 들어와 자신을 따라 세 번째 방으로 가라는 표시를 했기 때문이다. 들어가니 매우 잘생긴 암말이 수망아지와 함께 정교할 뿐 아니라 온전히 깔끔하고 깨끗한 짚방석 위에 엉덩이를 대고 앉아 있었다.

암말은 내가 들어오자 곧 방석에서 일어나 가까이 온 후 내 손과 얼굴을 꼼꼼히 관찰하더니 몹시 경멸스러운 눈길로 나를 바라보았다. 그러고는 회색 말에게 돌아섰다. 나는 그들 사이에서 야후라는 단어가 반복되어 나오는 것을 여러 번 들었다. 그 단어는 내가 처음으로 발음할 줄 알게 된 단어였지만 그때는 그 의미를 몰랐다. 하지만 곧 그 뜻을 알게 되었고, 이는 내 영원한 치욕으로 남게 되었다. 회색 말은 그의 머리로 내게 신호를 보내면서 길가에서 그랬던 것처럼 "훈훈"이라는 단어를 반복했고, 나는 이를 알아듣고 그를 따라 나갔다.

그가 나를 데려간 곳은 일종의 마당으로, 집에서 꽤 떨어진 지점에 어떤 건물이 있었다. 거기로 들어간 나는 이 땅에 도착한 후 맨 처음 보았던 그 혐오스러운 것들 셋이 식물의 뿌리와 동물의 살점을 먹고 있는 걸 보았다. 나중에 안 거지만 이 동물 고기는 당나귀 고기와 개고기, 혹은 가끔씩 사고나 병으로 죽은 소의 고기였다. 그들은 모두 튼튼한 잔가지로 목이 매여 기둥에 묶여 있었으며, 앞발톱 사이로 음식을 잡고는 이빨로 물어뜯고 있었다.

주인 말은 하인인 늙은 밤색 말을 시켜 이 동물 중 가장 큰 놈을 풀러 마당으로 데려오게 했다. 그 짐승과 나는 바로 옆에 서게 되었고 주인과 하인은 우리의 얼굴을 열심히 비교하더니 여러 차례 야후라는 단어를 반복해 말했다. 내가 이 혐오스러운 동물에게서 완벽한 인간의 형상을 보았을 때 얼마나 두렵고 놀랐는지는 말로 표현할 수 없다. 물론 그들의 얼굴은 납작하며 넓었고, 코는 펑퍼짐했으며, 입술은 두꺼웠고, 입은 컸다. 하지만 이런 특징들은 모든 야만적인 나라에서 공통적으로 발견되는 특징이다. 원주민들은 아기들이 땅바닥에 기어 다니도록 하거나 그들을 등에 업고 다니면서 아기 얼굴을 엄마의 어깨에 뭉개게 하기 때문에 얼굴 생김새가 찌부러져 있는 것이다. 야후의 앞발은 내 손과 다르지 않았으며 단지 손톱의 길이, 갈색 손바닥의 거칠기와 손등의 털만 달랐다. 나는 내 발도 손처럼 야후와 유사하다는 걸 잘 알고 있었다. 물론 내 구두와 스타킹 때문에 말들은 몰랐다. 털 길이나 몸 색깔을 제외하고 우리는 몸의 모든 부분에서 똑같았다.

두 말이 계속 곤혹스러워 했던 부분은 나와 야후 몸의 다른 점이었다. 이는 내 옷 덕분으로, 그들은 내가 입은 옷에 대한 어떤 개념도 가지고 있지 않았다. 늙은 밤색 말은 (나중에 적절한 곳에서 설명하겠지만 그들의 방식에 따라) 발굽과 발목 사이에 잡고 있던 식물뿌리를 내게 건넸고, 나는 그것을 손에 받아 들고 냄새를 맡아 본 후 최대한 공손히 돌려주었다. 또 그는 개집 같은 야후 우리에서 당나귀 살 한 조각을 꺼냈는데 냄새가 너무 지독했기에 나는 역겨움에 고개를 돌려 버렸다. 그러자 그는 이를 야후에게 던져 주었고 그들은 게걸스럽게 먹어 삼켰다. 그다음에 그는 내게 건초 다발과 귀리를 한 아름 가져다주었다. 하지만 나는 고개를 흔들면서 이중 어떤 것도 내가 먹을 수 없음을 표시했다.

이제 나는 나와 똑같은 종(種) 사이에 있을 수 없다면 명백히 굶어 죽을 수밖에 없다는 것을 깨달았다. 왜냐면, 저 더러운 야후에 대해 말하자면, 내가 당시 인류를 몹시 사랑긴 했지만 고백컨대 모든 면에서 그토록 끔찍한 생물체를 본 적이 없었다. 그 나라에 머무는 동안 그들에게 다가가면 갈수록 그들은 내게 더욱 끔찍하게 여겨졌다. 내 행동을 통해 이러한 내 상태를 알게 된 주인 말은 야후를 우리로 되돌려 보냈다. 그러고는 앞발굽을 입에 갖다 댔는데, 비록 그는 매우 편하고 자연스럽게 행동했지만, 나는 이에 대해 깜짝 놀랐다. 그는 여러 몸짓을 통해 내가 무엇을 먹을 수 있는지 알고 싶어 했다. 하지만 나는 그가 알아들을 만한 대답을 할 수 없었다. 또 설령 그가 내 뜻을 이해했다한들 내가 먹을 만한 것을 어떻게 구할 수 있을지도 알 수 없었다.

우리가 이렇게 의사소통을 하고 있는 동안 암소가 지나가는 게 보였다. 나는 소를 가리키며 소젖을 짜도록 허락해 주길 바랐다. 이것은 효과가 있었다. 그는 나를 집으로 데려갔고, 하녀 암말에게 어떤 방을 열게 했는데 거기에는 많은 우유가 흙과 나무로 된 용기에 아주 질서정연하고 깨끗한 방식으로 보관되어 있었다. 하녀 말은 내게 큰 사발로 우유를 주었으며 이를 실컷 마시자 다시 기운이 나는 게 느껴졌다.

오후 12시쯤에 나는 네 마리 야후가 끄는 썰매처럼 생긴 일종의 운송수단이 집으로 오는 모습을 보았다. 그곳에는 지위가 높아 보이는 나이 든 말이 타고 있었다. 그는 왼쪽 앞발에 우연히 상처를 입었기에 뒷발을 땅에 먼저 대면서 내렸다. 그는 우리 말과 저녁을 먹으러 왔으며 매우 정중하게 접대받았다. 그들은 가장 좋은 방에서 식사했고, 두 번째 코스로는 우유에 끓인 귀리를 먹었는데, 나이 든 말은 따뜻하게, 다른 말들은 차갑게 해서 먹었다.

그들의 여물통은 방 한가운데에 둥글게 놓여 있었고 여러 칸으로 나뉘어 있었다. 그들은 여물통을 중심으로 주위에 놓여 있는 짚방석 위에 엉덩이를 대고 앉았다. 그 가운데에는 커다란 선반이 여물통의 칸들과 각도를 맞춘 채 있었다. 이런 식으로 모든 수말과 암말은 각각의 건초나 귀리와 우유를 으깬 것을 정갈하고 규칙적으로 먹는다. 어린 수망아지와 암망아지의 행동거지는 매우 온순해 보였고, 주인과 안주인의 행동은 극히 활달하고 손님에게 정중했다. 회색 말은 내게 그의 옆에 서 있으라고 지시했다. 그와 그의 친구는 주로 나에 대해 대화를 나누었는데, 이는 손님이 나를 자주 본다거나 야후라는 단어가 반복되는 것에서 알 수 있었다.

이때 마침 나는 장갑을 끼고 있었고, 회색 말은 이를 보고 당황해했다. 그는 내게 앞발에 무슨 짓을 한 거냐며 놀랍다는 표시를 했다. 또 내 손에 서너 번 그의 발굽을 올려놓았는데, 마치 내가 내 손을 원래 형태로 되돌려 놓아야 한다고 의미하는 것 같았다. 나는 곧 양쪽 장갑을 벗어 주머니에 넣었고, 그러자 그들의 대화는 더 활기차졌다. 나는 그들이 내 행동을 보고 즐거워하는 걸 알 수 있었으며, 이런 행동이 좋은 효과를 냈다는 것도 곧 알아차렸다. 나는 알고 있는 몇 안 되는 단어들을 말해 보라는 지시를 받았고, 주인님은 식사하는 동안 귀리, 우유, 불, 물 등의 이름을 가르쳐 줬다. 나는 어렵지 않게 그의 발음을 따라할 수 있었는데, 어릴 때부터 언어를 배우는 능력이 매우 뛰어났기 때문이다.

식사가 끝나자 주인 말은 나를 옆으로 데려가 여러 몸짓과 말로 내가 먹을 게 없어서 걱정임을 내게 이해시켰다. 그들 말로 귀리는 '흘룬'이라 불린다. 나는 이 단어를 두세 번 발음했다. 비록 처음에는 귀리를 거절했었지만, 다시 생각해 보니 그것으로 일종의 빵을 만들어 우유와 함께 먹으면 나와 같은 종을 만나게 되거나 다른 나라로 도망칠 때까지 살 수 있겠다는 생각이 들었다. 그 말은 당장 하얀 하녀 암말에게 나무 쟁반 같은 것에 충분한 양의 귀리를 가져오도록 명령했다. 나는 이것을 불 앞에서 최대한 가열했고 껍데기가 떨어져 나갈 때까지 비비면서 껍데기를 난알로부터 분리하는 데 가까스로 성공했다. 그것을 두 돌 사이에 갈고 으깬 다음 물을 부어 일종의 반죽 같은 걸 만든 후 이를 불에 구워 우유와 함께 먹었다. 이것은 유럽의 많은 지역에서 흔하게 먹는 것이긴 했지만 처음에는 매우 형편없는 맛이었다. 하지만 시간이 지나자 곧 먹을 만한 것이 되었다.

살면서 이미 여러 번 힘든 상황에 처했었기에, 인간의 욕구가 얼마나 쉽게 만족되는지를* 이번에 처음 알게 된 것은 아니었다. 또 이 섬에 머무는 동안 한순간도 아픈 적이 없었다는 것을 말하지 않을 수 없다. 물론 가끔 야후 털로 만든 새총으로 토끼나 새를 잡아먹었다. 종종 몸에 좋은 풀을 뜯어서 끓여 먹거나 빵과 함께 샐러드로 먹기도 했다. 또 가끔 별식으로 버터를 만들어 먹었고 만들고 남은 유장을 마시기도 했다. 처음에는 소금이 없어 당황했지만 익숙해지자 곧 소금 없이도 불편하지 않았다. 단언컨대 우리들 사이에서 소금이 자주 사용되는 것은 사치의 결과이며, 처음에는 소금이 단지 마실 것을 촉진하는 용도로 쓰였음이 확실하다. 물론 긴 항해나 큰 시장과 같이 멀리 떨어진 곳에서 고기를 절일 때 소금이 필요한 경우를 제외하고 말이다. 인간 말고는 소금을 좋아하는 동물이 전혀 없다는 것은 잘 알려진 사실이다. 나로 말하자면 이 나라를 떠난 후 어떤 음식을 먹든지 소금 맛을 견디는 데 한참이 걸렸다.

이 정도면 이곳에서 내가 먹은 음식이라는 주제에 대해서는 충분히 말한 것 같다. 비록 다른 여행기 작가들은 마치 독자들이 이런 주제에 개인적인 관심이 있다는 듯이 좋아하든 말든 온통 음식 얘기로 그들의 책을 채워 넣지만 말이다. 여하튼 이 문제를 언급할 필요는 있었다. 세상 사람들이 내가 3년 동안 이런 나라, 이런 주민들 사이에서 먹고살 걸 찾는 게 불가능하다고 생각하지 않게 하기 위해서라도 말이다.

저녁이 되자 주인 말은 내가 머물 장소를 정했다. 이는 집으로부터 6미터 떨어져 있었고 야후의 우리로부터도 떨어진 곳에 있었다. 이곳에서 나는 짚을 좀 얻어 깔고 내 옷을 덮은 채로 잘 잤다. 하지만 얼마 안 가 조금 더 편하게 지낼 수 있었다. 이에 대해서는 내 생활 방식을 보다 구체적으로 다루는 부분에서 이야기하겠다.

3장

지은이는 언어를 배우는 데 전념하며, 그의 주인 후이늠이 그를 도와준다. 그곳의 언어가 묘사된다. 신분이 높은 후이늠 몇몇이 호기심에 지은이를 보러 온다. 그는 주인님 후이늠에게 자신의 여행에 대한 이야기를 간략하게 한다.

내가 심혈을 기울인 일은 언어를 배우는 것이었다. 주인님(앞으로 그를 이렇게 부르려고 한다)과 아이들 그리고 집 안의 모든 하인이 나를 가르치고 싶어 했다. 왜냐면 나처럼 야수 같은 짐승이 이성적 존재의 특징을 지닌다는 것은 그들이 보기에 자연의 경이였기 때문이다. 나는 사물을 가리키며 이름을 물었고, 혼자 있을 때 이를 공책에 적었으며, 종종 식구들에게 발음해 줄 것을 부탁하면서 나쁜 억양을 고쳐 나갔다. 특히 늙은 밤색 하인 말이 최선을 다해 나를 도와주었다.

그들은 말할 때 코나 목구멍을 통해 발음한다. 그들의 언어는 내가 아는 유럽어 중에서 고지 네덜란드어나 독일어에 가장 가까웠지만 더 우아하고 더 의미심장했다. 찰스 5세도 이와 비슷한 얘기를 한 적이 있는데, 만일 그가 자기 말에게 말을 해야 한다면 그건 아마 고지 네덜란드어일 것이라고 했었다.

주인님은 호기심과 조급함이 꽤 컸기에 나를 가르치는 데 많은 여가 시간을 할애했다. 그는 (나중에 그가 말하기로는) 내가 야후임에 틀림없다고 확신했지만, 나의 학습 능력, 공손함 그리고 청결함에는 놀라지 않을 수 없다고 했다. 이러한 특징은 야후와는 완전히 반대되는 것이었기 때문이다. 무엇보다 그는 내 옷에 당황스러워했으며 내 옷이 내 몸의 일부분인지 아닌지를 가끔씩 혼자 추론하고는 했다. 내가 식구들이 모두 잠들기 전까지 결코 옷을 벗지 않았으며 그들이 아침에 깨기 전에 다시 옷을 입었기 때문이다. 주인님은 내가 어디서 왔는지, 내 모든 행동에서 드러나는 이성 비슷한 것을 도대체 어떻게 얻었는지 알기를 매우 원했다. 또 내 입으로 내 이야기를 듣기 원했는데, 내가 그들의 단어와 문장을 꽤 능숙하게 익히고 발음하는 것을 보고 곧 그렇게 되리라 희망했다. 나는 배운 것을 기억하기 위해 단어들을 영어 알파벳으로 바꾼 후 해석과 함께 써 내려갔다. 얼마 후 나는 주인님 앞에서 이렇게 써 내려간 적이 있었는데, 내가 뭘 하고 있는지를 그에게 설명하는 데 정말 힘이 들었다. 왜냐면 후이늠에게는 책이나 글 개념이 전혀 없었기 때문이다.

10주 정도 뒤 나는 그의 질문 중 대부분을 이해할 수 있었고, 석 달이 지나자 웬만한 대답도 할 수 있었다. 그는 내가 어떤 나라에서 왔는지, 이성적인 존재를 흉내 내는 것을 어떻게 배웠는지 몹시 알고 싶어 했다. 왜냐면 야후(그가 보기에 머리, 손, 얼굴 등 적어도 보이는 부분에서는 나와 똑같이 생긴)는 교활해 보이고 기질적으로 해악을 끼치기도 하지만 모든 짐승 중에서 가장 가르치기 어려운 동물로 여겨져 왔기 때문이다.

나는 나와 같은 종류의 다른 많은 사람과 함께 나무 기둥으로 만든 커다랗고 가운데가 움푹 파인 배를 타고 먼 곳으로부터 바다를 건너 이곳에 왔다고 대답했다. 내 동료들이 나를 억지로 이곳 해안에 내려놓은 뒤 내가 혼자 알아서 살도록 놔두고 떠났다고도 말했다. 그가 내 얘기를 이해하게 하는 것은 상당히 어려웠으며 여러 몸짓을 통해 이루어졌다. 그는 틀림없이 내가 뭘 잘못 알고 있거나 '사실이 아닌 것을 말하고' 있다고 얘기했다(그들의 언어에는 거짓이나 허위를 표현하는 단어가 없다). 바다 건너에 다른 나라가 있다거나, 한 무리의 짐승이 나무로 된 배를 타고 물을 건너 자기들이 원하는 곳으로 간다는 것은 불가능하다는 것이다. 그는 그 어떤 후이늠도 그러한 배를 만들 수 없으며 야후가 이를 조종하도록 시킬 수도 없다고 확신했다.

후이늠이란 단어는 그들의 언어로 말(馬)을 의미하며 그 어원은 '자연의 완성'이란 뜻이다. 나는 주인님에게 지금은 잘 표현하지 못하겠지만 최대한 빨리 언어 실력을 늘려 가까운 시일 내에 그에게 놀라운 이야기를 할 수 있기를 희망한다고 말했다. 그는 기꺼이 암말, 수망아지, 암망아지 그리고 집 안 하인들에게 나를 가르칠 수 있는 모든 기회를 이용하라고 지시했다. 또한 주인님 역시 매일 두세 시간 똑같은 수고를 했다. 이웃에 사는 높은 지위의 수말과 암말이, 후이늠처럼 말할 수 있고 말이나 행동에서 이성의 흔적을 희미하게 내보이는 놀라운 야후에 대한 소문을 듣고 우리 집에 종종 찾아왔다. 이들은 나와 대화하는 걸 좋아했으며, 많은 질문을 던졌고, 나는 최선을 다해 대답했다. 이러한 모든 유리한 조건 덕분에 나는 엄청난 발전을 이루었다. 이곳에 도착한 지 다섯 달이 지나자 무슨 말이든 이해했고 또 내 생각도 잘 표현할 수 있었다.

나를 만나 보고 대화하기 위해 주인님을 방문했던 후이늠들은 내가 정말로 야후라는 것을 잘 믿지 못했다. 내 몸이 내 종의 다른 이들과는 다른 가죽으로 덮여 있었기 때문이다. 그들은 머리와 얼굴, 손을 제외하고는 내 몸이 야후 같은 털이나 피부로 되어 있지 않은 것에 어리둥절해했다. 하지만 나는 약 2주 전쯤 일어난 어떤 사건으로 주인님께 그 비밀을 들켜 버렸다.

나는 이미 독자들에게 매일 밤 식구들이 모두 잠자리에 든 후에야 옷을 벗어 그걸 덮고 자곤 했다고 말했다. 어느 날 주인님이 아침 일찍 늙은 밤색 하인 말을 보내 나를 데리고 오게 한 적이 있었다. 그가 왔을 때 나는 깊이 잠들어 있었는데, 덮고 자는 옷이 한쪽으로 떨어져 있었고, 또 셔츠가 허리 위로 올라와 있는 상태였다. 나는 그의 비명에 깼고, 또 그가 혼란에 빠져 주인님의 말을 전달하는 모습을 보았다. 이후 그는 주인님에게 가서 겁에 질린 채 그가 본 것을 횡설수설 설명했다. 나는 옷을 서둘러 입고 주인님께 인사드리러 갔고 곧 상황을 파악했다. 그가 하인의 보고 내용이 무슨 얘기인지를 물었기 때문이다. 즉 내가 잘 때의 모습이 다른 때의 모습과 다르다는 게 무슨 얘기인지, 또 그의 시종이 단언한 바 내 몸의 어떤 부분은 하얗고 또 어떤 부분은 노랗거나 적어도 아주 하얗지는 않으며 또 어떤 부분은 갈색이라는 게 도대체 무슨 말인지를 물었다.

이제껏 나는 빌어먹을 종족인 야후와 나를 가능한 한 구별하기 위해 내 옷의 비밀을 숨겨 왔었다. 하지만 이제 더 이상 비밀로 할 수 없다는 걸 알게 됐다. 게다가 이미 해지고 있는 내 옷과 신발은 곧 닳을 테고, 따라서 야후나 다른 짐승들의 가죽으로 만든 것들로 보충해야 할 것이며, 이런 식으로 결국 모든 비밀이 알려질 것이라는 데에 생각이 미쳤다. 그래서 나는 주인님에게 다음과 같이 말했다. 내가 떠나온 나라에 있는 나와 같은 종류의 이들은 늘 정교하게 가공된 동물의 털로 그들의 몸을 덮고 있다. 이는 덥고 추운 궂은 날씨를 피하기 위해서일 뿐 아니라 적절한 예의를 위해서이기도 하다. 이에 대해 그가 명령하기만 한다면 즉각적으로 내 몸을 통해 확인시켜 드릴 수 있는데, 다만 자연이 우리에게 숨기도록 가르쳐 준 그 부분들은 드러내지 않아도 양해해 주시길 바란다.

그는 내 얘기가 다 매우 이상하지만 특히 마지막 부분이 더욱 그러하다고 했다. 왜 자연이 그것이 우리에게 준 것을 감추도록 가르치는지를 이해할 수 없기 때문이었다. 그나 그의 가족 모두 몸의 어떠한 부분도 부끄러워하는 일은 없지만, 그럼에도 내가 원한다면 그렇게 하라고 말했다. 이 말을 듣고 나는 먼저 겉옷의 단추를 끌른 후 벗었다. 조끼도 그렇게 했고 구두, 스타킹, 바지도 벗었다. 나는 벌거벗은 하체를 가리기 위해 셔츠를 허리 아래까지 내린 후 밑 부분을 들어 올려 몸 중간 정도에서 거들처럼 묶었다.

주인님은 이 모든 동작을 엄청난 호기심과 경이로움으로 바라보았다. 그는 발목으로 내 옷을 모두 하나하나 들어 올리면서 꼼꼼히 살펴보았다. 또 내 몸을 매우 부드럽게 쓰다듬으면서 여러 차례 나를 위아래로 훑어보았다. 그런 후 그는 내가 완벽한 야후인 것이 분명하다고 말했다. 단지 내 피부가 조금 더 하얗고 부드러우며, 몸의 일부분에 털이 없다는 점, 앞뒤 발 모양이 다르고 짧은 점, 또 계속해서 두 뒷발로만 걷는 척하는 점에서만 내 종족의 나머지 이들과 크게 다를 뿐이라고 말했다. 그는 이제 됐다며 옷을 다시 입어도 좋다고 했다. 내가 추워서 떨고 있었기 때문이다.

주인님이 번번이 내게 야후라는 명칭을 붙이는 것에 대해 나는 불편한 감정을 표현했다. 이 구역질나는 동물을 완벽히 증오하고 경멸했기 때문이다. 나는 그 명칭을 내게 쓰지 말아 주기를, 또 주인님 가족이나 나를 보러 오는 주인님 친구들에게도 같은 지시를 내려주기를 간청했다. 마찬가지로 내가 가짜 가죽을 몸에 걸치고 있다는 비밀을 적어도 지금 입은 옷이 떨어지기 전에는 누구에게도 알리지 말아 달라고 요청했다. 주인님은 늙은 밤색 하인 말이 본 것을 비밀로 하라는 지시를 내릴 수 있을 테니 말이다.

이 모든 것에 대해 주인님은 흔쾌히 동의했다. 그렇게 그 비밀은 내 옷이 낡아 떨어질 때까지 지켜졌다. 떨어진 옷은 몇 가지 방법으로 대체되어야 했는데, 이에 대해서는 나중에 얘기하려고 한다. 그동안 주인님은 내가 계속해서 부지런히 그들의 언어를 배우기를 바랐다. 내가 옷을 입은 것이든 아니든 내 몸 형태보다는 말하고 추론할 수 있는 내 능력에 더욱 놀랐기 때문이다. 덧붙여 그는 내가 그에게 얘기해 주겠다고 약속했던 놀라운 이야기를 듣기를 손꼽아 기다리고 있다고 말했다.

그때부터 그는 나를 가르치는 수고를 두 배로 늘렸다. 나를 여러 차례 모임에 데리고 갔고 다른 말들이 나를 정중히 대하도록 했다. 그가 그들에게 따로 얘기했듯이, 그래야 내가 기분이 좋아져서 그들을 더욱 재밌게 해 줄 수 있기 때문이다.

매일 나는 그와 시간을 보냈다. 그는 나를 가르치는 수고 외에도 나에 관한 여러 질문을 하곤 했다. 나는 최선을 다해 대답했고, 이런 방식으로 그는 매우 부정확하긴 했지만 어떤 전체적인 그림을 그릴 수 있었다. 좀 더 제대로 된 대화 이전에 나눴던 얘기들을 늘어놓는 것은 지루한 일일 것이다. 그러나 나에 대해 일정한 형식과 길이를 갖춰 얘기한 최초의 설명은 다음과 같았다.

이미 그에게 여러 번 얘기하려고 했던 것처럼, 나는 50명이 넘는 내 종에 속한 사람들과 함께 아주 먼 나라에서 왔다. 우리는 나무로 만들어졌고 속이 빈 커다란 배, 주인님의 집보다 더 큰 배를 타고 바다를 건너 이곳까지 왔다. 나는 내가 사용할 수 있는 모든 단어로 배를 묘사했으며, 손수건을 펼쳐 보이면서 어떻게 배가 바람에 의해 앞으로 밀려 나가는지를 설명했다.

내부 싸움으로 나는 이 해안에 버려졌고, 거기서 어디로 향하는 줄도 모른 채 걸어 나가다 저주스러운 야후에게 괴롭힘을 당할 때 주인님이 나를 구해 준 거라고 말했다. 그는 누가 그 배를 만들었으며, 내 나라의 후이늠들은 어떻게 그 배를 짐승들의 손에 맡길 수 있는지를 물었다. 나는 그가 명예를 걸고 화내지 않겠다고 약속하지 않는다면 도저히 이야기를 계속할 수 없다고 대답했다. 그래야만 이미 여러 번 약속했던 놀라운 이야기를 하겠다는 거였다. 그는 동의했고, 나는 이야기를 계속해서 이어 나갔다.

그 배는 우리나라뿐 아니라 내가 여행했던 모든 나라에서 유일하게 이성을 지니고 통치하는 동물인 나와 같은 존재들이 만들었다. 여기에 도착했을 때 나는 후이늠이 마치 이성적인 존재처럼 행동하는 것을 보고 너무 놀랐었다. 그건 주인님이나 주인님 친구들이 야후라고 즐겨 부르는 존재에게 어떤 이성의 표지를 발견하고 놀라는 것과 마찬가지였다. 또 나는 내가 야후와 모든 면에서 닮았다는 것을 인정하지만 그들의 타락하고 야만적인 본성에 대해서는 설명할 길이 없다.

나는 계속해서 말을 이어 나갔다. 만일 내가 운 좋게 고향으로 돌아가 이곳에서의 여행을 애기한다면—사실 그러겠다고 결심했는데—사람들은 모두 내가 '그것이 아닌 것'*을 말하고 있다, 즉 내가 머릿속으로 꾸며 낸 이야기를 한다고 믿을 것이다. 정말이지 주인님과 주인님의 가족 그리고 친구들에 대해 가능한 모든 존경심을 가지고 또 불쾌해하지 않겠다는 그의 약속을 믿고 얘기하는 거지만, 우리나라 사람들은 후이늠이 국가를 지배하는 반면 야후가 짐승인 것이 가능하다고 거의 생각하지 못할 것이다.

4장

진실과 거짓에 대한 후이늠의 개념. 주인님은 지은이의 이야기를 부정한다. 지은이는 자기 자신과 여행 중 일어난 일에 대해 좀 더 구체적으로 설명한다.

주인님은 매우 불편한 기색을 드러내면서 내 애기를 들었다. 의심하거나 믿지 못하는 것은 이 나라에서는 거의 알려진 바가 없기에 그러한 상황에서 어떻게 처신해야 하는지 알 수 없었던 것이다. 나는 세계의 다른 지역들에 사는 인간의 본성에 대해 주인님과 종종 이야기를 나누었던 것을 기억한다. 그러면서 '거짓말'이나 '거짓 표현'에 관한 애기를 할 때 그는 내가 의미하는 바를 이해하느라 아주 힘들어했다. 이를 제외하고는 탁월하고 날카로운 분별력을 지녔지만 말이다. 왜 그런지에 대해 그는 다음과 같이 주장했다.

언어란 우리가 서로를 이해하고 사실에 대한 정보를 습득하는 데 사용되는 것이다. 그런데 지금처럼 어떤 이가 '그것이 아닌 것'을 말한다면 이러한 목적을 이룰 수가 없다. 내가 그를 제대로 이해한다고 말할 수 없기 때문이다. 또 나는 정보를 얻지도 못하고 오히려 모르는 것보다 더 나쁜 상태에 놓이게 된다. 결과적으로 하얀 것을 검은 것이라고, 또 긴 것을 짧은 것이라고 믿게 되기 때문이다. 이 정도가 그가 '거짓말'의 기능에 대해 가지고 있는 개념의 전부였다. 인간 사이에서는 그토록 완벽하게 이해되고 그토록 보편적으로 행해지는 거짓말인데 말이다.

본론으로 다시 돌아와 내가 우리나라에서는 나와 같은 야후가 유일한 지배 동물이라고 주장했을 때 주인님은 도저히 이해할 수 없다며 우리 사이에도 후이늠이 있는지 또 그들이 하는 일이 무엇인지 알기를 원했다. 나는 우리에게 많은 수의 후이늠이 있으며, 여름에는 들판에서 풀을 뜯어먹고 겨울에는 건초나 귀리를 먹으며 집 안에서 사육된다고 대답했다. 집에는 야후 하인들이 있어 그들의 가죽을 부드럽게 문질러 주거나 갈기를 빗겨 주고 발바닥에 붙은 것들을 떼어 주면서 먹을 것을 주고 잘 곳을 마련해 준다고 말이다. 주인님은, 이제 잘 알겠다, 네가 얘기한 것으로 미루어 볼 때 야후가 아무리 이성이 있는 척하더라도 후이늠이 너희들 주인인 것이 분명하구나, 우리 야후도 그렇게 길들이기 쉬우면 좋을 텐데, 라고 말했다.

나는 주인님께 내가 이 얘기를 더는 하지 않는 것을 양해해 달라고 간청했다. 앞으로의 내 얘기에 그가 무척 불쾌해할 것이 확실했기 때문이었다. 하지만 그는 계속해서 가장 좋은 것부터 가장 나쁜 것까지 모두 다 말할 것을 내게 명령했고, 나는 그의 뜻에 따르겠다고 했다. 나는 다음과 같이 고백했다.

우리가 말이라고 부르는 후이늠은 우리 사이에서 가장 너그럽고 잘생긴 동물이다. 이들은 또 힘과 속도에서 매우 뛰어나다. 이들이 지위가 높은 사람의 소유가 되어 길을 가거나 달리거나 마차를 끄는 데 사용될 때에는 매우 세심한 보살핌을 받는다. 그러나 병에 걸리거나 발에 이상이 생겨 쓰러지면, 그때는 팔려나가 온갖 궂은일을 하다가 죽는다. 죽은 뒤에는 가죽이 벗겨지고, 값이 매겨지는 대로 팔려 나가며, 시체는 버려져 개나 맹금류에 먹힌다. 하지만 평범한 종류의 말들은 그렇게 운이 좋지를 못해 농부나 마부 혹은 다른 천한 이들의 소유가 되는데, 그들은 말에게 고된 일을 시키며 잘 먹이지도 않는다. 나는 우리의 말 타는 방법과 말의 굴레와 안장, 박차, 채찍, 나아가 마구와 바퀴의 모양과 용도에 대해 최대한으로 묘사했다. 또 우리가 주로 다니는 돌길에서 말의 발굽이 부서지지 않도록 보호하기 위해 쇠라고 불리는 단단한 재료로 만든 철판을 말의 발바닥에 부착시킨다는 말도 덧붙였다.

주인님은 무척 화난 표정을 짓더니 어떻게 감히 우리가 후이늠의 등에 탈 수 있는지 의아하다고 말했다. 왜냐면 그의 집에 있는 가장 약한 하인 말일지라도 가장 강한 야후를 흔들어 떨어뜨릴 수 있기 때문이다. 혹은 드러눕거나 등으로 구르면서 그 짐승을 눌러 죽일 수 있기 때문이다. 내가 대답하기를, 우리의 말은 서너 살부터 우리가 원하는 여러 가지 일에 사용되도록 훈련된다. 만일 어떤 녀석이 참을 수 없이 포악하다면 마차를 끄는 데 사용되는데, 어릴 때부터 심하게 매질을 당하기에 어떤 해악도 도모할 수 없다. 또 승마나 마차를 끄는 등의 평범한 용도로 쓰이는 수말들은 일반적으로 태어나서 2년 후에 '거세된다.' 이는 그들의 기세를 꺾고 보다 순하게 길들이기 위한 것이다. 사실 이들은 보상과 벌칙에 예민하지만, 이 나라의 야후와 마찬가지로 이성이란 것이 전혀 없다.

내 말이 무슨 뜻인지를 주인님께 이해시키기 위해서는 많은 경우 우회적인 표현을 쓰는 고생을 할 수밖에 없었다. 그들의 언어는 어휘가 다양하지 않은데, 왜냐면 그들의 욕망과 열정이 우리보다 적기 때문이다. 그렇긴 해도 후이늠에 대한 우리의 야만적인 처우에 그가 내보인 고매한 분노를 표현하는 것은 불가능할 정도다. 특히 내가 우리 말들을 거세하는 방법과 용도, 자손의 번식을 막고 좀 더 고분고분하게 만드는 법을 설명하자 그의 분노는 대단했다. 그는 만일 단지 야후만이 이성을 지니고 태어나는 나라가 있다는 것이 가능하다면 틀림없이 그들이 지배 동물일 것이라고 말했다. 이성이란 것은 야만적인 힘에 맞서 결국 승리하게 되어 있기 때문이다. 하지만 우리 몸의 구조, 특히 내 몸의 구조를 고려해 볼 때, 나만 한 크기의 생물 중 어떤 것도 삶의 평범한 일에 이성을 쓰는 데 그토록 형편없이 설계되지는 않았다고 생각한다. 따라서 그는 나와 함께 있던 이들이 나와 더 비슷한지, 아니면 그의 나라의 야후와 더 비슷한지 알고 싶어 했다. 나는 내가 내 나이 또래의 종과 비슷하게 생겼지만, 어린 암컷들은 훨씬 더 부드럽고 나긋하며 피부도 대개 우유처럼 하얗다고 얘기했다.

그는 사실 내가 다른 야후들과 달리 훨씬 깨끗하고 완전히 흉측하지만은 않지만, 실질적인 이점에 있어서는 오히려 불리하다고 생각한다면서 다음과 같이 말했다. 우선 앞발에 있는 발톱이건 뒷발에 있는 발톱이건 아무 소용이 없다. 앞발로 말하자면 이를 앞발로 부르는 것조차 적절치 않은데, 한 번도 내가 앞발로 걷는 것을 본 적이 없기 때문이다. 내 앞발은 땅을 감당하기에는 너무 연약한데도 대개 나는 앞발을 덮개로 감싸지 않은 채 다니며, 가끔 착용하는 덮개도 내 뒷발에 있는 것과 같은 모양이 아니고 그만큼 튼튼하지도 않다. 또 나는 안전하게 걷지도 못하는데, 내 뒷발 중 하나가 미끄러지면 틀림없이 넘어지게 돼 있기 때문이다.

이렇게 말한 후 그는 내 몸의 다른 부분도 흠을 잡기 시작했다. 내 얼굴은 납작하고, 코는 돌출되어 있으며, 두 눈은 앞면에 놓여 있기에 고개를 돌리지 않고는 양쪽을 볼 수 없다. 또 내가 앞발 중 하나를 입까지 들어 올리지 않고는 음식을 먹을 수 없는데, 그런 필요 때문에 자연이 팔꿈치를 준 것이다. 도대체 내 뒷발에 있는 여러 개의 틈이 무슨 소용인지를 모르겠다. 뒷발은 너무 부드러워 다른 짐승의 가죽으로 만든 덮개 없이는 딱딱하고 날카로운 돌을 견딜 수 없다. 또 내 몸 전체는 더위와 추위에 대항하는 힘이 부족하기에 매일 지루하고 수고스럽게 옷을 입고 벗고 해야 한다.

끝으로, 이 나라의 모든 동물은 당연히 야후를 혐오해 왔다. 힘이 약한 동물은 야후를 피하고, 강한 놈은 야후를 쫓아내 왔다. 그러니 우리가 이성이라는 선물을 가지고 있다고 하더라도 모든 동물이 우리에게 내보이는 자연스러운 적대감을 어떻게 극복할 수 있는지 그는 모르겠다. 또 그렇기 때문에 우리가 어떻게 다른 동물들을 길들여서 부려먹을 수 있는지도 잘 모르겠다. 하지만 이 일에 대해 더 이상 논쟁하고 싶지 않은데(그가 말했다), 왜냐면 그는 내 이야기, 내가 태어난 나라, 그리고 이곳에 오기 전 내 삶에서 일어났던 여러 사건들이 궁금하기 때문이다.

나는 내가 얼마나 강력히 그가 지적한 모든 부분에 만족할 만한 답을 줄 수 있기를 바라는지 힘주어 말했다. 하지만 동시에 주인님이 개념조차 가지고 있지 못한 여러 주제를 내가 과연 설명할 수 있을지 매우 회의적이라고도 했다. 왜냐면 그 개념과 비슷한 것들을 그의 나라에서 본 적이 없기 때문이다. 하지만 나는 최선을 다할 것이고, 비유를 들어 내 생각을 표현하려고 노력할 것이다. 이렇게 말하면서 나는 적당한 단어를 찾지 못할 경우 그가 도와줄 것을 겸손히 부탁하였고 이에 대해 그는 흔쾌히 약속해 주었다.

나는 다음과 같이 말했다. 나의 부모님은 정직한 분들이셨고, 나는 영국이라 불리는 섬에서 태어났다. 그곳은 주인님의 힘센 하인들이라도 아주 여러 날을 가야 할 정도로 여기서 멀리 떨어진 곳에 있다. 나는 자라서 의사가 되었는데, 의사들은 사고나 폭력으로 생긴 몸의 상처와 부상을 치료하는 일을 한다. 우리나라는 여왕이라 불리는 여성에 의해 다스려지고 있다. 나는 돈을 벌기 위해 그곳을 떠나 왔으며, 나중에 그 돈으로 나와 가족을 먹여 살리려 했다. 마지막 항해에서 나는 배의 선장이었고 내 아래 50명 정도의 야후가 있었다. 하지만 그들 중 여러 명이 바다에서 죽어 버린 탓에 다른 나라에서 뽑은 선원들로 보충해야 했다.

우리 배는 두 번 가라앉을 위기에 처했었다. 한 번은 거대한 폭풍을 만났고, 다른 한 번은 바위에 부딪힐 뻔해서였다. 주인님은 이 대목에서 끼어들어 어떻게 내가 그동안 겪었던 손실이나 위험에도 불구하고 여러 나라의 낯선 사람들이 나와 함께 모험을 하도록 설득할 수 있었는지를 물었다. 나는 그들이 가난하거나 범죄를 저질러 자신들이 태어난 곳에서 도망쳐야 하는 절망적인 운명에 처한 사람들이었다고 말했다. 어떤 이는 소송으로 망하고, 다른 이는 술, 계집질, 도박에 전 재산을 날렸으며, 또 다른 이는 반역죄나 살인, 도둑질, 독살, 강도, 위증, 위조, 위폐 주조로 도망쳤고, 혹은 강간이나 남색을 범했거나 탈영 또는 적군 투항을 감행했다. 이들은 대부분 감옥에서 도망친 사람들이었다. 그들 중 누구도 사형당할까 봐 혹은 감옥에서 굶어 죽을까 봐 두려워 감히 고향으로 돌아가지 못하며 따라서 다른 곳에서 생계를 이어 가야 할 수밖에 없다.

대화 도중 주인님은 자주 내 얘기를 끊곤 했다. 우리 선원들이 고향을 떠나야 했던 범죄들의 성격을 그에게 설명하는 과정에서 내가 에두른 표현을 많이 사용했기 때문이다. 이러한 노력으로 대화가 며칠 지속되고 나서야 그는 나를 이해할 수 있었다. 그는 그러한 악행을 저지르는 이유가 무엇인지 알고 싶어 어쩔 줄 몰라 했다. 그의 당혹감을 해소해 주기 위해 나는 그에게 권력과 부를 향한 욕망이 무엇인지 설명했고, 욕정과 무절제, 악의, 시기심의 끔찍한 결과를 설명하기 위해 애썼다. 이 모든 것에서 나는 어떤 경우들을 상정하고 가정을 해 보는 식으로 정의를 내리고 묘사를 해야 했다.

설명을 다 듣고 난 주인님은 한 번도 상상해 보지 못한 내용에 얻어맞은 것처럼 놀라움과 분노에 사로잡혀 눈을 치켜떴다. 권력, 정부, 전쟁, 법, 형벌, 기타 수천 개의 다른 것을 표현할 수 있는 용어가 그들의 언어에는 없었다. 그렇기에 말하고자 하는 것의 개념을 주인님께 전달하는 것은 거의 불가능에 가까울 정도로 어려웠다. 하지만 그는 사색과 대화로 고양된 그는 훌륭한 이해력을 지녔기에 마침내 세계 저편의 우리 인간이 무엇을 할 수 있는지 완전히 이해할 수 있었다. 그러고는 내게 유럽이라 불리는 땅, 특히 내 나라에 대한 구체적인 얘기를 해 줄 것을 요청했다.

5장

지은이는 주인님의 명령에 따라 영국에 대해 설명한다. 유럽 왕들 사이에서 벌어지는 전쟁의 원인들. 지은이는 영국의 헌법에 대해 설명한다.

독자들은 내가 주인님과 나눴던 많은 대화를 축약한 다음의 내용들이 2년이 넘는 동안 여러 번에 걸쳐 이루어진 대화들 중 가장 핵심적인 사항을 정리한 것임을 알아주길 바란다. 내가 후이늠어 실력이 향상됨에 따라 주인님은 좀 더 구체적인 설명을 원했고, 나는 최선을 다해 그에게 유럽의 모든 것에 대해 설명해 주었다. 무역업과 제조업, 예술과 과학에 대해 얘기했고, 그때마다 생겨나는 관련 주제에 대한 그의 모든 질문 그리고 그에 대한 내 대답은 우리 대화의 마르지 않는 원천이었다. 여기서 나는 우리 사이에서 오갔던 내용 중 오로지 우리 영국에 관한 것만 최대한 정리해서 시간이나 상황과 상관없이 적으려고 한다. 하지만 나는 진실만을 엄격히 전달할 것이다. 내 유일한 걱정은 내가 주인님의 주장과 표현을 제대로 전달할 수 없다는 점이다. 이는 내 능력 부족이기도 하지만 우리의 야만적 언어인 영어로 번역되기 때문이기도 하다.

주인님의 명령에 따라 나는 그에게 오렌지 공 지휘하의 혁명에 관해 설명했다. 또 그가 시작하고 그의 후계자인 현재의 여왕이 재개한 프랑스와의 오랜 전쟁이 있었다고 얘기했으며, 이 전쟁에 강력한 기독교 국가들이 참전했고 지금도 계속되고 있다고 말했다. 또 그의 요청에 따라 약 백 만 명의 야후가 전쟁 과정에서 살해당했을 것이며, 아마 백 개 이상의 도시가 점령되었고, 5백 대 이상의 전함이 불타거나 침몰했다고 헤아렸다.

그는 내게 한 나라가 다른 나라와 전쟁을 벌이는 통상적인 이유나 동기가 무엇인지를 물었다. 나는 이유야 수없이 많지만, 주요한 몇 가지만 말하겠다고 했다. 어떤 전쟁의 이유는 자신이 다스리는 땅과 국민으로는 결코 충분하지 않다고 생각하는 왕들의 야망이며, 혹은 나쁜 정부에 대항하는 백성들의 아우성을 억누르거나 딴 데로 돌리기 위해 왕에게 전쟁을 부추기는 대신들의 부패와 타락이다. 어떤 때는 의견의 차이가 수백만 명의 목숨을 빼앗아 가기도 했다. 예를 들면, 몸이 빵인지 빵이 몸인지, 혹은 딸기 주스가 피인지 아니면 술인지, 혹은 휘파람불기가 악덕인지 미덕인지 같은 것들. 또 기둥에 키스하는 것이 나은지 아니면 불에 던져 버려야 하는 건지 혹은 검정, 하양, 빨강, 회색 중 외투에 가장 잘 맞는 색은 무엇인지, 길어야 하는지 짧아야 하는

지, 좁아야 하는지 넓어야 하는지, 더러운지 깨끗한지 등등. 의견 차이로 촉발된 전쟁만큼 맹렬하고 유혈이 낭자하고 오래 끄는 전쟁이 없는데, 특히 그 사안이 별거 아닌 경우에는 더욱 그렇다.

가끔 두 나라 왕의 싸움은 둘 다 권리가 없는 땅의 3분의 1을 누가 처분할 것인가를 결정짓기 위해 일어난다. 어떤 때는 한 왕이 다른 왕에게 공격당할까 두려워 제삼의 왕과 싸운다. 어떤 때 전쟁은 적이 너무 강해서 또 어떤 때는 너무 약해서 벌어진다. 어떤 때는 우리가 가진 것을 이웃 나라가 원하고 어떤 때는 우리가 원하는 것을 그들이 가지고 있기에 그들이 우리 것을 가지거나 우리에게 그들의 것을 줄 때까지 싸운다. 한 나라의 백성이 굶어 죽거나 전염병으로 파멸되었을 때 혹은 그들 내부에서 당쟁으로 싸울 때 그 나라를 침략하는 것은 매우 정당한 전쟁의 명분이다. 가까운 동맹국 도시 중 하나가 우리에게 편리한 위치에 놓여 있거나, 우리의 영토를 둥글고 밀도 있게 만들어 주는 땅덩어리라면 전쟁을 일으키는 것이 정당화될 수 있다.

만일 어떤 왕이 가난하고 무지한 백성들이 사는 나라에 군대를 보낸다면, 그들을 야만적인 삶의 방식에서 변화시키고 문명화시킨다는 명분으로 그 나라 사람들의 반을 합법적으로 죽이고 나머지 반을 노예로 삼을 수 있다. 또 어떤 왕이 침략으로부터 자신을 지켜 내기 위해 다른 왕에게 도움을 요청할 때, 도와주러 온 왕이 침략자를 몰아낸 후 그 땅을 빼앗고 자신이 구하려고 했던 왕을 죽이거나 가두거나 추방시키는 것은 매우 왕다운 행위이고 명예로우며 빈번히 일어나는 일이다.

혈연 동맹이나 결혼 동맹은 두 왕이 전쟁을 벌일 충분한 이유가 되며, 가까운 친족일수록 다투려는 경향은 더 크다. 가난한 나라들은 배고프고, 부자 나라들은 교만하다. 교만과 굶주림은 영원히 상충할 것이다. 이러한 이유로 군인이란 직업은 최고로 명예로운 것으로 여겨지는데, 왜냐면 군인은 그에게 한 번도 피해를 주지 않았던 자신의 종족을 될 수 있는 한 많이, 피도 눈물도 없이 죽이도록 고용된 야후이기 때문이다.

마찬가지로 유럽에는 일종의 거지나 다름없는 왕이 있다. 이들은 스스로 전쟁을 벌일 능력이 없으며, 자신의 군대를 더 잘사는 나라에게 아주 오랫동안 빌려준다. 그들은 여기서 나오는 수입의 4분의 3을 가져가며 이는 나라의 가장 중요한 수입원이다. 유럽 북반구에 그런 나라들이 많이 있다.

전쟁에 관한 네 얘기는 (주인님이 말했다) 네가 지니고 있다는 이성의 결과를 정말 훌륭하게 드러내는구나. 하지만 부끄러움이 위험보다 더 크다는 사실, 즉 자연이 너희들로 하여금 아주 많은 해악을 끼칠 수 없게 만들어 놓은 것은 다행스러운 일이다. 왜냐면 너희들 입은 얼굴에 납작하게 놓여 있기에 쌍방합의가 아니라면 서로를 효과적으로 깨물기는 어려우니 말이다. 또 네 앞뒤 발의 발톱은 너무 짧고 부드러워서 우리 야후 중 한 명이 너희 야후 열 명은 몰아낼 수 있을 것이다. 따라서 네가 전쟁에서 살해당한 사람들의 숫자를 헤아렸을 때, '그것이 아닌 것'을 말했다고 생각하지 않을 수 없단다.

나는 머리를 흔들면서 그의 무지함에 살짝 웃지 않을 수 없었다. 전쟁 기술을 잘 아는 나는 그에게 대포와 대형 대포, 머스킷총, 컬버린 소총, 권총, 총알, 화약, 검, 총검, 포위, 후퇴, 공격, 기뢰, 역기뢰, 포격, 해상전투에 대해 설명했다. 또 수천 명과 함께 가라앉은 배와 양쪽에서 죽어 간 2만 명의 사람들, 죽어 가는 신음 소리와 허공으로 날아가는 팔다리들, 또 연막, 소음, 혼란, 말발굽 아래 짓밟힌 죽음, 탈출, 추격, 승리를 묘사했다. 나아가 개와 늑대와 맹금류의 먹잇감으로 남겨진 시체로 뒤덮인 전장과 약탈과 박탈, 겁탈, 방화와 파괴에 대해 설명했다. 이에 덧붙여 내 소중한 동포들의 용맹함을 부각시키기 위해 그들이 포위 작전에서 백 명의 적을 한꺼번에 폭파하는 것을 내가 보았으며, 배 위에서도 그만큼을 죽이는 것을 본 적이 있다고 단언했다. 산산조각 난 죽은 시체들이 구름과 같은 연기 사이로 떨어지자 그걸 보는 구경꾼들이 매우 즐거워하는 걸 본 적이 있다고 말이다.

내가 좀 더 구체적으로 얘기하려고 하자 주인님은 내게 입을 다물라고 명령했다. 그는 야후의 본성을 이해하는 그 누구든 그 사악한 동물들의 힘과 꾀가 악의와 맞아 떨어지는 한 내가 설명했던 행위들을 모두 할 수 있다는 걸 쉽게 믿을 거라고 했다. 하지만 내 얘기를 듣고 야후 종족에 대한 혐오가 더욱 심해지면서 여태까지 느껴 보지 못했던 혼란이 그의 마음에 일어나게 되었다. 그는 그토록 끔찍한 단어들에 귀가 익숙해지면 점차 혐오감이 줄어들지도 모른다고 생각했다. 자신이 비록 야후를 싫어하긴 하지만, 그들의 역겨운 특징에 대해 '그냐이'(일종의 맹금류)

의 잔인함이나 그의 발굽을 다치게 하는 뾰족한 돌을 원망하는 이상은 아니었기 때문이다. 하지만 이성이 있다고 주장하는 존재들이 그러한 악행을 행할 수 있다면, 그는 이성이란 기능의 타락이 야만성 그 자체보다 더 나쁠 수도 있지 않을까 두렵다. 따라서 그는 우리가 이성 대신 단지 우리의 천성적인 악을 증가시키는 어떤 자질을 소유했을 거라고 확신하게 되었다. 마치 출렁이는 강물이 흉측한 몸의 이미지를 반사할 때 더 크고 왜곡되게 돌려주는 것처럼 말이다.

그는 덧붙여 말했다. 이번뿐 아니라 그 전에도 전쟁이 무엇인지 수없이 들은 바 있다. 그런데 지금 그를 다소 당황시키는 것이 또 하나 있다. 아까 내가 말하기를 우리 선원 중 몇 명은 법에 의해 파멸됐기 때문에 자신의 나라를 떠났다고 했다. 비록 내가 법이란 단어의 의미를 설명하긴 했지만, 그는 어떻게 모든 사람을 보호하기 위해 만들어진 법에 의해 사람이 파멸되는 일이 발생하는지를 도저히 이해하지 못하겠다. 따라서 그는 우리나라의 법의 현재 관행을 따를 때 내가 법이라는 말 혹은 법집행자라는 말로 무엇을 의미하는지를 좀 더 깊이 알고 싶다. 왜냐면 그는 자연과 이성이야말로 우리가 해야 될 것과 하지 말아야 될 것을 보여 주는 데 있어 우리가 감히 그렇다고 우기는 이성적인 동물에게 충분한 지침이 된다고 생각하기 때문이다.

나는 주인님에게 법 분야는 내가 그다지 잘 알지 못한다고 얘기했다. 내가 겪었던 부당한 일로 변호사를 고용했지만 소용없었다는 것 정도를 제외하면 말이다. 하지만 주인님이 만족할 수 있게 되도록 잘 설명해 보겠다고 했다.

나는 다음과 같이 말했다. 우리 가운데 어떤 집단이 있는데 그들은 어릴 때부터 흰색이 검정색이고 검정색이 흰색임을 돈을 받는 정도에 따라, 또 그 목적을 위해 부풀려진 용어들로 증명하는 기술을 배우며 자랐다. 나머지 사람들은 모두 이 집단의 노예이다.

예를 들어 만일 이웃이 내 암소를 탐낸다면, 그는 자신이 내 소를 가져야 하는 이유를 증명할 변호사를 고용한다. 그러면 나는 내 권리를 지키기 위해 또 다른 변호사를 고용해야 한다. 누구든 자기 자신을 직접 변호하는 것은 법의 원칙에 완전히 어긋나기 때문이다. 자, 이 경우 진짜 주인인 나는 두 가지 점에서 불리하다. 우선 내 변호사는 거의 요람에서부터 거짓을 변호하는데 익숙해져 있으므로 정의를 위해 변호해야 할 때는 어쩔 줄 몰라 한다. 이런 부자연스러운 일을 할 때는 나쁜 의도를 가지고 그러는 것은 아니지만 늘 영 어색하게 행동하는 것이다.

두 번째로 불리한 점은 내 변호사가 매우 조심스럽게 재판에 참여해야 한다는 것이다. 그렇지 않다면 그는 법 행위의 품격을 낮추는 자로서 판사들에게 질책당하고 동료들에게 미움을 받을 것이기 때문이다. 따라서 소를 지키기 위해 내게는 단지 두 가지 방법만 남는다. 하나는 상대방의 변호사를 두 배의 돈을 주고 매수하는 것이다. 그러면 그는 정의가 자신의 편에 있다고 넌지시 시사하면서 애초의 의뢰인을 배신할 것이다. 두 번째 방법은 내 변호사가 그 소를 상대편 것이라고 인정함으로써 나의 주장을 가능한 한 부당하게 보이도록 만드는 것이다. 이것이 매끈하게 진행된다면 분명히 판사 측의 호의를 끌어낼 것이다.

자, 이제 주인님은 판사들이 모든 재산권 분쟁뿐 아니라 형사재판에서 판결하도록 임명된 사람임을 알 것이다. 이들은 한때 가장 노련했으나 이제는 나이 들고 나태해진 변호사들 중에서 선임된 사람들이다. 그들은 평생 진실과 공정을 무시해 왔기에 사기와 위증, 탄압을 필연적으로 선호할 수밖에 없다. 나는 자신들의 부정한 본성이나 직무에 어울리지 않는 일을 함으로써 동료 판사의 기분을 상하게 할 바에는 차라리 정의의 편에서 주는 고액의 뇌물조차 거절했던 판사들을 여러 명 알고 있다.

이들 변호사 사이에서는 이전에 한 번 했던 일은 모두 합법적으로 다시 할 수 있다는 불문율이 있다. 따라서 그들은 상식적인 정의와 인류의 보편적 이성에 반해 내려진 이전의 모든 판결들을 기록하는 데 특별한 열의를 쏟는다. 그들은 이 기록들을 '판례'라는 이름 아래 가장 사악한 의견들조차 정당화할 수 있는 권위체로 내놓는다. 판사들은 어김없이 이에 따라 판결을 내린다.

그들은 변론을 할 때 가치에 따라 사건을 논하는 것을 신중하게 피하면서 그 대신 별로 연관 없는 정황에 대해서는 시끄럽고 과격하며 지루하게 파고든다. 예를 들어 앞선 사건의 경우, 그들은 상대방이 내 소에 대해 무슨 권리나 명목을 가지고 있는지 알고 싶어 하지 않는다. 단지 그 소가 빨간지 검은지, 쇠뿔이 긴지 짧은지, 소가 풀을 뜯어먹는 목장이 둥근지 네모난지, 젖을 짜는 곳이 실내인지 실외인지, 혹은 그 소가 무슨 병에 걸리기 쉬운지 등에 관심을 갖는다. 이후 그들은 판례들을 언급하고 시시때때로 휴정하면서 10년, 20년, 혹은 30년 후에 결론을 내린다.

마찬가지로 이 집단에는 그들만의 독특한 속어와 전문어가 있다. 다른 사람들은 이런 용어들을 이해할 수 없지만 그들의 법은 다 이런 용어로 적혀 있으며, 그들은 이런 용어들을 늘리기 위해 특별히 관심을 기울인다. 이러한 방식을 통해 그들은 진실과 거짓 혹은 참과 거짓의 본질을 완전히 혼란시켜 왔다. 따라서 6대에 걸친 선조들에 의해 내게 남겨진 목장이 내 것인지 아니면 482킬로미터 떨어져 있는 외부인의 것인지를 판결하는 데 30년이 걸리는 거다.

국가에 반하는 범죄로 기소된 사람들의 재판은 그 과정이 훨씬 간단하고 칭찬할 만하다. 판사는 우선 사람을 보내 권력자들의 의중을 가늠해 보며, 이후에는 모든 법적 형식을 엄격히 지키는 가운데 수월하게 범죄자를 사형시키든 사면하든 할 수 있다.

여기에서 주인님이 끼어들어 말했다. 이제껏 내가 설명한 걸 들어 보면 변호사들은 대단한 정신적 능력을 타고난 것이 틀림없는데도 지혜와 지식에 있어 다른 사람들의 스승이 되도록 격려 받지 못하는 것은 정말 안된 일이라는 거다. 이에 대해 나는 다음과 같은 말로 그를 설득시켰다. 그들은 자신들의 직업과 관련되지 않은 모든 면에서 대개 우리 중 가장 무지하고 멍청한 족속들이다. 그들은 평범한 대화를 할 때도 극도로 야비하며 모든 지식과 학문의 공인된 적이다. 마찬가지로 자신의 지업에서처럼 다른 모든 대화 주제에서도 인류의 보편적 이성을 왜곡시키는 경향이 있다.

6장

앤 여왕 치하의 영국 내 상황에 대한 계속되는 설명. 유럽 궁정 총리대신의 인격.

하지만 주인님은 여전히 이 변호사란 족속들이 어떤 동기로 부당한 모의에 가담함으로써 스스로를 혼란스럽고 불안하고 피곤하게 만드는지를 도무지 이해하지 못했다. 단지 자신의 동료 동물을 해하기 위해서 말이다. 그는 또한 그들이 '고용'되었기에 그렇다는 내 말을 이해하지 못했다. 따라서 나는 그에게 '돈'의 효용과 그것이 어떤 재료로 만들어지며 그 금속의 가치가 어떤 건지 설명하기 위해 엄청 애썼다. 야후가 이 귀중한 것들을 많이 가지고 있으면 가장 멋진 옷, 가장 훌륭한 집, 넓은 땅, 가장 값비싼 고기와 음료 등 원하는 것을 뭐든 살 수 있으며, 또 가장 아름다운 암컷을 택할 수 있다. 오로지 돈으로만 이러한 재주를 부릴 수 있기에 우리 야후들은 결코 소비하거나 저축할 돈을 충분히 가지고 있다고 생각하지 못한다. 왜냐면 자신들이 천성적으로 낭비나 탐욕을 좋아한다는 것을 알기 때문이다.

부자들은 가난한 자들이 행하는 노동의 결과를 누리며, 후자와 전자를 비율로 따지자면 천 명에 한 명 꼴이다. 우리 국민 대부분은 소수의 사람들의 풍족한 삶을 위해 매일 적은 임금을 받고 노동하면서 비참하게 살 수밖에 없는 것이다.

나는 이런 이야기와 비슷한 취지의 다른 많은 이야기를 구체적으로 자세히 설명했다. 하지만 주인님은 여전히 더 알고 싶어 했다. 왜냐면 그는 모든 동물은 땅의 생산물에 대한 자신의 몫을 가질 권리가 있으며, 특히 다른 동물을 지배하는 동물이라면 더욱 그렇다는 전제하에 얘기를 했기 때문이다. 따라서 그는 내게 이 값비싼 고기 요리가 과연 무엇이며 왜 어떤 이들은 그것을 원하는지 알려 달라고 했다. 나는 그때 머리에 떠오른, 세계의 모든 지역에 배를 보내지 않는 이상 가능하지 않은 다양한 음식을 다양한 조리법과 함께 나열했으며, 마시는 술이나 소스 또 셀 수 없이 많은 기타 편의용품들도 언급했다. 우리 지체 높은 암컷 야후 한 명이 아침 식사를 하거나 이에 곁들일 음료를 얻기 위해서는 이 둥근 지구 전체를 적어도 세 번을 돌아야 함을 힘주어 말했다.

그는 그런 나라라면 틀림없이 자기 국민을 먹일 식량을 생산할 수 없는 불쌍한 나라일 거라고 했다. 하지만 그가 무엇보다 궁금해한 것은 내가 묘사한 대로라면 그토록 넓은 땅에 어떻게 신선한 물이 하나도 없어서 마실 음료를 얻으러 사람들을 바다로 보내야 하는지였다. 이에 나는 영국(내가 태어난 사랑하는 내 조국)은 곡식에서 추출하거나 나무 열매를 압축해 얻은 훌륭한 음료와 술뿐 아니라 자국민이 소비할 수 있는 식량의 세 배를 생산할 수 있으며, 다른 일상 편의용품에서도 마찬가지라고 말했다. 하지만 남자들의 사치와 무절제 그리고 여자들의 허영심을 충족시키기 위해 우리는 엄청난 양의 필수품을 다른 나라로 보내고, 대신 그곳에서 질병과 어리석음 또 악을 야기하는 물건을 가져와 쓰고 있다. 이러니 우리 국민 절대 대다수는 필연적으로 구걸이나 강도, 도둑질, 사기, 뚜쟁이질, 거짓 맹세, 아첨, 교사, 위조, 도박, 거짓말, 아부, 호통, 매수 투표, 매문, 점치기, 독살, 매음, 중상모략, 명예훼손, 자유사상 등과 같은 직업으로 생계를 유지할 수밖에 없다. 나는 이 모든 단어를 각각 그에게 이해시키느라 정말 힘이 들었다.

와인은 물이나 다른 음료의 부족을 보충하기 위해 수입하는 것이 아니다. 그것을 마시면 자신의 감각으로부터 벗어나 즐거워지고, 우울한 생각이 없어지며, 뇌에서는 거칠고 황당한 상상이 일어나면서 희망은 올라가고 두려움은 사라진다. 모든 이성의 작용이 잠깐이나마 정지되고, 사지를 가누지 못하다가 깊은 잠에 빠지게 하는 것이다. 물론 인정해야 할 것은 술에서 깨어날 때 늘 아프고 기분이 나쁘며, 또 이렇게 마시다 보면 병이 들면서 사는 게 힘들어지고 단명하게 된다.

이외에도 우리 국민 대부분은 일상의 필수품이나 편의용품을 부자나 서로 간에 제공함으로 생계를 꾸려 간다. 일례로 내가 집에서 평소대로 옷을 입고 있는 상태라 하더라도 백 명의 상인들의 노동을 내 몸에 걸치고 있는 것이며, 집과 집 안의 가구가 있기 위해서는 그만큼의 사람이 더 필요하다. 또 내 아내의 몸치장에는 이 숫자의 다섯 배가 필요하다.

나는 많은 선원들이 병으로 죽었다는 것을 주인님께 얘기했던 적이 몇번 있었기에, 이번에는 환자들을 돌보며 생계를 유지하는 사람들에 대해 말하려고 했다. 하지만 이 얘기를 그에게 이해시키는 것은 너무도 어려운 일이었다. 후이늠도 죽기 며칠 전에 몸이 약해지고 무거워진다거나 혹은 어떤 사고로 발을 다치며, 이에 대해서는 그도 쉽게 이해할 수 있었다. 하지만 모든 것을 완벽하게 만드는 자연이 우리 몸에 어떤 고통이 자라도록 그냥 둔다는 것은 불가능하다고 생각했다. 그는 그런 설명할 수 없는 악의 원인에 대해 알고 싶어 했다.

나는 그에게 우리는 서로 반대로 작용하는 수천 가지의 음식을 먹으며, 배고프지 않을 때 먹고, 목마르지 않아도 마신다고 했다. 또 우리는 음식을 전혀 먹지 않은 채 독한 술을 마시면서 밤을 샌다. 이는 우리를 게으르게 만들고 정욕에 불을 붙이며, 소화를 급히 촉진시키거나 방해한다. 또 몸을 파는 암컷 야후는 어떤 병을 얻고 이것으로 그의 품에 들어오는 이들의 뼈를 썩게 하는데, 이러한 병과 다른 병들이 아버지에게서 아들에게 이어지기에 많은 수의 사람들이 복잡한 병을 안고 태어나게 된다. 인간 몸에 생기는 모든 병의 목록을 말하자면 끝이 없을 것이다. 팔다리와 골절 부분에 퍼져 있는 병만 하더라도 5백~6백 종보다 적지 않다. 즉 몸의 안과 밖의 모든 부위에 각각 고유한 병이 있다는 거다. 우리에게는 이런 병을 고치도록 교육받은 사람들의 집단이 존재하는데, 이들은 환자를 고치거나 혹은 환자를 고치는 척하는 전문직에 종사한다. 내가 이 분야의 기술을 좀 알고 있기에 주인님에 대한 감사의 표시로 그들의 영업 비밀과 치료 방법을 모두 알려드리려 한다.

그들의 근본 원리는 모든 병은 '과잉'에서 일어난다는 것이다. 그들은 자연스러운 경로든 입으로 토하는 것이든 몸으로부터 완전한 '배출'이 필요하다고 결론 내린다. 다음으로 그들이 하는 일은 약초, 광물질, 고무액, 기름, 조개껍질, 소금, 주스, 미역, 똥, 나무껍질, 뱀, 두꺼비, 개구리, 거미, 시체의 살과 뼈, 새, 동물, 물고기를 섞어 냄새와 맛이 최대한 혐오스럽고 역겨우며 불쾌한 조제약을 만드는 것이다. 이걸 먹으면 당장 위에서 삼킨 것을 역겨움으로 내보내게 되는데, 이는 구토라고 불린다. 아니면 앞서의 재료에 다른 독극물을 첨가해 장기에 똑같이 역겹고 불쾌한 약을 위 혹은 아래 구멍으로 (의사들이 그때그때 끌리는 대로) 투입할 것을 명령한다. 이는 배를 느슨하게 해 모든 것을 아래로 밀어내며, 그들은 이를 설사약 혹은 관장약이라 부른다. (의사들이 주장하기를) 자연은 위에 있는 구멍을 오로지 고체와 액체가 들어가도록 했고, 아래의 구멍은 배출을 위한 용도로 만들었다. 그런데 이 기술자들은 똑똑하게도 모든 병은 자연이 제자리에서 벗어나 생긴 것이라고 보면서, 자연을 제자리로 돌려놓기 위해서는 몸이 완전히 반대되는 방식, 즉 각 구멍의 용도를 바꿔치기 하는 식으로 다뤄져야 한다고 생각한다. 즉 고체와 액체는 억지로 항문으로 넣고 배출은 입으로 하도록 하는 것이다.

반면에 진짜 병이 아니더라도 우리는 단지 상상에 의한 병에 걸리기 쉬운데 의사들은 이에 맞는 상상적 치료법을 만들어 냈다. 이런 병은 각기 명칭이 있으며 각각에 맞는 약도 마찬가지이다. 우리 암컷 야후에게는 늘 이러한 병이 만연하다.

의사 무리의 한 가지 뛰어난 점은 '예진' 기술이다. 여기에서 그들은 거의 실패하는 법이 없다. 병이 어느 수준으로 악화되면서 결국 사망의 조짐을 보이게 될 때 즉 회복이 불가능할 때 그들이 이를 예견하는 것은 늘 가능하다. 따라서 그들이 죽을병이라 선고했는데 이후 뜻하지 않게 호전의 기미가 보일 경우 그들은 엉터리 예언자로 비난받기보다는 차라리 적절한 약을 처방해 세상에 그들의 명민함을 입증한다.

마찬가지로 그들은 배우자에게 싫증 난 남편과 아내에게 특별한 효용 가치가 있다. 장남과 국가의 주요 대신 그리고 군주들에게도 종종 그러하다.

이전에 주인님과 정부의 본질에 관해 얘기한 적이 여러 번이 있었으며, 특히 전 세계의 놀라움과 부러움의 대상이 될 만한 영국의 탁월한 헌법에 관해 논했었다. 여기서 우연히 총리대신이 언급되었고, 얼마 후 그는 내가 총리대신이라고 부르는 사람이 특히 어떤 종류의 야후인지를 알려 줄 것을 명했다.

일국의 첫째가는 총리대신은 기쁨과 슬픔, 사랑과 미움, 연민과 분노가 완전히 제거된 인물, 혹은 적어도 부와 권력과 지위에 대한 날뛰는 욕망 외의 어떤 다른 감정도 사용하지 않는 존재라고 나는 말했다. 그는 속마음을 드러내는 것만 제외하고는 자신의 말을 온갖 용도로 사용한다. 진실을 말할 때면 상대방이 이를 거짓으로 여기게 하려 하고, 반대로 거짓을 말할 때면 상대방이 이를 진실로 여기게 하려 한다. 그가 뒤에서 심한 욕을 해 대던 사람들은 승진가도를 확실히 달리게 된다. 반대로 그가 당신을 누군가에게 칭찬하기 시작한다면 당신은 그날로부터 망했다고 봐야 한다. 당신이 그로부터 받을 수 있는 최악의 징표는 약속, 특히 맹세로 확인된 약속이다. 그런 약속을 받는다면 현명한 사람은 은퇴하거나 모든 희망을 포기한다.

총리대신으로 오르는 데는 세 가지 방법이 있다. 첫 번째는 아내나 딸 혹은 누이를 신중하게 처분하는 방법을 아는 것이다. 두 번째는 선임자를 배신하거나 음해하는 것이고, 세 번째는 공개석상에서 분노에 찬 열의로 왕실의 타락에 대해 비판하는 것이다. 현명한 왕이라면 이 중 마지막을 실행하는 사람을 쓸 것이다. 그런 열성분자들이 결국 주인의 뜻과 감정에 가장 비굴하게 충성한다는 것이 늘 입증되어 왔기 때문이다. 총리대신은 모든 임명권을 지니며, 상원이나 대의회의 다수 위원에게 뇌물을 줌으로써 권력을 유지한다. 마지막으로 그들은 면책 법령이라 불리는 편법에 의해(나는 이것이 무엇인지 그에게 설명했다) 퇴임 후 사후 문책으로부터 자신을 보호하며, 국가의 전리품들을 가득 안은 채 공직에서 물러난다.

총리대신의 공관은 자신과 같은 일을 하려는 사람들을 길러 내는 학교다. 시동과 종복, 문지기도 그들의 주인을 따라하는 것으로써 각자 구역의 총리대신이 되며, 오만과 거짓 그리고 뇌물이라는 세 가지 점에서 타의 추종을 불허한다. 그렇게 그들은 최고 지위의 사람들 덕분에 제2의 왕실을 이룬다. 또 가끔 교활함과 뻔뻔함 덕분에 여러 단계를 거쳐 자신이 모시는 주인의 후계자가 되기도 한다.

총리대신은 보통 타락한 매춘부나 총애하는 하인에게 지배받는다. 이들은 모든 특혜가 전달되는 경로이기에 궁극적으로 왕국의 지배자라고 제대로 불리기도 한다.

어느 날 주인님은 내가 우리나라 귀족에 관해 말하는 것을 듣고는 내게 과분한 칭찬을 기꺼이 해 주었다. 그의 생각에 내가 생김새, 색깔, 청결 면에서 그 나라 모든 야후를 능가하기 때문에 내가 귀족 가문 출신임이 틀림없다는 것이다. 비록 내가 힘과 민첩함에서는 뒤지는 듯 보이지만 이는 내가 그 짐승과 사는 방식이 다르기 때문이다. 게다가 나는 말하는 능력을 타고났을 뿐 아니라 마찬가지로 약간의 기초적인 이성을 어느 정도 지니고 있기에 그가 아는 모든 이들에게 나는 불가사의로 통했다.

그는 또 다음과 같은 사실에 내가 주목하도록 했다. 후이늠 가운데서도 흰색 말과 밤색 말 그리고 철회색 말은 그 생김새가 적갈색 말과 얼룩회색 말 그리고 검은색 말과 다르며, 똑같은 정신적 능력이나 이를 향상시킬 능력을 지니고 태어나지도 않는다.

따라서 이들은 늘 하인의 자리에 있을 수밖에 없고, 결코 자신과 다른 종류의 말과 짝짓는 것을 원하지 않는다. 그러한 짝짓기는 그 나라에서 끔찍하고 부당한 일로 간주된다.

나는 주인님께 나를 좋게 생각해 주셔서 지극히 감사하다고 겸손히 말씀드렸다. 동시에, 하지만 나는 귀족 가문에서 태어나지 않았고 평범하고 정직한 부모에게 태어나 그저 좀 괜찮은 교육을 받았을 뿐이라고 단언했다. 우리 귀족은 주인님이 생각하는 것과 완전히 다르다고도 말했다. 젊은 귀족들은 어릴 때부터 방일과 사치 속에서 자라며, 성인이 되자마자 방탕한 여자들에게 둘러싸여 원기를 소진하고 역겨운 병에 전염된다. 재산이 거의 탕진될 즈음 단지 돈 때문에, 천한 태생과 못생긴 외모 그리고 건강하지 못한 몸을 지닌 여성과 결혼하지만 아내를 계속 미워하고 경멸한다. 그러한 결혼의 소산은 대개 연주창에 잘 걸리고, 관절이 약하며 기형적으로 생긴 자식들이다. 만일 아내가 혈통을 개선하고 유지할 목적으로 이웃이나 하인들 중 건강한 아버지를 신경 써서 구하는 수고를 하지 않는다면 말이다.

또 허약하고 병든 몸, 비쩍 마른 형색과 누렇게 뜬 안색은 귀족 혈통의 진정한 특징이다. 귀족 남자에게 건강하고 건장한 외모는 수치스러울 수밖에 없는데, 세상 사람들이 그의 진짜 아버지가 마구간 하인이나 마부였다고 생각하기 때문이다. 그의 정신적 결함은 몸의 결함과 비등하다. 즉 우울함과 어리석음, 무지, 변덕, 호색과 오만을 뒤섞어 놓은 것이다.

이러한 높으신 분의 동의 없이는 어떤 법도 실행되거나 취하되거나 변경될 수 없다. 마찬가지로 이러한 귀족은 우리의 모든 재산을 결정할 권리를 가지며 여기에 대해 우리는 항소하지 못한다.

7장

조국에 대한 지은이의 커다란 사랑. 지은이가 영국의 헌법과 행정을 다른 나라들과의 유사성과 비교를 통해 설명하며 이에 대해 주인님이 논평한다. 인간 본성에 대한 주인님의 언급.

독자들은 나와 야후의 완벽한 유사함 때문에 이미 인류를 극도로 혐오하게 된 종족에게 어떻게 내가 나의 종(種)에 대해 그토록 함부로 묘사할 수 있었는지 궁금할지도 모르겠다. 하지만 솔직히 고백해야겠다. 타락한 인간의 반대편에 존재하는 이 훌륭한 네발 동물의 커다란 덕이 그동안 내 눈을 뜨게 해 주었고 또 내 이해의 폭을 넓혀 주었기에 이제 나는 인간의 행위와 감정을 매우 다른 시각에서 보기 시작했다고 말이다. 나는 내가 속한 인류의 명예를 조심히 다룰 가치가 없다고 생각하기 시작했다. 게다가 주인님처럼 날카로운 판단력을 지닌 분 앞에서 이는 불가능하기도 했다. 주인님은 내가 전에 결코 알지 못했고 우리 인간 사이에서는 약점 축에도 들지 않는 수천 가지 내 잘못을 날마다 깨닫게 해 주었다. 마찬가지로 나는 그의 본보기로부터 모든 거짓과 허위를 완전히 혐오하도록 배웠다. 진리가 매우 친근하게 여겨졌으므로 그것을 위해서라면 모든 것을 희생하리라 결심하게 되었다.

독자들에게 더 솔직히 고백하자면, 내가 사안들을 이렇게 자유분방하게 설명하게 된 데에는 훨씬 더 강한 동기가 있었다. 이 나라에서 지낸 지 1년이 지나자 나는 이곳 주민들에게 커다란 애정과 존경을 지니게 되었고, 따라서 결코 인간 세계로 돌아가지 않을 것이며 내 여생을 이 훌륭한 후이늠들 사이에서 선(善)을 사유하고 행하며 보내리라 굳게 결심했던 것이다. 이곳에는 악(惡)의 동기가 되는 예나 자극이 없었다. 하지만 운명이라는 내 영원한 적에 따라 그렇게 커다란 행복은 결코 내 몫이 될 수 없었다. 그래도 돌아보니 우리 나라 사람들 이야기를 할 때 그토록 엄격한 심문관 앞에서지만 그들의 잘못을 최대한 줄여 얘기했으며, 모든 사안에 대해 무리가 되지 않는 한 좋게 설명했던 것이 좀 위로가 된다. 사실 자신이 태어난 곳에 대한 편견과 편애에 휘둘리지 않을 사람이 어디 있겠는가?

앞서 나는 몇 번에 걸친 주인님과의 대화 중 핵심적인 것들을 얘기했으며, 이는 내가 주인님을 모시는 영광을 누렸던 기간 중 최고의 시간이었다. 하지만 지면 관계상 여기 적은 것보다 훨씬 많은 내용을 생략했다.

내가 그의 모든 질문에 대답하자 그의 호기심은 완전히 충족되는 것처럼 보였다. 그러던 어느 날 그는 아침 일찍 나를 불렀고, 내게 어느 정도 떨어져 앉으라고 명령하면서(이는 그가 전에는 결코 내게 부여하지 않았던 영광이었다), 나와 내 나라에 대한 이야기를 매우 깊이 생각해 보았다고 말했다. 이어 그는 다음과 같이 말했다.

그가 보기에 우리는 그 역시 짐작할 수 없는 어떤 우연으로 극히 적은 소량의 이성을 가지게 됐지만, 그것을 단지 우리의 타락한 천성을 악화시키거나 자연이 부여하지 않은 새로운 타락을 획득하는 용도로만 쓰는 동물이다. 또 우리는 자연이 내려 준 극히 적은 능력을 없애 버린 채 우리 자신의 원초적 욕구를 증폭시키기만 했으며, 그 욕구들을 만족시키는 고안물을 만드는 데 평생을 헛되이 쓰는 것처럼 보인다. 나를 두고 말하자면, 내가 평범한 야후의 힘이나 민첩성조차 지니지 못한 것은 명백하다. 우선 나는 뒷발로 불안하게 걷는다. 나는 발톱을 쓸모없게 하거나 턱의 털을 없애는 장치를 만들었다. 수염은 태양과 궂은 날씨로부터 몸을 보호하는 기능을 하는데도 말이다. 마지막으로 나는 내 형제인(그는 이렇게 말했다) 이 나라의 야후처럼 빨리 달리거나 나무를 오르지도 못한다.

정부나 법과 같은 우리의 제도는 명백히 우리 이성의 엄청난 결함 그리고 그로 인한 우리의 도덕적 결함에 기인한 것이다. 왜냐면 이성은 그 자체로 이성적 존재를 충분히 다스릴 수 있기 때문이다. 따라서 우리는 이성적 존재라고 주장할 권리가 전혀 없으며, 이는 내가 우리 인간에 대해 얘기했던 것만 봐도 알 수 있다. 비록 그는 내가 인간을 호의적으로 묘사할 목적으로 구체적인 것들을 많이 감추고 자주 '그것이 아닌 것'을 말했음을 잘 알지만 말이다.

그가 이러한 견해에 더욱 확신을 갖게 된 계기가 있다. 나는 다른 야후들과 몸의 생김새가 모두 똑같으며, 차이라면 단지 힘이나 속력, 행동, 짧은 발톱이나 기타 자연과 무관한 부분처럼 내게 불리한 점들뿐이다. 그런데 내가 우리 삶이나 관습 그리고 행동 방식에 관해 언급한 내용을 들어 보자니 우리들의 마음 성향도 야후와 아주 비슷한 걸 알겠다.

그는 이어서 말했다. 야후는 다른 동물 종을 미워하기보다는 서로를 더 미워하는 것으로 알려져 있다. 그렇게 추정되는 이유는 남들에게서는 볼 수 있지만 자신의 모습은 볼 수 없는 야후의 흉측한 생김새 때문이다. 따라서 그는 우리가 옷으로 몸을 감추는 것이 현명한 일이라고 생각하게 됐다. 그러한 발명 덕분에 도무지 봐 줄 수 없는 우리의 흉악한 부분을 서로에게 감출 수 있으니 말이다. 하지만 이제 그는 자신이 틀렸다는 걸 알게 되었다. 자신의 나라에 있는 그 짐승들 사이의 불화는 사실 내가 그에게 설명했던 우리들의 반목과 같은 이유에서 나온 것이었다. 왜냐면 (그가 말했다) 만일 어떤 사람이 50명이 먹어도 충분한 음식을 다섯 명의 야후에게 던져 준다 해도 그들은 이를 평화롭게 먹는 대신 머리끄덩이를 잡고 싸우면서 자기 혼자 독차지하려고 할 것이기 때문이다. 그렇기에 그들이 밖에서 먹을 때면 보통 하인 말 하나를 옆에 서 있게 한다. 집에서 기르는 것들은 각각 거리를 두고 묶여진 채로 먹는다.

만일 암소 한 마리가 늙거나 사고로 죽는다면, 어떤 후이늠이 자신이 기르는 야후 몫으로 그것을 챙기기 전에 이미 옆에 있던 야후들이 떼거지로 달려든다. 그러고는 내가 아까 인간에 대해 묘사했던 것처럼, 양쪽 모두 발톱으로 서로에게 끔찍한 상처를 내면서 전쟁이 벌어진다. 비록 그들은 우리가 발명한 편리한 살상의 도구들이 없기에 서로를 죽일 능력은 없지만 말이다. 또 어떤 때에는 눈에 띄는 이유도 없이 그 비슷한 싸움이 이웃에 사는 야후들 사이에서 벌어진다. 한 구역의 야후가 온갖 기회를 엿보더니 이웃 야후가 준비되기 전 기습 공격하는 것이다. 하지만 이런 계획이 실패했다는 걸 알게 되면 집으로 돌아가 이제 마땅한 적이 없으므로 자기들끼리 내가 말했던 '내전'이라는 것을 벌인다.

그 나라 들판 중 몇몇 곳에는 여러 빛깔을 지닌 빛나는 돌들이 있는데, 야후는 이를 끔찍하게 좋아한다. 이런 돌 중 어떤 것들은 간혹 땅에 묻혀 있다. 그들은 하루 종일 발톱으로 이 돌들을 파낸 후 자신의 우리로 가져가 무더기로 숨겨 놓는다. 그러면서 다른 야후가 그들의 보물을 찾아낼까 두려워 계속 예민하게 주위를 두리번거린다. 주인님이 계속 말했다. 그는 이런 비정상적인 욕구의 원인, 혹은 야후에게 이러한 돌들이 무슨 소용인지를 전혀 알 수 없었는데, 이제는 내가 인류의 특징으로 들었던 바로 그 탐욕의 원칙에서 비롯된 것임을 믿는다. 한번은 그가 실험 삼아 그의 야후 하나가 숨겨 놓은 돌무더기를 몰래 가져온 적이 있다. 그러자 이 탐욕스런 동물은 보물이 없어진 걸 알고 크게 한탄하며 전체 무리를 데려오더니 비참하게 울부짖으면서 다른 야후들을 물고 찢기 시작했다. 그러고는 시름시름 앓으면서 먹지도 자지도 일하지도 않으려 했다. 이를 보고 그는 하인을 시켜 그 돌들을 원래 있던 구멍에 몰래 갖다 놓으면서 전처럼 숨겨 놓았다. 이를 발견한 그의 야후는 즉시 원기와 기분을 회복했다. 하지만 이후 더 나은 은신처로 돌을 옮겼으며, 그 이후로는 말 잘 듣는 짐승이 되었다.

나아가 주인님은 반짝이는 돌이 많은 들판에서는 근처의 야후들이 끊임없이 서로 침범하는 바람에 지극히 살벌한 싸움이 자주 일어난다고 자랑했다. 나 또한 이를 직접 목격하기도 했다.

주인님은 야후 두 마리가 들판에서 돌을 발견해 누가 가질 건지 다투고 있을 때 제삼자가 그 틈에 돌을 가져가는 일은 흔하다고 말했다. 그러면서 이게 우리의 법 소송과 좀 비슷한 것 같다고 주장했다. 여기서 나는 그의 오류를 바로잡지 않는 게 우리에게 더 낫다고 생각했다. 그가 말했던 사건의 결론이 우리의 많은 법령보다 훨씬 더 공정했기 때문이다. 여기에서 원고와 피고는 서로 가지려고 다퉜던 돌 말고는 잃은 게 없지만, 우리의 형평법 법정은 둘 중 한 명에게 재산이 남아 있는 한 결코 소송을 취하하려 들지 않았을 것이다.

주인님은 이야기를 계속했다. 그는 야후가 혐오스러운 것은 무엇보다 얻어걸리는 것은 뭐든지 다 먹어치우는 그들의 무분별한 식욕 때문이라 했다. 목초든, 나무뿌리든, 열매든, 썩은 동물 살, 혹은 이 모두를 다 합친 것이든 그들은 다 먹어치운다. 그들의 특이한 성질 중 또 하나는 집에서 더 좋은 음식을 먹을 수 있더라도 멀리 떨어진 곳에서 약탈이나 도둑질을 통해 얻는 음식을 훨씬 더 좋아한다는 것이다. 그들은 먹을 것이 남아 있는 한 배가 터질 때까지 먹는다. 그러고는 자연이 그들에게 가르쳐 준 나무뿌리의 도움으로 다 배설해 낸다.

그 나라에는 또 즙이 가득한 뿌리가 있는데 이는 매우 귀하고 찾기가 어려웠다. 야후들은 이를 열심히 찾아 신나게 빨아 먹곤 했다. 이것은 우리의 와인과 똑같은 효과를 냈다. 이걸 먹은 후에 어떤 때는 껴안고 어떤 때는 서로를 물어뜯는다. 또 울부짖거나, 웃고, 떠들고, 비틀거리고, 구르고, 그러다가 진흙에서 잠이 들곤 했다.

나는 이 나라에서 유일하게 병에 걸리는 동물이 야후라는 것을 실제로 목격했다. 하지만 야후가 병에 걸리는 일은 우리의 말이 병에 걸리는 경우보다 훨씬 적었으며, 이는 가혹한 대우를 받아서가 아니라 그 지저분한 짐승의 더러움과 탐욕 때문이었다. 그들의 언어에는 그러한 병을 일컫는 단어가 일반적인 명칭 말고는 없다. 이는 그 짐승의 이름에서 빌린 것으로 '흐니 야후,' 혹은 '야후의 악'이라 불린다. 또 그 치료법은 자신들의 똥과 오줌을 섞어 병든 야후의 목구멍에 억지로 들이붓는 것이다. 내가 알기로 이는 종종 성공적으로 이루어졌다. 나는 내 동포들에게도 과잉으로 인한 모든 병을 고칠 수 있는 훌륭한 처방으로 이를 공익을 위해 사심 없이 추천한다.

지식, 정부, 예술, 제조업 등에 대해서는 주인님도 그 나라의 야후와 우리의 야후 사이에 비슷한 점을 거의 찾을 수 없다는 것을 인정했다. 그는 오로지 우리들이 얼마나 천성적으로 비슷한가를 관찰하는 데만 관심을 가지고 있었기 때문이다. 사실 그는 몇몇 호기심 많은 후이늠들이 다음과 같이 말하는 걸 들은 적이 있다. 대부분의 야후 무리에는 (마치 우리의 사냥터에 우두머리 격인 주요 수사슴이 있는 것처럼) 일종의 우두머리 야후가 있는데, 그는 늘 나머지 야후보다 몸도 더 흉측하고 기질도 더 사악하다. 이 우두머리는 대개 자신 최대로 비슷한 총아를 데리고 있다. 총아가 하는 일은 그의 주인의 발과 엉덩이를 핥고 암컷 야후를 그의 우리에 들여보내는 것으로 이따금 당나귀 살점을 보상으로 받는다. 그는 무리 전체에게 미움을 받기에 자신을 보호하기 위해 늘 우두머리 옆에 붙어 있다. 보통 그는 자기보다 더 나쁜 다음 타자가 나타나기 전까지 자리를 지킨다. 하지만 버려지는 순간, 바로 그의 후계자를 선두로 해 그 지역 모든 야후들이 떼거지로 몰려와 머리부터 발끝까지 그에게 배설물을 쏟아낸다. 하지만 이것이 얼마만큼 우리의 궁정과 총아 그리고 국가의 각료대신에게 해당될지는 내가 가장 잘 알 거라고 주인님이 말했다.

나는 이렇게 악의적으로 빗대는 얘기에 감히 어떠한 대답도 하지 못했다. 주인님의 발언은 인간의 이성을 보통 사냥개의 지능보다 더 낮춘 것이었다. 사냥개는 무리 중에서 가장 능력 있는 개를 실수 없이 분간해 그의 울음소리를 따를 수 있는 충분한 판단력을 지녔기 때문이다.

주인님은 야후의 두드러진 특징 중 내가 인간에 대해 얘기할 때 언급한 적이 없거나 적어도 매우 가볍게 넘어갔던 것들이 있다고 했다. 이 동물도 다른 짐승들처럼 암컷을 공유한다. 하지만 암컷 야후가 임신 중에도 수컷을 받아들인다거나, 혹은 수컷이 자기네들끼리 싸울 뿐 아니라 암컷들과도 싸우고 다툰다는 점에서 다른 짐승들과 다르다. 그들은 두 행동 모두에서 다른 어떤 살아 있는 생물이 따라할 수 없을 정도로 악명 높고 야만적이다.

야후에 대해 그가 이상하게 생각하는 또 다른 점은 더럽고 지저분한 것을 좋아하는 그들의 이상한 성향이다. 다른 모든 동물들은 당연하게도 깨끗한 것을 좋아하는 것 같은데 말이다. 나는 앞선 두 비난에 답변하지 않고 넘어갈 수 있어 다행이라고 생각했다. 그와 관련해 우리 인간을 변호할 수 있는 말이 아무것도 없었기 때문이다. 그렇지 않았더라면 내 성질상 반드시 한마디 했을 것이다. 하지만 그의 독특한 마지막 비난에 대해서는, 만일 그 나라에 돼지가 있었더라면(불행히도 없었다) 인류를 옹호하는 일이 훨씬 수월했을 것이다. 내 생각에 돼지가 야후보다 더 괜찮은 네 발 동물인지는 모르겠지만 공정하게 말해, 더 깨끗하다고 주장할 수는 없기 때문이다. 만일 돼지가 지저분하게 밥을 먹거나 진흙에서 구르며 자는 습관을 주인님이 보았다면 그도 그렇다고 인정했을 것이다.

마찬가지로 주인님은 그의 하인들이 몇몇 야후에게서 발견한, 도저히 납득할 수 없는 또 다른 야후의 특징에 대해 얘기했다. 어떤 야후는 젊고 부자이며 음식이나 물에 부족함이 없는데도 가끔 이상한 생각에 사로잡혀 구석으로 숨어들어 누운 채로 소리 지르고 신음하면서 가까이 오는 모든 이들을 쫓아낸다는 것이었다. 그의 하인들도 그 야후가 왜 아픈지 알 수 없었다. 그들이 발견한 유일한 치료법은 그에게 중노동을 시키는 것이다. 그러면 그는 어김없이 제정신으로 돌아오곤 했다. 이에 대해 나는 우리 인간에 대한 연민으로 입을 다물었다. 하지만 그의 이야기에서 게으르고 사치스러우며 돈이 많은 사람에게만 나타나는 우울증의 진정한 씨앗을 분명히 발견할 수 있었다. 만일 그들에게 이 같은 치료법이 억지로라도 시행될 수 있다면 내가 그 치료에 착수할 텐데 말이다.

나아가 주인님은 다음의 장면도 목격했다. 암컷 야후는 종종 강둑이나 수풀 뒤에서 젊은 수컷이 지나가는 것을 보다가 온갖 이상야릇한 몸짓과 표정을 지으면서 그들 앞에 숨었다 나타났다 하곤 했다. 이때가 암컷 야후가 가장 역겨운 냄새를 풍기는 때였다. 수컷 하나가 다가올라치면, 그것은 자주 뒤돌아보면서 천천히 뒤로 내빼다가 거짓으로 무서워하는 표정을 짓더니 수컷이 자신을 틀림없이 따라올 수 있는 어떤 편리한 곳으로 도망쳤다.

또 어떤 낯선 암컷이 그들 사이에 나타날 경우, 다른 암컷 서넛이 그를 둘러싼 채 쳐다보고 떠들고 웃으며 위아래로 낯선 암컷의 냄새를 맡곤 했다. 그러고는 경멸하고 무시하는 듯한 태도를 보이며 뒤돌아섰다.

아마 주인님은 자신이 목격한 것과 다른 후이늠들에게 들었던 얘기들에서 끌어낸 이러한 생각들을 조금 더 다듬고 싶을지 모르겠다. 하지만 나는 여성에게는 음탕함과 교태, 비난, 추문 같은 기본적인 자질들이 본능적으로 존재함을 놀랍고 슬프지만 생각하지 않을 수 없었다.

나는 비록 우리에게는 흔하지만 부자연스러운 암수 야후의 욕구에 대해 주인님이 비난할 것을 매 순간 기다리고 있었다. 하지만 자연은 그렇게까지 능숙한 학교 선생은 아니었던 것 같다. 이러한 세련되고 변태적인 쾌락은 순전히 지구의 우리 쪽에만 있는 예술과 이성의 산물인 것이다.

8장

지은이가 야후에 대해 몇 가지 구체적인 것들을 말한다. 후이늠의 훌륭한 미덕. 젊은 후이늠의 교육과 훈련. 그들의 대의회.

아무래도 주인님보다는 내가 인간의 본성을 더 잘 이해하고 있기에 그가 야후의 특성이라고 말한 것들을 나와 내 동포들에게 적용시키는 것은 쉬운 일이었다. 하지만 내가 직접 야후를 관찰하면 더 많은 걸 알게 될 것 같았다. 따라서 나는 종종 주인님께 근처 야후 무리에게 가 보는 걸 허락해 주길 간청했으며 정말 감사하게도 그는 늘 이에 동의해 주었다. 야후를 혐오하는 내가 그들로 인해 타락할 일은 없으리라 온전히 믿었기 때문이다. 주인님은 하인 중 하나이자 매우 정직하고 선하며 힘이 센 늙은 밤색 말이 나를 경호하도록 지시했다. 사실 그의 보호 없이 나는 감히 그러한 모험들을 감행할 수 없었다. 이곳에 도착하자마자

이 역겨운 동물들에게 얼마나 괴롭힘을 당했는지 이미 독자들에게 얘기한 바 있다. 이후에도 서너 번, 어쩌다 단검을 놓아 둔 채 멀리 떨어진 곳에서 길을 잃었을 때 그들에게 붙잡힐 뻔했던 일도 있었다.

내 생각에 그들은 내가 그들과 똑같은 종이라고 상상했다. 내 잘못도 가끔 있는데, 보호자 후이늠이 옆에 있을 때, 그들이 보는 앞에서 소매를 걷어 올린 채 맨 팔과 가슴을 드러냈던 것이다. 그럴 때 그들은 내게 최대한 가까이 다가와 나에 대한 증오심을 크게 드러내며 마치 원숭이처럼 내 행동을 모방하곤 했다. 모자를 쓰고 양말을 신은 길들여진 갈까마귀가 우연히 야생 갈가마귀들 사이에 있을 때 늘 구박을 받는 것처럼 말이다.

그들은 아주 어렸을 때부터 상상을 초월할 정도로 민첩하다. 한번은 내가 세 살 된 수컷 야후를 잡은 후 매우 부드럽게 진정시키려 했지만, 그 작은 악마가 맹렬하게 울고 할퀴고 무는 바람에 그냥 놔둘 수밖에 없었다. 때를 딱 맞추어 그 소리를 듣고 한 무리의 어른 야후들이 우리 주변으로 몰려들었지만, 새끼가 안전한 걸 보고(그것이 도망쳤기 때문에) 또 내 늙은 밤색 말이 옆에 있는 걸 보고, 감히 내 옆으로 오지 못했다. 그 새끼 야후의 살 냄새는 매우 고약했다. 그 악취로 말하자면 족제비와 여우 냄새의 중간 정도였지만 훨씬 더 불쾌했다. 한 가지 다른 상황을 언급하지 못했는데(이걸 완전히 생략한다 하더라도 독자들이 봐주실 것 같기는 하다), 그 끔찍한 동물이 내 수중에 있었을 때 노란 액체의 더러운 똥을 내 옷 여기저기에 쌌다는 것이다. 다행히 바로 옆의 작은 시냇물로 최대한 깨끗하게 씻었지만, 냄새가 충분히 날아가기 전까지 나는 주인님 앞에 나서지 못했다.

내가 관찰한 바로 야후는 모든 동물 중 가장 가르치기 힘든 동물이며 짐을 끌거나 나르는 것 이상의 일을 할 수 없다. 그런데 이러한 결함은 주로 그들의 심술궂고 고집센 성질에서 비롯된 것 같다. 그들은 교활하고 악랄하며 신뢰하기 어렵고 또 복수심을 품고 있다. 튼튼하고 억세지만 비겁한 영혼을 가졌기에 결과적으로 오만하고 비천하며 잔인하다. 또 암수 모두 붉은 털을 지닌 야후가 다른 야후들보다 더 음탕하고 사악하지만 더 힘이 세고 더 활달하다는 것이 관찰된다.

후이늠은 필요할 때 쓰기 위해 집에서 멀지 않은 곳에 움막을 짓고 야후를 사육한다. 하지만 나머지는 들판으로 내보내는데 거기에서 야후들은 뿌리를 캐거나, 여러 종류의 풀을 먹으며, 동물의 시체를 찾아 헤매고, 가끔 족제비나 '루히머'(일종의 야생쥐)를 잡아 게걸스레 먹어치운다. 자연의 가르침에 따라 언덕 옆쪽에 손발톱으로 구멍을 깊게 판 뒤 그곳에서 자기들끼리 모여 살며, 단 암컷들의 굴은 두세 마리의 새끼를 둘 수 있을 만큼 충분히 넓다.

그들은 개구리처럼 유아기 때부터 헤엄칠 수 있으며, 물 밑에서 오래 견딜 수 있다. 물에서는 종종 물고기를 잡는데 암컷들은 이 물고기를 어린 것들이 있는 집에 가져간다. 자, 여기서 내가 어떤 이상한 모험에 대해 이야기하는 것을 독자들께서는 양해해 주시기 바란다.

어느 날 나는 내 보호자인 늙은 밤색 말과 바깥에 나갔는데 날씨가 너무 더워 그에게 가까이 있는 강에서 목욕하게 해 달라고 부탁했다. 그가 찬성하자 나는 즉시 옷을 홀딱 벗고는 천천히 강물에 몸을 담갔다. 그런데 우연히 젊은 암컷 야후가 강둑 뒤에서 이 모든 과정을 지켜보았나 보다. 그것은 욕정에 불이 붙었는지—늙은 말과 나는 그렇게 추측했다—전속력으로 달려와 내가 목욕하고 있던 곳에서 5미터도 안 되는 곳의 강물에 풍덩 뛰어들었다. 내 평생 그렇게 끔찍한 공포에 사로잡혔던 적은 없었다. 늙은 밤색 말은 아무것도 모른 채 멀리 떨어진 곳에서 풀을 뜯고 있었고, 암컷 야후는 역겨울 정도로 나를 꽉 껴안았다. 나는 최대한 크게 소리쳤고, 늙은 밤색 말은 내가 있는 쪽으로 급히 달려왔다. 그러자 그 암컷 야후는 이루 말할 수 없이 아쉬워하면서 포옹을 풀고는 반대편 강둑으로 뛰어올라 가 내가 옷을 입고 있는 내내 거기 서서 나를 뚫어지게 바라보며 울부짖었다.

나 자신에게 이 사건이 치욕이었던 만큼 주인님과 그의 가족에게는 재미난 얘깃거리였다. 암컷 야후가 나를 자기 종족으로 여겨 자연스러운 욕정을 느꼈으니, 팔다리를 포함한 모든 생김새에서 내가 진짜 야후라는 것을 이제는 더 이상 부인할 수 없었다. 이 짐승의 털은 빨간색이 아니라(그랬다면 다소 변태적인 욕정에 대한 변명이 될 수 있었을 거다) 야생자두 같은 검은색이었으며 얼굴 생김새는 다른 야후들처럼 그렇게 완전히 흉칙하지는 않았다. 내 생각에 그것은 열한 살이 넘지 않은 것 같았다.

내가 이미 이 나라에서 3년을 살았기에 독자들은 아마도 내가 다른 여행자들처럼 이곳 주민의 관습과 생활방식을 설명하리라 기대할 것 같다. 사실 이는 내가 애써 배우려고 했던 바이기도 했다.

이 고귀한 후이늠들은 천성적으로 모든 덕목을 지향하는 성향을 일반적으로 가지고 태어나며, 이성적 존재에게 악이라는 것이 존재한다는 것을 이해하지 못한다. 그들의 으뜸가는 격언은 이성을 함양하고 온전히 이성에 의해 지배받으라는 것이다. 그들에게 이성이란, 우리처럼 어떤 문제의 양편에서 그럴 듯하게 주장할 수 있는 문제점에 대한 것이 아니라, 즉각적인 확신으로 다가오는 어떤 것이다. 사실 이성이 감정이나 이해관계와 뒤섞이거나 이들에 의해 흐려지고 퇴색되지 않는다면 당연히 그래야만 한다. 나는 주인님에게 '의견'이란 단어의 뜻, 즉 어떻게 한 사안이 논쟁의 대상이 될 수 있는지를 이해시키는 것이 너무나 힘들었던 것을 기억한다. 왜냐면 이성이란 확실한 것에 대해 긍정하거나 부정하도록 가르치며, 우리가 모르는 것에 대해서는 긍정도 부정도 할 수 없기 때문이다. 따라서 잘못되거나 의심스러운 명제에 대해 논쟁하거나 다투거나 토론하거나 옳다고 내세우는 것은 후이늠에게 전혀 알려지지 않은 악이다. 마찬가지로 내가 우리 자연과학의 이론 체계에 대해 설명했을 때, 그는 이성을 자처하는 존재들이 다른 사람의 추측에 불과한 지식, 혹은 설사 확실하다고 해도 쓸모없는 지식을 내세워 자신들을 높이는 것에 대해 비웃곤 했다. 이 점에서 그는 플라톤이 전해 주는 소크라테스의 생각과 완벽히 일치했다. 이 얘기로 지금 나는 철학의 왕에게 내가 드릴 수 있는 최고의 영광을 드리는 거다. 이후에는 이러한 후이늠의 원칙이 유럽의 도서관들에 어떤 파멸을 가져올지, 또 얼마나 많은 명성을 향한 길이 학문의 세계에서 닫힐지 생각해 보곤 했다.

우정과 자애는 후이늠 사이에 존재하는 두 가지 핵심적인 덕이다. 이 덕은 특정한 대상에 국한되는 것이 아니라 전 종족에게 보편적으로 적용된다. 아주 먼 곳에서 온 이방인도 가장 가까운 이웃과 똑같이 대접받으며, 또 그가 어딜 가더라도 자신의 집에 있는 것처럼 여기는 것이다. 그들은 품위와 예의를 최고 수준으로 지키지만 격식이라는 것은 모른다. 또 자기 자식을 맹목적으로 사랑하지 않으며, 자식들을 교육시키는 데 그들이 쏟는 정성은 온전히 이성의 명령에서 비롯된다. 나는 우리 주인님이 이웃의 자식에게 자기 자식과 똑같은 애정을 보이는 것을 목격했다. 그들은 자연이 모든 종족을 사랑하라고 가르친다고 주장하며, 또 오직 이성에 의해서만 우월한 덕을 지닌 사람들을 구별할 수 있다고 생각한다.

후이늠 부인은 남녀 자식을 하나씩 낳으면 더 이상 배우자와 함께하지 않는다. 사고로 자식 중 하나를 잃었을 때는 예외다. 이런 일은 거의 일어나지 않지만 일어날 경우 다시 합친다. 혹은 비슷한 사건이 가임기가 지난 아내를 둔 후이늠에게 일어날 경우, 다른 부부가 그에게 자기들 망아지 중 하나를 주며, 그 부인이 다시 임신이 될 때까지 한 번 더 합친다. 이러한 조심성은 종족수가 국가에게 지나치게 짐이 되는 것을 막기 위해 필수적이다. 하지만 하인으로 길러지는 열등한 후이늠 종족은 이 점에서 그렇게 엄격하게 제한받지 않는다. 이들은 남녀 각각 세 마리까지 낳도록 허락되는데, 이들은 나중에 귀족 가문의 하인 말이 된다.

결혼할 때 그들은 자신의 종족에 흉한 잡종을 만들지 않기 위해 상대의 색깔을 신중하게 선택한다. 수말의 경우 힘, 암말의 경우는 외모가 중요하게 여겨진다. 이는 사랑 때문이 아니라 종족이 타락하지 않도록 보존하기 위해서이다. 만일 암말이 힘에서 뛰어나다면, 그 배우자는 외모를 고려해 선택된다. 구애, 사랑, 선물, 과부 급여, 결혼 재산 계약은 그들의 사고에 아예 들어설 자리가 없으며, 이를 표현할 용어들도 그들 언어에는 없다. 젊은 부부는 오로지 부모와 친구의 결정에 따라 만나 함께하게 된다. 그들에게는 이런 일이 일상이기에 이를 이성적인 존재가 필연적으로 해야 하는 행동으로 여긴다. 그런데도 결혼 서약의 위반이나 어떤 다른 부정은 결코 없었다. 결혼한 부부는 같은 종족 중 인연이 닿는 모든 다른 말에게 품는 것과 똑같은 종류의 우정과 상호간 자애심으로 일생을 보낸다. 질투나, 맹목적 사랑, 싸움, 불만은 없다.

그들이 젊은 수말과 암말을 교육시키는 방식은 우리가 본받을 가치가 충분하다. 이들은 열여덟 살이 되기 전까지 특별한 날을 제외하고는 귀리를 먹도록 허용되지 않으며 우유도 아주 가끔만 허용된다. 여름에는 아침과 저녁에 각각 두 시간씩 풀을 뜯어 먹으며, 이는 부모도 마찬가지이다. 하지만 하인 말은 그 시간의 절반만이 허락되며, 일이 끝난 후 많은 양의 풀을 집으로 가져가 제일 편한 시간에 먹는다.

절제, 근면, 운동 그리고 청결은 암수컷 불문하고 모든 젊은 말에게 똑같이 부과되는 교훈이다. 주인님은 가사일 몇 가지를 빼고는 우리가 여자들에게 남자들과 다른 종류의 교육을 한다는 게 말이 안 된다고 생각했다. 이러한 차별된 교육으로는 인구의 절반이 아이를 세상에 낳는 것 외에는 아무 짝에도 쓸모없는 것이 되며, 자기 자식을 그런 쓸데없는 동물들에게 맡긴다는 것은 더더욱 짐승 같은 일이라면서 말이다.

후이늠은 어린 말을 가파른 언덕을 오르내리게 하거나 딱딱한 돌로 뒤덮인 땅 위를 달리게 함으로써 힘과 속도, 강건함을 강화하는 훈련을 시킨다. 그러다 땀에 흠뻑 젖으면 지시에 따라 연못이나 강에 머리가 잠기도록 풍덩 뛰어든다. 또 1년에 네 차례씩, 각 지역의 젊은 말들이 만나 달리기, 높이뛰기 그리고 힘과 민첩성에서 자신들의 재주를 선보인다. 승자는 그 혹은 그녀를 기리기 위해 만든 노래를 상으로 받는다. 이 축제에서 하인 말들은 야후 무리에게 건초와 귀리 및 우유가 든 후이늠의 간식을 짊어지게 한 채 들판으로 몰고 나간다. 축제가 끝나면 야후는 모임에 피해가 되지 않도록 즉시 왔던 곳으로 되돌려 보낸다.

4년마다 춘분에는 모든 국민을 대표하는 대표자회의가 열린다. 이는 우리 집에서 32킬로미터 정도 떨어진 평원에서 열리며 5~6일 동안 지속된다. 여기서 그들은 각 지역의 현황과 상태를 조사한다. 건초나 귀리 혹은 암소나 야후가 충분히 있는지? 부족한 곳은 어디든(그런 경우는 거의 없지만) 즉시 만장일치의 동의와 기여로 보충된다. 자녀 문제 조정도 마찬가지로 이곳에서 결정된다. 만일 어떤 후이늠이 아들이 둘이면 그중 하나를 딸만 둘인 후이늠과 맞바꿔치기한다. 사고로 자녀를 잃었는데 어미 말이 가임기를 지났을 경우 다른 어떤 가족이 그 손실을 채우기 위해 아이를 하나 더 낳을지도 결정된다.

9장

후이늠의 대의회에서 벌어진 대 토론과 그 결론. 후이늠의 학문. 그들의 건축물과 장례 관습. 그들 언어의 결함.

이러한 대의회 중 하나가 내가 이곳을 떠나기 약 세 달 전쯤 열렸다. 주인님은 우리 지역의 대표로 참석했다. 이 회의에서는 그들의 오래된 논쟁, 사실 그들의 나라에 있었던 유일한 논쟁이 재개되었으며, 주인님은 의회에서 돌아온 후 이에 대해 내게 매우 자세히 설명해 주었다.

논쟁이 된 문제는 야후가 지구상에서 말살되어야 하는지 아닌지에 대한 것이었다. 이에 찬성하는 의원 중 하나는 강력하고 중요한 주장을 여럿 내놓았다. 그의 주장에 따르면 야후는 자연이 낳은 것 중 가장 더럽고 역겨우며 흉측한 동물이다. 그렇기에 가장 난폭하고 길들이기 힘들며 심술궂고 사악하다. 또 지속적으로 감시하지 않을 경우 그들은 후이늠 소유의 암소 젖을 몰래 빨아먹거나, 그들의 고양이를 먹거나, 혹은 그들의 귀리와 풀을 밟아 뭉갤 것이며, 이 외에도 수천 가지의 터무니없는 짓을 할 것이다.

그는 또 야후가 늘 그 나라에 있었던 것이 아니라는 전통적으로 전해 내려오는 다음 이야기에 주목했다. 수 세기 전 이 짐승 중 두 마리가 어떤 산 위에 함께 나타났다. 썩은 점액질 진흙에 태양빛이 비춰 생겨난 건지 아니면 바다 밑 진흙과 거품에서 나온 건지는 알려지지 않았다. 이 야후들이 번식했고, 순식간에 전역을 뒤덮어 들끓을 정도로 종족수가 불어났다. 후이늠들은 이 악을 없애기 위해 대대적인 사냥을 했고 마침내 전체 무리를 가두게 되었다. 이후 나이 든 야후를 모조리 죽이고는 집마다 새끼 야후 두 마리씩을 우리에 가두어 길렀다. 천성적으로 흉포한 이들을 최대한 길들인 후 짐을 끌거나 나르는 데 썼다. 이러한 전통적 이야기에는 많은 진실이 담겨 있는 듯이 보인다. 후이늠이나 다른 동물들이 그들에게 갖는 격렬한 증오를 볼 때 이 야후들이 '일니암쉬'(그 땅의 원주민)일 리가 없기 때문이다. 다른 동물들의 이러한 증오는 그들의 사악한 성정으로 볼 때 충분히 가능한 것이긴 하지만, 그래도 만약 그들이 원주민이었더라면 그렇게까지 심한 정도는 아니었을 것이며, 그렇지 않았더라면 그들은 오래전에 말살되었을 것이다.

후이늠 주민들은 야후를 부려먹으려는 헛된 생각을 하는 바람에 부주의하게도 당나귀 종을 개발하는 일을 소홀히 했다. 당나귀는 몸의 민첩성에서는 야후보다 못하지만 잘생기고 키우기 편하며 더 순하게 길들여져 있고, 고약한 냄새도 나지 않으며, 힘든 노동을 감당할 수 있는 튼튼한 동물이다. 또 당나귀 울음소리가 듣기 좋은 소리는 아니지만 끔찍하게 울부짖는 야후 소리보다는 훨씬 낫다.

다른 후이늠 몇몇도 위와 같은 취지의 생각을 피력했다. 그러자 주인님은 사실 내게서 힌트를 얻었던 어떤 방책을 의회에서 제시했다. 그는 앞서 존경하는 의원이 언급했던 전통으로 내려오는 이야기를 인정했으며, 그들 가운데 처음 나타났던 두 야후가 바다를 건너 이 땅에 온 것이라고 단언했다. 자신들의 무리로부터 버림받은 채 이 땅에 도착한 후, 산으로 물러나 점점 퇴화했으며, 시간이 지남에 따라 원래의 두 야후가 살았던 나라에 남아 있는 자신의 종족보다 훨씬 더 야만스럽게 되었다는 것이다. 이러한 그의 주장의 근거는 현재 자신의 수중에 있는 한 놀라운 야후(나 자신을 말하는 것이었다), 즉 그들 대부분이 들어봤고 또 많은 이들이 본 적이 이미 있는 그 야후다.

이어 그는 나를 어떻게 처음 발견했는지를 얘기했다. 내 몸은 다른 동물들의 가죽과 털로 이루어진 인위적인 어떤 것으로 모두 덮여 있었다. 나는 내 자신의 언어가 있지만, 그들의 언어를 완벽하게 익혔다. 나는 그에게 어떤 연유로 이곳에 오게 됐는지를 얘기한 적이 있다. 그는 덮개가 없는 내 상태를 본 적이 있는데, 모든 부분에서 정확히 야후였으며 단지 색깔이 좀 더 하얗고 털이 좀 더 적었으며 좀 더 짧은 발톱을 지녔을 뿐이었다. 덧붙여 내가 얼마나 애써 우리 영국과 다른 나라에서 야후가 이성적인 지배 동물이며 후이늠을 다스리고 있음을 자신에게 설득하려 했는지를 말했다. 그가 보기에 나는 야후의 모든 특징을 가지고 있으며 단지 약간의 이성 덕분에 조금 더 문명화되었지만 후이늠 종족에 비해 한참 열등하며 이는 그들 나라의 야후가 나에 비해 열등한 것과 마찬가지라고 했다.

그런데 내가 말한 여러 가지 것들 중 후이늠을 길들이기 위해 어렸을 때 하는 '거세'라는 관습이 있다. 그 작업은 쉽고 안전하다. 짐승에게 지혜를 배우는 것은 마치 개미에게 근면을 배우고 제비에게 집짓기를 배우듯이, 결코 부끄러운 것이 아니다. (나는 '리한'이라는 단어를 제비로 번역했는데, 사실 제비보다 훨씬 더 큰 종류의 새이다). 이러한 거세라는 발명을 우리의 어린 야후들에게도 실행할 수 있을 것 같다. 이는 그들을 더 온순하게 만들고 이용하기 좋게 만들 뿐 아니라, 한 세기 정도 후면 죽이지 않고도 야후 종 전체를 없앨 수 있다. 그사이 후이늠은 모든 면에서 더 가치 있는 짐승인 당나귀를 기르도록 권고되어야 할 것이다. 야후는 열두 살이 될 때까지 쓸 수 없지만 당나귀는 다섯 살만 되면 일할 수 있다는 장점을 지닌다.

이 정도가 대의회에서 있었던 일 중 당시에 주인님이 내게 얘기해도 괜찮겠다고 여겼던 내용이었다. 그러나 그는 나와 개인적으로 관련된 구체적인 내용 하나를 숨겼는데, 나는 곧 이것의 비참한 결과를 느끼게 됐으며, 이에 대해서는 독자들도 적당한 곳에서 알게 될 것이다. 이어지는 내 삶의 모든 불행은 바로 이 때부터 시작되었다.

후이늠에게는 문자가 없다. 따라서 그들의 지식은 모두 구전 전통으로 전해져 내려오는 것들이다. 하지만 그들은 단결돼 있고 자연스레 모든 선을 행하며 온전히 이성의 지배만 받고 다른 나라와의 교환이 전혀 없는 민족이기에, 어느 때든 일어나는 사건이라는 게 많지가 않다. 역사적 사실은 그들의 기억에 부담되지 않는 정도로 편하게 보존된다. 나는 앞서 그들이 병에 걸리지 않으며 따라서 의사를 필요로 하지 않는다고 얘기했다. 하지만 그들은 약초로 만든 놀라운 약을 가지고 있는데, 이것으로 몸의 여러 부분에 난 상처뿐 아니라 발목이나 날카로운 돌에 의해 발바닥에 우연히 생긴 타박상이나 베인 데를 치료할 수 있다.

그들은 1년을 해와 달의 회전으로 계산하지만 이를 주 단위로 세분하지는 않는다. 그들은 이 두 천체의 움직임을 잘 알고 있고 일식과 월식의 특징을 알고 있다. 이 정도가 그들의 천문학이 이룬 최고치이다.

시(詩)에서 그들은 다른 어떤 존재들보다 뛰어나다는 사실이 인정되어야 할 것이다. 그들 시에 나타나는 직유의 정확함과 묘사의 적확함 그리고 세심함은 정말 따라갈 수가 없다. 그들의 시에는 비유와 묘사가 가득한데, 보통 우정과 자애에 대한 높은 이상, 혹은 시합이나 다른 신체 활동에서의 승자를 기리는 내용을 담는다.

그들의 집은 비록 거칠고 단순하지만 불편하지는 않다. 또 추위와 더위에서 비롯되는 모든 재해로부터 그들을 보호할 수 있도록 잘 설계되어 있다. 그들에게는 40년째 되는 해에 뿌리가 느슨해지면서 폭풍이 왔을 때 쓰러지는 종류의 나무가 있다. 그들은 매우 곧게 자라는 이 나무의 끝을 날카로운 돌로(후이늠은 쇠를 사용할 줄 모른다) 말뚝처럼 뾰족하게 만들어 25센티미터 간격으로 땅바닥에 세운 후, 그 사이를 귀리 건초나 가끔은 윗가지로 엮는다. 지붕과 문도 역시 같은 방식으로 만들어진다.

후이늠은 앞발의 발목과 발굽 사이의 빈 공간을 마치 우리가 손을 쓰듯이 사용하며, 내가 처음에 상상했던 것보다 훨씬 더 능숙하게 쓴다. 나는 우리 식구 중 하얀 암말이 그 발 관절로 (내가 일부러 빌려준) 바늘에 실을 꿰는 것을 본 적이 있다. 그들은 소젖을 짜거나 귀리를 수확하거나 혹은 손이 필요한 다른 모든 일도 똑같은 방식으로 한다. 또 그들에게는 일종의 딱딱한 부싯돌이 있는데 이를 다른 돌에 갈아 도구 모양으로 만든 후 쐐기나 도끼, 망치 대신으로 이용한다. 부싯돌로 만들어진 이러한 도구를 가지고 건초를 베고 들판에서 자라는 귀리를 거두는 것이다. 야후는 귀리다발을 수레에 실어 집으로 가져오며, 하인 말은 이를 지붕이 있는 헛간 안에서 밟아 낟알을 얻고 그렇게 얻은 낟알은 창고에 보관된다. 그들은 거친 수준의 질그릇과 나무그릇을 만들어 쓰며, 질그릇은 태양열로 굽는다.

사고를 피할 수 있다면 그들은 단지 노령으로만 죽으며, 죽은 후 최대한 외딴 곳에 묻힌다. 친구와 친척은 그들이 떠날 때 기쁨이나 슬픔을 내보이지 않는다. 죽는 이 역시 이 세상을 떠나는 것에 대해 이웃집을 방문했다 집에 돌아올 때 이상의 회한을 내비치지 않는다. 내 기억에 한 번은 주인님이 어떤 중요한 일로 그의 친구와 가족을 집에서 만나기로 약속한 적이 있었는데, 정해진 날에 부인과 두 아이가 매우 늦게 도착했다. 부인은 두 가지를 사과했다. 하나는 남편에 대한 것으로 그녀 말에 의하면 바로 그날 아침 그가 '르누운'했다는 것이다. 이 단어는 그들의 언어로는 표현력이 큰 낱말이지만 영어로는 쉽게 번역되지 않는데, '최초의 엄마에게 돌아가다' 정도의 의미이다. 좀 더 일찍 오지 못한 이유는 그녀의 남편이 늦은 아침 죽었기에 그의 시신이 묻힐 편안한 장소에 대해 하인들과 한참을 상의해야 했기 때문이었다. 내가 보기에 그녀는 우리 집에서 평소와 다름없이 행동했다. 그녀는 약 3개월 후에 죽었다.

그들은 보통 70세에서 75세 정도까지 살며, 80세까지 사는 일은 매우 드물다. 죽기 몇 주 전부터 점차 쇠약해지는 것을 느끼지만 고통은 없다. 이 기간 동안 많은 친구들의 방문을 받는데, 평소처럼 편하고 만족스럽게 돌아다닐 수 없기 때문이다. 하지만 죽기 약 열흘 전—그들은 이 날짜 계산에서 거의 틀리지 않는다—평소처럼 야후가 끄는 편리한 썰매를 타고 자신을 방문해 줬던 가장 가까운 이웃에게 답례 방문을 간다. 이 썰매는 이럴 때뿐 아니라 나이가 들어 긴 여행을 갈 때 혹은 어떤 사고로 다리를 절 때 이용한다. 이렇게 죽음을 눈앞에 둔 후이늠이 답례 방문을 할 경우, 그들은 마치 여생을 보내려고 마음먹은 먼 곳으로 가는 것처럼 친구들에게 숙연히 작별 인사를 한다.

이걸 말할 가치가 있는 건지 잘 모르겠지만, 후이늠의 언어에는 악한 것을 표현하는 단어가 없다. 야후의 흉측함이나 사악한 성질에서 빌려 온 것들을 제외하면 말이다. 따라서 그들은 하인의 어리석은 짓이나 아이의 태만함, 발을 베이게 하는 돌, 나쁜 날씨나 계절에 맞지 않는 날씨 등을 지칭할 때 각각의 단어에 야후 형용사를 덧붙인다. 예를 들어 '흐늠 야후,' '흐나홀름 야후,' '인름나윌마 야후,' 그리고 잘못 설계된 집을 지칭하는 '이홀름 은롤느 야후'가 있다.

나는 이 탁월한 민족의 생활방식이나 미덕에 대해 얼마든지 기쁜 마음으로 더 늘어놓을 수 있다. 하지만 이 주제만 단독으로 다루는 책을 조만간 출판할 계획을 가지고 있으니, 관심 있는 독자들은 그 책을 참고하시기 바란다. 그동안 나는 내 자신의 슬픈 파국에 대한 얘기로 나아가야겠다.

10장

후이늠 사이에서 지은이가 영위한 경제생활과 행복한 삶. 후이늠과의 대화를 통해 지은이의 덕이 놀랍게 향상된다. 그들의 대화. 지은이는 주인님에게 이 나라를 떠나라는 통고를 받는다. 그는 슬픔으로 기절하지만 결국 순종한다. 동료 하인의 도움으로 카누를 고안해 만든 후 이를 타고 새로운 모험을 향해 바다로 나간다.

나는 이곳에서 내 작은 경제 생활을 만족스럽게 꾸려 갈 수 있었다. 주인님은 집에서 약 6미터 떨어진 곳에 내가 쓸 방을 그들의 방식으로 만들라고 지시했다. 나는 그 방의 옆면과 바닥을 진흙으로 바르고 내가 고안한 골풀로 된 매트로 덮었다. 또 주위에 마구 자라던 삼을 잘라 이긴 후 일종의 아마포 이불로 만들어 여기에 야후 털로 만든 새총으로 잡은 각종 새들의 깃털을 채워 넣었다. 새는 훌륭한 음식이기도 했다. 나는 내 단도로 두 개의 의자를 만들었는데, 늙은 밤색 말이 거칠고 힘든 부분을 도와주었다. 옷이 낡아 누더기가 되었을 때는 토끼 가죽 혹은 부드러운 솜털로 덮여 있는 '누흐노'라 불리는 같은 크기의 어떤 아름다운 동물의 가죽으로 새로운 옷을 만들어 입었다. 마찬가지로 꽤 괜찮은 스타킹을 이 재료들로 만들었다. 나무에서 잘라 낸 목재로 구두 밑창을 댄 후 위 가죽에 붙였고, 이것도 낡았을 때는 햇볕에 말린 야후의 가죽으로 대신했다. 또 속이 빈 나무에서 꿀을 얻는 경우가 종종 있었는데, 이를 물에 섞어 먹거나 빵과 함께 먹었다.

이 세상 어떤 사람도 다음 두 격언의 진실을 나보다 더 잘 입증할 수는 없을 것이다. "인간의 욕구는 매우 쉽게 만족된다." 그리고 "필요는 발명의 어머니다." 이곳에서 나는 완벽한 건강과 마음의 평온을 누렸다. 나는 그 어떤 친구의 배신이나 변절, 혹은 은밀한 적이나 공공연한 적으로 인한 피해를 느끼지 못했다. 또 어떤 높으신 분이나 그 부하의 호의를 얻기 위해 뇌물을 준다거나 아첨한다거나 포주 노릇을 할 일이 없었다. 사기나 억압에 대항하는 방어 장치가 필요하지도 않았다. 이곳에는 건강을 해하는 의사나 내 재산을 탕진하는 변호사가 없으며, 내 말과 행동을 감시하거나 관직 채용을 위해 나를 거짓으로 고발하는 밀고자도 없었다. 이곳에는 비꼬는 자, 비난하는 자, 험담하는 자, 소매치기, 노상강도, 주거침입자, 포주, 익살꾼, 도박꾼, 정치가, 재사가, 꼰대, 지루한 만담가, 논객, 강간범, 살인범, 도둑, 아마추어 과학자가 없었다. 또 정당과 파벌의 지도자와 추종자가 없고, 감언이설이나 선례를 통해 악으로 이끄는 자가 없으며 지하 감옥, 목을 치는 도끼, 교수대, 태형하는 기둥 혹은 형틀도 없었다. 사기치는 점원이나 육체노동자가 없었다. 오만과 허영, 허세가 없었다. 경박한 맵시꾼, 협박꾼, 술고래, 거리의 매춘부 또는 매독자가 없었다. 고함치고 음란하며 사치하는 아내도 없고, 멍청하고 잘난 척하는 현학자도 없으며 귀찮게 졸라대고, 거드름피우며, 싸우기 좋아하고, 시끄럽고, 버럭하며, 속이 비고, 젠체하며, 욕지거리 해대는 사람들도 없었다. 악행 덕분에 아무것도 없는 데서 출세한 건달도, 덕행으로 말미암아 나락으로 떨어진 귀족도 없었다. 귀족도, 사기꾼도, 판사도, 춤 선생도 없었다.

나는 영광스럽게도 주인님을 방문하거나 같이 식사하러 온 후이늠 몇몇과 자리에 함께 있을 수 있도록 허락되었다. 주인님은 은혜를 베풀어 내가 그 방에서 시중을 들면서 그들의 대화를 들을 수 있도록 해 주었다. 주인님과 그의 일행들은 종종 내게 기꺼이 질문을 했고, 또 나의 대답을 듣곤 했다. 나는 주인님이 다른 말을 방문할 때 그를 수행하는 영광도 이따금씩 누렸다. 이때 나는 묻는 말에 대답하는 것 외에는 절대 말하지 않았으며 그런 경우에도 속으로는 후회가 뒤따랐다. 나를 향상시킬 수 있는 아주 많은 시간을 낭비하는 것이기 때문이었다. 대신 나는 그러한 대화에서 겸손한 청자로 남는 것이 무한히 기뻤는데, 이 대화에서는 단지 유용한 것만이 극히 절제되고 최대한 의미심장한 언어로 표현되었던 것이다. 이러한 대화에서는 (이미 말했듯이) 아무런 격식이 없어도 최고의 품위가 지켜졌다.

말하는 사람 자신도 즐겁고 또 같이 있는 일행을 즐겁게 하며,

말을 끊는다든지, 지루하다든지, 얘기가 과열된다든지, 혹은 감정이 다르다든지 하는 일이 없었다. 그들은 모임에서 잠깐의 침묵은 오히려 대화를 훨씬 좋게 만든다고 생각한다. 나는 이것이 진실임을 알게 되었다. 대화를 잠시 멈출 때 새로운 생각들이 떠올라 대화를 더욱 활기차게 만들곤 했기 때문이다. 그들 대화의 주제는 대개 우정이나 자애 혹은 질서나 경제생활에 대한 것이었다. 가끔 눈에 띄는 자연의 현상이나 오래된 전통에 대해 얘기했고, 혹은 덕의 범위와 한계, 결코 엇나가지 않는 이성의 규칙, 다음 대의회에서 결정될 몇 가지 사항들 그리고 시시때때로 시(詩)의 다양한 성취에 대해 얘기했다.

덧붙이자면, 자랑이 아니라 종종 내 존재가 그들 대화의 중요한 소재가 되었다. 주인님은 그런 기회를 통해 친구들에게 나와 내 나라의 역사를 알려 줄 수 있었고, 그러면 그들은 이에 대한 자신들의 의견을 인류에게 매우 불리한 방식으로 늘어놓았다. 바로 그 이유로 나는 그들이 얘기한 바를 되풀이하지 않으려고 한다. 단지 놀랍게도 주인님이 나보다 야후의 본성에 대해 더 잘 이해하는 것 같았다는 정도만 말해도 되지 싶다. 그는 우리의 모든 사악함과 어리석음을 꿰뚫어 보았으며, 내가 한 번도 얘기한 적이 없는 것도 상당 부분 유추해 냈다. 오로지 그들 나라 야후의 이러저러한 성질에 얼마 안 되는 이성이 더해졌을 때 이런저런 짓을 할 수 있을 거라는 식의 가정을 통해서 말이다. 그리고 그러한 존재는 비참할 뿐 아니라 사악할 수밖에 없다고 매우 신빙성 있게 결론 내었다.

솔직히 고백하건대, 내 보잘것없는 지식이 어떤 가치가 있다면 그건 다 주인님에게 얻은 교훈이거나 그와 친구들의 대화를 듣고 얻은 것이었다. 나로서는 그러한 얘기를 들었다는 것을 유럽의 가장 힘 있고 지혜로운 모임에서 호령하는 것보다 더 자랑스럽게 여긴다. 나는 후이늠의 힘과 아름다움과 속도에 감탄하였다. 그런 온후한 풍모 안에 깃든 수많은 미덕은 내게 최고의 숭배감을 자아냈다. 사실 처음에는 야후와 모든 다른 동물이 후이늠을 향해 갖는 자연스러운 경외감을 느끼지 못했었다. 하지만 경외감은 점차적으로 또 예상보다 훨씬 빨리 커져 갔다. 그들이 나를 내 종족의 다른 이들과 기꺼이 구분해 주는 것에 대한 감사와 존경 어린 사랑과 어우러지면서 말이다.

나는 내 가족이나 친구, 동포 혹은 인류 전체에 대해 있는 그대로의 모습, 즉 생김새에서나 성정에서나 야후로 생각했다. 이들은 아마 좀 더 문명화되고 또 언어란 재능을 갖추고 있긴 했지만 악을 강화하고 부풀리는 것 외에는 이성을 사용할 줄 몰랐다. 반면 이 나라에 있는 인간의 형제들은 이성이 없기에 자연이 허용하는 악만을 지녔다. 우연히 호수나 샘물에 비친 내 자신의 모습을 보았을 때 나는 공포심과 혐오감으로 얼굴을 돌렸다. 내 자신의 모습을 보느니 차라리 평범한 야후의 모습을 견디는 게 나았다.

후이늠과 대화하고 이들을 기쁨으로 보는 과정에서 나는 그들의 걸음걸이와 자세를 닮아 갔으며 이는 습관이 되어 버렸다. 친구들은 종종 내가 말처럼 걷는다고 불쑥 말했다. 하지만 나는 이를 커다란 칭찬으로 받아들인다. 또 내가 말할 때 후이늠의 목소리나 말하는 방식을 따라하는 게 사실이며, 그래서 비웃음을 받는다 해도 이를 전혀 모욕으로 느끼지 않는다.

이렇게 행복한 가운데 이제 나는 완전히 정착했다고 생각했다. 그러던 어느 날 아침, 평소보다 조금 일찍 주인님이 나를 불렀다. 그의 표정으로 미루어 볼 때, 해야 할 말을 어떻게 꺼내야 할지 몰라 난처해하고 있는 것 같았다. 잠시 침묵한 뒤 그는 이제부터 자신이 하는 말을 내가 어떻게 받아들일지 모르겠다고 했다. 지난 대의회에서 야후 건이 논의되었을 때, 대표자들은 그가 야후(나를 지칭한다)를 야만적인 짐승이 아니라 마치 후이늠이라도 되는 것처럼 집에 두는 것에 대해 언짢아했었다. 또 그가 나와의 잦은 대화에서 마치 무슨 이익이나 기쁨이라도 얻는 것처럼 군다고 알려져 있는데, 그러한 행위는 이성이나 본성에 맞지 않을 뿐 아니라 이전에는 들어 본 적이 없는 일이라고 했다.

따라서 의회는 그가 나를 다른 내 종족처럼 다루거나 아니면 내가 왔던 곳으로 헤엄쳐 돌아가라고 명령하도록 권고했다. 그런데 이 권고안 중 첫 번째는 그와 그의 집에서 한 번이라도 나를 본 후이늠들에 의해 완강히 거부되었다. 그들은 내가 그 동물의 본능적인 악행에 더해 기초적인 이성이 약간 있으므로, 천성적으로 강탈하기 좋아하고 노동하기 싫어하는 그 족속들을 부추겨 숲이 많은 산간 지역으로 데려간 뒤 밤을 틈타 떼거지로 몰고 내려와 후이늠의 가축들을 파괴할까 봐 두렵다고 주장했다.

주인님은 자신이 이웃 후이늠들에게 의회의 권고를 실행하도록 매일 압력을 받고 있으며 더 이상 미룰 수가 없다고 덧붙였다. 그는 내가 헤엄을 쳐서 다른 나라로 가는 것은 아마 불가능하리라 생각되므로, 일전에 그에게 설명했던 것처럼 내가 바다를 건널 수 있는 배를 만들기를 바란다고 했다. 그러기 위해 그의 하인과 이웃 하인의 도움도 받을 수 있을 거라고 했다. 끝으로 그는 내가 살아 있는 한 나를 데리고 있으려 했었다고 말해주었다. 내가 열등한 내 본성으로 그래도 최대한 노력하면서 후이늠을 닮기 위해 나쁜 버릇과 성격을 고쳐 나갔음을 보았기 때문이다.

여기서 독자에게 말해 두어야 하는 것은 이 나라 대의회의 결정은 '권고'를 의미하는 '흔로아인'이란 단어—이 정도가 내가 번역할 수 있는 최선이다—로 표현된다는 것이다. 왜냐면 그들은 어떻게 이성적인 존재가 '강요'될 수 있는지 그 개념이 없었으며 단지 충고되거나 권고될 수 있을 뿐이었다. 누구든 이성적 존재라는 권리를 포기하지 않는 한 이성을 거역할 수 없기 때문이다.

나는 주인님의 얘기를 듣고 깊은 슬픔과 절망에 빠졌으며 그 고통을 견디지 못하고 기절해 그의 발치 아래로 쓰러져 버렸다. 정신이 들자, 그는 내가 죽은 줄 알았었다고 했다. (왜냐면 이들은 이러한 자연의 어리석음에 좌우되지 않기 때문이다). 나는 힘없는 목소리로 내게는 죽는 것이 훨씬 더 큰 행복이었을 것이라고 대답했다. 물론 의회의 권고나 그의 친구들의 강력한 충고를 탓할 수는 없지만, 그럼에도 내 나약하고 부족한 판단으로는 덜 가혹한 결정이 이성에 더 어울리는 일로 생각된다고 말이다.

나는 5킬로미터 이상 헤엄칠 수 없으며, 그들 나라에서 가장 가까운 땅도 아마 550킬로미터는 넘게 떨어져 있을 거다. 나를 싣고 갈 작은 배를 만드는 데 필요한 재료들은 이 나라에는 거의 없다. 물론 주인님에 대한 순종과 감사의 표시로 시도해 보기는 하겠지만, 이 일은 불가능할 것이 확실하므로 나는 이미 죽은 목숨이나 다름없다고 생각한다. 사실 이러한 부자연스러운 죽음이야말로 내게는 일어날 수 있는 최소한의 악(惡)일 뿐이다. 만일 내가 어떤 이상한 모험으로부터 탈출해 목숨을 부지한다고 하더라도, 어떻게 내가 야후들 사이에서 평생을 보내면서 나를 덕의 길로 이끌고 유지해 줄 본보기도 없이 이전의 타락한 삶으로 되돌아가는 것을 제정신으로 생각할 수 있겠는가. 나는 현명한 후이늠의 모든 결정이 어떤 견고한 이성에 기반하고 있는지 잘 알고 있으며, 비참한 야후에 불과한 나의 주장 따위에 흔들리지 않을 것도 알고 있다.

이렇게 말하면서 나는 배를 만드는 데 그의 하인의 도움을 받는 것에 대한 감사함을 겸손히 표현했다. 매우 힘든 작업이기에 시간을 넉넉히 줄 것을 희망하면서, 이 비참한 존재를 보존하도록 노력해 보겠다고 그에게 말했다. 또 혹시 영국에 돌아간다면 널리 알려진 후이늠을 찬양하고 기리며 인류가 본받을 수 있도록 그들의 미덕을 제시함으로써 내 자신의 종족에게 유용하게 쓰이리라는 희망이 아예 없지도 않다고 했다.

주인님은 매우 친절한 대답을 내게 몇 마디 건네면서, 배를 만드는 데 2개월의 기간을 허락했다. 또 내 친구이자 하인인 늙은 밤색말(이렇게 멀리 있으니 감히 그를 이렇게 부를 수 있을 거다)에게 내 지시에 따르라고 명령했다. 내가 주인님께 그 말의 도움이면 충분하다고 말씀드렸기 때문이다. 나는 밤색 말이 내게 애정을 가지고 있다는 것을 알고 있었다.

내가 그 말과 함께 제일 먼저 한 일은 반란을 일으켰던 나의 선원들이 내게 보트에서 내리라고 명령했던 지점의 바닷가로 가 보는 것이었다. 좀 높은 곳에 올라 바다 쪽 주위를 둘러보자 북동 방향으로 작은 섬이 보이는 것 같았다. 휴대용 망원경을 꺼내서 보니 내 계산으로 25킬로미터 정도 떨어진 곳에 놓인 섬을 선명히 볼 수 있었다. 하지만 늙은 밤색 말에게 그 섬은 단지 파란 구름으로 보였다. 왜냐면 그는 자신의 나라가 아닌 다른 나라에 대한 개념이 없었기에, 이러한 일을 잘 알고 있는 우리와 달리 바다 위에 멀리 떨어져 있는 물체를 보는 것에 익숙하지 않았기 때문이다.

섬을 발견한 후 나는 다른 생각을 더는 하지 않았다. 다만 가능하다면 이 섬이 내가 추방된 뒤 처음으로 가는 장소가 되리라 결정했고 그 결과는 운에 맡기기로 했다.

집에 돌아와서는 늙은 밤색 말과 상의한 후 그와 함께 집에서 좀 떨어진 작은 숲으로 갔다. 그곳에서 우리는 각자 연장을 가지고—나는 내 단도로, 그는 나무자루에 그들만의 방식으로 매우 인위적으로 묶은 날카로운 부싯돌로—지팡이 두께 정도 되는 참나무 가지와 좀 더 큰 가지들을 잘라 냈다. 배를 만드는 작업에 대한 구체적인 묘사로 독자들을 괴롭힐 생각은 없다. 단지 6주 후 가장 힘들었던 부분을 도맡았던 늙은 밤색 말의 도움으로 일종의 인디안 카누를 완성했다고 말하는 것으로 충분할 것이다. 이 카누는 사실 인디안 카누보다 훨씬 컸으며, 야후의 가죽을 마의 가닥실로 잘 꿰매어 그 표면을 감쌌다. 돛 역시 같은 동물의 가죽으로 만들었다. 늙은 야후 가죽은 너무 거칠고 두꺼워서 가능한 한 가장 어린 것들의 가죽을 사용했다. 마찬가지 방식으로 네 개의 노를 준비했다. 또 토끼와 새를 끓여 만든 고기를 챙겼으며 우유와 물이 담긴 두 개의 물병도 준비했다.

나는 주인님의 집에서 가까운 커다란 연못에서 내 카누를 실험해 보았고 이후 미비한 점들을 개선했다. 나와 내 짐을 실을 수 있도록 모든 구멍을 야후의 기름으로 막아 배에 물이 샐 틈이 없게 했다. 내가 만들 수 있는 가장 완벽한 상태로 배를 만들었을 때, 나는 야후들을 시켜 이를 썰매에 싣게 한 후 늙은 밤색 말과 다른 하인 말의 보호 아래 바닷가로 가져가도록 했다.

모든 것이 준비되었고 떠나는 날이 오자, 나는 주인님과 마님 그리고 식구들 모두에게 작별 인사를 했다. 이때 내 눈에는 눈물이 흘렀고, 가슴은 슬픔으로 무너졌다. 하지만 주인님은 호기심으로 그리고 (허영심으로 말하는 게 아니라) 아마 어느 정도는 나에 대한 친절함으로 내 카누가 있는 곳까지 나와 작별인사를 하기로 결정했다. 몇몇 이웃 친구들도 그를 따랐다.

나는 밀물이 들어오기를 한 시간 넘게 기다려야 했다. 이후 바람이 내가 가려는 섬 쪽으로 꽤 순조롭게 불기 시작해 주인님께 두 번째 작별인사를 했다. 그런데 내가 몸을 엎드려 그의 말굽에 입을 맞추려고 할 때 그는 발을 들어서 내 입술에 살짝 올려 주는 영광을 베풀어 주셨다. 내가 이 마지막 상황을 언급한 것으로 얼마나 많은 비난을 받아 왔는지 모르지 않는다. 나를 비난하는 사람들은 그토록 지체 높은 분이 나처럼 열등한 존재에게 이런 대단한 총애의 표시를 기꺼이 보여 줬다는 게 얼토당토않다고 생각하려 들 것이다. 나 또한 여행가들이 자신이 받았던 특별한 호의를 얼마나 자랑하려고 드는지를 잘 알고 있다. 하지만 이렇게 비난하는 사람들도 후이늠이 지닌 고귀하고 친절한 성품을 좀 더 잘 알게 된다면 곧 그들의 의견을 바꿀 것이다.

나는 주인님과 같이 있던 다른 후이늠들에게도 작별 인사를 했다. 그러고는 카누에 올라타 해안으로부터 멀어졌다.

11장

지은이의 위험한 항해. 그는 뉴 홀랜드에 도착해 그곳에서 정착하기를 바란다. 원주민이 쏜 화살에 다친다. 포르투갈 배에 포획되어 강제로 배에 타게 된다. 선장의 커다란 친절. 지은이가 영국에 도착한다.

나는 이 절망적인 항해를 1714년 혹은 1715년* 2월 오전 9시에 시작했다. 바람은 매우 순조로웠다. 처음에는 단지 노를 저어 나갔는데 그러다 곧 지칠 것 같고 또 바람 방향도 바뀌리라는 생각에 용기를 내어 작은 돛을 펼쳤다. 한동안 이런 식으로 조류의 도움을 받아 짐작컨대 한 시간에 약 시속 8.5킬로미터의 속도로 나아갔다. 주인님과 그의 친구들은 내가 시야에서 사라질 때까지 계속해서 해안에 머물러 있었으며, 나는 (늘 나를 사랑해 줬던) 늙은 밤색 말이 "흐니 일라 니하 마이아 야후" 즉 "잘 지내, 착한 야후야"라고 소리치는 것을 자주 들을 수 있었다.

내 계획은 가능하다면 아무도 없지만 혼자 힘으로 사는 데 필요한 것들을 얻을 수 있는 작은 섬을 발견하는 것이었다. 이런 삶이 유럽의 가장 세련된 궁정의 총리대신이 되는 것보다도 더 큰 행복으로 생각되었다. 그만큼 돌아가서 사회 안에 사는 것 그리고 야후의 지배 아래 산다는 게 끔찍했던 것이다. 내가 원했던 그러한 고독이라면 내 종족의 사악함과 부패에 빠질 일 없이 적어도 내 자신의 생각을 즐길 수 있을 테고, 또 감히 따를 수 없는 후이늠의 덕을 기쁨으로 돌아볼 수 있을 터였다.

독자들은 아마 내 선원들이 나를 상대로 음모를 꾸민 후 선실에 감금했었다는 얘기를 기억할 것이다. 어디로 가는지도 모르는 채 내가 어떻게 몇 주간을 선실에서 보냈는지, 또 대형 보트로부터 해안에 내려졌을 때 어떻게 선원들이 이곳이 세계 어느 부분인지 맹세코 모른다고 내게 말했는지 말이다. 하지만 그때 나는 우리가 희망봉의 남쪽으로 10도 정도 떨어진 곳, 즉 위도로 약 45도 위치에 있다고 믿었다. 그들이 마다가스카르를 향해 남동쪽으로 향하고 있다고 생각하던 차에 그들 사이의 몇몇 잡다한 말들을 엿듣고 추측했던 것이었다. 이는 비록 그저 짐작에 지나지 않는 것이었지만, 나는 배의 방향을 동쪽으로 돌려 뉴 홀랜드의 남서쪽 해안, 혹은 그곳의 서쪽으로 놓여 있는 내가 원하는 어떤 섬에 닿기를 희망했다.

바람은 정서향이었고, 저녁 6시쯤에는 동쪽으로 어림잡아 적어도 99킬로미터는 온 것 같았다. 그때 약 2.7킬로미터 정도 떨어진 곳에 있는 아주 작은 섬이 보였고, 곧 그곳에 도착했다. 섬은 바위투성이였다. 단지 태풍의 힘에 의해 자연적으로 형성된 작은 시내가 하나 있을 뿐이었다. 나는 카누를 댄 후 바위 한쪽으로 올라가 남쪽에서부터 북쪽으로 길게 이어진 동쪽으로 난 땅을 명확히 볼 수 있었다.

밤새 카누에 누워 있다가 아침 일찍 항해를 재개했고, 일곱 시간이 지나자 뉴 홀랜드의 남동쪽 지점에 도착했다. 이로써 나는 이 나라가 지도나 차트에 실제보다 적어도 3도 이상 더 동쪽에 위치해 있다는 내 오래된 생각을 확신할 수 있었다. 이러한 생각을 나는 수십 년 전에 나의 훌륭한 친구 허먼 몰*에게 털어놓으면서 그 이유를 설명했었다. 비록 그는 다른 작가들의 견해를 따르기로 했지만 말이다.

도착한 곳에서는 원주민을 볼 수 없었다. 나는 무기가 없는 상태였기에 섬 안 깊숙이 들어가 보는 건 겁이 났다. 해안가에서 조개를 몇 개 발견했지만 원주민에게 발견될까 무서워 감히 불을 피우지 못했고, 그냥 날 것으로 먹었다. 사흘 동안 내가 가져온 식량을 아끼기 위해 굴과 삿갓조개를 계속 먹으며 버텼고, 다행히 깨끗한 물이 흐르는 시내를 발견해 크게 안도할 수 있었다.

나흘째 되던 날, 아침 일찍 조금 멀리 나가 보려던 차에 20~30명의 원주민이 내가 있는 곳에서 5백 미터도 떨어지지 않은 어떤 언덕에 있는 것을 보았다. 그들은 남자, 여자, 아이 할 것 없이 완전히 벌거벗은 상태였으며, 연기로 보아 불 주위에 있는 것 같았다. 그중 한 명이 나를 보고는 다른 사람들에게 알렸고, 그들 중 다섯 명이 여자와 아이들을 불 옆에 둔 채로 내게 다가왔다. 나는 있는 힘껏 해안 쪽으로 도망쳤고 카누에 올라탄 후 해안을 떠났다. 야만인들은 내가 도망치는 걸 보고 쫓아와 내가 바다로 충분히 나가기 전 화살 하나를 쏘았고, 이것이 왼쪽 무릎 안쪽에 깊숙이 박혔다(나는 이 상처의 흔적을 무덤까지 가져갈 거다). 나는 (바람이 잔잔한 날이었기에) 노를 저어 화살의 사정권을 벗어난 후, 화살에 독이 묻었을까 걱정되어 상처를 입으로 빨아내고 나름대로 붕대를 감는 등 임시조처를 취했다.

나는 어떻게 해야 할지 몰라 당황했다. 감히 아까 장소로 다시 돌아갈 수는 없었기에 오로지 북쪽을 향해 나아갔고 계속 노를 저어야만 했다. 바람은 매우 잔잔했지만 북서풍이어서 내게는 역풍이었기 때문이다. 안전하게 상륙할 수 있는 장소를 찾기 위해 두리번거리고 있을 때, 북북동쪽으로 나아가는 어떤 범선을 보았다. 이 배는 조금씩 그 형체가 뚜렷해졌으며 나는 그 배의 선원들을 기다려야 하는 건지 고민이 되었다. 하지만 결국 야후 종족에 대한 내 혐오감이 더 컸으므로 카누의 방향을 돌려 돛을 올리고 노를 저어 남쪽 방향으로 나아갔다. 아침에 떠났던 바로 그 섬으로 돌아와 유럽인 야후들과 함께 살 바에는 차라리 야만인의 손에 나를 맡기는 걸 선택한 것이었다. 나는 카누를 가능한 한 해안에 가까이에 대고, 전에 말했던 물이 깨끗한 그 시내 옆의 바위 뒤에 몸을 숨겼다.

그런데 아까 보았던 배가 이 시내에서 2.7킬로미터 떨어진 곳에 당도했고, 맑은 물을 담을 그릇과 함께 대형 보트를 내려보냈다(그 장소는 매우 잘 알려진 곳이었던 것 같다). 하지만 나는 보트가 해안에 거의 닿을 때까지 이를 보지 못했고 결국 다른 숨을 곳을 찾기에는 너무 늦어 버렸다. 선원들은 해안가에 내리면서 내 카누를 보았다. 그들은 카누를 샅샅이 뒤져 보고는 카누 주인이 멀리 있지 않음을 쉽게 추측해 냈다. 그중 단단히 무장한 네 명의 선원이 모든 틈새와 잠복 가능한 구멍들을 수색하더니 마침내 바위 뒤에서 얼굴을 땅에 대고 납작 엎드려 있는 나를 발견했다.

그들은 한동안 어안이 벙벙해 거칠고 이상한 내 옷, 즉 동물 가죽으로 만들어진 겉옷과 나무로 바닥을 댄 구두, 털로 된 스타킹을 쳐다봤다. 하지만 이를 보고 내가 그곳의 벌거벗고 돌아다니는 원주민이 아니라는 결론을 내렸다. 선원 중 하나가 포르투갈어로 내게 일어나라고 명령하며 도대체 누구냐고 물었다. 나는 그 언어를 잘 알았기에 자리에서 일어서면서, 나는 후이늠으로부터 추방된 불쌍한 야후이며 내가 떠날 수 있도록 허락해 주길 바란다고 말했다. 그들은 내가 그들의 언어로 말하는 걸 듣고 놀랐다. 또 내 얼굴색으로 보아 내가 유럽인이라는 것을 확신했다. 하지만 야후나 후이늠 같은 말이 무엇을 의미하는지 몰라 어리둥절했으며 동시에 말의 울음소리를 닮은 내 괴상한 말투에 웃음을 터뜨렸다. 내가 공포심과 혐오감 가운데서 떨고 있는 동안 말이다.

나는 다시 한번 이곳을 떠나도록 허락해 주길 부탁하면서 조심스럽게 내 카누 쪽으로 움직였다. 하지만 그들은 나를 잡고는 내가 어느 나라에서 왔는지 혹은 어디에 있었는지 등을 알고 싶어 하면서 많은 질문을 던졌다. 나는 그들에게 난 영국 출신이며 그곳을 5년 전에 떠났는데 그때는 그들의 나라와 우리나라가 평화로운 상태였다고 말했다. 나는 그들에게 나를 적으로 다루지 말아 달라고 했다. 왜냐면 나는 그들에게 해를 입힐 의도가 없으며, 단지 불행했던 삶의 여생을 보낼 외딴 장소를 찾고 있는 한 불쌍한 야후이기 때문이다.

그들이 말을 하기 시작했을 때 나는 그토록 부자연스러운 것을 한 번도 듣거나 본 적이 없는 듯했다. 꼭 영국에서 개나 소가 말하거나 혹은 후이늠국에서 야후가 말하는 것처럼 괴이하게 들렸던 것이다. 이 성실한 포르투갈 사람들도 내 이상한 옷과 또 비록 이해하는 데 지장은 없었지만 내가 말하는 이상한 방식에 마찬가지로 놀라워했다. 그들은 내게 자애심을 담아 말을 건네면서, 그들의 선장이 나를 공짜로 리스본까지 데려가 줄 것이 확실하며 거기서 나는 내 조국으로 돌아갈 수 있을 것이라고 했다. 또 선원 두 명이 배로 돌아가 선장에게 그들이 본 것을 보고한 후 그의 지시를 받을 것이며 그동안 내가 도망치지 않겠다고 굳게 맹세하지 않는다면 나를 무력으로 붙잡아 두겠다고 했다. 나는 그들의 제안에 따르는 게 최선이라고 생각했다. 그들은 내 사연을 몹시 궁금해했지만 나는 그들을 만족시킬 수 없었다. 그들은 모두 내가 그동안 겪은 불행 탓에 이성적 사고가 훼손된 것으로 짐작했다. 두 시간 후, 물통을 싣고 배로 돌아갔던 보트가 나를 배로 데려오라는 선장의 명령과 함께 돌아왔다. 나는 내 자유를 지키기 위해 무릎을 꿇었지만 소용없었다. 사람들은 나를 밧줄로 묶어 보트에 태웠으며, 거기서 배로 이동되었고, 다시 선장의 선실로 데려가졌다.

선장의 이름은 페데로 드 멘데즈였다. 매우 예의바르고 너그러운 사람이었다. 그는 내게 나에 대한 이야기를 해 줄 것을 요구했고, 내가 무엇을 먹거나 마시고 싶은지 알고 싶어 했다. 또 내가 자기 자신과 똑같은 대접을 받아야 한다는 등 고마운 말을 많이 했는데 나는 도대체 야후에게 그러한 정중함을 볼 수 있다는 게 의아했다. 하지만 나는 여전히 침묵을 지켰고 무뚝뚝하게 응대했다. 그와 선원들에게 나는 냄새 때문에 거의 기절하기 직전이었기 때문이다.

마침내 나는 카누에서 내 식량을 갖다 달라고 했지만, 그는 내게 닭고기와 좋은 와인을 가져다주라고 했고, 매우 깨끗한 선실에서 잘 수 있도록 지시했다. 나는 옷을 벗지 않았지만 침대보에 눕긴 했다. 그러고는 삼십 분 후, 내 생각에 선원들이 저녁을 먹을 때쯤, 선실을 몰래 빠져나왔다. 배의 난간 쪽으로 가서 바다에 뛰어내리려 했다. 야후 사이에 계속 있느니 목숨 걸고 헤엄쳐 나가려 했던 것이다. 하지만 선원 한 명이 나를 막았고 선장에게 이를 알리면서 나는 내 선실에 묶인 채로 있게 되었다.

저녁 식사 후에 페드로 선장이 내게 와서 왜 그렇게 필사적으로 도망치려 하는지를 알고 싶어 했다. 그는 단지 자신이 줄 수 있는 모든 도움을 주려는 의도밖에 없다는 것을 내게 납득시키면서 말이다. 그가 그렇게 매우 감동적으로 말했기에 마침내 나는 자세를 낮추어 그를 약간의 이성을 지닌 동물처럼 대우해 주기로 했다. 나는 그에게 내 항해에 대해 아주 짧게 얘기했다. 선원들이 내게 대항해 꾸민 음모와 그들이 나를 내려놓고 떠난 나라, 또 5년 동안 그곳에서의 체류에 대해 말했다. 그는 이 모든 것을 마치 꿈이나 헛것인 듯 여겼기에 나는 크게 분노했다. 내가 야후가 다스리는 나라의 모든 야후가 지닌 고유한 기능인 거짓말을 완전히 잊은 데다 결과적으로 자신의 종족에 속한 다른 이들의 진실을 의심하는 성향도 모두 잊었기 때문이다.

나는 '그것이 아닌 것'을 말하는 게 그의 나라의 관습인지를 물었다. 거짓이란 말로 그가 무엇을 의미하는지 나는 거의 잊었음을 강변하면서 후이늠 나라에서라면 천 년을 살았더라도 가장 천한 하인에게조차 거짓말을 들을 수 없었을 것이라고 말했다. 또 그가 나를 믿든 말든 전혀 상관없지만, 그의 호의에 대한 보답으로 그의 타락한 천성을 십분 고려하겠고 따라서 그가 제기하는 어떤 이의에도 대답하겠다고 했다. 이로써 그는 쉽게 진실을 알 수 있을 것이라고 말이다.

선장은 현명한 사람으로, 처음엔 내가 하는 얘기의 허점을 잡아내려고 애쓰더니 마침내 내 진실을 조금은 더 믿게 되었다. 하지만 그는 내가 진실에 대해 그토록 신성한 애착을 지니고 있으니 이 항해를 하는 동안 다시는 목숨을 저버리는 어떠한 행위도 하지 않을 것이며 끝까지 그와 함께 갈 것임을 명예를 걸고 약속해야 한다고 덧붙였다. 그렇지 않으면 리스본에 도착할 때까지 계속 나를 가둬 놓아야 한다고 말이다. 나는 그가 요구한 약속을 했다. 하지만 동시에 야후에게 돌아가 그들 사이에서 사느니 차라리 가장 극심한 고통을 감내하겠다고 항변했다.

우리의 항해는 별다른 사건 없이 진행되었다. 선장에 대한 감사의 표시로 나는 그가 간청할 때면 가끔 그와 함께 앉아 얘기하며 인류에 대한 내 적대감을 숨기려고 했다. 비록 자주 들통나긴 했지만 말이다. 이에 대해 그는 별다른 언급 없이 흘려보냈다. 하지만 나는 다른 선원들을 피하기 위해 하루의 대부분을 선실에 갇혀 머물렀다. 선장은 종종 내 야만스러운 옷을 벗기를 간청하면서 그가 가진 최고의 양복을 빌려주겠다고 했다. 나는 끝내 이 제안을 받아들일 수가 없었는데 야후가 등에 걸쳤던 어떤 것이든 그것으로 내 몸을 덮는 것이 혐오스러웠기 때문이다. 다만 그가 입은 후 세탁한 깨끗한 셔츠 두 벌을 빌려 달라고 했는데, 이것을 입는다고 내가 크게 더러워질 것 같지는 않았다. 나는 두 벌의 셔츠를 이틀에 한 번씩 갈아입었고, 직접 세탁했다.

우리는 1715년 11월 5일에 리스본에 도착했다. 배에서 내릴 때 선장은 사람들이 내 주위로 몰려드는 것을 막기 위해 내게 억지로 그의 겉옷을 입도록 했다. 그는 나를 자신의 집으로 데려갔고, 내 간절한 요청에 따라 집 뒤쪽에 있는 꼭대기 방에 머물게 해 줬다. 나는 후이늠에 대해 했던 얘기를 다른 사람들에게 비밀로 해 줄 것을 그에게 부탁했다. 왜냐면 그러한 이야기가 조금이라도 새어 나간다면 수많은 사람들이 나를 보러 몰려들 것은 물론이고, 아마 감옥에 갇힌 후 종교재판에서 화형당할 위험에 처해질 것이기 때문이었다. 선장은 내게 새로 만든 양복 한 벌을 받아들이도록 설득했지만 나는 재단사가 내 치수를 재도록 내

버려 둘 수 없었다. 하지만 페드로 선장이 나와 체구가 거의 비슷해서 그의 치수로 만든 옷이 내게 꽤 잘 맞았다. 그는 옷 외의 다른 필수품들도 모두 새 것으로 내게 맞춰 주었다. 나는 그것들을 사용하기 전에 24시간 동안 통풍시켰다.

선장은 아내가 없었고 하인도 세 명이 넘지 않았으며, 식사 때 시중드는 하인도 없었다. 그는 매우 훌륭한 '인간적인' 이해력을 지녔을 뿐 아니라 전체적인 몸가짐 역시 사뭇 정중했기에 그와 함께 있는 시간이 견딜 만해지기 시작했다. 그는 나를 설득해서 뒤쪽 창문으로 밖을 내다보게도 했다. 나는 차츰 다른 방에도 가 보게 되었고 그곳에서 거리를 내다봤지만, 곧 겁에 질려 고개를 뒤로 내빼곤 했다. 일주일 후 그는 나를 이끌고 문 쪽으로 내려가게 했다. 공포심은 점차 줄어든 듯했지만, 혐오감과 경멸감은 늘어난 것 같았다. 그러다 마침내 나는 그와 함께 거리를 걸을 정도로 대담해졌다. 하지만 약초나 가끔은 담뱃잎으로 코를 꽉 막아야 했다.

열흘이 지났고, 이전에 내 가정사를 꽤 들었던 페드로 씨는 이제 내가 고향으로 돌아가 아내 그리고 아이들과 함께 집에서 사는 것이 명예롭고도 양심적인 일임을 강변했다. 그는 떠날 준비가 된 영국행 배가 항구에 있으며, 내게 필요한 모든 것을 구비해 주겠다고 말했다. 그의 주장과 내 반대 주장을 되풀이하는 것은 지루한 일일 것이다. 그는 내가 살고 싶어 하는 무인도를 찾는 것은 도대체 불가능한 일이지만, 내 자신의 집에서는 지배권을 가지면서도 원하는 대로 은둔자처럼 여생을 보낼 수 있다고 말했다.

더 이상 버틸 수가 없자 나는 결국 그의 의견을 따랐다. 11월 24일 나는 영국 상선을 타고 리스본을 떠났다. 하지만 그 배의 선장이 누구인지는 묻지 않았다. 페드로 씨는 배까지 나를 배웅했으며 내게 20파운드를 빌려줬다. 그는 다정히 작별인사를 하면서 헤어질 때 나를 껴안았고, 나는 최대한 이를 참았다. 이 마지막 항해에서 나는 선장이나 다른 어떤 선원들과도 접촉하지 않았으며, 아픈 척하면서 줄곧 선실에만 처박혀 있었다. 1715년 12월 5일 아침 9시경 배는 다운즈 항에 닻을 내렸고, 오후 3시에 나는 레드리프에 있는 내 집에 무사히 도착했다.

아내와 가족들은 내가 죽었다고 확신하고 있었기에 커다란 놀라움과 기쁨으로 나를 맞이했다. 하지만 솔직히 고백하자면 그들을 보자 나는 오로지 증오심과 혐오감 그리고 경멸감으로 차올랐으며, 특히 내가 그들과 맺은 가까운 인연을 생각해 볼 때 더욱 그러했다. 그도 그럴 것이, 비록 후이늠국에서 불행히 추방된 뒤 내가 야후의 모습을 견뎌 왔고 또 페드로 드 멘데즈 씨와 대화를 나누기도 했지만, 내 기억과 상상력은 고귀한 후이늠의 미덕과 사상들로 늘 채워져 있었기 때문이다. 내가 야후 종족 중 하나와 성교함으로써 더 많은 야후들의 아비가 되었다는 생각을 하게 되자 나는 극심한 수치심과 혼란 그리고 공포를 느꼈다.

내가 집에 들어서자마자 아내는 나를 팔로 껴안고 입을 맞췄다. 하지만 수년 동안 이 혐오스런 동물의 접촉에 노출되지 않았던 까닭에 나는 기절해 버렸고 거의 한 시간 동안 기절한 채로 있었다. 이 글을 쓰는 지금은 마지막으로 영국에 돌아온 지 5년째 되는 해이다. 첫해에 나는 아내나 아이들과 함께 있는 것을 견디지 못했는데, 그들의 냄새가 참을 수 없었기 때문이다. 그들과 함께 같은 방에서 식사하는 것은 말할 것도 없었다. 지금 이 시간까지도 그들은 감히 내 빵을 건드리려 하지 않으며, 같은 컵으로 마시지도 못한다. 또 나는 그들 중 누구도 내 손을 잡도록 허락할 수 없었다.

내가 처음으로 쓴 돈은 거세하지 않은 어린 수말을 두 마리 사는 것이었다. 나는 두 말을 훌륭한 마구간에 키우고 있으며, 이들을 제외한다면 마부야말로 내가 가장 좋아하는 대상이다. 그가 마구간에서 묻혀 오는 냄새를 통해 내 정신이 살아나는 것을 느끼기 때문이다. 내 말은 나를 꽤 잘 이해하고, 나는 매일 적어도 네 시간 동안 그들과 대화한다. 그들은 굴레나 안장이 뭔지 모른다. 그들은 나와 매우 우호적인 관계에 있으며 우리는 서로 우정을 나누며 살고 있다.

12장

지은이의 진실함. 그가 책을 출판한 의도. 진실을 왜곡하는 여행자들에 대한 그의 비난. 지은이는 글에서 자신이 어떤 사악한 목적도 지니고 있지 않음을 해명한다. 반대 의견에 대한 답변. 식민지를 건설하는 방법. 그의 조국이 찬양된다. 지은이가 묘사한 나라들에 대한 영국 왕의 권리가 정당화된다. 그 나라들을 정복하는 일의 어려움. 지은이는 독자들에게 마지막 작별인사를 한다. 그가 앞으로 어떻게 살지를 말하고, 독자들에게 좋은 충고를 남기며 마무리한다.

친애하는 독자들이여, 이제 나는 지난 16년하고도 7개월이 넘는 동안의 내 여행 이야기를 그대에게 충실히 전달했고, 진실을 전하려 애썼던 만큼 장식적인 부분은 신경 쓰지 않았다. 다른 이들처럼 놀랍고 기이한 이야기로 그대를 놀라게 할 수도 있었겠지만, 오히려 가장 단순한 방식과 문체로 분명한 사실만을 이야기하려고 했다. 내 주된 목적은 그대를 즐겁게 하기보다는 가르침을 주는 것이기 때문이었다.

영국인이나 다른 유럽인이 잘 가지 않는 먼 나라로 여행을 가는 우리 같은 사람들이 바다나 육지의 놀라운 동물들을 묘사하는 것은 쉬운 일이다. 하지만 여행가의 주된 목적은 인간을 더 현명하고 더 나은 사람으로 만드는 것이어야 하며, 낯선 곳에 관해 그가 들려주는 좋고 나쁜 예를 통해 그들의 마음을 향상시키는 것이 되어야 한다.

나는 모든 여행가가 그의 여행기에 대한 출판허가를 받기 전에 그가 출판하려는 내용이 자신이 아는 가장 정확한 지식과 전적으로 일치됨을 대법관 앞에서 맹세하는 법이 시행되기를 진심으로 바란다. 그러면 세상 사람들도 여태까지 그래 왔던 것과 달리 더 이상 속지 않을 것이기 때문이다. 비록 몇몇 작가들이 대중의 인기를 좀 더 끌 목적으로 말도 안 되는 거짓말을 부주의한 독자들에게 여전히 쏟아붓지만 말이다.

나도 젊었을 때 여행기 몇 권을 아주 재밌게 읽은 적이 있다. 하지만 이후 지구 곳곳을 돌아다니면서 직접 목격한 것과 다른 터무니없는 이야기들을 반박할 수 있게 되자 이런 종류의 독서를 크게 혐오하게 됐다. 또 인류의 선의가 그토록 뻔뻔스럽게 오용되는 것에 분노가 치밀었다. 따라서 내 미천한 노력이 우리나라에 받아들여지지 않을 이유가 없을 거라고 지인들이 기꺼이 생각해 주자, 나는 결코 어기지 않을 하나의 격언을 내 자신에게 부과했다. 바로 "진실만을 엄격히 따르겠다"라는 것이었다. 사실 나는 이런 격언에서 벗어나야 할 어떤 유혹도 느끼지 못한다. 그토록 오랫동안 겸허한 경청자가 되는 영광을 누렸던 우리 고귀한 주인님과 다른 훌륭한 후이늠의 가르침과 본보기를 마음에 담고 있는 이상 말이다.

비록 운명의 여신이 시논을 불행하게 만들었으나,
그녀의 악의에도 그를 허위의 거짓말쟁이로 만들지는 못하리라.*

나는 천재성이나 학식 혹은 다른 어떤 재능도 필요하지 않고 단지 좋은 기억력과 정확한 기록만 있으면 되는 여행기로는 좋은 평판을 거의 얻지 못한다는 것을 잘 알고 있다. 마찬가지로 여행 작가란, 사전을 만드는 사람처럼, 나중에 오기에 가장 우위에 서게 되는 사람들의 무게와 크기에 눌려 망각된다는 것도 안다. 그렇기에 여행가가 이 책에 묘사된 나라들을 나중에 방문해, 내 실수들을 찾아내고 (만일 실수가 있다면) 스스로 찾아낸 많은 새로운 발견을 덧붙이면서 나를 유행에서 밀어내고 내 자리에 앉게 될 확률은 매우 높다. 내가 한때 작가였다는 것을 세상이 잊도록 만들면서 말이다. 만일 내가 명예를 위해 글을 쓴다면 이러한 일은 사실 커다란 치욕일 것이다. 하지만 나의 유일한 의도는 '공공의 선'이기에 내가 실망할 일은 없다. 누군들 훌륭한 후이늠의 덕에 대해 내가 써 놓은 것을 읽으면서 자신의 악에 대해 부끄러워하지 않을 수 있겠는가? 자신을 이성적인 존재이자 자기 나라의 지배적인 동물로 생각한다면 말이다.

나는 내가 갔던 먼 나라 중 야후가 다스리는 곳에 대해서는 말하지 않으려고 한다. 사실 이 중 가장 덜 타락한 야후는 브롭딩낵인으로, 도덕과 통치에 관한 그들의 현명한 교훈을 지킨다면 우리는 행복해질 것이다. 하지만 이에 대해 더 이상 얘기하지 않겠다. 현명한 독자들이 스스로 판단하고 적용해 보시길 바란다.

아마도 내 책을 비난하는 사람들은 없으리라는 생각에 나는 적지 않게 기쁘다. 사실 무역이나 협상 같은 이해관계가 전혀 없는 먼 나라에서 일어난 명백한 사실들만 말하는 작가에 대해 무슨 반대가 있겠는가? 나는 평범한 여행 작가가 자주 그리고 당연히 비난받는 모든 잘못들을 세심하게 피해 왔다. 게다가 나는 어떤 당파에도 관여하지 않은 채 감정, 편견을 배제하고 어떤 사람이나 그룹에도 악의를 품지 않으며 글을 쓴다. 내가 글을 쓰는 것은 인류에게 지식을 전달하고 가르치는 가장 고귀한 목적을 위해서이다. 또 내가 너무나 훌륭한 후이늠 사이에서 오랫동안 대화하며 얻은 이점들 덕분에 인류의 나머지보다 좀 우월할 수 있다는 것을 겸손에 어긋나지 않으면서도 자부할 수 있지 않을까 싶다.

나는 이익이나 칭찬을 받고자 하는 어떤 기대도 없이 글을 쓴다. 또 나는 비난처럼 들리는 말이나 혹은 비난을 받아들일 자세가 되어 있는 사람이라도 불쾌하게 느낄 수 있는 말을 한마디도 새어 나가지 않게 하려 한다. 그렇게 나 자신이 완벽히 흠 없는 작가임을 정당하게 선언할 수 있기를 바란다. 이러한 작가라면 그 어떤 비평가나 검토가, 관찰자, 중상모략가, 탐정가, 주식사의 무리라도 결코 그들의 재주를 발휘할 기회를 찾지 못할 것이다.

고백하자면, 내가 영국의 신하로서 그 의무에서 자유롭지 않으며 그렇기에 돌아왔을 당시 총리대신에게 각서를 제출했어야 한다는 얘기를 들은 적이 있다. 영국의 신하가 발견한 어떤 땅이든 영국 왕의 소유이기 때문이다. 하지만 내가 다루는 나라들을 정복하는 것이 페르디난도 코르테즈*가 벌거벗은 아메리카 원주민들을 정복했던 것처럼 쉬울지는 의심스럽다. 내 생각에 릴리퍼트인들을 복속시키기 위해 함대와 군대를 보낼 가치가 있는지 모르겠다. 또 브롭딩낵인들을 정복하려는 게 과연 현명하거나 안전한 일인지에 대해서도 의문이 든다. 혹은 영국 군대가 머리 위로 날아다니는 섬을 쉽게 다룰 수 있는지도 말이다.

후이늠은 사실 전쟁 준비가 잘되어 있는 것 같지는 않다. 그들은 전쟁에 대해서는 완전히 문외한이며, 특히 미사일 같은 무기는 더욱 그렇다. 하지만 만일 내가 총리대신이라면 그들을 침략하라는 조언을 결코 하지 않을 것이다. 그들이 지닌 신중함, 화합, 두려움을 모르는 마음 그리고 조국에 대한 사랑은 군사기술에서의 모든 열세를 충분히 보충할 것이다. 2만 마리의 후이늠이 유럽 군대 한가운데를 뚫고 들어와 전열을 휘젓고, 전차들을 전복시키며, 힘차게 차대는 뒷발로 전사들의 얼굴을 묵사발 내고 뭉개는 장면을 상상해 보라. 왜냐면 그들은 아우구스투스 황제의 것으로 알려진 '사방으로 보호된 채 뒷발질을 해대는' 기질을 충분히 지니고 있기 때문이다.

나는 이 엄청난 나라를 정복하자는 제안 대신 차라리 그들이 유럽을 문명화시키기 위해 충분한 숫자의 자국인을 이곳으로 보낼 여유나 의사가 있기를 바란다. 명예와 정의, 진실, 절제, 공익 정신, 용기, 순결, 우정, 자애 그리고 충성 같은 근본 원칙들을 가르침으로써 우리를 문명화시킬 수 있도록 말이다. 이러한 모든 미덕들의 '명칭'은 우리의 언어에도 대부분 남아 있으며, 고대뿐 아니라 근대 작가들에게서도 찾아볼 수 있다. 많이 읽지는 않았지만 내 독서 경험으로 그렇게 주장할 수 있을 것 같다.

하지만 내 발견들로써 폐하의 영토를 확장하는 것에 대해 내가 적극적으로 나서지 않는 또 다른 이유가 있었다. 사실을 말하자면, 나는 이러한 경우에 직면해 왕들이 행했던 분배의 정의에 관해 얼마간 양심의 가책을 지녀 왔었다. 예를 들어 해적 무리들이 폭풍우를 만나 어딘지 모르는 곳으로 휩쓸려 갔다고 하자. 드디어 한 소년이 돛대의 꼭대기에서 육지를 발견한다. 그들은 그 육지에 올라 기존의 것을 빼앗고 약탈한다. 거기서 그들은 평화로운 원주민들을 만나 친절하게 대접받는다. 그들은 그 나라에 새로운 이름을 부여하고, 그들은 그 땅을 공식적으로 자기 나라 왕의 소유로 만들며, 그들은 썩은 나무나 돌 하나를 기념비로 세우고, 그들은 원주민 20~30명을 학살하며, 견본으로 두 명 정도를 고향에 강제로 데려가 돌아와서는 사면받는다.

이제 '신의 권리'의 이름으로 새로운 영토의 획득이 시작된다. 가장 먼저 함대가 보내진다. 원주민들은 쫓겨나거나 죽임을 당하며, 그들의 왕은 금의 출처를 말하라며 고문당한다. 모든 비인간적이고 탐욕스러운 행위들에 대한 완전한 자유가 허락된다. 땅은 원주민의 피 냄새로 악취를 풍긴다. 이러한 신성한 탐험에 고용된 끔찍한 도살자 무리야말로 우상을 숭배하는 미개한 민족을 기독교로 개종하고 문명화시키기 위해 보내지는 근대의 식민지배자군인 것이다.

하지만 고백컨대, 이러한 묘사는 결코 대영제국과 관련된 것은 아니다. 영국인들은 그들의 지혜와 보살핌, 정의로움으로 이해 식민지 개척에서 전 세계의 모범이 되고 있다. 그들은 식민지의 종교와 학식의 발전을 위해 관대히 투자하고, 기독교를 전파하기 위해 신실하고 능력 있는 목사들을 선출해 그곳으로 보낸다. 또 착실하게 살고 착실하게 대화할 수 있는 모국에서 온 이들로 식민지를 채우는 데 신중을 기한다. 또 모든 식민지에 걸쳐 최고의 능력을 지니고 부패라고는 전혀 모르는 관리들로 민간 정부를 채우면서 분배 정의를 엄격하게 지킨다. 무엇보다 그들은 최고로 부지런하고 덕이 높은 총독들, 다시 말해 자신들이 다스리는 민족들의 행복과 그들의 주인인 왕의 명예 외에는 어떤 다른 목적도 지니지 않은 총독들을 식민지로 보낸다.

그러나 내가 다뤘던 나라들은 정복당하거나 노예가 되거나 학살당하거나 식민지배자들로부터 쫓겨 나가고 싶은 욕구가 없어 보인다. 또 그들 나라에는 금이나, 은, 설탕이나 담배가 풍부하지도 않다. 내 소견으로 그들은 결코 우리의 열정, 용기 혹은 이익의 적절한 대상이 아니라고 생각했다. 하지만 여기에 관심 있는 사람들 중 나와 의견이 다른 이들이 있다면, 나는 얼마든지 정당한 절차에 따라 법정에 나가 어떤 유럽인도 나보다 먼저 이 나라들에 가 본 적이 없다고 증언할 준비가 되어 있다. 그곳 원주민들이 하는 말을 믿을 수 있다면 말이다.

하지만 이 나라들을 공식적으로 우리 폐하의 이름으로 소유하는 것에 대해서는 결코 생각해 본 적이 없었다. 만약 그랬다 하더라도 당시 내 상황으로 봤을 때 아무래도 신중히 생존을 꾀해야 했으므로 더 좋은 기회가 올 때까지 미뤘을 것이다.

이제 내가 여행 작가로서 받을 수 있는 유일한 반론에 대한 내 의견을 말했으니, 여기서 친애하는 독자들에게 마지막 인사를 하고 돌아가 레드리프에 있는 내 작은 정원에서 사색을 즐기려 한다. 후이늠에게 배웠던 덕의 훌륭한 가르침을 실행하고, 내 가족 야후들을 그들이 배울 수 있는 데까지 가르치며, 거울에 내 모습을 자주 비춰 보면서 가능하면 점점 인간이란 존재를 견디는 데 익숙해지려고 한다. 우리나라 후이늠의 야수성이 개탄스럽기는 하지만 나의 고귀한 주인님과 그의 가족과 친구들 그리고 전 후이늠 종족을 생각해 그들을 존중할 것이다. 우리나라 말들이 아무리 지성이 퇴화했어도 그 생김새는 영예롭게도 꼭 후이늠을 닮았으니까 말이다.

지난주부터는 드디어 아내에게 긴 식탁의 맨 끝에서 나와 함께 식사해도 좋다고 허락했다. 또 내가 묻는 몇 안 되는 질문에 대답해도 된다고 (그러나 아주 짧게) 아내에게 얘기했다. 하지만 야후의 냄새는 여전히 너무 지독해서 나는 늘 약초나 라벤더 혹은 담뱃잎으로 코를 단단히 막고 있다. 인생의 후반부를 사는 남자가 오래된 습관을 버리기는 어렵겠지만, 시간이 좀 지나면 이웃집 야후가 나를 물어뜯거나 할퀴리라는 걱정없이 함께할 수 있으리란 희망이 아예 없지는 않다.

만일 야후 종족이 타고난 사악함이나 어리석음만으로 만족할 수 있다면 내가 이들과 화해하는 것이 그다지 어렵지 않을 수도 있다. 나는 변호사, 소매치기, 대령, 바보, 귀족, 노름꾼, 정치가, 바람둥이, 의사, 증인, 위증교사자, 소송대리인, 반역자 등에 대해 전혀 화나지 않는다. 이는 모두 야후의 자연스러운 본성에 따른 것이다. 하지만 '교만'이 깊이 박혀 있는 흉측한 덩어리, 몸과 마음의 병들을 볼 때면 내 인내심의 한계는 즉시 바닥난다. 게다가 어떻게 그런 동물과 그런 사악함이 합쳐진 건지는 끝까지 알 수 없을 것 같다. 현명하고 덕 높은 후이늠, 이성적인 존재에게 가능한 모든 탁월함으로 가득한 이들이 쓰는 언어에는 이 악(惡)을 나타내는 단어가 없다. 야후의 혐오스러운 특징들을 묘사하는 말들을 제외한다면 악을 나타내는 어떠한 용어도 이들의 언어에는 없는 것이다. 후이늠은 인간의 본성을 완전히 이해할 수 없기에 야후의 특징 중 야후가 다스리는 나라에서 나타나는 이 교만이라는 특징을 구별해 내지 못한다. 하지만 경험이 더 많은 나는 그곳의 야만적인 야후들에게서도 어떤 기본적인 교만함을 분명히 볼 수 있었다.

하지만 이성이 지배를 받으며 사는 후이늠은 그들이 좋은 자질을 지녔다는 사실에 교만하지 않으며, 이는 내가 한쪽 다리나 한쪽 팔이 없지 않다고 교만하지 않는 것과 같다. 없다면 분명히 비참해지겠지만, 제대로 된 인간이라면 팔다리가 있다고 자랑하지 않는 것처럼 말이다. 내가 이 얘기를 이렇게 오래 붙들고 있는 것은 영국 야후의 사회를 어떻게 해서든지 조금이라도 견딜 만한 것으로 만들고 싶은 내 욕망 때문이다. 그러니 이 어처구니없는 악의 기미가 조금이라도 있는 사람들은 제발 내 눈앞에 나타나지 말기를 간청한다.

9 **사촌 심슨에게 보내는 편지** 이 편지 형식의 서문은 1735년 포크너 판에 처음 등장했다. 후이늠국에서 돌아온 걸리버의 입을 통해 1726년 초판 발간 시의 원문 생략, 훼손, 임의적 첨가 등에 대해 비판하고 있다.

댐피어 윌리엄 댐피어는 18세기 영국의 탐험가이며 호주를 최초로 탐험하고, 세계를 세 번 일주한 것으로 유명하다. 『세계 일주 항해』는 그의 대표작이며, 스위프트 역시 이 여행기를 읽은 것으로 알려져 있다.

10 **후이늠** 4부 말의 나라에 등장하는 완벽한 이성을 갖추고 언어 능력이 있는 말의 이름.

'그것이 아닌 것을 말하도록' 후이늠어에는 거짓말이란 단어가 없으며 따라서 거짓말을 '그것이 아닌 것'으로 부른다.

라가도 학술원 3부 발니바비의 수도 라가도에 있는 학술원. 근대 과학주의에 대한 스위프트의 풍자가 집약되어 있는 공간이다.

야후 4부에서 이성과 덕을 지닌 후이늠의 대척점에 있는 흉측하고 사악한 존재로 인간의 형상을 하고 있다. 후이늠국에서 돌아온 걸리버는 모든 인간을 야후로 간주한다.

11 **스미스필드 거리** 런던의 서점이 많은 거리.

14 **진실은 즉각적으로 확신되기 때문이지요** 후이늠의 이성은 어떤 사안에 대해 옳고 그름을 따지는 도구적 이성이 아니라 진실 혹은 진리를 즉각적으로 확신하는 이성이다. 여기서 걸리버는 인간 독자들에게 후이늠의 이성을 기대하는데, 이는 이 글을 쓰는 시점의 걸리버가 반미치광이 상태에 있음을 보여 주는 표지 중 하나다.

22 **레이든대학** 의학 연구로 유명한 네덜란드의 대학.

르방 지방 지중해 동부 연안.

23 **반 디맨 랜드** 호주 남동쪽에 위치한 타스마니아섬의 옛 이름.

65 **두 개의 경쟁 정당** '높은 굽 당'은 영국의 토리당 혹은 고교회파, '낮은 굽 당'은 휘그당 혹은 저교회파를 말한다.

67 **넓적파** 달걀을 넓적한 쪽으로 깨트리는 '넓적파'는 카톨릭, 좁은 쪽으로 깨트리는 '뾰족파'는 개신교를 의미한다. 블레푸스쿠와 릴리퍼트의 전쟁은 구교 국가 프랑스와 신교 국가 영국의 반목을 빗대고 있다.

알코란 코란(경전).

112 **북해와 남해** 북태평양과 남태평양.

114 **수라트** 인도 서쪽의 대도시로 영국이 인도를 지배하던 초기의 중심지이기도 하다.

118 **몰루카 제도** 인도네시아 동쪽의 군도.

앞의 돛을 펼 준비를 했다 이 문단의 묘사는 바다에서 폭풍우를 만났을 때 어떻게 대응해야 하는지에 대해 1669년에 나온 『선원 매거진』에 실린 매뉴얼을 자구 그대로 가져온 것이다.

119 **타타르** 시베리아 지역.

얼어붙은 바다 북극해 지역.

143 **상송의 지도** 17세기 프랑스 지도 제작자인 니콜라스 상송이 만든 네 부분으로 이루어진 포켓 지도책.

149 **자연의 변종** 원문은 'Lusus Naturae'라는 라틴어로 자연 법칙의 예외 혹은 돌연변이라는 뜻이다.

근대 학자들 뉴튼에 대한 간접적인 비판. 뉴튼은 근대과학이 보편적인 자연의 법칙에 의거하므로 신비주의에 기반한 아리스토텔레스 철학보다 더 유용하다고 주장했다.

160 **51개의 도시** 토마스 모어의 『유토피아』의 유토피아 역시 51개의 도시로 이루어져 있다.

183 **데모스테네스, 키케로** 로마의 유명한 웅변가들로 주브널의 풍자시에서 언급됨.

192 **디오니시우스** 로마를 찬양한 그리스의 작가.

194 **정치공학** 정치에 대한 마키아벨리의 『군주론』적 접근 방식. 브롭딩낵의 선왕은 이를 비판함.

214 **파에톤** 그리스 신화에 등장하는 태양신의 아들로 태양 마차를 잘못 몰다 지구를 거의 불태운 뒤 제우스의 벌을 받음. 몰락 직전의 오만에 대한 예.

통킹 베트남.

뉴 홀랜드 호주의 옛 이름.

220 **성 조지 요새** 인도 남쪽의 도시.

232 **천체의 음악** 우주의 음악. 행성들이 일정한 비율로 움직일 때의 조화로움을 음악의 한 형태로 여기는 고대 철학 개념.

235 **근일점** 행성의 궤도 중 태양에서 가까운 지점.

246 **특별한 사건이 일어났다** 이하 괄호 안의 부분은 라퓨타의 억압에 대한 린달리노의 반란과 성공에 대한 에피소드로 영국(잉글랜드)의 폭정에 대한 아일랜드의 저항을 강력하게 암시한다. 특히 이 사건은 스위프트가 『드레피어의 편지』에서 통렬히 비판한, 불량 통화를 아일랜드에서 유통시키려던 영국 정부의 획책과 이에 대한 아일랜드의 성공적인 저항을 암시한다. 이 부분은 초판본에는 등장하지만 강한 정치적 색채로 말미암아 이후 삭제되었다가 19세기

말에서야 복원되었다.

246 **린달리노** 더블린.

251 **무노디** '나는 세상을 싫어한다'는 의미의 라틴어인 'mundum odi'에서 온 이름. 보수주의의 이상적인 인물을 대표한다.

255 **라가도 학술원** Academy of PROJECTORS에 대한 번역. 기획가(projector)는 이후 교수/연구자(professor), 예술가/명수(artist) 등으로도 불리며, 비실용적인 한탕주의의 투기자/투기꾼의 의미도 담고 있다. 라가도 학술원은 당시 과학기술의 발전을 국가적으로 장려, 지원한 왕립협회(The Royal Society)에 대한 풍자로 볼 수 있다.

276 **트리브니아 왕국** 영국(Britain)의 애너그램.

277 **아크로스틱** 글자 맞추기 놀이.

애너그램 철자를 바꾸는 놀이.

라 투르 메시지의 서명. 볼링브로크 백작은 프랑스 망명 중 자신을 라 투르 씨로 부르도록 했다.

283 **아르벨라** 앗시리아의 고대 도시.

식초가 한 방울도 없었다 한니발이 알프스 산맥을 넘을 때 길을 막는 큰 바위를 불로 달구고 식초로 적셔 갈라지게 했다는 이야기가 있다.

284 **주니어스** 루시어스 주니어스 브루터스. 로마 왕정을 몰아내고 로마 공화정을 창시한 인물. 독재 세력에 대항한, 휘그당의 상징적 영웅.

에파미논다스 기원전 5세기 경 테베를 스파르타의 독재로부터 해방시켜 강력한 도시 국가로 만든 장군이자 정치인.

케이토 2세 줄리어스 시저에 대항해 로마 공화정을 옹호하며 자살했던 스토익 철학자.

토마스 모어 경 『유토피아』를 쓴 르네상스기의 휴머니스트이자 정치가.

285 **꿰뚫는 힘을 지닌 눈이었다** 호머는 장님으로 알려져 있다.

286 **디디무스와 유스타티우스** 호머 작품의 주석자들.

스코투스 스코틀랜드의 철학자이자 신학자이며 아리스토텔레스 철학의 주석자.

라무스 프랑스의 유명한 아리스토텔레스 철학 반대자.

데카르트 프랑스의 근대철학자이자 수학자로 입자 소용돌이설을 개진.

가센디 아리스토텔레스와 데카르트에 반대하며 에피큐러스의 물리학을 다시 내세운 프랑스의 철학자이자 수학자.

287 **엘라가발루스 황제** 사치로 악명이 높은 로마의 황제.

아게실라우스 왕 기원전 4-5세기 스파르타의 왕.

288 **폴리도어 버질** 방대한 영국 역사서를 집필하고 영국 국교회의 신부가 된 16세기 이탈리아인.

312 **변명해야 되겠다** 죽지 않는 불사자에 대한 이야기는 플리니부터 루시앙에 이르기까지 흔하다는 사실에 대한 변명이다.

313 **에도** 동경의 옛 이름.

320 **테네리페** 북아프리카의 카나리아 군도를 이루는 큰 섬.

캄페체 만 멕시코 만 근처에 위치한 만.

바베이도스 서인도 제도(카리브해 연안)의 섬. 영국의 식민지이자 설탕 제공지.

리워드 제도 카리브해 연안의 군도.

321 **마다가스카르** 아프리카 남동쪽의 섬으로 해적의 근거지였다.

336 **인간의 욕구가 얼마나 쉽게 만족되는지** 여기서 '인간의 욕구'는 자연(nature)를 번역한 것으로 404쪽에서 역시 '인간의 욕구(nature)는 매우 쉽게 만족된다'는 말이 반복된다.

345 **그것이 아닌 것** 거짓말. 후이늠국에는 '거짓말'이란 개념이 없으며 따라서 '거짓말'이란 단어가 후이늠어에는 존재하지 않는다. 걸리버는 이후 내내 거짓말을 '그것이 아닌 것'으로 지칭한다.

414 **1714년 혹은 1715년** 1752년까지 영국의 새해 첫날은 3월 25일이었다.

416 **허먼 몰** 네덜란드 출신으로 런던에 정착한 유명한 지도 제작자.

428 **거짓말쟁이로 만들지는 못하리라** 버질, 『아에네이드』 2장 79-80. 그리스 병사 시논은 자신의 유명한 거짓말로 트로이군이 목마를 성 안에 들여놓도록 설득했고, 이로 인해 트로이는 멸망하게 된다. 여기서 걸리버는 엉터리 이야기를 멋지게 해내는 스위프트의 대단한 거짓말쟁이 역할을 한다고 볼 수 있다.

430 **페르디난도 코르테즈** 멕시코를 점령한 악명 높은 스페인의 정복자.

길 떠나는 걸리버: 환상 여행과 풍자문학

이혜수(건국대학교 영어영문학과)

『걸리버 여행기』는 한국인 대부분이 비록 원전이나 완역본을 읽어 본 적이 없더라도 마치 잘 아는 듯 친밀감을 느끼는 세계 명작이다. 그동안 이 책은 주로 인기 있는 소인국과 대인국 관련 에피소드를 중심으로 한 '아동문학'으로 간주되어 왔다. 또 이 작품은 『천로역정』, 『로빈슨 크루소』 등과 더불어 구한말에 한글로 가장 먼저 번역된 서구 문학 중 하나로 한국인의 상상력에서 오랫동안 커다란 자리를 차지해 왔다.[1] 이처럼 『걸리버 여행기』가 한국에서 일정한 대중적 인기를 누려온 데에는 환상 나라로의 모험이라는 작품의 독특한 상상력이 큰 역할을 했으리라 짐작된다. 그런데 『걸리버 여행기』는 환상 속 나라에서 펼쳐지는 흥미로운 이야기인 동시에, 자본주의와 개인주의가 확립되

1 『걸리버 여행기』의 최초 한글 번역은 1908년 11월, 『소년』 1권 1호와 2호에 최남선이 대인국(브롭딩낵) 부분을 축소해 번역한 것으로 일역의 중역으로 추정된다(김병철, 『한국근대번역문학사연구』 287).

어 가던 근대의 초입에 첨예하게 대두되던 신구(新舊) 논쟁, 과학주의, 식민주의, 근대 자아의 문제, 여성 문제 등이 때로는 유머러스하게 때로는 성난 분노로 표출되는 18세기 영국의 대표적인 '풍자문학'이기도 하다. 특히 소인국(릴리퍼트)과 대인국(브롭딩낵), 날아다니는 섬(라퓨타)을 거쳐 이르게 되는 말의 나라(후이늠국)는 완벽한 이성과 언어능력을 갖춘 말 '후이늠'과 짐승보다 못한 흉측한 인간 '야후'의 묘한 관계가 펼쳐지는 환상의 공간으로, 인간이란 종(種)에 대한 근원적인 풍자가 전복적이고 유토피아적인 상상력과 그로테스크한 미학, 신랄한 입심으로 뿜어져 나오는 풍자문학의 백미라 할 수 있다. 어릴 적 읽었던 기억에 더해 『걸리버 여행기』를 발췌가 아닌 완역으로 읽는 기쁨 중 하나는 풍자문학으로서의 『걸리버 여행기』의 재발견이 아닐까 한다.

1. 조너선 스위프트

18세기 영국을 대표하는 지식인이자 뛰어난 문필가 중 한 명인 조너선 스위프트는 1667년 아일랜드 수도 더블린에서 유복자로 태어났으며 친척들 손에 자랐다. 그의 부모는 모두 영국인이었지만 당시 영국(잉글랜드)의 식민지나 다름없던 아일랜드에서 나고 자랐던 경험은 작가 스위프트를 이해하는 데 필요한 핵심적 요소 중 하나이다. 스위프트는 더블린의 트리니티 칼리지에서 수학한 후 영국으로 건너가 20대 초반을 윌리엄 템플 경의 비서로 지내면서 『통 이야기(*A Tale of a Tub*)』를 쓰는 등 작가적 기량을 키워 나갔다. 템플 경이 서거한 후에는 앤 여왕 치하 보수주의 토리당의 수장인 로버트 할리의 지원으로 친정부 잡지인 『이그재미너』를 편집하고 휘그당을 비판하는 정치적 팸플릿을 활발히 쓰면서 포우프, 알버스닛, 게이, 파넬 등 당대 주요 문필가들과 함께 '스크리블레러스 클럽'을 만들어 활동하기도 했다. 스위프트는 이러한 정치적 활동을 통해 런던에서 요직을 얻고자 했던 것으로 보인다. 하지만 앤 여왕 서거와 토리당 몰락 이후 결국 더블린으로 돌아와 영국국교회 소속 성 패트릭 성당의 주임 사제로 30년 넘게 봉직하다 그곳에서 생을 마감한다.

스위프트는 나고 자란 고향이자 인생의 대부분을 보낸 아일랜드에 대해 통합되기 어려운 양가감정을 지녔던 것 같다. 조금 더 적극적으로 가난과 무력을 떨치고 일어나지 못하는 '더럽고 게으른' 아일랜드를 혐오하고 경멸하는 한편, 이미 충분히 피폐해진 아일랜드를 부당하게 착취하는 영국인들을 향한 분노 또한 매우 컸기 때문이다. 스위프트의 이러한 분열된 자의식은 특히 『걸리버 여행기』 4부의 후이늠과 야후의 관계에서 다소 모호하게 그러나 집요하고 끈질기게 암시되어 있다. 하지만 스위프트는 아직까지도 많은 사랑을 받는 아일랜드의 영웅이기도 하다. 그는 불량한 통화를 만들어 아일랜드에 유통시키려는 영국의 음모를 비난하고 아일랜드가 영국으로부터 법적, 경제적으로 독립된 나라임을 주장하고 선동하는 정치적 팸플릿 『드레피어의 편지(*Drapier's Letters*)』를 썼다. 또 아일랜드의 치명적 가난을 타개하는 방식으로 어린아이들을 잡아먹음으로써 식량 문제와 경제 문제를 해결하자는 살벌한 풍자를 담은 『겸손한 제안(*Modest Proposal*)』을 쓰기도 했다. 스위프트는 평생 결혼하지 않았고, '스텔라'와 '바네사' 두 여인과 친분을 유지하였으며, 그의 유언에 따라 죽은 후의 유산은 정신병원(성 패트릭 병원) 건립에 사용되었다.

2. 풍자문학

18세기 영국은 산업혁명에 이은 자본주의 확립과 당파 정치를 중심으로 하는 정치 체제로의 변화, 경험주의와 계몽주의, 개인주의 등의 새로운 사상을 바탕으로 세계의 제국으로 발돋움하고 있었다. 이러한 역사적 흐름과 관련해 18세기 영국문학은 문학사에서 독특한 위치를 차지한다. 셰익스피어로 대표되는 문학적 황금기인 르네상스기와 낭만주의 시와 리얼리즘 소설이 포진해 있는 19세기라는 두 개의 높은 문학적 봉우리 사이에 끼인 18세기는 '산문의 시대'라 일컬어지기도 한다. 하지만 이 시기는 두 가지 점에서 문학사적으로 흥미로울 뿐만 아니라 중요하다. 풍자문학이 왕성하게 창작되고 수준 높은 성취를 이뤘을 뿐 아니라 소설이라는 '새로운' 장르가 이 시기에 생겨나고 정착되었기 때문이다.

장르로서의 풍자문학은 보통 로마의 호라티우스와 주브널의 풍자시를 기원으로 삼으며, 인간의 악하고 어리석은 모습을 우스꽝스럽게 비꼬거나 신랄하게 비판함과 동시에 추구해야 할 미덕을 제시한다. 로마의 풍자시는 현실 사회의 부조리를 논리적 설득과 질서정연한 운율, 세련된 수사에 담아 비판했다. 이러한 풍자시가 계몽주의의 한복판에서 스스로를 평화와 번영을 구가했던 로마 시대에 버금가는 '어거스틴 시대'로 불렀던 18세기 영국에서 활발히 창작, 유통, 소비되었던 것은 우연이 아닐 것이다. 18세기 영국의 대표적인 문필가인 존 드라이든과 알렉산더 포우프, 조너선 스위프트 등은 로마의 풍자시를 전범으로 많은 풍자문학을 양산했다.

그런데 세련된 미적 형식과 교훈적 내용의 로마 풍자시를 내세우는 주류 풍자문학 옆에는 이상주의적이거나 교훈적인 태도를 지양하고 철학과 유머가 공존하며 좀 더 민중적, 해학적이면서 형식적으로도 시와 산문이 섞여 있는 또 다른 풍자문학의 전통이 있다. '메니피언 풍자(Menippean Satire)'라 불리는 이 전통은 문학사나 장르로서의 풍자문학 계보에서 주요하게 다뤄지지는 않지만, 페트로니우스의 『사티리콘』, 루시앙의 『진짜 이야기』, 아풀레이우스의 『황금 당나귀: 변신』, 보에티우스의 『철학의 위안』 등을 거쳐 르네상스 지식인들의 실험적이고 전복적인 사상을 담는 데 큰 역할을 했다(토마스 모어의 『유토피아』, 에라스무스의 『우신 예찬』, 프랑수아 라블레의 『가르강튀아와 팡타그뤼엘』 등).

『걸리버 여행기』 역시 큰 틀에서 메니피언 풍자의 전통을 잇는다. 『걸리버 여행기』에 나타나는 환상성과 낯설게 하기 기법, 거인의 시점과 그로 인한 상대적 시각, 현실에 대한 비판으로서 유토피아적 상상력, 변신 주제, 분열된 주체와 광기 등은 모두 메니피언 풍자의 주요한 주제다. 메니피언 풍자 관련 논의에서 빼놓을 수 없는 학자인 미하일 바흐찐에 따르면 메니피언 풍자는 역사적으로 소설 장르를 이루는 핵심적인 전통이다. 『걸리버 여행기』가 18세기 영국의 대표적인 풍자문학인 동시에 『로빈슨 크루소』 같은 사실주의 소설과 함께 소설의 기원 담론을 이루는 소설의 주요한 전통이라는 명제는 앞으로 더 연구되어야 할 흥미로운 연구 주제이다. 특히 18세기 후반의 『트리스트럼 샌디』 같은 작품을 소설사의 주요 정전으로 염두에 둔다면 말이다.

3. 『걸리버 여행기』와 『로빈슨 크루소』: 근대적 개인과 공동체의 관계

『걸리버 여행기』의 주된 서사가 환상 나라로의 모험이라고 할 때 그 환상의 내용은 놀랍고 신기한 경험일 뿐 아니라 이제껏 속했던 공동체와 다른 공동체와의 조우, 특히 자신이 절대 속할 수 없는 공동체에 떨어지게 되는 경험이기도 하다. 걸리버가 가게 되는 나라들은 어떤 의미에서는 모두 일정한 정치 체제와 경제 시스템, 법률과 교육 제도, 계급, 언어와 문화를 지닌 '보통의' 국가들이다. 그럼에도 릴리퍼트와 브롭딩낵이 환상적인 공간으로 여겨지는 까닭은 걸리버가 그 사회의 구성원들과 몸의 크기가 다르고 그 차이로 인해 걸리버 혹은 걸리버에 감정이입하는 독자들이 여러 낯설고 기이한 경험들을 겪기 때문이다. 물론 날아다니는 섬 라퓨타나 이성을 가진 말의 나라 후이늠국 등의 공간에서는 환상의 성격이 더욱 짙어지지만, 이들 역시 나름의 언어와 법규, 계급, 문화 등 일정한 사회 시스템을 갖춘 보통의 공동체일 뿐이다.

문제는 걸리버가 가는 곳마다 '몸'이라는 근본적인 차원에서 결코 속할 수 없는 공동체에 번번이 떨어진다는 것이며, 이러한 소외 과정이 거듭됨에 따라 정체성의 혼란을 겪고 마침내 반미치광이의 상태로 고향에 돌아오게 된다는 것이다. 이렇듯 걸리버의 경험을 중심에 놓고 작품을 읽을 경우 『걸리버 여행기』는 한 개인이 본질적인 차원에서 속할 수 없는 공동체에 거듭 떨어지는 경험을 통해 자아가 분열되고 파편화되는 이야기로 볼 수 있다. 이때 걸리버가 어떤 공동체에 속할 수 없는 결정적인 이유가 그의 인지 능력이나 언어 습득 능력 같은 정신적 차원이 아니라 단지 몸이 다르기 때문이라는 것은 매우 중요하다. 인종, 장애, 민족, 젠더 등으로 인한 사회적 소수자 차별의 기준이 주로 몸—사회적 상징이 새겨진 기호로서의 몸—의 차이에 있음을 생각해 볼 때, 걸리버의 환상 나라들로의 모험은 주요한 현실 사회적 맥락을 끌어들이기 때문이다.

특히 『걸리버 여행기』가 어떤 면에서는 자본주의와 개인주의,

제국주의의 근대를 두 팔 벌려 환영한 『로빈슨 크루소』에 대한 응답이라고 생각할 때, 작품 말미에 보이는 걸리버의 반미치광이 상태는 결코 가볍게 넘기기 어렵다. 주지하다시피 크루소는 무인도에 난파된 뒤 불굴의 의지와 놀라운 독립심, 끈기와 기지로 살아남았고, 이후 유럽으로 돌아온 이후에도 28년간의 무인도 경험이 무색할 정도로 빠르게 적응할 뿐 아니라 남겨 둔 재산의 증식으로 큰 부자가 된다. 하지만 걸리버는 그의 뛰어난 언어 습득력과 적응력에도 불구하고 크루소와 달리 '근대의 자율적, 자기결정적 주체'라는 신화의 주인공이 되지 못하며 결국 분열된 자아를 거쳐 광기에 이르게 된다.

이렇게 볼 때 개인의 자율성이라는 신화를 위해 무인도에 낙착되는(또 덤으로 유색인종 하인을 얻는) 크루소, 그리고 자신이 속할 수 없는 공동체에 거듭 떨어짐으로써 분열적 광기에 이르는 걸리버는 근대적 개인과 공동체의 관계에 대한 18세기의 두 극단적 인식의 서사화로 읽힐 수 있다. 걸리버의 광기를 자신이 누구인지를 제대로 비춰 볼 공동체를 가지지 못했기에 거듭 길을 떠나 새로운 공동체를 찾아야 했던 한 근대적 개인의 비극적 결말로 읽지 않더라도 말이다.

4. 릴리퍼트, 현실 풍자, 웃음과 배설의 상상력

걸리버가 처음으로 가게 되는 환상 나라 릴리퍼트는 인간의

12분의 1 크기인 소인들이 사는 나라다. 이곳에서 걸리버는 '인간산'으로 불리며 인형처럼 작은 릴리퍼트인들 사이에서 살게 된다. 이웃 섬나라 블레푸스쿠의 함대를 물리쳐 릴리퍼트 황제로부터 '나르다크'라는 최고의 지위를 수여받거나 또 그곳 해군 총독과 재무대신의 모함을 받아 중형에 처해지는 등 여러 사건을 겪는다.

1부 릴리퍼트 편에서는 스위프트 당대 영국의 정치적 종교적 상황에 대한 풍자가 두드러진다. 릴리퍼트에서 고위 관직에 오르거나 출세를 하려고 할 때 가장 중요한 능력은 황제와 다른 궁정 대신들에게 오락을 제공하는 줄타기를 얼마나 잘하는가 하는 것이다. 또 황제는 국무실에서 막대기를 들고는 대신들이 높이 뛰어오르거나 낮게 기어가는 정도에 따라 파랑, 빨강, 초록의 허리띠를 상으로 수여하며, 각각의 색깔은 왕의 총애 정도를 상징한다. 스위프트는 이러한 에피소드를 통해 당대의 관료 임명이 직무에 적합한 능력이나 자리에 걸맞은 도덕성이 아니라 권력자에게 아부하는 능력에 따라 결정되는 실상을 유머러스하게 보여 준다.

또 토리당과 휘그당의 차이를 높은 굽 구두를 신는지 아니면 낮은 굽 구두를 신는지와 같은 사소한 차이로 제시하면서 당대의 심각한 당파적 갈등을 우스꽝스럽게 만들어 버린다. 구교와 신교의 갈등 혹은 구교 국가 프랑스와 신교 국가 영국의 반목과 갈등 역시 비슷한 방식으로 풍자된다. 릴리퍼트의 한 왕자가 늘 하던 대로 달걀을 넓적한 쪽으로 깨다 손가락을 다친 이후 이에 놀란 국왕이 앞으로 모든 달걀은 뾰족한 쪽으로 깨야 한다는 명령을 내렸기에 발생한 것으로 설명되는 것이다. 동시에 경전에는 "모든 진정한 신자들은 편한 쪽으로 달걀을 깨면 된다"라고 적혀 있다는 사실 역시 지적된다.

영국 정치와 종교의 풍자적 거울로 제시되는 릴리퍼트의 이러한 상황들은 전반적으로 그 풍자의 성격이 가볍고 우스꽝스럽다. 바흐찐의 용어를 이용하자면 축제적이고 민중적이다. 줄타기나 막대 넘기는 영국의 시골에서 흔히 행해지던 놀이이며, 구두 굽 높이나 달걀 깨기 역시 일상적이고 친근한 소재다. 사실 1부는 『걸리버 여행기』에서 가장 밝고 가벼운 부분인데, 이는 걸리버가 릴리퍼트에서 강한 힘을 가진 거인이라는 점에 크게 기인한다.

이에 더해 1부를 가벼운 분위기로 만드는 것은 스위프트 특유의 소위 '배설적 상상력'이다. 스위프트는 인간 정체성에서 몸의 차원이 지니는 중요성에 주목했으며 릴리퍼트 여행기에서는 특히 '먹고 마시고 싸는' 일의 엄연함이 걸리버의 커다란 덩치를 중심으로 강조된다. 걸리버가 밧줄에 묶인 채 릴리퍼트 대신과 처음 대화할 때 가장 먼저 꺼낸 말은 배가 고프다는 것이었다. 그는 릴리퍼트인들이 열심히 나른 엄청난 양의 음식들을 먹고, 그다음 목이 마르다며 어마어마한 양의 음료를 마시며, 그러고 나니 소변이 마려워 릴리퍼트인들에게는 폭포수와 다름없는 대단한 양의 소변을 내보낸다. 걸리버가 폐허가 된 사원을 집으로 삼은 이후에도 가장 큰 문제 중 하나는 그의 푸짐한 대변을 어떻게 처리할 것인가 하는 것이다. 또 황비의 궁전에 난 불을 급한 김에 걸리버의 소변으로 끈 사건은 『걸리버 여행기』를 읽은 독자라면 잊지 못할 에피소드다.

어린아이들이 똥오줌 이야기를 본능적으로 좋아한다는 것은 경험적으로 익숙하거니와, 릴리퍼트에서 두드러진 이러한 배설적 상상력은 1부 초반의 분위기를 가볍고 유머러스하게 만드는데 일조한다. 릴리퍼트 여행이 아동문학으로서의 『걸리버 여행기』에 빠짐없이 포함되고 또 독자의 뇌리에 오래 남는 것은 아마 18세기 영국의 정치와 종교에 대한 풍자보다는 힘센 거인 걸리버와의 동일시 그리고 똥오줌에 대한 어린아이다운 열광과 그 기억 덕분일 것이다.

5. 브롭딩낵과 걸리버의 정체성

다소 가벼운 느낌의 릴리퍼트 여행기와 달리 대인국 브롭딩낵으로의 여행은 걸리버를 중심에 놓고 보면 온통 생존을 위한 투쟁 이야기이다. 릴리퍼트에서는 관대하고 여유로운 걸리버가 속 좁고 사악한 릴리퍼트인들의 암투와 야심을 내려다보며 풍자했지만, 브롭딩낵에서 걸리버는 쥐나 파리 등과 목숨 걸고 싸워야 하는 작은 동물 내지 곤충 같은 존재일 뿐이다. 또 브롭딩낵의 선한 왕을 비롯한 거인의 시각에서 걸리버의 오만함과 잔인함이 주요한 풍자의 대상으로 제시되기도 한다.

2부 브롭딩낵에서 이루어지는 풍자의 방향은 두 가지다. 우선 거인의 입장에서 내려다봤을 때 한갓 미물인 인간들 간의 옳고 그름, 잘남과 못남이 의미가 없어지는 지점이 있다. 예를 들어 브롭딩낵 농부의 집에서 걸리버는 주어진 음식에 대해 안주인에게 감사의 건배를 하고 포크와 나이프로 먹으면서 자신이 문명국가에서 온 교양 있는 인간임을 피력하지만, 거인의 입장에서 이는 단지 귀엽고 놀라운 장난감 인형의 행동일 뿐이다. 다른 한편 2부에서는 4부를 예기하는 듯 인간 자체에 대한 신랄한 풍자가 나타난다. 브롭딩낵 왕에게 총과 대포 만드는 기술을 알려주겠다는 걸리버의 제안에 왕이 "너희 인간은 땅 위를 기어 다니는 징그러운 해충 중 가장 끔찍한 족속이구나"라며 거절하는 장면이 대표적이다.

브롭딩낵 여행에서 눈여겨보아야 할 또 다른 점은 걸리버의 정체성 문제다. 익히 상상할 수 있듯이, 대인국에서 걸리버는 자신의 작은 몸 탓에 인간이 아닌 작은 동물 내지 장난감으로 취급당하는 경험을 반복하면서 점점 거인들의 시각을 내면화하고 마침내 차마 거울을 볼 수 없을 정도로 자존감이 낮아지면서 스스로를 경멸하게 된다. 이는 '변신'의 문제라고도 할 수 있다. 카프카의 소설 『변신』에서 그레고리 잠자가 어느 날 아침 벌레가 되어 있는 자신을 발견하듯이, 걸리버 역시 그의 몸은 그대로 있지만 그가 속한 공동체가 달라짐으로써 자신의 몸이 바뀐 듯한 경험을 하는 것이다.

메니피언 풍자에서 변신, 혹은 자신과 다른 (비천한) 존재가 됨으로써 이전과 다른 경험들을 겪고 이를 통해 새로운 정체성을 얻게 되는 것은 중요한 주제다. 이는 어떤 모험을 하든 끝내 자신의 정체성을 지켜 내는 오디세우스 같은 영웅을 주인공으로 하는 서사시와 메니피언 풍자가 갈리는 지점이기도 하다. 브롭딩낵에서 난쟁이, 인형, 혹은 벌레 같은 존재가 되면서 정체성에 심각한 타격을 입은 걸리버의 모습은 이후 후이늠국에서 돌아온 후 반미치광이가 된 걸리버를 예견하기도 한다. 최남선이 1908년 『소년』 창간호에 『걸리버 여행기』를 발췌, 편역해 실으면서 1부 소인국 릴리퍼트 편이 아니라 대인국 브롭딩낵 편(「대인국표류기: 걸리버 여행기 하권」)을 가장 먼저 실은 이유가 비천한 주체로 떨어진 걸리버의 정체성과 구한말 조선인이 처한 암울한 상황과의 밀접한 관련성 때문은 아닌지 조심스레 짐작해 본다.

6. 라퓨타와 근대 비판

『걸리버 여행기』 3부에는 날아다니는 섬 라퓨타 외에도 섬 아래 식민지 영토인 발니바비, 마법사의 나라 글럽덥드립, 불사자(不死者) 스트럴드브럭의 나라 럭낵 등 다양한 나라들이 등장하며, 이곳에서 걸리버는 모험의 주체라기보다 주로 관찰자 내지 기록자의 역할에 머문다. 흥미롭게도 이러한 환상의 나라들은 일본 같은 실제 나라 옆에 위치한 것으로 나오며, 동해가 '한국해(Sea of Corea)'라는 지명으로 삽화에 기록되어 있기도 하다.

이러한 다양성에도 불구하고 3부를 관통하는 한 가지 주제가 있다면 스위프트 당시 밀려들던 근대적 가치관에 대한 성찰 내지 비판이라 할 수 있다. 우선 라퓨타인들은 수학과 음악만을 최고의 학문으로 여기고, '치기꾼(Flapper)'하인이 없으면 들을 수도 말할 수도 없으며, 타인에게 무관심하고 오로지 자신의 세계에만 골몰하는, 의사소통의 능력과 의지가 부재한 근대인의 모습을 희화화한다. 늘 근심 걱정이 쌓여 있는 기묘한 생김새의 라퓨타인은 실용성과 공동체를 배재한 채 개인의 편협한 세계에 빠져 있는 지배계층으로 섬 아래 영토인 발니바비를 지배한다.

스위프트는 또 보수주의를 대표하는 이상적 인물이자 근대의 거침없는 도래에 무력한 무노디 경을 통해 성과 없이 무조건적으로 개발에만 매달리는 (4대강 사업 등을 연상시키는) 근대 개발지상주의를 비판한다. 18세기 영국 왕립 학회를 빗대는 라가도 학술원의 묘사는 과학적 지식으로 모든 문제를 해결할 수 있다는 근대 과학지상주의에 대한 신랄한 풍자다. 죽은 자를 불러내는 마법사의 나라 글럽덥드립에서는 역사의 퇴보와 타락에 대한 보수적 회의가 드러나 있으며, 불사자 스트럴드브럭 에피소드는 영원히 젊고 건강하게 살고 싶은 인간의 욕망, 특히 근대 들어 심화된 젊음과 불사 욕망의 환상을 생생하게 까발린다.

3부에서 한 가지 흥미로운 점은 라퓨타와 그 아래 식민지 발니바비가 영국과 당시 영국의 식민지와 다름없던 아일랜드와 병치되면서, 더블린을 상징하는 발니바비의 도시 린달리노에서 라퓨타의 폭압과 착취에 저항한 대규모 반란이 일어나고 결국 승리한다는 에피소드가 등장한다는 것이다. 이는 스위프트가 『드레피어의 편지』에서도 비판했던, 아일랜드에 불량 통화를 유입하려던 영국 정부의 정책과 이에 대한 아일랜드인들의 성공적인 저항을 빗댄 이야기다. 이 부분은 『걸리버 여행기』 초판본에는 등장하지만 이후 삭제되었다가 19세기 말에서야 복원되었으며 그런 이유로 네모 괄호 안에 들어가 있기도 하다. 린달리노(더블린)의 저항 에피소드가 기록, 삭제, 복원되는 출판 역사는 영국에 대항하는 아일랜드의 반란이 당시 얼마나 정치적으로 예민한 문제였는지를 잘 보여 준다.

7. 후이늠국 혹은 야후국

걸리버가 릴리퍼트, 브롭딩낵, 라퓨타 등을 거쳐 마지막으로 도착한 후이늠국은 완전한 이성을 지니고, 말을 할 줄 알며, 공동체를 이루어 사는 말들의 나라로, 대개 스위프트적인 유토피아로 이해되어 왔다. 후이늠이란 단어의 어원은 "자연의 완성"을 뜻한다. 이들의 '온전한' 이성은 사안의 옳고 그름을 따져 결론에 이르는 인간의 '도구적' 이성과 달리, 어떤 현상의 본질 혹은 진실을 즉각적이고 직관적으로 그리고 예외 없이 알 수 있게 한다. 따라서 후이늠에게는 "의견"이나 "토론," "논쟁"의 개념이 없다. 마찬가지로 후이늠 세계에서는 겉과 속, 외양과 내면, 현상과 본질의 괴리가 없기에 "거짓말"이라는 개념이나 난어가 존재하지 않으며, 외양으로 실체를 가리는 "옷"에 대한 개념이 없다. 후이늠의 이성은 또한 "덕" 혹은 "자연"과도 거의 같은 의미를 지닌다. 따라서 덕의 반대 개념인 "악"이나 자연에 어긋나는 "병"의 개념이나 단어는 원칙적으로 후이늠어에 존재하지 않는다(실제로는 야후를 빌미로 존재한다). 사적인 이익이나 친밀한 감정, 죽음에 대한 두려움이 없고, 말은 있지만 글은 없으며, 계급 이동의 가능성이 전혀 없다.

이러한 후이늠의 반대편에 있는 것이 야후다. 흉측하고 탐욕스러우며 사악하지만 "완벽한 인간의 몸"을 지닌 야후는 통상적으로 인간에 대한 가장 혐오스럽고 경멸적인 묘사 중 하나로 이해되어 왔다. 인간 세계에서 인간이 말을 부리는 것처럼 후이늠국에서 야후는 후이늠의 시중을 드는 역할을 한다. 또 야후는 언어를 가지지 못한 채 울부짖을 수만 있다. 야후를 인간으로 보고 후이늠국을 인간과 말의 관계가 전도된 세계로 이해한다면 『걸리버 여행기』 4부가 짐승보다 못한 인간에 대한 전면적이고 통렬한 풍자라는 데 동의하지 못할 이유는 없을 것이다.

그런데 후이늠과 야후에 대한 위와 같은 이해에는 몇 가지 문제가 있다. 우선 학자들이 오랫동안 논쟁해 왔던 것처럼 후이늠이 정말로 이상적인 존재로 제시되는지 아니면 일종의 아이러니의 대상인지가 명확하지 않다. 후이늠의 이성이 스위프트가 꿈꾸던 유토피아적 이성, 즉 이상적이지만 현실 그 어디에도 없는 종류의 이성이라고 하더라도, 인간 세계에 대한 그들의 제한된 이해나 오만함, 엉덩이로 앉는 말의 이미지 등은 별수 없이 우습거나 독자로 하여금 거리를 두게 하기 때문이다.

무엇보다 주인 후이늠과 그의 종 야후의 관계가 영국의 냉혹한 지배자와 아일랜드의 비참한 원주민 간의 관계로 겹쳐 보이는 순간, 온전히 이성적인 존재로서의 후이늠과 사악한 인간에 대한 풍자로서의 야후라는 전통적인 해석은 힘을 잃는다. 이는 특히 9장 '대의회' 장면에서 두드러진다. 본성상 누구도 미워하지 않는 후이늠이 야후를 격렬하게 "증오"해 왔고, 또 "논쟁"이라고는 모르는 이들이 야후 종(種)을 지상에서 완전히 "절멸"시켜야 할지 말지에 대해 오랜 논쟁을 해 왔음이 드러나기 때문이다. 왜 완벽한 이성과 미덕을 지닌 후이늠이 유독 야후에게만 이러한 끔찍한 증오와 살의를 품는 것일까? 이들이 표면적으로 내세우는 이유는 야후가 자신들의 재산을 사소하게 침범한다는, 한 종을 대량 살상하기에는 다소 약하고 이상한 논리뿐이다.

대신 야후가 후이늠국의 원주민일 수도 있다는 사실이 그럴 리가 없다는 강변과 함께 모호하고 신경질적으로 암시되면서, 후이늠의 평온하고 안정된 모습 위로 아일랜드의 원주민들을 학살하고 식민지로 만들어 버린 영국의 역사가 짧게 그러나 강렬하게 겹쳐진다. 독자들은 후이늠이 아닌 야후의 시선으로 후이늠국을 보게 되며 순간 후이늠국이 사실 야후국이었다는 것에 설득되는 것이다. 후이늠은 야후를 증오할 뿐 아니라 사실 두려워하기도 한다. 그 단적인 증거가 걸리버의 추방이다. 자신의 야후성을 혐오하며 오로지 후이늠의 덕을 우러러 본받으려는 걸리버가 야후들을 선동해 반란을 일으킬까 두려워 후이늠국에서 내쫓는 것이다. 후이늠을 닮고 싶은 마음에 말처럼 걷고 말처럼 말하던 걸리버는 후이늠국에서 추방된 후 가까스로 고향으로 돌아왔으나, 야후-인간의 존재와 냄새를 못 견뎌하며 마구간 말들과의 대화와 냄새로 버텨 낸다.

결말 부분에서 우리가 만나는 걸리버는 네 번의 환상 나라들로의 여행 끝에 결국 인간 혐오자이자 반미치광이가 되어 고향에 은둔하게 된 비극적이자 희극적인 인물이다. 인물 걸리버와 작가 스위프트가 결코 같지 않으며, 인간을 야후로 보는 걸리버의 냉소와 혐오가 곧바로 스위프트의 것이라고 보기는 어렵다. 그럼에도 후이늠국에서 돌아와 야후-인간세계에 '고립된' 걸리버의 모습은 고향이자 인생의 대부분을 보낸 아일랜드와 선망의 대상이자 정체성의 또 다른 근거지인 영국 사이에서 찢긴 작가 스위프트의 분열된 자아를 강하게 암시한다. 걸리버의 광기는 또 『로빈슨 크루소』처럼 근대의 개인주의와 제국주의를 두 팔 벌려 환영하는 몸짓에 대해 짐짓 찡그리고 못마땅한 표정을 감추지 못하는 작가의 투영으로 읽히기도 한다.

8. 여성 문제

마지막으로 살펴볼 것은 『걸리버 여행기』에 나타난 여성(재현)의 문제다. 스위프트는 소위 여성 혐오자로 손꼽히는 문인 중 한 명이며, 여성의 허영심과 위선 등에 대한 그의 비판은 많은 경우 여성혐오담론의 틀 안에 머문다. 하지만 지식과 자립의 열망을 지닌 당대의 많은 여성이 스위프트를 따랐다는 전기적 사실을 차치하고라도, 『걸리버 여행기』에 나타난 여성 재현은 단순한 여성 혐오로 보기만은 어려운 좀 더 복잡하고 양가적인 맥락을 지닌다.

우선 릴리퍼트의 '유토피아적' 교육제도의 일부분을 차지하는 여성 교육을 살펴본다면, 그 핵심이 여성도 남성처럼 "겁쟁이나 바보"가 되는 것을 부끄러워하며, 몸치장 대신 "명예, 정의, 용기, 겸손, 관용, 종교, 애국심" 등을 지향하는 데 있음을 알 수 있다. 물론 여성은 이에 더해 가정생활에 필요한 원칙들을 익혀 "이성적이고 쾌활한" 아내가 되는 것을 지향한다. 하지만 이러한 여성 교육의 목표가 '성모 마리아'와 '이브'로 대변되는 이분법적 여성 재현이나 빅토리아조의 이상적 여성인 '가정의 천사'와 구별되는 것은 사실이다. (물론 릴리퍼트의 '유토피아적' 교육제도는 철저히 계급에 따라 이루어지며 따라서 이러한 여성 교육은 상류층 여성에 국한된다).

이와 조금 다른 맥락에서 '생기발랄한' 라퓨타 여성들에 대한 묘사는 큰 틀에서는 여성혐오담론에 속하지만 전체적인 문맥을 꼼꼼히 살펴보면 풍자의 대상이 여성이기보다는 오히려 남성을 향해 있음을 알 수 있는 경우다. 라퓨타의 한 고관대작 부인이 풍족하지만 답답한 상류층 생활을 벗어나 가난하고 피폐한 발니바비로 도망친다. 이 귀부인은 누추한 식당에서 누더기를 입고 다리를 저는 늙은 남편과 살고 있다가 붙잡혀 강제로 라퓨타로 소환된다. 하지만 남편의 자애로운 용서에도 불구하고 결국 보석을 챙겨 다시 발니바비로 내려와 모습을 감춘다. 걸리버는 이 얘기를 전하면서 여성혐오담론의 단골 메뉴인 "만고불변하는 여자의 변덕"의 교훈을 말한다. 하지만 이 귀부인의 남편이 자기 일에 골몰해 치기꾼 하인이 없으면 의사소통이 전혀 안 되고 심지어 아내가 눈앞에서 불륜을 저질러도 관심조차 가지지 않는 이기적인 라퓨타인이라는 것을 생각해 볼 때, 돈과 지위를 버리고 생기와 자유를 찾아 모험을 감행하는 이 여인의 행각을 다르게 바라볼 여지는 충분하다.

조너선 스위프트는 한마디로 잘 정리되지 않는, 호랑이 같은 문인의 느낌을 준다. 그의 어린아이 같은 상상력에 신이 나고, 사회 부정의에 대한 신랄한 풍자에 속이 시원하며, 또 근본적인 차원에서 우리 인간의 삶을 돌아보게 하는 『걸리버 여행기』를 읽는 과정을 통해 독자들이 호랑이 등을 타고 신나게 달려 보는 경험을 하게 되길 바란다.

판본 소개

1726년 10월에 출간된 『걸리버 여행기』는 다소 복잡한 출판 역사를 지닌다. 『걸리버 여행기』는 찰스 모트라는 출판업자에 의해 『몇 차례에 걸친 세계 먼 나라로의 여행들(*Travels into Several Remote Nations of the World*)』이라는 제목으로 런던에서 처음 출간되었다. 그런데 모트는 명예훼손 등 법적으로 문제가 될 만한 부분을 임의로 삭제한 채 『걸리버 여행기』 초판을 발행했으며, 이에 대해 스위프트는 한 편지에서 자신의 작품이 "출판업자에 의해 비열하게 망쳐지고 오용되며 덧붙여지고 삭제되었다"라고 다소 분노에 찬 어조로 토로한다. 초판이 나온 지 6주 후 스위프트의 친구 찰스 포드는 스위프트의 뜻에 따라 출판업자 모트에게 항의 편지와 함께 꽤 많은 양의 구체적인 수정 사항을 조목조목 정리해 보냈다. 모트는 1727년 두 번째 판본에서 이를 어느 정도 반영했지만, 이미 스위프트의 원본을 폐기한 상태였기에 스위프트가 최초에 썼던 원본과는 많은 차이가 있었다. (현재 스위프트의 초고는 남아 있지 않지만, 찰스 포드가 스위프트의 원본을 바탕으로 모트 초판에 수정을 가한 책은 런던의 빅토리아 알버트 박물관과 뉴욕의 모건 도서관에 두 권 남아 있다).

1735년에 더블린의 출판업자 조지 포크너가 네 권으로 이루어진 스위프트의 『전집』을 내면서 3권에 실은 『걸리버 여행기』는 모트의 초판본과는 매우 다른 새로운 판본이며, 현재는 이 책을 비롯해 대부분의 『걸리버 여행기』가 이 포크너 판본을 원본으로 삼는다. 1735년 포크너 판본이 1726년 모트 판본보다 스위프트가 최초에 썼던 원고에 더욱 가까울 뿐만 아니라 — 스위프트가 자신의 원본을 바탕으로 한 찰스 포드의 책을 구해 포크너에게 건넸다는 얘기가 있다 — 작가의 수정과 승인을 마지막으로 받은 판본이라 여겨지기 때문이다. 1735년판 역시 1726년판과 마찬가지로 법적 분쟁이나 정치적 논란의 소지가 있는 부분을 생략했다거나 스위프트가 1735년 판본을 교정 볼 때 최초의 원고와는 다르게 수정했다는 등의 문제가 여전히 남아 있기는 하다. 하지만 이에 대한 해롤드 윌리엄즈와 아서 케이스의 20세기 초반 논쟁 이후 대체로 1735년 포크너 판본이 『걸리버 여행기』의 권위 있는 정본으로 인정되어 왔다. 『걸리버 여행기』의 맨 앞에 실려 있는 '걸리버 씨가 사촌 심슨에게 보내는 편지'와 '발행인이 독자에게'는 작품이 출판되기까지의 이러한 복잡하고 애매한 과정을 스위프트 특유의 희화화와 과장, 풍자적 어조를 통해 전달한다.

대학 교재로 주로 사용되는 『걸리버 여행기』에는 옥스퍼드 본(Oxford World Classics), 노튼 본(Norton Critical Edition), 그리고 펭귄 본(Penguin Classics)이 있다. 이 중 옥스퍼드와 노튼에서 나온 『걸리버 여행기』는 1735년 포크너 판을 원저로 삼고 있다. 그러나 펭귄 본은, 합의된 권위의 정전본 만큼이나 초판본이 중요하다는 사실을 강조하며, 1726년 모트 판을 기반으로 찰스 포드의 수정 사항을 참고하고 있다. 본 책은 클로드 로슨이 편집하고 2008년에 재발행된 옥스퍼드 본을 번역하였다.

조너선 스위프트 연보

1667 **11월 30일** 더블린에서 출생.

1673~82 킬케니의 공립학교에서 수학.

1682~9 더블린 트리니티 칼리지에서 수학.

1688 명예혁명.

1689 잉글랜드의 무어 파크 저택에서 윌리엄 템플 경의 비서로 고용됨. 당시 8세였던 에스더 존슨('스텔라')을 만남.

1692 옥스퍼드대학에서 석사 학위 획득.

1694 아일랜드로 돌아와 영국국교회 사제 서품을 받음.

1695 아일랜드 벨파스트 근처 킬루트 성당의 사제가 됨.

1696~9 무어 파크로 돌아가 머물면서 『통 이야기』 등을 집필

1699 윌리엄 템플 경 사망. 이후 아일랜드로 돌아와 버클리 경의 개인 목사로 취임.

1700 성 패트릭 성당의 사제로 임명됨. 템플 경의 『서한』 편집.

1702 더블린 트리니티 칼리지에서 신학박사 학위 취득. 앤 여왕 즉위.

1704 『통 이야기』, 『책들의 전쟁』, 『영혼의 기계적 작용』 발간.

1707-9 아일랜드 교회 건으로 런던에 머물며 정치와 종교에 대한 다수의 글을 씀. '바네사'와 친교 시작.

1708~9 『비커스태프 페이퍼』 발간.

1709 「아침 묘사」가 에디슨이 발간하는 『태틀러』 9호에 실림.

1710 아일랜드 교회 목사에게 부과된 세금 문제를 해결하기 위한 대표로 런던 방문.
새로운 토리당 기반 정부의 수장인 로버트 할리를 만남. 친정부 잡지 『이그재미너』의 편집자로 임명됨.

1710~14 말보로 경과 휘그당을 반대하는 정치적 팜플렛을 활발히 씀.

1713 더블린 성 패트릭 성당의 주임 사제로 임명됨. 런던으로 돌아가 스크리블레러스 클럽을 만듦(스위프트, 포우프, 알버스넛, 게이, 파넬, 로버트 할리 등).

1714 토리당 기반의 정부가 몰락하고 앤 여왕이 죽자 아일랜드로 돌아옴

1721~42 로버트 월폴(영국 최초의 '수상')이 휘그당을 이끌기 시작

1724 『드레피어의 편지』 발간. 아일랜드 애국자로서의 대중적 명성을 지니게 됨.

1726 런던으로 상경하여 『걸리버 여행기』 발간.

1727 런던을 마지막으로 방문함.

1729 『겸손한 제안』 발표.

1735 더블린에서 스위프트의 『작품집』이 발간됨(총 4권, 3권에 『걸리버 여행기』 수정본이 포함됨).

1739 『스위프트 박사의 죽음에 대한 시』 발표.

1742 '정신과 기억이 온전치 못하다'고 공식 선언됨.

1745 10월 19일 사망. 정신병원 건립을 위한 유산을 남김.

새롭게 을유세계문학전집을 펴내며

을유문화사는 이미 지난 1959년부터 국내 최초로 세계문학전집을 출간한 바 있습니다. 이번에 을유세계문학전집을 완전히 새롭게 마련하게 된 것은 우리가 직면한 문화적 상황에 적극적으로 대응하기 위해서입니다. 새로운 을유세계문학전집은 세계문학의 역할이 그 어느 때보다 중요해졌다는 인식에서 출발했습니다. 오늘날 세계에서 타자에 대한 이해는 우리의 안전과 행복에 직결되고 있습니다. 세계문학은 지구상의 다양한 문화들이 평등하게 소통하고, 이질적인 구성원들이 평화롭게 공존할 수 있는 문화적인 힘을 길러 줍니다.

을유세계문학전집은 세계문학을 통해 우리가 이런 힘을 길러 나가야 한다는 믿음으로 만들어졌습니다. 지난 5년간 이를 준비하기 위해 많은 노력을 기울였습니다. 세계 각국의 다양한 삶의 방식과 문화적 성취가 살아 있는 작품들, 새로운 번역이 필요한 고전들과 새롭게 소개해야 할 우리 시대의 작품들을 선정했습니다. 우리나라 최고의 역자들이 이들 작품 속 한 문장 한 문장의 숨결을 생생히 전하기 위해 심혈을 기울였습니다. 또한 역자들은 단순히 번역만 한 것이 아니라 다른 작품의 번역을 꼼꼼히 검토해 주었습니다. 을유세계문학전집은 번역된 작품 하나하나가 정본(定本)으로 인정받고 대우받을 수 있도록 최선을 다 했습니다. 세계문학이 여러 경계를 넘어 우리 사회 안에서 주어진 소임을 하게되기를 바라며 을유세계문학전집을 내놓습니다.

1. 마의 산(상)　토마스 만 | 홍성광 옮김
2. 마의 산(하)　토마스 만 | 홍성광 옮김
3. 리어 왕·맥베스　윌리엄 셰익스피어 | 이미영 옮김
4. 골짜기의 백합　오노레 드 발자크 | 정예영 옮김
5. 로빈슨 크루소　대니얼 디포 | 윤혜준 옮김
6. 시인의 죽음　다이허우잉 | 임우경 옮김
7. 커플들, 행인들　보토 슈트라우스 | 정항균 옮김
8. 천사의 음부　마누엘 푸익 | 송병선 옮김
9. 어둠의 심연　조지프 콘래드 | 이석구 옮김
10. 도화선　공상임 | 이정재 옮김
11. 휘페리온　프리드리히 횔덜린 | 장영태 옮김
12. 루쉰 소설 전집　루쉰 | 김시준 옮김
13. 꿈　에밀 졸라 | 최애영 옮김
14. 라이겐　아르투어 슈니츨러 | 홍진호 옮김
15. 로르카 시 선집　페데리코 가르시아 로르카 | 민용태 옮김
16. 소송　프란츠 카프카 | 이재황 옮김
17. 아메리카의 나치 문학　로베르토 볼라뇨 | 김현균 옮김
18. 빌헬름 텔　프리드리히 폰 쉴러 | 이재영 옮김
19. 아우스터리츠　W. G. 제발트 | 안미현 옮김
20. 요양객　헤르만 헤세 | 김현진 옮김
21. 워싱턴 스퀘어　헨리 제임스 | 유명숙 옮김
22. 개인적인 체험　오에 겐자부로 | 서은혜 옮김
23. 사형장으로의 초대　블라디미르 나보코프 | 박혜경 옮김
24. 좁은 문·전원 교향곡　앙드레 지드 | 이동렬 옮김
25. 예브게니 오네긴　알렉산드르 푸슈킨 | 김진영 옮김
26. 그라알 이야기　크레티앵 드 트루아 | 최애리 옮김
27. 유림외사(상)　오경재 | 홍상훈 외 옮김
28. 유림외사(하)　오경재 | 홍상훈 외 옮김
29. 폴란드 기병(상)　안토니오 무뇨스 몰리나 | 권미선 옮김
30. 폴란드 기병(하)　안토니오 무뇨스 몰리나 | 권미선 옮김
31. 라 셀레스티나　페르난도 데 로하스 | 안영옥 옮김
32. 고리오 영감　오노레 드 발자크 | 이동렬 옮김
33. 키 재기 외　히구치 이치요 | 임경화 옮김
34. 돈 후안 외　티르소 데 몰리나 | 전기순 옮김
35. 젊은 베르터의 고통　요한 볼프강 폰 괴테 | 정현규 옮김
36. 모스크바발 페투슈키행 열차　베네딕트 예로페예프 | 박종소 옮김

37. 죽은 혼 니콜라이 고골 | 이경완 옮김
38. 워더링 하이츠 에밀리 브론테 | 유명숙 옮김
39. 이즈의 무희·천 마리 학·호수 가와바타 야스나리 | 신인섭 옮김
40. 주홍 글자 너새니얼 호손 | 양석원 옮김
41. 젊은 의사의 수기·모르핀 미하일 불가코프 | 이병훈 옮김
42. 오이디푸스 왕 외 소포클레스 | 김기영 옮김
43. 야쿠비얀 빌딩 알라 알아스와니 | 김능우 옮김
44. 식(蝕) 3부작 마오둔 | 심혜영 옮김
45. 엿보는 자 알랭 로브그리예 | 최애영 옮김
46. 무사시노 외 구니키다 돗포 | 김영식 옮김
47. 위대한 개츠비 프랜시스 스콧 피츠제럴드 | 김태우 옮김
48. 1984년 조지 오웰 | 권진아 옮김
49. 저주받은 안뜰 외 이보 안드리치 | 김지향 옮김
50. 대통령 각하 미겔 앙헬 아스투리아스 | 송상기 옮김
51. 신사 트리스트럼 섄디의 인생과 생각 이야기 로렌스 스턴 | 김정희 옮김
52. 베를린 알렉산더 광장 알프레트 되블린 | 권혁준 옮김
53. 체호프 희곡선 안톤 파블로비치 체호프 | 박현섭 옮김
54. 서푼짜리 오페라·남자는 남자다 베르톨트 브레히트 | 김길웅 옮김
55. 죄와 벌(상) 표도르 도스토예프스키 | 김희숙 옮김
56. 죄와 벌(하) 표도르 도스토예프스키 | 김희숙 옮김
57. 체벤구르 안드레이 플라토노프 | 윤영순 옮김
58. 이력서들 알렉산더 클루게 | 이호성 옮김
59. 플라테로와 나 후안 라몬 히메네스 | 박채연 옮김
60. 오만과 편견 제인 오스틴 | 조선정 옮김
61. 브루노 슐츠 작품집 브루노 슐츠 | 정보라 옮김
62. 송사삼백수 주조모 엮음 | 김지현 옮김
63. 팡세 블레즈 파스칼 | 현미애 옮김
64. 제인 에어 샬럿 브론테 | 조애리 옮김
65. 데미안 헤르만 헤세 | 이영임 옮김
66. 에다 이야기 스노리 스툴루손 | 이민용 옮김
67. 프랑켄슈타인 메리 셸리 | 한애경 옮김
68. 문명소사 이보가 | 백승도 옮김
69. 우리 짜르의 사람들 류드밀라 울리츠카야 | 박종소 옮김
70. 사랑에 빠진 여인들 데이비드 허버트 로렌스 | 손영주 옮김
71. 시카고 알라 알아스와니 | 김능우 옮김
72. 변신·선고 외 프란츠 카프카 | 김태환 옮김

73. 노생거 사원 제인 오스틴 | 조선정 옮김
74. 파우스트 요한 볼프강 폰 괴테 | 장희창 옮김
75. 러시아의 밤 블라지미르 오도예프스키 | 김희숙 옮김
76. 콜리마 이야기 바를람 샬라모프 | 이종진 옮김
77. 오레스테이아 3부작 아이스킬로스 | 김기영 옮김
78. 원잡극선 관한경 외 | 김우석·홍영림 옮김
79. 안전 통행증·사람들과 상황 보리스 파스테르나크 | 임혜영 옮김
80. 쾌락 가브리엘레 단눈치오 | 이현경 옮김
81. 지킬 박사와 하이드 씨·존 니컬슨 로버트 루이스 스티븐슨 | 윤혜준 옮김
82. 로미오와 줄리엣 윌리엄 셰익스피어 | 서경희 옮김
83. 마쿠나이마 마리우 지 안드라지 | 임호준 옮김
84. 재능 블라디미르 나보코프 | 박소연 옮김
85. 인형(상) 볼레스와프 프루스 | 정병권 옮김
86. 인형(하) 볼레스와프 프루스 | 정병권 옮김
87. 첫 번째 주머니 속 이야기 카렐 차페크 | 김규진 옮김
88. 페테르부르크에서 모스크바로의 여행 알렉산드르 라디셰프 | 서광진 옮김
89. 노인 유리 트리포노프 | 서선정 옮김
90. 돈키호테 성찰 호세 오르테가 이 가세트 | 신정환 옮김
91. 조플로야 샬럿 대커 | 박재영 옮김
92. 이상한 물질 테레지아 모라 | 최윤영 옮김
93. 사촌 퐁스 오노레 드 발자크 | 정예영 옮김
94. 걸리버 여행기 조너선 스위프트 | 이혜수 옮김

을유세계문학전집은 계속 출간됩니다.

을유세계문학전집 연표

BC 458 **오레스테이아 3부작**
아이스퀼로스 | 김기영 옮김 |77|
수록 작품: 아가멤논, 제주를 바치는 여인들, 자비로운 여신들
그리스어 원전 번역
서울대 선정 동서고전 200선
시카고 대학 선정 그레이트 북스

BC 434/432 **오이디푸스 왕 외**
소포클레스 | 김기영 옮김 |42|
수록 작품: 안티고네, 오이디푸스 왕, 콜로노스의 오이디푸스
그리스어 원전 번역
「동아일보」 선정 '세계를 움직인 100권의 책'
서울대 권장 도서 200선
고려대 선정 교양 명저 60선
시카고 대학 선정 그레이트 북스

1191 **그라알 이야기**
크레티앵 드 트루아 | 최애리 옮김 |26|
국내 초역

1225 **에다 이야기**
스노리 스툴루손 | 이민용 옮김 |66|

1241 **원잡극선**
관한경 외 | 김우석·홍영림 옮김 |78|

1496 **라 셀레스티나**
페르난도 데 로하스 | 안영옥 옮김 |31|

1595 **로미오와 줄리엣**
윌리엄 셰익스피어 | 서경희 옮김 |82|
미국대학위원회 선정 SAT 추천 도서

1608 **리어 왕·맥베스**
윌리엄 셰익스피어 | 이미영 옮김 |3|

1630 **돈 후안 외**
티르소 데 몰리나 | 전기순 옮김 |34|
국내 초역 「불신자로 징계받은 자」 수록

1670 **팡세**
블레즈 파스칼 | 현미애 옮김 |63|

1699 **도화선**
공상임 | 이정재 옮김 |10|
국내 초역

1719 **로빈슨 크루소**
대니얼 디포 | 윤혜준 옮김 |5|

1726 **걸리버 여행기**
조너선 스위프트 | 이혜수 옮김 |94|
미국대학위원회가 선정한 고교 추천 도서 101권
서울대학교 선정 동서양 고전 200선

1749 **유림외사**
오경재 | 홍상훈 외 옮김 |27, 28|

1759 **신사 트리스트럼 섄디의 인생과 생각 이야기**
로렌스 스턴 | 김정희 옮김 |51|
노벨연구소 선정 100대 세계 문학

1774 **젊은 베르터의 고통**
요한 볼프강 폰 괴테 | 정현규 옮김 |35|

1790 **페테르부르크에서 모스크바로의 여행**
A. N. 라디셰프 | 서광진 옮김 |88|

1799 **휘페리온**
프리드리히 횔덜린 | 장영태 옮김 |11|

1804 **빌헬름 텔**
프리드리히 폰 쉴러 | 이재영 옮김 |18|

1806 **조플로야**
샬럿 대커 | 박재영 옮김 |91|
국내 초역

1813 **오만과 편견**
제인 오스틴 | 조선정 옮김 |60|

1817 **노생거 사원**
제인 오스틴 | 조선정 옮김 |73|

1818 **프랑켄슈타인**
메리 셸리 | 한애경 옮김 |67|
뉴스위크 선정 세계 명저 100
옵서버 선정 최고의 소설 100
미국대학위원회 선정 SAT 추천 도서

1831 **예브게니 오네긴**
알렉산드르 푸슈킨 | 김진영 옮김 |25|

1831 **파우스트**
요한 볼프강 폰 괴테 | 장희창 옮김 |74|
서울대 권장 도서 100선
미국대학위원회 SAT 권장 도서

1835 **고리오 영감**
오노레 드 발자크 | 이동렬 옮김 |32|
서머싯 몸 선정 세계 10대 소설
연세 필독 도서 200선

1836 **골짜기의 백합**
오노레 드 발자크 | 정예영 옮김 |4|

1844 **러시아의 밤**
블라지미르 오도예프스키 | 김희숙 옮김 |75|

1847 **워더링 하이츠**
에밀리 브론테 | 유명숙 옮김 |38|
서머싯 몸 선정 세계 10대 소설
서울대 선정 동서 고전 200선
미국대학위원회 SAT 권장 도서

제인 에어
샬럿 브론테 | 조애리 옮김 |64|
연세 필독 도서 200선
미국대학위원회 SAT 권장 도서
BBC 선정 영국인들이 가장 사랑하는 소설 100선
「가디언」 선정 가장 위대한 소설 100선

사촌 퐁스
오노레 드 발자크 | 정예영 옮김 |93|
국내 초역

1850 **주홍 글자**
너새니얼 호손 | 양석원 옮김 |40|

1855 **죽은 혼**
니콜라이 고골 | 이경완 옮김 |37|
국내 최초 원전 완역

1866 **죄와 벌**
표도르 도스토예프스키 | 김희숙 옮김 |55, 56|
미국대학위원회 SAT 권장 도서
하버드 대학교 권장 도서

1880 **워싱턴 스퀘어**
헨리 제임스 | 유명숙 옮김 |21|

1886 **지킬 박사와 하이드 씨·존 니컬슨**
로버트 루이스 스티븐슨 | 윤혜준 옮김 |81|

1888 **꿈**
에밀 졸라 | 최애영 옮김 |13|
국내 초역

1889 **쾌락**
가브리엘레 단눈치오 | 이현경 옮김 |80|
국내 초역

1890 **인형**
볼레스와프 프루스 | 정병권 옮김 |85, 86|
국내 초역

1896 **키 재기 외**
히구치 이치요 | 임경화 옮김 |33|
수록 작품: 섣달그믐, 키 재기, 탁류, 십삼야, 갈림길, 나 때문에

1896 **체호프 희곡선**
안톤 파블로비치 체호프 | 박현섭 옮김 |53|
수록 작품: 갈매기, 바냐 삼촌, 세 자매, 벚나무 동산

1899 **어둠의 심연**
조지프 콘래드 | 이석구 옮김 |9|
수록 작품: 어둠의 심연, 진보의 전초기지, 『청춘과 다른 두 이야기』 작가 노트, 『나르시서스호의 검둥이』 서문
미국대학위원회 SAT 권장 도서
연세 필독 도서 200선

1900 **라이겐**
아르투어 슈니츨러 | 홍진호 옮김 |14|
수록 작품: 라이겐, 아나톨, 구스틀 소위

1903 **문명소사**
이보가 | 백승도 옮김 |68|

1908 **무사시노 외**
구니키다 돗포 | 김영식 옮김 |46|
수록 작품: 겐 노인, 무사시노, 잊을 수 없는 사람들, 쇠고기와 감자, 소년의 비애, 그림의 슬픔, 가마쿠라 부인, 비범한 범인, 운명론자, 정직자, 여난, 봄 새, 궁사, 대나무 쪽문, 거짓 없는 기록
국내 초역 다수

1909 **좁은 문 · 전원 교향곡**
앙드레 지드 | 이동렬 옮김 |24|
1947년 노벨문학상 수상

1914 **플라테로와 나**
후안 라몬 히메네스 | 박채연 옮김 |59|
1956년 노벨문학상 수상

1914 **돈키호테 성찰**
호세 오르테가 이 가세트 | 신정환 옮김 | 90 |

1915 **변신 · 선고 외**
프란츠 카프카 | 김태환 옮김 | 72 |
수록 작품: 선고, 변신, 유형지에서, 신임 변호사, 시골 의사, 관람석에서, 낡은 책장, 법 앞에서, 자칼과 아랍인, 광산의 방문, 이웃 마을, 황제의 전갈, 가장의 근심, 열한 명의 아들, 형제 살해, 어떤 꿈, 학술원 보고, 최초의 고뇌, 단식술사
서울대 권장 도서 100선
연세 필독 도서 200선
미국대학위원회 SAT 권장 도서

1919 **데미안**
헤르만 헤세 | 이영임 옮김 | 65 |

1920 **사랑에 빠진 여인들**
데이비드 허버트 로렌스 | 손영주 옮김 | 70 |

1924 **마의 산**
토마스 만 | 홍성광 옮김 | 1, 2 |
1929년 노벨문학상 수상
서울대 권장 도서 100선
연세 필독 도서 200선
「뉴욕타임스」 선정 '20세기 최고의 책 100선'
미국대학위원회 SAT 권장 도서

송사삼백수
주조모 엮음 | 김지현 옮김 | 62 |

1925 **소송**
프란츠 카프카 | 이재황 옮김 | 16 |

요양객
헤르만 헤세 | 김현진 옮김 | 20 |
수록 작품: 방랑, 요양객, 뉘른베르크 여행
1946년 노벨문학상 수상
국내 초역 「뉘른베르크 여행」 수록

위대한 개츠비
프랜시스 스콧 피츠제럴드 | 김태우 옮김 | 47 |
미 대학생 선정 '20세기 100대 영문 소설' 1위
모던 라이브러리 선정 '20세기 100대 영문학' 중 2위
미국대학위원회 추천 '서양 고전 100선'
「르몽드」 선정 '20세기의 책 100선'
「타임」 선정 '20세기 100대 영문 소설'

서푼짜리 오페라 · 남자는 남자다
베르톨트 브레히트 | 김길웅 옮김 | 54 |

1927 **젊은 의사의 수기 · 모르핀**
미하일 불가코프 | 이병훈 옮김 | 41 |
국내 초역

1928 **체벤구르**
안드레이 플라토노프 | 윤영순 옮김 | 57 |
국내 초역

마쿠나이마
마리우 지 안드라지 | 임호준 옮김 | 83 |
국내 초역

1929 **첫 번째 주머니 속 이야기**
카렐 차페크 | 김규진 옮김 | 87 |

베를린 알렉산더 광장
알프레트 되블린 | 권혁준 옮김 | 52 |

1930 **식(蝕) 3부작**
마오둔 | 심혜영 옮김 | 44 |
국내 초역

안전 통행증 · 사람들과 상황
보리스 파스테르나크 | 임혜영 옮김 | 79 |
원전 국내 초역

1934 **브루노 슐츠 작품집**
브루노 슐츠 | 정보라 옮김 | 61 |

1935 **루쉰 소설 전집**
루쉰 | 김시준 옮김 | 12 |
서울대 권장 도서 100선
연세 필독 도서 200선

1936 **로르카 시 선집**
페데리코 가르시아 로르카 | 민용태 옮김 | 15 |
국내 초역 시 다수 수록

1937 **재능**
블라디미르 나보코프 | 박소연 옮김 | 84 |
국내 초역

1938 **사형장으로의 초대**
블라디미르 나보코프 | 박혜경 옮김 | 23 |
국내 초역

1946 **대통령 각하**
미겔 앙헬 아스투리아스 | 송상기 옮김 | 50 |
1967년 노벨문학상 수상 작가

1949 **1984년**
조지 오웰 | 권진아 옮김 | 48 |
1999년 모던 라이브러리 선정 '20세기 100대 영문학'
2005년 「타임」 선정 '20세기 100대 영문 소설'
2009년 「뉴스위크」 선정 '역대 세계 최고의 명저' 2위

1954 **이즈의 무희 · 천 마리 학 · 호수**
가와바타 야스나리 | 신인섭 옮김 | 39 |
1952년 일본 예술원상 수상
1968년 노벨문학상 수상

1955 **엿보는 자**
알랭 로브그리예 | 최애영 옮김 | 45 |
1955년 비평가상 수상

1955 **저주받은 안뜰 외**
이보 안드리치 | 김지향 옮김 | 49 |
수록 작품: 저주받은 안뜰, 몸통, 술잔, 물방앗간에서, 올루야크 마을, 삼사라 여인숙에서 일어난 우스운 이야기
세르비아어 원전 번역
1961년 노벨문학상 수상 작가

1962 **이력서들**
알렉산더 클루게 | 이호성 옮김 | 58 |

1964 **개인적인 체험**
오에 겐자부로 | 서은혜 옮김 | 22 |
1994년 노벨문학상 수상

1967 **콜리마 이야기**
바를람 샬라모프 | 이종진 옮김 | 76 |
국내 초역

1970 **모스크바발 페투슈키행 열차**
베네딕트 예로페예프 | 박종소 옮김 | 36 |
국내 초역

1978 **노인**
유리 트리포노프 | 서선정 옮김 | 89 |
국내 초역

1979 **천사의 음부**
마누엘 푸익 | 송병선 옮김 | 8 |

1981 **커플들, 행인들**
보토 슈트라우스 | 정항균 옮김 | 7 |
국내 초역

1982 **시인의 죽음**
다이허우잉 | 임우경 옮김 | 6 |

1991 **폴란드 기병**
안토니오 무뇨스 몰리나 | 권미선 옮김 | 29, 30 |
국내 초역
1991년 플라네타상 수상
1992년 스페인 국민상 소설 부문 수상

1996 **아메리카의 나치 문학**
로베르토 볼라뇨 | 김현균 옮김 | 17 |
국내 초역

1999 **이상한 물질**
테라지아 모라 | 최윤영 옮김 | 92 |
국내 초역

2001 **아우스터리츠**
W. G. 제발트 | 안미현 옮김 | 19 |
국내 초역
전미 비평가 협회상
브레멘상
「인디펜던트」 외국 소설상 수상
「LA타임스」, 「뉴욕」, 「엔터테인먼트 위클리」 선정 2001년 최고의 책

2002 **야쿠비얀 빌딩**
알라 알아스와니 | 김능우 옮김 | 43 |
국내 초역
바쉬라힐 아랍 소설상
프랑스 툴롱 축전 소설 대상
이탈리아 토리노 그린차네 카부르 번역 문학상
그리스 카바피스상

2005 **우리 짜르의 사람들**
류드밀라 울리츠카야 | 박종소 옮김 | 69 |
국내 초역

2007 **시카고**
알라 알아스와니 | 김능우 옮김 | 71 |
국내 초역